2023年パリ・シンポジウム

源氏物語
フィクションと歴史

文学の営みを通して

寺田澄江
田渕句美子
新美哲彦 編

青簡舎

Colloque à Paris 2023

Fiction et histoire : Roman du Genji *et pratiques littéraires du passé et du présent*

Sous la direction de Sumie TERADA, Kumiko TABUCHI et Akihiko NIIMI

Editions Seikansha, 2024

ISBN978-4-909181-46-6

二〇二三年シンポジウム　開会の挨拶 ——基調講演を前に

パリ源氏物語プロジェクト代表　イナルコ教授
アンヌ・バヤール坂井

パリ日本文化会館館長様、みなさま、

本日は、こうして新しい企画のためにお集まりいただけたことをたいへん光栄に存じます。東アジア文明研究センター（ＣＲＣＡＯ）とフランス東アジア研究院（ＩＦＲＡＥ）が共同主催しております源氏物語プロジェクト一同を代表し、ご挨拶申し上げます。今回の企画をもちまして、日本文学の、ひいては普遍的な文学の最高峰に位置する源氏物語に関わる考察が、新たな局面を迎えることができるのではないかと私は祈念しております。

ご存じのように、今年の学会は文学と歴史の関係性という文学全般にとっての中心的な課題を取り上げます。源氏物語にとどまらず、広く文学テキストや言説の産出・創出にあたって、またその解釈と受容において、文学と歴史がどのように関連しうるのかを再考してまいりたいと思います。

歴史的事実の提供にとどまっているかのようなテキストを読むと、読者や研究者は歴史的な資料を読んでいるような気持ちになることもあります。また、ご存じの通り、文学は、そのような歴史書風のテキストが見せてくれるのとは別の光を歴史に投げかけ、それによって歴史的瞬間を描くことを目標とすることもあります。けれども、史実の提供に留まっているように見える場合でも、そうでない場合でも、文学テキストには同じだけの歴史の歪曲、フィクション化、実際にあった事実の再発明があり、それによって、史実を伝えるテキストとは全く異なる何ものかを描き出したり、歴史的言説では手が届かない別の真実を伝えたりするのです。このような色々なケースの全てにおいて、読解と受容の問題は決定的に重要になります。読者はどのように読むことを促されているのでしょうか。テキストには読み手のためにどのような道しるべが織り込まれているのでしょうか。もし道しるべがないとしたら、読者に与えられている、あるいは読者が主張できる読みの自由とはどのようなものなのでしょうか。また、読者がどの時代に生きているかで文学と歴史の関係が変わってくることも確かです。文学も歴史も、それぞれの時代の認識論的な文脈の中で流通するテキストであることを思えばなおさらのことです。

私たちは、文学と歴史をめぐる発表の数々を聞くことで、源氏物語というテキストのありようの本質に迫ることができるのかもしれません。また、種を異にするさまざまな言説へのアプローチを対位法のように対置させていくことで、見えてくるものもあるでしょう。

今回の学会は、計算に間違いがなければ源氏物語研究プロジェクトの二〇回目の企画です。プロジェクトのこれほどの長寿は、研究を長い時の流れに織り込んでいこうという私たちの意志をよく現しています。長い時間とは、すぐに結果が出る企画を奨励する現在の科学政策に促され奨励され、ひいては強制されている昨今の傾向に逆らう時間のあり方です。時間をかけて考え、それをみなさまと分かち合うという贅沢を、これまで守ってくることができました。

終わりになりましたが、今晩こうして源氏プロジェクトを受け入れてくださったパリ日本文化会館に心より御礼申し上げたいと思います。源氏チームが所属している二つの研究センターの支援にも御礼申し上げます。フランス財団と東芝国際交流基金からは財政的支援を賜りました。この支援なしには、学会の企画など試みることすらなかったでしょう。ありがとうございました。最後に、ご講演を通じて思索の成果を見せてくださる発表者の皆さま、本当にありがとうございます。そして、この学会を実現するために時間と労力を惜しまれなかった全ての方々、とりわけ責任者として準備の全てを引き受けてくださった寺田澄江先生とダニエル・ストリューヴ先生に御礼を申し上げます。

二〇二三年シンポジウム　開会の辞

パリシテ大学東アジア言語文化学部学部長
ダニエル・ストリューヴ

皆さま今日は。パリ・シテ大学のダニエル・ストリューヴと申します。本日お忙しい中多くのご参加をいただき、誠にありがとうございます。開会にあたりひと言ご挨拶申し上げます。

このシンポジウムはＩＮＡＬＣＯ東洋言語文化大学とパリ・シテ大学の二つの研究機関、フランス東アジア研究院（ＩＦＲＡＥ）と東アジア文明研究センター（ＣＲＣＡＯ）の共同の「フィクションと歴史」という研究プログラムの最終回のイベントです。二〇二一年一二月にこのプログラムの最初のオンライン学会を行い、日本文化研究センター教授、荒木浩先生に御講演頂きました。翌二〇二二年十一月のオンラインの学会では、東北大学教授、佐藤勢紀子先生、北京外国語大学・北京日本学研究センター教授、張龍妹先生、東京大学教授、高木和子先生に御発表頂きました。この三日間のシンポジウム、「源氏物語　フィクションと歴史―過去、現在の文学の営みを通して」は、昨日の日本文化会館の基調講演に次いで、明日までこのイナルコのイベントホールで行います。日本、アメリカ、及び、欧州諸国からの研究者の皆さんをお迎えするこのシンポジウムの実現を財政面からご支援くださった東芝国際交流基金とフランス財団、シンポジウムの基調講演を共催してくださった日本文化会館にお礼を申し上げます。

今回のプログラムはパリ・源氏グループ最後の研究プログラムです。源氏グループの最初の研究集会は青山学院大学高田祐彦先生をお迎えして二〇〇四年に開かれ、今年まで続きました。二〇〇八年にはイナルコの研究誌、『シパンゴ（CIPANGO）』の源氏物語特集号を出版しました。オンラインで公開されています。リンクをチャットに載せましたのでご参照ください。現在源氏物語特集の第二号を準備中です。また二〇〇九年以来青簡社から三年おきに論文集を出版して、すでに五冊になりました。「フィクションと歴史」についても論文集を企画しています。皆さんご参照くだされば幸いです。これまで長年ご協力くださった先生方、皆様に心より感謝いたします。

今年は久しぶりにパリで対面式のシンポジウムを開くことができ、とてもうれしく思っています。しかしオンラインのプラス面も生かし、遠くにいらっしゃる方々もご参加いただけるようにオンライン・対面併用で行うことにしました。ズームで手を挙げて頂く、あるいはチャットに記入するという方法でお気軽にご質問・ご発言ください。時間も限られていますので、ご質問・御発言は必ず手短にお願い致します。発表に関する資料はダウンロードできます。資料を回収していない方はこのチャットにコピーしたリンクからご入手ください。

対面でもオンラインでもご出席の皆様には活発にご参加頂き、本日の学会が充実した議論の場となれば幸いに存じます。これで開会のご挨拶を終わらせていただきます。ご清聴ありがとうございました。

目次

Ⅰ　フィクションと歴史を考える

Ⅱ　物語と歴史　『源氏物語』を中心に

物語　方法の問題

物語と空間

物語と世界観

Ⅲ　読む現在と書く現在

Ⅳ　歴史と虚構の中の詩歌

Ⅴ　歴史と虚構の中の人物

Ⅵ　総　括

歴史と物語を駆ける女房たち

田渕　句美子

『源氏物語』の書き手は宮廷女房である。日本文学史では、皇室・貴族・武家などに仕える女房たちやその周辺の女性たちが担い手となり、九世紀以前から江戸時代・近代まで、一時衰退した時期もあるものの、韻文（和歌）と散文の両方のジャンルで、公的あるいは私的に、様々な文学が営まれた。これほど古くから、これほど長く、しかも孤立した一人ではなく、女房という制度の中で集団的に作品が共有・享受されながら継続したことは、ジェンダーの観点で世界でも稀な文学現象である。しかも『源氏物語』は、十一世紀初頭に既に円熟した姿を創出しており、それは千年を越えて私達の心を惹きつける。

上島亨氏[1]は、光源氏と道長の政治・政権の実態を詳しく辿った上で、『源氏物語』は中世開幕期の文学であるとし、次のように述べていて、示唆的である。

『源氏物語』は恋愛小説であるとともに、恋愛をも取り込んだ壮大な政治文学だといえる。しかも、一〇世紀末・一一世紀初頭における政治や社会の現実に照らして、『源氏物語』の記述に違和感はなく、ほとんど破綻もない。……紫式部は、彼女の生きた一〇世紀末・一一世紀初頭という時代の空気を敏感に察知して、未だ実現していない様々な政治形態のオプションをも描き込んだのである。

ただ現在は、『源氏物語』の作者は紫式部一人ではなく、道長・彰子周辺に仕える女房集団であろうと、少なからぬ研究者によって言われるようになっている。紫式部は中心的役割を果たしたであろうが、紫式部一人を天才作家として扱うのではなく、紫式部を含めた女房集団が作者であったと考えることは、『源氏物語』および女房文学の位置づけの見直しを要求する。さらに『源氏物語』だけではなく、『栄花物語』も『枕草子』も女房集団の共同制作である可能性が高く、しかも権力者の依頼による公的な事業とみられることが、新美哲彦[2]により整理され、改めて論じられており、私もこの論に賛同する。集団性と共有性をどう論じていくかは、ますます重要なテーマになっていくだろう。けれども作者・編者の女房たちの殆どは、私達の目には見えない、黒衣（くろこ）のような存在である。

その女房たち[3]は、特に側近の女房たちは、常に主君の傍らにいて、御簾の奥で権力の深奥部を見聞している。主君の身の回りの世話もするが、精神的に主君を支え、必ずしも表には表されない主君の真意をも理解して行動する。そして、主君の周辺は厖大な情報が集まる場であり、それを知り得るところにいる。常に廷臣らの取り次ぎをし、無数の情報を媒介する。主君の命でその意向を誰かに伝達する手紙（女房奉書）を書くことも職務である。彼女たちは王権と政治の動向を間近で見ており、独自のネットワークを持つと共に、リアルタイムの情報を保持する。廷臣たちはその情報を求めて、女房たちに接近する。

このような位置にある宮廷女房であるからこそ、宮廷を知悉し、歴史を相対化して、物語という器に宮廷世界を縦横に紡いでいくことができたと考えられる。とりわけ藤原道長・中宮彰子周辺の優れた女房集団は、ひとつの王朝政治史としても破綻のないような『源氏物語』を、長篇として書き継ぎ完成させる作者として、最もふさわしい存在であったに違いない。宮中出仕前の紫式部が『源氏物語』を書いていたという説もあるが、須磨巻・明石巻ならば部分的に書けるかもしれないけれども、宮廷を舞台とする大部分は書ける筈がない。書いても陳腐なものになってしまい、宮廷の人々は誰も読まないだろう。宮中の深奥部を見てこそ『源氏物語』の執筆が可能になる。『源氏物語』ほど鋭い政治性・歴史性をもつ物語はほかにみられない。女房たちの歴史認識、歴史観こそが、『源氏物語』を形作っている。

宮廷女房たちは、自らは決して権力を持たないからこそ、冷静な眼で現状を分析したり俯瞰することが可能であり、未来をも予測する力を備えていると言えよう。女房たちは、日々変わりゆく歴史のただ中に生きていて、その中枢部を見ているゆえに、例えば政治的にあることがおきる時、未来が変わっていく時のかすかな予兆、おののきなどを、誰よりも先に感じ取ることができたのではないだろうか。

『源氏物語』の作者・読者である女房たちにとって、歴史上の史実だけが重みをもって意識されていたとは思えない。もちろん宮廷の基本的理念としての先例は重要だが、むしろ宮廷の今を生きている女房たち（もちろん廷臣たちも）の意識・関心としては、現在進行している歴史・政治の行方に眼が注がれていたのではないか。冒頭の上島論文や諸氏の論にもあるように、『源氏物語』には歴史の予見的諸相が描かれている。それは女房たちのこうした位置と眼とが必然的にもたらしたものではないだろうか。宮廷の情報の集積地にいて、しかも日々作られていく歴史の動態を間近で見ている女房たちにとっては、過去にあったこと（＝史実）、過去にあったかもしれないこと、既に何か芽があること、今見えないけれど陰に隠れて実際あるかもしれないこと、現在進行していること、これからあり得ること、確実に起こることなど、さまざまなことが視野に入り、視界に浮遊しており、将来の可能性もある程度見透せるのではないだろうか。作者の女房たちが物語を執筆する時と場所も、後宮の中心にある。しかも虚構の物語であるからこそ、何ら規制なく、自由にこれらを編み上げて書くことができ、反転させることもずらすことも容易である。つまり、過去・現在・未来が巧みに織りなされた、躍動する歴史の物語を、私たちは『源氏物語』で見せられているのだ。
それは史実ともフィクションともつかないところにゆらめく宮廷誌であると言えよう。物語で女房たちは、政治と権力の動きを解きほぐし、起こることと起こらないことの隘路を通り抜け、過去から近未来まで流れていく糸を絡み合わせて、不可解な運命や、さまざまな人生の揺動・喪失を、冷徹な眼と洗練された言葉によって書き継いでいったのである。

流動する歴史の中で、『源氏物語』はその自らの歴史観に基づいて、過去・現在・未来の歴史をモザイクのように描き見せる。そしてやがて『源氏物語』もその作者も歴史的存在となる。不思議なことに、中世以降には『源氏物語』の中に書かれたことは一種の史実であるとみなされる面も生じる。それほどに『源氏物語』自体が持つゆるぎのない歴史性は、『源氏物語』の大きな特徴の一つである。

宮廷女房たちの歴史認識は、物語だけではなく、歴史物語の生成の基盤ともなっている。『栄花物語』は『紫式部日記』などの女房日記を材料として用いたことが明らかであり、『増鏡』においても『とはずがたり』が多く使われている。『増鏡』の作者は男性貴族であり、彼らにも女房日記が歴史物語の一部になり得るものと意識されていたのである。

ところで女房たちは、過去の宮廷史をどのように捉えていたのだろうか、あるいは捉えるべきだと考えていたのだろうか。鎌倉時代中期、藤原為家の妻阿仏尼が、後深草院女房である娘に対して、女房の行動規範をまとめて書き送った『阿仏の文』という教訓的な消息がある。[4] 宮廷女房たちの価値観や意識を知る上で有益な資料であるが、その中で阿仏尼はこのように書いている。

人に向ひて、なにの筋ともなき物がたりして、世継が世よりこの御代までの言葉も続かず、時代も知らぬいたづ

　ら物がたりなど、仰せられ候ふまじく候ふ。

宮廷史を理解していることは、阿仏の娘のような無名の女房にとっても必須のことであった。宮廷女性への教育的テクストである『無名草子』にも、「『世継』『大鏡』などを御覧ぜよかし」と書かれている。仮名文の『世継』は、女性や年少の男子への教育のテクストであった。『阿仏の文』では王朝から「この御代」（後嵯峨院時代）までの歴史を深く知ることの重要性を説き、時や代もわからないような話をすることを、厳しい口調で制止している。宮廷史の知識に基づく正統的な歴史認識がなければ、例えば『無名草子』が『狭衣物語』を「何事よりも何事よりも、大将の帝になられたること、返す返す見苦しくあさましきことなり」などと批判するように、フィクションであっても宮廷の物語としては許されない荒唐無稽さを、強く非難されることになってしまうのである。[5]

『源氏物語』は、宮廷の過去・現在・近未来の歴史の実相そのものを知り尽くした女房集団の手になり、緻密なフィクションと渾然と融合するからこそ、政治的にも心理的にも、リアリティが際立つ。しかも『源氏物語』は、歴史認識に加えて、当時の社会的な身分・階層、ジェンダーについて鋭敏な意識をもっており、それをテクストに表現化している。登場人物たちは、偶然と必然の糸が絡み合う中で、何かの歯車が動くと、刻々と運命が変わっていく。そこでは物語に書かれなかったことも揺曳しているかのようである。

たとえば、紫上は『源氏物語』において唯一無二の女君で、不可侵のような存在であるが、もしも光源氏に強引に連れ出される（拉致される）ことがなければ、格式の高い式部卿宮（先帝の皇子）の娘ではあるものの、養育は祖母に任されたままで放置されており、継母に疎まれているのだから、場合によっては女房として誰かに仕え、誰かの召人（愛人の女房）になっていたかもしれない。宇治十帖の蜻蛉巻に登場する宮の君[6]という女房は、別の式部卿宮（桐壺院の皇子）の娘であり、父宮が大切に養育し、東宮妃とするか薫の妻にしたいと考えて、薫にもその意向をほのめかしていたが、その父宮が急逝してしまった。その後やはり継母に大切にされず、低い身分の馬頭との結婚を勧められ、同情した明石中宮の意向によって、今上帝の女一宮（母は明石中宮）の女房となった。特別待遇の上臈女房ではあるものの、女房であることには変わりなく、さらに匂宮が興味を持って言い寄ってくるという状況に置かれており、けれども匂宮の妻になれるわけではなく、召人になる可能性が高い。この宮の君は、境遇が似ている紫上かもしれないし、あるいは中君（桐壺院の皇子八宮の娘。匂宮の妻）かもしれないのだ。血筋の上では従兄弟にあたる薫は、強者からの眼差しの言ではあるが、「これこそは限りなき人のかしづき生ほし立て給へる姫君」「いかでかばかりも人に声聞かすべきものとならひ給ひけん」と、宮の君の境遇の激変について思いめぐらしている。

宮の君のような、極めて高い家柄で正妻所生の女性が女房になった例は、『源氏物語』ではこの蜻蛉巻で初めて登場している。これに関連する史実としては、太政大臣為光の娘は三条天皇中宮妍子（道長女）の女房に、内大臣伊周の娘は一条天皇中宮彰子（道長女）の女房に、関白道兼の娘は後一条天皇中宮威子（道長女）の女房に、小一条院の娘は後冷泉天皇皇后寛子（頼通女）の女房になっている（『栄花物語』など）。このように、道長・頼通の時代には、キサキである彰子らの女房として、高い家柄の姫君を出仕させ、それにより自らの家の権力を誇示することが行われた。これは『源氏物語』生成と同時進行的に起きていること、あるいは近い将来に起こるであろうことである。

言い換えれば、『源氏物語』では、藤壺、明石中宮、女三宮のような、キサキや内親王といった身分の最高貴の女性達は別であるが、登場する女性たちの多くは、実は女房たちと一続きのところにいるのだ。『源氏物語』内の空間には、作者の女房たちがあちこちにいて話しているように思えるし、作者の周囲の女性たち・女房たちの、もしかしたらあり得たかもしれない姿が、影のように重なってくるようにも感じられる。

そして『源氏物語』内では、物語の時間とは別に、作者たちが生きる時間・時代から見て、不可逆的な歴史的時間が流れているように思われる。簡単には言えないが、物語における何らかの大きな変容は、『源氏物語』とその作者たち自体が、変わりゆく歴史の中に流れている存在であることをまざまざと示しているようにも思う。

女房は、権力がある場所に極めて近い存在であるゆえに、宮廷の複雑な力学の中に生きており、自分の力ではどうしようもない激変にさらされる。やがて院政期・中世以降には、中流貴族出身の女房が天皇・上皇の皇子を産み、寵愛が誰よりも深ければ、国母即ち天皇の母となり得る可能性がひらけ、女院となる可能性もあるという劇的な変化が起きる。そこでは若い女房たちが君寵を望み、社会的に大きく上昇することへの期待も生まれる（『たまきはる』『阿仏の文』『とはずがたり』など）。女房たちのアイデンティティはねじれ、さらに複雑なものとなる。そしてこの変化も中世王朝物語の内容に反映されていく。

一方で女房たちはみな、勅撰集をはじめとする宮廷和歌の伝統の中にいる。勅撰集のシステムは一〇世紀初から五〇〇年以上も継続して機能し、その歌人の中には女房も必要とした。ゆえに女房たちはいわば文学的活動をすることを保障されており、「読んではいけない」「書いてはいけない」「（和歌を）詠作してはいけない」というような抑圧が、女性たちに加えられることはない。さらに公的事業の作品が制作される時には女房の力は必須である。この点は世界のジェンダー史上でも大きな特質であり、僥倖でもあったと思われる。

長い歴史の中のあちこちに、姿は見えないが無数の作者の女房たちがいて、作者ともなり読者ともなり、互いに繋がり合いながら、作品を書き、読んでいたことは間違いないのである。そして、世界における宮廷の女性文学・サロン文学などと「深層比較」[7]することも重要であろう。そこから見えてくることを重視しながら、文学史の基層にいるが殆ど姿は見えず名も無い女房たち・女性たちに目を凝らし、広く彼女たちが果たした役割を捉え、その声に耳をすませたい。女房たちは、物語を駆け、歴史を駆け、『源氏物語』では壮大な宮廷誌を描き出し、『源氏物語』後の歴史をも駆けていった。

この小さなエッセイでは、歴史、虚構、物語に繋がる問題のごく一部に関して、女房という観点で触れてみたに過ぎない。本書所収の諸論をお読みいただければ、本書が広くフィクションと歴史を考えるための、本当に刺激的な一冊となっていることがおわかりいただけると思う。

このシリーズが今回の本をもって終了することについて、一読者として惜別の思いにたえない。英語・フランス語が必ずしも得意ではない日本の研究者に、このかけがえのない「パリ・シンポジウム」のシリーズを、長年にわたって贈ってくれた。この本の中では、アジアの隅の小さな国の文学を愛して研究している世界中の人々と、国や地域を超えて対話する幸せを味わうことができた。そして世界の中で今自分がいるところを知り、さまざまなフィールドの研究や刺激を浴びて、新たな研究テーマを見出していくこともできた。

この本に関わったフランスをはじめとする欧米・アジア・日本の研究者の方々、とりわけこの本の著者の方々、パリのシンポジウムの運営者・参加者（オンラインも含めて）の方々、そしてこれからこの本を読んで下さる読者の方々に、感謝と敬愛をこめながら、このエッセイを本書の序に代えたい。中でも企画・編集・翻訳において、二十年にわたり寺田澄江氏が果たされた多大な貢献に、改めて感謝を捧げる。

〔注〕

1 「光源氏と藤原道長―共鳴し相反するふたつの〈王権〉―」（『中古文学』一一三号、二〇二四年五月）。
2 「公的事業としての文学作品とそれに関わる女性作者―『源氏物語』『栄花物語』『枕草子』を中心に―」（『日本文学研究

ジャーナル』三〇・特集「ジェンダーから見る〈作者〉―和歌と散文―」、二〇二四年六月）。前述の女房集団が作者であることを主張する論もここで明快に整理されている。

3　以下、宮廷女房の職掌と特質については、田渕句美子『女房文学史論―王朝から中世へ―』（岩波書店、二〇一九年）序章「女房文学史論の射程」参照。馬如慧による中国語訳が『日韓女性文学論叢』（張龍妹主編、光明日報出版社、北京市、二〇二三年）に収められている。

4　田渕句美子・米田有里・幾浦裕之・齊藤瑠花『阿仏の文〈乳母の文・庭の訓〉注釈』（青簡舎、二〇二三年）参照。

5　田渕句美子『女房文学史論―王朝から中世へ―』（前掲）第五部第一章参照。

6　宮の君については、高橋由記『平安文学の人物と史的世界―随筆・私家集・物語―』（武蔵野書院、二〇一九年）第三編第一章に詳しい。

7　ハルオ・シラネ「世界文学としての『源氏物語』とは何か―深層比較と教育現場」（『アナホリッシュ国文学』四、二〇一三年九月）による。

Ⅰ　フィクションと歴史を考える

事実を語るとはどういうことか

氣多　雅子

一　歴史と創作

歴史記述と文学作品との違いについては昔から多くの考察がなされてきたが、その嚆矢と言うべきものはアリストテレス（Aristotelēs 前三八四〜前三二二）の『詩学』であろう。

詩人（作者）の仕事は、すでに起こったことを語ることではなく、起こりうることを、すなわち、ありそうな仕方で、あるいは必然的な仕方で起こる可能性のあることを、語ることである。なぜなら、歴史家と詩人は、韻文で語るか否かという点に差異があるのではなくて…（中略）…、歴史家はすでに起こったことを語り、詩人は起こる可能性のあることを語るという点に差異があるからである。[1]

この書で論じられる「詩作」（ポイエーティケー）は広く文学的な創作を指す。歴史家が「すでに起こったことを語る」というのはわかりやすいが、詩人は「起こる可能性のあることを語る」とはどういうことであろうか。

ここでの考察の中心となるのは、創作の中でも『オイディプース王』や『アンティゴネー』のような悲劇の創作である。悲劇は「一定の大きさをそなえ完結した一つの全体としての行為の再現（ミーメーシス）」であると定義される。[2] 個々の行為や出来事が相互に関係しあい統一をもつようになっていくと、それらは始めと終わりと中間をもつようになり、全体としてまとまったものとなる。こういう仕方で一つの高次の行為を形作るためには、筋の運びは必然性をもたねばならないとされる。

その必然性が自然法則的な必然性や論理的な必然性でないことは明らかである。それがどういう種類の必然性かということは、行為の再現は行為と人生の再現であり、その行為にもとづく幸福と不幸の再現でなければならないとされることから推測できる。つまり、人間の意志によって為すことが人間の力を超えたものによって思いがけない結果へと導かれるというような運命的な必然性なのである。

この運命的な必然性を描き出し、全体としての行為を再現するのは、「筋（ミュートス）」である。[3] 効果的な言葉を用いて、登場人物たちの演技によって、筋が展開される。そこに引き起こされる憐れみと恐れを通じて、感情の浄化（カタルシス）が達成される。悲劇とはそういうものでなければならない。

それでは歴史はどうか。歴史においては、取り上げられる出来事の一つひとつが相互に関係するのは偶然による、とアリストテレスは言う。[4] 歴史において解明されるのは一つの全体としての行為ではなく、一つの時間だと考えるからである。一つの時間（期間）のなかで起こる事柄は個別的なものにとどまり、普遍的なものを表わすことができない。時間に制約された行為や出来事の関係は一つの全体を構成することができないのである。

普遍的なものは完結した全体としての行為によって表現される。この意味での普遍性や運命的な必然性は、古代ギリシア人の世界理解のなかに人間の力を超えたものが生き生きと働いていたことを指し示している。「すでに起こったこと」と「起こる可能性のあること」とは、含まれる内容としてはいずれも行為と出来事である。古代ギリシアでのこの両者の違いと関係を、現代の私たちが理解することは決して容易ではない。

二　自然科学的事実の探究

「すでに起こったこと」と「起こる可能性のあること」との関係はその後のヨーロッパ世界において新たな展開を見せる。それを考察するには、「事実」の語を用いるのがよいであろう。現代の私たちは一般に歴史を歴史的事実の集積と考えており、この事実性と比すことで、物語をフィクションと見なす傾向がある。その一方で、歴史と物語の違いが事実とフィクションという区別と重ならないことも、私たちは痛感している。この錯綜した事態を解きほぐすには、まず自然現象としての事実について見ておく必要がある。

日本語の「事実」は中国の『史記』にも出てくる古い言葉であるが、哲学の用語としてはラテン語の factum に由来する fact（英）、fait（仏）、Faktum（独）などの訳語である。ラテン語の factum は「神によって為されたこと」を意味し、その意味は中世・近世の形而上学のなかで生きている。「時間・空間の中で生起した事柄、ないし生起する事柄」というのが「事実」の辞書的意味であるが、時間・空間の中で生起するということは神によって創造された世界の中で起こる事柄だということである。近世の自然科学勃興時には認識論が哲学の主要課題となり、この被造世界における対象の認識や自然的現象の因果関係の真理性について盛んに論議された。

例えば、ライプニッツ（G. W. Leibniz 一六四六～一七一六）は「事実の真理（vérité de fait）」を「永遠の真理」と対比させた。永遠の真理は必然的で時間・空間の制約を越えて普遍的に妥当するのに対し、事実の真理はその逆も可能であるような偶然的な真理である。彼はこの区別によって一切の知識を形而上学の中に位置づけようと企図した。他方、十七～八世紀の自然科学者たちは観測や実験という方法を用いて自然界の事象を探究し、「自然法則」を発見したと主張した。「法則（law（英）、loi（仏）、Gesetz（独））」の語源には「神によって措定されたもの」という意味がある。自然法則の発見とは、事実のあり方で言うと、日常の自然現象としての事実を検証し理論化することで、自然科学的事実を確立することであった。例えば、「太陽は東から出て西に沈む」が日常的事実であるとすると、「地球は自転しながら太陽のまわりを回っている」は自然科学的事実である。事実の内容とともに重要なのは、自然科学的事実を語るのに数式という新しい語り方が獲得されたという点である。数式で語られる自然科学的事実は自然的事実と乖離しつつ、次第にその地位を高めていく。自然法則は法則として例外なく普遍的に妥当するものであり、自然科学的事実こそ真理であると考えられるようになっていった。

このような考え方が変化していく兆しはダーウィン（C. R. Darwin 一八〇九～一八八二）の進化論に見られる。進化論は自然科学的事実が生成変化するものだということを主張するものであった。自然法則は、自然科学的事実は歴史的事実と全く異質のものであるということで成り立つ概念であったが、その異質性が疑問に付されることになる。さらに、量子力学が登場して、粒子がたどり着く先は確率的にしか定まらないという力学観を提示して、それまで自然法則という概念が内包していた因果的決定論を揺さぶっていく。また科学論が盛んになると、N・R・ハンソン（N. R. Hanson 一九二四～一九六七）が自然的事象の観察には既に理論負荷性があることを論じ、トーマス・クーン（T. S. Kuhn 一九二二～一九九六）が科学の歴史にはパラダイムシフトがあると主張して論争を巻き起こした。

そこで見えてきたのは、自然科学的事実が自然的事実以上に歴史的な可変性を持つということであり、実証科学が依拠する客観的事実は決して堅固なものではないということである。そのような科学者・科学哲学者の議論は自然科学的事実の事実性を軽量化する一方で、学知としての事実をテクノロジーによって生活世界の現実へと組み込むことを妨げるものではなかった。自然現象としての事実と自然科学的事実とが二重写しになったものが、現代の私たちの経験における「事実」の典型であると言ってよいであろう。

三　歴史的事実の探究

それでは歴史的事実はどのようなものとして捉えられてきたか。キリスト教世界の歴史の観念はキリストの贖罪の死を歴史的事実と見なすことを原点として形成されていった。歴史的事実が「神によって為されたこと」という意味を公的領域において完全に払拭したのは、十九世紀になってからであると言えよう。ランケ（L. v. Ranke 一七九五～一八八六）が史料批判を実証主義の立場に立つ学的方法として磨き上げ、それまでの歴史叙述を歴史学という学問として確立した。歴史学は事実を記述するのみであるというのがランケの立場であり、その事実は真の事実でなければならない。事実が真の事実であるということはもっぱら史料の正当性を吟味することによって支えられる。しかし、過去の事実を再現することは不可能であり、歴史学者は自然科学者のように実験や観察をすることができない。歴史学が基盤とする文献史料や考古学的資料の蒐集にも限界がある。したがって、自然科学の場合と違って、人間の行為や出来事に関わる事実は歴史学が扱うことによって異質のものになるわけではない。事実の真実性の精度を上げることはできても、それは程度の問題でしかない。客観的事実は追いかければ追いかけるほど遠のいていく。そもそも客観的事実などというものは無く、事実は常に既に解釈されたものではないのか。こうして実証主義の限界が次第に見えてくる。

そこで注目されるようになったのは解釈の問題である。史料批判で得られた基礎的事実をどういう視点でどういう脈絡で捉えるか、それが解釈を形作る。E・H・カー（E. H. Carr 一八九二〜一九八二）は解釈の際に、過去の史料を扱っているのは現代の私だという点に着目する。[5] 過去を過去そのものとして語ることはできず、歴史叙述は常に現在という立ち位置から過去の出来事を語るという構造をもつ。そして事実を歴史的事実として成立させるのはまさにこの構造だというのである。当然、歴史の理解は次々と変わることになる。

過去に起った出来事のすべてが歴史的事実であるわけではない。例えば「私は二十年前の正月に富士登山をした」ということは私の生活のなかの過去の事実であるにしても、歴史的事実ではない。少なくともそれだけで歴史的事実であることはできない。[6] 現在から過去を語るという構造は時間を介して事実を共有する共同体があり、しかもその共有が共同体にとって有意味であるということを示している。事実は何らかの共同体によって共有されることによって初めて歴史的事実となる。共同体の共有には多様なレベル、多様な局面があり、時間的・空間的にさまざまな共有の仕方が歴史的事実を捉える視点と脈絡を作っていくのである。それぞれの歴史的事実はさまざまな時代や社会における語りの集積であり、多くの文脈へと張り渡されて私たちの生きる現実を形作っている。

共同体の共有の最も基礎的なものは言語共同体による共有である。自然科学の数式は世界の共通語であり、それを用いることによって自然科学的事実は世界で共有され得る。個々の言語で語られる歴史は翻訳によって、それぞれの言語共同体を膨らませ合い重なり合う。歴史的事実は日常生活におけるのと同様の言語で語られることで、私たちが生きる事実に歴史的な厚みを与える。事実が言葉によって語られたものであるということがますます重みを持って論じられるようになっている。いわゆる言語論的転回以降、実証主義批判でなされたよりもさらに根本のレベルで、語られる以前のナマの事実の存在が否定されている。

四　事実の奥行きの探究

だが、客観的事実など無いということを承認するとしても、事実をそのように理論を背負ったものであるとか、語りの堆積であるなどと見なすだけで済むのであろうか。「それは事実だ」「それは事実でない」と私たちが言うとき、その事実の語には真実という意味が含まれている。そこには、確かなものに行き着いたという、こつんとした手応えのようなものがあるはずである。そしてその手応えこそ、「神は死んだ」と宣言されて以降、私たちの世界理解を支える最後の拠り所であったはずである。実証主義がどれほど批判されても、自然科学者も歴史学者も自らの研究において事実の客観性の追求を止めることはできない。

いま改めて問うべきなのは、事実の客観性が事実の真実性の尺度となるのかという問題ではないか。客観性とは、個人的な主観から独立していて誰にとっても真であるということを意味する。すべての人に承認される真理性の基準となるのが客観性である。しかし、客観性は主観客観の構造に依拠した概念であって、客観性の追求は主観性を切り捨てることを意味する。事実の与える確かな手応えはこの主観に属するものなのであろうか。もしそうであるなら、事実の手応えは趣味判断や嗜好の事柄となるであろう。それで納得できるのか。

ここで、アリストテレスが『詩学』の中で述べた、個々の行為が表すものと一つの完結した全体としての行為が表すものとの違いに立ち戻ろう。事実の客観性を問うことができたのは、時系列に並べられる個々の行為や出来事についてである。だが『詩学』が示しているのは、事実にはそれでは終わらない奥行きがあるということである。悲劇の筋を通して見えてくる全体としての行為というのは、日常的経験の事実の奥にあるものであり、それを「原事実」と呼びたいと思う。

詩人が語るところの「起こる可能性のあること」を「運命」という語に回収してしまう手前のところで、「起こる可能性のあること」を「起こることが可能であるということそれ自体」として捉えるならば、「原事実」という語で言おうとしていることが見えてくるはずである。「起こることが可能であるということそれ自体」が何かということは、哲学的な性格をもつ仏教を引きあいに出すとわかりやすい。ゴータマ・ブッダの教えの原点は生存が「苦(dukkha, duḥkha)」であると捉えることにある。「苦」の基本的なものが生老病死の四苦である。老苦と病苦は、人間が生まれて死ぬものであることから導き出されるものであるから、四苦は結局、生苦と死苦に集約されると言ってよかろう。

では、生まれることと死ぬことがどうして苦であるのか。私は私が生まれることを経験していない。私が何かを経験するのは、すでに生まれた後である。また、私は私が死ぬことを経験することはできない。死ぬ間際まで私が経験するということは可能であるが、死そのものを経験することはできない。しかし、私が生まれたものであること、死ぬものであることは、厳然たる事実である。科学が進歩して人間の脳を永久保存したり身体を再生し続けたりすることが可能になったとしても、人間は不死にはならない。ただ死が先延ばしになるだけである。経験されない出生と死は、経験される事実とは事実の質が違う。私たちは自分が経験する事柄こそ事実であると思っているが、その自分の経験を成り立たせているのは、自分の出生と死にほかならない。経験の事実がそこにおいて成り立つ前提としての事実であるという意味で、出生と死は原事実なのである。

原事実は経験され得ないものであるから、出生と死はいわば経験の行き止まりを示す符号のようなものである。原事実そのものは堅固であるとしても、それを指し示す仕方は多様であり得る。そして、それは文化的精神的伝統によって異なってくる。「神によって為されたこと」というラテン語の factum の原意も、ギリシア悲劇において描き出される運命的必然性も、原事実という次元を指し示す符号であると言ってよかろう。近代社会は事実の奥行きを削ぎ落として事実を平板なものにする方向に進んできた。そうすることで個々の事実をいろいろなレベルで繋ぎ合わせて、事実の集合体を次々と作り上げてきている。しかし、それによって原事実の位相はなんら揺らぎはしない。物語が叙述しようとするのは、また叙述すべきであるのは、この原事実である。原事実を叙述することで、物語は物語としての輝きを放つ。原事実はそれ自体としては最も徹底した意味で語り得ないものである。語り得ないものを語るために力を発揮するのは、フィクションである。ここでようやく私たちは事実とフィクションの問題を考えるとば口に立ったのであるが、その考察は次の機会に譲らなければならない。

〔注〕

1　松本仁助・岡道男訳『アリストテレース 詩学／ホラーティウス 詩論』岩波書店、二〇一九年、四三頁。
2　同書、三九頁。
3　同書、三四～三五頁。なお、古代ギリシア語の「ミュートス（μυθος）」も先述の「ミーメーシス（μίμησις）」も現代語に訳しきれない多義的な内容をもった言葉である。
4　同書、八八頁。アリストテレスは歴史と叙事詩の違いについても論じている。叙事詩は悲劇とは組み立ての長さと韻律の点で異なるにしても、やはり詩作とされる。
5　E・H・カー、清水幾太郎訳『歴史とは何か』岩波書店、一九九四年。
6　「個人史」というような言い方は比喩的なものでしかない。

〔その他の参考文献〕

・山田晶「アリストテレス『詩学』における《プラグマ》の意味について」、『哲学研究』一九八四年、四七(八)。
・G. W. Leibniz, *La monadologie bonaventurienne / par Marc Ozilou (Philosophes médiévaux; t. 65)*, Louvain-la-Neuve: Éditions de l'Institut supérieur de philosophie, 2017.
・村上陽一郎『科学史からキリスト教をみる』創文社、二〇〇三年。
・ヴァルター・ベンヤミン、鹿島徹訳・評注『[新訳・評注]歴史の概念について』未来社、二〇一五年。
・野家啓一『物語の哲学』岩波書店、二〇〇五年。

歴史其儘と歴史離れ
——NHK大河ドラマを出発点として——

澤田　直

はじめに

拙稿の標題は、鷗外森林太郎が大正四（一九一五）年一月に発表した短文から借用したものである。説経節に取材した「山椒大夫」を書いたときの心持ちを吐露し、「歴史離れがしたさに山椒大夫を書いたのだが、さて書き上げた所を見れば、なんだか歴史離れが足りないやうである。これはわたくしの正直な告白である」[1]と結ばれた文章はよく知られている。この表現を手がかりに、そしてNHKの大河ドラマを入り口として「フィクションと歴史」について考察してみたい。

一　大河ドラマの変遷

一九六三年（昭和三八年）に始まったＮＨＫの大河ドラマは、そのほとんどが実在した人物を主人公に据えた「歴史ドラマ」である。歴史ドキュメンタリーではなく、フィクションとしての物語で、平安末期の源平合戦から鎌倉時代前期、戦国・安土桃山時代から江戸時代初め、幕末・明治が圧倒的に多く、激動の時代を舞台に歴史上の有名無名の人物が活躍する。時代考証もきちんと行われ、教育的配慮も見られ、歴史小説の映像版という趣を持ち、作り方も荒唐無稽なものではなく、真面目なスタイルが中心だ。とはいえ、歴史そのままかと言えば、大筋では歴史に従いながらも、細部に関しては脚本家が自由に想像力を働かせる余地も多いし、そこが脚本家の腕の見せどころで、脇役には架空の人物がしばしば登場する。

史実との距離の取り方に関しては開始当初と現在ではかなり大きな違いがある。従来は、少なくとも歴史に忠実であるかのごとく描かれていたし、その際に「本物らしさ」が前面に出ていた。叙事詩的あるいは悲劇的な演出がされていたのだ。だが、近年では、その時代にはありそうにない人間関係や台詞まわしを大胆に取り入れることも辞さず、むしろ現代にかなり引きつけた演出が目につく。とりわけ、『新選組！』（二〇〇四）以来三回脚本を担当している三谷幸喜の『真田丸』、『鎌倉殿の13人』にその傾向は顕著で、喜劇的な要素の多さと相俟って、かつての大河ドラマのような重厚さとはかなり異なる印象を与える。たとえば、一九八五年の新大型時代劇『真田太平記』と、二〇一六年『真田丸』を比べれば、後者は断然軽みが目立つ。このような変化が生じた理由は複数考えられるが、時代劇離れする視聴者への、迎合とまでは言わずとも、歩みよりが見て取れる。幅広い視聴者を取り込もうという意図があることはまちがいない。

ここでは二〇二二年に放映された『鎌倉殿の13人』を例に取ろう。[2] 舞台は平安末期から鎌倉時代の前期。鎌倉時代前期が舞台となったのは、今回が初めてではない。一九七九年の『草燃える』は、源頼朝・政子をダブル主人公とし、好評を博した。しかし、ほぼ同時代を舞台にした『鎌倉殿の13人』と『草燃える』の違いは歴然としている。後者はかなりシリアスな時代劇で、コミカルな要素はほとんどなく、見るほうもおのずと肩に力が入る。一方、前者はホームドラマ的な要素も含んだコメディタッチとシリアスが入り交じったドラマで、肩肘張ることなくリラックスして見ることができる。

『鎌倉殿の13人』は、治承四年（一一八〇）に伊豆で源頼朝が平家討伐のために挙兵する数年前（一一七五年）に始まり、後鳥羽上皇が鎌倉幕府執権の北条義時に対して討伐の兵を挙げて敗れた承久の乱（一二二一）を経て、元仁元年（一二二四）の義時の死をフィナーレとしている。それまでの京都が中心の摂関政治から、東国武士の世界へと移った時代で、日本史のなかでもきわめて重要な時期である。個人名として言えば、皇室では後白河法皇や後鳥羽上皇、平氏では平清盛、源氏では三代続く将軍、源頼朝、頼家、実朝、それを補佐する北条一族という、中学高校の授業で習う超有名人たちの世界だ。

『鎌倉殿の13人』でも、源頼朝はもちろん中心人物だが、主人公は小栗旬演じる北条義時である。北条小四郎義時は、姉で尼将軍と呼ばれた政子とともに、鎌倉幕府の北条氏による執権体制を確立した人物だから、重要と言えば重要だが、これまで文学作品などでは脚光を浴びたことのない人物である。

全篇は四章構成とされているが、中心人物で見ていくと、第一～二六回までは頼朝の時代で、平氏を倒そうとする頼朝の挙兵から、鎌倉幕府の誕生、頼朝の死まで。第二七～三三回は、二代将軍頼家、第三四～四五回が三代将軍実朝の時代、第四六〜四八回が尼将軍と義時の時代、そして義時の死ということになる。頼朝の死以降は、政子、義時が前面に出てくる形で進む。絶え間ない権力闘争の物語で、単なる地方の小豪族の次男にすぎなかった義時が、姉政子とともに、源氏三代の将軍亡き後、鎌倉幕府の実質的な支配者となる話なのだ。若者だった彼が、将軍頼朝に引き立てられ、次第に地歩を固め、最終的にはすべての権力を手に入れ、最後は孤独のうちに死んでいくというのが縦糸である。

しかし、それはあくまでも縦糸であり、このドラマは群像劇で、いずれ劣らぬ個性的な板東武者たちが活躍する。タイトルの「鎌倉殿の13人」とは、頼朝なきあと、まだ若かった二代将軍頼家を補佐するために作られた集団指導体制の構成員であった一三人の有力御家人を指すが、このドラマではそれに留まらず、一癖も二癖もある人物が目白押しだ。

一年間全四八回にわたって視聴者を退屈させずに引きつけるのはけっして容易ではない。そこで、緊張と弛緩をうまく織り交ぜて、引きつける工夫がされている。先述したとおり、全体の特徴としては何よりもコメディタッチ、ホームドラマ的なテイストである。

ただし、全員が戯画化されているわけではなく、目立つのは、義時をのぞく北条一族、とりわけその父、時政（板東彌十郎）、政子（小池栄子）、妹の阿波局（ドラマのなかの名前はミイ[3]、宮澤エマ）、和田義盛を筆頭に何人かの御家人である。三谷は彼らの人間性を強調して、義時の冷酷さを際立たせているように思われる。

じっさい、義時だけは生真面目な人物というのが造形の基本で、ほとんどコミカルな場面がない。義時とはどんな人物なのか。鎌倉幕府の礎を築いた政治家で、悪人だったという説もあれば、律儀な男だったとも言われるが、三谷脚本では悪人というよりは、一途な性格で、不器用な男として描写されている。

一方、ふつうは強面と想像される北条時政は徹底してコミカルに描かれている。歌舞伎役者の板東彌十郎演じる時政が、威厳もなく、デレデレしているのを見るとき視聴者は、これが虚構だということを意識せざるをえない。いわゆる異化効果がはっきりと見て取れる。つまり、「真実らしさ」は目指されてない。三谷は、歴史の本当らしさより、面白さを重視しているように見える。しかし、見方を変えれば、その人物の内面の現れと考えることもできる。武士はぜったいにガッツポーズのような仕草はしなかったはずだが、そのときの心模様を今風に表現すれば、このような形ではないか、というわけだ。

このように、『鎌倉殿の13人』では、叙事詩的、壮大なものと想定されるものが、親しみやすいもの、とっつきやすいものへと変更されている。さらに、女性の役割や位置が占める割合が増加しており、対等な形で男たちに指図したり、意見を述べたりする場面が多い。そして、なによりも、喜劇的な要素の増加（コミカルな台詞や振る舞い）によって、ユーモアを交えたホームドラマのような描写が随所に挿入されている。

これらの点が以前の大河ドラマと大きく異なっている。たとえば、平清盛の生涯を中心に、壇ノ浦の戦いまでの平家一門の栄枯盛衰を語り手・源頼朝の視点を通して描いた『平清盛』はきわめてシリアスであった。筆者個人の経験をそのまま一般論として敷衍することは危険だが、シリアスな大河ドラマを見ていたとき、かつての観客はそれをフィクションとしてよりも、歴史物語として、かなり史実に近いものとして、見ていたのではないだろうか。それに対して、『鎌倉殿の13人』は、史実から自由に距離を取っており、その意味でポストモダン的にも見える。そこにはどのような意味があるのだろうか。

二　史料から創作へ

三谷幸喜が主に依拠したのは、『吾妻鏡』である。[4] 徳川家康が『吾妻鏡』を愛読し、その収集と保管に気を配ったことはよく知られているが、鎌倉末期に成立したこの書物は、鎌倉前期の歴史を知るための重要な史料と見なされている。『日本書紀』以来の正史である六国史と違って、同じ正伝でも、武家を中心にした記述であり、鎌倉幕府の初代将軍・源頼朝から第六代将軍・宗尊親王までの将軍記という構成となっている。その意味で、歴史書であり、時代や内容が重なる『平家物語』や『承久記』などのいわゆる軍記物などとは一線を画す。とはいえ、『吾妻鏡』は、一見すると将軍家の事跡や、事件のみを記しているようだが、ときに人物の内面に踏み込んだようなコメントも出てくる不思議なテクストなのだ。ファクチュアルに見えて、必ずしもそうとは言えない。

その一方で、『吾妻鏡』が史書としては、かなりバイアスのかかったものであり、時に歴史を大いに歪曲したものであることもよく知られている。北条氏の立場を正当化する目的として書かれたということが歴史家の一致する意見だ。しかし、いま私たちの関心を惹くのは、そのことではなく、三谷幸喜が『吾妻鏡』を主としながらも、一方で、新たな歴史的知見を組みこんだこと、他方、『吾妻鏡』と同じ事象を扱うその他のテクストも参照していることだ。

じっさい、平安末期から鎌倉初期の時代は、藤原定家の『明月記』などの日記、慈円による史論書『愚管抄』と並んで、『平家物語』『義経記』『曽我物語』などの物語も生み出した。とりわけ、後者の物語は、謡曲、浄瑠璃、歌舞伎等の芸能や文学に脚色され大きな影響を与えた。主なものだけでも『義経千本桜』（『平家物語』）、『勧進帳』（『義経記』）、『助六』（『曽我物語』[5]）などがあり、その舞台は浮世絵版画を通して民衆のうちにイメージとして定着した。もちろん、こうした歌舞伎の鎌倉ものの演目は、江戸幕府批判をカムフラージュするための仕掛けとして使われたこともしばしば指摘されるとおりだが、その点はいま措いておく。

このように見ていくと、一見ポストモダンとも見えた三谷幸喜の演出は、浄瑠璃や歌舞伎の伝統に通じるようにも思われる。そもそも大河ドラマの脚本が種本とするのが、庶民が親しんできた軍記物、講談、草双紙、立川文庫などであったことも関係しているだろう。大河ドラマは、史実に基づくといっても、そこで本説とされるのはいわゆる正史だけではなく、稗史（はいし）、神話、伝説のたぐいも用いられるのだ。民間伝承も含め文献の寄せ集め的であることもしばしばだ。たとえば、『真田丸』の場合、主人公は学校教育で習う日本史では名前すら出てこない周辺的な人物だ。[6]しかし、真田ものは江戸時代から根強い人気があり、講談、小説、落語、映画、漫画まで様々な形で展開した。猿飛佐助は忍者の代名詞にまでなった。じっさい、私たちが抱く武士や戦国大名のイメージが多かれ少なかれこのようなフィクションによって形成されたものなのである。

ここから、少し視野を広げて、『鎌倉殿の13人』と隣接する作品を瞥見してみよう。平安末期から鎌倉幕府前期の史実は、江戸時代までに多くの物語を生み出したのみならず、近現代でも多くの作品が書かれている。

一九七九年の大河ドラマ『草燃える』の原作の中心は、歴史小説を得意とした永井路子（一九二五〜二〇二三）の『北条政子』だった。[7]これは歴史小説の典型のような作品で、人物の内面に入り込んで描き、「全知の語り手」による手法で、かなり現代的な政子の気持ちが描写されている。

少し毛色の違ったものとしては、少女漫画に革命をもたらした竹宮恵子の漫画『吾妻鏡』（二〇〇〇）がある。[8]ボーイズラブという分野を開拓した竹宮らしく、貴族のみならず、武士たちも美男子ぞろいで際立っている。作者は、自分に割り当てられていた『土佐日記』ではなく、『吾妻鏡』をみずから志願したとのことだが、そのきっかけとなったのが、太宰治の『右大臣実朝』だったという。

『右大臣実朝』[9]は第二次世界大戦中の昭和十八（一九四三）年に発表された小説で、実朝のかつての近習が、将軍の死から二十年後、実朝の人となりを回想するという組み立てである。つまり、実朝の近習という「視点人物」を設定して「内的焦点化」によって物語を進めていくわけだが、それと同時に、冒頭の数行を皮切りに『吾妻鏡』から十六箇所に及ぶ引用がある[10]。こうして、一方に近習の証言、他方に史料をそのまま引用提示するというありかたによって、正史と稗史の対峙という様相を呈している。さらに近習の語りそのものが、彼が耳にした実朝に対する否定的な評価と肯定的な評価を聞き書きする形になっており、知られざる実朝の実相に迫るというよりも、実朝とはどんな人物なのかわからない、じつは誰もその人に迫ることはできないのだというメッセージのように読める。

『吾妻鏡』の引用で始まる『右大臣実朝』は、『承久軍物語』『増鏡』の引用で終わるが、それらに挟まれた語りの部分では、正史として提示されている事実、あるいはその解釈が、一貫して「語り手」によって否定される。ただし、「語り手」だけが真実を知っているという設定ではない。むしろ「語り手」は実朝という人物のわからなさを強調する。この実朝像は、その他の登場人物と異なり、歌も含め、実朝の発話だけがカタカナで表記されることによって増幅される。あたかも彼だけが異邦の言葉を語っているかのようなのだ。この表記とも関連するが、実朝の発話はきわめて短い。一行のことが多いだけでなく、十字に満たないことも少なくない。それが心情を吐露しながらも、理由などの説明がない省略的な台詞で、ミステリアスな側面を増幅しているようで、饒舌に語る近習の言説とコントラストをなしている。複数のパースペクティヴを対決させるというスリリングな構成にしたてられ、小説巧者太宰の面目躍如たる作品と言える。

『鎌倉殿の13人』との対比で言えば、太宰が作品を執筆した当時、北条義時は、承久の乱の際に皇室に刃向かったことを理由に、逆賊と見なされていた。そのためなのか、『右大臣実朝』の「語り手」の義時に対する評価はかなり低くなっている[11]。

太宰が『右大臣実朝』を発表した年は実朝生誕七百五十年だったこともあり、悲劇の将軍・詩人に対する世間の関心は高かった。同じ年に小林秀雄のエッセイ[12]、斎藤茂吉[13]の研究書が刊行されている。もちろんそれに先だって、坪内逍遥や武者小路実篤の戯曲[14]があり、後には、大佛次郎、吉本隆明、中野孝次なども取り上げており、文学と政治の交錯点に位置したこの人物が多くの文学者を引きつけたことは興味深い。

このように見てくると、三谷幸喜による『鎌倉殿の13人』は、最初の印象とは異なり、従来の枠組みを破壊するものどころか、むしろ伝統に棹さすものに見えてくる。

三 フィクションと歴史

以上を踏まえて、少しだけ理論的な話をしたいと思う。「フィクションと歴史」といっても、この「と」を、併置、対立、離接のどれと捉えるのかによって、パースペクティヴは異なる。さらには、フィクションとは何か、歴史とは何か、とそれぞれの定義づけをしようとするだけでも、たいへん緻密な作業が必要になり、簡単に概観することは困難である。ここでの話は自ずと大雑把なものにならざるをえまない。

フィクション論は、意味論、統語論、語用論などの観点からアプローチされているが、重要な指摘のひとつとして、フィクションが単なる虚偽やフェイクとは異なることがある。また、フィクションは文学や物語の同義語として用いられることも多いが、作者と読者との契約がある点も強調される。作者は、これはフィクションであると読者に伝え、読者もそれがフィクションであることを承知した上で、受け入れるという了解があるのだ。舞台の上で殺人が演じられても、誰もそれを本当の犯罪と取らないだけでなく、嘘だとか偽物だと言って批難したりもしない。したがって、フィクションは必ずしも真理と対になる概念とは言えない。ここが文学の言説が、人文社会諸科学の言説と決定的に違う点である。歴史書の言説は、いわば真理の対応説であり、命題が事実と照応していれば、それは正しいということになるが、フィクションはそのようなものではない[15]。人文科学の言説で近いものがあるとすれば、いわゆる思考実験のようなものだろう。

もう一方で、物語るということについても考察する必要がある。ナラティヴということから完全に離れた「生の現実」なり「事実」がはたしてあるのか、という議論である。現実の世界は、空間的にも時間的にも始まりも終わりもはっきりとしないシームレスな世界だが、私たちはそれを認識するにあたって、空間的にも時間的にもとりあえずの区切りをつけざるをえない。そして、まったく客観的な視点などというもの、サルトルが用いた表現で言えば「神の視点」、あるいは「絶対的な真理」に立つ場合は別として、物語を語るには、なんらかの視座が必要だ[16]。そして、複数の視点人物がいれば、複数の現実が描かれることになる。このことは、芥川龍之介の短編を「羅生門」として映画化した際に、黒澤明が誇張的に用いた手法が見事に浮き彫りにしているし、太宰の『右大臣実朝』のものでもある。

他方で、アリストテレスが『詩学』で述べていた有名な指摘をここで思い出すこともできるだろう。「劇作家の仕事は、実際に起こった出来事を語ることではなく、起こるであろうような出来事を、すなわち、もっともな成り行きまたは必然不可避の仕方で起こりうる可能事を語ることだ[17]」。アリストテレスは、歴史家と詩人の違いに関して、続けてこのように書いている。「創作は歴史とくらべ、より哲学的であり、価値多いものでもある。なぜなら、創作が語るのはむしろ普遍的なことがらであり、他方、歴史が語るのは個別的な事柄だからである[18]」。

歴史とフィクションに優劣をつけようというわけではない。すでに述べたように、フィクションと歴史の異質性があるにしても、フィクションと歴史の平行関係をも同時に考えるべきだし、その際に、テクストの虚構の世界から読者の現実世界への移行、さらに歴史的過去の代理表出ということについても考慮すべきだろう。

たんなる戯作とは異なる意味で「フィクション」という問題構成がフランスで正面から論じられるようになったのは、一九八〇年代の後半らしい。トマス・パヴェルの『フィクションの世界』[19]（一九八六）の仏訳が一九八八年に出ているが、重要なのは、一九九一年のジェラール・ジュネットの『フィクションとディクション』である。[20]この書で、ジュネットはみずからが推進してきた物語論（ナラトロジー）を再検討するかのようにフィクションの問題を改めて取り上げるが、その呼び水となったのがヘイドン・ホワイトによる歴史叙述の修辞学的分析とならんで、[21]ポール・リクールの『時間と物語』（一九八五）だった。[22]つまり、文学だけでなく、事実的言説ですら、「物語（レシ）」として成立するということである。

リクールは『時間と物語』第四部第二篇第五章「歴史とフィクションの交叉」においてこの問題を真正面から論じているのみならず、その後、『記憶、歴史、忘却』（二〇〇〇年）でも再説する。[23]リクールの精緻な議論をここで詳細に検討するわけにはいかないが、いくつかの論点を見ておこう。ひとつはリクールがフィクション効果（effet de fiction）と呼ぶものだ。

われわれは歴史書を小説のように読むことができる。そうしながらわれわれは読解契約に入っていくのであり、この契約は物語る声と含意された読者とのあいだの共犯関係を制定する。この契約によって、読者は警戒をゆるめる。読者がすすんで不信感を中断する。読者は信頼する。読者は歴史家に、人びとの魂を知るという途方もない権利を認可しようとする。この権利の名において、古代の歴史家達は彼らの英雄の口から制作した言葉を語らせるのをためらわなかった。その言葉を、史料は保証しないが、ただ是認できるものとした[24]。リクールは、フィクションと歴史の合流、交叉の可能性、さらには両者の時間に見られるある種の通約可能性(commensurabilité)を指摘するのだ。その意味で、読解理論は歴史とフィクションに共通の場を生むと言える。ひとは小説の読者であるのと同様に、歴史の読者でもあり、歴史記述についても読解理論は適用されるわけだ。この点については、近年ではイヴァン・ジャブロンカが『歴史は現代文学である』で展開した議論にもつながる[25]。

四　かのように

ここで注目したいのは、リクールがフィクションと歴史に共通する要素として「思い描く(se figurer)」という操作を挙げていることだ。つまり、私たちがある事象に接する際に、文学的虚構の場合でも、歴史の場合でも、共通してあることは思い描く行為なのだ[26]。

単純化して言えば、文学的表象だけでなく、歴史を語る際にも表象が不可欠である。したがって、歴史は、過去の表象という目標のために、フィクション化を求めるとリクールは述べるのだが、それに呼応するように、フィクションのほうも歴史化を促すことがある、つまり、そこには相互的な感化の関係があるとも付け加える。つまり、フィクション物語は、あるしかたで、歴史物語を模倣するという仮説をリクールは提示するのだ。というのも、何事であれ、物語るということは、あたかもそれがじっさいに起きたかのように物語ることであるからだ。

あたかも起きたかのように、これをドイツ語で言えば、als ob だから、ファイヒンガーの『かのようにの哲学』を思い出させる言葉である[27]。かくして、私たちは鷗外に立ち戻ることになる。鷗外は本格的に歴史小説を書きはじめる前の一九一二年に「かのやうに」と題する短篇小説を『中央公論』に発表した。主人公の五条秀麿は大学で史学を学んだ青年貴族で、彼が歴史と神話の関係について思いを巡らせる際に、この「かのように」が出てくる（小説ではフランス語で「コム・シィ」と記されていた）[28]。主人公の秀麿は、現実という捉えどころのないものと抽象的な概念との関係を次のように友人の綾小路に説明する。「かのようにがなくては、学問もなければ、芸術もない、宗教もない。人生のあらゆる価値のあるものは、かのようにを中心にしている」。

こうしてみると、鷗外はリクールを先取りしていたようにも見える。リクールは、フィクションとレトリックは、歴史家が持つ批判的精神と衝突するものではあるけれども、奇妙な共犯関係が成立することもあると述べ、それを統制された錯覚と呼ぶ。その具体的な例として挙げられるのが、ミシュレのフランス革命と、トルストイの『戦争と平和』で、一方が歴史書でありながら文学となり、他方が小説でありながら歴史を伝えるものになるとしている。こうして、歴史からフィクション、フィクションから歴史という両方向のベクトルが交わることになる。

大河ドラマの話に戻れば、源頼朝なり北条義時なりという名前は、私たちにとって、それを思い描くことができなければただの記号に過ぎない。学校の授業が退屈なのは、文字通り顔の見えない人名だけが提示され、それが生き生きとした人物として浮かび上がってこないからではないだろうか。もし、顔があり、身振りがあり、動きがあれば、つまり、その人となりを思い描くことができれば、歴史上の人物は、まざまざとよみがえってくるのではなかろうか。江戸時代の庶民にとって、和田合戦や曾我兄弟などを題材にした歌舞伎を通して、『鎌倉殿の13人』に出てくる脇役たちは身近な存在だった。歴史を学ぶのとは違う形ではあるが、フィクションによって歴史が継承されていたと言える。

つまり、名前だけでは一人の人間を思い描くのに十分ではなく、思い描くためには具体的なアナロゴンが必要なのだ。アナロゴンとは、サルトルが想像力と想像界について論じた『イマジネール』[29]のなかで用いた術語だが、何かを表象するときにその支持体となるもののことだ。たとえば、恋人のことを思い浮かべるとき、その人の写真や絵などがアナロゴンである。言葉が純粋な記号としてそれが指示するものとは似ていないのと異なり、アナロゴンはもともと類似物を意味するから、指示する対象と似ている。歴史上の人物に関して、浮世絵、演劇、映画、マンガは、きわめて喚起力があるのはそのためだろう。

こうして、ただの記号でしかなかった北条義時や三浦義村といった人物が浮かび上がり、拡散していた情報が人びとのうちに歴史的イメージを生み出すのではなかろうか。

まとめにかえて

文学には歴史に題材をとった数多くの作品がある。フローベールの『ボヴァリー夫人』のように三面記事に題材を取ることも、大文字の歴史ではないが、事実を作品化するという意味では同じような作業と言える。そもそも、古代においては日本の場合でも西洋の場合でも、神話、歴史、文学の境界線はけっして明確ではなかった。日本では『古事記』『日本書紀』、西洋では『イリアス』『オデュッセイア』『ロランの歌』など、歴史とフィクションの関係を、現在の私たちの視線とは異なる展望のうちで考えさせる作品は無数にある。神話や文学が絵空事であるのに対して、歴史は事実、真実であるという簡単な二元論にならないことは、すでにリクールを通して見た通りだ。

三谷幸喜の自由な演出について検討したが、史実をかなり自由に脚色することが今に始まったことでないことは、英国ならばシェイクスピア、フランスでは一七世紀を代表する古典劇作家ラシーヌの場合が如実に示している。ラシーヌは、ローマを舞台にした悲劇『ブリタニキュス』を執筆するに際して、タキトゥスの『年代記』を本説としながらも、主人公ネロの人物像のみならず、ブリタニキュスの年齢の変更、歴史上ほとんど無名のジュニーをヒロインとするなど、大胆な変更を行った。この変更に対して、史実の歪曲だという批難がされたが、ラシーヌは戯曲刊行に際して、序文で弁明を行い、これらの変更が演劇上の本質によるものであり、古代の大家たちも同じことをしていると述べている。30

つまり、対応説とは異なる文学的真理があるということだ。だとすれば、ここでは翻訳の場合と同じように、オリジナル（史実）に忠実であるとはいかなることなのか、という本質的な問いかけがなされるべきだろう。じっさい、翻訳において原文に寄り添うのか、訳文を重視するのか、つまり不実な美女と貞節な醜女のどちらを選択するのかは古典的なジレンマである。さらには、リアリズムとは何かという別の問題も提起されている。

ひとは多くの場合、みずからの体験を出発点としてしか不在の事象を表象することはできない。その意味で、史実であれ、フィクションであれ、ある歴史(イストワール)＝物語を思い描く際には個人の経験が軸になる。作者は史実により寄り添って提示すべきなのか、それとも読者＝観客に接近すべきなのか、その選択は、受容する側のメディアリテラシーとも無縁ではない。

ＮＨＫ大河ドラマの近ごろの傾向も結局のところ、視聴者のメディアリテラシーの問題ではないか。私たちが子どもだったころは、ドラマで見る武士の語り方などが現代と違っていることがかっこよく見えたし、個人的にはその気分に浸っていたところがある。逆にいまは、多くの人は、登場人物を自分の日常や現代に引きつけて見て楽しんでいるように見受けられる。だが、いかに昔風の台詞回しだったとしても、それはあくまでも擬古文にすぎないから、本物ではないわけで、今にして思えば、それは一種のエキゾチシズムにすぎず、歴史そのままであったわけではない。

つまり、古今東西を問わず、作家や制作者たちは、読者や視聴者を歴史に近づけるために、一見すると歴史ばなれをするという手法を用いてきたと言える。そして、このような虚構化を通して、歴史は生き生きとしたものとなり、人びとの間に甦るのではなかろうか。だとすれば、歴史VSフィクションという対立を強調するのではなく、歴史とフィクションが相互に補完的である点に力点を置く方が実りあるアプローチだろう。この結論は、もちろん暫定的でもあり、また日和見的でもあるが、とりあえずのまとめとする。

＊本稿は、二〇二三年三月九日にパリの日本文化会館において行ったフランス語講演の元原稿である日本語版に修正を施したものである。

〔注〕

1　森鷗外「歴史其儘と歴史離れ」『鷗外全集』第二六巻、岩波書店、一九七三年、五〇八頁。

2　以下の記述に関しては、三谷幸喜『鎌倉殿の13人（NHK大河ドラマ・ガイド）』（NHKドラマ制作班監修）全三冊、NHK出版、二〇二一～二〇二二年などを参照した。なお、このタイトルはつねにアラビア数字で書かれているので、本稿でもそのように表記する。

3　当時の女性の名前は多くの場合は不明であり、有名な政子ですら現実にはどのように呼ばれていたかはよくわかっていないが、三谷は、頼朝の異母弟である全成（ぜんじょう）の妻（阿波局）をムーミンの登場人物からとってミイと名づけている。このような歴史との自由な距離の取り方は近年の大河ドラマの特徴である。

4　本稿における『吾妻鏡』に関する記述に関しては、以下の文献を参照した。五味文彦・本郷和人編『現代語訳、吾妻鏡』全一六巻・別巻、吉川弘文館二〇〇七～二〇一六年、五味文彦『増補　吾妻鏡の方法　事実と神話にみる中世』吉川弘文館、

［一九九〇年］二〇〇八年。樋口州男ほか編『「吾妻鏡」でたどる北条義時の生涯』小径社、二〇二一年。

5　『助六由縁江戸桜』『曽我物語』（曽我五郎、十郎）。そのほかにも『景清』（平家物語）、『和田合戦女舞鶴』など多数ある。

6　大衆の歴史観では真田幸村の存在は小さくなかった。たとえば、『国史の光』には「眞田昌幸、幸村の奮戦」、「眞田幸村の奮戦」「残る幸村茶臼山の最後」などといったくだりが見られる。中山栄作『国史の光』、博文館、一九三八年、下巻、一〇八頁、一三三〜一三六頁。

7　永井路子『北条政子』『永井路子歴史小説全集』第九巻、中央公論社、一九九五年。

8　竹宮恵子『吾妻鏡』（マンガ日本の古典一四〜一六）中央公論社、全三巻、二〇〇〇年。

9　『右大臣実朝』および「鉄面皮」の引用は『右大臣実朝、他一篇』岩波文庫、二〇二二年による。

10　『右大臣実朝』執筆の舞台裏を自虐的に語る「鉄面皮」では次のように述べている。「でたらめばかり書いているんじゃないかと思われてもいけないから、吾妻鏡の本文を少し抜萃しては作品の要所々々に挿入して置いた。物語は必ずしも吾妻鏡の本文のとおりではない。そんなとき両者を比較して多少の興を覚えるように案配したわけである」（同書、二四六〜二四七頁）。

11　冒頭は別として、中盤以降では執拗に貶めているくだりが目立つ。「乱臣逆賊と言ってもまだ足りぬ、まことに言語に絶した日本一の大たはけ」、「とても下品な、いやな匂ひがそのお人柄の底にふいと感ぜられ」、「人間として一ばん大事な何かの徳に欠けてゐた」、「なんとも言へず、いやしげに見える」（一〇四、一〇五頁）。

12　小林秀雄の「実朝」は太宰と同じ、昭和十八年二月に『文学界』に発表、のち『無常ということ』に所収。

13　斎藤茂吉『源實朝』岩波書店、一九四三年。茂吉は、その前に岩波文庫版『金槐和歌集』の校訂に携わり、評伝も執筆しているから、並々ならぬ関心を寄せていたし、この書も他を圧倒する研究書である。なお、『源實朝』の自筆資料は、私が所属する立教大学図書館が所蔵しており、デジタルアーカイブ化され、閲覧することができる。

14　坪内逍遥『名残の星月夜』春陽堂、一九一八年。武者小路實篤『實朝の死』日向堂、一九三一年。大佛次郎『源實朝』六興出版、一九四六年。吉本隆明『源実朝』筑摩書房、一九七一年、中野孝次『実朝考　ホモ・レリギオーズスの文学』河出書房新社、一九七二年。

15　しかし、たとえばハイデガーやサルトルはいわゆる歴史に関してもこのような対応説を否定する。『真理と実存』においてサルトルは、歴史の問題を実在と言説の関係とは考えず、歴史には終焉（エンド）＝目的がなく、また神の視点もありえないのだから、永遠不変の唯一で真なる完全な歴史記述なるものはありえず、時空間軸にそって、複数の言説が存在すると主張する。サルトル『真理と実存』澤田直訳、人文書院、二〇〇〇年。

16　サルトル「フランソワ・モーリャック氏と自由」（小林正訳）『シチュアシオンⅠ』、人文書院、一九六五年、三八頁参照。

17　アリストテレス『詩学』九、1451b（田中美知太郎責任編集『アリストテレス』世界の名著、中公バックス8、中央公論社、一九七九年、三〇〇頁。

18　同前。

19　Thomas G. Pavel, *Fictional Worlds*, Harvard University Press, 1986; *Univers de la fiction*, Seuil, 1988.

20　ジェラール・ジュネット『フィクションとディクション　ジャンル・物語論・文体』和泉涼一・尾河直哉訳、水声社、二〇〇四年。

21　Hayden White, *The content of the form: narrative discourse and historical representation*, Johns Hopkins University Press, 1987.

22　ポール・リクール『時間と物語』（全三巻）久米博訳、新曜社、一九九〇年。

23　ポール・リクール『記憶、歴史、忘却』（上・下）久米博訳、新曜社、二〇〇四年。

24　『時間と物語』前掲書、三巻三四一頁。

25　イヴァン・ジャブロンカ『歴史は現代文学である―社会科学のためのマニフェスト』真野倫平訳、名古屋大学出版会、二〇一八年。

26　『時間と物語』前掲書、三巻三四四頁。

27　Hans Vaihinger, *Die Philosophie des Als Ob*, Reuther & Reichard, 1911.

28　『森鷗外全集』第十巻、岩波書店、一九七二年、四三～七八頁。鷗外は当時出たばかりの新説を小説に取り入れた。

29　サルトル『イマジネール』澤田直・水野浩二訳、講談社学術文庫、二〇二〇年。

30　ラシーヌ『ブリタニキュス』「（第一の）序文」渡邊守章訳、岩波文庫、二〇〇八年、一四〜二一頁、および訳者解題、四四二〜四八四頁を参照。

日本最初のテクストに書かれた「浦島の子の話」をどこに分類すべきか

フランソワ・マセ

一　浦島太郎と八世紀の日本

浦島太郎の話を知らない日本人はいるだろうか。歌詞を全部知らなくても、だれでもメロディーと「昔々浦島は……」[1]という出だしは覚えているし、『浦島太郎』は昔話(コント)(conte)ではないと言う日本人はもういないだろう。室町時代から江戸初期にかけて広く知られていた話を集めた御伽草子[2]にも入っているが、それ以前からもこの話はあった。[3]古代から知られていたらしく、『源氏物語』も何度か触れていて、特に「夕霧」巻の引用[4]が印象的だ。

黒きもまだしあへさせたまはず、かの手ならしたまへりし螺鈿(らでん)の筥(はこ)なりけり。誦経(ずきょう)にせさせたまひしを、形見にとどめたまへるなりけり。浦島の子が心地なむ。

黒造りのもまだお調えにならず、母上が日頃親しくお使いになっていた螺鈿の箱なのであった。お布施の料としてお作らせになったのだが、形見として残して置かれたのであった。宮は浦島の子の気持ちになられる。

紫式部がどのような経路でこの話を知ったかはわからない。語られるのを聞いたのか、書かれたものを読んだのか、あるいは式部が何度か触れている「古物語」[5]の中の一つだったのか。八世紀からすでにいくつかの形で書かれていたのは確かで、古くは『日本書紀』の雄略二二年（四七八年）の記述に遡る。

> 秋七月、丹波國餘社郡管川人瑞江浦嶋子、乗舟而釣。遂得大龜。便化為女。於是、浦嶋子感以為婦。相逐入海到蓬莱山、歴覩仙衆。語在別巻。
>
> 秋七月に、丹波国余社郡（たにはのくによざのこおり）の管川（つつかわ）の人水江浦島子（みずのえのうらのしまこ）は、舟に乗って釣りをしていて大亀を得た。大亀はたちまち女になった。浦島子は心ひかれて妻にし、あとを追って海に入り、蓬莱山（ほうらいさん）に着いて、仙衆を見て廻った。この話は別巻にある。[6]
>
> （『日本書紀』）

『日本書紀』は日本最初の正史だから、今では単なる昔話と思われている話の最初の例は、歴史書、つまりアプリオリに事実だと認められている書に書かれている。しかし普通の人々にとっては、昔話はもはや全くの作り事で、実際にあった過去の出来事を述べる真実の話（レシ）（récit）という意味での歴史ではありえない。研究者にとっては、厳密な意味での歴史という観点から、この話の出現に関わるコンテクストと時代の影響を受けたその後の様々な変化を調べることが仕事となる。

私たちがフィクションだと考える話が歴史的事実として紹介されているということは、「フィクションと歴史」の関係の問題性を提起するばかりでなく、ある時代におけるこの二つの言葉の定義（時代が古い場合はなおのこと）とその使われ方について研究することが課題となる。この作業にフランス語はほとんど役に立たない。多かれ少なかれフィクションを思わせる、我々にはなじみ深い言葉、伝説（レジャンド）（légende）、昔話（コント）（conte）、神話（ミット）（mythe）、物語（ロマン）（roman）は実際に使うと重なり合い、区別しようとすれば問題が出てくる。また、イストワール（歴史 histoire）という語は、大きく違った分野にまたがっていて、「浦島の話《イストワール》（histoire）」と言う場合は、語られたもの《レシ》の内容を意味し、『日本書紀』は正史（公式の歴史書 histoire）だと言う場合は、現実に起こったことを書き記す文書を意味する。さらに大文字のHで書かれる歴史（Histoire）があるが、これは過去を体現するばかりでなく、「それは歴史が決めるだろう」という言い方が示すように、未来をも含んでいる。

ここでは大文字の歴史には立ち入らないで、フィクションの分野に属さない過去の記録に絞って考えてみよう。『栄花物語』とか『大鏡』のような「歴史物語」も、『源氏物語』との関係といったことも含め、様々な問題を提起する大きな研究分野だが、より対極的な二つの分野、「昔々」という導入表現以外には時間的な標識を持たない、フィクションの原型としての昔話と、確定された時間に確かに起こったと認められたことを記述する歴史との二つに焦点を当てて考えていこう。

以上のように整理すればすべて解決だとまずは思われた。フィクションがあれば歴史はない、また逆に、自分の仕事がフィクションだと言われるのは歴史家にとっては侮辱なのだと。しかし一九七三年に、ヘイドン・ホワイトが挑発的な著書『メタヒストリー』[7]を出版し、歴史とフィクションを区別する客観的な基準はなく、言語事実と言語効果があるだけだと主張し[8]、この絶対的相対主義が引き起こしたさすらいの果てに事態は沈静したので[9]、この問題を直接取り上げるのではなく、別の観点から扱って見ようと思う。私たちが物を考えるとき、その手がかりとなる概念をおのずから過去に投影する傾向があるが、「歴史《イストワール》」という単一の言葉をカバー範囲が違う現代の書物と遠い過去の書物の両方に使うと、その問題性は明らかになる。一方、日本の古語の中に「フィクション」というカテゴリーに対応する語を見出すことはほとんどできない[10]。この落差を自覚して、八世紀の日本人にとってフィクションと歴史は何を指し示したかを問わなければならない。ヘイドン・ホワイトの説を考慮しても、自明と思われるフィクションと歴史の区別はあるが、八世紀の日本人はその区別を知っていたのだろうか。また区別がある程度あったとしても我々が想像するほど重要なものだったのだろうか。そして、話・叙述（récit）を前にして、彼らは「それは本当なのか、本当に起こったことなのか」という問いを発したのだろうか。あるいはこの問いは、彼らにとっては、時には二次的なものだったのだろうか。

八世紀の日本のエリート層は一世紀以上前から書記文化を生きていた。彼らは「語り」（話されること）と文（ふみ）つまり文書とを対照的に把握できた。大陸文化の影響下に中国を規範として、文書が上位になり、係争の場合は書かれたものに証拠価値があると認められ口頭の誓約は裁判手続きから姿を消す時期もあった。[11] 口頭と書記の違いは、フィクションと歴史の違いに近接するが、まったく重なり合うものではなく、特に真実性という問題については両者の違いは顕著となる。口頭では日本語で語られ、書かれたものは基本的に中国語（漢文）が使われていたという事実もある。

この二つの言語システムの共存は差異を生み出す。漢文が文人たちの言語となり、異なる書記形態があることが認識される一方、日本語の場合は文（ふみ）という言葉しかなく、「書」のような歴史記述にも、「紀」のような年代記にも、「記」のような単なる筆記・記録にも、区別なく使われた。訓読みでは、『日本書紀』（七二〇）の「書」も「紀」も「書紀」も、『古事記』（七一二）の「記」も、全て文で、『風土記』（七一三以降）の「記」の場合も同様だったばかりか、図様、圖のような、よく知られた亀の甲羅のモチーフなど、解読されいわば読まれるものすべてが「ふみ」と言われた。また、常に口頭言語が使用されていたという事実も重要で、書かれたテクストは、最初からとは言わないまでも、すぐに和語で読まれるようになった。口頭文化を特徴づける、自在に伸びあるいは縮む傾向にある過去の時間、その不定性になじんだ感性は、エリートたちが書記世界に入ったあとも存続していたように思われる。

最後の点だが、八世紀の日本は、我々にとってフィクションと言える散文作品を一つも残さなかった。しかしフィクションを知らなかったわけではなく、『遊仙窟』[12]のような物語(レシ)は宮廷世界では非常に好まれていた。また日本製の「フィクション」が全くなかったわけではなく、公式の書物『風土記』の中の地方の伝統風俗についての報告の中に認められ、[13]昔話(コント)が重要な位置を占めていたと思われる当時の民衆文化について、これが唯一の情報源となっている。しかし『風土記』の伝承者と執筆者にとって、これらは単なるフィクション、娯楽にすぎないものだったのだろうか。これらが記録に占める位置、その後の村落社会における役割から判断すれば、こうした理解は疑わしい。一方、『万葉集』にはこのフィクションの領域で生まれたと思われる多数の和歌が含まれている。浦島の話ばかりでなく、『万葉集』は、二人の求婚者のどちらかを選ぶより自死を選んだ真間(まま)の手児奈(てこな)や菟原処女(うないおとめ)の悲劇的な物語も伝えている。[14]織女と牽牛の伝説を語る一三〇の和歌も忘れてはならないだろう。[15]

二　『古事記』、『日本書紀』、そして『万葉集』——いにしへと歴史的時間

議論を進めるにあたって、過去を扱っている八世紀初頭の重要な二つの書物、『古事記』と『日本書紀』をまず位置付ける必要がある。最初の書物、七一二年に朝廷に献上された『古事記』は、和語で読むと、「いにしへのことのふみ」、つまり、「いにしへ」(過去)の「こと」(出来事)を書き記した「ふみ」という意味で、「いにしへ」という語は、『古事記』では三回しか現れず(うち二回は漢文の序)[16]、漢字の「古(グ・コ)」の読みとして出て来る。この古代は年代がない。「いにしへ」という語は、『万葉集』の和歌にもいくつかあり、思い出によって現在に接続される過去を語るときに最も多く使われている。[17]しかしこの語は、最も遠い過去を指し示すときにも使われる。例えば、『日本書紀』は、

天と地がまだ分かれていなかったときを語るこの言葉（古天地未剖）から始まっている（『大系』①七七頁）。
『古事記』は三巻で、原初、天と地が分かれるときから、雄略に父を殺された顕宗天皇（五世紀末?）までのこの「いにしへ」を、切れ目のない話として語り、最後を推古女帝（五五四～六二八）に至る系図で締めくくっている。最初の巻は神の世で、神話と見なされているが、この巻の語りと他の二巻の語りを区別するものは何もなく、残りの二巻は進むに従って神の現れが少なくなっていくという違いしかない。人の世を扱う巻の話は、伝説や昔話を思わせるものが多く、雄略の治世にその性格が強く出ている。しかし、雄略の治世には私たちの関心の的である浦島の話は語られず、『古事記』執筆のはるか前、雄略のすぐ後に位置する顕宗の治世で語り止められていることに注目したい。つまり、『古事記』の執筆者にとっては、意味を担った過去、大いなる始まりを起点とする過去を閉じるのは顕宗の治世だった。

『古事記』には一五あまりの年月の記述しかないが、後から追加された可能性がある注の中にしか出てこないので、最初に書かれた時点にあったものではないかもしれない。しかも、かなり後の第十代の天皇の死の記述に初めて出てくる。『日本書紀』は、一貫して連続する年代表記によって、神の世を扱う最初の二巻とその後の二八代をはっきりと分けている。年代表記は初代天皇、神武の東征決定から始まるが、この暦法は中国の暦法に従ったもので、六世紀末までは、非常に不自然なものに感じられる。[18] 実際、信憑性のある年月が現れるのは推古女帝の治世から、つまり三〇巻のうちの最後の八巻のみと一般に考えられていて、それ以前の時代は、我々二一世紀の人間にとっては、「歴史フィクション」と言っても良い世界である。

しかし八世紀の文人たちは恐らくそうは思っていなかっただろう。『日本書紀』の執筆者たちは、『春秋左氏傳』、『史記』、そして特に『漢書』という規範に引けをとらない書物を書こうとして、無味乾燥で簡略な『春秋』の編年体を一新した、説明のある叙述としての編年体を取り入れた。[19] 日本の文人たちは、自分たちが書く歴史叙述を、その後の時代の歴史的真実という概念とは必ずしも一致しない真実を表す帝記として記述し、[20] 優れた編年体編者として、彼らの目から見て取り上げるに足りると思われるものを選び出した。重要な人物たちの行為、非常に珍しい出来事、地震、水害、旱魃などの天災、我々の目から見て超自然の現象、そしてその中間にあるこれら人間・自然の特異な現象の予兆などを挙げることができるが、予兆として機能する特異な動物の出現としては、赤い雉子[21]や銘文が刻まれた亀[22]などがある。これら記述の中には、奇跡など、我々の目から見ればありえない、信憑性がない信心・妄信として現代の歴史家が恐らく除外したであろうものも含まれている。

六世紀末以前についての『日本書紀』の年代記述、従って史実性に問題があることは、すでに述べた。年号表記があるにせよ「歴史的」巻の始めの方は、歴史化された伝説・神話の領域であることに議論の余地はないが、雄略の治世は特別な位置を占めている。この天皇は、その存在が他の資料によって確認されている初期天皇の一人で、[23] 彼の治世は朝鮮半島で数多く起こった出来事が記されている。浦島の子の旅の記述も、百済王国の出来事の間に挟まれていて、二一年には王国は隣国の高句麗（高麗）に滅ぼされ、雄略は同盟国の百済に援軍を送り、二三年には文斤王の死が語られる。[24] 不死の国への浦島子の旅は、年月が明記され、場所が詳記されていることもあるが、真正さを保証するこれら有力な記述に支えられている。主人公には名前もあり、時間と場所も明記されている。

しかしこの旅は、記述時点から三百年以上前に起こったことで、ある意味で『古事記』の「いにしへ」と同じ領域に属していると言える。私は、雄略の治世は二つの過去の時間の転換点をなしていると考えていて、一つはほぼ歴史的な過去で、もう一つは別世界への旅が決して不可能ではないと思われていた過去である。『日本書紀』の連続的紀年方式は二つの違った過去の差異を一部解消して「歴史的」部分を拡大し、『古事記』では年代標識がほとんど不在であるため、これとは逆の方向に、区分のない過去を雄略の時代をやや超えて広げているという位置付けである。女に変身する不思議な亀の捕獲はこの二つの過去の間に成立する特別な時点を具現していると言えるという考えなのである。日本の文人エリートたちが取り入れた中国の伝統によれば、不思議な亀、靈龜（れいき）は、鳳凰や龍と同じ様に最も重要な卜占の徴で、[25]二番目の正史『続日本紀』は、多くの場合白色で銘文が甲羅に彫られている場合もある十二以上にも上る霊亀の朝廷への献上を記している。[26]『日本書紀』はすでに天智九年（六七〇）に、甲羅に申（しん・さる）の字があり、上が黄で下が黒く、長さが六寸の亀を捕獲したと記録している。[27]『万葉集』収録の七世紀の和歌は、この亀の吉兆としての性格を強調し、この亀が背負っているテクスト（文（ふみ）、図（あや）、モチーフ）は永遠に続くと思われる新しい時代を告げているという。[28]浦島の子が旅した不死の国の読みとして「とこよ」という言葉が使われていることはすでに述べたが、この歌はこの言葉を使っている。けれども浦島の亀とは違って、天智の治世やそれよりも後代に出会う亀は、美しい女にはもう変身してはくれない。

十一世紀初頭の『日本紀略』は、『日本書紀』の注をそのまま取り入れているが、[29]十二世紀中頃の『扶桑略記』は、『日本書紀』注の冒頭を取り『續浦島子傳』の二つのバージョンを引用して話を発展させて雄略治世下の浦島子の旅を語っている。[30]つまり『扶桑略記』を著した僧、皇円（?～一一六九）は正史の注を、昔話、または伝説、つまり明らかにフィクション性がさらに強いと思われる資料で補填し、それに何の問題もないと考えているわけだが、この僧侶にとって、また恐らく当時のほとんどの人々にとって、不思議なことは現実の世界に属していたからであろう。[31]浦島の子の旅が、現在の意味で歴史的事実と考えられなくなるには、江戸時代を待たねばならない。[32]

『扶桑略記』に引用されている話は、七一三年以降に成立した『丹後国風土記』にある一要素のほとんどを取り入れている。[33]与謝（よさ）郡、日置里（ひおきのさと）の筒川村については、『風土記』はこの国の国司であった伊豫部馬養（いよべのうまかい）（七〇二または七〇三年に死亡）が書いたという文を引用している。これは史書と同様、雄略治世の話となっていて、浦島伝説の最も流布したバージョンのほとんどの要素を取り入れている。浦島子は常世に行き昴（すばる）の星の化身たちに会うが、浦島が帰った故郷の村には知っている人は一人もいない。そこでかの名高い箱を開けるが、浦島はたちまち老人になる代わりに歌を交わし、夫婦の別れとなる。

あの恐ろしい変身が初めて出てくるのは『万葉集』の第九巻にあるもう一つの和歌で、[34]

（……）肌も皺みぬ　黒くありし髪も白けぬ　ゆなゆなは　息さへ絶えて　後つひに　命死にける

恐らく七三三年よりも前に作られたものと思われる。[35] つまり『日本書紀』と同時代なのだが、愕然とするほどの違いがこの二つにはあって、散文から詩歌への移行、漢文から和文への移行だけにはとどまらない変容を見せている。主人公には水江という部族の名前が与えられてはいるが、どの時間にもどの場所にも属していない。筒川からはるかに離れた住世（すみのえ）が歌の冒頭で呼び起こされ、筒川は名前すらあげられず、ただ「漠然とした懐旧の思い（古（いにしへ）のことぞ思ほゆる）」が歌われる。雄略の治世であるとも、ある特定の年月であるとも言われず、行くのは仙人が住む国ではなく常世で、将来の妻は亀の段階を経ずに初めから女の姿で現れる。中国文化を直接思わせるものは過去の日本に転移され、蓬莱山はわたつみの神の宮（海神の宮殿）となる。歌の作者は、自分の歌に対して距離を置いていて、彼自身伝説とみなしているらしく、そこから教訓を引き出している。

常世辺に住むべきものを　剣刀（つるぎたち）　汝が心から　おそやこの君

常世の国に　住んでいればいいものを　剣刀　自分の了見で　ばかなやつだねお前は

しかし伝説という概念を八世紀の日本の文人たちに使うのに問題はないだろうか。当時好まれていた『遊仙窟』にある表現は『万葉集』にも取り入れられていて、大伴家持（七一八〜七八五）が坂上大嬢（おおいらつめ）に贈った十五の和歌のうち四つが『遊仙窟』に出てくるイメージを元にしている。[36] 山上憶良（六六〇？～七三三）も、有名な「沈痾自哀文」（病に沈みて自らを哀れむ文）の中で使っている。[37] 皮肉まじりの書き振りで、仙女たちについてはエロティックな響きもあるが、だからといって七世紀の中国人、八世紀の日本人が仙人の世界や常世を全くのフィクションと考えていたということにはならない。

三　神の世と人間の世

浦島の子の冒険を語る和歌では海神の宮とただの人間と結婚する海神の娘が歌われているので、神代の海幸彦と山幸彦の話にも繋がっていく。海神の国へ旅する主人公のヒコホホデミ、別名山幸彦は[38]『古事記』『日本書紀』の神代の部に出てきて、[39]『古事記』[40]と『日本書紀』第二の異本では『風土記』と同様に夫婦の別れを記す歌で終わる。昔話とか神話とかと我々が呼ぶ話では、異界の女たちは動物界の生き物で、一方は亀、一方は海の怪物、ワニで、『日本書紀』の異本では、異界の妻、豊玉姫は亀の背に乗ってやってきて荒磯で出産する。[41] 主人公たちは三年経つと異界の素晴らしい暮らしにもかかわらず生まれ故郷が恋しくなり、不思議の世界の妻たちが守るように言った禁忌を二人とも犯してしまうが、浦島の子とヒコホホデミの話は全く重なるわけではない。二つの話とも異界への旅があり、人間と不思議な生きものとの結婚があるが、神話の方がやや楽観的なトーンで終わり、夫婦の別れがあるにしても、主人公は最初の人間の天皇、神武の祖父になるのに対して、浦島の子の歌は完璧な挫折という結末に終わる。

山幸彦の話は、唯一とは言えないまでも平安末期に絵巻物の題材となった（『彦火々出見尊絵巻』）数少ない話で、この美しい絵巻は後代の模写で知られているが、『浦島明神縁起』[42]という、これほどは知られていない作品との共通点が数多くある。題にある通りこちらは浦島の話で、浦島を神として儀式も行う神社の縁起ともなっている。この絵巻は、延喜式にその名が挙げられている京都府の宇良神社に保存されている[43]。この由緒深い神社は、八二五年（天長二年）に淳和天皇（在位八二三〜八三三）の勅命により、この世への浦島の不幸な帰還を祀るため興されたものだという[44]。『源氏物語』には浦島の話が何度か出てくる。高田祐彦氏が指摘しているように、山幸神話にも着想を得ているようだが[45]、作者の紫式部は『日本書紀』によってこの神話を知ったようだ（彼女の時代には『古事記』はほとんど知られていない）。日記にこう書かれている。

うちのうへの、源氏の物語人に讀ませ給ひつつ聞こしめしけるに、「このひとは日本紀をこそ讀み給ふべけれ。まことに才（ざえ）あるべし」と、のたまはせけるを、ふと推しはかりに、「いみじくなむ才ある」と、殿上人などにいひちらして、日本紀の御局とぞつけたりける、いとをかしくぞ侍る。

主上が、『源氏の物語』を人にお読ませになられてお聞きになっていたときに、この作者はあのむずかしい『日本紀』をお読みのようだね。ほんとうに学識があるらしい」と仰せられたのを聞いて、この内侍がふとあて推量に、「とっても学問があるらしいんですって」と、殿上人などに言いふらして、私に「日本紀の御局（みつぼね）」とあだ名をつけたのでしたが、まことに笑止千万なことです。

（『紫式部日記』[46]）

神々や異界への旅についての話が入っている歴史書の読者だった紫式部は、歴史に属するものとフィクションの領域のものという我々にとっては二種の言説をはっきり分けて考えていたのだろうか。というよりむしろ、そういうこともあるのではないかと彼女が思っていたとしたら、そうしたものを使った結果何が生まれるか、問わなければならない。この問題は彼女一人に限った問題ではないのも確かだ。

八四九年に仁明（にんみょう）天皇の四十の賀のために制作した作り物の中に、天に上り長寿を得る浦島の子が見いだされるが[47]、これは単に文学的動機によるのだろうか。この場で作られた長歌も「故事、いにしへのこと」にはっきりと言及しているが、故事とは浦島の子の常世への旅[48]を指している。この場が天皇の長命を願い、陀羅尼の書写など様々な儀式を行う場だったとすると、浦島への言及がほとんど宗教的とも言える意味を持っていることについて、考えざるをえない。こうした祝祭的コンテクストでは老衰も死も知らない国に浦島が滞在したことが前面に出てきて、その陰に彼の悲劇的な最後は消されてしまう[49]。この昔話の複数のバージョンの中には、浦島が常世の国に帰るという話もある[50]。浦島の結末を語らない『日本書紀』にある意味で戻ったのだということもできるだろう。

平安前期においては、『日本書紀』は日本紀講筵（にほんぎこうえん）という『日本書紀』の注釈を行う公式の催しを生み、この集まりの最後には宴会があり日本紀竟宴和歌が作られた。九四三年（天慶六年）の日本紀講筵では少納言大江朝望（生没年未詳）が浦島の子についての和歌を作っている[51]。

浦島の意（こころ）に叶ふ　妻を得て　亀の齢（よわい）を　共にぞ經ける

「亀の齢」という奇妙な表現は、「亀は万年」という表現に見られるように、よく知られた亀の長命に基づくものだが、同時に浦島が釣った生き物への言及でもある。歌に先立つ詞書では蓬莱は日本では常世だと説明し、『日本書紀』の文をそのまま引き写している[52]。

かくして私たちは昔話から出発して、史書の一節を歌う和歌に到達した。この一節は四七八年に起こった事柄を語るものであるはずで、最後の方の巻は現代の歴史家が比較的信憑性が高いと判断している日本最初の正史に含まれている。ところがこの同じ「歴史」は、第二の巻では、昔話のバリエーションとも言える形で我々にとっての神話を語っている。さらに昔話と神話は、これもまた時間を操作し執筆の約百年前に舞台を移している物語（ロマン）にも出てくる。この同じ物語が、すでに述べたように、歴史物語『栄花物語』の母型としても使われている。浦島は神として祀られることになるが、昔話の登場人物が神となることは、普通はない。しかし昔話の受け取られ方はどの社会環境、時代でも同じだとは言えず、日本では長い間、昔話は夜語られただろうと関敬吾氏が強調しているように、宗教的とも言える世界に属していたということ[53]を考えると、主人公が昔話から神格に移ることは、思ったほど驚くべきこととは言えなくなる。

私は現代の分類、しかも西欧起源の、神話（ミット）、昔話（コント）、伝説（レジャンド）、物語（ロマン）、歴史（イストワール）という言葉を使った。日本の研究者の大半が現在これを使っているではないかと言って、それを正当化することもできるだろうし、歴史家にとっては、過去に実際に起こったことを明らかにするという、作業の第一段階において、この手続きは当然不可欠なことだとも思われる。私たちは浦島の旅が歴史的事実だと考えることはもうできないので、『日本書紀』の記述が歴史家として持つべき厳密さについての訓練が不十分だった編纂者たちの不手際だと見なし、雄略治世の二十年代から朝鮮半島の出来事だけを考慮するという誘惑にかられるかもしれない。けれどもこの「歴史家的」観点はすぐにその限界にぶつかってしまうため、幸いなことに現在乗り越えられている。異界への旅とか不思議の亀のような、我々にとっては現実の裏打ちのないこれらの事柄が古代の女や男たちが世界を知覚する仕方にどのような役割を果たしたかということを問う必要があるからだ。これらのことを伝える正史では、直近の過去に関しては、記録文書に依拠しているので、何年の何月にだれそれが何々に就任したと書かれていれば、それを信じていいわけだが、その同じ文書で次のようなことを読んだときに単なる作り事だと言って退けることができるだろうか[54]。

六月〇己卯左京職献亀。長五寸三分、闊四寸五分。其背有文云、天王貴平知百年。

（天平元年［七二九］）六月二十日、左京職が亀を献じた。長さは五寸三分、幅四寸五分であった。その背に文があり、「天子は威厳に満ち、その平和な治世は百年続く」と書かれていた。

同月の一日に朝廷及び全土で仁王経法があったと記録している記録文書と同じ扱いで、この亀は文の資料とされ、官人は確かに亀の甲羅の銘文を読んだのだろう。しかし科学的に言って不可能なので、私たちにはそれはできない。このヴィジョンの違いが帰結することの全てを見極めなければならないのではないか。

もっとも遠い昔について見ると、この事態はさらにはっきりし、ここでも文書が前面に出てくる。天武天皇は六八二年に、『帝紀』を作成し諸々の遠い過去の古事も書き留めるようにと命じたが[55]、それは、『古事記』の序文に題名が複数挙げられている既存の文書の編纂を意味していた[56]。同様に、我々にとっては歴史性から最も離れた部分である神代を扱う『日本書紀』の初めの方の巻では、編纂者たちは彼らからみて最もまとまった本文を作成することだけでは満足せず、本文のあとに、「一書曰（あるふみにいわく）」という言葉で始まる異本群、様々な文書からの引用を記述した。ここには、人間の世界を扱う我々にとっての歴史的時間の部で見られると同様の正確さを期す態度が見られる。一つの神話の複数のバージョンを並列して編纂するという態度は、扱う素材に対する批判的な距離の欠落をおそらく意味するものだろうし、そうでなければ本文だけに留めてしまったことだろう。複数のバージョンが存在するのは、全体的に欠陥があるからだと理解されていたのではなく、無数に存在するばかりでなく様々の様相を持っている神々と同様、真実は複数の形で現れたのだと私には思える。神々の存在は認められていて規範的存在として扱われ、彼らが登場する場面は人間の時代と同様に典拠となり、すべてが古い文書によって検証されるのである。

日本書紀においては年次が明記されている浦島の旅は、ほぼ同時代の『万葉集』の和歌では遙かかなたの不特定な「いにしへ」に追いやられている。一方では歴史的な出来事として提示され、他方では特定できない過去の世界、我々にとっては伝説または神話の世界に置かれている。八世紀の男や女たちの心的世界の重要な部分を現実とは思えなくなっている現代の歴史家たちにとっては、この違いは決定的なものとなったが、亀の甲の文字を読むことができた人々には、異界への旅は不可能でも何でもなく、特にそれがこの不特定な過去に起こっているなら尚更のことだった。したがって、彼らはヘイドン・ホワイトを読んだわけではないが、伝説、つまり換言すればフィクションと歴史の違いという区別の仕方は、多くの場合妥当性がないと感じていたのだと思われる。57

長い間、日本でも、その他の場所でも、歴史を書くということは、過去についての何らの思惑もない知識行為、仮にそんなものがあればの話だが、そのような行為を目的にしてはいなかった。『日本書紀』の編纂が示すように、皇統史を作ること、つまり天皇、ここでは内戦を経て権力を取った天武天皇の正統性を確立することだった。これは国内向けだが、複数の王朝を持つ中国とは対照的な皇統の単一性を強調するばかりでなく、中国の歴史学を取り入れることによって、中国に対し国としての存在を主張することでもあった。歴史は先例集のようなものと考えられていて、歴史性においてはかなりあやふやな、古代中国の賢王のイメージを持った仁徳のような手本になる良き君主を描き、武烈のような忌まわしい非難すべき悪例を記述した。この観点から見れば、仁徳が実際に凶作による苦しみから立ち直るまでの間民の租税を免除したかどうかということは、決定的に重要なことではなく、手本として遥かな過去の歴史物語(レシ)に組み込まれる価値があったということなのだ。

浦島の旅は、仁徳の治世または神代と同じように、有用な、つまり複数の教訓を含み持つ深い意味での忘れがたい出来事というカテゴリーに入るのだと思われる。そしてこの話は、仁徳の時代や神代の話の共鳴版ともなっていて、常世と人間の世との間の時間感覚の違いを使って、ほとんどすべてが可能な不特定の過去と厳密に年次が確定される近接過去の間の転回点に、身を置いているのが浦島なのだろう。

『源氏物語』の「夕霧」巻において、落葉宮が思い出の品として手元に残した箱を眺め、浦島と同じ気持ちを味わっている場面で、紫式部は皆が知っている話に触れているわけだが、この使用には歴史性は全く重要ではなく、禁忌の犯しとそれがもたらす老衰と死という通常の昔話の「教訓」とも異質なものだ。ある意味で作者は昔話の心理分析のようなことをしていると言える。昔話では玉手箱が、そこには最早いない愛する女の存在の媒体であるとみなすことができるように、物語では螺鈿の箱は、亡き人を強く思い起こさせ、昔話と同じように悲劇的な取り返しのつかない別れを象っている。浦島の帰還はないという『日本書紀』の記述をそのように解釈することも可能だろう。それがこの正史の意図する結末だったと言えるだろうか。『日本書紀』は沈黙して語らないため、即座の死か亀の寿命を受けるか結論は開かれているが、いずれを取るにせよ二つの世界の断絶は決定的で、逆行はもはやないということは確かなのである。

翻訳　寺田澄江

〔注〕

1　文部省出版の子供向けの尋常小学唱歌（一九一一年）に収録されている。

2　「浦島太郎」『御伽草子』（『岩波日本古典文学大系』〔以下『大系』〕三三七〜三四五頁）。それ以来主人公は「浦島太郎」と呼ばれている。『御伽草子』の「浦島太郎」は教訓的で、太郎は鶴に変身し妻の亀の元に行くという幸せな結末である。この種の文学ジャンルについては、ジャクリーヌ・ピジョー氏の研究を参照されたい。

3　この話の伝播と種々のバリエーションについては、重松明久『浦島伝』（『古典文庫』現代思潮社、一九八一）、この話の総合的な研究書としては水野祐『古代社会と浦島伝説』（二巻、雄山閣、一九七五）がある。

4　『源氏物語』「夕霧」（『大系』④一四八〜一四九頁）。この他「浦島」という表現は巻十「賢木」、巻二三「初音」にもある。

5　例えば巻一七の「絵合」では「まづ、物語の出で來はじめの親なるたけ取の翁に宇津保の俊蔭をあはせて、あらそふ。」とある（『大系』②一七九～一八〇頁）。

6　『大系』①四九七頁。別巻が何かはわからない。ほとんどの校訂本は「蓬莱山」を『日本書紀』の古訓に従って「常世（とこよ）」と読んでいる。例えば『新訂増補国史大系』がその例で（前篇、三八八頁）、新編小学館本は漢語（Penglai shan）を現代語表記で「ほうらいさん」、すなわち仙人が住む島と読んでいる（『日本書紀』②二〇七頁）。

7　Hayden White, *Metahistory : The Historical imagination in Nineteenth-century Europe*, John Hopkins university, 1973.

8　François Hartog, *Confrontation avec l'histoire*, Gallimard, folio, 2021, p. 12. この問題についてのバルトの見解は p. 190にある。全体的ヴィジョンは Sabina Loriga と Jacques Revel, *Une histoire inquiète. Les historiens et le tournant linguistique*, EHESS/Gallimard/Seuil, 2022, 特に p. 235-258。

9　主に「叙述 récit」についてのリクールの仕事のおかげで（*Temps et récits*, Seuil, 1983, tome I-2, 1983-84）。

10　一番近い言葉は、語られたことという意味の「物語」だろう。この語は『万葉集』巻七の和歌一二八七で使われている（「石走　淡海縣　物語為あふみあがたのものがたりせむ」）。巻十二の二八四五に出てくる「物語」は、会話をするという意味のようだ。なお『万葉集』は澤瀉久孝の『萬葉集注釋』を参照した。

11　Francine Hérail, « Réapparition du serment dans le Japon médiéval », dans R. Verdier (éd.), *Le Serment*, Paris, Éditions du CNRS, 1991, p. 175-190.

12　著者張鷟（ちょうさく）（張文成、七世紀末）。

13　元明天皇は『風土記』の編纂にあたって、地方の産物、地名だけでなく、古い話を古老から聞き取り、特記すべき出来事を収録するよう官人たちに命じている（「古老相伝旧聞異事」『続日本紀』、和銅六・五・二、『岩波新日本古典文学大系』［以下『新大系』］一九六～一九九頁）。

14　真間手児奈については山部赤人（巻三、四三一～四三三）と高橋虫麻呂（巻九、一八〇七～一八〇八）の和歌があり、菟原処女については同巻の虫麻呂の歌（一八〇九）と柿本人麻呂の歌（一八〇一）がある。菟原処女と真間手児奈が実在していたかどうかは誰も知らない。彼女たちの墓をめぐる話が残っているのみである。

15　大半は巻十に収録（一九九六～二〇九三）。この星の恋愛は神話なのだろうか、それとも伝説なのだろうか。いずれにせよ、この話は中国伝来である。

16　序、稽古「漂探上古（ふかくいにしへをさぐり）」（『大系』四四～四五頁）。同巻三、安康の治世「自往古至今時（いにしへよりいまにいたる）」（三〇三頁）。この例では「むかし」という読みも使われている。「いにしへ」という概念の重要性（マセ・美枝子氏による）に注目したい。

17　例えば『万葉集』巻三、二六六の「古（いにしへ）思ほゆ」。

18　本居宣長（一七三〇～一八〇一）を始め、江戸の学者たちは、西洋の歴史学の導入を待たず、不自然な記述だと指摘している。

19　『春秋左氏傳』の画期的な役割については次を参照。Damien Chaussende, « Le Commentaire de Zuo, classique confucéen et modèle historiographique », in François Macé, Jean-Noël Robert, *Hiéroglossie II, textes fondateurs Japon, Chine, Europe.* Collège de France, Institut des hautes études japonaises, 2021, p. 97–117.

20　『日本書紀』、またその後の五つの正史編纂時には専門の歴史家は存在してはいなかった。編纂時に必要に応じてその都度設けられた室で作業する文官の仕事だったのである。

21　『扶桑略記』によればこの雉子の出現により、天武天皇の治世末期の六八六年に、元号を変えたという（天武一五年、七月、『国史大系』⑫一八九七、五二八頁）。

22　天智の治世下。この亀については後で触れる。

23　六世紀に書かれた『宋書』にある倭王（やまと）、武は雄略のことらしく、また稲荷山古墳と江田船山古墳で発見された刀剣の銘文にあるワカタケルという名前は、雄略を指し、その和名であるらしい。稲荷山古墳の剣は辛亥、つまり恐らく西暦四七一年に対応する（最近の分析による五三一年説もある）。

24　『三国史記』によれば、この人物は文周（ぶんしゅう）の子で四七九年に死亡した百済の第二三代の三斤王（さんきん）らしい。

25　祥瑞のリストは、延喜式の治部省の項の先頭に挙げられている（『新訂増補国史大系』中篇、五二七頁）。八世紀律令制下の儀制令は次のように記述している。「瑞祥の検証　非常に重要な瑞祥、麒麟、鳳凰、亀、竜の類が現れたら、文書で確認し、朝廷に直ちに報告を出さなければならない」『律令』（『日本思想大系』③三四五頁）。

26　『続日本紀』（新大系五〇一頁、続注三九）。これらが複数出現した場合は、「亀」の字が現れる元号への変更の理由とな

る［霊亀（七一五〜七一六）、神亀（七二四〜七二八）］。

27　『大系』②一三七四頁。黄色は地の象徴で、それが天を示す黒の上に出ているので、亀は天武が位に就く道を拓いた壬申の乱（六七二）が起こる予兆であると考えられた。

28　『万葉集』巻一、五〇「我が国は　常世（とこよ）にならむ　図負（あや）へる　くすしき亀も　新代（あたらよ）と」。この長歌は新都、藤原京の建設に駆り出された役民が、持統天皇の巡察のとき（恐らくは六九〇年）に作ったと説明されている。『日本書紀』にはこの年に亀が現れたという記述はない。

29　『日本紀略』前篇、九一頁。

30　『扶桑略記』（『国史大系』⑥一八九七、四七〇〜四七三頁）。

31　彼はまた別のおとぎ話の一つ、八幡神の出現を語っている。このテーマについては、例えば次を参照。François Macé, « Ancêtre, dieu et bodhisattva, Hachiman ou la pluralité religieuse personnifiée » in Kim Daeyeol (dir.), *Extrême-Orient Extrême-Occident nº 45 Pluralité et tolérance religieuse en Asie de l'est*, mars 2022, p. 35-76.

32　『大日本史』の本紀（十七世紀末に完結）では、通常は『日本書紀』を忠実に追っているのに、二一年と二三年の雄略の百済との関係は書かれているが、二二年の浦島の子の旅は除外されている（『譯文大日本史』①春秋社、一九三〇、第五冊、五三頁）。

33　『丹後国風土記』『釈日本紀』⑫（卜部兼方（懐賢）が一二七四〜一三〇一に編纂）に引用（『新訂増補国史大系』⑧二九四〜二九七頁）。『風土記』（『大系』四七〇〜四七七頁）。

34　澤瀉久孝、『萬葉集注釋』（第九巻、一七四〇、一〇七〜一二七頁）。

35　この巻で年代がわかる最も新しい歌は天平五年（七三三）（澤瀉、前掲書、一三頁）。

36　『万葉集』巻五、七四一〜七四四。

37　『万葉集』巻五の最後に置かれている『沈痾自哀文』は漢文なので、原文がそのまま引用されている。

38　この二つの話の関連に注目したのは、特に水野祐等である。前掲書、第一巻、一六三〜一七五頁。澤瀉、前掲書、一一二六頁。

39　この話は『古事記』の初めの巻の第二部の中心部にある。『日本書紀』は巻二の第十段（『大系』①一六三～一八一頁、本文と異本四）。

40　『古事記』（『大系』一三六～一四七頁）。

41　『日本書紀』（『大系』①一七八頁）。

42　この二つの絵巻とは違い浦島の絵巻は、絵のみで詞書がなく、絵を見せつつ語る絵解きだったのだろうと思われる。大半の絵巻は小松茂美『彦火々出見尊絵巻　浦島明神縁起』（中央公論、日本絵巻大成二二、一九七九）に収録されている。

43　宇良神社、『延喜式』巻十、神祇十、神名下、山陰道、丹後国與謝郡（『新訂増補国史大系』㉖二七九頁）。

44　山路興造、「宇良神社」（谷川健一編『日本の神々　神社と聖地　七、山陰』白水社、一九八五、四一五～四一九頁）。

45　Takada Hirohiko (Traduction d'Estelle Leggeri-Bauer), « Suma, à la croisée du lyrisme et du destin », *Cipango, cahiers d'études japonaises, Autour du Genji monogatari*, Numéro hors-série 2008, p. 67-68.

46　『枕草子・紫式部日記』『大系』五〇〇頁）。

47　『續日本後紀』嘉祥二（八四九）三月二六日庚申（『新訂増補国史大系』③二二三～二二五頁）「及浦嶋子暫昇雲漢而得長生（および浦島子がしばし天の川に昇り長生する様子とはるか天上へ通う吉野の神女が天から下りて天へ去る様子を像にし）。」二二三頁。現代語訳は『続日本後紀下　全現代語訳』に従う（森田悌、講談社学術文庫、二〇一〇年、三二四頁）。

48　「萬世能壽遠延倍川故事尓曰。語來留澄江能淵尓釣世志皇之民。浦嶋子加。天女。釣良礼來弖。紫雲泛引弖。片時尓。将弖飛往天是曾此乃常世之国度。語良比弖。七日經志加良。無限久。命有志波。此嶋尓許曾有介良志（萬世の壽を延べつ、故事に曰語來　澄江の淵に釣りせし皇の民、浦嶋子が　天女に釣られ來りて、紫　雲泛引て片時に将て飛び往きて、是ぞ此の常世の国と語らひて、七日經しから無限く、命の有りしは此の嶋にこそ有けらし）」（同二二四頁、現代語訳は同三二五頁）。澄江は『万葉集』の和歌を思わせる。ここでも亀ではなく天女となっている。四十賀に捧げられた和歌は『古今集』巻七にある。

49　『水鏡』によれば、淳和天皇（在位八二三～八三三）は、天長二年（八二五）の嵯峨院（八〇九～八二三）の四十賀のときに浦島の帰還に触れている（水野、前掲書、二二四頁以下、二二六頁）。

50　少し前に見た『御伽草子』収録の浦島の結末でもある。

51　日本紀竟宴和歌、巻二、五三。水野、前掲書、一二一頁。

52　「幼武天皇御代、丹波國余射郡管川人水江浦嶋子、乗舟釣時、遂得大龜、便化為女。於是浦嶋子感以為妻、相逐入海、到常世國、歴睹仙聖。仙聖者、仙之謂也（幼武天皇の御代、丹波國の余射郡の管川の人水江の浦嶋子、舟に乗りて釣する時、遂に大龜を得たり、便に女に化為る。是に浦嶋子、感りて妻にす、相逐ひて海に入る、常世國に到りて、仙聖を歴り睹る。仙聖は、仙の謂なり）」

53　関敬吾『日本大百科全書』（ニッポニカ）「昔話」の項。https://kotobank.jp/word/%E6%98%94%E8%A9%B1-140261 マセ・美枝子氏のご教示を得た。

54　『続日本紀』（『新大系』二一二頁、天平元年（七二九）。

55　「令記定帝紀及上古諸事」（『日本書紀』天武一〇・三・一七、『大系』②「四四七頁）。この天武の命令が『日本書紀』と、もしかしたら『古事記』執筆の出発点であった可能性は非常に高い。

56　『古事記』（『大系』四四〜四七頁）。『帝紀』『本辞』『帝皇日嗣』『先代舊辭』『先紀』『帝王本紀』というすべて失われてしまったこれらの書物は暗記され、次いで暗唱され、再び太安万侶によって書かれたと序は説明している。

57　「もし歴史が〝フィクション生産の一つの形〟であるとするならば、他のタイプのフィクション、論述、小説、神話などと区別するものは何もない」。Sabina Loriga, Jacques Revel, *op. cit.*, p. 238-239.

江戸時代の歴史叙述における歴史の物語性と史実観について
――安倍晴明と花山天皇の退位譚を例にして――

マティアス・ハイエク

問題の所在

江戸時代の前期より、歴史についての関心の増大が見られる。この傾向は、十七世紀半ばからすでに作成・刊行されるようになった歴史関係の書から確認できる。これらの書物は、その形態、構成、使用言語が多様多彩であり、読者層も様々であったと思われるが、若尾政希、横田冬彦等の先行研究が示すように、都市部の武士・商人と、農村の庄屋・豪農などの、社会の新旧の上層の世界観・人生観の形成において重要な役割を果たしていたようである[1]。言い換えれば江戸時代は、その時代の社会的・思想的背景が関与している新しい歴史叙述の時代である。この新しい歴史叙述は、叙述者、読者対象、または媒体によって必ずしも同一のものではなく、それぞれの立場、視点、目的などに左右される。

この現象の前提として、典拠となりうる様々な古資料が、商業出版の発達に伴って普及しはじめたことが挙げられる。また、儒学の隆盛の影響下、武家政権と関係を持った知識人層による「正しい歴史」を追求する一種の考証思想が芽生えてきたことも念頭におく必要がある。しかしながら「考証」は必ずしも歴史的実像を客観的に描こうとするものではなかったようである。

すでに、十七世紀の段階で様々なメディアによる様々な形の歴史記述が見られるが、それらは大きく分けて四種ほどに分類できる。

まず、いわゆる「通俗の歴史叙述」である。それは例えば『平家物語』のように、口頭で語られてきた叙事的語りや、『太平記』のように職業的注釈(講釈)の対象となる歴史語り、あるいは鬼退治・異界訪問などで知られる偉人の物語(伝説)を素材にした絵入本(『御伽草子』)、もしくは舞台演劇(能、浄瑠璃、幸若舞)、さらに、以上のような歴史叙述を取捨選択し、書き換えて脚色した教育・娯楽目的の書物(仮名草子・軍記類)である。これ等は総じて和文で書かれ、仏教色(あるいは三教一致色)の強い中世的な解釈を継承した民間の物語であるといえよう。

もう一つの歴史叙述の媒体として、「年代記」がある。これは歴史上の事件を天皇や将軍の各代毎に順に記した歴史便覧であり、早くも慶長十六年(一六一一)に『和漢皇統編年合運図』が刊行された。これは元を辿れば円智(日性)という日蓮宗の学僧の作で仏教界の産物だが、十七世紀半ばより再編成され、以降様々な形態で類似の書物が出版され続けた。[2]

ついで、医書や占い、あるいは料理や兵法などの技術についての専門書にも、由来譚的な記述がしばしば見られ、これも一種の歴史叙述とみることができるが、このような由来譚に対しても十七世紀後半から儒学的な考証批判が顕著になっていく。

最後に近世の新しい歴史叙述として、十七世紀半ばより編纂されるようになった公私の史書がある。これは将軍や大老、あるいは諸大名などの幕藩の権力者の依頼により編纂された「正史」（国史）や藩史（地史）である。その担い手は武家層に仕える新しい知識人の儒者であり、彼らは新しい国家体制における歴史編纂の必要性を自覚していた。新たに編纂される「正」史は、いくつかのレベルでの正統化を可能とする。すなわち、将軍や武士の権威の正統化はもちろん、儒者にとって常に文化的規範であった中国に対する自国の文化的正統化を果たすためには、史書の編纂が不可欠な作業であった。

このような動きはまず、幕府や広い意味での徳川家（御三家、御三卿、松平諸家）に仕える儒者から始まり、やがて全国の藩において普及していった。

そこには、当初より儒者が直面した問題として、史資料間の性質の違いがあったはずである。歴史編纂の素材になりうる文献の多くは、編年体という共通性を有していたが、正史と私史（歴史物語）、和漢混淆文（説話／物語、随想）と漢文の年代記（紀）といった性格と形態の異なる史料から何を選び、どのように扱うかが肝心な点であった。

さらに、この動きの延長上に、十七世紀末から十八世紀初めの間に古資料を典拠にしながら「俗説」を「批判」または「論議」する書物（弁惑もの・考証随筆）が執筆され、その中にも「史実」に関する言説が見られた。

そこで、近世前期に流布していた様々な「史書」において、何を「史実」として肯定し、何を「虚作・妄作」（フィクション）として批判・排除したか、またその選択の基準と意図が何に基づいたかが大きな問題となる。また、これらの史書の間にどのような相違や位相があったかも留意すべき点である。

このような問題を考えるための一例として、一見重要性に欠けるが実は重要な出来事であった、花山天皇の退位と安倍晴明の介入という事例についての扱いを取り上げる。この事例は一六五〇年代から一七三〇代までに作成されたいくつかの「史書」に悉く記録されており、議論の種ともなったようである。そして奇しくも、現代の目から見ると史実性を欠く出来事であり、江戸時代の歴史叙述における事実性と虚構性を考える上で格好の材料である。

一　十七世紀の正史編纂における花山院の退位譚と物語の歴史性

十七世紀において、歴史についての新たな視点をもたらしたのは林羅山（一五八三〜一六五七）をはじめとする初期の儒者であった。羅山は三代将軍徳川家光の命により、神武天皇から宇多天皇に至る第一代から五九代までの出来事を網羅した『本朝編年録』を一六四四年に幕府に進呈した。これは一三四三年に修訂された『神皇正統記』以来の通史だが、明暦の大火（一六五七）によって焼失してしまった。しかし、羅山の息子、林鵞峰（一六一八〜一六八〇）はのちに四代将軍徳川家綱から、歴史編纂の継続を命じられ、この『本朝編年録』を核にして、神代から後陽成天皇（一六一一年）までの日本の歴史を編年体で記録した『本朝通鑑』（以降、『通鑑』）を一六七〇年に完成させた。この『通鑑』は新しい武家政権が命じたものだが、実質上七〇〇年ぶりの「正史」編纂と捉えることができる。[3] 但し、漢文で書かれた両書ともに一般には公開されず、この新しい歴史編纂の成果の受容は徳川家や幕臣、または羅山・鵞峰の周辺に限られていたようにも見える。

しかし、羅山と鵞峰の歴史叙述はこの二書に限っておらず、他にも羅山の『本朝神社考』（一六四〇年代に成立、以降『神社考』）と鵞峰の『日本王代一覧』（一六五二年に成立、以降『一覧』）がある。前者は尾張藩主徳川義直（一六〇一〜一六五〇）のために作られ、後者は老中、酒井忠勝（一五八七〜一六六二）の命によるもので、両方とも徳川政権、ないし徳川家を対象として編纂されたものだが、『神社考』の抄本である『神社考詳節』は一六四三年に、『一覧』は一六六三年に刊行され、広く流布した模様である。特に『一覧』は明治時代まで何度か再版され、需要が高かったようで、跋文によると最初の出版は当時すでに流布していた多くの模写本を訂正するものであった。

『神社考』で羅山は平安時代以降朝廷から認定を受けた二十二社を始め、日本各地の神社の縁起を、古代から鎌倉時代までの由緒正しい、公私の史書を引きながら漢文体で考証した。本書は紀伝体の体裁をとっていないが、神社の縁起には歴史上の人物に関わる伝記も多く、縁起の考証が即歴史考証に繋がっていて、『神社考』の成果は『本朝編年録』に一部応用されたと考えられる。

『一覧』は神武から正親町天皇に至る江戸幕府開始直前の一五九三年までを扱うもので、漢字片仮名まじりの編年体の歴史書であり、資料を幅広く調査し和文で新たに通史の概要を描くことを目的としている。

鵞峰は父羅山の成果を当然継承しており、『一覧』、さらに『通鑑』にも、『神社考』の影響と思しき箇所は多々ある。その一つとして、花山院の退位と安倍晴明の役割についての逸話がある。両書の内容を検討する前に、この逸話の概要を紹介しよう。

花山院の退位は寛和二年（九八六）六月二二日・二三日に起こった、王朝時代（藤原政権）の重大な事件である。簡単にいうと、花山天皇の退位は藤原道長（九六六〜一〇二八）の父である藤原兼家（九二九〜九九〇）の家系には有利な皇室の血筋である一条天皇の即位につながる出来事と考えられている。『本朝世紀』のような、国史に準ずる勅撰の史書、または『日本紀略』、『扶桑略記』などの漢文の略史においては、簡略な記録にとどまっており、花山院が六月二三日の夜に、藤原道兼（九六一〜九九五）と僧の厳久（生没年未詳）とともに密かに内裏を出て花山寺で出家したと記されるのみである。

『日本紀略』では、藤原道綱（九五五〜一〇二〇）によって「剣璽」、つまり三種の神器が事前に移動されていたことが特筆され、[4]『扶桑略記』は兼家の命により内裏の門が閉鎖されていたとの記述が追加されており、[5] 藤原氏の影の働きが一部露呈している。

一方、平安時代中・後期から鎌倉時代にかけて書かれた、『栄花物語』、『江談抄』、『大鏡』のような和文・和漢混淆文体の、あるいは『元亨釈書』のような漢文体の私史では花山院の出家に至る経緯がある程度詳しく描写されている。それらの記録を要約すれば、奇人・暴君、または好色家と見なされることもある花山天皇は兼家等の陰謀に嵌められたということになる。

天皇が溺愛の女御、藤原忯子(しし)の死を深く憂うところに、厳久が「妻子珍宝及王位、臨命終時不随者」という仏教の偈を説き、天皇が出家を決意する。兼家の三男道兼は一緒に出家すると誓い、天皇の出家を促しておきながら、最終的には自分は逃げてしまう。さらに、天皇の出家を見張る源氏武者も関わっていたという。[6]

近代まで様々な史書に記録されるこの逸話の流れに、大きく分けて三つの相違点がある。

一、兼家親子の役割、特に道兼の裏切りが明白に描写されるかどうか。

二、自宅の庭に出ていた天文博士の安倍晴明が退位の第一発見者として登場するかどうか、ついで晴明が屋外に出る理由の明記の有無。

三、花山寺に向かう花山天皇の心境の描写。

まず、羅山と鵞峰がこのエピソードをどのように扱ったかという点だが、羅山は『本朝神社考』の下巻において、神社で神として祀られる歴史上の人物について考証し、「安倍晴明」も取り上げ、晴明についてのさまざまな伝承を要約し検証するが、この項目の冒頭に、花山天皇と関わりのある記載がある。その内容は以下の通りで、

安倍晴明は仲麻呂の後なり。賀茂保憲に就きて、天文を学びて、其の蘊奥(うんおう)を窮む。暦算推歩の術に至て兼習せざるはなし。花山院、寛和二年六月二十二日の夜、帝、式部丞藤原道兼と沙門厳久と、潜(ひそか)に宮を出づ。路に晴明

宅を過ぎしに、晴明、適、庭に暑を避く。仰ぎ見て驚て曰く、天象、異を呈す。天子、位を避く、何ぞ其れ怪や。帝、聞て笑い、走て華山寺に入りて髪を薙る。晴明、急ぎて宮に入りて事を奏すれば、帝、在しまさず。（『本朝神社考』）

（漢文の原文を私に書き下した。以下「原文漢文」と明記し同様に処理）。[7]

と、花山天皇が内裏を出た後、晴明の家の前を通り、そこで、たまたま、暑さを凌ぐために庭に出ていた晴明が、天皇の退位を意味する天変に気づき、急いで参内するが、手遅れであり、さらにこの晴明の声を聞いた天皇は「笑って」、出家すべく花山寺に急いだという。

羅山がこの話を最初に選んだことには、いくつかの留意すべき点があると思われる。まず、「天文博士」である晴明を代表する話型として取り上げた可能性があること、もう一つは、羅山が参照した出典に関わることで、そもそも晴明を登場させる古史書は『大鏡』と『元亨釈書』のことである。

『大鏡』は周知の通り、平安時代後期の和文の史書であり、文徳天皇の嘉祥三年（八五〇）から後一条天皇の万寿二年（一〇二五）までの歴史を紀伝体で記したものである。[8]『大鏡』の花山院の項では、晴明の役割を次のように描写している。

さてみかどよりひんがしざまにゐていだしまいらせ給に、晴明が家のまへをわたらせ給へば、みづからのうへにて、手をおびたゞしくはたゝとうつなる。みかどおりさせ給ふとみゆる天変ありつるが、すでになりにけりとみゆるかな。まいりてそうせん。車にさうぞくせよ」といふこゑをきかせ給ひけん、さりともあはれにおぼしめしけんかし。「かつゞ、式神一人、内裏へまいれ」と申しければ、目にはみえぬものゝ、戸をしあけて、御うしろをやみまいらせけん、「たゞいまこれよりすぎさせおはしますめり」といらへけるとかや[10]（『大鏡』）[9]

この記述と羅山の文章を比較するとまず、相違点の多さに気づく。まず、『大鏡』では晴明が天変を見てすぐ、天皇はもはや退位していると推察する。それを報告すべく内裏に向かう前に、「式神」という、目に見えないものを内裏に遣わすが、式神は天皇がたった今そこを通ったと晴明に告げる。

羅山の記述では、天皇の不在は内裏に着いてから発覚し、式神の話はない。さらに、晴明が外に出ている理由についての言及がなく、晴明と式神の声を聞いた天皇の心境は「あはれ」と表現されており、「笑い」とは程遠い。

羅山の取捨選択があったことを否定できないが、『大鏡』との内容の違いはあまりにも大きく、他の史料を参照した可能性も高い。現に、虎関師錬が一三二二年（元亨二）に編纂した日本仏教史である『元亨釈書』巻十七に、次の記事がある。

> 寛和二年六月二十二日の夜、貞観殿の玉闥（ぎょくたつ）を排（ひら）きて自ら地に踊り下りて潜に宮を出づ。扈従（こしょう）は二人なり。供奉の沙門厳久、侍中の藤道兼なり。嬪嬙（ひんしょう）と雖もこれを知らざるなり。路地、安晴明宅を過ぎしに、安氏、適、暑を避きて庭下に経行す。忽ち仰ぎ見て大に驚きて曰く、天象、変を呈す。天子、位を避く、何ぞ其れ怪なるや。帝斯る言を聞きて、笑て走り。安氏、便（すなは）ち宮に入り事を奏すれば、帝、在（い）まさず。帝、花山寺に如（おもむ）きて髪を薙りて、法諱を入覚とす。睿筭（えいさん）一十九。初め帝、弘徽殿妃を亡（なく）して、此れより世相を厭い、故に妙齢に当たり金輪の宝位を脱屣（だっし）す（原文漢文）[11]。
>
> （『元亨釈書』）

これは、多少の語彙の置き換えはあるにしても、『神社考』とほぼ完全に一致している。『大鏡』と『元亨釈書』はともに十七世紀初頭に古活字版が刊行され、羅山はその立場上、どれも入手できたはずだが、『元亨釈書』を優先して引いたことは明らかである。その理由としては、文体の違いを挙げることができよう。儒者の羅山は、漢文＝「真名」で書かれた『元亨釈書』を重視した可能性が高く、結果としてこの出典の特徴的な記述を継承することになった。つまり晴明の予告の的確さを示唆すると同時に、そこに一種の偶然性を帯びさせ、天皇の心境も、自分の出家計画が無事成功すると確信して笑ったという描写になっている。

『大鏡』の記述でも、そもそも晴明の行為は天文密奏の実際のプロセスとは少しずれてはいるが、花山院の退位、つまり兼家たちの計略に一種の必然性を与える装置となっていると、勝倉俊和は指摘する[12]。本来、天文観測は天文博士にとって毎夜の義務であり、自宅ではなく天文台で行われるはずである。天変が確認されたら、天文博士は史書の天文志や緯書、あるいは天文書を引用してその意味を解釈した天文密奏を天皇に送る仕組みとなっているが、ここで晴明が誰に密奏を送ろうとしたかを考えると、内裏に残った兼家であった可能性が高い。晴明は、優れた知識を持つ、藤原側の加担者として描写されていると言えよう。

しかし『元亨釈書』では、道兼の裏切りについての言及がなく、花山院自身の計画が、晴明の能力・知識を持ってしても未然に防ぐことができないほど完璧なものだったという、違った意味合いとなってくる。いずれにしても、この『元亨釈書』の基本的な描写は、後に作成される公私の史書に大きな影響を及ぼし続けたようである。

鵞峰も、『一覧』では、本件を次のように記録している。

寛和二年。天皇弘徽殿ノ女御ヲ慕テ。出家ノ志イデキシカバ。六月二十二日ノ夜中ニ密々貞観殿ノ小門ヨリシノビ出テ。蔵人藤原道兼ト僧厳久バカリヲ供ニテ。花山寺ヘオモムキ。落飾シ。入覚ト号ス。御年僅ニ十九。人コレヲ知ル事ナシ。天文博士安倍晴明何心モナク庭ニ出テ。天ヲ見テ。天子位ヲ去ベキ天変アリト。大ニ驚キテ。急参内スレバ。天皇マシマサズ[13]。（『王代一覧』）

鵞峰の記述は概ね、羅山の『神社考』を踏まえているが、いくつかの異同がある。まず、出家の理由を弘徽殿の女御への寵愛に求めている。この状況を説明するかのように、引用箇所の前段において天皇が藤原忯子に死なれ「邪狂の病」を患ったとしており、尚且つこの病を、父冷泉天皇より受け継いだものとする。

そして、晴明が庭に出ている理由は曖昧で、「何心もなく」と、その偶然性を強調し、晴明の行動を後回しにしており、天皇の心理描写はない。これによって鵞峰は、この出来事の主体を花山院自身に絞り、退位は花山院の天性、あるいは運命によるもので、晴明の観察はこの必然的な運命を後から確認する役割を果たしているような記述である。ところで、鵞峰はこの出来事をまた別の史書で扱った。鵞峰は一六五七年の大火で焼失した『本朝編年録』に続く、将軍の命による最初の正史、『本朝通鑑』（一六六三〜一六七〇）を編纂することになり、そこでももちろん、花山院の退位について言及しているが、その記述の内容は、『一覧』のものを大幅に改編している。『通鑑』の編集において鵞峰は国史や歴史物語を徹底的に参照し、それらを総括する形でこの出来事を紹介している。[14]

晴明の行動に関しては、「是夜天文博士安倍晴明家居納涼中庭。仰観天文時有天子避位之象。晴明大驚急赴関白頼忠第告之。」[15]と、『元亨釈書』の記述の一部を引用しながら、晴明の報告の受け手を「関白頼忠」としており、その行動の正当性を強調する。

また、花山院と冷泉院の「病」は藤原元方の怨念によるという考えを、「俗伝」として距離を置きながら注に入れており、同じく花山院の心情描写と、兼家が道兼に付けた「護衛」（武者）の動向を「或説」として収録している。さらに、誓いを破り、出家した花山院を見捨てる道兼の挙動を、「天皇於レ是始悟二道兼之賣一レ己」と、明白に裏切りとしている点は留意すべきである。

ここで注目したいのは、羅山も鵞峰も、政治と天変の結びつきを否定しないばかりか、むしろこのエピソードの採用によってその繋がりが再確認されている。そして、その繋がり方は「怪異占」の実践とはかけ離れている。

『大鏡』と『元亨釈書』以外の古史書において、花山院の退位自体と天変を結びつける記事はないが、退位の年に起こった怪異の記録はある。『栄花物語』では、年初め「あやしう物のさとしなどしげうて」と、物怪が多く、天皇が物忌をよくしていたとの記載にとどまるが、『本朝世紀』では、年中に鴿や蛇の出没による、二つの「怪異」が記録されており、それに対する晴明の占断が明記されている。この占断の内容は宮廷陰陽道特有の占法であった「六壬式占」にかなっており、怪異（と認めらた異常現象）が起こった場合、紫宸殿の東軒廊で行われた「軒廊の御卜」の結果を反映している[16]。蛇の出現（寛和二年六月一日）について、物忌の期間は最低でもその怪異出現後の三十日間で、物忌の対象は丑、未、辰年の人とされた。天皇の生年の安和元年は戊辰年で、物忌の条件に合っているが、これらの怪異は「天変」ではなく、占断の内容は直接「退位」とは関係がない。

一方、鵞峰たちはこの詳細な怪異と占断を採用することなく、偶然に見た天変で退位を知った晴明説を取り入れ、「史実」よりも、天変と為政者の行動の直結的関係を描く一種の「物語」を優先し、このエピソードの教訓性を強調したのである。鵞峰が天変を為政者に対する天の警告とした例は多々あり、近世初期の儒者の天命観の一端をここでも窺えるのである[17]。

羅山と鵞峰のこの選択は、以降の史書にも影響を及ぼしたようである。たとえば、会津藩の儒者、長井定宗（一六六八～一七〇三）による『本朝通紀』において、

路に陰陽師安倍晴明の宅を過ぎしに、晴明、遇、暑を庭に避き、仰ぎ見て驚て曰く、天像異を呈す。天子、位を避るの象なり。何ぞ其怪なるや。帝、聞てこれを笑て、走て花山寺に入りて、髪を薙る。（法諱を入覚とす）晴明、急ぎ宮に入りて奏すれば、帝、在しまさず（原文漢文[18]）。（『本朝通紀』）

と、花山院の退位に関しては『元亨釈書』の文をほぼそのまま転載しており、このエピソードは新作の「史書」において定着していたようである。言い換えれば、十七世紀の史書では、古史書に散見できる「天文密奏」の実践とはかけ離れ、さらに正史そのものに記述がなかった「物語」があえて採用され、「史実」となったということである。

二　十七世紀の物語における花山院と安倍晴明の逸話と歴史の物語性

この天と人との関係を表す「故事」としての花山院と晴明の逸話は、幕府に仕えた儒者のみならず、同じ時代の啓蒙的な物語にも採用されている。その一例としてまず、浅井了意（?〜一六九一）の作とされる仮名草子、『安倍晴明物語』（別名『安倍晴明記』）（一六六二年刊）を挙げる。

この本は七巻で構成され、最初の三巻は「物語」、残り四巻は天候、日取、人相といった「占術」の基礎知識を収録している。了意は、当時一つの晴明伝承の媒体であった『簠簋内伝(ほきないでん)』という暦占書とその注釈書である『簠簋抄』が伝える晴明の説話を整理し、さらに『宇治拾遺物語』、『大鏡』、『平家物語』など、より古い物語を組み込んで、晴明の一生に合わせて時系列的に整えた書を著した。編纂に当たって様々な資料を参照しており、洞院公賢(とういんきんかた)の『拾芥抄(しゅうがいしょう)』または『簠簋内伝』や、舶来の明書から、天文（気象）占、暦占、そして人相についての情報を集め、物語部分とは別にある程度「実践向け」の占術の知識も提供している。

花山天皇の退位は第三巻で次のように語られている。

> はじめ、御出家ありける夜、晴明が屋かたのまへを、とをり給ひしに、晴明ハ、はしちかく出て、涼みしが、帝座の星、俄に座をうつしたり。これ天子、くらゐをすべり給ふ、しるしなり。これハ、そもいか成事ぞと、おどろき申す声を、みかどハ、物ごしに聞しめされ、そこを、足早に過させ給ひけり。晴明ハとる物とりあへず、いそぎ参内して、此由つけゝるに、人ゝ、おどろき尋ね奉るに、はや、行方なく、うせ給ひけり。天文の理に、通達せし事、かくのごとし。

そのカミ、唐の太宗皇帝、天下をおさめて、太平の世と、なし給ふ。いにしへ、太宗いまだ布衣白屋の御時に厳子陵といへる友だちの、ありしが、引こもりて居たる、太宗御くらゐにつきてのち、よびいだして、おなじ御座の、おなじ御しとねにふして、夜もすがら、御ものがたりありしに、厳子陵があしを、太宗の御はらのうへに、もたせかけて臥しける。司天台より、今夜、客星ありて、帝座をゝかしぬと、そうもんせり。太宗ハ、こともなくうちわらひて、おはしましけり。かゝる事は、よくその妙に通ぜずしてしりがたしとなり。[19]（『安倍晴明物語』）

了意は『元亨釈書』の内容を少し改変し、晴明が「庭」ではなく「端近く」に「涼んで」いたとするが、花山天皇の反応は「微笑み」ではなく、出家計画の成功を案じて「足早に」なるとして、天皇の不安を強調する。

さらに、天変の内容も詳細なものに変わっていて、「帝座の星が座を移した」と細部を描写する。ここでいう「帝座」は、皇帝の身に直接関係する星とされており、その裏付けとして了意は厳子陵の話を導入した。湯浅佳子が指摘したようにこの厳子陵の話の出典は『蒙求（もうぎゅう）』という中国唐代の故事集である。[20]ここで挙げられる皇帝の名前は後漢の光武帝の間違いだが、このように了意は、「天皇の退位を告げる天変」という、従来の史書にあった事象の先例を中国の故事に求め、そこに見える「客星、帝座を犯す」と「奏文」する司天台の官人を、晴明に重ねることによってこの出来事を天文博士の職務の実践と関連させた。

また、厳子陵の話において奏文されるべき天変と、天皇の身に起こった出来事が直接的に結びつけられていることも留意すべき点である。先述したように、史書に記載のある本来の天文占・怪異占では、事象と結果の間にはこのような直通的な関連がなく、占断は参考書に記載のある先例に基づいており、花山院の退位譚と他の天変に関する史書の記載の間に一種の溝があるが、了意が厳子陵の話を引用したのは、この溝を埋めるための先例としたのかもしれない。

さらに、晴明の「秘伝書」と位置付けられるこの『安倍晴明物語』の後半の三巻には、「客星」の説明が見え、「客星」は「妖星」の一種で、「二十八宿の星舎」の「座を奪う」ものとして、「彗星の変じたもの」とされる。要するに花山院の逸話に専門用語を導入することによって物語編と占術編の繋がりが図られ、そのため晴明が具体的にどのような天変をみて占ったかを示す根拠が必要だったということなのである。[21]

天竺から中国、そして日本への占術の伝来から始まる『安倍晴明物語』の中で、了意は天文博士の晴明の働きを、中国の故事に見える「司天台」の天文の「妙に通ずる」技能に匹敵するものとして描こうと、権威づけのため『蒙求』を引き合いに出したが、その結果として「客星」と「天皇の退位」の関係にも漢籍という根拠が改めて付加された。

晴明とその専門知識に焦点を当てた物語以外でも、この花山院の退位譚が詳細に描写された例も他にある。それは一六七七～一六九二年頃に成立したとされる『前太平記』という新作の軍記である。本書の著者は、藤元元(げん)或は平山素閑(そかん)（共に生没不詳）で、その内容は平安時代の武士、とりわけ源氏武者の活躍を中心にした歴史的な出来事を追っている。花山天皇の退位も含まれていて、読者の心を掴むエピソードとなっている。

> 播磨守安倍晴明が門外を過ぎさせ給ひける時節(おりふし)、晴明は南庭に風を迎へ暑を凌ぎて、未だ寝もせで居たりしが、月東山の上に出で、夜既に三更に向んとす。（省略）意(おも)はず仰ぎて天を見て、おおきに驚きたる気色にて、「あら不思議や、天象変を呈す。是天子祚を避るの相なり。何とて斯かる怪知は有りけるぞ。急ぎ参内して窺(うかが)ひ奉らん」とて、取る物取り敢へず、駆(はせ)てひしめきけり。主上（花山天皇）門外より此様を叡聞ありて、「あな恐ろしの晴明が博覧やな。宮中にて沙汰せば追手をも進(まゐ)らせ、本意を遂げ得させ給はぬ事もや有りなんか」とて、尚(なほ)も御足を早められけり。[22]
>
> （『前太平記』）

記述のベースはやはり『元亨釈書』の退位譚であるが、さらに脚色され、晴明は「南庭に風を迎へ暑を凌ぎ」、「意はず」空を仰ぐこととされている。天変の実態は明記されていないが、花山天皇の反応は『安部晴明物語』と同様に、晴明の報告により「追っ手」が送られ、出家計画が失敗することを恐れて足を早めると、出家を天皇の「本意」とする描写である。

新しい歴史物語はこのように新作の史書と同じ出典に基づいており、このエピソードの「物語性」を強調し、発展もさせたのである。これらの上層・中層向けの書物によってこの花山院と晴明の逸話がさらに定着し、流布したと思われる。

三　考証随筆における「史実」と「妄作」

ところが、このエピソードについて、十八世紀初頭に、文人の間でちょっとした議論が展開された。

正徳年間（一七一一～一七一六）には「俗説」を考証する書物が一時期流行した。その代表は正徳五年（一七一五）刊の井沢蟠竜（一六六八～一七三二）の『広益俗説弁』であるが、同著の『本朝俗説弁』（一七〇六）と『続俗説弁』、『新俗説弁』がその前身となる。井沢蟠竜は肥後の藩士で、『考訂今昔物語集』の編者として、説話に縁深い人物である[23]。

蟠竜の著作の目的は、旧跋で明らかに示されている。

> 想ふに、夫れ我朝、嘗て三書・五国史等有て、既に世に行はる。故を以て、歴代の事実を稽んと欲する者の就て之を閲すれば、則ち数千百載の陳蹤、親睹すること或るが若し。然れども童蒙婦女、読て暁すこと未だ能はず。謾りに俗書の誤を信じて、還て旧史の実を失ふ。蓋し其の解し易きを以てなり。弊習亦歎じつべし。越

て僕自ら虞らず、試に徧く人口に膾炙する俗説を蒐輯し、正史に本づき、実録に考え、其の由て出づる所を探り、其の謬り伝ふる所を弁じ、和字を以て記するに、釐めて一書となし、目けて俗説弁と号して、姑く之れを童穉に便りす（原文漢文）。[24]

（『広益俗説弁』旧跋）

つまり蟠竜の意図は、「俗書」が伝える「俗説」の元を探し出し、正史に基づき、「実録」も参照して、これらの話の「誤謬」を検討して「正す」ことである。ここでいう「俗書」とは、仮名、つまり日本語で書かれた草子や軍記、あるいは浄瑠璃や幸若舞などの、比較的新しい文芸作品であり、国史などの「正史」と対立するものとして位置付けられている。

『本朝俗説弁』、『続俗説弁』、『新俗説弁』の内容を合わせ、さらに補訂した『広益俗説弁』（一七一五年刊）では、花山院を扱う項目はある。紐解いてみると、ある妃の怨霊がライバルの妃をとり殺すという、浄瑠璃の『花山院后争い』で人気となった話型、花山院の女御間の争いを主に取り上げている。蟠竜はそこで『栄花物語』、『江談抄』、『古事談』、『大鏡』、『十訓抄』、『小世継』に基づき、「事実」を確立し、他の三人の女御たちを顧みず溺愛していた弘徽殿女御の死が、花山天皇に出家を思い立たせたとしている。天変によって、最初に退位を知らせたという晴明の役割は、再確認されているが、それ以上の説明・言及は特にない。そして、后争いの話は、一条天皇と道長の娘の彰子の関係と、村上天皇と藤原師輔の娘の安子との関係を合わせて「妄作」したのだとする。

蟠竜はこのような俗説（虚構）の責任を他の項目では「好事」、或いは「怪を好む」者に負わせるが、ここで注目したいのは、蟠竜が考証の根拠としているのは「正史」ではなく、古代の歴史物語であるということである。

一方、『本朝俗説弁』を受けて同じ一七一五年に刊行されたのは、馬場信武の『諸説弁断』である。馬場信武は門跡寺院での講師の任を経て、尾田玄古という名前で医業をする傍ら、多くの占術書や、中国軍記物などの和訳、五経の注解書など、数多くの本を著し、また、「教来石」という書林をも営んでいた儒医である。一七一五年に没したとされ、柏屋勘右衛門らによって出版された『諸説弁断』は実質的に信武の最後の著作となった。[25]

ところで、この本の巻一に「天変妖星幷ニ客星帝座ヲ犯スノ弁」という項目がある。そこで、信武は天変の予兆的な側面を否定しているが、いくつかの辰星の怪異性を弁断した後、花山院の話の考証を試みている。

王代一覧三ノ巻花山院ノ下ニ曰寛和二年。天皇弘徽殿ノ女御ヲ慕テ。出家ノ志出来シカバ。六月二十二日ノ夜中密々貞観殿ノ小門ヨリシノビ出テ。蔵人藤原道兼ト僧厳久バカリヲ供ニテ。花山寺ヘオモムキ。落飾シ。入覚ト号ス。御年僅ニ十九。人コレヲ知ル事ナシ。天文博士安倍晴明何心モナク庭ニ出テ。天ヲ見テ。天子位ヲ去べキ天變アリト。大ニ驚キテ。急参内スレバ。天皇マシマサズト云云。

コレ先ダツテ密談ヲ聞タル人アツテ。私ニ晴明ニ告ゲタルヲ以テ。天文ニコト寄セテ奏聞シタル者ナリ。斯ノ如キ事ニ心ヲ惑ワス事ナカレ。

又異朝ノ説ニ厳子陵ト云ル者。後漢ノ光武帝ノ腹ニ足ヲ載タル時。客星犯二帝座一ト。太史ガソウシタリトアリ。妄説ナルべシ。漢書ヲ按ズルニ。子陵ガ徴事ハ建武五年ニアリ。客星ノ出デシ事ヲ載ズ三十一年十月ニ至テ客星アリ。焔二尺許アリ。西南ニ行トアリ。妄説ナル事明ラケシ。[26]（『諸説弁断』）

信武はこのように、天変観測から天皇の退位を知るという出来事と、その背景にある天文と天皇、さらに天文と地上の出来事の関係、つまり「天意」と「災異説」を排除しようとして、晴明が「何ごころもなく」天を見たことを否定する。そして、事前に密談を知らされたからこそ、何らかの天文現象と適当に関連づけて、内裏に事情を告げたという、大胆な解釈を提出している。

興味深いことに、信武が典拠とするのは鵞峰の『一覧』であり、また同時にその出典を明かさずに『安倍晴明物語』に取り上げられている『蒙求』の厳子陵の逸話にも及んでいる。「愚民を惑わす」妄説として天文と地上の出来事との関係をもっとも遠ざけようとしていた儒医の信武は、幕府お抱えの儒者、鵞峰が採用した逸話の史実に疑問を呈し、中国の故事まで否定する他なかったのであろう。

天変の予兆性を否定的に捉える論は、馬場に先立ってすでに井口常範の『天文図解』に見えており、さらに『諸説弁断』と同年の一七一五年に刊行された西川如見の『怪異弁断』で展開される。彗星を、数理的にはまだ解明されていないものを持つ「常」の現象とする常範と信武に対して、如見は彗星や客星を「真の星」と認めず、気の説(朱子の理学)でこの現象を弁ずるが、いずれにせよ天文(天変)の怪異性が根底から批判されるわけである。[27]

そこで、『俗説弁遺編』(一七一七)で蟠竜はこのエピソードを再び取り上げた。

俗説云、花山院御出家のとき、安倍晴明、何ごゝろなく庭に出て天を見て、「天子位を去給ふべき天変あり」と大におどろき、いそぎ参内すれば天皇ましまさず、とあるは、さきだつて密談をきゝたる人ありて、ひそかに晴明に告げたるをもつて、天文にことよせて奏聞したるものなり。

今按(あんず)るに、『大鏡』云、「花山院、寛和二年六月廿三日の夜、みそかに花山寺におはしまして、御出家入道させ給ひし。お年十九」。又いはく「帝つちみかどよりひんがしざまにおはしますに、晴明のみ家をわたらせ給へば、みづからの上にて、手をおびたゞしくはたゝ、とうつなり。「みかどおりさせ給ふと見ゆる天変ありつるが、すでになりけりと見ゆるかな。参りて奏せむ。車にさうぞくとらせよ」といふこゑ聞かせ給ひけんは、さりともあはれにはおぼしめしけん」とあり。しかれば、此密談を聞きたる人、晴明に告しといふ説は、諸実録にをいてあえて見あたり侍らず。[28]

(『俗説弁遺編』)

と、名前を挙げずに信武の説を「俗説」として批判している。直ちに「妄説」、「付会」、あるいは「誤り」とはしなくても、古書を引いてわざわざその根拠のなさを示すということは、否定そのものにほかならない。また、この否定の根拠として、『大鏡』の原文をこの逸話に関して初めて引用し、それを「実録」として密談の説を裏付けるような事象が見当たらないと指摘する。また同書の別項（俗説弁或問）に『一覧』が「実録」に数え挙げられ、鵞峰のような「正統」な儒者による歴史書の考証を重視したことが分かる。信武は、「災異説」や「天意」を危険で不正な思想とし、それを正すべく俗説を批判していたが、山崎闇斎の弟子であった蟠竜は『大鏡』のような「古書」と『王代一覧』のような「実録」を絶対視することを選び、記録にないものは存在しない、あるいは言及できないものと捉えたようで、天文の予兆性をあえて否定することも肯定することもなかったのである。

エピローグ

岩垣東園の『国史略』は一八二六年に出版された神代から一五八八年までの漢文の年代記である。そこに、『本朝通鑑』の漢文を和文にした記事があり、晴明が退位を察知したことは「俗伝」として注に書かれている。晴明は偶然庭にいたという考えが維持されており、結局信武の批判と蟠竜の『大鏡』による訂正はあまり影響がなかったように思われる。

さらに興味深いことに、明治時代に何度も再版されたものの中に、沖修（生没年未詳）による和漢混淆文の『訓蒙皇国史略』がある。明治改暦の年の一八七三年に出版されたこの著書は実は、上記の『国史略』に挿絵を付けたものである。花山院の退位における晴明の行動は『国史略』と同じく「注」に挙げられているが、なんと天変を晴明が観察している図が描かれているのである（図1）。しかもこの天変はここでは彗星のようなものになっており、国の近

図1　沖脩（冠嶺）編『訓蒙皇国史略』巻之五、知彼知己斎、一八七三、国立国会図書館デジタルコレクション https://dl.ndl.go.jp/pid/768823

代化を推進する政府が、改暦などによってこうした関係づけを排斥している時代に、この歴史教科書ではこの場面が挿絵に選ばれたのである。

　この事例が示すように、江戸前期の歴史編纂において、「史実」の追求はまず「できるだけ具体的に歴史を描写する」という意図のもとで行われ、「正史」の簡素で、時に不明瞭な記述を補うために、『元亨釈書』のような後世の史書や、「和文」（和漢混淆文）の歴史物語が「実録」として多用された。「歴史家」によってはそれらの資料の扱いに違いはあったが、花山院の退位譚のように物語性のある内容が選択されることもあった。その行為自体は、同時代に執筆された通俗の歴史書、仮名草子や軍記にも見られ、それぞれのジャンルが互いに影響しあったように思われる。

　花山院の退位における安倍晴明の役割は、批判と論争の的となったにもかかわらず、江戸時代を通して、『元亨釈書』由来の話型で強調され続けた。

　一方、興味深いことに水戸光圀の命により編纂された『大日本史』においては、『大鏡』そのものの引用が見られ、花山院の出家を「兼家」の「誑（たぶら）かし」によるとする。しかし、晴明の登場も、道兼の裏切りも不採用である。これは『大日本史』が近代以降の歴史家に高く評価され、対して『本朝通鑑』が軽視される所以だが、江戸時代の歴史観を理解しようと思えば、「物語性のある史実」を構想し、当時広く影響を及ぼしたさまざまな史書を視野に入れる必要がある。

このような歴史的・伝説的逸話の流通と変化の位相についての研究をさらに続けることによって、江戸時代の人々が持っていた複数の歴史観をより明らかに描き出すことができるのではないだろうか。

〔注〕

1　この事実は、特にこのような庄屋など社会の上層・中層に属する人々の日記や雑記という随想的私記に顕著である。このような私記における日本像の形成と出版物の関係については、横田冬彦「近世の出版文化と〈日本〉」（『日本近世書物文化史の研究』岩波書店、二〇一八年）、若尾政希「近世における「日本」意識の形成」（『〈江戸〉の人と身分五　覚醒する地域意識』吉川弘文館、二〇一〇年）を参照。

2　年代記については、鈴木俊幸「日用と教養―「年代記考」―」（鈴木健一編『浸透する教養　江戸の出版文化という回路』、勉誠出版、二〇一三年）を、また、絵入り年代記については木場貴俊「可視化する日本史―絵入り年代記を素材に―」（石上阿希、山田奨治編『文化・情報の結節点としての図像―絵と言葉で広がる近世・近代の文化圏』晃洋書房、二〇二一年）、同、「絵入年代記考」（雅俗二十二号、二〇二三年）を参照。

3　藤實久美子「『本朝通鑑』編修と史料収集―対朝廷・武家の場合―」（『史料館研究紀要』三〇、一九九九年）。

4　『日本紀略』（黒板勝美編『国史大系』第十一巻、国史大系刊行会、一九三一年、一五七～一五八頁）。

5　『扶桑略記』（黒板勝美編『国史大系』第十二巻、国史大系刊行会、一九三二年、二五六頁）。

6　これ等の古記録における描写とこの事件の記録の意味については、今井源衛「花山院研究：その一」（『文学研究（九州大学文学部）』五七号、一九五八年）、勝倉壽一「大鏡における花山院紀の位相」（『福島大学教育学部論集　人文科学部門』七三号、二〇〇二年）を参照。

7　林羅山『本朝神社考』（鷲尾順敬編『日本思想闘諍史料』第一巻、東方書院、一九三一年、五六一～五六二頁）。

8　桜井宏徳「『大鏡』における歴史性と物語性について」（『物語文学としての大鏡』新典社、二〇〇九年）を参照。

9　東松本を底本とした岩波文庫版では、「みずからのこゑ」とあるが、北海道大学附属図書館の江戸期の版本では、「うへ」とあり、後述する引用では上（かみ）と解釈されていることから、江戸時代には晴明が頭の上に手を持ち上げて強く拍手したと理解されていたようである。

10　『大鏡』（岩波文庫、一九六四年、二一九～二二〇頁）。

11　『元亨釈書』（黒板勝美編『国史大系』第三一巻、国史大系刊行会、一九三〇年、二四四頁）。

12　前掲注6。また、『大鏡』の花山院譚については、中瀬将志「『大鏡』の花山院評価・追考：「王威」をめぐって」（『国文学研究ノート』五四号、二〇一五年）も参照のこと。

13　『日本王代一覧』（早稲田大学蔵本　寛文三年版本、巻三、三十三・ウ）。

14　『本朝通鑑』の編集過程と方針については、安川実『本朝通鑑の研究―林家史学の展開とその影響』（安川実先生遺著刊行会、一九八〇年）、藤實久美子前掲注3論文、波田永実「国体論形成の歴史的前提―近世儒家史論における正統論の位相・『本朝通鑑』と『大日本史』を中心に」（『流経法學』一七（二）号、二〇一八年）を参照。

15　林鵞峰『本朝通鑑』巻第六（国書刊行会、一九一九年、一四一四頁）。

16　古代・中世の怪異占については、西岡芳文「六壬式占と軒廊御卜」（赤澤春彦編『新陰陽道叢書第二巻　中世』名著出版、二〇二一年、一九三～二二〇頁）を参照。

17　木場貴俊『怪異をつくる』（文学通信、二〇二〇年、五四頁）。

18　長井定宗『本朝通紀』（お茶の水女子大学蔵本、巻二十二　十四丁・オ）。

19　伝浅井了意『安倍晴明物語』（仮名草子集成第一巻　東京堂出版、一九八〇年、四〇四頁）。句読点は私に統一した。

20　湯浅佳子『近世小説の研究』（汲古書院、二〇一七年、一四九頁）。『蒙求』は古代に日本に伝来したが、江戸初期より版本が確認され、一般教養の基礎文献の一つとなっていた。

21　『安倍晴明物語』の中の占術については、拙稿「『安倍晴明物語』の中の占術と占い師像：江戸前期占書の視点から」（『説話文学研究』五二号、二〇一七年）を参照のこと。

22　藤元元（カ）『前太平記　上』（叢書江戸文庫、一九八八年、三五六～三五七頁）。

23　ちなみに、『広益俗説弁』は柳枝軒という書林が刊行したが、同書林は同じく正徳五年に西川如見の『怪異弁断』も出版しており、また貝原益軒、好古の著作をも出版した、十八世紀初頭の重要な書肆である。

24　井沢蟠竜『広益俗説弁』（東洋文庫五〇三、一九八九年、三六三頁）。

25　馬場信武については、長友千代治『近世上方作家・書肆研究』（東京堂出版、一九九四年、一二七～一六九頁）、拙稿「江戸時代の占い本―馬場信武を中心に」（小池淳一編『新陰陽道叢書第四巻　民俗』名著出版、二〇二一年）を参照。

26　馬場信武『諸説弁断』（影印日本随筆集成第二輯、汲古書院、一九七八年、四〇頁）。

27　近世の彗星観とその解釈については、杉岳志「書物の中の彗星」（『書物・出版と社会変容』第四号　二〇〇八年、三五～六七頁）、同「書籍とフォークロア―近世の人々の彗星観をめぐって」（『一橋論叢』一三四巻四号　二〇〇五年）を参照。

28　井沢蟠竜『公益俗説弁遺編』（東洋文庫七三五、平凡社、二〇〇五年、九五～九六頁）。

Ⅱ　物語と歴史　『源氏物語』を中心に

——物語　方法の問題

季節感とフィクション
——夕顔の玉鬘十帖——

藤井　貞和

はじめに

『源氏物語』が引用したり取材したりする、歴史上の出来事は、多く十世紀代に属する。引き歌として利用する和歌もだいたい十世紀代に作られた。そこで、物語の舞台を十世紀とし、物語内の時間は七十五年が流れているから、かりに光源氏の誕生を西暦九一二年としてみると、[1]日本史の年表では延喜一二年生まれになる。物語の終了は九八六年、寛和二年で、あたかも一条朝がはじまる。

作者、紫式部の生誕年は不明ながら、天禄二年（九七一）としてみると、一五、六歳から執筆を開始して、途中の大きな改稿を推定する。亡くなるのが寛仁四年（一〇二〇）の暮れと推定して、[2]五〇歳になる。三十五年間は大きな物語が書かれるのにふさわしい歳月の流れではなかろうか。

現代にあてはめると、およそ昭和三〇年代（一九六〇ごろ）に作家は物語の舞台を設定した。昭和初年代の作家た

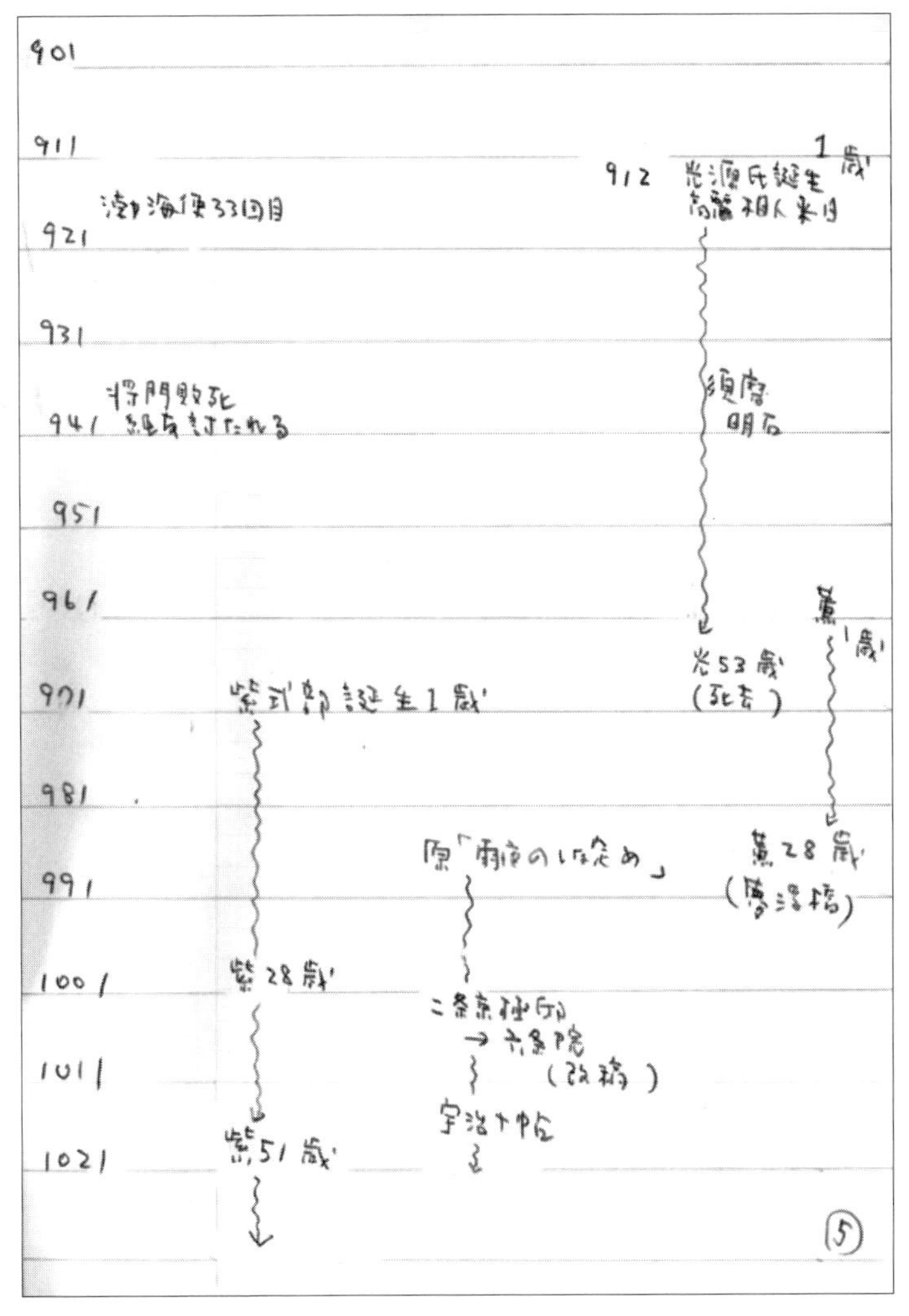

2020年に開催されたオンライン・ワークショップ、『東京学派と日本古典—源氏物語をめぐって—』において提示された「源氏物語年表」を藤井貞和氏より御許可いただいて掲載する。氏は、「テクスト論の走りともいえる」時枝の晩年の仕事にあやかり、「四通りのことをひとつにする年表を作りました。歴史年表と紫式部の年表と、『源氏物語』の制作年表と、そして『源氏物語』の内部とです」と紹介され、刺激的な問題提起ののち、「この年表は何度つくり変えても結局ここに落ち着くので、だいたい当たりかなと自分では思っているところです」と、結んでおられる。より詳しくは「膠着語的と生成論的」（注１）を参照されたい。

編者一同

ちならば明治時代を書く感じである。明治時代には新暦が採用されて、近代的な行事や事件がそこにはめ込まれる。かれらの季節感はどうだろうか。旧来の暦を一括して旧暦と称しておくが、民間習俗としての在来の暦は、当分、うすれることがなかった。

一千年以上まえの日本社会で、おなじように新旧が平行して走る、いわゆる「二元的四季観」[3]の興味は、『万葉集』でも『古今和歌集』でも、そして『源氏物語』でも、かれらの生活を深く支配したから、和歌の素材になるばかりでなく、物語の主人公たちの意識のすみずみにまで浸透する。かれらに混乱はなかったと思われる。われわれ現代の読者もいちど、そこまで降りて、当時の読者になってみたいと念願する。

一 「篝火」巻の〈迎え火〉

「篝火」巻をひらいてみよう。

秋になりぬ。初風涼しく吹き出でて、背子が衣もうらさびしき心ちしたまふに、……御琴なども習はしきこえ給ふ。五六日の夕月夜はとく入りて、すこし雲隠るゝけしき、をぎのおともやう〳〵あはれなる程になりにけり。

（四、三三八頁）[4]

〔秋になってくる。初風が涼しく吹き出て、彼氏の衣もうらさびしいここちがなさるのに、……御琴などの練習をおさせになる。五、六日の月は早く没して、すこし雲に隠れるようすは、荻の音もしだいに風情を増すころになってきたことだ。〕

御前の篝火が、すこし消えそうなのを、源氏の君はともしつけさせる。七月五、六日とは七夕の前夜であることを

つよく思い起こそう。火影に玉鬘の女君のさまは見る甲斐があり、源氏の君は、

絶えず人さぶらひてともしつけよ。夏の月なきほどは、庭の光なき、いとものむつかしくおぼつかなしや。

（三四〇頁）

〔不断に人が火の番をして燃やし付けよ。夏に月がないあいだは、庭の光がないのは何かと面倒で不安だよ。〕

と仰せになる。

ここに「夏の月なきほどは」〔夏に月がないあいだは〕とは何だろうか。直前に「秋になりぬ」〔秋になってしまう〕とあり、そのすぐあとに「夏の月なきほどは」とあるのは、田中新一氏の著書の論じたとおり、「二元的四季観」[5]である。

暦月として秋であっても、この年の場合、立秋まえの「七月五六日」であって、節月としては夏に所属する。夏でもあり秋でもある、という興味にほかならない。

古来の季節感は月や星、そして開花や虫の鳴き声や、行事、習俗のいろいろに仕立てられ、おそらく数千年を経過してきたろう。太陽暦によって立春や立秋が大きな意味を持とうと、それによって古来の季節感がうすらぐわけでない。『万葉集』や平安時代文学から読む季節感には長い歳月による裏打ちがあって、読者の感慨をいざなうのもそこだろうと思われる。

五、六日であるから、月は西へ没し、星空を見上げる七日という夜にまさにさしかかる。天に光がないので篝火を明るくして、あたりを照らす。この篝火とは何かということでもある。篝火がいま夕顔の霊を近づけているとは、ぜひ読み取りたいところ。夕顔の君は「夕顔」巻で亡くなる。それの巻末に、光源氏が丁寧な願文を書いたにもかかわらず、阿弥陀仏は受け取りを拒否したために、成仏ならず中有をさすらうことになる（後述する）。

玉鬘十帖は娘の将来のために夕顔の霊が見守っている巻々だと見られる。「篝火」巻の篝火とは、推測を言ってよければ〈迎え火〉ではないのだろうか。お盆の迎え火は通例、十三日というので、こんにちその通りだが、「篝火」巻の篝火をそのすこしまえの招魂儀礼のように読みたい。

贈答歌を引いておこう（三四〇頁）。

（光源氏）

篝火に立ち添ふ恋の煙こそ　世には　絶えせぬほのほなりけれ

〔篝火に添って立ちのぼる恋の煙こそは、世に絶えることのない炎でしたよ〕

（玉鬘）

行くへなき空に消ちてよ。篝火のたよりにたぐふ煙とならば

〔行くえを知らない空に消してくだされ。篝火とともに一緒に立ちのぼる煙となるならば〕

これらは言うならば夕顔の霊を含む唱和歌ではなかろうか。

玉鬘の幸福を見守る夕顔の霊をいま迎える。一週間のちにお盆の「送り火」によって死者たちの霊をふたたび送るという、七夕からお盆へ、緊密な時間が連続する。[6]

二　玉鬘の物語始まる

「だます」と「だまる」とは関係がありそうで、黙していれば場合によって欺くことができる（かもしれない）。物語はそのような〈言う、言わない〉の続き具合で、巧妙に紡がれる。玉鬘十帖の内大臣（昔の頭中将）に対して、光

源氏は玉鬘が真実には内大臣の娘であることを隠し続ける。隠し切るのではなくて、「行幸（みゆき）」巻を用意して裳着の場に呼び、大宮にも打ちあけながら真相をあかす。玉鬘は夕顔の遺児であるのに、それを光源氏はわが娘であるかのように世間に言いふらして、実父の内大臣にまでそう思いこませる物語で、真相をあかすまで、数巻にわたり、欺く物語としてある。

真相を隠し切る物語があるとしたら、一種のドラマティック・アイロニーというか、読者には真相を知らせる一方で、登場人物を欺き通すことになる。そんな展開が『源氏物語』のなかにあるか。あると思う。玉鬘十帖の玉鬘は右近たちと共謀しつつ、ついに源氏の君を欺き通したのではないか。「悪女（あくじょ）」という語は翻訳しにくいにしても、この物語のなかでなかなかの悪女であり続けたのは玉鬘ではなかったか。

やや差別語を使うことをゆるしていただくと、光源氏はついに玉鬘が九州育ちの田舎娘であることを知らない。彼女のことを源氏の君が「山がつ」（山に住む人、きこりなど）の女だとか、山里育ちだとか、いろいろに言うのは、京都近辺の山荘育ちというような一種の謙辞ないし褒辞であって、けっして真に田舎に成長した女性であると言うのではない。

地方に経済的基盤があって、優雅な山荘生活が支えられていたと、そう考えられて自然なこと、豊後介がのちに家司として光源氏の信頼を得る通りである。豊後介はむろんグル（共謀者）の一人で、乳母や兵部の君もまた真相を知る（黙っている）人々として描かれる。最大の共謀者はいうまでもなく右近である。右近がおもに仕組み、玉鬘が同意して、ことは進む。

玉鬘は光源氏の六条院に入り込み、多くの求婚者を引きつけ、そのなかから最高の権力者である髭黒を選んで児をなし、そのために髭黒の正妻はほとんど廃人にさせられる。さきに悪女と称したものの、一女性としてごく普通のことをやったという程度なのかもしれない。ちなみに光源氏は紫上にだけ真相を明かしたかのように読める（読み取りのむずかしいところだが）。

ところで、玉鬘と右近とだけで仕組んだ計画だったろうか。真には亡き夕顔が仕組んだ計画の実行ではなかったろうか。死者が何かのアクションを起こすということがあろうか。しかし、『源氏物語』はそういう物語なのではなかったか。

三　雨夜のしな定めから玉鬘十帖へ

物語の始まりの一つ、雨夜のしな定め（「帚木」巻）は、光源氏を別にすると、頭中将をいわばワキにして開始する長編の冒頭で、出だしは女手紙を評定するところ。頭中将が「心あてにそれかかれか」〔推しあてに某女か某女か〕（一、八二ページ）と鑑定するのは、二巻あとの「夕顔」巻のなかの著名な一首、

心あてにそれかとぞ見る。白露の光添へたる夕顔の花　（一二四二頁）

〔推しあてにあなたさま（源氏の君）かと見ますよ。白い露の光を添えて（美しい）夕顔の花を〕

のいわば前ぶれだろう。夕顔の君の作歌にほかならない。長編、夕顔—玉鬘の物語の始まりである。

さりげなく雨夜のしな定めのなかに話題になる、「男に頼る女」（一二七頁）の例こそは夕顔の君にほかならない。三年にわたる交際のあいだに、愛らしい女の子が生まれた。のちの玉鬘である。幼児もできたことから、すこし油断するあいだに、ゆくえ知れずになる。夕顔が失踪した理由は、のちに右近の語るところによると、頭中将の正妻の四の君の実家から脅迫があったとのことで、頭中将その人に言えない理由であることはわかるような気がする。

夕顔は廃院に棲むもののけ（「もの」と言われる）に取り籠められて、八月十六日という夜に死去する。光源氏が交際する六条（京極）わたりの女の生き霊であるかのように読者をひっかけて、実際のところ夕顔を取り殺したのは廃院のもののけだったとするらしい書き方には、不可解さをのこす。今後に解決策を見いだすかもしれない。

ともあれ頭中将が、能の舞台で言うとワキのような別格で、夕顔をいわば前ジテとする複式であり、玉鬘十帖は本格的に予定する「夕顔」巻のその後であると認めたい。「夕顔」巻の終わりは、

かの人の四十九日、忍びて比叡の法花堂にて、事そがず、装束よりはじめてさるべき物どもこまかに、誦経などせさせ給ひぬ。（三五〇頁）

〔その人の四十九日を、こっそりと比叡の法花堂で、簡略にせず、装束をはじめとして必要なあれこれを、こまかにお布施としてお供えになる。〕

とある。儀式は惟光の兄の阿闍梨が取りしきり、願文は文章博士を召して作らせる。草案は源氏の君がみずから書いたようで、阿弥陀仏に故人の後生を譲り申す旨、愛情深げに書き出すと、直すところがなかったという。四十九日までは中有にただようと言われ、これから六道のいずれの道に定まって死出の旅に向かうか、思いを馳せつつ念誦する。

あの夕顔の宿りでは、行方をくらました女君を探しあぐねるものの、惟光は緘黙するし、受領の男が連れ去ったのでもあろうかと、思い寄るばかり。源氏は源氏で、幼い女の子のその後を聞くことができず、時間が過ぎてゆく。だいじなことは夕顔の行く先で、法事の終わった翌日の夜に源氏の君は夢に夕顔を見る。あの廃院の「添ひたりし女」も同じように見られたので（並んで出たのだろう）、廃院に住んでいたらしい「もの」があの時、源氏を狙って取り憑こうとしたついでに女君を死なせもしたのかと、不吉に思い出される。

夕顔は成仏がならなかった。懇切なる願文にもかかわらず、阿弥陀仏は夕顔の霊の受け取りを拒否する。かくて、

彼女は中有にもののけとなってただよい続けることとなる。阿弥陀仏には慈悲心がなかったのだろうか。そうではあるまい。幼い遺児（玉鬘）をこの世にのこして夕顔を連れ去るわけにはゆかなかったのだろうと、仏の慈悲をむしろわれわれは感得してよいのではなかろうか。

〔注〕

1　光源氏の年齢を推定することは暴論といえば暴論ながら、それによって説明できることがいろいろあるので、試みとして許されよ。藤井「膠着語的と生成論的」（『東京学派と日本古典―源氏物語をめぐって』東京大学東洋文化研究所、二〇二一・四。中島隆博氏の「東京学派の研究」によるワークショップ〈二〇二〇・一〇・一七、オンライン〉）に、歴史年表・紫式部年表・『源氏物語』制作年表・『源氏物語』記事を一覧した表として発表させてもらった。

2　十代後半に「雨夜のしな定め」（「帚木」巻）の原型から書き出した。宇治十帖には一〇年を費やしたと思う。最終巻「夢浮橋」巻が異常に短いことと「兼盛集」（西本願寺本三十六人家集）所引の逸名歌集の記事とから、寛仁四～五年という歿年を推定する。参照、藤井「物語／和歌を支える文法の構築―表記と〈表記以前〉」『物語研究』二三、二〇二三・三。

3　参照、ベルナール・フランク「〝旧年〟と春について」（A propos de la 'vieille année' et du printemps, 一九七一）。これの翻訳を、田中新一『平安朝文学に見る二元的四季観』（風間書房、一九九〇）によって読むことができる。

4　新岩波文庫、第四分冊、三三八ページの意。

5　田中著書、注3。

6　なお「御法」巻の紫上の死去は七月十四日である。「篝火」巻とまったく同じ季節感にあることを思い合わせたい。『源氏物語』の最重要な女主人公である紫上が、通行の解説類では八月死去とあるのに対して、七月死去ではないかとの意見を物語研究会席上で発表させてもらった。参照、「源氏物語の空間、時間―六条院と二条院」（物語研究会研究発表二〇二三・九・一六）。

7　「夕顔」巻に実際に登場する高貴な女性で、「若紫」巻に「六条京極わたりの女」と称される。のちに六条御息所を知る読者には、同一人物であるかのように読めるかもしれない。読者をひっかけることになる。もし御息所の生き霊が夕顔を殺したのならば、葵上を殺すまえに前科一犯ということになり、不自然だろう。構想の展開があろう。

『源氏物語』と歴史叙述

土方　洋一

一　『河海抄』の位置づけ

『源氏物語』は、平安時代に書かれた仮名物語の中でも突出して歴史叙述（史料）との結びつきが強いテクストである。そのことを最初にかなり体系的な形で指摘したのは、おそらく南北朝頃に成立した注釈書『河海抄』であった。『河海抄』は、物語の中の桐壺・朱雀・冷泉の三代の天皇が、史実上の醍醐・朱雀・村上の三代の天皇に准拠しているとし、[1]『源氏物語』は制作されたよりも約百年前の延喜天暦年間頃を時代背景としていることを、様々な注記の中で繰り返し指摘している。

この『河海抄』のような観点は、戦後、一九六〇年代頃から改めて『源氏物語』研究の世界に大きな影響をもたらし、「准拠」は『源氏物語』創作の重要な「方法」として、多くの論文の中で言及され、注釈書の注記の中にも反映されてきた。その前提となっていたのは、当時の読者がそのような視点で『源氏物語』を読んでいたのであり、「准拠論」を踏まえて読むことで、現代の読者も当時の読者の読み方に接近することができるという一種の保障であった。

しかるに、近時、「准拠論」を『源氏物語』の読みの基準的な枠組みとすることへの批判も提示されている。今井上は、延喜天暦准拠説からは違背する記述も多く見られ、かつ当時の読者であっても、『河海抄』が指摘しているような時代背景をいちいち察知して読んでいたかどうかは疑わしいとして、作者紫式部が物語を書く時に念頭に置いていたかどうかがはっきりしない史実、また読者である我々がそれを思い浮かべたところで物語の理解が大きく更新されるわけでもない「准拠」の数々についてそれにとらわれすぎることへの警鐘を鳴らしている。[2]

本稿筆者は、かつて「准拠論」を〈読み〉の方法に組みこむ視点から、一連の論文を書いたことがある。[3]その責任上?もあり、右のような近年の「准拠論」批判に対する私見をここで述べておきたいと思う。

二　研究史における「准拠論」

先にも触れた如く、「准拠」の問題が『源氏物語』研究の上で大きなトピックになっていったのは、戦後の一九六〇年代以降ぐらいのことである。具体的に名前をあげれば、玉上琢弥がまず先駆的に『河海抄』に注目し、[4]それを受ける形で清水好子・石田穣二らが、「准拠」という概念を浸透させる上での先導役をになった。[5]そして彼らの論考がその後の注釈に落とし込まれることで、「准拠」の枠組みはいわば『源氏物語』を解読する上で踏まえるべき前提のようになっていった。

先の今井上論文では、『河海抄』や『花鳥余情』といった古注釈が書かれたのは、『源氏物語』が制作されてから三百年も四百年も経ち社会も文化もすっかり変わってしまった時代であり、そこで示された「准拠」という概念が『源氏物語』が書かれた時代の読み方を温存しているというのは、さすがに古注釈を「買いかぶりすぎていないか」と、冷ややかに突き放した見方がされている。[6]

『河海抄』のような古注釈が示している読みの枠組みが、『源氏物語』が書かれた時代の読み方を反映しているかどうかは保証の限りではないというのは、その通りであろう。

ただ、では問題とすべき「当時の読み方」とは何であるのか、またそれに近づくことが現代の読者にとっても究極の目標であるのか、あるいはそうでないのかという本質的な問題について、今井論文ではそれ以上追求されてはいない（紙幅の都合もあろうが）。

おそらく今井論文が批判を向けているのは、「准拠論」は『源氏物語』の創作の方法として設定されたものであり、それは『源氏物語』の初期の読者にも共有されていたであろうという観点である。今井は『河海抄』の「准拠論」をそのようなものとして読みとり、その根拠の乏しいことを批判しているものと思われる。

今井が具体的に挙げて批判しているのは、たとえば次のようなくだりに対する注記である。

　皇子は、かくてもいと御覧ぜまほしけれど、かかるほどにさぶらひたまふ例なきことなれば、まかでたまひなむとす。（桐壺①24）[7]

桐壺更衣の訃報が届いた時、帝は皇子を手元に置いておきたかったが、母の喪中に御子が内裏に留まるというのは前例のないことなので、皇子の退出を認めざるを得なかったというくだりである。このくだりについて、延喜七年（九〇七）に七歳以下の子どもは親の喪に服するに及ばないと定められたため、この物語が延喜七年以前を時代背景としていると、『河海抄』や『花鳥余情』は指摘している。これに対して今井は、桐壺巻が延喜七年以前の時代を背景にしているとこれだけの記述から察知し得た読者がどれほどいたであろうか、と疑問を投げかけている。

皇子の内裏退出の際の記述が、延喜七年以前の時代を念頭に置いて書かれているという解釈は、作者が物語の中に敷設した時代背景を正しく読みとるだけの知識を持った読者がおり、またそのような読者によって読み解かれるであろうことを作者も前提として書いている、そのような作者と読者との共犯関係が前提とされている。今井の批判は、主にその点に向けられていると思われる。

しかし、それが不確かであるとしても、『河海抄』などの古注釈は少なくとも現代の私たちよりははるかに『源氏物語』が制作されたのと近い時代に書かれたものであり、かつ『源氏物語』を生み出した貴族社会の後裔にあたる社会に身を置いていた人々の読み方を反映しているのも確かである。そのことを尊重するならば、「准拠論」をまったくリセットするのではなく、現代の読者である私たちが古注釈の指摘をどのように読みに生かすことができるのかを考えるべきなのではないだろうか。

なるほど、「かかるほどにさぶらひたまふ、例なきことなれば、まかでたまひなむとす」(桐壺①24)と本文にあるところから、「延喜七年に、七歳以下は服喪に及ばぬと定められた。この三歳の源氏が亡き母更衣の里邸にいたとあるのは、それ以前の時代を描いていることになる」(小学館新編日本古典文学全集頭注)というような理解に意識が向く読者がどれだけいたかは不分明である。

しかしながら、行文上は、母更衣が亡くなったため皇子が宮中から退出したということを書くだけでも十分だったはずで、「かかるほどにさぶらひたまふ、例なきことなれば」とわざわざ書く必要はない。ことさらにそのように書かれているこのくだりに接した時、延喜七年の事例云々ということに想到することはなくても、ここには何か暗に踏まえられているいわくがあるのではないかと想像する読者は多いだろう。そのような読者の意識を背後の史実に向けさせるような記述がいたるところにあることを無視することはできない。

三　読みのフレーム

先にも触れた本稿筆者の旧稿の立場を繰り返すならば、現代においては、「准拠論」は創作の方法であるという以上に、読みの枠組み（フレーム）として生かしていく方途があるということである。桐壺帝＝醍醐天皇という時代設定の枠組みを採用して読んだ場合、醍醐帝の皇子であり、安和の変で失脚した源高明の存在が視野に入ってくることは、『河海抄』も指摘している重要なポイントである。醍醐天皇の皇子として生まれ、親王宣下を受けずに賜姓して臣下としての道を歩み、左大臣にまで登りつめるが、安和の変で失脚する源高明の運命は、同じく賜姓源氏であり、いったんは失脚して須磨明石に流離する光源氏の人物像に重なるところがあるという読みが、そこから導き出されてくる。そこに長篇的な物語の基本構想の素材の一つがあるのではないかと想定することは、『源氏物語』の読解においてまったく無意味なこととは思われない。そのような視点で、『源氏物語』全編に関わる構造なり主題なりに対する一定の見取り図を描くことができれば、それは一つの有効な読みの筋道と認めてよいのではあるまいか。

しかし、それは『源氏物語』を読む上での唯一重要な読みの枠組みというわけではないということも認識しておく必要があるだろう。

たとえば、これも近年の説だが、山本淳子は、桐壺更衣のモデルは中宮定子であるという説を提示している[8]。長徳の変で兄弟の藤原伊周・隆家が失脚したのを契機に自らも出家した定子が、一条天皇の寵愛ゆえに宮中に呼び戻され、世間の非難を浴びたこと、また藤原道長方からの圧力によって疲弊し、帝の御子を生みながらもまもなく死去したことなどが、『源氏物語』が制作される直前の時代に起こった史実としてあり、桐壺巻を読んだ当時の読者たちはそのことを想起せずにはいられなかっただろうとする。

延喜天暦准拠説よりは物語制作の時代に近いところに時代背景を求める説で、桐壺巻を読んだものがそうした近い時代の出来事を想起せざるを得なかったとすれば、当時の読者の読み方に迫るという意味ではこれもまた一つの有効性のある読みの枠組みであろう。同時代に近いところでの史実を重ね合わせる形で読む読み方を採用するとすれば、光源氏＝藤原道長、夕霧＝藤原頼通、というようなイメージを採用することで、物語の読み方に一定の体系性を持った読みの方向を作り出すことも可能であろう。これもまた一つの読みのフレームの採用だということになる。

物語が制作された時代よりも約百年ほど前の延喜天暦年間を背景にしているという解釈と、桐壺巻における更衣はほぼ同時代の中宮定子を想起させるように書かれているという解釈を引き比べて、どちらが正しい読み方なのかと問うことはおそらく無意味で、読者がどのような読みのフレームを採用することでどのような物語の全体的イメージを生み出していくのか、その生産的な読みを生み出す可能性こそが問われるべきである。

当時の読者の読み方というのは、現代の読者である私たちが自らの読みを形成しようとする際に尊重すべき拠り所ではあるが、それにしたところで、当時の読者の読みのフレームもまた様々に揺れ動くものであり、拠るべき唯一の時代的イメージがあったとは考えられない。

桐壺巻の帝と更衣の関係の背景に、一条天皇と中宮定子との仲むつまじさを重ねようとするような読みは、藤原道長を父とする中宮彰子の後宮の中、つまり、まさに『源氏物語』という作品が制作されつつあった場においては、必ずしも受け入れやすいものではなかったはずである。中宮彰子が入内する前の時代に、一条天皇の愛を独占していた后定子の悲劇をクローズアップするような読み方は、たとえそのような連想があったとしても忌避されるべきものとして受けいれない読者も多かったと思われる。

その一方で、中宮彰子は定子の遺児である敦康親王に対して庇護者としての立場をとっており、天皇の御子としての親王の存在を護ろうとしていた形跡もある。[9] 中宮彰子後宮の人々の中でも、敦康親王に近い立場の人々ならば、桐壺巻に接して亡き定子のことを想起するということは感情として押さえきれないことであったかもしれない。

つまり、同時代の読者にとってすら、どのようなフレームを採用して物語を読むかはその人の立場や、物語に何を求めるかによって違ってくる。それと同じことは、現代の読者である私たちの場合にもいえることであろう。歴史的背景を重視して読む立場もありうるし、本居宣長のように、准拠というような問題に拠らないところに物語の価値を見出す読み方もありうるだろう。[10]

どちらの立場が正しいのかというような問題ではなく、それぞれの読みのフレームによって析出された解読の生産的な部分を見極めることこそが重要なのではないだろうか。

物語の場面が変われば、別の時代の史実が背景として想起されることもある。それが矛盾として意識されることはない。物語の背景にイメージされる歴史的雰囲気は、あたかも万華鏡のように刻々として変化するものであってよい。そこに、『源氏物語』という物語の歴史との間の関係性の特性が見られることを、筆者はかつての論考の中で示したつもりである。[11]『河海抄』においても、瀕死の更衣が宮中を退出する際に輦車の宣旨を賜ったというくだりには、清寧天皇三年の億計弘計二王の例などとともに、仁明天皇女御藤原沢子の例を引いている。それがいわば『河海抄』の「読みの方法」なのである。

現代の注釈書では、たとえば桐壺巻などでは、確かに「准拠論」的な枠組みに基づく注が付せられていることが多い。現に、冒頭の「女御更衣あまたさぶらひたまひけるなかに」というくだりでさっそく、「後宮に女御や更衣がひしめいていたのは『源氏物語』の同時代のことではなく、百年ぐらい過去の時代が想定されている」というような延喜天暦准拠説を踏まえた注が付せられている注釈書もある。[12] そうした物語の方法に関わる注、物語の読みを一定の方向に誘導しようとするような注と、「桐壺は後宮五舎の一、淑景舎の通称」というような基本的な歴史知識に属する語注とが横並びに掲出されてしまっていることが問題といえば問題なのであろう。「准拠論」的な枠組みに基づく読解が批判されるべきなのではなく、「准拠論」的な枠組みによる読みを生な形で注記に採用する現代の注釈の付注のあり方にこそ批判の矛先は向けられるべきであった。

四　今後の展望

再び、桐壺巻の記述に話を戻す。

亡き更衣の里邸を弔問した命婦が内裏に帰参して、帝に上奏するくだりには、次のような記述がある。

> このごろ、明け暮れ御覧ずる長恨歌の御絵、亭子院の描かせたまひて、伊勢、貫之に詠ませたまへる、大和言の葉をも、唐土の詩をも、ただその筋をぞ枕言にせさせたまふ。（桐壺①33）

亭子院（宇多上皇）が制作させた『長恨歌』の絵（屏風絵か）に、伊勢や貫之が和歌を添えたものを、桐壺帝は明け暮れにご覧になっているという。伊勢や貫之が活躍した宇多朝に引き続く時代に桐壺帝の御代が設定されているという趣である。

また、幼い源氏が高麗の相人の予言を受けるくだりには、こうも書かれている。

> そのころ、高麗人の参れる中に、かしこき相人ありけるを聞こしめして、宮の内に召さむことは宇多の帝の御誡あれば、いみじう忍びてこの皇子を鴻臚館に遣はしたり。（桐壺①39）

外国の使節を宮中に召すことは宇多帝によって禁じられていたため、源氏を鴻臚館に遣わして観相をさせたというのだが、これも宇多天皇が譲位の際に醍醐天皇に訓戒したといわれる『寛平の御遺誡（ゆいかい）』を想起させる記述である。13

要するに、桐壺巻のいたるところに、桐壺帝の御代を宇多天皇の御代を継ぐ王朝として感じさせるような仕掛けが施されているのであって、物語の読者は自ずからそのようなイメージを持って物語の世界に接するように誘導されることになる。フィクションの物語でありながら、歴史的時間の延長線上に物語の時間が連続しているといわぬばかりの書きぶりである。

このような「フィクションであることの自己否定」を抱え込んだような物語は、『源氏物語』の以前にも以後にもない。

そもそも物語とは、実際にあった出来事を記述する「記」とは異なり、純然たるフィクションであることを前提として成立してきたジャンルであったはずである。しかるに、『源氏物語』の中には、「宇多の帝」や「伊勢」「貫之」といった実在の人物の名前が、手の届く過去に物語の世界の中で生きていた人物であるかのように扱われている。『源氏物語』は、物語というフィクションのジャンルの枠組みを丸ごと相対化するような、極めて特殊な物語なのである。

そうであればこそ、その後、『源氏物語』の影響下に、『栄花物語』のような、史実を仮名文で書き記す「歴史物語」と呼ばれるサブジャンルが成立してくることにもなる。

延喜天暦准拠説という特定の時代設定に関わる構想を基本的なものと考えるか否かはいったん保留とするにしても、『源氏物語』という物語にとって、先行する史実との関わりは本質的な問題であって、避けて通ることのできない課題である。

従来の研究史においては、『源氏物語』の本文に即して、様々な時代の、様々な史実との関わりが指摘されている。そのような史実との関わりを考慮することなく、フィクションの世界の中のこととして完結した形で『源氏物語』の解釈を行うことはほとんど不可能であろう。

そうである以上は、『源氏物語』という物語の特殊性を見すえつつ、歴史史料をどのように読みの上に生かしていくか、史実と交錯させつつどのような読みの方向性を紡ぎ出していくのが生産的であるのかをよく吟味することが望ましい方向性であろう。

かつ、なぜ『源氏物語』がそのようなテクストになったのか、そのようなフィクションであることを自ら否定するような異形の物語が生まれることになった背景には何があるのかについても、この物語の本質に関わる問題として検討される必要がある。

少なくとも本稿筆者にとっては、「准拠論」は『源氏物語』の物語としての「異形性」に気づかせてくれる契機となったという点において、いまでも重要な意味を持っている。

〔注〕

1 『河海抄』「料簡」(玉上琢弥編『紫明抄・河海抄』(一九六八年 角川書店))
2 今井上「歴史的研究の課題と展望」(河添房江・松本大編『源氏物語を読むための25章』二〇二三年 武蔵野書院)
3 土方洋一『源氏物語のテクスト生成論』(二〇〇〇年 笠間書院)中の「I 生成するテクスト」に収めた一連の論考を参照のこと。
4 玉上琢弥「源氏物語の巻名その他」「源氏物語准拠論」(『源氏物語研究』一九六六年 角川書店)初出は一九六〇年。

5　清水好子『源氏物語論』（一九六六年　塙書房）、同「源氏物語における准拠」「天皇家の系譜と准拠」（『源氏物語の文体と方法』一九八〇年　東京大学出版会）、石田穣二「朱雀院のことと准拠のこと」（『源氏物語論集』一九七一年　桜楓社）

6　注2に同じ。

7　以下、本文の引用は小学館新編日本古典文学全集により、巻数頁数を示す。

8　山本淳子『平安人の心で「源氏物語」を読む』（二〇一四年　朝日新聞出版）

9　朧谷寿『藤原彰子』（二〇一八年　ミネルヴァ書房）、服藤早苗『藤原彰子』（二〇一九年　吉川弘文館）等。

10　本居宣長『源氏物語玉小櫛』（『本居宣長全集』第四巻）

11　注3に同じ。

12　最新の岩波文庫でも、「架空の王朝の宮廷社会に設定される物語の舞台が平安時代十世紀を思わせる」という注記が見られる。

13　『紫明抄』『河海抄』いずれもこの例を引く。

〈補注〉中世以降、「准拠論」の方向性とは逆に、『源氏物語』に描かれていることを「史実」と見なすような発想が生まれてくることも、『源氏物語』の物語としての特殊性と関わりのある問題だと思われるが、いま詳細に展開している余裕がない。他日を期したい。

平安文学における歴史と虚構

高木　和子

そもそも平安文学と向き合う際、「歴史と虚構の関係」はなぜ問題になるのだろうか。まず第一には、平安時代の風俗や習慣が現代とは大きく異なるため、今日の常識によって理解するのは困難だからである。当時の歴史的実態を知るためには物語内部の叙述に加えて歴史資料等の外部の資料を視野に入れて、現代的な先入観を排した解釈が必要となる。

しかし物を書く際には、否応なく何らかの歪曲や偏向が生じる。書き手が意識的か無意識的かにかかわらず、記載する際には何を切り出して何を捨象するかという取捨選択が介在するからである。その事情は物語に限らず、仮名日記や漢文日記や歴史書であっても変わらない。日記や歴史書だからといって、記述された内容が事実であるとは限らない。

さらに、今日残存する平安時代の文献は当時存在したもののごく一部に過ぎないから、書き伝えられたものだけが当時のすべてだと字義通りに妄信することはできない。だがともすると文献上の文言を重視するあまり、記載内容を事実とみなしがちでもある。

本稿は「歴史と虚構」の諸課題について、源氏物語研究を中心に具体例を取り上げながら、これまでの研究上の主な課題を整理して問題点を明らかにしたい。以下、①テクストに歴史上の実在人物等が踏まえられる場合、②何らかの歴史上の理念がテクストに見出せる場合、③テクストが史実を改変したり、歴史が再構築される場合、について順に考える。

一　歴史上の実在人物等が踏まえられる場合

まず一点目の課題、テクストに歴史上の人物が明示される例を取り上げる。周知のように『源氏物語』桐壺巻冒頭は、「いづれの御時にか、女御、更衣あまたさぶらひたまひける中（なか）に、いとやむごとなき際（きは）にはあらぬが、すぐれて時めきたまふありけり」（桐壺巻①一七頁）の一文で始まる。『竹取物語』が「いまはむかし、たけとりの翁といふものありけり」で始まるように、当時の一般的な物語が「今は昔～けり」で始まるのを基本とするのに対して、『源氏物語』は独特な表現であり、現実の御代との連続を示唆する「いづれの御時にか」という独創的な冒頭となっている。この冒頭は『伊勢集』諸本のうち群書類従本、歌仙家集本の冒頭が「いづれの御時にかありけむ」とあることと、何らかの関係があるとされてきた。『源氏物語』と『伊勢集』の成立は、かつては『源氏物語』が先にできて『伊勢集』に影響を与えたと考えられたが、[1]今日では『伊勢集』の冒頭を『源氏物語』が取り込んだとする説の方が有力に見える。[2]制作当時か享受史上かいずれであるにせよ、『源氏物語』の冒頭部分と『伊勢集』とを結びつける意識があったことは疑いない。

桐壺巻では「唐土（もろこし）にも、かかる事の起こりにこそ、世も乱れあしかりけれと、やうやう、天（あめ）の下（した）にも、あぢきなう人のもてなやみぐさになりて、楊貴妃の例もひき出でつべくなりゆくに……」（桐壺巻①一七～八頁）などと『長恨歌』が明示的に引用され、「このごろ、明け暮れ御覧ずる長恨歌の御絵、亭子院の描かせたまひて、伊勢、貫之に詠ませたまへる、大和言の葉をも、唐土の詩をも、ただその筋をぞ枕言にせさせたまふ」（桐壺巻①三三頁）などと長恨歌引用と関わらせて、実在の人物名「亭子院」「伊勢、貫之」がいくども明示的に組み入れられている。『長恨歌』の絵画化については、「絵に描ける楊貴妃の容貌は、いみじき絵師といへども、筆限りありければいとにほひすくなし。太液芙蓉、未央柳も、げにかよひたりし容貌を、唐めいたるよそひはうるはしうこそありけめ、なつかしうらうたげなりしを思し出づるに、花鳥の色にも音にもよそふべき方ぞなき。朝夕の言ぐさに、翼をならべ、枝をかはさむと契らせたまひしに、かなはざりける命のほどぞ尽きせずうらめしき」（桐壺巻①三五頁）と、「太液芙蓉、未央柳」「翼をならべ、枝をかはさむ」などの長恨歌の文言とともに、桐壺帝周辺で絵画化したことが叙述される。これは『伊勢集』（五二番歌詞書、西本願寺本）に、「長恨歌の屏風を亭子院のみかどかゝせたまひて、その所〳〵よませたまひける」と、宇多朝で制作された長恨歌の屏風歌を連想させるものでもある。巻を隔てた空蟬巻末には、この物語中唯一の紫式部の創作歌でない可能性のある『伊勢集』所載の古歌「空蟬の羽におく露の木がくれてしのびしのびにぬるる袖かな」（空蟬巻①一三一頁）が組み入れられ、伊勢への関心は一連のものともいえる。[3]

このように『源氏物語』冒頭付近で、宇多朝の諸人物や風物と重ねて桐壺帝が語られるために、桐壺帝は歴史上の宇多天皇の次代の帝である醍醐天皇を踏まえると古注以来指摘されてきた。ここから桐壺―朱雀―冷泉を、醍醐―朱雀―村上、と考える、いわゆる延喜天暦准拠説が生まれる。ただしこのいわゆる「准拠」は単純に一対一対応的ではない。桐壺朝の時代設定は天暦以前とみるのが古典的通説だが、もとよりそれとても絶対的ではなく、時に桐壺更衣寵愛に一条天皇の定子寵愛など、源氏物語制作の時代である一条朝の事績の反映を見る立場もあって、[4]史実との関係は一対一対応的ではない。漢籍との関係にしても、『長恨歌』『長恨歌伝』のみならず、李夫人の故事などよく知られた異国の文芸をも取り込み、[5]この国の数十年遡った実在の過去とも接続させる。歴史的現実と地続きに物語世界を設定することで、物語世界に一定の現実味を与えながらも物語の独自性を担保する方法なのである。

　これを踏まえて梅枝巻を見てみよう。光源氏と明石の君の娘である明石姫君の入内を前に、光源氏は関わりの深い人たちに薫香の調合を依頼する。その時、実母の明石の君が調合した薫香は、装束に染ませる薫衣香で、「薫衣香の方のすぐれたるは、前の朱雀院のをうつさせたまひて、公忠朝臣の、ことに選び仕うまつれりし百歩の方」（梅枝巻③四〇九頁）を思わせるとある。「公忠」とは三十六歌仙の一人の源公忠（八八九～九四八）のこととされ、「前の朱雀院」は、石田穣二氏によって、⑴史上の宇多天皇、⑵史上の朱雀天皇、⑶作中の朱雀院といった複数の解釈に整理されている。[6]

　ここでの「百歩の方」との表現は、『源氏物語』中の過去である絵合巻、斎宮女御入内に際した作中の朱雀院の贈り物、「くさぐさの御薫物ども薫衣香またなきさまに、百歩の外を多く過ぎ匂ふまで、心ことにととのへさせたまへり」（②三六九～七〇頁）を連想させるものがある。絵合巻で物語中の朱雀院は、斎宮女御の入内に際して自らの慕情を籠めて祝儀の品を贈る。それは、

　年の内の節会どものおもしろく興あるを、昔の上手どものとりどりに描けるに、延喜の御手づから事の心書かせたまへるに、またわが御世のことも描かせたまへる巻に、かの斎宮の下りたまひし日の大極殿の儀式、御心にしみて思しければ、描くべきやうくはしく仰せられて、公茂が仕うまつれるがいといみじきを奉らせたまへり。
（②三八三～四頁）

と、歴史上の熟達の絵師が儀礼を描いたものに、醍醐天皇が自ら筆を加え、さらに作中の朱雀帝の斎宮下向の折の儀

礼を「公茂」、これまた歴史上の実在の巨勢金岡の子とも孫ともされる巨勢公茂（公望）に書かせたものだという。先述の通り醍醐天皇は桐壺帝と重なる志向があるから、このあたり物語世界と史上の事実の間を行ったり来たりしながら、物語世界に現実味を与えつつ、新たな虚構を作りなすのである。

つまり歴史上の醍醐天皇以下の皇位継承の次第を、作中の桐壺帝から朱雀帝の皇位継承がなぞるかのように見せて、現実の歴史と虚構とを相乗的に重層化するのである。桐壺帝ゆかりの人ともいえる斎宮女御を、かつて朱雀朝で斎宮だった物語内の過去の記憶を通して絵に組み入れ、それを冷泉朝の後宮の一員である現在の斎宮女御に与えることで、桐壺朝から朱雀朝の歴史を冷泉朝の儀礼のうちに吸収させ、不義の子である冷泉の王権に組み入れる体なのである。朱雀院は絵合のもう一方である（元の頭中将の娘）弘徽殿女御方にも、朱雀院の母である弘徽殿大后を経由して絵画を提供しており、斎宮女御と弘徽殿女御の双方の筋を通して前代の帝から現在の帝へと、王権をモノを通して委譲する体なのである。

絵合巻における絵画の制作と、梅枝巻における薫香の調合とは、入内する女性に歴史上の帝の系譜の記憶と、作中の帝の系譜の記憶の双方を引き受けさせ、組み入れさせながら新たな帝の御代に正当性を付与しつつ拓いていく点で、よく似た権威付けの方法を抱えている。その両者に「薫衣香」を「百歩の外」「百歩の方」と評する表現があるのは注目に値するだろう。だからと言って即座に、絵合巻の斎宮女御が与えられた薫香が、光源氏を介して梅枝巻の明石姫君にわたったと想定する必要もないが、どこか響き合う印象は拭えない。梅枝巻では、歴史上の帝に権威付けられた物語中の朱雀院の過去を揺曳させながら、斎宮女御、今の御代の中宮と光源氏の出自の低い娘である明石姫君とを結びつける。それは明石姫君の権威付けであるのを超えて、六条院こそあるべき正当な王権の場であることを思わせるものでもある。[7]

さらにより、人物造型に関わる准拠の問題に言及しておこう。

史実と虚構をないまぜにしながら物語内の事柄や人物を形象する方法は、光源氏に典型的に見て取れる。光源氏の准拠は、源融・在原業平・菅原道真・源高明などと多岐にわたって指摘されるが、とりわけ須磨流謫周辺では、比較的引用が明示的である。

唐国に名を残しける人よりも行く方しられぬ家居をやせむ

渚に寄る波のかつ返るを見たまひて、「うらやましくも」とうち誦じたまへるさま、さる世の古事なれど、めづらしう聞きなされ、悲しとのみ、御供の人々思へり。うちかへりみたまへるに、来し方の山は霞はるかにて、まことに三千里の外の心地するに、櫂の雫もたへがたし。

ふる里を峰の霞はへだつれどながむる空はおなじ雲居か

つらからぬものなくなむ。おはすべき所は、行平の中納言の藻塩たれつつわびける家居近きわたりなりけり。

（須磨巻②一八六～七頁）

……

「唐国に名を残しける」とは楚の屈原の伝承、政争に敗れ讒言にあって汨羅で投身自殺した故事を踏まえたものである。また「うらやましくも」は『伊勢物語』七段歌「いとどしく過ぎゆく方の恋しきにうらやましくもかへる浪かな」を踏まえるため、在原業平を連想させる。「三千里の外」は『白氏文集』巻十三「冬至宿二楊梅館一」の「十一月中長至夜　三千里外遠行人」を踏まえるので白居易を連想させ、「櫂の雫」は『伊勢物語』五九段歌「わが上に露ぞ置くなる天の河とわたる舟のかいのしづくか」の引用なので在原業平を、「藻塩たれつつわび」は『古今集』雑下・九六二番歌、「わくらばに問ふ人あらば須磨の浦に藻塩たれつつわぶとこたへよ」で在原行平を踏まえたものである。また「月のいとはなやかにさし出でたるに、今宵は十五夜なりけりと思し出でて」のくだりは、「二千里外故人心」

が『白氏文集』巻十四「八月十五夜、禁中独直、対レ月憶二元九一」、「三五夜中新月色　二千里外故人心」を踏まえるため白居易を、「恩賜の御衣は今此に在り」は『菅家後集』「九月十日」、「恩賜御衣今在此　捧持毎日拝余香」から菅原道真を連想させるといった具合に、いずれも不遇にして都を離れた先人たちを和歌や漢籍の引用を通して連想させるのである。中でも道真の引用は、「駅の長にくしとらする人もありけるを、ましておちとまりぬべくなむおぼえける」（須磨巻②二〇五頁）にも見られるが、ここで典拠とされる「駅長驚くことなかれ～」の詩は、『菅家後集』貞享板本に「此の詩は或る僧侶の書の中に在りきといふ。真偽を知らず、しかれども、後の為に書き付くるところなり」と書き添えたもので、実は道真の詩とは確定できない。一方『大鏡』時平伝では、

　播磨国におはしましつきて、明石の駅といふ所に御宿りせしめたまひて、駅の長のいみじく思へる気色を御覧じて、作らしめたまふ詩、いとかなし。

　駅長驚クコトナカレ、時ノ変改　一栄一落、是レ春秋　（『大鏡』時平伝）

と、「恩賜の御衣～」などとともに道真詩として引用されている。藤原克己氏は道真の詩や落雷の逸話などを『源氏物語』須磨・明石巻が光源氏の流謫の物語の中に取り込み、さらに『大鏡』を通過したことで『北野天神縁起絵巻』が形象された可能性を指摘する。[8]『大鏡』時平伝には『源氏物語』を通過した後ならではの、一定の潤色があるかもしれない。とすれば、『大鏡』時平伝を道真の歴史的事実であると認めて、それを準拠として『源氏物語』を論じるならば、循環論法に陥る可能性もあることになる。

二　何らかの歴史上の理念が見出せる場合

以上、実在の人物名や詩歌の文言の引用から、歴史上の人物が叙述の表層に明示的に表れる例を挙げてきた。だが第二の問題点として、このように明示的でなくても、時にはやや理念的に、何らかの歴史上の事態を連想させる場合もある。

『源氏物語』には、桐壺帝以前の帝として「先帝」「一院」が登場、その関係を想定する諸説は、日向一雅氏に巧みに整理され[9]、歴史上の皇位継承への准えが想定されている。作中の皇位継承の次第から、物語に描かれざる桐壺朝以前の皇位継承を類推するもので、物語が史実を重層的に取り入れながら創造されたと感じさせる例である。

また桐壺巻では、「先帝の四の宮の、御容貌すぐれたまへる聞こえ高くおはします、母后世になくかしづききこえたまふを」（桐壺巻①四一頁）と、先帝の四宮が桐壺帝に入内し、後に藤壺中宮となる。これを受けるかのように若菜上巻冒頭では、「御子たちは、春宮をおきたてまつりて、女宮たちなむ四ところおはしましける、その中に、藤壺と聞こえしは、先帝の源氏にぞおはしましける……」（若菜上巻④一七頁）と、桐壺院の藤壺中宮の妹が朱雀帝に入内し藤壺女御となっていたとされ、二代続いて先帝の娘が入内し、さらに光源氏が藤壺・紫上・女三宮に欲望するといった具合に、相次いで先帝系の女たちが桐壺系の男たちと結婚する格好となっている。

さらに、「まことや、かの六条御息所の御腹の前坊の姫宮、斎宮にゐたまひにしかば、大将の御心ばへもいと頼もしげなきを、幼き御ありさまのうしろめたさにことつけて下りやしなまし、とかねてより思しけり」（葵巻②一八頁）と、前坊の姫君である斎宮が、朱雀院に所望されつつ冷泉帝に入内することも含めて、福長進氏が指摘する通り、皇位継承の可能性を断たれた皇統の系譜が、生き残る側の系譜に組み入れられる構図が繰り返されるのである。[10] 宇治八宮の娘たちに薫や匂宮が執着するのも、この原理と無縁ではない。こうした作中の人物たちの血の系譜を貫く論理は、当時の歴史的実態を踏まえるにとどまらず、『源氏物語』固有の歴史観もしくは倫理観を示す事例といえる。[11]

　さて、六条御息所は車争いをきっかけに生霊となって光源氏の正妻に取り憑く。「なげきわび空に乱るるわが魂を結びとどめよしたがひのつま　とのたまふ声、けはひ、その人にもあらず変りたまへり」（葵巻②四〇頁）と、よりましの童に霊が乗り移るのでなく、このように目前の女の声色が変わって生霊がその声で話し出すことが独自的とされる。[12] そもそも平安時代の怨霊は、政治的な対立によって滅びた家の側の怨念として死霊として出現するものと知られており、物語中の六条御息所が生霊や死霊として出現し、それが男女関係の恨みによる点では物語ならではの創造性が高いともされる。

　しかしこの問題の検証のために漢文日記等を用いるならば、そもそも古記録が男による家の記録であるという前提を無視している可能性もある。つまり、古記録にはそもそも男女間の嫉妬の問題を記す場ではないからである。だとすれば、『源氏物語』の独創だというよりは、漢文日記の叙述からは零れ落ちた当時の通念を「物語」という虚構によって拾い起していた可能性は捨てきれない。それはちょうど『蜻蛉日記』冒頭に、世にある「古物語」の書かないことを書く、と宣言するのにも通じる物語叙述の姿勢とも言えよう。

　また、朱雀院の鍾愛の娘である女三宮の結婚は、平安初期の皇女独身主義の気風の中では天皇以外との結婚の事例が少なく、平安中期には臣下側から皇女との結婚が願われたことなどの歴史的実態を踏まえて理解されてきた。とりわけ朱雀院が女三宮の「後見」をなぜ光源氏にしたのかの所以については、「皇女たちは、独りおはしますこそは例のことなれど、さまざまにつけて心寄せたてまつり、何ごとにつけても御後見したまふ人あるは頼もしげなり。」

（若菜上④二九頁）、「かしこき筋と聞こゆれど、女はいと宿世定めがたくおはしますものなれば、よろづに嘆かしく、かくあまたの御中に、とりわききこえさせたまふにつけても、人のそねみあべかめるを、いかで塵も据ゑたてまつらじ」（若菜上巻④三〇頁）、「皇女たちの世づきたるありさまは、うたてあはあはしきやうにもあり……」（若菜上巻④三二頁）などといった対話を分析しつつ、その判断の所以が、今井源衛氏、後藤祥子氏、今井久代氏などによって、史実と照らし合わせつつ明らかにされてきた。[13] 総じてこの物語全体を覆う、王統の女性たちが結婚を忌避する意識は、単なる女性一般の生き難さではなく、天皇の血を引く者たちならではの固有の問題であり、物語を通して歴史的実態の探求が促され、また翻って物語の理解が促される関係にある。そのため歴史的実態をいかに見積もるかによって、物語のどこまでが史実でどこからが虚構かという境界の認定も、いささか流動的になる。

なお結婚といえば藤井貞和氏は、『源氏物語』中では、六条御息所の娘の斎宮、夕顔の娘の玉鬘らに対しては、光源氏との男女関係が成立せず、母と娘とに共に通じる関係を禁忌とする『大祓祝詞』が守られていると指摘する。[14] また、光源氏は葵の上と結婚する一方、朝顔との結婚は回避されるなどの事例から、交叉いとこ婚よりも平行いとこ婚の方が、禁忌性が強い傾向も指摘される。人類学に根差しつつ物語中に一定の倫理的傾向を見出したもので、提案としてはいずれも魅力的だが、それが単純に平安中期の歴史的実態とはいえず、さりとて虚構としての『源氏物語』の、意識無意識を問わない一種の方法意識とまで言えるのかは、これまた判断が難しい。

以上、『源氏物語』がいかに歴史的実態に依拠しつつも新たな世界を創造しているのか、当時の通念や倫理観に関わる従来的な課題のいくつか辿ってみた。丁寧に歴史資料と照らし合わせることで一定の理解に達する場合もあるが、どこまでが歴史上の実態でどこからが物語の虚構なのか、見極めにくい課題も多い。史実と虚構は明確に分別できず、ともするとないまぜになるために、不断に往還してその奥にある虚構の創造性を見極める必要がある。

三　史実を改変したり、歴史が再構築される場合

では三番目の課題、こうした物語中の〈歴史〉とは逆に、一見事実に基づいて記されたと思しき叙述に、虚構性をいかに読み取るべきかについて、考えたい。

たとえば『和泉式部日記』の五月五日の叙述は、必ずしも経験的事実のままではないと知られている。「五月五日になりぬ。雨なほやまず。一日の御返りのつねよりももの思ひたるさまなりしを、あはれとおぼし出でて、いたう降り明かしたるつとめて、……昼つかた、川の水まさりたりとて人々見る」（二九～三〇頁）とあるものの、この五月雨の日は、記録によって検証すれば日程がずれ、いわば折の意識にふさわしく日時が改竄されていることは近藤みゆき氏に指摘されている。『本朝世紀』長保五年五月一日から十五日までは五月十日条に「天陰雨降」と雨であったほかは晴天だった。大雨が五月十九日だったことは「天陰大雨降。休也」（長保五年五月十九日条）、『日本紀略』「洪水」（長保五年五月十九日条）、「仁王会延引。去夜大水入京中之故也」（二十日条）とあることから判明するからである。[15]

あるいは『更級日記』では、『源氏物語』に強く傾倒した筆者菅原孝標女が、『源氏物語』的な虚構の世界の恰好を借りて、物語的な視点で経験を再構築した事例とも解釈できる。詳細はすでに論じたのでそれに譲る[16]が、一例を挙げれば、源資通との対話では、春秋優劣論に続き、冬の夜の月の中で円融院の御代より仕えた老女房の逸話が、

　冬の夜の月は、昔よりすさまじきもののためしにひかれてはべりけるに、またいと寒くなどしてことに見られざりしを、斎宮の御裳着の勅使にて下りしに、暁に上らむとて、日ごろ降りつみたる雪に月のいと明きに、旅の空とさへ思へば、心ぼそくおぼゆるに、まかりまうしに参りたれば、余の所にも似ず、思ひなしさへけおそろし

きに、さべき所に召して、円融院の御世より参りたりける人の、いといみじく神さび、古めいたるけはひの、いとよしふかく、昔のふるごとどもいひ出で、うち泣きなどして、よう調べたる琵琶の御琴をさし出でられたりしは、この世のこととももおぼえず、……

（『更級日記』三三六〜七頁）

と叙述される。このくだりは、『源氏物語』朝顔巻で光源氏が元斎院であった朝顔に恋慕し、その邸で桐壺院の御代からの事情を知る女五宮や源典侍と出会った後、「時々につけても、人の心をうつすめる花紅葉の盛りよりも、冬の夜の澄める月に雪の光りあひたる空こそ、あやしう色なきものの身にしみて、この世の外のことまで思ひ流され、おもしろさもあはれさも残らぬをりなれ。すさまじき例に言ひおきけむ人の心浅さよ」（朝顔巻②四九〇頁）と、散逸したとおぼしい『枕草子』「すさまじきもの」段でつまらぬものと酷評された冬の夜の月を称賛する場面を踏まえているであろう。薄雲巻の春秋優劣論を踏まえるところまで含めて藤壺没後の物語を再構築したとおぼしく、経験的な事実とは言い難い。こうした日記類に透けて見える虚構性は、叙述の取捨選択や経験的事実の日時の改竄、出来事の時系列や人物名の錯綜、物語的和歌的表現による粉飾などを通して指摘できる場合が多い。

平安時代の仮名日記文学は、それぞれの論理によって独自の虚構性を孕んでいるが、なかでも比較的問題が鮮明なのは、平安朝の結婚制度についての理解である。『蜻蛉日記』の筆者藤原道綱母に正妻になれる可能性があったか否かについては、古くは、結婚当初は正妻になれる可能性があったものの、中巻に入る頃に正妻になれないことが確定したと理解されてきた。ことに、「こなたあなた、下衆の中より事いできて、いみじきことどももあるを、人はこなたざまに心寄せて、いとほしげなる気色にあれど、われは、すべて近きがすることなり、くやしく、など思ふほどに、家移りとかせらるることありて、われはすこし離れたるところに渡りぬれば……」（中巻一七一頁）と、時姫方の家の者たちと道綱母の家の者たちとのいさかいから、兼家の新邸には招かれず、正妻となれる可能性が決定的に失われたなどと理解されてきたのである。しかし、一九九〇年代の工藤重矩氏の問題提起[17]以降、高群逸枝氏以来「一夫多妻」とされてきた平安朝の結婚形態の理解は誤りで、『律令』の規定によれば一夫一妻多妾というべきであり、当初から道綱母が正妻になれる可能性は低かった、との理解が浸透してきている。だとすれば、これまでの読者は道綱母側に都合のよい語り、偏向した語りに誘導されただけだったのか。それは『蜻蛉日記』の虚構だということになるが、平安朝の結婚は実態としてはやはり流動性が高かったと見る説は、増田繁夫氏[18]など、その後もなお根強い。

この問題は『蜻蛉日記』単体の理解にとどまるものではない。たとえば『源氏物語』の光源氏を巡る女たちの関係の理解にも波及する。葵上没後は紫上が光源氏の正妻だと考えるのが自然だが、女三宮降嫁後は正妻とは言えそうになく、ゆえに女三宮降嫁以前も〈正妻格〉と評されたりもする。女三宮降嫁を前に、あるいは降嫁前後には、紫上を呼ぶ地の文の表現には、「対の上の御は、三種ある中に、梅花はなやかにいまめかしう、すこしはやき心しらひを添へて、めづらしき薫り加はれり。」（梅枝巻③四〇九頁）、「…さし並び目離れず見たてまつりたまへる年ごろよりも、対の上の御ありさまぞなほありがたく、我ながらも生ほしたてけりと思す。」（若菜上巻④七四頁）などと、「対の上」との呼称が目立つのだが、一般に妻妾の呼称としては「上」「対の（御）方」であって「対の上」とは呼ばれないことから、「対の上」との呼称は、紫上の独自な立場を示す創作的な呼称である可能性もある[19]。

正妻が当初から確定するのか否か、寝殿に住むのか否かなど、次第に歴史的実態に鑑みて検証は進んでいるものの、その重要な前提ともなる『蜻蛉日記』の叙述に虚構性が孕まれるとなれば、結婚についての議論は土台からぐらついてくる。『蜻蛉日記』の虚構の質を見定めることと、平安朝の結婚の実態を見極めることとが連動して揺らいでしまうのである。「対の上」と称される紫の上の妻としての立場がどれほど歴史的実態の反映で、どれほど物語の虚構であるのか、その峻別は容易ではない。

同様の事情は、『栄花物語』や『大鏡』といった歴史物語、あるいは古記録と呼ばれる歴史資料であっても実は免れない。『栄花物語』には語りの偏向や取捨選択、意識的とも思われる改竄が認められ、随所に『源氏物語』による潤色も見られる。『栄花物語』や『大鏡』をもとに当時の歴史を構築することも、『栄花物語』や『大鏡』の叙述から組み上げたことを歴史的事実とみなして、それをもとに『源氏物語』を論じることも、大きく事態を見誤り、循環論法に陥る危険すらある。

『源氏物語』が後代のあらゆる叙述に与えた影響に関心が向けられ、議論が盛んになったのは、一九九〇年代の三谷邦明氏や三田村雅子氏あたりが端緒であろうか。[20]三田村雅子氏はさらに、たとえば青海波の舞が『源氏物語』紅葉賀巻に端を発して、後代の権力者たちにいかに踏まえられ、新たな歴史が創造されたかを検証している。[21]

かくして、歴史を踏まえて虚構が創られるのみならず、虚構が歴史を書き換え、新たなる歴史を創り、さらにまたそこから虚構が生産される。この不断に往還する運動に留意したいところである。

〔注〕

1　小西甚一「いづれの御時にか」（『国語と国文学』一九五五年三月）、島田良二「伊勢集の歌物語化」（『古今集とその周辺』一九八七年五月）

2　関根慶子『中古私家集の研究　伊勢・経信・俊頼の集』（風間書房、一九六七年）。なお『源氏物語』と『伊勢集』の関係については、高木和子「空蟬巻の巻末歌」（『源氏物語の思考』風間書房、二〇〇二年）がある。

3　注2高木和子論文。

4　山本淳子『源氏物語の時代』（朝日選書、二〇〇七年）

5　藤井貞和「光源氏物語の端緒の成立」（『源氏物語の始原と現在』三一書房、一九七二年）
6　石田穣二「朱雀院のことと准拠のこと—源氏物語の世界—」（『源氏物語論集』桜楓社、一九七一年）。これら「朱雀院」に関わる諸説は、高木和子「研究史—朱雀院」（『人物で読む『源氏物語』—朱雀院・弘徽殿大后・右大臣』勉誠出版、二〇〇六年）で整理した。
7　河添房江「梅枝巻の光源氏」（『源氏物語の喩と王権』有精堂、一九九二年）
8　藤原克己「源氏物語と天神信仰」（第三三回源氏物語アカデミー講演、於ホテルクラウンヒルズ武生、二〇二二年一〇月二二日）
9　日向一雅『源氏物語の準拠と話型』（至文堂、一九九九年）
10　福長進「『栄花物語』から『源氏物語』を読む」（『歴史物語の創造』笠間書院、二〇一一年）
11　この問題については、高木和子『源氏物語を読む』（岩波新書、二〇二一年）で理解を示唆した。
12　藤本勝義『源氏物語の〈物の怪〉文学と記録の狭間』（笠間書院、一九九四年）
13　今井源衛「女三宮の降嫁」（『源氏物語の研究』未来社、一九六二年）、後藤祥子「皇女の結婚—落葉の宮の場合」（『源氏物語の史的空間』東京大学出版会、一九八六年）、今井久代「皇女の結婚—女三の宮降嫁の呼びさますもの」（『源氏物語構造論—作中人物の動態をめぐって』風間書房、二〇〇一年）
14　藤井貞和『物語の結婚』（創樹社、一九八五年）
15　近藤みゆき『和泉式部日記』（角川文庫、二〇〇三年）。この問題に関しては塚﨑夏子の助言を得た。
16　高木和子「更級日記における長編物語的構造」（『新たなる平安文学研究』青簡舎、二〇一九年）
17　工藤重矩『平安朝の結婚制度と文学』（風間書房、一九九四年）
18　増田繁夫『平安貴族の結婚・愛情・性愛　多妻制社会の男と女』（青簡舎、二〇〇九年）
19　この問題については高木和子「結婚制度と『源氏物語』の論理—光源氏と紫の上の関係の独自性—」（『源氏物語の思考』風間書房、二〇〇二年）で整理した。
20　三谷邦明・三田村雅子『源氏物語絵巻の謎を読み解く』（角川選書、一九九八年）

21　三田村雅子『記憶の中の源氏物語』（新潮社、二〇〇八年）

※引用本文は『伊勢集』は私家集大成（明治書院）、『白氏文集』は新釈漢文大系（明治書院）、『菅家後集』は日本古典文学大系（岩波書店）、史料は新訂増補国史大系（吉川弘文館）、その他はおおむね新編日本古典文学全集（小学館）によったが、一部表記を改めたところがある。

——物語と空間

『源氏物語』における歴史的空間と虚構的移動

イフォ・スミッツ

一　移動――後宮（「花の宴」巻）

何年もの間、私は学生たちと一緒に『源氏物語』の「花の宴」巻を中心に読み、原文で『源氏物語』を初読することを何度も教えてきた。[1] 加えて、北村季吟の『湖月抄』の注釈の一部も読んでいる。また、『源氏物語』に関する研究論文についてのディスカッションもさせるが、重要な目的のひとつは、学生がこのような複雑なテキストや注釈書の原文を実際に読むためらいを克服する手助けをすることである。ペースが遅く、一見すると理解できないことが多くても、学生はたいてい、テキストが生き生きと息づいていることに気づく瞬間が訪れる。

「花の宴」巻の序盤で、学生にとって特につらい一箇所がある。夜が更けて、内裏での桜の宴が終わり、参加した王朝人が皆自宅や宮中での宿直所に引きあげた後のことである。しかし、若くいささか酔っ払っている源氏はまだ休む気がない。著者紫式部は今、源氏を後宮と呼ばれる后や女御たちが住む宿直所や廊下の迷宮に長く移動するように仕向ける。源氏の彷徨（うろつ）くありさまは、形の上でも非常に長い一文によって模倣されている。

上達部おのおのあかれ、后、春宮かへらせたまひぬれば、のどやかになりぬるに、月いと明うさし出でてをかしきを、源氏の君酔ひ心地に、見すぐしがたくおぼえたまひければ、上の人々もうちやすみて、かやうに思ひかけぬほどに、もしさりぬべき隙もやあると、藤壺わたりを、わりなう忍びてうかがひ歩けど、語らふべき戸口も鎖してければ、うち嘆きて、なほあらじに、弘徽殿の細殿に立ち寄りたまへれば、三の口開きたり。

（『源氏物語』引用文はすべて小学館『新編日本古典文学全集』による、①三五五～三五六頁）

源氏の迷走は、若い女性との最初の出会いに次第に近づいていく。よって、次の二つの文章は短くなっている。

女御は、上の御局にやがて参上りたまひにければ、人少なるけはひなり。奥の枢戸も開きて、人音もせず。

かやうにて世の中の過ちはするぞかしと思ひて、やをら上りてのぞきたまふ。

そしてオチがつく。

ここで源氏は朧月夜と出会うことになる。

『源氏物語』の標準的なテキスト版では（多くの翻訳版でも）、各巻の前にその巻で活躍する主人公たちがリストアップされ、多くの場合、それぞれの関係を示す系図が添えられている。しかし、主人公たちが移動するその巻の空間の地図はない。たしかに、大系本などの校注本には平安京や大内裏や内裏の地図が掲載されているが、それは普通、注釈本の一番後ろのほうに挟まっている。そのような地図が巻ごとについていることはない。また、『源氏物語』に登場する場所と歴史的な場所とを結びつける注はあるが、主人公たちがその場所をどのように移動したかについての解説はない。

とはいえ、空間も重要である。この「花の宴」巻のいくつかの場所は建築デザイン（細殿とは何か、ドアの種類は何か）や間取り（あの通路はどこにあるのか）についての混乱を招いている。これは現代の読者だけの問題ではない。『湖月抄』に引用されている中世の古注釈書は、この箇所でこのような用語を明確にする必要性が早くからあったことを示唆している。「細殿（ほそどの）」は、殿と並んだ、屋根のある、「廂（ひさし）」とも呼ばれる廊下であると説明するだけでなく、[2] 開いているあの「三の口」の正確な位置については、細かくはあるが矛盾した説明もついている。

三のくち　**河**［河海抄］弘徽殿に南北へ細くとほりたる戸あり。是北より第三にあたる戸也。格子遣戸（ヤリド）也。**花**［花鳥余情］同。**哢**［弄花抄］弘徽殿の東に、わたり廊（らう）あり、それを細殿といふ。ほそどのへ出る所に戸三ツあり、南の第三にあたりくるるさしたる戸なり。[3]

さらに有川武彦の『湖月抄』増注版に引用される本居宣長の注釈書『源氏物語玉の小櫛』には、

玉［源氏物語玉の小櫛］紫式部日記に、ほそどのの三の口に入てふしたればとあり、これは禁中の事にはあらず、禁中ならでもあるなめり。[4]

とある。注釈書もまた「口」を「戸」と等価なものとして使っているが、[5] 本居宣長はあの「口」が全体に代わる一部分（パルス・プロ・トト）として機能すること、つまり、「部屋」と呼ぶべき空間を示すという一点を指摘している。

『源氏物語』は当初、注釈付きで流布することはなかった。つまり、後世の読者には注釈が必要であったが、紫式部と同時代の読者には注釈は必要なかったのである。ということは、この物語の最初の世代の読者は、後宮の間取りを十分に知っていたと考えられる。紫式部の執筆から二世紀ほど経って、藤原定家が『源氏物語』のいわゆる青表紙本を校訂した時期でさえ空間を説明する必要はなかったようである。

実は、この「花の宴」の問題の箇所を内裏の地図と並べて読むと、非常に役に立つ。地図を見ると、北側の清涼殿（天皇の居室）と並んでいる通路が、（桜宴が行われた紫宸殿の前の中庭から来た場合）それぞれ（源氏の宿敵の宿直所である）弘徽殿と（酔った源氏の最初の目的地である）藤壺に通じる通路に分岐していることがわかる。そのため、藤壺への廊の扉を閉めれば、源氏は数メートル引き返すだけで、先の通路を北に進み、その女御の妹・朧月夜と出会う弘徽殿に行けることがよくわかる。

『源氏物語』は、虚構の人物が歴史的空間を移動する物語である。その著者である紫式部が創作した平安京の「都」は、虚構的空間であると同時に、最初の読者にとってはあまりにも身近な、具体的で歴史的な舞台でもあった。この物語は、こうした読者や聞き手にとって馴染み深い空間構成の中で展開されたのである。

紫式部が『源氏物語』を書いているという最初の記録は、よく知られているように、『紫式部日記』寛弘五年（一〇〇八）十一月一日条である。この時、紫式部は本当の内裏ではなく、臨時の一条院（いわゆる里内裏）で仕えていた。『中右記』などの記録からわかるように、寛弘二年（一〇〇五）十一月五日の火災で内裏は焼失した。[6] すると、この事実は、物語の最初の読者にとって、源氏が歩き回った内裏は、その読む時点では存在しなかったことを意味する。たとえそうであっても、焼失した内裏は、理想化されたとはいえ、歴史的な空間として存在していたと思われる。古語辞典や『源氏物語』の解説文に見られる「内裏図」、特に後宮の地図は、東京国立博物館蔵の十一世紀の摂関家の九条家本「延喜式」中の一巻に見られる詳細な地図と深い関係がある。「花の宴」巻の源氏君と朧月夜の出会いを地図とともに読み解くことで、当時の読者が後宮という空間をどのように認識していたのか、その理解に近づける可能性はある。

二　空間

本稿では、物語の登場人物の移動に焦点を当てることを試みる。結局のところ、まず「空間」を「場所」とは本質的に異なるものとして理解するならば、そして第二に、「空間」を動きの結果として存在するものとして理解するならば、空間を主に定義するのは移動である。この区別は、ミシェル・ド・セルトーに倣うが、ド・セルトーによると、「場所」とは共存する場の関係であり、「場所」は安定しており、地図上で指し示すことができるものである。対照的に、「空間」は場所の特定の使い方に関するものだ。ド・セルトーがいうように、場所が「実践される」と空間になる。

> 方向というベクトル、速度のいかん、時間という変数をとりいれてみれば、空間ということになる。空間というのは、動くものの交錯するところなのだ。空間は、いってみればそこで繰りひろげられる運動によって活気づけられるのである。空間というのは、それを方向づけ、情況づけ、時間化する操作がうみだすものであり、そうした操作によって空間は、たがいに対立しあうプログラムや相次ぐ諸関係からなる多価的な統一体として機能するようになる。（……）要するに、空間とは実践された場所のことである。[7]

従って、この考え方における実践によって生み出される空間は、その場所の使用期間中しか存在しない。

さらに、「場所」と「空間」はまったく異なる行為を通して理解される。この二つの概念は、「地図」と「順路（パルクール）」という概念とほぼ一致している。ド・セルトーは、「場所」は「見る（場所の秩序の認識）」という行為を通じて位置づけられると主張する。「見る」という行為は、「台所のとなりに、娘たちの部屋があります」というタイプの記述をもたらす。このような、他の場所との静的な関係における場所の記述は、地図作成（マッピング）の行為である。

一方、「順路」は「行く（空間をうみだす行為（アクション））」という移動を伴い、その結果、「右のほうに曲がると居間になっています」というタイプの描写になる。つまり、ド・セルトーにとってツーリングとは語りの一形態であり、そして語り手が語る移動によって空間を作りだすので、空間とは物語の結果なのである。

「空間」をこのように理解すると、「花の宴」巻の後宮の空間は、源氏君がその中を移動することによってのみ形を成す。その空間の体験は後宮の間取りについてすでに存在する親しみに依存している。前述したように、紫式部はその空間について完全な描写をしない上、する必要もなかったのである。なぜなら、古代の読者は後宮を現実の場所として知っていたからである。

三　移動――五条以南（「夕顔」巻）

源氏君にとっては「花の宴」巻の内裏が馴染みのある領分であるのに対し、五条以南の都は彼にとって馴染みのない土地である。「夕顔」巻の冒頭文はその馴染みのない領域への進出の起点となっている。

> 六条わたりの御忍(しの)び歩(あり)きのころ、内裏(うち)よりまかでたまふ中宿(なかやどり)に、大弐(だいに)の乳母(めのと)のいたくわづらひて尼(あま)になりにけるとぶらはむとて、五条なる家たづねておはしたり。（①一三五頁）

源氏は「うち」とされる内裏から「罷(まか)づ」（出る）。その移動の常の目的である六条御息所の邸宅がどこにあるのか、読者は不思議に思うかもしれない。そこは権力の中枢から遠く離れた場所である。源氏の家来である惟光(これみつ)さえこの五条を「らうがはしき大路(おほぢ)」（ごたごたしている辺り）と言っている。

その上、『源氏物語』には物理的な都に関する具体相の記述が乏しい。平安京の現実相の復元というレベルで捉えようとすると、町中の描写は不十分である。だからこそ、高橋文二氏は『源氏物語』における平安京の「不在」を指摘するのである。氏によれば、『源氏物語』のリアリティとはそもそも心理的なものである。[8] また、『源氏物語』の舞台となった時代に存在したはずの歴史的な目印になる建築を考えてみると、欠落が目立つ。たとえば、朱雀大路の両ない。

高橋氏は指摘する。確かに、平安中期の貴族たちの漢文日記にも、都の北西部分以外の地域はほとんど記録されていない[9]。
端を占めていた朱雀門、そして羅城門の場合は円融院の時代まで存在した羅城門も、紫式部がまったく言及しないと

とはいえ、『源氏物語』の最初の読者にとっては、内裏と都の両方が歴史的現実として存在していたと考えてよいであろう。高橋氏が論じたように、「光源氏の恋の発展する場は多く平安京の街中であった。内裏の中であったり、六条院の中であったりした」。「不在」よりも、寧ろ内裏や都の地取りについて多くの要素が語られないということは、当時の読者が独自に想像できたことを示している。だからこそ、『源氏物語』の空間を理解するには地図を使って読む必要がある。

紫式部が『源氏物語』を執筆したおよそ一世紀前の歴史物語として構想していたのだとすれば、平安京の都市計画の原型は、その前の長岡と同じように、五条を貴族と都市住民との境界線として想定していたことにも注目すべきである。五条以北は、最低でも一町を占める住居の地域で、五位以上の貴族を住まわせ、五条以南は下級官人や庶民を住まわせた。『源氏物語』「玉鬘」巻には、若い玉鬘（夕顔と頭中将の娘）が地方で好ましからぬ求婚者から逃れて平安京に最初の宿を見つける場面などで、このような五条以南のやや薄汚れた性質が時折ほのめかされている。

九条に、昔知れりける人の残りたりけるをとぶらひ出でて、その宿を占めおきて、都の内といへど、はかばかしき人の住みたるわたりにもあらず、あやしき市女、商人の中にて、いぶせく世の中を思ひつつ、秋にもなりゆくままに、来し方行く先悲しきこと多かり。（③一〇二頁）

夕顔が一時的に住んでいる五条辺りもまた、「あやしき」人が住む地域である。源氏は、五条界隈という空間に移り込むことで、身なりを変えなければならなくなる。下級者に見えるように「狩衣」をまとい、貴人が普通に使う牛

車を捨て維光の馬に乗る。つまり、馴染みのない空間を作るには変装が必要なのである。何もかもが奇妙で当惑させられ、貴族の日常に頼ることができない。紫式部にもユーモアのセンスがあったことをうかがわせる場面で、源氏は違和感を覚えるほど五条を構成する社会構造に近づいていく。

八月十五夜、隈なき月影、隙多かる板屋残りなく漏り来て、見ならひたまはぬ住まひのさまもめづらしきに、暁近くなりにけるなるべし、隣の家々、あやしき賤の男の声々、目覚まして、「あはれ、いと寒しや」、「今年こそなりはひにも頼むところすくなく、田舎の通ひも思ひかけねば、いと心細けれ。北殿こそ、聞きたまふや」など、言ひかはすも聞こゆ。（……）ごほごほと鳴神よりもおどろおどろしく、踏みとどろかす唐臼の音も枕上とおぼゆる、あな耳かしがましとこれにぞ思さるる。何の響きとも聞き入れたまはず、いとあやしうめざましき音なひとのみ聞きたまふ。くだくだしきことのみ多かり。（①一五五〜一五六頁）

普段の生活とはかけ離れたこの都市生活の不穏なサウンドスケープが、源氏が夕顔を人家に遠い「なにがしの院」に移す決断を促す。

（……）なほうちとけて見まほしく思さるれば、源氏「いざ、ただこのわたり近き所に、心やすくて明かさむ。かくてのみはいと苦しかりけり」とのたまへば、夕顔「いかでか。にはかならん」といとおいらかに言ひてゐたり。（①一五七頁）

夕顔と源氏の目的地は、五条界隈とはまた違った意味で不安な所で、まさに人の活動のない、寂寥感の溢れる、「人のまどひけん」場である。

そのわたり近きなにがしの院におはしまし着きて、預り召し出づるほど、荒れたる門の忍ぶ草茂りて見上げられたる、たとしへなく木暗し。霧も深く露けきに、簾をさへ上げたまへれば、御袖もいたく濡れにけり。源氏

「まだかやうなることをならはざりつるを、心づくしなることにもありけるかな。
　いにしへもかくやは人のまどひけんわがまだ知らぬしののめの道
ならひたまへりや」とのたまふ。　（①一五九～一六〇頁）

ということで、確かに不慣れな土地である。源氏はまだ知らないが、夕顔は死ぬためにここに来たのであり、六条御息所とされる物の怪に殺されるために来たのである。

この新たな移動によって、源氏は歴史的な現場と幻想的な領域のはざまにただよう空間を作り出す。すでに平安時代のかなり早い時期には、理想的な碁盤の目状の都市計画はおそらく実現されず、都の北半分でかなりの社会的混合が行われることになったとしても、内裏より六条院への移動は、徐々に性格を変えていく都市空間を通過する移動にあたる。中世の源氏物語注釈書は、六条院は九世紀に源融（八二二～八九五）によって建てられ、後に宇多院の隠居所（仙洞）となった河原院の所在地とされている。平安中期の文人、紀在昌（生没年未詳）は、『本朝文粋』にこの場所について、漢文の諷誦文を著している。

河原院者、故左大臣源朝臣之旧宅也。林泉卜レ隣、喧囂隔レ境。択レ地而構、雖レ在二東都之東一、入門レ以居，如レ遁二北山之北一。[10]

河原院は、故左大臣源の朝臣の旧宅なり。林泉隣をトめ、喧囂境を隔つ。地を択んで構へ、東都の東にありと雖も、門に入つて居れば、北山の北に遁るるが如し。

六条院は心理的には宮廷から遠く離れ、あたかも平安京の北側、上賀茂神社のかなり先の北山を思わせる人里離れた場所にあるかのような印象を与える邸宅だったとされている。

興味深いことに、古注釈書は夕顔と源氏が着くこの「なにがしの院」も河原院と同一視する。このように『源氏物語』の場面を歴史上の条坊制の平安京に地図作成（マッピング）することは、紫式部の主人公たちが場所から場所へ移動した現実と、同時に虚構の空間を思い起こさせる。そして、『源氏物語』の後世の注釈においては、河原院の二重写しを見ることになる。つまり、その栄光の頂点（六条御息所の邸宅）と衰廃（夕顔が死ぬなにがしの院）の両方である。

「夕顔」巻における源氏の移動は、彼が次第に快適な領域から遠ざかっていく、つながった空間の連続と考えることができる。内裏から五条へ、そして五条から六条近くの「ゴシック・ロマンス風」の院へと移動することは、源氏をますます不安にさせるような土地で、馴染みのない関係に踏み込むことを意味する。五条の隣人が源氏を苛立たせたとすれば、「なにがしの院」では彼の恋が破滅的な力に翻弄されるのをどうすることもできないことになる。

四　再考

「花の宴」巻の後宮も、「夕顔」巻の五条も、そして「なにがしの院」も、源氏がそこに到着して初めて見えてくる。これはすべての場所に言えることで、主人公たちがそこに入って初めて意味を持つ。それは、そこを通る、あるいはそこへ向かう移動の軌跡のことであり、構造化する力学は「順路（パルクール）」の力学である。空間は動きがあるときに存在する、とド・セルトーは想定している。

> たとえば都市計画によって幾何学的にできあがった都市は、そこを歩く者たちによって空間に転換させられてしまう。おなじように、読むという行為も、記号のシステムがつくりだした場所――書かれたもの――を実践化することによって空間をうみだすのである。[11]

すると、空間は活動を意味し、活動にはそれを実行する主体が必要である。内裏の紫宸殿と弘徽殿の間、そして内裏と五条の間の空間は、源氏が移動しているおかげで存在しているのであり、物語の目的上、源氏の移動の時間的変数（パラメーター）の中だけに存在している。

ド・セルトーの歩く者たちが通りの片側だけを移動するように、場所とその中で出会うものを紫式部が選択的に使うことで、変化に富んだ空間を作り出すことができる。地図を片手に源氏を読むと、この点がよくわかる。藤壺に向かう鍵のかかった戸口から弘徽殿に続く細殿への移動は、トラブルから本当の危険への移動であるが、その距離は決して遠くない。同様に、賑やかで騒々しい五条から「なにしの院」への移動は、院が「そのわたり近き」院であることからわずかな距離しかない致命的な危険への移動であることがわかる。つまり、紫式部は短い距離を移動する行為で、空間の巨大な変化を作り出すことに成功している。読者にとっても、場面から場面への変化は瞬間的なものだが、それが地図上の距離とどう関係しているかを理解すれば、その変化はより芸術的なものになる。

本稿で考察しようとしたのは、地図作成（マッピング）と順路（パルクール）との組み合わせである。『源氏物語』における和歌文学的な言及の構造化はよく研究されており、多くの優秀な研究者の分析対象となっている。しかし、このような文学的構造は、虚構の登場人物の動きによっても駆動されるということにも注目したい。『源氏物語』の虚構的動きは、歴史的な場所、つまり当時の読者が現実の場所として理解していた場所で起こるからこそ、図式化できるのである。この物語の最初の読者にとっては、本当に存在する空間である平安京に慣れ親しんでいたため、源氏の移動はその親しい都の新たな道標（みちしるべ）（記号のシステム）を意味したに違いない。ヨーロッパの院生も含める現代の読者がその物語の登場人物の心情だけでなく、その物理的な移動も追うことで、紫式部の名作をより豊かに味わうことができるのではないだろうか。

〔注〕

1　このようなアプローチを取るようになったのは、T.J. ハーパー先生の授業を受けたおかげである。T.J. Harper「From the Original. from the Start」（E. Kamens 編『*Approaches to Teaching Murasaki Shikibu's The Tale of Genji*』、MLA 出版会、一九九三）を参考に。

2　「ほそどのに　**河**細殿（ホソドノ）〔忠教卿説〕。**花**同。**【秘説】**廊の字をよめり。旧説ニ廊（ヒサシ）をほそ殿と点ず是も其心歟。」『湖月抄』引用文は『源氏物語湖月抄増注』による。

3　北村季吟著、有川武彦編『源氏物語湖月抄増注』上（講談社学術文庫、一九八二）四一一～四一二頁。

4　同上。本居宣長の「禁中ならでもあるなめり」を正しく理解しているかどうか自信がないが、『紫式部日記』の参照箇所は「細殿の三の口に入りふしたれば」である（『紫式部日記』岩波日本古典文学大系、四七六頁）。この一節は、寛弘二年（一〇〇五）に焼失した内裏ではなく、隣接する一条院の仮宮（いわゆる里内裏）を舞台にしている。紫式部が里内裏の細殿の三の口に伏したため朧月夜も同じく内裏の弘徽殿の三の口にいらっしゃるという意か。

5　「渡殿の仕切った部屋の三番目」（池田亀鑑・秋山虔校注『紫式部日記』岩波日本古典文学大系、一九五八、四七六頁）。「殿舎の側面や背面などの細長い廂を「細殿」という。その端から三つ目の間が「三の口」。ここの細殿は東北の対の東長片廂にあったらしい」（山本利達校注『紫式部日記』新潮日本古典集成、一九八〇、六〇頁）。「細殿の北から第三の戸口。間は柱と柱の間のことで、その間ごとに出入りの口がある」（柳井滋他編『源氏物語』岩波新日本古典文学大系、一九九三、二七六頁）など。

6　『中右記』寛弘二年十一月五日条「子剋許随身番長若倭部高範、自先一来云、内裏焼亡者、（……）此間火勢太猛、下人云、主上御神嘉殿者、仍参着、中宮同御坐云々」。

7　ミシェル・ド・セルトー『日常的実践のポエティーク』山田登世子訳（国文社、一九八七）二四一～二四三頁。

8　高橋文二「平安京の不在―『源氏物語』の時空」（おうふうコンピュータ資料センター研究所編『「源氏物語」と平安京』、おうふう、一九九四）。

9 安藤哲郎「平安貴族の大路・小路をめぐる空間認識―歴史地理からみる平安京の空間」(西山良・鈴木久男・藤田勝也編『平安京の地域形成』、京都大学学術出版会、二〇一六)。

10 『本朝文粋』巻第十四、427(『新日本古典文学大系』、岩波書店、三七五頁)。

11 ド・セルトー、前掲、二四三頁。

『源氏物語』絵合巻

――感動を呼ぶ絵、権力をもたらす絵――

エステル・ボエール

はじめに

『源氏物語』の「絵合」巻において、絵は、二つの絵合の場で集団的に評価・議論されるが、そもそも「絵合」という遊楽形式は作者の発明であった。この巻は表現という観点から技法・図像などを取り上げた、日本では最も古い、広い視野からの考察の一つで、日本では十七世紀以前には絵画論も絵画史もなかったため、十一世紀初頭の王朝貴族たちの絵画についての考えを伝えるものとして、絵画史という観点から非常に重要な資料である。[1] しかし、このエピソードが作品全体に占める役割、王朝を理想化する物語の一部であるということ、さらにまた、物や詩歌の優劣を競う物合せという遊楽形式が二項対立的議論展開を助長することにも留意する必要がある。

小論では、まず二つの絵合が、政争の具であったこと、この巻の最後に勝利を占める源氏の権力掌握への一つの階梯として位置付けられ、朝廷に君臨する道を開くというその役割を確認した上で、小論の中心的課題である、勝負の判定に先立つ絵についての議論（批判・弁論）を分析する。また二つの対比的な絵合——女性の私的な空間対男女同席の公的でより開かれた空間、フィクションとしての物語絵対現実の表象としての絵——がどのように組織されているかという点にも簡単に触れたい。そして最後に、紫式部がこの架空の絵合という形式を発明した理由について考え、これを通じて史実（十世紀に現実にあった歌合）とフィクションとの緊密な関係について考えたい。

一 「絵」という言葉

本題に入る前に「絵」という言葉の意味について考えておく。「絵」とは現実のまたは想像上の形象を平面（通常紙または絹）に描いたもので、色の有無は重要ではあるが、形を決める線に比して二次的である。日本は書が中心的な地位を占める中国文化圏にあり、書記行為に最も必要な具、筆で線を墨書きするが、絵の効果の大半は、筆圧の違いによって線の太さを変えるといった筆使いによるグラフィック効果と墨の濃度の違いに依存している。色は通常一様に塗られ、画面の美しさを増し、完成度を高め、宗教画も世俗画も価値の高いものは彩色されているが、等級をつけるならば、色は職人芸の範囲に止まり、線よりも下位で、線は引く者の創意・個性に依存している。しかし「絵」という言葉では、色を伴うかグラフィックだけかという絵画とデッサンの違いを表せない。したがってこの言葉は絵（イマージュ）の内容をまず意味する。つまり現実または現実に基づいたフィクション（人物を伴う情景・風景）の形象、あるいは架空の世界（この世ではない世界の幻想的風景）の形象を指す言葉である。また宗教画の場合は聖典に書かれていること・大陸からもたらされた画像モデル、文学の場合は詩歌で詠われる風景など、各分野の慣例によって絵師の自由は一般に制限されているという点にも留意したい。しかし「絵」は表象という観点からのみ考えられてはいないという点、特に「絵合」の巻においては、身体行為として――例えば、筆を手に絵を描いている姫君の描写が観察者には官能的に感じられるということなど――「絵」が考察されるという点にも注目したい。「絵」はまた、女性が自分の部屋に男性を誘い込むための、いわば「餌」としても使われる。そして「絵」は、その役割によって形を変える。「絵合」が対象とする紙絵は、もっぱら鑑賞されるためにあり、屏風や障子などの建築的機能を持たない。一般的に言って巻き広げる絵巻、同じように手に持つ折本形式のものといった作品形式は日本では重要で、「絵」を取り巻き保護する表装には細心の注意が注がれるため、「絵合」では絵を引き立てる表装についての記述に多くが割かれている。

「絵」という概念の把握が難しいのは、西欧美術では分けている絵画・デッサンの両方を含んでいるからだが、特にこの巻が表す「絵」という言葉の働きは、はっきりした基準に基づく選択の場、制作の場、披露の場、議論の場、そして創造についての考察の場と、それぞれの場において違い、それをフランス語で書くとすると、「パンチュール（絵・絵画）」と「イマージュ（画像）」という二つの言葉しかないが、実はその都度言葉を変えるべきだと思われるほど、その示唆するものは違うのである。

二　政争というコンテクスト

「絵合」巻は、作品全体の三分の一辺り、三十歳を過ぎた主人公の人生の転換点に位置する。都から遠い流謫の地で二年以上を過ごすという経験が源氏を成熟させ、恋愛遊戯にふけっていた若者から、野心家に変貌した彼は、失った地位と身分を取り戻して朝廷で重要な地位を占めるが、さらにその勢力を広げようとする。[2] 孤児となった亡き六条御息所の姫君の養父として、父桐壺帝の中宮、藤壺の協力を得て、その入内実現を画策する。言うまでもなく、姫君が天皇の寵愛を得て皇子を出産し、将来天皇の外祖父の地位につくことができれば、摂政・関白の地位を利用して、国政を支配し、任命・昇進の実質的な決定者となり、忠実な家人(けにん)層の拡充を図れるからである。政権争いをめぐって源氏・藤壺に対立する中納言(頭中将)は摂関家の出で、娘は既に女御として入内している。どちらが寵愛の的になるかに実権の掌握がかかっているというコンテクストで絵の出現となる。まずは、若い天皇が絵を好むため、歓心を得ようと両陣の絵集め競争が始まり、次いで女御二人の背後にいる父親たちの勝敗を賭けた二度の絵合という形を取り、この巻の最後の才芸についての議論で終わる。これら主要部分の間には、語り手がユーモアを交えて「このころの世には、ただかくおもしろき紙絵をととのふることを、天の下いとなみたり」[3]と語る絵の準備や絵についての考察がちりばめられている。

『源氏物語』ではよくあるように、ここでも登場人物たちの昇進動向が物語の主な筋運びの一つだが、男性的観点から、公卿会議、先例、朝儀の式次第といった国政運営について、つまり漢文記録の世界を語るのではなく、語りの文法を自在に操る物語作者として、勢力争いをめぐるこのエピソードの舞台を内裏に置き、物質面、感性面、思索面の、いずれにおいても文化的価値が高い二つの絵合という形を紫式部は与えたのである。[4]

従って、この巻は二つの読みが可能である。その第一は、平安貴族たちの雅な暮らしを網羅した『源氏物語』を、その具体例として読むことである。確かに季節の推移、衣装、和歌、作り物語、書、香、音楽などが語られていて、「絵合」はこの世界についての理解を助け、後続する時代の規範となった巻々の系列に属すと言える。しかし、雅な感覚の洗練をうながす雅な行事に使われるとは言え、絵にはそれ以上のものがある。源氏が次の巻々で朝廷の第一人者となる上で絵合も貢献したからである。清水好子氏の一九六一年の論文以来[5]、この巻の政治的な性格が重視され、準拠論や主人公の出世に果たした絵画の役割が検討され、「絵合」巻はこの物語の全体的構成に不可欠な巻として位置付けられている（清水好子、三四頁）。

三　論議に登場する言葉

十世紀後半から記録に見られるようになった物合は、左右のグループに分かれて、集めたり新しく作ったりした植物など天然の物や日常使われる扇などを出し合って、優劣を競う貴族の遊びである。物合には、やはり二組に分かれ詩歌の優劣を競う歌合、詩合があった。『源氏物語』における絵合は、すでに述べたように紫式部の発明で、詩歌合の変種と考えることができる。両絵合とも二つのグループの絵をつがえて、順次比較・論争し、各番ごとに判者が勝敗を判定し、最後に最も勝の多いグループが勝利をおさめる。しかし、二つの絵合は提出される作品の種類、参加者の性、競技の仕方が異なる。

初めの絵合は藤壺の発案で、密かに数人の女房を即席に集め、各女御を代表する二つのグループに分けて行われた。これといった作法もなく、男性は不在で、作品もそれ相応のものであった。つまり女性の読者用の和文のフィクションの挿絵（物語絵）で、後世物語文学の古典となった作品を含むこの部分は、現在しばしば引用されている。また絵巻についての最も古い記述の一つがここにあるという点で貴重であり、参加者同士の活発な議論によっても知られている。

判は物語の内容に基づいている。『竹取物語』と『うつほ物語』の番では、竹の節の中で生まれたという出生の卑しさからかぐや姫が批判され、うつほ物語は、中国・日本の二つの朝廷で出世した俊陰（としかげ）が称賛される。人物たちの評価に際しては、テクストか絵かという区別をせず、あたかも提示された作品の造形よりも内容が重要だというかのように議論される。判断に導いた明確な基準については何も語られず、二つの物語についての知識に基づくものか、絵を見、絵巻のテクストを読んだ結果かは分からない。

絵の判にあたっては、参加者または語り手が、包括的概念（特に新古）に依拠し、書家と絵師（歴史上の人物）の名を挙げ、物語の現実性を強調する。装丁（表紙、紙、軸など）についての簡単な記述がある。挿絵については、物語の造形、つまり図像表象について興味を表している記述が一つあり、『うつほ物語』について、「絵のさまも、唐土(もろこし)と日の本とを取り並べて、おもしろきことども、なほ並びなし（新潮③一〇四頁）」と述べられている。江戸時代まで続いた表象の約束事に基けば、それらの場面の舞台として、一方は、カラフルなタイル式の床や多色の瓦葺きの屋根の建物、他方は、天然の地味な素材で建てられ、檜皮葺の屋根のついた建物が、中国と日本を対照的に描き表していたと考えられる（図1）[6]。その視覚的対比こそが絵合の参加者の興味を惹いたのだろう。

図1　浦島太郎、龍宮に到着する

La légende d'Urashima Tarô, Paris, BnF, Jap 4169, fol. 7, 部分、十七世紀後半

敷石張の床と極彩色は不思議の国であることを示している。

藤壺の御前の絵合では勝負がつかなかったため、清涼殿の天皇の御前で、規模においても豪華さにおいても一度目とは比べ物にならない、二度目の絵合が計画される。

図2　天皇臨席の絵合

Genji monogatari（Paris, BnF, Smith-Lesouëf, Jap. 52(9), détail du fol. 1a).

御簾で隠された天皇が左上に描かれ、絵を入れた二つの箱が前に置かれ、公卿が二人うやうやしく控えている。女房が、おそらく源氏の旅日記と思われる風景を描いた絵巻を見ている。床は緑に描かれた畳敷である。

判者は源氏の弟の帥宮（そちのみや）、藤壺中宮が源氏方を支援するために臨席し、公卿、天皇付きの上臈女房たちも出席している。エピソードの大半は絵合の進行・組織の具体面（参加者たちの位置、装飾など）の描写に費やされる。絵は前回のフィクションの物語とは異なり、先帝たちの時代の歴史上の出来事、朝儀、季節の推移、風景などを描いたもので、流謫時代に源氏がつけていた絵を連ねた旅日記のおかげで、源氏側が勝利をおさめる（図2）。

種類は様々だが、二番目の絵合の絵は現実の場所や出来事を記録しているという意味で（現在の用語で言えば、行事絵、記録絵など）、いずれも記録性・事実性を特徴としている（伊井、二四〜二五頁）。書記的観点からは、公卿や官人がつけていた日記に近い。これらの絵の地位は高く、天皇の御殿で披露されるのにふさわしいものであり、公的な行事において天皇に奏覧されることはあり得ないフィクションとしての物語用の挿絵とは区別される。

この第二の絵合の議論の前半部分は短く数行しかないが、その内容は注意深く選ばれていて、絵合の準備中に既にあった議論の延長線上にあり、第一の絵合のアプローチとは異なる。これまでの議論をここでまとめると、次の通りとなる。昔の絵師と今の絵師は違う。鑑賞者の興味をそそるように絵のテーマは細心の用意をもって選ばねばならない。装丁の質は評価の対象となる。作品の質は輪郭線で決まり、優れた作品の線は、ためらいなく引かれている。媒体の持つ限界（単なる紙）のせいで山水（風景）を十全に表現できず、その問題を回避するためスタイル効果を狙ったり個人的な着想に頼って不自然な絵を描くという絵師の取り組み方は批判されている。全体的に見て、絵の形象化に関わる事柄が取り上げられ、様式・形の変化、製作過程、主題と画面の形体・大きさとの関係、絵師の個性を表現する美的選択など、多様な観点から議論されている。

この時代の日本では、墨描きによる線のグラフィックな質が、美の中心的位置を占めているということを再度強調したい。

四　流謫の絵日記

源氏の側を勝利に導いた、どの分類にも入らない旅日記は[7]、紫式部の発明かもしれない。流謫時代に源氏が描いていた、この旅日記は『源氏物語』の中で何度か出てくる。絵合の二年前にあたる「須磨」・「明石」巻に所の絵を描いたり、流謫時代についての日記を書いたりしているとの言及がある。流謫のエピソードにせよ、絵合のエピソードにせよ、語り手は日記に触れるときは必ず絵の持つ喚起力と記憶としての価値、その強い力を強調している。

「絵合」巻では、旅の絵日記は、都に残っていた紫の上に手伝われつつ、源氏が所蔵する絵の中から絵合用の作品を選び出すときに、まず語られる。

かの旅の御日記の箱をも取り出でさせたまひて、このついでにぞ女君にも見せたてまつりたまひける。御心深く知らで今見む人だに、すこしもの思ひ知らむ人は、涙惜しむまじくあはれなり。まいて忘れがたく、その世の夢をおぼしさますをりなき御心どもには、取りかへし悲しう思し出でらる。今まで見せたまはざりける恨みをぞ(紫の上は)聞こえたまひける。

「一人ゐて嘆きしよりは海士(あま)の住む
　　かたをかくてぞ見るべかりける
おぼつかなさは、なぐさみなましものを」とのたまふ。いとあはれとおぼして、
　憂きめ見しそのをりよりも今日はまた
　　過ぎにしかたにかへる涙か
中宮ばかりには、見せたてまつるべきものなり。かたはなるまじき一帖づつ、さすがに浦々のありさまさやかに見えたるを、選りたまふついでにも、かの明石の家居(いへゐ)ぞ、まづいかにとおぼしやらぬ時の間なき。

(③「絵合」一〇一～一〇二頁)

二人は長い離別の期間の嘆きを回想し、絵が醸し出す哀愁(あはれ)に過去の悲しみが呼び起こされるが、これは単に絵を見ることによって生じた反応ではなく、明石で絵を描き始めたときの段が語るように、まさに絵の制作が目指し、予期していた反応だった。紫の上がいないということによる源氏の孤独感に添えて新しい明石の君との関係がもたらす罪悪感の中で、源氏は「絵をさまざま描き集めて、思ふことどもを書きつけ」、流謫から帰還したときに紫の上が返事(の和歌)を書き添えるための余白を設け(②二九四～二九五頁)、都に残った人々に思いを馳せつつ描いたのだった。前掲の引用部分の和歌の唱和は流謫時代に源氏が想像した対話の現実化だった。絵の持つこの喚起力と記憶を蘇らせる力は、源氏の他には、最も親密な人々(源氏が日記を見せようと思った紫の上の他には藤壺女院)の内面世界に属するも

のだったが、同時に、帰還した現在から流謫の過去への回帰という源氏の心の動きをも生んだ。描かれた海辺を見て、源氏は明石の地に残した家族、女君と小さな娘を思い出し、ここ（絵）とかの地（現実の海辺）を重ね合わせ、和歌がそれをなぞり、海辺の地、須磨・明石の海岸風景が想起される。和歌は二つとも「かた」（潟）という言葉を持ち、第一の和歌では、「かた」（モチーフ、形）という意味も帯び、あたかも現実の場所とその表象が融合して一体化するような印象を与えるのである。紫の上は同行（して海を眺め）させなかったこと、もっと早くこの日記を見せなかったことを咎める。[8]

この日記は、二度目の「絵合」のときに再び現れ、「須磨の巻」と呼ばれ、[9] 同じように現実を表象した他の作品とつがえられるが、先ほどの引用場面と同様の反応を同席した人々の心に引き起こす。

左はなほ数一つある果てに（最後の一番に）、須磨の巻出で来たるに、中納言の御心騒ぎにけり。あなた（右方）にも心して、果ての巻は心ことにすぐれたるを選り置きたまへるに、かかるいみじきものの上手の、心の限り思ひすまして静かに描きたまへるは、たとふべきかたなし。親王（みこ）よりはじめたてまつりて、涙とどめたまはず。その世に、心苦し悲しと思ほししほどよりも、おはしけむ（住居の）ありさま、御心におぼしことども、ただ今のやうに見え、所のさま、おぼつかなき浦々、磯の隠れなく描きあらはしたまへり。草の手に仮名の所所に書きまぜて、まほ（漢文）のくはしき日記にはあらず、あはれなる歌などもまじれる、たぐひ（他の巻々）ゆかし。誰も異事（ことごと）思ほさず、さまざまの御絵の興、これに皆移り果てて、あはれにおもしろし。よろづ皆おしゆづりて、左勝つになりぬ。

（③「絵合」一一〇～一一一頁）

ここでも日記の強い喚起力に鑑賞者たちは感動する。源氏が暮した彼らの知らない土地が「ただ今のやうに見え」る。語り手は、この喚起力の源泉は、形象される土地を作者が直接知っていて、余すところない表象を実現できたところにあるとしている。貴族は旅行することが少なく、風景についての文学・美術の表象は、何よりも慣例や庭園などによる断片的な自然把握に頼るという文化環境においては、源氏の経験は特異である。これより前の巻で、どのように源氏を取り巻く環境が描写されていたか見てみよう。

> 人びとの語り聞こえし海山のありさまを、遥かにおぼしやりしを、御目に近くては、げに及ばぬ磯のたたずまひ、二なく書き集めたまへり。　（②「須磨」、二三八頁）

対象に遠く離れているため人の言葉や想像にまかせて描くという方法と、現実に直面して、その美しさが想像を超えることを理解しつつ描くという二つの方法を、語り手は示している。この対比は「箒木」巻の議論を想起させる。「箒木」では、身近な場所を描くときに絵師が直面する困難と、この世ではない所、竜王が支配する海の底の世界など、絵師が未知の場所の景を描いた場合に鑑賞者が味わう絵師の腕についての評価の難しさという二つの困難が語られるが、「目に近き人の家居ありさま、げにと見え、なつかしくやはらいだる形などを静かに描きまぜて、（…）け近き籬の内をば、その心しらひおきて（趣向や描法）などをなむ、上手はいと勢ひことに、悪ろ者は及ばぬ所多かめる」と、真の名人は身近な現実を迫真的に描ける者なのだという考えを示している（①「箒木」六〇～六一頁）。「絵合」においては、池田氏が指摘するように、新古の比較という観点からの技巧への依存についての議論は、相対化されている（池田、二一三頁）。

日記を勝利に導いたその他の理由として、作者の人格が挙げられている。「絵合」の最後の議論から、貴族は生得の才能があり、絵の才もその一つで、[10] 現実を直接観察したことにより、源氏は人よりも先に進んだということになる。ここで、それに加えて、「心の限り思ひすまして静かに描きたまへる」と語られているように、彼が現実を記録したときの心的あり方が問題になっている。この心構えへの注目は、源氏とライバルの中納言に注ぐ語り手の目を通して、

「絵合」巻全体を貫いている。絵合の準備段階で源氏は落ち着いて手持ちの絵を眺め、古い作品を信頼し、自意識を消してしまった人物のように振る舞っている。中納言は、それに対して、落ち着きなくあちこち動き回り、新しい絵を衝動的に注文し、自宅の奥に密かに絵所を作るなど、大人げないと源氏を苦笑させる有様である。日記の特質はこうして物語全体を流れるものとして、二人の人物像を対比させるより全般的な言説に組み込まれている。[11]

こうして第二次絵合で提出された作品群と最後に提出された絵日記を比較するよう、読者は暗黙のうちに促されることになる。紙という限界のある媒体に山水の景観を完璧に形象化することの難しさについては既に述べられている。凡庸な絵師はその難しさを線に不自然な表現性を与えることによって越えようとするのに対して、源氏は自分の描き方を崩さない。源氏の絵日記とそれに圧倒されるその他の絵との比較は具体的には見出せないが、先行する絵については次のように書かれている。

紙絵は限りありて、山水のゆたかなる心ばへをえ見せ尽くさぬものなれば、ただ筆の飾り、人の心に作り立てられて、今のあさはかなるも、昔の跡恥なく、にぎはははしく、あなおもしろと見ゆる筋はまさりて、多くのあらそひども、今日はかたがたに興あることも多かり。（③「絵合」一〇九〜一一〇頁）

このエピソードの語りの組み立てが導くままに、また「物合」という場には対照的論理が強く働いているということを考慮しつつこの段を読むと、源氏の絵日記に感動した人々は、第二次絵合で鑑賞してきた全ての絵と無意識的であれ比較し、それら全てに凌駕する絵を源氏の日記に見出したと見ることは許されると思う。すなわち、限られた紙絵の空間に壮大な風景を技巧に頼ることなく形象化し、対象を完全に掌握するという意味で自分が描く絵の中に自己が存在し、殊更な技巧で独自性を主張しようとしないという意味で自己が不在であるという、両立のむずかしい課題を実現しているのである。

こうした表現効果への取り組みは、絵だけではなく、日記のテクスト部分も担っているが、テクストの内容について読者は知らされていない。読者は、それが和文で書かれていて、散文と和歌があるという簡略な記述から、内容を想像することになる。特に作者はこれを「まほの詳しき日記」、つまり、事実を内容とし、典拠として使われた、歴史家が「実用的文書(écrit pragmatique)」と呼ぶ西欧中世の文書に近い公卿や朝廷の官吏がつけていた和文混じりの漢文日記と対比する。[12]この対比は、「蛍」巻に見られる「史実に基づく歴史的真実と物語作者にとって重要な心理的・人間的真実[13]」との対比と響き合う。

源氏の旅の絵日記を勝利に導いた理想的な性質は、複数の要素に支えられている。すなわち職業的専門家ではない愛好家による誠実で真率なものであること、職業的絵師の持つ、効果を狙った技巧のないこと、勿論本人の才能もある。源氏の才能は彼の生まれによるものだが、鑑賞者を感動させる彼の絵が持つ真実と、その余す所のない形象化は、流謫の地についての直接経験によるものでもある。また、絵が見る者の心を揺すぶる力は、苦しい経験に基づくものであるとしても、目の前の世界の詩情を表現する感受性によるものであり、それは絵に書き加えられる和歌に見出されるものでもある。

五　先例を立てる

絵合は紫式部の発明だと既に述べた。『源氏物語』以前の記録は植物・物・詩・歌合わせのみで、絵合はない。[14]この発明の意味、この物語で絵合が語られる意味は何だろうか。

まず、紫式部が参考にした詩歌合は、その実現のために何週間も何ヶ月も要するものだったということを強調しておきたい。それらの行事の場をしつらえる装飾、衣装、高価な素材を使った調度、当日の参加者やお付きの参内の準備、音楽、舞踏、宴会などが細心の注意をもって準備されていたのである。さらに、『源氏物語』の二つの絵合と参照された十世紀の天徳四年歌合との共通性は、前者では絵師が参加せず、後者の歌の作者たちもおそらくは呼ばれていなかったということである。二つ目の絵合は、日記の作者源氏が出席しているという点で、他と異なる。

紫式部がこの二つの絵合を、その豪華さによって長く人々の記憶に残った『天徳四年内裏歌合』（九六〇）に範を取ったということは、研究で明らかになっている。内裏で行われたものとしては古代最大で、村上天皇の治世（九四六～九六七）を代表する行事の一つであった天徳内裏歌合への準拠は、第二次絵合に顕著で、行われた場所も、参列者の配置も、各組の色も、いくつかの調度の細部もこの歌合に対応している。これを最初に述べたのは十四世紀の著名な学者、四辻善成で、『河海抄』において、物語全体に対してこの巻を位置付け、物語言説の観点からこの準拠がどのように貢献しているか述べている。[15]

紫式部は、史実に基づく準拠の方法によって物語を展開していて、物語の初めから三分の一の部分に準拠が特に多い。[16]日本の歴史に想を得る場合は、一般に三代（醍醐、朱雀、村上）に限られるが、式部は順次参照していくのではなく、人物造形を複数の歴史上の人物に借りたり、一つの時代に限ったりせずに史実を混ぜ合わせて新しいものを作り出している。『源氏物語』は日本の歴史の一つの時代に対応しているわけではなく、時代的に無理なものが組み合わされてもいて、登場人物たちが史上または現実のある特定の実在の人物に対応する実話小説というものではない。準拠に特に関心を持った善成は、時代を限ることなく組織的に準拠を探し、「（この物語には）今古の準拠のなき事は一事もなき也」[17]、また、「此物語のならひ今古準拠なき事はのせざるなり」とまで言っている。[18]

天徳歌合への準拠は、式部の教養の広さを物語るが、この選択は物語全体の中で捉え直されなければならない。善成が言うように[19]、色などの準拠の具体相ではなく、なぜこの歌合を特に準拠としたかということが重要だろう。この巻の結びと天徳歌合が後の時代にどのように受け入れられていったかという事を考え合わせれば、それはおのずとわかる。

この物語の語り手は、絵合は源氏の発案であると述べている。

さるべき節会どもにも、この御時よりと、末の人の言ひ伝ふべき例（ためし）を添へむとおぼし、私ざまのかかるはかなき御遊びも、めづらしき筋にせさせたまひて、いみじき盛りの御世なり。（③一一四頁）

これは単に主人公礼賛のために書かれたものではない。源氏に勝利が与えられたのは、単に旅の絵日記のおかげだというに止まらず、より大きな視野から書かれている。絵合のような「私ざまのはかなき御遊び」にまでも後世の先例（ためし）を創始する輝かしい治世を支える偉大な政治家として源氏は位置付けられている。古代日本においては先例の創出は、テクストの言う「いみじき盛りの御世」、優れた治世の証拠であり、この表現は読者に聖代という観念を連想させ古代中国の聖帝たちの治世を呼び起こすのである。善成が注するように、式部は司馬遷（紀元前一四五または一三五?〜紀元前八六頃?）の『史記』にある「例は聖代より始まる」を引いている（清水、三九頁）。善成に従えば、語り手は源氏を、創造的力によってその名を歴史に残した、中国古代の伝説的王から十世紀日本の醍醐、村上帝に至る王者の系列に組み込んだ。式部が生きた時代は、延喜・天暦の聖代という評価が広がり始めていた[20]。村上天皇主催の九六〇年の歌合はまさにその盛時を表すものの一つだったわけである。

このように歴史上の転換点を担う天徳の行事と結びつけることを通じて、式部は二つの絵合を単なる遊楽に止まらない特別な儀式という地位に引き上げ、源氏という人物の創造性と先例の創出に基づいて、源氏が生きた時代を聖代として讃えた。

「絵合」巻は、平安時代の絵についての考えを知る上で、第一級の資料である。既に述べたように秋山氏によれば、絵、少なくとも勝利を収めた絵は、表象芸術というよりは、鑑賞者の心に訴える、感受性の芸術である。生きた経験から生まれそれによって呼び起こされる感動によって、その価値が評価され、自分の経験によって得た感動を見る者に感受性をもって伝えることができる者こそが理想的な画家なのである（秋山、一五三頁）。これがこの巻で語られた絵画観の最も注目すべき点だが、この絵画観はこの巻の文体の特徴と合わせて考える必要がある。この巻は和歌が少なく（清水三六頁）、引歌もあまりなく、そのためか、研究者からもあまり関心を持たれていない。この傾向は、和歌による評価、縁語・掛詞が使われている第一次絵合とは違って、和歌も和歌的修辞もない第二次絵合に顕著である。この絵合は、天徳歌合に準拠した行事の記述、短い全体的な講評、そして源氏の日記に対する人々の感動に多くが割かれている。作者はテクストの叙情的側面を、提出される絵、特に旅の絵日記に集中させたのかもしれない。また読者の意識をテクストに引き込む手段である引歌が少ないのは、読者の注意を天徳の歌合との比較に集中させ、別のレベルで読者のテクストへの参加を図ったのかもしれない。

この作品は、通常は詩歌が受け持っている感受性を、物語というジャンルのコードを駆使してその中心に据える一方、朝廷の遊楽行事としての豪華さの記述も忘れなかった。源氏の権力掌握プロセスは、その結果、旅日記の提出と、さらには治世の卓越性を証する新しいタイプの遊楽の創出という、二つの方法によってその正当性が保証されたのである。

作者は絵合という架空の形式を創出し、史実を利用してフィクションの歴史をフィクションの中に導入するという、離れ業を駆使して、確固とした物語の枠組みを作り上げた。須磨の絵日記がかな文字の多い、記録上は前例のない作品形態だったということにも、散文作者としての式部の野心的創造性を読むことができるのではないだろうか。[21]

今回のシンポジウムでアントナン・フェレ氏は、藤原道長の金剛峯寺参詣（一〇二三）を記録した漢文旅行記[22]の特徴が、無味乾燥な通常の漢文記録と違い、「読者の情緒に訴える文学性を採用することで、君主の人間像を印象深く伝えるとともに王権の求心力を増やすことに努めた」ものであり、それは八九九年の宇多上皇の御幸を菅原道真が筆録した『宮滝御幸記』に範を取ったものだと発表した。帝王と帝王の如く振舞う道長の旅行記と流謫の日記を比べるのは、一見見当外れに見えるが、旅の絵日記の価値が、源氏の優れた人格・感性と結びつけて語られているということと、これら漢文の規範的文体から外れた旅行記が求める精神性には共通のものがあると言えないだろうか。今後の課題としたい。

翻訳　寺田澄江

〔注〕

1　「箒木」巻にも絵画論があるが、それについては後述する。絵画論に占める『源氏物語』の重要性については秋山光和「源氏物語の絵画論」（『源氏物語講座』五、一九七一、一四〇頁）を参照。平安時代の文学作品を渉猟した美術関係の語彙集としては『平安時代文学美術語彙集成』（二巻、二〇〇五）がある。
なお、小論は次の仏文の論文を増補・改訂したものである。欧文の基礎的文献は同論文を参照されたい。« Des images pour émouvoir, des images pour le pouvoir : Les concours de peintures du *Genji monogatari* » in *Roman du Genji et société aristocratique au Japon* (*Médiévales* 72), pp. 87–108, 2017 ; https://journals.openedition.org/medievales/8021

2　流滴についての「須磨」「明石」の二帖の重要性については高田祐彦 H. TAKADA, « *Suma*, à la croisée du lyrisme et du destin », *Cipango: Autour du Genji monogatari*, Paris, Numéro Hors-série (2008) (http://cipango.revues.org/589) を参照。

3　新潮日本古典集成『源氏物語』③一九七八、一〇六頁（以下引用は全て日本古典集成本による。仮名表記は私に一部漢字に改めた）。

4　河添房江「天徳内裏歌合から読み解く『源氏物語』―唐物・楽宴・衣装という文化環境」（『日本文学』、五三～五、二〇〇四、五月、三六頁）。

5　清水好子「源氏物語「絵合」巻の考察―附、河海抄の意義」（『文学』二九-七（一九六一、七月、三四頁）。この巻についてのその他の重要な論文としては秋山光和『源氏物語の絵画論』一四〇～一五五頁、伊井春樹「物語絵考―源氏物語における絵合の意義」（『国語と国文学』六七-七、一九九〇、七月、一七～三二頁）、池田忍「平安時代の性の政治学と「紙絵」の位置―絵合巻を中心に―」（助川幸逸郎、土方洋一他編『新時代への源氏学5』二〇一四、竹林舎、一九九～二二七頁）などがある。以下、引用は明記がない限り各氏のこれら論文である。

6　例えばフランス国立図書館のサイトGallica（十七世紀絵巻）を参照（Urashima Tarô reçu au palais du dragon (France, Paris. Bibliothèque nationale de France, Département des manuscrits, Japonais 4169 rouleau) ol. 6-7 et 12-13.

7　絵入りの日記の例は管見に入る限り『源氏物語』以前には一つしかないが、源氏の絵日記とは違っている。貫之の『土佐日記』（九三五頃）に絵を添えた後代の写本で、旧前田尊経閣文庫蔵の『恵慶集』（九五〇以前？～九九二頃まで生存）のある歌の詞書に、『土佐日記』の挿絵を見て作ったとあることから、その存在が確認される。この唯一の例、その他後代の絵入り日記については、家永三郎『上代倭絵全史』（一九九八［初版一九四六］三三六～三三七頁）及び、同『上代倭絵年表』（一九四二、一一八頁）参照。

8　日記が紫の上に見せるために作成されたという、最初の構想が、「絵合」巻では変更され、絵合の準備のときまで紫の上にはその存在を知らせず、藤壺に捧げるという構想に変わっている。また、出家以後藤壺は入道宮と呼ばれ、中宮とは呼ばれなくなっていたが、この巻では一貫して中宮という呼称が選ばれ（清水）、藤壺の公的な側面が強調されている。紫の上の後退と藤壺中宮への献本という変化は、純粋に私的空間の作品から公的空間の作品への変貌ということであろう。

9　絵合の場では須磨の日記は「巻」と呼ばれている。準備段階では、紙を折りたたんだ「帖」と呼ばれているので、より上等の形式に作り直されたということである。装丁に見られる作品の等級については、次を参照。佐々木孝活（T. SASAKI）« Le livre comme réceptacle du texte : les formes de livres et leur réception », S. MATSUZAKI-PETITMENGIN, C. SAKAI et D. STRUVE éd. *Études japonaises, textes et contextes*, Paris, 2011, p. 102.

10 帥宮は「筆取る道と碁打つことぞ、あやしう魂のほど見ゆる」と言っている（②二八九頁）。既に述べたように日本の絵にとって重要なのは、墨書きであった。

11 この問題と関連するその他の例については、ハルオ・シラネの次の論文を参照。H. SHIRANE, « The Aesthetics of Power : Politics in The Tale of Genji », *Harvard Journal of Asiatic Studies*, 45/2 (décembre 1985), p. 644-646.

12 この対比から、原則的に和文であることは明らかに思われるが、「草の手に仮名の所々に書きまぜて」という部分についての解釈は分かれていて、草仮名による詞書（伊井「須磨の絵日記から絵合の絵日記へ」『中古文学』三九、一九八七、五月、四五頁）、草体の漢字に仮名を混じえたもの（池田、二一六頁）、漢文日記、草体の漢文に所々連綿の仮名をまぜて（今井久代「『源氏物語』内裏絵合をめぐる二つの絵—朱雀院の節会絵と「須磨の日記」」『中古文学』九六、二〇一五、十二月、七六頁）などがある。漢文の画讃があるものが混じっているにせよ、かなりのものが紫の上に見せるために描いたものを提出用に編集・装丁したと考えれば、漢字混じりにせよ和文が主体だと想定される。

13 ジャクリーヌ・ピジョー（J. PIGEOT）« Autour du monogatari : questions de terminologie », Cipango, 3 (1994), p. 93-107. フィクションに関わる真実の問題については次を参照。ダニエル・ストリューヴ（D. STRUVE）« Le livre "Arbre-mirage" et la réflexion sur les romans dans le *Roman du Genji* (XIe siècle) » in *Roman du Genji et société aristocratique au Japon* (*Médiévales* 72).

14 清水好子、三九頁。一〇五〇年に、物語礼賛というコンテクストで『源氏物語』に想を得た絵合が催されたが、絵ばかりでなく歌合も伴っていて、和歌のみの記録が残っている。

15 これについては『河海抄』の後、清水氏になって初めて、多くの資料に基づくより緻密な比較が行われた。それによれば、善成はこの物語と源高明（九一四〜九八二）の『西宮記』を比較するにとどまり、式部が参照したこの歌合についてのその他の日記類を見ていなかった。清水氏は、それを善成が源氏を高明に重ねる傾向にあったためと考えている。また、偶然の一致と考えることができない細部や儀式全体の構成の類似があると氏は考えている（清水、三六～三八頁）。

16　この手法は、全く消えたわけではないが、物語第二部の最初「若菜上」から急激に減る。清水氏はここに書き方の変化を見て、この巻から、「人物の性格や境遇など作品の内的要素によって筋が展開してゆく」が、第一部は出典に対してより古代的な態度を見せていると氏は考えている（同　三五頁）。フィクションがフィクションの展開の基盤になるという、準拠の内面化と言ってもいいかもしれない。

17　『河海抄』（玉上琢哉他編『紫明抄　河海抄』一九六八、三三四頁）。

18　清水、三六頁、『河海抄』二五頁。

19　以下清水氏の分析を追っていく（三九～四〇頁）。

20　同四〇頁。「聖代」という概念については、田島公「延喜・天暦の聖代観」（『岩波講座日本通史』五、一九九五、三四七～三六八頁）を参照。著者によれば、この概念は十一世紀初頭はそのごく初期に当たり、十一世紀後半から十二世紀初頭にかけて徐々に発展したという。『源氏物語』が書かれた時代はまだ萌芽の状態だったということになる。

21　この部分、及び最終段落は寺田氏の示唆を得た。感謝したい。

22　アントナン・フェレ「藤原道長の記録政策―治安三年「金剛峯寺参詣記」を手掛かりに―」（本書収録）。

光源氏青年期の桐壺住み
——皇位継承の代償としての内裏居住——

栗本　賀世子

一　はじめに

本稿では、『源氏物語』で主人公光源氏が青年期に内裏の後宮殿舎「桐壺」を居室として与えられたことについて考察する。[1]後宮というのは天皇・東宮の家族（皇妃とその皇子女たち）と彼らに仕える女官たちが暮らしている空間のことで、具体的なその場所は、平安宮内裏の後ろ側に位置している。内裏の奥には、七つの「殿」と呼ばれる建物＝弘徽殿・承香殿・麗景殿・宣耀殿・常寧殿・登花殿・貞観殿と五つの「舎」（または壺）＝凝華舎（梅壺）・飛香舎（藤壺）・襲芳舎（雷鳴壺）・淑景舎（桐壺）・昭陽舎（梨壺）と呼ばれる建物があり、これらをまとめて後宮殿舎と呼ぶ。後宮殿舎は、イスラム世界の男子禁制のハレムとは異なり、天皇・東宮以外にも成人男性、親王や時には臣下（摂政・関白など権力者）が、宮中における私室として用いることがあった[2]（親王に関しては、成人前のみならず成人後も使用する事例が確認できる）。

さて、源氏の場合は、①母桐壺更衣在世中の期間②母桐壺更衣死後に父桐壺帝に養育されていた期間③元服後、父桐壺帝が退位するまでの期間④明石から帰京後、源氏が太政大臣に就任する頃までの期間の計四度、後宮の桐壺（淑景舎）を使用していたと考えられる。[3]この①～④の内、本稿で扱いたいのは③である（これを「青年期」と呼ぶことにする）。①②については、問題もあるが、帝の皇子として成人前に宮中（母更衣の居所・桐壺）で養育されたと考えることがひとまずは可能である（その問題については、既に山本一也氏に考察されているので、本稿では触れない）[4]。④についても、権力者として使用したことが想定される。しかし③では、前述の通り、天皇・東宮を除くと、成人男性では親王や権力者が後宮を使用することがあったが、この当時の源氏は親王ではなく、権力者からもかけ離れている。さらに言えば、原則として成人後に史上の内裏住みを許される親王は后（中宮・皇后・皇太后）腹であり、[5]そのことから見ても、いっそう更衣腹かつ臣下の源氏の内裏住みの特殊性が浮かび上がるのである。

本稿では、この問題を例に挙げ、物語が史実を取り込みつつ、そこからのずらしによって虚構を生み出していく方法について具体的に見ていきたい。

二　史上の男性の後宮殿舎使用例

『源氏物語』成立以前に天皇・東宮以外の男性が後宮殿舎を居所とした例を、表にして示す。[6]まず、成人前の例を見てみると、陽成朝の貞保（さだやす）親王（陽成同母弟）[7]、醍醐朝の寛明（ゆたあきら）・成明（なりあきら）親王（醍醐皇子）、朱雀朝の成明親王（朱雀同母弟）、村上朝の為平・守平親王（村上皇子）[8]、一条朝の敦康親王（一条皇子）[9]および東宮居貞（いやさだ）親王の皇子たちは、[10]いずれも内裏後宮の母（生母・養母）の居所で養育されたと思われる。先学によれば、成人前の皇子女については、当初は后腹所生子のみ内裏居住を許されていたが、村上朝ごろから女御所生子も内裏で過ごすようになり、一条朝に至って東宮の子が内裏で養育される事例が生じたのだという。[11] この他、表には挙げていないが、淳和朝で皇后正子内親王腹皇子が内裏で育てられたこと、村上朝の具平（ともひら）親王や円融朝の懐仁（やすひと）親王（いずれも女御腹）も幼少期に内裏に来ていたことが指摘されている。[12]

特筆すべきは、醍醐朝の克明（かつあきら）親王と村上朝の藤原公季（きんすえ）の事例であろう。克明については後述するが、公季の場合は、その特別待遇について『大鏡』が以下のように語る。

この（康子内親王ガ）うみおきたてまつりたまへりし太政大臣殿（＝公季）をば、御姉の中宮（＝中宮安子）、さらなり、世の常ならぬ御族（ぞう）思ひにおはしませば、養ひたてまつらせたまふ。内にのみおはしませば、帝（＝村上天皇）もいみじうらうたきものにせさせたまひて、つねに御前にさぶらはせたまふ。……昔は、皇子（みこ）たちも、幼くおはしますほどは、内住みせさせたまふことはなかりけるに、この若君のかくてさぶらはせたまふは、（世ノ人々ハ）「あるまじきこと」と誹り申せど、かくて生ひたたせたまへれば……

（『大鏡』公季伝・二三五頁）

公季の父は藤原師輔（もろすけ）、母は醍醐天皇皇女で村上天皇同母姉の康子内親王である。康子は公季出産の際に亡くなったため、村上天皇中宮安子（師輔女）が、この異母弟を憐れんで、後宮で安子所生の皇子女たちと共に養育したのだという。なお、安子は、後宮の藤壺や弘徽殿を居所としていた。公季の内裏住みについては、世間で批判されていたとの記述（波線部）からすると、天皇の甥・中宮の弟という立場に基づく特別待遇であり、後宮殿舎使用の原則を逸脱した事例であったと思われる。

次に、成人男性については、朱雀朝の摂政藤原忠平、円融朝の摂政藤原伊尹（これただ）、一条朝の摂政藤原兼家・摂政藤原道隆・内覧藤原道長[13]は、権力者として後宮に曹司を賜った。[14] 親王では、醍醐朝の成明親王と村上朝の為平親王のみが、成人後に母から独立した形で後宮に居住している。いずれも当代の天皇の后腹の親王であり、成人前とは異なり、成人後の内裏居住が后腹の高貴な親王にのみ許されていたと思しい。この成明・為平が、天皇や東宮に準じて、妻を宮中に迎える形で婚儀を行ったことも注意される。

例外と思われる村上朝の藤原伊尹の内裏使用についても言及しておきたい。この当時の伊尹は位は五位、近衛少将と蔵人を兼ねていた。官位がまだ低い伊尹が、後宮を使用できたのは、彼が撰和歌所別当に任じられていたことによるのだろう。村上朝においては、『後撰集』が梨壺で編まれており、それはまさしく伊尹の曹司だったのである。

以上のことから、天皇・東宮以外の男性では、原則として、成人前は天皇の女御・后腹皇子(親王)、東宮の皇子、成人後は后腹の親王、臣下の権力者が内裏後宮殿舎を使用していたことを確認できた。とすると、やはり、青年期の源氏――(后腹の)親王でもなく権力者でもない彼が、元服後に桐壺住みをしていたことが大きな問題となるのである。

さて、ここで視点を少し変え、成人前の事例ではあるが、醍醐朝の克明親王の内裏居住例を取り上げたい。克明は

表　平安朝の天皇・東宮を除く男性の後宮殿舎使用例(〜一条朝)

	陽成朝	醍醐朝	朱雀朝	村上朝	円融朝	一条朝
桐壺					藤原伊尹(日・天禄元・6・8等)	藤原兼家(日・永延3・正・27等) 藤原道隆(日・正暦2・12・9等)
梨壺		克明親王(醍・延喜13・正・14)		藤原伊尹(九・天暦7・10・28等) 為平親王(村・康保3・11・25)		

弘徽殿	承香殿	宣耀殿	藤壺	梅壺
			貞保親王（三・元慶2・8・25）	
寛明親王（貞・延長2・8・23等） 成明親王（貞・延長4・7・10）				
	成明親王（本・天慶4・8・5等）		藤原忠平（貞・承平2・8・28等） 成明親王（日・天慶3・4・19等）	藤原忠平（西・臨時八・「凶事復任事」・延長9・3・28等） 成明親王（日・承平2・2・22等）
為平親王（西・恒例第二・五月・「六日幸武徳殿」・康保2・6・7） 守平親王（日・康保3・8・20等） 藤原公季（大・公季伝）			為平親王（日・天徳2・3・7等）守平親王か 藤原公季（大・公季伝）	
敦康親王（権・長保3・2・29等）		東宮居貞皇子（敦明・敦儀・敦平・師明）か（栄・巻5等）	敦康親王（御・寛弘元・正・17等）	藤原道長（大・道隆伝）

※一条朝までに男性が後宮殿舎を居所として使用した例を調査した。ただし、一例も天皇・東宮以外の男性の使用例を見出せなかった時代や殿舎は、表から排除している。

※出典は以下の通りである。三＝『日本三代実録』、日＝『日本紀略』、本＝『本朝世紀』、西＝『西宮記』、醍＝『醍醐天皇御記』、村＝『村上天皇御記』、貞＝『貞信公記』、九＝『九暦』、御＝『御堂関白記』、権＝『権記』、大＝『大鏡』、栄＝『栄花物語』

※成人男性の例を、特に色付きで示した。ただし、朱雀朝の成明親王については、便宜上色付きにしたが、成人前も藤壺を使用することがあった（貞・承平2・6・27）。

※表に挙げた人物の中には、立坊前の親王も含まれている。

※表作成にあたっては、増田繁夫「弘徽殿と藤壺」、東海林亜矢子『平安時代の后と王権』第一章・第二章も参考にした。

醍醐天皇の皇子で、母は更衣源封子である。延喜九年（九〇九）八月、八歳で初めて参内し、父醍醐天皇と対面した（『貞信公記』）。その後まもなく、宮中に生活の場を持つことになったようである。

延喜十三正十四踏歌参二所所一尚侍并一親王宿所等（『西宮記』恒例第一・正月・「踏歌事」・八七頁）

此夜有二踏哥事一……時子一剋自二滝口一至二東宮息所曹司一踏舞〈弘徽殿〉次尚侍曹司〈飛香舎〉次承香殿息所曹司〈麗景殿〉次克明親王直盧〈昭陽舎〉……

（『河海抄』初音所引『醍醐天皇御記』延喜一三年正月一四日条・四〇〇頁）

右の二つの記事によると、延喜一三年に男踏歌（おとことうか）の一行が克明の居所を訪れており、それは梨壺（昭陽舎）であった。注意したいのは、克明のいる場所について、「一親王宿所」や「克明親王直盧（ちょくろ）」とだけあり、克明の母封子の居所として記されていない点である。更衣は女御とは異なり、史上においては後宮殿舎に基づく呼称で呼ばれないため、後宮殿舎を一つまるごと曹司として賜ることがなかったと、増田繁夫氏が指摘している[15]。これに従えば、更衣の封子が殿舎の主として記録に記されないのは当然であるのだが、そうだとすると、克明は、母とは関係なく独立して一つの曹司を与えられたということになる（延喜一三年時点では封子は生存していたのが確実である）[16]。これは、克明以外の成人前の皇子（親王）たちが宮中の母親の居所で養育されていたことと、大きく異なるのではないか。山本一也氏は、増田氏の論に基づき、一つの後宮殿舎を賜る后・女御の所生子は、後宮の母の殿舎で幼少期に過ごすことがあった一方で、対照的に、子供を養育するだけの空間を居所として持たない更衣の所生子が、幼少期に内裏に連れてこられることはなかったと、結論付けている[17]。妥当な見解と思われるが、では、なぜ克明のみが別所に暮らす母とは無関係に——換言すれば養育目的とは無関係に内裏に生活の場を与えられたのか。

手がかりになるのは、克明が第一親王（第一皇子）であったということである。天皇の第一皇子は、有力な皇位継承者候補であったが、醍醐朝の克明親王、村上朝の広平親王は、更衣腹であるため、当初から、皇位継承から排除されていた。その不遇の埋め合わせとして、后腹親王に準じて数々の特権を認められていたのだという。[18] 例えば、克明親王と広平親王は、元服時に后腹の親王に準じて三品(さんぼん)に直叙(ちょくじょ)されたり、元服儀が后腹親王と同規模で盛大に催されたりした。[19] 内裏居住については、広平親王の方は確認できないものの、更衣腹にすぎない克明が梨壺に曹司を持つことができたのは、こうした第一皇子への特別待遇の一環だったからと考えられる。延喜一三年（九一三）以降醍醐朝末まで、梨壺を他の人物が使用している形跡はないから、克明はおそらく、延喜一六年に元服した後も、后腹親王同様に梨壺を使用し続けることを許されたのであろう。

三　光源氏の特別待遇――元服儀礼における優遇、内裏居住権など

ここで話をようやく『源氏物語』に戻すと、この物語の主人公光源氏についても、養育目的とは無関係に青年期に宮中桐壺に住まうことを許されたのは、皇位継承の代償としての特別待遇であったからと考えてよいのではないだろうか。桐壺帝が第二皇子（源氏）の皇位継承を密かに考えていたことについては、物語中に記述がある。

A　（桐壺更衣ハ）おぼえいとやむごとなく、上衆(じやうず)めかしけれど、（帝ガ）わりなくまつはさせたまふあまりに、さるべき御遊びのをりをり、何ごとにもゆゑあることのふしぶしには、まづ参上らせたまふ、ある時には、大殿籠りすぐしてやがてさぶらはせたまひなど、あながちに御前さらずもてなさせたまひしほどに、おのづから軽(かろ)き方にも見えしを、この皇子（＝第二皇子）生まれたまひて後は、いと心ことに思ほしおきてたれば、坊にも、ようせずは、この皇子のゐたまふべきなめりと、一の皇子の女御（＝第一皇子母・弘徽殿女御）は思し疑へり。

B　（帝ハ）「故大納言（＝桐壺更衣父ノ按察大納言）の遺言あやまたず、宮仕の本意深くものしたまりしよろこびは、かひあるさまにとこそ思ひわたりつれ、言ふかひなしや」とうちのたまはせて、いとあはれに思しやる。「かくても、おのづから、若宮（＝第二皇子）など生ひ出でたまはば、さるべきついでもありなむ、寿（いのちなが）くとこそ思ひ念ぜめ」など（桐壺更衣ノ母ニ）のたまはす。（同・三四頁）

C　明くる年の春、坊定まりたまふにも、（帝ハ）いとひき越さまほしう思せど、（第二皇子ハ）御後見すべき人もなく、また、世のうけひくまじきことなりければ、なかなかあやふく思し憚りて、色にも出ださせたまはずなりぬるを、「さばかり思したれど限りこそありけれ」と世人も聞こえ、女御（＝弘徽殿女御）も御心落ちゐたまひぬ。（同・三七頁）

Aでは、桐壺更衣の皇子出産後、これまでとは違い、帝が更衣への扱いを重々しくするようになったことが記される。Bでは、帝は桐壺更衣の母北の方に向けて、「若宮が成長すれば、かつて桐壺更衣を入内させてくれた母北の方の思いに報いることもできるだろう」と述べており、暗に第二皇子の立坊のことを言っているように思われる。Cでも、第一皇子立坊の際に、帝は本心では第二皇子を立坊させたかったことが語られていた。

右に見てきたことから、帝が源氏（第二皇子）の皇位継承を思案していたこと、しかし更衣腹ということで身分に限りがあり、結局は源氏を皇位継承から排除せざるをえなかったことが読み取れた。こうした源氏の不遇への埋め合わせが、次のような彼への特別待遇としてその後の物語の中に描かれているのではなかろうか。

D①この君の御童姿、いと変へまうく思せど、十二にて御元服したまふ。居起（ゐた）ち思しいとなみて、限りあることに事を添へさせたまふ。一年（ひととせ）の春宮の御元服、南殿（なでん）にてありし儀式のよそほしかりし御ひびきにおとさせたまはず。

（桐壺巻・一九頁）

(ア)所どころの饗など、内蔵寮、穀倉院など、公事に仕うまつれる、おろそかなることもぞと、とりわき仰せ言ありてきよらを尽くして仕うまつれり。(イ)おはします殿（＝清涼殿）の東の廂、東向きに（帝ノ）倚子立てて、冠者（＝源氏）の御座、引入れの大臣（＝左大臣）の御座御前にあり。　（桐壺巻・四四～四五頁）

②御前より、内侍、宣旨うけたまはり伝へて、大臣（＝左大臣）参りたまふべき召しあれば、参りたまふ。(ウ)御禄の物、上の命婦取りて賜ふ。(カ)白き大袿に御衣一領、例のことなり。(エ)御盃のついでに……(オ)（左大臣ハ）長橋より下りて舞踏したまふ。……その日の御前の折櫃物、籠物など、右大弁なむうけたまはりて仕うまつらせける。(キ)屯食、禄の唐櫃どもなどところせきまで、春宮の御元服のをりにも数まされり、なかなか限りもなくいかめしうなん。

（同・四六～四七頁）

E　引入れの大臣（＝左大臣）の、皇女腹にただ一人かしづきたまふ御むすめ、春宮よりも御気色あるを、思しわづらふことありけるは、この君（＝源氏）に奉らむの御心なりけり。内裏（＝帝）にも、御気色賜らせたまへりければ、(ク)「さらば、このをりの後見なかめるを、添臥にも」ともよほさせたまひければ、さ思したり。（同・四六頁）

F　(ケ)内裏には、もとの淑景舎を（源氏ノ）御曹司にて、母御息所の御方の人々まかで散らずさぶらはせたまふ。

（同・四九～五〇頁）

D①②は源氏の元服の儀式の場面である。清水好子氏は、これについて、概ね史上の一世源氏の元服次第を基にして描かれていると論じる。[20] ただし、天皇の御座の位置は異例で、本来清涼殿母屋にあるべきなのに廂に立てられていて、孫廂にいる源氏をより近くで目にしようとする帝の愛情が強調されるという(イ)。

一方で、加冠役への盃酒があったこと(エ)、加冠役への禄が「白き大袿に御衣一領」であり(ウ)禄を受け取った後に加冠役が拝舞のために「長橋」より降りたこと(オ)、献物があったこと(カ)などは、一世源氏ではなく親王の元服儀礼に拠っているとの、中嶋朋恵・藤本勝義氏の指摘がある[21]。また、磐下徹氏は、㋐の箇所について、史上では、皇太子と后腹の成明親王の元服儀で酒食の準備をしている穀倉院が源氏の元服儀に関与することを異例とし、内廷行事に奉仕する穀倉院だからこそ内廷の主たる天皇の強い意向によって関与が可能になったのだとし、「ささやかながらも制度的枠組みを逸脱することで表現された、帝の光源氏に対する精一杯の配慮・愛情を読み取ることができるように思われる」と述べる[22]。確かに異例ではあるが、ただし、ここで一例ながら親王の例が確認できること、それが后腹の成明親王であることは重要である。

さらに㋖で、「禄の唐櫃」とあることにも注目したい。『河海抄』はこれについて、東宮以外の親王の儀には見られないと注し、確かに儀式書でも、一世源氏・親王の元服儀の項には見えず、『新儀式』（臨時下・「皇太子加二元服一事」）では東宮元服の儀式次第に、東宮坊の南庭に「被物辛櫃四十合」（『西宮記』（臨時七・「皇太子元服」）では「禄韓櫃卅合」）が置かれたことが記されている。しかし、『源氏物語』成立以前だと、醍醐天皇の二皇子――克明親王と后腹の成明親王の元服儀でも準備されていた[23]。これは、先述の第一親王克明親王が后腹親王に準ずる扱いを受けていたということに関わるのではないか。つまり、東宮以外では后腹親王と第一親王のみに行われた可能性が指摘できるのである。

Eは左大臣がその娘（葵上）と源氏の結婚について桐壺帝に打診している場面である。そこで、承諾した帝が「添臥にも」と述べている点㋗が問題である。服藤早苗・青島麻子氏の史実の調査によって、「添臥」とは、基本的に、天皇・東宮の元服の夜に参入しその傍らで共寝をする女性を指すことが明らかにされているからである[24]。服藤氏は天皇・東宮のみならず有力な皇位継承者（準東宮）であった醍醐皇子の成明親王と村上皇子の為平親王も東宮に準じて添臥の女性を参入させたと解しており[25]、これに従うならば、やはり両者が后腹の皇子であることが注意されよう（なお、この二人が共に、成人後に内裏居住を許されていること、内裏において妻を宮中に迎えて婚儀を行ったことを、前節で既に述べた）。葵上は源氏のもとに参入したわけではなく、婚儀は左大臣邸で行われたので、実際に「添臥」と言えるかどうかは疑問であり、「添臥にも」は桐壺帝の冗談めかした言葉かもしれないが、そこから、立坊させることのできなかった源氏に、せめて后腹親王並みの待遇を与えたいという父としての想いが透けて見えるのである。[26]

Ｆでは、源氏が元服後も宮中に住んだことが記される。「もとの淑景舎を御曹司にて」と語られるのは、成人前に養育目的のために亡き母の居所・桐壺に留め置かれたのとは異なり、成人後に改めて桐壺を源氏個人の曹司として用いるようになったことを意味するのであろう。前述のごとく、史上において、宮中で暮らした成人親王は原則后腹親王のみであったが、第一親王の克明親王も、后腹に準じて、元服後も内裏居住したと想定される。

まとめると、源氏が元服儀や成人後の住まいなどに関して、（后腹）親王並みの特別待遇を受けていたことが分かった。これは、史上の醍醐朝克明親王の影響を受けているからだと思われる。作者は克明のように、源氏に皇位継承の代償として数々の后腹親王に準じた特権を与え、物語に描いたのである。ただし、先に挙げたＤ～Ｆの全てが克明の例のみを参考にしているというわけではなく、成明親王、為平親王ら后腹親王の例も素材となっている可能性がある（克明はＤの㋒㋕㋖、Ｆにおいて源氏との類似点が見出せる。また、記録には見えないがＤの㋓㋔も行われていたと推定される）。元服儀については、一世源氏の記録が少なかったので、物語が親王元服の例を参照したことなどもこれまで想定されてきたが、本稿では、そうではなく、むしろ積極的に物語が克明親王や后腹親王と主人公源氏を重ね合わせたと考えたい。

さて、以上のような結論に達したとはいえ、まだ問題は残る。まず一つは、克明親王とは異なり、「第一親王」でない――第一皇子でも親王でもない源氏が特別待遇を受けたという点である。さらに、史上の克明親王は后腹親王並みの待遇であった一方、物語の源氏の方も基本的には后腹親王並みだったと解せるが、時にそれを越えて、東宮と同等か東宮以上の扱いを受けているように見える点も問われなければならない。前掲D①傍線部「一年の春宮の御元服、南殿にてありし儀式のよそほしかりし御ひびきにおとさせたまはず」や②㋖「屯食、禄の唐櫃どもなどところせきまで、春宮の御元服のをりにも数まされり」の箇所がそれにあたる。特に、「禄の唐櫃」については、史上の后腹親王や克明親王の場合は東宮よりも数が劣っていたことは確かなのに、[27]物語の源氏元服儀では東宮以上の数だったという。D①傍線部からは「限りあることに事を添へさせたまふ」、つまり身分上制限がある中でできる限り盛大に行おうとしたことが読み取れ、席次のような社会的身分の秩序に関わる部分よりも、禄などの物質面においては、量など規制があまり及ばなかったのではないかとする中嶋朋恵氏の論も参考になる。[28]しかし、そうだとしても、一部において、東宮以上の規模で儀式が催されたことは看過できない。こうしたことが可能になった理由としては、やはり、源氏に父帝の格別な愛情が寄せられていたことが挙げられる。

G　一の皇子は、右大臣の女御（＝弘徽殿女御）の御腹にて、寄せ重く、疑ひなきまうけの君と、世にもてかしづききこゆれど、この御にほひには並びたまふべくもあらざりければ、（帝ハ）おほかたのやむごとなき御思ひにて、この君（＝第二皇子）をば、私物に思ほしかしづきたまふこと限りなし。（桐壺巻・一八〜一九頁）

桐壺帝は、寵妃桐壺更衣の腹から生まれ、類まれな美質を備えた第二皇子（源氏）を大変可愛がっていた。ここでは「私物に思ほしかしづきたまふ」とあり、公には身分高い右大臣家の女御腹の第一皇子を重々しく扱う必要があったが、私的には第二皇子の方をより愛しく思い、大事にしていたのだという。実際、宮中においては、桐壺帝は、「源氏の君は、御あたり去りたまはぬを」（桐壺巻・四三頁）「源氏の君は、上の常に召しまつはせば、心やすく里住みもえしたまはず」（同・四九頁）とあるように、幼い時も、成人後も、常に源氏を側に置いていた。この片時も父帝が愛息子を離したがらない描写があることによって、なるほど成人後の源氏の内裏住みも当然のことと、読者は納得させられることになる。物語が史上の克明親王以上に身分を越えた待遇を源氏に与えたのは、かような父帝の「私物」源氏への並々ならぬ愛情を強調するためであったと考えられるのである。

帝の愛子として東宮以上の存在感を示す源氏については、「光源氏立太子の幻想」を物語中に見出す浅尾広良氏や、公的な位置づけとしては臣下に過ぎないのに時に東宮を凌駕するほどの「私物」としての立場が示されるという源氏の二重性を説く青島麻子氏の論がある。[29]源氏の元服前後の箇所が、東宮を意識した上で描かれていることは間違いなく、以降の東宮（朱雀帝）との対立を予測させるもの、あるいは、兄とは異なり公には皇位につくことはないけれども、天皇の父として王権に関わることになる源氏の特異な立場を示唆するものとして読み解くことができよう。本稿もこれらの見解に概ね賛同するが、源氏の全ての特権が東宮並みかそれ以上のものとして描かれているというわけではなく、基本的には史上の克明親王の例に準えて、后腹親王に近い待遇であったとする解釈を提示したい。さらに、その特権については、史上に全く例を見ないような虚構の設定ではなく、史実に拠りかかりつつそれをずらすことで生み出されたのだということを強調しておく。

四　結び

光源氏青年期の桐壺住みの設定は、史上の醍醐朝の克明親王を意識して生み出されたと思われる。克明と源氏は共に、第一皇子だったり、父帝の鍾愛の皇子だったりと、本来ならば皇位継承の可能性があったかもしれないが、母親が更衣であったために皇位継承から排除された存在であった。その不遇の代償として、后腹親王に準じて、内裏居住権を与えられたり、元服儀礼において優遇されたりしたのである。ただし、物語は、克明の立場をそのまま源氏に移し替えたのではなく、第一皇子でも親王でもないのに后腹親王並み、さらに時に東宮以上の破格の待遇を受けるという風により極端に描いた。これには、桐壺帝の源氏への並々ならぬ愛情を読者に示す意図があったのだろう。

これまで、元服儀前後の光源氏が一世源氏という身分を超越した待遇を受けている点について、非現実的、フィクションであることが過度に強調されてきたように思われる。もちろんフィクションではあるが、その裏に、現実にあってもおかしくないように見せかける工夫がされていることを見落としてはならないのではないだろうか。『源氏物語』は、史実を積極的に物語に取り込んだり、虚構を描く場合でも現実にありそうな出来事を創り出したりすることによって、現実世界と地続きのような印象を読者に与えており、その点で非常に評価されている作品である。この物語が参考にした史実の一つに、醍醐朝の第一皇子克明親王の后腹親王並みの待遇という出来事が確かに存在した。ただし、それをそのまま物語に取り込むのではなく、さらにずらして桐壺帝鍾愛の皇子光源氏の后腹親王並み、一部を東宮並みの待遇に書き換えることで、時の帝王が慣例を逸脱してまで愛妃の遺児である皇子を可愛がり、皇太子に立てられなかった無念をせめて晴らそうとするという虚構の世界を描き出す[30]。この物語世界は、史実との距離が近いからこそ荒唐無稽なものと一蹴されず、読者に自然に受け入れられたものと推察される。

虚構の設定を、無から一足飛びに生み出すのではなく、史実を足掛かりにしつつそこからずらすことで巧みに創出するのである[31]。これによって、虚構を語る場合でも一定のリアリティーが確保されるという仕組みになっているのだと考えられよう。

※引用本文は、『うつほ物語』は室城秀之校注『うつほ物語　全　改訂版』(二〇〇一年、おうふう)、『西宮記』は『神道大系』(神道大系編纂会)、『河海抄』は『紫明抄・河海抄』(角川書店)、その他の文学作品は『新編日本古典文学全集』(小学館)

による。

※本稿は、JSPS科研費18K12279による研究成果の一部である。

〔注〕

1　桐壺については、増田繁夫「源氏物語の後宮―桐壺・藤壺・弘徽殿―」（『源氏物語の鑑賞と基礎知識1　桐壺』、一九九八年、至文堂）、植田恭代「場としての後宮殿舎」（『源氏物語の宮廷文化』、二〇〇九年、笠間書院）、拙稿「桐壺の一族―後宮殿舎継承の方法をめぐって―」（紫式部学会編『古代文学論叢』第二〇輯、二〇一五年、武蔵野書院）参照。

2　後宮殿舎やその居住者については、増田繁夫「弘徽殿と藤壺」（『国語と国文学』一九八四年一一月）、植田注1論文、東海林亜矢子『平安時代の后と王権』（二〇一八年、吉川弘文館）第一章・第二章参照。

3　拙稿注1論文。

4　山本一也「更衣所生子としての光源氏―その着袴を端緒として―」（『国語国文』二〇〇六年一二月）は、史上では更衣の所生子は幼少期から宮中で育てられなかったにも関わらず、物語中では特別に源氏が母更衣の居所・桐壺で養育されたことを明らかにしている。

5　このことは、内親王についてもあてはまると思われる。が、本稿では問題が煩雑になるのを避けるため、男性の親王のみを扱うことにする。

6　皇子女の内裏居住については、注2論文の他、天野ひろみ「平安朝物語における皇子女の居住空間―『源氏物語』を中心に―」（『國文論叢』二〇一九年三月）参照。

7　貞保母高子（たかいこ）については、藤壺に住んでいたことが確認できないが、陽成朝において母后として内裏居住し、常寧殿を用いた記録が残る。常寧殿以外に藤壺を使用することもあったか。幼年の貞保も母と共に宮中に入り、常寧殿や藤壺で育てられた可能性がある。あるいは貞保は、居所常寧殿と別に、儀礼の場として藤壺を使用したのかもしれない（注8成明親王の例参照)。

8　中宮(皇太后)藤原穏子(寛明・成明母)は、所生子と共に、醍醐朝では弘徽殿を用い、朱雀朝でも弘徽殿に居住することが多かったようだが、藤壺を使用することもあった。村上朝の女御(中宮)藤原安子(為平・守平母)については、天徳四年(九六〇)の内裏火災までの主たる居所は藤壺であり、内裏再建後は弘徽殿を居所としている。為平・守平は母と同居し、母の死後もその住まいで暮らした。ちなみに、朱雀朝で成明が梅壺を使用したことに関しては、母の居所ではないが、儀礼の場として一時的に用いたとの先学の指摘がある。

9　敦康は、生母・皇后定子の死後に宮中で養育された。弘徽殿を居所としたが、後に中宮彰子の養子となり、その居所藤壺で暮らした。

10　居貞皇子のうち、第一皇子敦明が内裏で育てられたことについては、『小右記』長徳二年(九九六)一二月一四日条や『栄花物語』浦々の別巻の記述から確実である。場所は母藤原娍子の居所宣耀殿であろう。弟の敦儀・敦平・師明も、同様に宣耀殿で養育された可能性が高い。

11　岡村幸子「職御曹司について―中宮職庁と公卿直盧―」(『日本歴史』一九九六年一一月)、服藤早苗「平安朝の父子対面儀と子どもの認知―王権内における父子秩序の成立と変容―」(『平安王朝の子どもたち』、二〇〇四年、吉川弘文館)、山本注4論文。

12　注11諸論文参照。なお、服藤氏や山本氏は、『栄花物語』花山たづぬる中納言巻の記事を根拠に、懐仁の着袴(ちゃっこ)儀が内裏で行われたとするが、『新編日本古典文学全集　栄花物語』頭注が指摘するように、着袴儀直前に内裏が焼亡していたために、懐仁は里邸東三条第で儀式を行ったと考えられる。とはいえ、懐仁が幼少期に内裏を訪れ円融天皇に対面していたことは、他の記録から確認できる(『日本紀略』天元三年七月二〇日条、同五年七月二日条)。特に天元三年(九八〇)に懐仁の五〇日の祝が清涼殿で行われており、これに懐仁自身が参加していたとすると、わずか生後五〇日ほどで宮中入りしたことになる。

13　『大鏡』(道隆伝)に、一条朝において伊周が参内した際、通り道にいた道長の下人を追い払い、下人たちが道長のいた梅壺の塀の内に入り込んでしまったという話が見える。

14　権力者の後宮殿舎使用については、瀧浪貞子「議所と陣座―仗議の成立過程―」(『日本古代宮廷社会の研究』、一九九一年、

思文閣出版）、吉川真司『律令官僚制の研究』第三部第二章（一九九八年、塙書房、初出は『岩波講座日本歴史』五〔一九九五年、岩波書店〕「天皇家と藤原氏」第二章）、岡村注11論文など参照。

15　増田繁夫「女御・更衣・御息所の呼称―源氏物語の後宮―」（『源氏物語と貴族社会』、二〇〇二年、吉川弘文館）。

16　封子所生で克明の妹にあたる靖子内親王が延喜一五年（九一五）生である。

17　山本注4論文。ただし、山本論文のいう「幼少期」は、皇子女の七歳前後に行われる天皇との対面の儀式以前の時期を指す。氏は、対面儀以前に、更衣所生子が宮中に入ることはなかったとする一方、醍醐朝の例――更衣腹の克明親王が対面儀後に梨壺に居住したこと、女御腹の常明親王が延喜一八年（九一八）に対面儀で参内した際「直廬」を用いたこと（『西宮記』臨時七・「親王対面」）を根拠に、対面儀以降は元服前でも、更衣所生子を含む全ての親王が母と無関係に曹司を賜るとしている。山本氏の見解に対して、天野注6論文は「すべての皇子女が内裏に曹司を与えられたとは考え難い」と疑問を呈しており、これに同意したい。克明が後宮殿舎に住んだのは、第一皇子であることによる特殊例であり、常明の場合は、対面儀の時のみ臨時に休息用の部屋を準備されたと考えられる。本稿では山本氏とは異なり、原則として、成人前は、后・女御腹の皇子が（対面儀を経た後でも）母の居所で養育され、成人後は、后腹親王のみが内裏居住を許され母から独立して暮らしたと解したい。なお、山本氏は後の論文「通過儀礼から見た親王・内親王の居住」（西山良平・藤田勝也編『平安京の住まい』、二〇〇七年、京都大学学術出版会）では、克明親王の梨壺居住が第一皇子としての特権である可能性についても触れている。

18　岡村幸子「皇后制の変質―皇嗣決定と関連して―」（『古代文化』一九九六年九月）、山本一也「日本古代の叙品と成人儀礼」（『敦賀論叢』二〇〇三年一二月）。

19　近衛奏楽があり禄の内容も后腹親王とほぼ同じだったこと、山本注18論文参照。

20　清水好子「一世源氏元服の準拠」（『源氏物語論』、一九六六年、塙書房）。

21　中嶋朋恵「源氏物語創造―光源氏の元服―」（鈴木一雄編『平安時代の和歌と物語』、一九八三年、桜楓社）、藤本勝義「光源氏の元服と薫の出家志向―紫式部時代の準拠―」（『源氏物語の表現と史実』、二〇一二年、笠間書院）。ただし、加冠役への禄については、『新儀式』（臨時下・「源氏皇子加二元服一事」）で、一世源氏も親王と同じ内容だったことが確認できる。献物については、『西宮記』（臨時七・「一世源氏元服」）所引『李部王記』承平四年一二月七日条の源允明（すけあきら）元服儀に見え、私邸における元服儀では一世源氏も行っていたようである。平安初期には、源定の紫宸殿での元服儀でも献物があったが（『日本紀略』天長八年二月七日条）、定は淳和天皇猶子であったから、特殊例かもしれない。

22　磐下徹「光源氏の元服と穀倉院」（山中裕編『歴史のなかの源氏物語』、二〇一一年、思文閣出版）。

23　克明親王元服儀では、「韓櫃各十合」（『親王御元服部類記』所引『醍醐天皇御記』延喜一六年一一月二七日条）、成明親王元服儀では「禄辛櫃二十合」（『西宮記』臨時七・「親王元服」勘物所引『李部王記』天慶三年二月一五日条）とあり、東宮より量が少なかったようである。克明と成明の元服儀の禄の唐櫃の特殊性については、岩田真由子「元服儀からみた母后の役割とその変質」（『日本古代の親子関係』、二〇二〇年、八木書店）参照。

24　服藤早苗「副臥考　平安王朝社会の婚姻儀礼」（倉田実編『王朝人の婚姻と信仰』、二〇一〇年、森話社）、青島麻子「「添臥」葵の上―初妻重視の思考をめぐって―」（『源氏物語　虚構の婚姻』、二〇一四年、武蔵野書院、初出は『国語と国文学』二〇一〇年六月）。

25　ただし服藤注24論文は、添臥儀はあったが正式な婚儀は後日あったと解釈している。

26　服藤24論文は、元服の夜の婚儀として『うつほ物語』の一世源氏・源正頼の結婚の例を挙げているが、これも、皇位継承が断たれた皇子への優遇として、東宮・后腹親王に準じて行われたと考えられるのではないか。「帝となり給ひ、国領（し）り給はましかば、天の下豊かなりぬべき君なり」（藤原の君巻・六七頁）と正頼は皇位継承を期待されていた。

27　注23参照。

28　中嶋注21論文。

29　浅尾広良「光源氏の元服―「十二歳」元服を基点とした物語の視界―」（『源氏物語の皇統と論理』、二〇一六年、翰林書房）、青島注24論文。寺田澄江氏からもご示唆頂いた。

30　桐壺帝は、過去にも慣例を逸脱し、身分低い桐壺更衣を寵愛して後宮秩序を乱したことがあった。

31　このことについては、清水好子「源氏物語における準拠」（『源氏物語の文体と方法』、一九八〇年、東京大学出版会）に学ぶところが大きい。

氏長者光源氏と二条東院 追考

木下 新介

序

本稿は拙稿「氏長者(うじのちょうじゃ)光源氏と二条東院」[1]の論旨の大枠を略述し、発表後に考えたことを合わせて述べるものである。紙幅の都合上、参考文献の多くは前稿に譲るが許されたい。

須磨・明石への流離から都に帰還した光源氏は、権大納言として見事な政界復帰を果たし、後見する冷泉帝の即位により内大臣に昇進する。光復帰後の政治的動静を語る中、二条東院改築のことが語り出される。

二条院の東なる宮、院の御処分なりしを、二なく改め造らせたまふ。（澪標・②二八四〜二八五頁）[2]

二条東院に関しては、従来六条院への構想の変更について多く論じられてきた。ただし、構想論的な問題点をいったん保留するならば、光源氏の子息夕霧の学問の場となり、かつて逢瀬をかわした後家空蝉の仏道の場ともなるなど、六条院とは異なる独自性を有している。また、なぜ帝都復帰後まもない時期に新たな邸宅の改築造営を企図するのかなど、なお論じるべき点が残されていよう。改めて従来とは異なる観点から二条東院の意義について追究してみたい。

一　澪標巻の光源氏

まずは、光源氏の帝都復帰後の太政官の構成を確認し、光の当座の政治的な位相を把握しておきたい。

太政大臣位については、明石巻で朱雀帝の外祖父右大臣が、薨去する際に初めて太政大臣になっていたことが明かされる。続く澪標(みおつくし)巻で光源氏が内大臣に任じられた折、致仕大臣が太政大臣になっているので、その間まで太政大臣位は空位であったと考えられる。また、右大臣位については、冷泉朝の東宮の外祖父で、承香殿女御と鬚黒大将の父である人物が就位していたことが知られる[3]。さらに、左大臣には、賢木(さかき)巻のみで点描される藤大納言[4]、つまり元の右大臣の子息で弘徽殿大后の兄弟であった人物が、左大臣が致仕した後、父の右大臣の太政大臣就位にともない昇進していたものと思われる。つまり、光源氏の権大納言復位時点、および任内大臣時点での上席の太政官の構成は次のようになる。

明石巻		澪標巻	
太政大臣	空位	太政大臣	元致仕大臣
左大臣	元藤大納言	左大臣	元藤大納言
右大臣	承香殿女御父	右大臣	承香殿女御父
権大納言	光源氏	内大臣	光源氏

また、それぞれの氏は、元致仕大臣、元藤大納言は当然藤原氏で、承香殿女御の父も間接的に藤原氏であることが示されていた[5]。

それならば、早ければ（正官の大納言に他の源氏がいなければ）任権大納言時に、遅くとも任内大臣時には、光は源氏中最高官職に就位していることが明らかである。澪標巻において光源氏は源氏の筆頭公卿になっているのである。

二　源氏長者

各氏の最高官位にある者は氏長者であると一般的に理解されている。しかし、源氏に関しては、さらに細則が存したことがうかがわれる。現存史料から確認しうる最古の源氏長者は、『西宮記』に記される重明（しげあきら）親王と源等（ひとし）である。6『西宮記』の当該記事中の「弘仁御後」とは嵯峨天皇の血統を意味しており、嵯峨源氏の血脈にある「王卿」（源氏の公卿）であることが、源氏長者たる最重要要件となっていたことが知られる。嵯峨源氏が皇親賜姓源氏の初めであったことによるのであろう。

重明親王は、醍醐天皇第四皇子で、嵯峨源氏ではなく、そもそも臣籍降下すらされていないが、嵯峨一世源氏源融の息男源昇の女が生母であり、母方の血脈を遡源することにより氏長者たる正当性が例外的に認められたと推察される。

『西宮記』の記述をもとに、源氏長者補任に関する原則を列記してみると、

①嵯峨源氏
②王卿（嵯峨源氏が複数公卿にある時は筆頭公卿）
③嵯峨源氏の公卿が不在の折には、外戚が嵯峨源氏の公卿または親王

ということになろう。そして、後代に①から③の条件を満たす源氏（親王）がいなくなった折には、

④嵯峨源氏とは直接的に血脈的関係を有さない源氏の筆頭公卿が任じられたものと考えられる。

これらの原則をもとに、源氏長者になった可能性のある人物を、『公卿補任』により物語成立期を下限として表にしてみると次のようになる。

	名	在位期間	在位時官職	出自
①	信	天長八年（八三一）～天長九年（八三二）	参議	嵯峨
②	常	天長九年（八三二）～仁寿四年（八五四）	中納言－左大臣	嵯峨
③	信	仁寿四年（八五四）～貞観十年（八六八）	大納言－左大臣	嵯峨
④	融	貞観十年（八六八）～寛平七年（八九五）	中納言－左大臣	嵯峨
⑤	？	寛平七年（八九五）～昌泰三年（九〇〇）		
⑥	希	昌泰三年（九〇〇）～延喜二年（九〇二）	中納言	嵯峨
⑦	？	延喜二年（九〇二）～延喜十四年（九一四）		
⑧	昇	延喜十四年（九一四）～延喜十八年（九一八）	中納言－大納言	嵯峨
⑨	悦	延喜十九年（九一九）～延長八年（九三〇）	参議	嵯峨
⑩	重明	延長八年（九三〇）～天慶二年（九三九）	親王	醍醐
⑪	？	天慶二年（九三九）～天暦元年（九四七）		
⑫	等	天暦元年（九四七）～天暦五年（九五一）	参議	嵯峨
⑬	？	天暦五年（九五一）～天暦八年（九五四）		
⑭	高明	天暦八年（九五四）～安和二年（九六九）	大納言－左大臣	醍醐
⑮	兼明	安和二年（九六九）～貞元二年（九七七）	大納言－左大臣	醍醐

⑯	雅信	貞元二年（九七七）～正暦四年（九九三）	右大臣－左大臣	宇多
⑰	重信	正暦四年（九九三）～長徳元年（九九五）	右大臣－左大臣	宇多
⑱	時中	長徳元年（九九五）～長保三年（一〇〇一）	権中納言－大納言	宇多
⑲	俊賢	長保三年（一〇〇一）～寛仁三年（一〇一九）	参議－権大納言	醍醐

さて、物語に目を戻すと、澪標巻で光源氏は住吉に願果たしのために詣でる。その際の源氏一行の威容は、次のように語られていた。

御車をはるかに見やれば、なかなか心やましくて、恋しき御影をもえ見つけたてまつらず。河原の大臣の御例をまねびて、童随身（わらはずいじん）を賜りたまひける、いとをかしげに装束き、角髪結ひて、紫裾濃の元結なまめかしう、丈姿ととのひうつくしげにて十人、さまことにいかめしう見ゆ。（澪標・②三〇四頁）

「河原の大臣」とは、嵯峨一世源氏源融のことを指している。源融が童随身を賜ったことは現存史料からは確認されず、あるいは物語の虚構かとも言われている。光がここで源融に准拠されることについては、従来、融の嵯峨野の山荘栖霞観（せいかかん）や六条の邸宅河原院と、光の嵯峨の御堂（松風巻）や六条院（少女巻）との関連で読み解かれているが、改めてそれが澪標巻で語られることを重視すれば、光の当座の位相を照らすものとして機能していると見るべきではないか。つまり、源氏の筆頭公卿となった光源氏に、源氏長者の最重要要件であった〈嵯峨源氏〉の血脈的正統性を擬制的に賦与するために、嵯峨一世源氏源融の姿が投影されているようにも読めるのである。

三　奨学院・淳和院と二条東院

北畠親房の『職原抄』「源氏長者」の項には、源氏長者の資格として奨学院別当であることが挙げられている。[7]また、同書「奨学院別当」の項には、源氏の筆頭公卿が納言の際には、淳和院・奨学院の別当を兼官するが、大臣になると淳和院別当職は次席の源氏に委譲され、奨学院別当のみをつとめたという。[8]

奨学院は、元慶五年（八八一）平城天皇皇孫在原行平によって、藤原氏の勧学院にならって、大学寮の南に皇族出身氏族の教育施設として創建された。昌泰三年（九〇〇）に正式に大学別曹（大学の付属機関）となり、[9]応和三年（九六三）には、おそらくこの時源氏長者兼奨学院別当であった源高明（前掲表⑭）によって、勧学院に准じて年官を賜るべき由が奏請され裁可されている。[10]賜姓源氏をはじめとした王統氏族の学問的拠点として中心的な役割を担ってきたのであった。

淳和院は、もとは淳和天皇の離宮で、譲位後、淳和上皇は後院として当所で暮らした。上皇崩御後は、同居していた皇太后正子内親王が出家し、廃太子恒貞（つねさだ）親王と引き続き居住した。貞観十六年（八七四）に焼亡し、再建後内親王は同所を仏道修行の道場とし、日頃から祗候してきた尼僧を住まわせたという。[11]内親王の崩御後も、その遺志は恒貞親王によって受け継がれ、元慶五年（八八一）の淳和院に公卿別当を置くことを請う恒貞親王の奏言から、広く都の尼僧の安住の場として機能していたことがうかがわれる。[12]源氏長者が別当職をつとめたことから、おそらくは源氏を中心とした尼僧の宗教的拠点であったのである。

さて、物語の二条東院が夕霧の学問の場となることについて、かつて増田繁夫氏が興味深い指摘をしている。[13]

後世藤原氏をはじめとする各氏族が、その氏の学生のために寄宿舎を建てて経済的援助をするようになり、九世紀以後それが大学寮の別曹として認められるようになると、学生たちはそこから大学寮に通った。藤原氏の勧学院、橘氏の学官院などがそれで、夕霧は源氏であるから、普通ならば在原行平の創設した奨学院に他の王氏の子弟とともに寄宿するはずなのである。だが光源氏の子ということで、父の屋敷に曹司するという特別の扱いになったのであろう。

また、三田村雅子氏は、空蝉尼君が、世間で光との密通を知られていないのに、二条東院に住む理由について、源氏家の出身で光の親戚筋にあたる可能性を指摘している。[14] 首肯すべき見解であると考えるが、それならば空蝉も尼僧の集住施設として淳和院に住むのが自然であったのではなかろうか。

夕霧の学問、空蝉の仏道、その両面を兼ねる二条東院の奇異なあり方は、光源氏が源氏長者で、彼らが本来寄宿すべき奨学・淳和両院の管掌者であったことを踏まえれば、源氏長者が担うべき氏族の学問的な振興・宗教的な庇護を、私邸で代行していることになり、源氏長者の本来の権能から逸脱した営為であったと言えるのではないか。

四　二条東院から六条院へ

そもそも二条東院は当初から夕霧、空蝉のために改修されたのではなかった。花散里のような「心苦しき人々」（澪標・②二八五頁）を集住させ、結果的に東院の住人となる末摘花、花散里、夕霧、空蝉以外にも、光源氏の「御蔭に隠れたる人々」（初音・③一五七頁）が多く庇護されていたと思われる。それは、藤原氏の病者、貧者救済施設である施薬院が、藤氏長者の管轄であったことから推すに、光源氏の源氏長者としての氏族救済への意識に端を発するのではないか[15]。入居予定者と実際の入居者に、氏の不明な者がいる以上、改築当初から皇統の血をひく者たちの集住の場として建造されたとまでは極言しかねるが、氏長者就位まもなく造営されること、また桐壺院から伝領した邸宅を改築していることなどから、そうした読みの可能性も否定できない。

後宮を私的に模したとも評される六条院世界において、徐々に臣下としての存在を逸脱し、王者性を顕現していく光源氏は、その前段階として、奨学院・淳和院を私的に模した二条東院において、源氏長者を逸脱した相貌を見せているのではなかろうか。

五　源氏の子女の処遇への助言

『小右記』長和二年（一〇一三）七月十二日条に、源氏長者のさらなる権能をうかがわせる記事がある。右兵衛督源憲定（のりさだ）（村上天皇孫・為平親王男）が、皇太后宮彰子より出仕の要請があった十八歳の娘の処遇に関して、記主実資（さねすけ）のもとに相談に来た。憲定によると、先に中納言源俊賢（としかた）に相談し、出仕を勧められたという。実資は特に自分の意見を言わずに、「一家の事只彼の納言の指帰に在るべし[16]」と書き記している。当年は、俊賢（「彼の納言」）が源氏長者であったと推察される時期に相当しているので（前掲表⑲）、源氏長者は同氏族の子女の出仕にまで意見するような権能を有したことになろうか。

それならば、六条御息所による光への前斎宮の遺託は、私的な愛人関係のみならず、源氏長者としての公的な職責を背景に考慮してもよいのかもしれない。

結

本稿の結論をまとめると、だいたい以下の五点になる。

①光源氏は都に復帰した後、任権大納言時（明石巻）、もしくは任内大臣時（澪標巻）に源氏長者に就いている。

②澪標巻で光源氏が嵯峨一世源氏源融に准拠して語られるのは、史上の源氏長者が嵯峨源氏の血脈を重視したことと関連している可能性がある。

③源氏長者就位後に改築造営され、後に夕霧の学問、空蝉の仏道の場となる二条東院は、源氏長者の管轄する奨学院・淳和院の機能を、私的空間で模倣している。

④光源氏が二条東院で源氏長者の権能を逸脱することは、六条院で臣下を逸脱し王者性を発揮する過渡的段階に位置づけられる。

⑤源氏長者という視点を導入することで、従来は光の私的な営為と考えられてきたこと（秋好中宮への後見など）も公的な職責を背景にしたものと捉え直すことができる。

当時の源氏の動静を記す史料には限りがあり、源氏長者の果たした歴史的な役割を実態に即して詳らかにするには大きな制約があるが、表向きの官職だけではなく、描かれざる地位として源氏長者にも注意を喚起したかった次第である。

追記

さらに、前稿発表後に考えたことを付記しておきたい。

奨学・淳和の両院の創設に、在原行平、恒貞親王がそれぞれ大きな役割を果たしたことは前述したが、二条東院が着工する澪標巻から竣工する松風巻の間には、両者のイメージ自体も光源氏に投射されている。行平はそもそも須磨退去の重要な准拠であったが、帰京後の蓬生(よもぎう)巻の巻頭でも「藻塩たれつつわびたまひしころほひ」（蓬生・②三二五頁）と、行平の「わくらばに問ふ人あらば須磨の浦に藻塩たれつつわぶと答へよ」（『古今集』九六二）が再引用されている。恒貞親王についても、嵯峨の御堂の位置に言及する際に「大覚寺の南に当たりて」（松風・②四〇一頁）と、恒貞親王が初代門跡をつとめた「大覚寺」が点描されている。「南に当たりて」という記述から、嵯峨の御堂が直接に准拠しているのは源融の棲霞観なのだが、そこには大覚寺ゆかりの失意の廃太子のイメージも重層的に幻視されよう。

思えば、在原行平、恒貞親王による奨学院、淳和院創設の背景には、それぞれの左遷、廃太子という暗い過去が何かしら影響していよう。行平が文徳朝に左遷された原因は明らかではないが、自らの不安定な立場を思い知るのに十分な経験であったことは想像に難くない。まして承和の変で廃太子された恒貞親王の胸中は察するに余りある。両者の心中深くに刻まれた失意の念が、同氏族の学問的振興・宗教的庇護に積極的に寄与した背景に幾分かはあずかっていよう。

光源氏はフィクションの人物でありながら、史上の数多の〈源氏〉[17]の無念な思いをその身にまとい、一身に引き受けるかのごとく、時に彼らの事跡をなぞるように生の軌跡を描いていく。そしてまた、歴史の底によどみ渦巻く失意の情念を、あたかも自らの生を通して晴らし、鎮魂するかのごとく、史上の〈源氏〉が誰も到達し得なかった輝かしい栄達を、独自に生かされていくのである。

〔注〕

1 拙稿「氏長者光源氏と二条東院」（『国文論叢　福長進先生退職記念号』第五七号、二〇二一年十一月）

2 引用は、新編日本古典文学全集『源氏物語』（小学館、一九九四年～一九九八年）により、巻名・巻数・頁数を記した。

3 「当帝の御子は、右大臣のむすめ、承香殿女御の御腹に男皇子生まれたまへる」（明石・②二六一頁）

4 「大宮の御兄弟の藤大納言」（賢木・②一三八頁）

5 「承香殿の御兄弟の藤少将」（賢木・②一〇六頁）

6 『西宮記』巻十三（定源氏爵事）に「王卿中、弘仁の御後に触るる人を以て長者と為す。重明親王、参議等是れなり」（二四〇頁）とある。引用は、新訂増補故実叢書『西宮記』（明治図書出版、一九五二年）により、頁数を記した。以下、注の原文は全て私に書き下した。

7 「奨学院別当たるの人、即ち長者たり。」引用は、『新校群書類従　第四巻』（内外書籍、一九三一年）による。

8 「源氏の公卿第一の人、之を称す。納言たるの時、多く奨学・淳和両院を兼ぬ。大臣に任ずる日、淳和院を以て次人に与奪す。奨学院に於いては猶ほ之を帯ぶ。是れ流例なり。」

9 「奨学院を以て大学寮南曹と為す」（『日本紀略』昌泰三年九月某日条）引用は、新訂増補国史大系『日本紀略』（吉川弘文館、一九七九年）による。

10 「大納言高明卿奨学院の申す勧学院に准へ年官を給ふべきの申文を申す。請ひに依り宣旨を下さる。」（『日本紀略』応和三年十二月十四日条）

11 「淳和院を以て道場と為す。院号を改めず。平生左右に侍るの尼を安置す」（『日本三代実録』元慶三年三月二十三日条）引用は、新訂増補国史大系『日本三代実録』（吉川弘文館、一九八一年）による。

12　「淳和院、先の太后の遺旨に縁り、京城の尼の自存する能はざる者の為に、依り止むる所なり。」（『日本三代実録』元慶五年十二月十一日条）

13　増田繁夫「大学寮」（秋山虔・木村正中・清水好子編『講座源氏物語の世界　第五集　少女～真木柱巻』（有斐閣、一九八一年）

14　三田村雅子「〈衣〉―染める・縫う・贈る」（藤原克己・三田村雅子・日向一雅『源氏物語　におう、よそおう、いのる』ウェッジ、二〇〇八年）

15　『吏部王記』承平元年（九三一）九月二十九日条において、記主の重明親王（醍醐第四皇子）は、経済的窮迫のため醍醐天皇の一周忌法要で布施を奉送できない源允明（醍醐第十三皇子）に対して、諷誦文の代筆と布施の代行をしている。なお、この年は重明親王が源氏長者であった可能性が高い期間（前掲表⑩）にあたる。源氏長者による同氏族の貧者救済の一例とも考えられよう。

16　引用は、大日本古記録『小右記』（岩波書店、一九五九年）による。

17　ここでの〈源氏〉とは、賜姓源氏のみならず、在原氏、皇親などを含めた、広義の、王統を源流とする者を意味している。

――物語と世界観

風流仏典としての『源氏物語』

ジャン＝ノエル・ロベール

はじめに

一九六八年十二月十二日、ノーベル文学賞を受賞した折に、スウェーデン学士院にて川端康成は、謎めいた受賞講演を行った。『美しい日本の私』[1]という題のもとに、今になってもその真意がまだまだ解読しがたい、自分にとっての日本文化の奥義を、その文化について恐らくかなり疎かったヨーロッパ人を前に述べようとした。講演の題と内容の間の齟齬は、少なくとも当時の西洋人の一般出席者、のちの一般読者にとっても、一瞥瞭然であった。「美しい日本」とは確かに「日本の美」という表現に言い換えられて、日本という国の美の文化を作り上げた多彩な自然、風景、景色等々を並べあげた上、諸々の風土の要素が融合して日本の美的、文化的環境となって、如何にして川端という文豪を創造してきたかというような、知的自伝らしい表白を期待するのは当然であったであろう。けれども川端はその要望に応えなかった。むしろ、一見全く題と関係のない奥床しい、そして玄妙な、法話に近いともいえる話を用意した。

一　川端の「日本仏教文化論」

日本の自然環境と歴史に直接に言及せず、最初から突如日本の仏教文化について殆ど不案内なはずの当時のヨーロッパ人の耳に、道元禅師、明恵（みょうえ）上人、西行法師などという仏僧の名前と、彼らの詠んだ和歌を響かして、演説の最後のかなり長い『明恵伝』の抜粋まで、ふだんの日本語でも使わない「本来ノ面目」、「不立文字」その他の禅の専門語を容赦なく並べて、観衆を閉口させたに違いなかった。道元、明恵、西行、良寛、一休などの仏僧歌人の歌を連ねる一方、宗教家以外の歌人の歌を稀にしか挙げない。小野小町くらいのものであろう。芥川龍之介も引用されたが、それはあくまでも「末期の眼」という表現を説明するためであり、やはり仏教から切り離せないようである。一言でいえば、このノーベル賞受賞演説をば、茶・書・花・庭園などに代表される「日本の美の伝統を作り」上げた諸芸術があたかも仏教思想の枠でしか理解され得ないと強調する様な、説得力に満ちた深遠なる一種の「日本仏教文化論」という声明書（マニフェスト）と見なすべきなのではないかと思える。

日本文化に疎い西洋人の聴衆を前にして、これほどの幽玄な表明を敢えて宣言した川端は非常に大胆な文化論を試みたのであろうが、彼の同国人である日本人の中に、その演説を読んで、理解したと思った人は何割であったろうか。いずれにせよ、この演説では日本の美、即ち日本の美的文化が仏教の教えと不即不離の関係にあることを、川端が巧みに証明したのは、否定しがたい事実であることを改めて強調したい。その文章の最後の文、「（道元の歌は）四季の美を歌ひながら、実は強く禅に通じたものでせう」は、中々唐突であるが、その道理を明白に示している。

仏教教理を根本的背景にしているこの解説の中で、文章の脈絡とは異なるが、言わば議論はその極点に達している。

それは、「日本の美の伝統をつくり、八百年間ほどの後代の文学〔を〕〔…〕支配した」と言われる作家と作品である。歌では『古今集』、文では名前の知られない『伊勢物語』の作者、紫式部、清少納言の三人の名を挙げるが、中で最高位を占めているのはあくまでも紫式部である。紫式部よりも、彼女の著した『源氏物語』という小説である。その作品を形容するのに、川端は頁数の厳しく制限されている演説の中でも、かなり長くて、誇張ともいえる褒め方をする。

　殊に『源氏物語』は古今を通じて、日本の最高の小説で、現代にもこれに及ぶ小説はまだなく、十（ママ）世紀に、このやうに近代的でもある長編小説が書かれたのは、世界の奇跡として

それを賛美し、日本の文化・文学の歴史において、『源氏物語』は「深く広く、美の糧となり続けたのであ〔る〕」と語る。

　ノーベル賞受賞演説の全体の構造から見ると、日本の美的伝統の極点と本源の両性格を兼ねる『源氏物語』は本文のほぼ真中に位置し、殆ど明らかに前半も後半も仏教と繋がっている。道元禅師の四季の歌は冒頭に引用されて、また終結に言及されるので、川端の演説の全体がこの一首に挟まっているといっても過言ではなかろう。しかも、この歌は紛れもなく「釈教歌」というジャンルに属している。そこから見ると、日本の美的伝統、即ち仏教の世界観から川端文学が生まれたという結論も、おのずと生じる。その上に、『源氏物語』が少年の川端の心にしみ込んだということも決して誇張ではなかろう。二〇〇七年、新聞に報告された瀬戸内寂聴の証言に拠れば、晩年の文豪は『源氏物語』の新しい現代語訳を企てていたそうである。この翻訳の計画は出版社に依頼されたものであったろうが、川端がそれを受けたということ自体に大きな意味がある。与謝野晶子、谷崎潤一郎、円地文子の三人の文豪に次いで、自分がその名訳にいったい何を加えられるのであろうかと、瀬戸内寂聴によれば、川端自身が疑問を懐いていたそうであ

る。ノーベル賞受賞演説に照らしてそれを顧みると、単なる新しい翻訳の試みと言うより、川端は自分の発展させてきた美的文化観をそれを通じて伝えようと考えたのではなかろうか。演説の中で、川端は『伊勢物語』に現れる藤の花を女性的優雅に繋いで、それを通じて平安文化の全景を顕わそうとする。この喩を一言でまとめて、それは「もののあはれに通ふやうで」あると結ぶのである。

二　本居宣長ともののあはれ

周知の通り、「もののあはれ」という観念を、平安文化の頂点としての『源氏物語』の根本的な特徴にしたのは、他でもない、本居宣長であった。彼の『源氏物語』についての解説と意見を最も明瞭かつ簡潔に纏めたのは『紫文要領』[2]であった。そこで宣長は「物のあはれ」の観念を歌の道に固くつなぎながら、神代より今に至るまで、多く恋の歌に出ているものであると強調して、歌道そのものと深い関係があると指摘する。その考えから見れば、「物のあはれ」とは歌道とともに直接に日本の神々の世界を源泉とするものであろう。宣長の言葉を借りると、「歌の出でくる本はもののあはれなり」である。彼にとって、もののあはれは歌の初めで最後である。『紫文要領』ではこの理は非常に明瞭に説明されている。

　此の物語は物のあはれを書きあつめて、よむ人に物のあはれをしらしむるより外の義なく、よむ人も物のあはれをしるより外の意なかるべし。是れ歌道の本意なり。物のあはれをしるより外に物語なく、歌道なし。

歌人、即ち著者と読者の心を物のあはれという精神的体験によって統一させるのは歌道の本意であって、文学の目的である。この心の融合は純粋体験とも言えるほど、全く道徳と倫理から切り離された体験である。その点を『紫文要領』において裏付けるのは宣長の主な目的である。この一論にて彼の弁舌力と説得力は殆ど『源氏物語』が道徳的善悪の彼岸にある事を証明するのに尽くされて、かれの判断は端的に示される。

> 又儒佛の書籍と同じく、此の物語も好色淫乱の事を書きて、見る人を懲(こら)さむためといへるも［…］一向当らぬ事也。

ここでは儒教と仏教を一緒に並べて排撃するが、宣長にとって宿敵は言うまでもなく儒教より、仏教そのものである。『源氏物語』における仏教的要素、仏教的意義は務めて否定される。

> 又終(つひ)には中道実相の妙理を悟らしむといへるはいよゝ、おぼつかなし。釈迦・達磨に見せたりとも、此の物語にて中道実相の理(ことは)りはえ悟り給はじ物をや。

けれども、稀に、または偶然に仏教の教えに適う事物が浮き上がることがあるのは、世の中の人間の条件を語る限りでは、やむをえないものである。

> 又盛者必衰・会者(ゑしゃ)定離の理りを知らしむといへる、是れはいかにも此の世の中のありさま此の理りをまぬがれず、又それにつきて物のあはれも深き事多ければ、巻ゝに多く見えたり。

世の中の出来事を叙述すれば、当然人間万事の無常を浮き彫りにするのも不可避の結果になるのであろうが、それは仏教でなく、いわば物事の理であり、または「物のあはれ」そのものである。

そこに宣長の天才的ともいうべき解釈上の手品が現れる。一般読者の素朴な目には一見仏教的に見えるこの物語の要素は実は仏教と関係なく、「物のあはれ」だというのである。

> されどそれは仏教のやうにその道理を知らしめむためにはあらず。物のあはれを知らしめむためなり。

宣長のずるいとでも言える反仏解釈の最強の武器は「物のあはれ」という観念である。「物のあはれ」をもって、

『源氏物語』の仏教的解釈の試みをすべて無力にする。その上に、此の物語の仏教性を否定するために、その内容について宣長は非常に興味深い点に注意を向ける。

もし（仏教）の理りを知らせむためならば、必ず源氏の終りを書くべき事なるに、源氏の終りを書かず。又老衰の事をも書かず。只源氏は始終よき事ばかり書きてあしき事を書かぬが、この物語第一の趣意也。物のあはれは紫の上の薨去にて書きつくし、源氏の終りをば書かざるにて、会者定離・盛者必衰を知らしむるにはあらざる事を知るべし。

右の文では宣長は『源氏物語』がなぜ仏教の教えを伝える物語と見なすことはできないかという理由を大変簡単に説明する。因みにここでは「物のあはれ」という表現を著しく仏教的な意味で使っていることを指摘しなければならないが、この矛盾はさておき、寧ろその廃仏的解釈に集中しよう。この物語の主人公である源氏の人生は普通の人間の生老病死の順に沿って語られていないという事実を取り挙げて、仏教との関係を一層退けるのである。いな、その反対の事も強調することもできる。源氏が紫式部によってポジティブな人物として紹介されているという逆説的な趣意はこの物語の特色であると言う。

此の物語は好色の源氏一生安楽にして栄花此の上なく、子孫迄繁昌し、作者の詞にもよきやうにのみ論じたれば、読人ようせずば好色をよき事と思ひてならふ心は出でくるとも、決してつゝしむ心は起こるべからず。されば此の説（『源氏物語』の仏教論）又大なるひが事なり。

この文では宣長が『源氏物語』の表面的概要を巧みに把握して、それを簡潔に伝えていると私は思う。読者がその総まとめを記憶しておけば、ここで最終的に明らかにしようとする『源氏物語』の性格は恐らく自明になると思う。彼にとって、「好色ならびなきの源氏の君」が非道徳的な、すなわち道徳を超えた行為に耽っても、一般の人間を煩わす災いを免れたという事実自体が仏教の領域以外の所属性を証明するものである。その「非仏教性」を「物のあはれ」という表現で締め括るのである。また、宣長らしい皮肉を使って、源氏の君の放蕩な生活ぶりを「安楽」と形容する。この熟語が『法華経』の「安楽行品」第十四の題だけでなく、経の中にしばしば使われて、御法を広げる諸菩薩の行動（なかんずく未亡人や乙女などに近づかないこと…）を描写する言葉であることから見て、ここでは辛辣の限りに見える。

そこから見れば、「物のあはれ」という言葉をもって『源氏物語』の非仏教性を論証しようとする宣長と、同じ表現を使って、「もののあはれに通ふ」ものであり、同じ『源氏物語』を中心とする、深く仏教に染められた日本の美の伝統を際立たせようとする川端の間には、一種の解決しがたい矛盾が存在するようであるが、果たしてそうであろうか。

三　物のあはれのパラドックス

その解決を可能にする第一の段階は、何よりまず「物のあはれ」という表現の起源を確認することである。驚くべきことに、その起源を明らかにするのはさほど難しい課題ではない。なぜかといえば、宣長自身が素直に我々にその答えを与えてくれるからである。『紫文要領』の巻下の始めのほうに、藤原俊成の自撰家集である『長秋詠藻』に収録された歌、

恋せずは　人は心も　なからまし　物のあはれも　これよりぞしる[3]

をあげて、「この歌にて心得べし」と加える。この歌は小林秀雄を含めて多くの学者がしばしば「物のあはれ」とい

う観念の拠り所としている。尚、周知の通り、平安末期の歌人である俊成（一一一四～一二〇四）は、彼の歌論『古来風体抄』で、歌道と仏道の平等を証明しようとして、殊に彼が得度した天台宗の教義を用いて歌の奥義を明らかにする。廃仏論をふるう宣長が、「物のあはれ」が語られている数多くの古典（『土佐日記』など）の中で、わざわざ俊成という出家と歌人を兼ねる人物の和歌を選んだという事実自体が非常に興味ぶかい。一種の読者への挑戦に見える。俊成の作である限り、仏教と無関係でありえないのである。殊に、最後の句、「これよりぞしる」というのは、詩歌的というより、教訓的に聞こえる表現で、釋教歌によく使われる句である。たとえば、俊成と縁の深かった学僧兼歌人慈円（一一五五～一二二五）は、『法華経』の諸法実相という教義の意味を称える歌では、それに近い表現を最後の句に使う。

津の国の　難波のことも　まこととは　便りの門の　道よりぞ知る（『拾玉集』）

その類似点から見れば、俊成の歌の仏教的な響きはおのずと明らかになる。この歌の本意を捉えるため、『長秋詠藻』に載せられたもう一首、紛れもなく本格的な釋教歌を無視することはできないと思われる。『法華経』の出典「以大慈悲力度衆生苦悩」（自分の大なる慈悲の力をもて衆生を苦悩から救いたまう）の題の下に、俊成は次の和歌を詠む。

世の中の　苦しき道は　あはれびの　ちから車の　はこぶなりけり

経典の文を和歌で解釈する「法文歌」というこの釈教歌では、「あわれぶ」という動詞ははっきりと、漢語の「大慈悲」を翻訳するものである。「衆生」という語は翻訳されないけれども、『長秋詠藻』では、もう一首の『法華経』と関連する法文歌がある。「五百弟子受記品」第八の「寿命無有量　以愍衆生故」という題の下に、

かぎりなき　命となるも　なべてよの　もののあはれを　しればなりけり

の歌を詠む。ここでは「もののあはれ」という表現は仏教語の「慈悲衆生」の翻訳なることは疑いの余地がない。

宣長は『源氏物語』の脱仏教化、即ち脱道徳化の大事業のために、「もののあはれ」の観念に主役を与えたといえる。現代の詞でいえば、恐らく「ヴァリュウ・フリー」というつもりでその熟語を選んだのであろうけれども、その観念の論拠として、なぜ天台宗出家の俊成の歌を挙げたかという疑問がしばらく未解決のままに残るであろうが、知的手品師の立派な技として感心するべきである。その手品を以て、仏教を大敵にする宣長と、仏教思想の中に日本の美の本源を求める川端は同じ「物のあはれ」の照明のもとに『源氏物語』に第一位を与えることで正反対の立場から同意に達する、という不可思議なパラドックスがその結果となる。

四　『紫式部日記』から『更級日記』へ

以上の概説はあたかも外側から、即ち読者の側から数世紀を経て続けられた主観的な見方の対立に過ぎないものとして排除することはできるであろう。それより重大なのは著者そのものの本意に違いない。紫式部自身はもとから、その物語を書き始めた時から、あるいはその前から、作家としてどの程度まで仏教の教えを意識的に活かしていたのであろうか。自分の周りの社会の風俗を描写する限り、仏教が国家宗教といえる程当時の平安朝の毎日を支配していたので、世の中の背景としてそれを現わすのはやむを得ないことであろう。『源氏物語』では、法事や供養、寺参りなどは作家の芸を見せる理想的な機会になる。また、当時の知的世界を形作るのも仏教であったので、その影響が人々の日常の考えと会話に反映されるのも不可避の結果であろう。頁毎にこういう仏教的な要素に富んでいるこの物語がそのために仏教の教化書といえないのは当たり前である。また、説教の形をとって、一般の説話の様に、仏陀の教えの真理を示そうとするものではないことも自明である。『源氏物語』における仏教の有無はこんな表面的な飾りであるはずはないと思う。我々は著者紫式部の性格について知ることができる範囲では、その仏教観がより深い次元に潜在していると考えなければならない。

紫式部は、自分の社会環境を鋭い目で観察して描写する天才作家であるだけでなく、また、ありふれた素朴な、信仰深い貴族の夫人でもない。彼女の宗教に対する態度は明らかに一般的な人とは違って遥かに熱心なものとして現れる。そういう事実は本人から知ることができるのである。幸いに、我々は『紫式部日記』[4]の文章において、作家の手が直接に書いた若干の自分についての個人的な告白、または内緒話を読むことができる。その中に、彼女の宗教態度に貴重な光をあてる文がある。

> いかに、今は言忌みしはべらじ。人、と言ふともかく言ふとも、ただ阿弥陀仏にたゆみなく、経をならひはべらむ。世の厭はしきことは、すべてつゆばかり心もとまらずなりにてはべれば、聖にならむに、懈怠（けたい）すべうもはべらず。ただひたみちに背きても、雲に乗らぬほどのたゆたふべきやうなむはべるべかなる。それに、やすらひはべるなり。
>
> としもはた、よきほどになりもてまかる。いたうこれより老いほれて、はた目暗うて経読まず、心もいとどたゆさまさりはべらむものを、心深き人まねのやうにはべれど、今はただ、かかるかたのことをぞ思ひたまふる。それ、罪深き人は、またかならずしもかなひはべらじ。さきの世知らるることのみ多うはべれば、よろづにつけてぞ悲しくはべる。

この強い発言はまさに告白の形をとっていて（「今は言忌みはべらじ」）、紫式部が自分の宿願を読者に開示するのである。阿弥陀仏のためにお経を絶えずに唱えて、「ひじり」となることを自分の人生の最終目的にして、その願いが叶うように一生懸命努力する決心を顕わす。「ひじり」という単語には多様な意味があるが、「僧侶」というのは根本的な意味と見なしてもよかろう。西行法師の時代には、むしろ寺の中で戒律を守って日々を過ごす坊主と違って、自由に諸国を歩き、山林荒野などで修行する奇人に近い人物を指す。位の高い高僧のことも「聖」というだけでなく、超人間的な力、即ち神通を有する人物も「聖」と呼ばれる。その内のいずれの意味で紫式部がその単語を使うのか不明であるが、おおよそ一世代ほどの後輩であり、ほぼ同時代の作家、『更級日記』[5]の著者もそれに非常に近い希望を懐いていたことも注意されたい。彼女の阿弥陀佛への憧れは五十一歳の時（一〇五五）の次の夢で語られる。

> 天喜三年十月十三日の夜の夢に、ゐたる所の家のつまの庭に、阿弥陀仏立ちたまへり。さだかには見えたまはず、霧ひとへ隔たれるやうに、すきて見えたまふを、せめて絶え間に見たてまつれば、蓮花の座の、土をあがりたる高さ三四尺、仏の御丈六尺ばかりにて、金色に光り輝きたまひて、御手片つ方をば広げたるやうに、いま片つ方には印を作りたまひたるを、こと人の目には見つけたてまつらず、われ一人見たてまつるに、さすがにいみじくけ恐ろしければ、簾のもと近くよりてもえ見たてまつらねば、仏、「さは、このたびは帰りて、後に迎へに来む」とのたまふ声、わが耳一つに聞こえて、人はえ聞きつけずと見るに、うちおどろきたれば、十四日なり。この夢ばかりぞ、後の頼みとしける。

非常に詳しく描かれる示現とも呼べる夢だが、『紫式部日記』と関連して読めば興味深く繋がることになる。なぜならば、阿弥陀仏の示現は文章の中では、決して突然な出来事ではない。作品の全体を読めば、それは注意深く配置された救いへの道順の終点に見える。その救いへの道の出発点は他にもあらず、かの有名な『源氏物語』の発見の場面である。父親の地方の勤め先から京に帰ってきていた当時十二・三歳の少女は、大好きな乳母に死なれてあまりにも悲しむので、母は娘の気分を変えようとして、「物語など求めて見せ給ふに、げにおのづから慰みゆく。」その物語の中に、もちろん「紫のゆかり」はあったけれども、一部分しか読めなかったので、続きを読みたくて、熱心のあまりに自ずと「この源氏の物語、一の巻よりしてみな見せ給へ、と心のうちに祈る」ことまでする。神仏のどちらに祈祷するか不明であるが、祈りはついに叶って、少女の叔母は望んでいるものを持ってきてくれる。

源氏の五十余巻、櫃(ひつ)に入りながら、［…］物語ども、一袋取り入れて、得て帰る心地のうれしさぞいみじきや。はしるはしるわづかに見つつ、心も得ず心もとなく思ふ源氏を、一の巻よりして、人もまじらず几帳のうちにうち臥して、引き出でつつ見る心地、后の位も何にかはせむ。

少女心にその物語の発見は殊の外に深い印象を残した。十九歳前後の時、この物語の諸人物に完全に魅せられて、自分もその中の一人物になったとまで想像する。

からうじて思ひよることは、「いみじくやむごとなく、かたち有様、物語にある光る源氏などのやうにおはせむ人を、年に一度(ひとたび)にても通はしたてまつりて、浮舟の女君のやうに山里に隠し据ゑられて、花、紅葉、月、雪を眺めて、いと心細げにて、めでたからむ御文などを、時々待ち見などこそせめ」とばかり思ひつづけ、あらましごとにもおほえけり。

あたかも現代のアイドルに対する「ミーハー」に似るような態度であったが、三十五歳ほどになった作家は漸く社会的な雑事の渦に巻き込まれ、若き自分の態度を顧みる折には、反省させられるようになる。

その後はなにとなくまぎらはしきに、物語のこともうちたえ忘られて、物まめやかなるさまに、心もなりはててぞなどて、多くの年月を、いたづらにて臥し起きしに、おこなひをも物詣をもせざりけむ。このあらましごととても、思ひしことどもは、この世にあんべかりけることどもなりや。光源氏ばかりの人は、この世におはしけりやは。薫の大将の宇治に隠しすゑたまふべきもなき世なり。あなものぐるほし。いかに、よしなかりける心なりと思ひしみはてて、まめまめしく過ぐすとならば、さてもありはてず。

この文を読めば、八世紀後の宣長の源氏の描写はいかにもうまく要を得たことと思わせる。まさしく、「一生安楽にして栄花此の上なく」暮した人物として、少女であった「読人ようせずば好色をよきことと思ひてならふ心は出でくるとも、決してつゝしむ心は起こるべからず」という効果をもたらす文、道徳教訓書の反対であるともいえる。三十一歳の著者はこの物語の本当の性格を見破って、漸く「よしなかりける心なり」ということを弁えるようになる。その判断は五十一歳の時の阿弥陀仏の示現の結びである言葉、「この夢ばかりぞ、後［の世］の頼みとしける」と強く対照するものである。

平安社会の貴族の女性の阿弥陀信仰への精神的過程を中心とする『更級日記』の構造では、少女の『源氏物語』の発見は決してあどけない逸話ではありえない。あの幻の読書は反対からであっても、阿弥陀如来に向かう道の第一歩とすることもできる、あたかも発心のきっかけでもあったといえる。

また、この点から見て、ここで取り扱おうとする問題とは無関係と思えない年代上の符合がある。『更級日記』の阿弥陀如来の夢は「天喜三年（一〇五五年）十月十三日の夜」と、慎重に日付が記入されている。天喜年代は永承に次ぐ年代であり、永承七年（一〇五二）は、周知の通り、世の中は末法の暗い時期に入る年であった。日記の中の阿弥陀仏の場面は末法世に入ってから三年後に起きたので、熱心な信仰者にとって無関係ではありえない宗教体験であったと認めざるをえない。

そういう点から見れば、この日記作家の阿弥陀信仰への道順は、幼い時に『源氏物語』を読む折から始まったと見なしても無理ではなかろう。けれども、その読書の体験が宗教の体験に転換したのは偶然の出会いであったか、また『源氏物語』そのものにはそういう教化に導く内的な要素が潜んでいるのであろうか。紫式部が「聖」になろうとする心願とその物語を繋ぐ、一般に意識されない深い関係があるのであろうか。

五　再び宣長へ

その問題を考えるため、宣長の『紫文要領』の鋭い考察にとりあえず戻る必要がある。前にも述べたように、彼は『源氏物語』の本意が「物のあはれ」であるとして、「物のあはれ」が同じく歌道の本意であることを強調するので、『源氏物語』を『歌物語』と名付けるのも当然な結論であろう。そこから見れば、儒教や仏教からその本意を探るのは無意味である、歌物語の観点からしかその本格を把握することはできないのである。

歌物語は歌物語のたつる所の本意をもていふが正説といふ物也。

ただし、我々は見たように、「物のあはれ」の表面的な美学の下に仏教と深い関係を持つという意義が潜んでいるという事実を受け入れるならば、歌の本意も自ずと変わってきて、恐らく、宣長が書いていた、

外の書籍の本意はいかほどよき事にても、それを歌物語へ引きかくるは付会の邪説也。

という戒めを犯すことになるのであろうが、この物語に収めてあるほぼ八百首の和歌は、仏教の経典における偈頌に近い役割を果たしているといえる。仏典の偈頌が佛の教えとそれに伴う具体的な条件を詩歌の形で重ねて唱えるように、『源氏物語』の和歌は取り巻く風景、人物の感情、場面の状況の奥義が還元された純粋な形でその神髄を光らせる明かりのように見える。その歌物語の本意を探すならば、和歌の意味と重要性を重んずる必要がある。「聖」になろうと決心した紫式部は和歌に詩歌的価値を超えた何かをつけ加えたのではなかろうか。

歌物語としての『源氏物語』の本意は当然なことながら、歌の方に求めなければならない。その観点から見れば、歌の「詞書」とも見られる散文の部分を取り除いた『源氏物語』の歌だけを並べる冊子などを調べると、一般的に注

意されていない事実が明らかに浮かび上がる。それは巻一「桐壺」に出る最初の歌と、巻五十四「夢の浮橋」に出る、この物語の最終の歌とが、微妙に響きあうという事実である。最初の歌は内裏から退こうとする桐壺更衣を止めようとする桐壺帝への更衣の返事だが、そのあとの成り行きから見ると、辞世の歌のように読み取れる。

限りとて　わかるる道の　悲しきに　いかまほしきは　命なりけり[6]

ここの「いく」という語は「死ぬ」と「生く」の二つの矛盾する意味を帯びており、やはり仏教語の「生死」にもつながる可能性が強いが、表面的な意味として、死に対する抵抗と俗世への執着を懐いている、世の中の平凡な心持を反映する句である。

それに対して、この物語の最後の巻である「夢の浮橋」には、珍しくただ一首の歌しか詠まれていない。薫大将が浮舟に送る和歌であるが、この最後の場面は完全に仏教的な環境で行われ、この歌は言葉遣いから見ても釋教歌に極めて近いものである。

法(のり)の師と　尋ぬる道を　しるべにて　思はぬ山に　ふみまどふかな

この歌は一応薫大将の気持ちを表すはずであるが、この巻の唯一の歌として、物語の全体の結論とも見なせる。歌に挙げられている「法の師」とは、自殺未遂した浮舟を救った「横川僧都」を指すのであろうが、此の貴い人物は実は恵心僧都源信であったとも言われている。天台宗の学僧でありながら、『往生要集』の撰述によって浄土信仰の開祖の一人ともいえるこの「ひじり」の宗教的権威の照らす光のもとに『源氏物語』の結末が展開されるとも考えられる。彼は末法思想そのものとさほど繋がらないが、その思想の基礎を築いた人物とされる。

物語の最後の言葉である薫大将の疑問は何とも言えないほど皮肉に響く。

「人の隠し据ゑたるにやあらむ」と、わが御心の思ひ寄らぬ隈なく、落とし置きたまへりしならひにとぞかくして、この物語の人物たちはまた永遠に同じ間違いを繰り返していくのであろう。
この歌物語の最初の歌と最後の歌が「道」という言葉によって繋がれるという事實は「ひじり」になろうとしていた紫式部の本意を顕わす、と確信する基盤が充分にある。けれども、この道は「生死」の道だけでなく、「仏の道」でもあると同時に、どこにも通じない道として描かれる。ここでは、「道」という字は必ずしも仏教の道を指す語ではないという反論がされるのは当然なことであるが、『源氏物語』では仏教的な意味で「道」を使う和歌は比較的に多く、なかんずく、その曖昧さを利用して、先ほどの薫大将の歌と同様に、仏教の意味と世俗の意味を巧みに交えている。その好例として、巻四「夕顔」での光源氏と夕顔との間に交わされる三首の和歌が挙げられる。

優婆塞(うばそく)が　行ふ道を　しるべにて　来む世も深き　契りたがふな
前(さき)の世の　契り知らるる　身のうさに　行く末かねて　頼みがたさよ
いにしへも　かくやは　人のまどひけん　わがまだ知らぬ　しののめの道

言葉使いなどから見て、釈教歌に近いこの三首と、薫大将の和歌との相似は一目瞭然である。仏教、なかんずく天台宗の教義を以てその二重の意味の層を解釈するならば、「真諦」と「俗諦」の両次元、即ち仏法の優れた真理と、我々の日常の現象世界という二つの次元を一つに融合する結果になる。作家の紫式部が意識して、こういう「二諦一如」の道を考えて、初歌と終歌に「道」という、出発點と到着點を指し示すしるしを使って、読者にこの歌物語の本意が他の物語と根本的に異なることを解らせようとした、というような説は過剰解釈であろうか。この説の是非を明らかにするため、ここでその物語の構造と、その中の人物の行為を簡単に調べてみよう。

六 『源氏物語』の構造

物語の全文を貫く「道」の観念はこの物語の構造を支えているると、いかにして証明され得るのであろうか。その説を裏付ける数多い要素の中より、ここで最も明らかなものを挙げよう。それは『源氏物語』の巻数である。巻数の問題についてこの物語の解釈者・注釈者は何世紀も様々に論争したが、『更級日記』の文にある「源氏の五十余巻」という早期の証言から、決定版ともいわれる藤原定家の青表紙本まで、五十四巻は定数とされてきた。『源氏物語』の仏教的性格を最も熱心に否定する本居宣長でもその説を論なく承諾している。

その巻数をもとにして、その物語が示すように、『法華経』に造詣が深かった「ひじり」の紫式部が、『法華経』を中心にする「法華八講」などの儀式を真似て、その経の前に「序経」と、その後ろに「結経」という「序・結二経」を設けるように、「序巻」と「結巻」とでもいえる「道」を含む歌の両巻を設けたとすれば、残るのはそれらに挟まれた五十二巻である。

五十二という数字は仏教の教えでは極めて重大で、天台宗の教義におけるその意義は修行の根本ともいえる。『源氏物語』の仏教観と天台宗の教義との密接な関係をここで詳しくは述べないが、巻十「賢木」に、光源氏が京の北にある雲林寺という寺に閉じこもって、数日間の間に天台三大部の六十巻を耽読するという場面が示すように、天台教義が語りの背景に潜んでいるということを無視するわけにはいくまい。その教義から見て、五十二位というのは直接に菩薩道に連なる数であり、即ち佛の道に入る第一歩とされる「発菩提心」から、数えきれないほどの遠い将来に開くはずの妙覚までの修行の五十二段階である。その教えは天台教義の初心として、中国の撰述である『八教大意』、日本の著である『天台法華宗義集』にも紹介されて、二書とも平安初期から日本で広められたので、紫式部はそれに馴染んでいたに違いない。

この佛の悟りへ導く五十二次を歩んでいくはずなのは、言うまでもなく光源氏である。[7] 釈迦牟尼仏の伝統的伝記と光源氏の幼年時代の叙述の間の類似点を指摘した研究が数多くあるが、なかでも高麗の相人の場面は中々印象的である。朝鮮半島から来た賢人は幼き子を相て、「帝王の、上なき位にのぼるべき相」と窺うのは、釈迦牟尼伝において、雪山からきた阿私陀仙が太子を観て、転輪王にならん事を予言する場面に酷似することは否定しがたい。ただし、釈迦牟尼伝では、太子が転輪王、即ち世界の帝王にならねば、出家して正覚を開くような大宗教家になるのであろうと予言するに対して、高麗の相人は御子が上なき帝王の位に至れば、国が乱れるのであろうが、至らねば、その行く末は甚だ曖昧に見えると言い、出家の可能性に言及しない。この予言の場面における釈迦伝の影響を否定することができないにもかかわらず、二つの可能性の中、帝王になる可能性しかはっきり検討されていないというのは注意されるべきものである。釈迦牟尼の場合には当然の方向性であったものが、源氏になると、敢て言葉で表現されえない漠然たる見込みにすぎない。

けれども、この物語の全文に、光源氏を始めとして、登場する他の多くの人物も出家する決意はしばしば示されるが、その決心は間もなく水の泡に帰するのが常例である。先に挙げた巻十「賢木」にある雲林寺の隠遁の場面もその例の一つである。寺で天台三大部六十巻を通読するだけでなく、僧侶に頼んで、教えの奥義を明らかにするための論義を行わせるなどのことから、その熱心さに感心する素朴な出家たち（あやしのほふしばら）は「山寺にはいみじき光おこなひ出だしたてまつれりと、仏の御面目ありと」喜んでいる。素朴な連中であるから、大げさに反応するのかもしれないが、光源氏が仏そのものに比較される場面はこの物語に数回あることを想起したい。例えば巻五「若紫」の北山の寺の聖も歌でそう思わせる。8

七　因縁と比喩

若しこの物語の五十四巻が仏の無上覚に達するまでの五十二位に沿って分かれているとすれば、主人公である源氏を将来なるはずの仏と比較するのも無理ではなかろうが、人物としての源氏の行為に如何にしてそれを見るべきであろうか。五十二位であれば、当然として、菩薩道を行ずる修行者の行いと見なさなければならないのであろうが、物語の叙述ではその行いはどのように表現されるのであろうか。そこで、『法華経』などの経典を参考にすれば、その叙述の仕方を理解することができる。数多い、類似する表現がその経典のなかにあるが、ここで一つだけ「薬草喩品」第五から引用しよう。

以諸因縁　種々譬喩　開示佛道　是我方便

即ち、衆生を成仏までの道に導くための手段（方便）として、佛は法を説く時、主に「因縁」と「譬喩」という、二つの説教法を利用するということである。極めて簡単にそれを区別すれば、「因縁」というのは説法する人の立場からいうと、実際にあった出来事を述べて、具体的な例としてそれを聴者（声聞）に紹介する。例えば『法華経』の「提婆達多品（だいばだったぼん）」第十二に語られる王と仙人との葛藤の話は、仏教からいえば、実際に起きた釈迦牟尼の前世における『法華経』との出会いを明かす場面として、正法の歴史上の事実として受け容れられる以外にはないのである。それは因縁である。それに対して、同じ『法華経』には、「七譬喩」と言われて、七つの例え話がある。その中に殊に有名なのは、「窮子喩」や「火宅喩」などで、多くの釈教歌の題になっている。譬喩の特色は、それが完全な作り話に過ぎないということである。作り話として、特別な道徳的、宗教的な意味を有していないけれども、その道徳上や宗教上の意義は、外から、即ちその作り話を述べる語り手によって解説として与えられるわけである。「火宅喩」の場合、火宅、三つの車、大白牛車などの話を語ってから、釈迦牟尼佛は舍利子にその本意を解いて、譬喩の奥義を表す。即ち、火宅は三界であり、大白牛車は大乗の教えであることを開示する。「窮子喩」の場合、「火宅喩」に続いて、今度は釈迦牟尼仏の大弟子たちは、貧窮のために自分の身の上を忘れてしまった息子を教訓して、次第にもとの状態に復させる長者の話を述べてから、それが声聞の段階から菩薩の位へ上がる道、天台教義でいえば五十二位の教えであるという本意をあとから解釈するのである。上位の権威者による開示がなければ、譬喩は面白い語り物のままに残り、特別な意味がない。それはキリスト教の福音に解かれる譬喩と同じく、宗教文学の特色である。

『源氏物語』の場合はいかがであろうか。たしかに最初の部分は菩提への道の始まりのように述べられていて、光源氏は菩薩として描写されるが、高麗の相人の場面からあいまいさが増していく。すなわち明瞭なる因縁の形で始まった物語が突然その性質を捨てるかのように、作り話として進んでゆくのである。始めと終わりの両端が「道」という「矢印」に記されているこの物語の本意が仏の道を明かすことであれば、そのつくり話は当然に「譬喩」とされるべきであろう。ただし、その「譬喩」には、宣長が正しく注意したように、道徳的教訓が含まれていないという事実はいかにして説明されるのであろうか。

八　末法の世

先にも述べた通り、宣長はその無道徳性を以て、『源氏物語』の非佛教性を証明する有力な論拠にするのであるけれども、仏教の枠を出なくても、この矛盾を解決することはできる。まず、紫式部の時代の仏教の様相を顧みなければならない。『紫式部日記』、『更科日記』、横川の僧都の原型ともされた源信著の『往生要集』を繋ぐ共通点は熱心な阿弥陀信仰である。浄土宗が独立宗派としてまだ存在していなかった当時には、阿弥陀信仰を伝えていた主な宗教団体は、やはり天台宗であった。いわゆる「天台浄土思想」という形で、その思想が朝廷を始めとして、少しずつ社会に広がってゆくころであった。その天台浄土思想と末法の思想を極めて独特な形で融合して、ほとんど聖書の黙示録を思わせるような文体で、新しい時代の仏法としてそれを予言する文章がある。それは『末法灯明記』[9]という小論である。

『末法灯明記』は天台宗の伝統では、開祖伝教大師最澄の作とされているけれども、現代の研究では偽作説が有力になっているにも関わらず、紫式部時代にすでに世の中に広められた文章であったと、確かに思われるいくつかの要素がある。その書の中、末法世の社会では仏教の道徳、即ち「戒」というのが、正法と像法が滅びたため、無駄になってしまったという論理をくりかえして、「戒」すなわち道徳という物はもう存在しないから、道徳を犯すことも無意味になり、道徳を守るのも不条理になってしまうという倫理上の荒涼とした風景を描写する。

既無戒法、由破何解戒而有破戒。破戒尚無、何況持戒

そして、「まだ佛の教えを伝えるものだけ残るのであろうが、自分の行為でそれを実現するものはなからん（但有言教、而無行証）」と述べる。

そういう無差別の道徳混乱の時代では、破戒と無戒という非道徳的な行為はかえって本当の貴い行為になってしまうという理不尽の世の中に入るということである（破戒・無戒咸是真宝）。

また末法世の僧伽の世界はどうなるのであろうかと問えば、まだ僧侶（比丘）がいるのであろうが、それは持戒す

ることのできない、名前だけの坊主であろう、けれども、名前だけでもやはり国にとって本当の宝物であろうと強調する。

末法唯有名字比丘。此名字為世真宝

僧侶に関する部分をもちろん除けば、『末法灯明記』の末法世の無戒と、本居宣長の『源氏物語』についての判断、「紫式部が本意もいましめのためにはあらざる事を知るべし」と、不思議といえるほど共鳴している。ただし、紫式部にとっての戒めの無さ（無戒）は、末法世の現状を反映するものであり、仏教の教えの通りの仏法の最後の段階を描写する物語の本意となる。

終わりに

室町時代の『源氏供養』という能のなかで、紫式部が観音菩薩の権現として石山寺に閉じこもって衆生を救う方便としてその夢の物語を顕わした、という開示によれば、その物語は並みの文章でありえないのは当然なことであろう。物語の外形を保ちながら、五十二位の道からなる構造を持つことにしても、その道の位を現に上がれない人物を介して、「仏の御面目」とされる主人公に至っても道に迷うような人々を描くことによって、『源氏供養』の観世音菩薩こと紫式部は、末法世の衆生に相応しい名の聖典、即ち仏法が滅びて「物のあはれ」の教えしか残らない世間仏典を世の中に表した。それは風流仏典とでも呼ぶべくして、一千年前から漢文の『法華経』とならんで、『源氏物語』は和文の経典になったといえよう。

私の拙い日本語を訂正して下さった上に、鋭い批評によって拙文をはるかに読みやすくしてくださった同僚の寺田澄江先生に心からの感謝を表します。

〔注〕

1 川端康成、『美しい日本の私』（川端康成全集28、新潮社、一九八二）

2 本居宣長、『紫文要領』（『本居宣長集』新潮日本古典集成、一九八三）一部かなを漢字に改めた。以下同。

3 以下、『源氏物語』の和歌を除き、和歌はすべて新編国歌大観（Japan Knowledge）に拠り、表記は私に改めた。

4 『紫式部日記』（『紫式部日記　紫式部集』新潮日本古典集成、一九八〇）

5 『更級日記』（『和泉式部日記／紫式部日記／更級日記／讃岐典侍日記』日本古典文学全集、一九七一）

6 『源氏物語』の引用は新編日本古典文学全集（Japan Knowledge）に拠った。

7 源氏は「幻」を最後に姿を消す。その問題は稿を改めて末法の世との関係で考えたい。

8 ジャン＝ノエル・ロベール「『源氏物語』の中のある仏教的場面について」（『物語の言語―時代を超えて』青簡舎、二〇一三）

9 『末法灯明記』の評価については以下を参照されたい。Peter Fischer, Studien zum Entwicklungsgeschichte des Mappo-Gedankens und zum Mappo-tomyo-ki, Hamburg, 1976. また下記弊論もご参照頂ければ幸いである。Jean-Noël Robert, « *Le Genji-monogatari* : Le roman de la fin des temps ? » in *L'Eurasie autour de l'an 1000*, (dir.) D. Barthélemy et al.,Peeters, Leuven-Paris-Bristol, 2022 ; p. 3-21.

フィクションを罪悪視する仏教的文芸観とその超克
――『源氏物語』の方便をめぐる言説を中心に――

佐藤　勢紀子

はじめに

前近代の日本についてフィクションと歴史というテーマで論じようとするときに避けて通れないのは、仏教的な見地から、フィクション――創作されたものというよりは創作行為としてのフィクション――が、事実と異なる作りごとをする、不必要に飾った表現をするという意味で基本的には罪悪と見なされていたことである。本稿では、日本の中古から中世にかけての文芸の担い手たちが創作行為を罪悪視する仏教の否定的文芸観を乗り越えるためにどのような対応を示したかを概観し、その上で、『源氏物語』蛍巻（ほたるのまき）の物語論における対応とその位置づけを考えてみたい。蛍巻物語論は物語と史書を対比する叙述を含んでおり、フィクションと歴史について考察していく起点とするのに相応しいテクストであると思われる。

一　仏教の「悪」

最初に、なぜ仏教でフィクションが罪悪視されていたかについて述べる。仏教においては古くから「殺生(せっしょう)」「偸盗(ちゅうとう)」「邪淫(じゃいん)」「妄語(もうご)」「飲酒(おんじゅ)」を在家信者にとっての「五悪」と称し、これらの「悪」を行わないこと、すなわち「五戒」を守ることが勧奨された。「五悪」のうち「妄語」は、本来は嘘をつくことを指すが、文学的な創作も、事実でないことを書き表すという意味で「妄語」に相当すると考えられるようになった。

大乗仏教の時代に入ってからは、「五戒」とは別に、在家の菩薩道修行者のあり方として、身(しん)・口(く)・意(い)の三業(さんごう)に応じた「十悪」を慎む「十善戒（十善業道）」が唱導されるようになった。[1]「十悪」は「殺生」「偸盗」「邪淫」「妄語」「綺語(きご)」「両舌(りょうぜつ)」「悪口(あっく)」「貪欲(とんよく)」「瞋恚(しんい)」「邪見(じゃけん)」を指す。これらのうち「殺生」から「邪淫」までの三つは身業(しんごう)、「妄語」から「悪口」までの四つは口業(くごう)、「貪欲」から「邪見」までの三つは意業(いごう)の悪である。

文芸の担い手にとっては、その営為の性質上、口業の四つの悪のうち「妄語」（事実でないことを語ること）と「綺語」（巧みに飾って表現すること）がとりわけ強く意識され、文筆の営みが後生菩提の妨げになることが危惧された。平安中期の文人慶滋保胤(よししげのやすたね)は、勧学院で行われた仏名会に寄せて次のように記している。

①況復春苑鳴レ硯。以レ花称レ雪。秋籬染レ筆。仮レ菊号レ金。妄語之咎難レ逃。綺語之過何避。誠雖レ楽二遊宴於下土之性一。尚恐レ遺二罪累於上天之眸一。[2]
（「勧学院仏名廻文」、十世紀後半）

（況(いはん)や復た春の苑に硯を鳴らし、花を以て雪と称し、秋の籬に筆を染め、菊を仮りて金と号す。妄語の咎(とが)逃れ難く、綺語の過(あやま)ち何ぞ避けん。誠に遊宴を下土の性に楽しぶと雖も、尚罪累を上天の眸に遺さんことを恐る。）

ここでは、仏教の「十悪」のうちの「妄語」と「綺語」がそのままの形で取り上げられ、それらがもたらす罪過への懸念が示されている。

同時代の文人 源為憲（みなもとのためのり）も、仏教入門書『三宝絵』の序において自らの往生への願いを語り、「若クシテ文ノ道ニ遊」んだことについて慚愧の涙を流している。

②参河権守源為憲ハ恩ヲイタヾケルコト山ヨリモ重ク、志ヲ懐ケル事海ヨリモ深キ宮人也（なり）。若クシテ文ノ道ニ遊テ一枝ノ桂ヲバ折テキ。老テ法ノ門ニ入リテ九ノ品ノ蓮（はちす）ヲ願フ。内外トの道ヲ見給フルニ、心ハ恩ノ為ニ仕ハレ、仏ノ種（たね）ハ縁ヨリ起リケレバ、丁寧（ねむご）ロニ功徳ノ林ノ事ノ葉ヲ書キ集メ、深ク菩提ノ樹ノ善キ根ヲ写シ奉ルニ、心ノ緒ハ玉ヅサノ上ニ乱レ、涙ノ雨ハ水クキノ本ニ流ル[3]。

（『三宝絵』序、九八四年）

ここには「妄語」や「綺語」への直接的言及はないが、「文ノ道」における長年の文筆活動が極楽往生の妨げになると見られていることが窺える[4]。

また、平安末期に成立した仏教説話集『宝物集』にも、

③ちかくは、紫式部が虚言（そらごと）をもつて源氏物語をつくりたる罪によりて、地獄におちて苦患のしのびがたきよし、人の夢にみえたりけりとて、歌よみどものよりあひて、一日経かきて、供養しけるは、おぼえ給ふらんものを[5]。

（『宝物集』巻第五、一一七七〜一一八一年）

と記されている。紫式部が『源氏物語』を書いた「虚言」（妄語）の罪によって地獄に堕ちたとする、いわゆる紫式部堕地獄説の広まりを背景とした記述である。

これらの例から明らかなように、仏教において「妄語」や「綺語」が「悪」と見なされていることは、文芸の担い手たちにとって重大な問題であった。それは、歌文を創作する文芸の営みが罪業となり、彼らの死後の救済が保証さ

れないことを意味していたのである。

二　「妄語」「綺語」の罪への対応

日本では、平安時代の中頃から、こうした「妄語」「綺語」の罪を解消し、あるいは無化して、文芸の営みを正当化するために、文芸の担い手たちが様々な対応を示してきた。それらの対応を大きく三つの種類に分類すれば、［一］故実系の対応、［二］効能系の対応、［三］理論系の対応に分けることができる。

［一］故実系の対応とは、文芸に携わる口業の罪を仏法との結縁によって解消しようとした故実に倣うものである。そのほとんどは、中唐の詩人白居易（白楽天）が自ら創作した詩文を寺に奉納し「狂言綺語」の「過」を転じることを願った故事をふまえて、その例に倣って仏法との逆縁を結び、罪過を免れようとするものである。

④我有本願、願以今生世俗文字之業、狂言綺語之過、転為将来世世讃仏乗之因、転法輪之縁也[6]

（「香山寺白氏洛中集記」、八四五年）

（我に本願有り、願はくは今生世俗文字の業を以て、狂言綺語の過ちを、転じて将来世世讃仏乗の因、転法輪の縁と為さむ）

日本においてこの白居易の故事を受けて口業の罪に対応しようとした早い例としては、康保元年（九六四）に創始された仏教行事勧学会（かんがくえ）が挙げられる。前引『三宝絵』下巻の記事によれば、勧学会では大学寮の学生と比叡山の僧が一堂に会し、講経、念仏を行い、讃仏・讃法の詩を作って寺に奉納し、右の白居易の句を誦したとされている。白居易の句は、この勧学会で大きく取り上げられるとともに、藤原公任（ふじわらのきんとう）撰の『和漢朗詠集』に次の形で採録され、広く人口に膾炙することとなった。[7]

⑤願以今生世俗文字之業狂言綺語之誤　翻為当来世々讃仏乗之因転法輪之縁[8]（『和漢朗詠集』、一〇一三年頃）
（願はくは今生世俗文字の業狂言綺語の誤りを以て　翻して当来世々讃仏乗の因転法輪の縁と為む）

以後、中世にかけての文芸関係の資料では、ほとんどあらゆるジャンルにわたり、「狂言綺語」をはじめこの句の表現を用いた言説を見出すことができる。例の一端を挙げよう。

⑥昔白楽天発願、以狂言綺語之謬、為讃仏乗之因、為転法輪之縁、今比丘尼済物、翻数篇艶詞之過、帰一実相之理、為三菩提之因、彼一時也此一時也、共離苦海同登覚岸。[9]（『源氏一品経表白』、一一六八年頃）
（昔白楽天願を発し、狂言綺語の謬を以て、讃仏乗の因と為し、転法輪の縁と為す。今比丘尼物を済へ、数篇の艶詞の過を翻して、実相の理に帰一せしめ、三菩提の因と為す。彼も一時なり、此も一時なり。共に苦海を離れ同じく覚岸に登らん。）

⑦法花経八巻が軸〳〵、光を放ち〳〵、廿八品の一々の文字、金色の仏に在します。世俗文字の業、翻へして讃仏乗の因、などか転法輪にならざらむ。[10]（『梁塵秘抄口伝集』巻第十、一一八〇年頃）

⑧後に聞けば、修理大夫経盛の子息に大夫篤盛とて、生年十七にぞなられける。それよりしてこそ熊谷が発心の思ひはすゝみけれ。件の笛は、……経盛相伝せられたりしを、篤盛器量たるによッて持たれたりけるとかや。名をば小枝とぞ申ける。狂言綺語のことわりと言ひながら、遂に讃仏乗の因となるこそ哀なれ。[11]（覚一本『平家物語』巻第九、十三〜十四世紀）

⑨月氏・震旦・日域に伝る狂言綺語をもて、讃仏転法輪の因縁を守り、魔縁を退け、福祐を招く。申楽舞を奏すれば、国おだやかに、民静かに、寿命長遠なりと、……。[12]（『風姿花伝』第四神儀云、十五世紀初め）

⑥は源氏供養の講会のために書かれた表白文の一節、⑦は今様の集大成『梁塵秘抄』の編纂をめぐる述懐、⑧は軍記に挿入された笛に絡む発心譚、⑨は猿楽についての伝説の記述である。

これらの例から見てとれるように、「狂言綺語」が語られる対象は文学だけでなく音楽、演芸などの芸能にも及んでいる。[13] このことは日本の中世以降における「狂言綺語」の変容と見られがちであるが、実はそうではない。「綺語」という語は、本来仏典において、飾った言葉のみを意味するのではなく、仏教的に見れば無意味な戯れの表現を幅広く指しているからである。当時天台宗の要典の一つとして重んじられていた『大日経義釈』[14]では、不綺語戒についての注釈の中で、「綺語」について次のように釈している。

⑩綺語謂世間談説無利益事。如毘尼中説。種種王論賊論治生入海女人治身等。或城邑国土是非。評論世間事。以要言之。一切順世間法無出離因縁皆是也。……然菩薩有殊異［割注：謂異方便也。謂異於前也］謂笑為初首。如戯笑者。乃至歌舞伎楽芸術談論即是前所説種種世間事也[15]。（『大日経義釈』巻第十三、七二七年以降）

（綺語とは世間の談説・無利益の事を謂ふ。毘尼の中に説くが如し。種種の王論・賊論・治生・入海・女人・治身等。或は城邑・国土の是非。世間の事を評論す。要を以て之を言はば。一切世間の法に順じて出離の因縁無き皆是れなり。……然るに菩薩殊異有りとは。［割注：異の方便を謂ふ。謂く前に異なるなり］謂く笑を初首とすとは。戯笑の如し。乃至歌舞・伎楽・芸術・談論即ち是れ前に説く所の種種の世間の事なり。）

このように、「綺語」は「世間の談説・無利益なる」ことを指し、「出離の因縁無き」ことすなわち仏教的解脱と無関係なこと全般に当たるとされている。ただし、「方便」（仏や菩薩が衆生を引導するための特別の手段）として、「笑」や「歌舞・伎楽・芸術・談論」を用いることがあるとされている。ここで「綺語」に属するものとして挙げられている「歌舞・伎楽・芸術」が芸能に相当することは言うまでもない。

ちなみに、この釈の中で言及されている「毘尼」（禁戒）としては、大乗仏教唯識学派の基本的な典籍である『瑜伽師地論』の菩薩地戒品の論述が想定される。[16] そのうちの「綺語」に関する記述は次のとおりである。

⑪又如菩薩見諸有情信楽倡伎吟詠歌諷。或有信楽王賊飲食婬蕩街衢無義之論。菩薩於中皆悉善巧。於彼有情起憐愍心。発生利益安楽。意楽現前為作綺語。相応種種倡伎吟詠歌諷王賊飲食婬衢等論。令彼有情歓喜。引摂自在。随属方便奨導出不善処安立善処。菩薩如是現行綺語。無所違犯生多功徳。[17]

（『瑜伽師地論』巻四十一、四世紀頃、六四八年漢訳）

（又もし菩薩諸の有情の倡伎・吟詠・歌諷を信楽し、或ひは王・賊・飲食・婬蕩・街衢の無義の論を信楽するを見ん。菩薩中に於いて皆悉く善巧す。彼の有情に於いて憐愍の心を起こし、利益を発生して安楽ならしむ。現前して綺語を為り作すことを意楽し、種種の倡伎・吟詠・歌諷・王・賊・飲食・婬・衢等の論に相応じて彼の有情を歓喜せしめ、引摂すること自在なり。属に随ひて方便し奨め導きて不善処を出でて善処に安立せしむ。菩薩かくの如く綺語を現行するも違犯する所無く多くの功徳を生ぜん。）

⑩『大日経義釈』の記述およびその典拠と見られる⑪『瑜伽師地論』の記述により、「狂言綺語」という語の適用範囲は、もとは文学に限られていたのが日本において芸能にまで広がっていったのではなく、本来的に芸能の分野にも及んでいたと見ることができる。[18] また、白居易自身やその句を用いた人々が認識していたかどうかは別として、仏教の要典に方便としての「綺語」を正当化する説が存在することは注意しておくべきであろう。

「狂言綺語」という語は、もともとは仏教の「十悪」の「妄語」や「綺語」に相当するネガティブな意味を持つ語であった。しかし、日本においては、白居易の故事をふまえて、「狂言綺語」が、⑧の『平家物語』の例に「狂言綺語のことわり」（狂言綺語の道理）と記されていたように、「妄語」「綺語」の罪の約束どおりの解消を示唆する肯定的な表現として文学・芸能の分野で広く使われるようになり、時にはそれを唱えさえすれば罪が消尽される呪文のように用いられるようになっていったのである。[19]

次に、[二] 効能系の対応とは、文芸の営みが仏道修行上何らかの役に立つものであるという観点から、文芸を罪悪視する仏教の考え方に対抗しようとするものである。これは[一]の故実系の対応ほど広範に見られるものではないが、和歌を仏道の「助縁」とする、詠歌や奏楽を通じて「心を澄ます」、というような発想を見出すことができる。[20]たとえば次の如くである。

⑫恵心僧都(ゑしんそうづ)は、和歌は狂言綺語なりとて読み給はざりけるを、恵心院にて曙に水うみを眺望し給ふに、沖より舟の行くを見て、ある人の、「こぎゆく舟のあとの白浪」と云ふ歌を詠じけるを聞きて、めで給ひて、和歌は観念の助縁と成りぬべかりけりとて、それより読み給ふと云々。[21]

(『袋草紙』上巻、一一五六～一一五九年頃)

⑬数奇(すき)といふは、人の交はりを好まず、身のしづめるをも愁へず、花の咲き散るをあはれみ、月の出入を思ふにつけて、常に心を澄まして、世の濁りにしまぬを事とすれば、おのづから生滅のことわりも顕はれ、名利の余執(よしふ)つきぬべし。これ、出離解脱の門出に侍るべし。[22]

(『発心集』巻六、十三世紀初め)

こうした考え方が行き着く先として、いわゆる「歌道即仏道」論がある。

最後の[三] 理論系の対応とは、仏教の様々な理論を援用して口業の罪悪を無化し、文芸や文芸創作を正当化しようとするものである。それらの理論をさらに二つの種類に分ければ、仏教の根源的な世界観を表す天台系の理論と、仏教的言語観を表す真言系の理論がある。

前者の例としては、あらゆる事象がそのままで仏教的な真理を顕現しているとする「諸法実相」、煩悩がそのまま悟りの縁となるとする「煩悩即菩提」の理論が挙げられる。それぞれの理論が用いられた例を挙げよう。

⑭抑、かやうの手すさびの起をおもふに、口業の因をはなれざれば、賢良の諌にもたがひ、仏教のをしへをそむくに、たりといへども、しづかに諸法実相の理を案ずるに、狂言綺語の戯、還て讃仏乗の縁たり。[23]

（『十訓抄』序、一二五二年）

⑮これは浮言綺語の戯れには似たれども、ことの深き旨も顕はれ、これを縁として仏の道にも通はさんため、かつは煩悩即ち菩提なるが故に、法華経には、「若し俗間の経書……資生の業等を説かば皆正法に順はん」といひ、普賢観には、「何者かこれ罪、何者かこれ福、罪福主無く。我が心自ら空なり」と説き給へり。[24]

（『古来風躰抄』上、一一九七年）

また、「諸法実相」論との関連で「麁言及軟語皆帰第一義」（荒々しい言葉もやわらかな言葉も、結局は仏法の究極の真理を表現している）という『法華文句』所引の『涅槃経』の経文がよく引用される。

⑯麁言耎語みな第一義に帰して。一法としても実相の理にそむくべからず。いはんやこの卅一字のふでのあと。ひとへに世俗文字のたはぶれにあらず。ことごとく権実の教文をもてあそぶなり。[25]

（『法門百首』、十二世紀中頃）

⑰狂言綺語の誤ちは、仏を讃むるを種として、麁き言葉も如何なるも、第一義とかにぞ帰るなる[26]

（『梁塵秘抄』巻第二、一一八〇年頃）

後者の仏教的言語観を表す例としては、『大日経』の経文にもとづく「舌相言語皆是真言」（舌の様相によって生み出される言葉はすべて仏の真実の言葉である）があり、その日本的な発展形として、いわゆる「和歌陀羅尼」説（和歌は密教の呪文に相当するという説）がある。[27]

⑱況高野ノ大師モ、「五大ミナ響アリ。六塵悉ク文字也」ト、ノ給ヘリ。五音ヲ出タル音ナシ。阿字ハナレタル詞ナシ。阿字即チ、密教ノ真言ノ根本也。サレバ経ニモ、「舌相言語ミナ真言」ト云ヘリ。[28]

⑲彼陀羅尼モ、天竺ノ世俗ノ言ナレドモ、陀羅尼ニモチヰテ、コレヲタモテバ、滅罪ノ徳、抜苦ノ用アリ。日本ノ和歌モ、ヨノツネノ詞ナレドモ、和歌ニモチヰテ思ヲノブレバ、必感アリ。マシテ仏法ノ心ヲフクメランハ、無レ疑陀羅尼ナルベシ[29]。

（『沙石集』巻五、十四世紀初め）（同右）

これらの理論を用いた理論系の言説は、歌集、歌論、和歌を題材とする説話を中心に、種々の資料にあらわれている。

以上、文芸の担い手からの口業の罪悪への対応について、［一］故実系、［二］効能系、［三］理論系の三種類に分けて見てきた。これらの対応は、それぞれ独立して示される場合もあるが、⑥（『源氏一品経表白』）、⑭（『十訓抄』）、⑮（『古来風躰抄』）、⑰（『梁塵秘抄』）の例に窺えるように、しばしば相互に結びつき複雑に絡み合いつつ示されており、多様な形で文芸擁護の論が展開されている。

三　蛍巻物語論の論旨

さて、『源氏物語』蛍巻に見える物語論は、仏法への言及で締め括られている。この物語論を、文芸を罪悪視する仏教的文芸観に向けられた一つの言説として捉えることができるのではないだろうか。

蛍巻物語論は、光源氏が、物語に心酔している養女玉鬘（たまかずら）を相手に展開する物語虚実論である。以下に、その主要な部分を摘出し、分段して記号を付けて示す。なお、[a]は源氏による物語談義が始まる前の段階での玉鬘の思いを記した部分であるが、物語論の導入となっているので併せて引用する。

⑳ a ……さまざまにめづらかなる人の上などを、まことにやいつはりにや、言ひ集めたる中にも、わがありさまのやうなるはなかりけりと見たまふ。
b （源氏）「……さてもこのいつはりどもの中に、……そらごとをよくし馴れたる口つきよりぞ言い出だすらむとおぼゆれど、さしもあらじや」とのたまへば、
c （玉鬘）「げにいつはり馴れたる人や、さまざまにさも酌みはべらむ。ただいとまことのこととこそ思うたまへられけれ」とて、硯を押しやりたまへば、
d （源氏）「骨（こち）なくも聞こえおとしてけるかな。神代より世にあることを記しおきけるななり。日本紀（にほんぎ）などはただかたそばぞかし。これらにこそ道々しくくはしきことはあらめ。」とて笑ひたまふ。
e （源氏）「その人の上とて、ありのままに言ひ出づることこそなけれ、よきもあしきも、世に経る人のありさまの、見るにも飽かず聞くにもあまることを、後の世にも言ひ伝へさせまほしきふしぶしを、心に籠めがたくて言ひおきはじめたるなり。よきさまに言ふとては、よきことのかぎり選り出でて、人に従はむとては、またあしきさまのめづらしきことをとり集めたる、みなかたがたにつけたるこの世の外のことならずかし。……ひたぶるにそらごとと言ひはてむも、事の心たがひてなむありける。」
f （源氏）「仏のいとうるはしき心にて説きおきたまへる御法も、方便といふことありて、悟りなき者は、ここかしこ違ふ疑ひをおきつべくなん、方等経の中に多かれど、言ひもてゆけば、一つ旨にありて、菩提と煩悩との隔たりなむ、この、人のよきあしきばかりの事は変りける。よく言へば、すべて何ごとも空（むな）しからずなりぬや。」と、物語をいとわざとのことにのたまひなしつ。[30]

（『源氏物語』蛍巻、十一世紀初め）

この物語論は、物語が「いつはり」か「まこと」かという玉鬘心中の問い（a）を背景として、物語を「いつはり

ども」とする否定的な論調で開始され（[b]）、玉鬘の反駁（[c]）を受けた「日本紀」（史書）との比較による物語称揚（[d]）を経て、物語には「よき」こと「あしき」ことを誇張する特質があるが、それらは「この世の外のこと」ではないのだから一途に「そらごと」と言い通すのはどうかという疑念を示し（[e]）、最後に、仏法に「方便」ということがあることを譬喩（ひゆ）として、「煩悩」と「菩提」の概念を援用しつつ、何事も「空しからず」なるのではないかという結論を導いている（[f]）。最終的に示されているのは、物語創作を一概に「そらごと」と見なすことはできないという見解である。

この物語論でよく知られているのは[d]の「日本紀などはただかたそばぞかし」と史書を貶めて物語を持ち上げる発言で、これは物語を文学の最底辺に置く当時の常識からしてあり得ない発想であるだけに注目されてきたのだが、そしてフィクションと歴史の関係を考える上でも関心を引くのだが、源氏が笑いながらこの言葉を発していることからも、[c]でむきになって源氏に反論する玉鬘をからかうような、冗談まじりの極端な物言いであると見た方がよい。むしろ重要なのは、その後の[e]において展開される物語の本質についての正面からの議論、そして[e]の論を補強する仏法の「方便」をめぐる論説（[f]）である。

この蛍巻物語論は、「まこと」を記す史書とは異なり「いつはり」を語る（「そらごと」をする）ものと見なされている物語の存在意義を示そうとするものであり、文芸創作を「妄語」と見る仏教の否定的文芸観に対抗しようとする明確な意図のもとに書かれていると考えられる。その根拠としては、次の四点が挙げられる。

(1)物語論の一つのキーワードとなっている「そらごと」という語が「妄語」に相当する和語であること。[31]

(2)[e]の議論に頻出する「言ひ出づる」、「言ひ伝へ」、「言ひおき」、「言ふ」、「選り出で」、「とり集め」などの動詞群が示唆するように、この物語論において「そらごと」は書かれた物語を指すのではなく、物語を書く行為を指しており、仏教の「妄語」が行為の問題であることに通じること。

(3)物語論の締め括りの部分（f）が、「方便」、「菩提」、「煩悩」などほかならぬ仏教の概念を用いて論じられていること。

(4)『源氏物語』における他の「方便」の用例が『大日経義釈』の不妄語戒に関する教説に依拠していること。

上記のうち、(4)の根拠について補説しよう。『源氏物語』において、仏教の方便の思想を背景とした叙述は一〇例余りあるが、「方便」という語の用例は三例にすぎない。そのうち一例は上掲の蛍巻の用例である。他の二例は『源氏物語』続編の宿木巻と蜻蛉巻に見えている。

㉑とざまかうざまに、いともかしこく尊き御心なり。昔、別れを悲しびて、骨をつつみてあまたの年頸にかけてはべりける人も、仏の御方便にてなん、かの骨の嚢を棄てて、つひに聖の道にも入りはべりにける。[32]

（『源氏物語』宿木巻）

㉒……さま異に心ざしたりし身の、思ひの外に、かく、例の人にてながらふるを、仏なども憎しと見たまふにや、人の心を起こさせむとて、仏のしたまふ方便は、慈悲をも隠して、かやうにこそはあなれ、……。[33]

（『源氏物語』蜻蛉巻）

前者は宇治の阿闍梨による発言で、大君の遺した寝殿を仏堂に建て替えたいという薫の申し出に対する応答である。後者は出家を志しながらいまだにそれが果たせずにいる薫の思いである。これらの「方便」をめぐる叙述はいずれも天台宗および真言宗の所依経典である『大日経』と深く関わっているのだが、不妄語戒との関連からここで特に注目したいのは㉑宿木巻の用例である。宇治の阿闍梨は、薫の意向を「いともかしこく尊き御心」と賞賛し、仏教故事を持ち出して、執着心を断って仏道に赴くことの重要性を説いている。ここで言及されている「御方便」は、『大日経義釈』に記されている、菩薩がある男を仏道に導くための「方便」として不妄語戒に背くという内容の話にもとづいている。[34]まず、そのもととなっている『大日経』の、不妄語戒に関する記述を引く。

㉓復次秘密主。菩薩尽形寿。持不妄語戒。設為活命因縁。不応妄語。即為欺誑諸仏菩提。秘密主。名是菩薩住於最上大乗。若妄語者。越失仏菩提法。是故秘密主於此法門。応如是知。捨離不真実語。[35]

（『大日経』受方便学処品、七世紀中頃成立、七二四年漢訳）

（復次に、秘密主よ、菩薩、尽形寿、不妄語戒を持て、設ひ活命の因縁と為るとも、妄語すべからず。即ち諸仏の菩提を欺誑することと為るなり。秘密主よ、是を菩薩、最上の大乗に住すと名づく。若し妄語せば、仏菩提の法を越失せん。この故に、秘密主よ、此の法門をば、応に是の如く知りて不真実語を捨離すべし）

『大日経義釈』は、「尽形寿」（命ある限り）不妄語戒を保つべきだとする『大日経』のこの一節への注釈として、

（『大日経義釈』巻第十三、七二七年以降）

㉔此意亦合有随類方便語。文無略也。[36]

（此の意亦随類方便の語あるべし。文に無きは略なり。）

と記し、経文では略されているが、不妄語戒についても「隋類方便」（説法の対象の像類に応じた方便）への言及があるはずだとする。[37]そして、次の例話を挙げて、菩薩が「方便」として不妄語戒に背く事例があることを説くのである。

㉕又僧伽咤経説。有一丈夫其妻艶麗婉美尤相愛重。後時命過。情不能捨恒負之而行。乃至枯朽而不肯棄。菩薩化之不得。因示化作一婦人亦負一夫云。此人我所愛念而命終尽情不能割故恒負之。彼丈夫念言。此即我伴。与我同事。因共止住。後時菩薩伺彼方便即棄彼二屍於恒河中。時婦人及彼覓屍欻皆不得。便歎怨云。我等負之乃至枯朽。今見異伴遂相与結愛。而伴棄我等。当知其情不可保也。鬼尚如此。況生存乎。彼見此事恋心頓息即発心厭欲修道。菩薩有此慧方便故誑語。非是悪心而作也。[38]

（又僧伽吒経に説く。一の丈夫有り、其の妻艶麗・婉美にして尤も相ひ愛重す。後時命過す。情捨ること能はず恒に之を負て行く。乃至枯朽すれども肯て棄ず。菩薩之を化すれども得ず。因て示化して一の婦人と作て亦一夫を負て云はく。此の人我が愛念する所にして命終尽すれども情割くこと能はず、故に恒に之を負ふと。彼の丈夫念言す。此れ即ち我が伴なり。我と事を同ずと。因て共に止住す。後時菩薩彼を伺ひ方便して即ち彼の二屍を恒河の中に棄つ。時に婦人及び彼屍を覓むるに欻ち皆得ず。便ち歎怨して云く。我等之を負て乃ち枯朽するに至る。今異伴を見て遂に相ひ与に結愛す。而して我等を棄つ。当に知るべし其の情保つべからず。鬼尚此の如し。況や生存をや。彼此の事を見て恋心頓に息んで即ち発心して欲を厭ひ道を修す。菩薩此の慧の方便有るが故に誑語す。是悪心にして作すにあらず。）

この話において、菩薩は妻の亡き骸を背負い続けていた男を救うために「方便」として「誑語」（妄語に類する行為）を行い、遂に男を仏道に導いている。

㉑宿木巻の「御方便」という語は、不妄語戒をめぐる『大日経義釈』のこの例話をふまえて用いられている。『源氏物語』の作者は、天台密教の要典である『大日経義釈』の教説により、本来罪悪であり固く禁じられているはずの「妄語」の行為が「方便」として許容される場合があることを認識していたのである。蛍巻の物語論で仏の「方便」が持ち出されているその背景に、紫式部の物語作者としての「妄語」の罪悪へのただならぬ関心とそれを克服しようとする目論見があったことは疑う余地がないと考えられる。

四　蛍巻物語論の位置づけ

『源氏物語』蛍巻の物語論は、文芸の創作を「妄語」とする仏教の否定的文芸観を乗り越えるために、同じ仏教の土俵に立って、その教えの根幹にある「方便」という概念を用いて書かれたものであると見ることができる。物語を作る行為が仏法における「方便」のようなものであって、物語は「日本紀」と同様に「まこと」を表すものであるという見方は、紛れもなく『法華経』に説かれる「方便即真実」の理論をふまえている。また、「よき」につけ「あしき」につけ誇張された物語叙述と世の真実相を「煩悩」と「菩提」に比定しているのは、先に見た天台の「煩悩即菩提」の理論によるものであることも明白である。[39] 蛍巻物語論は、先に挙げた否定的文芸観への三種類の対応の中でも理論系の対応に属する、すぐれて論理的な骨格を持つ言説であると言える。仏教の文芸観へのこのような対応が十一世紀初頭という極めて早い段階でなされていることは注目に値する。少なくとも理論系の対応の中では、蛍巻物語論が先駆けのグループに属し、[40] 後代に影響を与えている可能性がある。

ただし、蛍巻物語論と他の諸々の文芸肯定論には決定的な違いがある。それは、蛍巻物語論は、仏教的解脱を直接的な目的として説かれているわけではないという点である。時代的には隔たりがあるが、紫式部と同様に「方便」の概念を軸に据えて文芸肯定の論を展開した鎌倉後期の僧侶無住（むじゅう）は、和歌について次のように述べている。

㉖和歌ヲ綺語ト云ヘル事ハ、ヨシナキ色フシニヨセテ、ムナシキヲ思ツヾケ、或ハ染汙（ぜんう）ノ心ニヨリテ、思ハヌ事ヲ思ヒツヾケ、或ハ染汙ノ心ニヨリテ、思ハヌ事ヲモ云ヘルハ、実ニトガタルベシ。離別哀傷ノ思（おもひ）切ナルニツキテ、心ノ中ノ思ヲ、アリノマヽニ云ノベテ、万縁ヲワスレテ、此事ニ心スミ、思シヅカナレバ、道ニ入ル方便ナルベシ。[41]

（『沙石集』巻五、十四世紀初め）

㉗西行法師遁世ノ後、天台ノ真言ノ大事ヲ伝テ侍リケルヲ、吉水ノ慈鎮和尚伝ベキヨシ仰セラレケレバ、「先（まづ）和歌ヲ御稽古候へ。歌御心エナクハ、真言ノ大事ハ、御心エ候ハジ」ト申ケル故ニ、和歌ヲ稽古シ給テ後、伝シメ給ケルト云ヘリ。……此故ニアサキ方便ヲトリヨリニセムトテ、和歌ヲスヽメ申ケルニヤ。実ニ塵労ノ苦シキイソ

ギヲワスレ、解脱ノタヘナル境ニ入ル方便、和歌ノ一道勝レ侍リ。[42]　　　　（同右）

このように、無住の和歌を方便とする説は、和歌を詠むことが「道ニ入ル方便」、「解脱ノタヘナル境ニ入ル方便」であるという文脈で語られている。歌詠は入道、得道に至る方便なのである。一方、蛍巻物語論では、物語を創作することが入道や得道の方便になるわけではない。蛍巻物語論は、物語創作が必ずしも「そらごと」とは言い切れないという見解を示すことによって、文芸を罪悪視する見方を退けているが、それは物語がある意味では史書がそうであるように「まこと」を表現しているという方向においてであって、物語創作が仏教的な解脱につながるという方向においてではない。あたかも仏法において真実を表す方便ということがあるように、書くという行為においても「まこと」を表す一つの方法としての物語創作があると主張しているのである。

蛍巻物語論における「方便」をめぐる言説は、無住におけるそれとは違って、あくまで「方便即真実」という仏教の理論を借りた譬喩にすぎない。そして、他の文芸の担い手たちによる仏教的文芸観への対応を見ても、このように仏教の理論を譬喩として用いている例は見当たらない。その意味では、蛍巻物語論は、文芸肯定論として他に類例のないものであったと言わざるをえない。

おわりに

以上、仏教の否定的文芸観への文芸の担い手たちによる様々な対応を三種に分けて概観し、『源氏物語』蛍巻の物語論の言説をその中に位置づけることを試みた。フィクションと歴史という視角から見れば、本来歴史（「まこと」）に及ぶべくもないフィクション（「そらごと」）を如何に正当化するかという問題をめぐる数々の取り組みの痕跡が前近代の日本の資料には遺されているのであり、そのことを忘れてはならないと考える。

なお、本稿において、「綺語」の本来的な意味や『源氏物語』の「方便」の用例について考察する際に取り上げた天台密教の要典『大日経義釈』は、仏教の否定的文芸観とその超克の問題を考える上で極めて重要な資料である。この『大日経義釈』もしくは真言宗所依の『大日経疏』における、ひいては『大日経』における、とりわけ「方便」に関する教説が文芸肯定論の構築に少なからぬ影響を与えている可能性がある。[43] 西行、慈円、明恵、無住、心敬など平安末期から室町時代にかけての密教に造詣の深い僧侶たちの文芸観について検討を深め、その系譜を明らかにする必要があると考えられる。今後の課題としたい。

〔注〕

1　勝本華蓮「十善業道という戒―『チャリヤーピタカ・アッタカター』の用例―」(『印度學佛教學研究』第五二巻第一号、二〇〇三)。
2　国史大系『本朝文粋』、三二二頁。
3　新日本古典文学大系『三宝絵 注好選』、七頁。
4　注3書七頁の脚注では、「涙ノ雨」以下の部分について「感激の涙は雨のように筆のもとに流れます」と解釈しているが、直前に白居易の詩句を引いていることから、この「涙」は単なる「感激の涙」ではなく、文芸に携わり、口業の罪を重ねてきたことへの後悔の涙であると見るべきである。佐藤勢紀子『源氏物語の思想史的研究―妄語と方便―』(新典社、二〇一七)、一八六〜一八七頁。
5　新日本古典文学大系『宝物集　閑居友　比良山古人霊記』、二二九頁。
6　『白氏文集』(新華書店、一九五五)、一七七〇頁。

7　ただし、『和漢朗詠集』では白居易の句の「転」が「翻」に置き換えられている。「翻」は本質的に同じものごとの様相の変化を表すという意味で「転」と異なっており、この句の日本的な変容を窺わせる。佐藤注4書一七九〜一八〇頁。

8　日本古典文学大系『和漢朗詠集』、二〇〇頁。

9　袴田光康校訂「源氏一品経」（日向一雅編『源氏物語と仏教—仏典・故事・儀礼—』、青簡舍、二〇〇九）、二二二頁。

10　新日本古典文学大系『梁塵秘抄 閑吟集 狂言歌謡』、一八〇頁。

11　新日本古典文学大系『平家物語 下』、一七六〜一七七頁。

12　日本古典文学大系『歌論集 能楽論集』、三七一頁。

13　この他にも、絵画、儀礼など多様な領域において「狂言綺語」への言及があることが指摘されている。石黒吉次郎「芸能と狂言綺語」（『中世の芸能・文学試論』、新典社、二〇一二）、猪瀬千尋「音楽儀礼における狂言綺語観」（『中世王権の音楽と儀礼』、笠間書院、二〇一八）。

14　『大日経義釈』は『大日経』の注釈書で、善無畏の講述を一行が筆録した『大日経疏（だいにちきょうしょ）』を改訂したものである。真言密教（東密）では『大日経疏』を用い、天台密教（台密）では『大日経義釈』を用いた。大久保良峻氏は「『大日経義釈』の教学について—台密教学の基盤として—」（菅原信海編『神仏習合思想の展開』、汲古書院、一九九六）四二九頁において「台密は『義釈』の密教と言われるほど、『大日経義釈』が台密の教理構築上の根幹となっている」としている。

15　『続天台宗全書 密教1 大日経義釈』（春秋社、一九九三）、五八八頁。同書では訓点付きの漢文で記されているが、本稿では原漢文に書き下し文を付けて引用した。書き下しは基本的に同書の訓点に従い、濁点のみ補った。

16　藤田光寛「方便を伴う十善戒—〈大日経〉と〈菩薩地戒品〉における—」（松長有慶編著『インド密教の形成と展開』、法蔵館、一九九八）に導かれ、『瑜伽師地論』の「菩薩地戒品」が『大日経義釈』の記述のベースにあるとの認識を得た。なお、山田昭全氏も『瑜伽師地論』の他の部分を引用し、「綺語」の広範囲の内容のうち「無義語」が「笑嬉戯等の時、及び観舞楽戯笑俳説等の時に発せられる語」であり、「狂言綺語の一般的概念と比較してみると、この無義語の意味内容が最も関係深いもののようである」としている。『山田昭全著作集　第一巻』（おうふう、二〇一二）、二四頁。

17　大正新脩大蔵経第三十巻、一七頁下段〜一八頁上段。

18　なお、『源氏物語』では「綺語」の用例はないが、それに当たる和語として「あだわざ」が用いられている。手習巻で横川の僧都が母尼の和琴の演奏を「念仏より他のあだわざ」として制止しているのがその例である。類例として絵合巻に絵画を「あだごと」とする例があるが、仏教的見地からの否定的なイメージがあるかどうかは不明である。山田昭全氏は「狂言」に当たる和語を「たはごと」と見定めながら、「綺語」については「シノニムのようなものもないようである」とした（注16書二二一〜二二三頁）が、「あだわざ」をそれと見なすことが可能である。

19　渡部泰明氏は「狂言綺語観は、論理というよりは決まり文句として、声わざに乗せられて継承されてきた」と述べている。渡部泰明「狂言綺語観をめぐって」（『中世和歌の生成』、まんぼう社、一九九九）、三二四頁。

20　「心を澄ます」「心澄む」については、錦仁「和歌の思想―詠吟を視座として―」（『院政期文化論集 第一巻』、森話社、二〇〇一）、沼波政保「狂言綺語観の展開」（『中世仏教文学の思想』、法藏館、二〇一七）、猪瀬千尋「中世前期における狂言綺語観の展開」（『中世王権の音楽と儀礼』、笠間書院、二〇一八）などに詳しい考察がある。

21　新日本古典文学大系『袋草紙』、一一一頁。

22　新潮日本古典集成『方丈記 発心集』、二七八頁。

23　永積安明校訂『十訓抄』（岩波書店、一九四二）、二〇頁。

24　日本古典文学全集『歌論』、二七五頁。

25　群書類従二四、七一七頁。

26　新日本古典文学大系『梁塵秘抄 閑吟集 狂言歌謡』、六五頁。

27　「和歌陀羅尼」説については、荒木浩氏が「沙石集と〈和歌陀羅尼〉説―文字超越と禅宗の衝撃―」（『徒然草への途―中世人の心とことば―』、勉誠出版、二〇一六）で先行研究を整理して詳述している。

28　日本古典文学大系『沙石集』、二二三頁。

29　日本古典文学大系『沙石集』、二二三頁。

30　新編日本古典文学全集『源氏物語③』、二一〇〜二一三頁。

31　『源氏物語』に「そらごと」の用例は一二例あり、多くは日常的な「嘘」の意味で使われているが、「大日如来虚言（そらごと）したまはずは、などてか、かくなにがしが心をいたして仕うまつる御修法に験なきやうはあらむ」（夕霧巻）、「女こそ罪深うおはするものはあれ。すずろなる眷属（けぞう）の人をさへまどはしたまひて、そらごとをさへせさせたまふよ」（浮舟巻）のように、仏教の

「妄語」の意味で用いられている例もある。『源氏物語』に先行する『三宝絵』の上巻でも、不妄語戒を「虚ラ言不為ヌ戒ト」と書き表している。新日本古典文学大系『三宝絵 注好選』、一四頁。

32　新編日本古典文学全集『源氏物語⑤』、四五六頁。

33　新編日本古典文学全集『源氏物語⑥』、二一六頁。

34　高木宗監氏は『源氏物語における仏教故事の研究』（桜楓社、一九八〇）において、宇治の阿闍梨の「御方便」の典拠を『大日経疏』に求めている。ただし、宇治の阿闍梨は天台僧であり、天台宗依用の『大日経義釈』によると考えた方がよい。

35　大正新脩大蔵経第十八巻、三九頁中段。

36　『続天台宗全書 密教1 大日経義釈』（春秋社、一九九三）、五八五頁。

37　『大日経』では、これに先立つ「不殺命戒」、「不与取戒」、「不浄行戒」についても菩薩の「余の方便」が記されている。

38　『続天台宗全書 密教1 大日経義釈』（春秋社、一九九三）、五八五～五八六頁。

39　蛍巻物語論における「菩提」と「煩悩」の指示内容については、佐藤注4書一三八～一四三頁で詳述した。

40　たとえば、理論系の文芸肯定論でしばしば用いられた「麁言軟語帰第一義」について見ると、延久三年（一〇七一）成立の「納和歌集等於平等院経蔵記」の用例が年代的に早いものとされている。後藤昭雄「「納和歌集等於平等院経蔵記」私注」（『成城国文学』第二九号、二〇一三）、一二頁。

41　日本古典文学大系『沙石集』、二四八頁。

42　日本古典文学大系『沙石集』、二五一～二五二頁。

43　一例を挙げれば、吉原健雄「無住道暁の「方便」説と人間観」（『日本思想史学』第三一号、一九九九）において、無住の方便説の背後に『大日経』の「菩提心為レ因、悲為二根本一、方便為二究竟一」があることが指摘されている。この句は「三句の法門」と呼ばれる『大日経』の要文で、悟りを求める心を因とし、慈悲を根本とし、方便を究極の境位とするという意味である。本稿の例㉒『源氏物語』蜻蛉巻の「方便」をめぐる叙述もこの三句の法門をふまえたものであり、この経文が各時代の資料でどのように受容されているかは検討する価値があると考えられる。

蛍巻の物語論の再検討をめざして

ダニエル・ストリューヴ

はじめに

『源氏物語』蛍巻の物語論については中世の注釈書から現代まで多くの研究があるが、今でも解決されていない問題点がいくつか残っているだけではなく、全体的な解釈についてアプローチや意見が分かれ、定説に達していない。難解なためか、蛍巻の物語論は、ほとんど他に例を見ない早い時期のフィクションについての優れた考察であるにもかかわらず、世界的にはそれほど知られていない。この箇所の難解さは、難しい表現があるだけでなく、書写にかかわるテキストそのものの問題にもよるらしいが、それだけではないようである。たぶんフィクションそのものに伴う曖昧さが原因となっているのではないかと思われる。この「フィクションと歴史」をテーマとするシンポジウムを機会に、この箇所についていくつかの点を取りあげて考えてみたいと思う。

一　蛍巻の物語論をどう読むべきか

数多くの研究は、私の見た限り二つの異なったアプローチに分類できる。すなわちこの蛍巻における物語論として知られる箇所を、『源氏物語』という物語全体から切断して作り物語についての作者紫式部の発言として読む、あるいはそれとは反対に物語論を『源氏物語』蛍巻の一つの場面として捉えてコンテクストに照らし合わせながら読むという二つのアプローチである。光源氏は物語を夢中になって読んでいる玉鬘を見つけて、笑って揶揄する。

あなむつかし。女こそものうるさがらず、人に欺かれむと生まれたるものなれ。ここらの中にまことはいと少なからむを、かつ知る知る、かかるすずろごとに心を移し、はかられたまひて、暑かはしき五月雨の、髪の乱るるも知らで書きたまふよ。[1]（三、二一〇・二一一）

そしてその後、すぐ立場を変えて物語には退屈を凌がせる効果があり、「空言（そらごと）」ながら読む者や側で聞く者を惹きつける十分な魅力があると冗談半分に褒める。

かかる世の古言（ふるごと）ならでは、げに何をか紛るることなきつれづれを慰めまし。さてもこのいつはりどもの中に、げにさもあらむとあはれを見せ、つきづきしくつづけたる、はた、はかなしごとと知りながら、いたづらに心動き、らうたげなる姫君のもの思へる見るにかた心つくかし。またいとあるまじきことかなと見る見る、おどろおどろしくとりなしけるが目おどろきて、静かにまた聞くたびぞ、憎けれどふとをかしきふしあらはなるなどもあるべし。このころ幼き人の、女房などに時々読ますするを立ち聞けば、ものよく言ふ者の世にあるべきかな。そらごとをよくし馴れたる口つきよりぞ言ひ出だすらむとおぼゆれどさしもあらじや（三、二一一）

そしてまた立場を反転して、今度は作者の立場に立って、物語執筆の切っ掛けについて語り、物語は空言でも偽りでもなく真（まこと）だと主張して終わる。

その人の上とて、ありのままに言ひ出づることこそなけれ、よきもあしきも、世に経る人のありさまの、見るにも飽かず聞くにもあまることを、後の世にも言ひ伝へさせまほしきふしぶしを、心に籠めがたくて言ひおきはじめたるなり。よきさまに言ふとては、よきことのかぎり選り出でて、人に従はむとては、またあしきさまのめづらしきことをとり集めたる、みなかたがたにつけたるこの世の他のことならずかし。（…）よく言へば、すべて何ごとも空しからずなりぬや。

（三、二一二・二一三）

問題の一つは、このように反転の多い箇所では誰の声が聞こえるかということである。それについて阿部秋生氏は「この物語論は作者の生（なま）の意見と言いがたい」、「この場面の人物である源氏や玉鬘の発言には、この場面という制約のなかで解釈しなければならないものも含まれている」と認めた上で「この物語全体の論旨は、この場面の描写に必要なことという範囲のものではない、その範囲をはみ出しているところがある。（…）この物語論の論旨は蛍の巻の物語の流れと抜きさしならぬほど密着してはいないらしいと思われる節々もある」[2]と述べ、この物語論の箇所を蛍巻のコンテクストからとりだして別に一つのまとまった「論」として論じるべきだと言っている。

一方、神野藤昭夫氏は「二人の間柄の経緯に目を据えて眺めるならば、いわゆる物語論の条は、物語一般論が逸脱的にかたられているのではなく、いわば、くどきそのものの論理をかかえこみつつ語られている、と見ざるをえない。つまり、基底にある口説きの文脈にのせられつつ物語論場面は展開されるのであって、二重機能的に絡み合う文脈を見定めながら物語の条を読み解いていくことが基本的に要請されていると思うのである」[3]と述べる。つまりコンテクストに重きを置き、「口説きの場面」・「光源氏・玉鬘両者の恋の深化の一過程」として捉えて読むべきだと主張している。

どちらに重きを置くかという違いに尽きるかのように思えるが、両方のアプローチが併存することも重要で、蛍巻の物語論は場面の描写を超える「論」でありながら、また一つの物語的な場面でもある。この二重性に物語の面白さが認められる。そしてその面では藤井貞和氏が指摘したように、帚木巻の雨夜の品定めという場面によく通じる。[4] まず両方の場面の時間設定は同じ五月雨の「つれづれなる」季節で、枕草子でも言うように「つれづれを慰める」ため物語をよく読む季節でもある。蛍巻と密接な関係がある帚木巻では、この物語を語る行為は雑談から始まり、そして同席する者が交代で恋の体験談を披露する。細かい分析はしないが、一点だけを取り上げる。光源氏は黙って、自分の物語を語らず人の話に耳を傾ける。場面の主役はむしろ「世の好き者にて物よく言ひとほれる」（一、五八）と描写される左馬頭が務める。彼は「隈なきもの言ひ」（一、六五）とも皮肉られる。蛍巻の物語論の場面でも帚木巻と同じように「物よく言う」技を見せる場面が設定されている。雨夜の品定めとは違って男同士の集まりではなく、六条院の西の対の女たちが五月雨のつれづれを凌ぐために物語を読んだり書き写したりする場面である。帚木巻で黙っていた光源氏はここでは「物言ひ」となり、玉鬘は口数少なく反応して聞き手の役割を果たしている。しかも読者を魅了する物語作者の手腕を冗談半分に称揚している光源氏は、「ものよくいふものの世にあべきかな」（三、二一一）と言い、箒木巻と同じ「ものよく言ふ」という表現を使っている。「もの言ひ」と物語の作者とは、両方共上手に言葉を操って、つれづれを慰め人の興味を惹く効果を発揮するという点が共通する。また、両方の場面に「笑い」という言葉が出ている。蛍巻では光源氏は笑いながら西の対の女たちの物語へのあこがれを揶揄してから、また笑いながら物語は『日本紀』よりも「道々しく詳し」いと広言を吐く。笑った後に、その勢いに乗って真剣に分析を深めるのだが、ユーモアは笑う箇所だけに限定されず物語論のエピソード全体に広まっていると理解したいと思う。同じ蛍巻では光源氏は自分のことを「実法なる痴者」（すなわち生まじめな愚か者）と自嘲しているが、それは帚木巻で頭中将が自分の体験談を「痴者の物語」（愚かな者の失敗譚）と形容したことと微妙に違いながら類似している。帚木巻の冒頭にある「まめだちたまひけるほど、なよびかにをかしきことはなくて、交野少将には笑はれたまひけむかし」（一、五三）という光源氏についての皮肉な描写にも通じる。つまり、雨夜の品定めと物語論の両方の場面の笑いは「もの言い」に欠かせないひとつの重要な要素として顕現する。この「もの言い」の笑いはただ揶揄やふざけにはとどまらず、「あやしき」笑いから人間関係の根源的な問題を論じるときに現れる最高のユーモアまで多岐にわたる自由自在な精神で、物語（フィクション）そのものの精神でもある。その意味では物語論の場面の「物言ひ」の主役を演じている光源氏の声に「物をよく言う」作者紫式部の声が重なると言える。

この蛍巻の物語論の場面は「口説きの場面」でもあり、その文脈で捉えるべきだと神野藤昭夫氏は指摘している。それは正しい指摘だと思うが、しかし近接的な文脈とは別に、物語全体にわたる広い文脈もあり、その全般のレベルでは物語について考える言説は重要な位置を占めていると言える。一方口説きの場面のほうは、新しい展開がほとんど見られないことに注目しておきたい。蛍巻全体を見ると、蛍の光による垣間見と物語論との二つの印象的で有名な山場を含み、作者の卓抜な着想力を見せているが、話の筋運びを考えると、新しい進展に乏しい。直前の胡蝶巻では「（玉鬘）昔物語を見たまふにも、やうやう人のありさま、世の中のあるやうを見知りたまへば、いとつつましう心と知られたてまつらむことは難かるべう思す」（三、一八三）と語られ、玉鬘は物語を熱心に読み、複雑な人間関係や自分が置かれている立場を理解し、源氏に立ち向かえる聡明さを自力で培っている。蛍巻の物語論は胡蝶巻のこの玉鬘の読書についての言葉を敷衍して、具体的に現しているものとも言えよう。つまり玉鬘と光源氏の微妙な関係よりも、玉鬘の自己意識を発達させ養父の光源氏に立ち向かう力を与えた物語の効果が強調され、これこそがこの巻の一つの主題と見るべきではないかと思う。

二　受容者の視点から見た物語

光源氏は最初に受容者（読者、聴衆）の立場から物語論に入る。「はかなしごとと知りながら、いたづらに心動き（…）かた心つく」（三、二一一）つまりフィクションだと分かっても、心が動かされ、物語の世界に半分引込まれていく読者の体験を語る。読者は「つきづきしく続けたる」物語の時間におのずから溶け込み、それをあたかも事実かのように経験する。そこでさまざまな読みかたが生じる。大人の読み方があって子供の読み方があり、男性と女性の異なった読み方もある。しかし男性・女性を問わず、物語は一つの共通の文化を成している。帚木巻にある次の左馬頭の発言は、その意味で参考になる。「童にはべりし時、女房などの物語読みしを聞きて、いとあはれに悲しく心深きことかなと涙をさへなむ落としはべりし。今思ふには、いと軽々しくことさらびたることなり。」（一、六六）男性は物語に耽る時間がなくても、子供のときから物語を聞いて覚え、この物語の文化のなかに育っていたらしい。若い時に物語に接する可能性がなかった玉鬘は、物語を熱心に読んで、世の人のありさまについて知識を得る。ナイーブに「物語世界と現実とを連続的に捉えて混同しているともみられる」（高橋亨氏）[5]と批判されているが、むしろ、「真や偽りや」という区別を問題にせず、物語の内容を自分の運命になぞらえて人間関係について実践的な知識を増やしている。そこでは、ナイーブさより光源氏に負けない玉鬘の聡明さが見える。その点は紫の上も一緒である。両方とも有名な『更級日記』の作者の「源氏物語」のナイーブで熱心な、子供っぽい「感情移入的のめりこみ」（神野藤氏）と異なる、成熟した反省的な読み方だと言えよう。

三　作者の視点から見た物語

その後光源氏は視点を替えて、作者の視点に立って話し続ける。「その人の上とて、ありのままに言ひ出づることこそなけれ、よきもあしきも、世に経る人のありさまの、見るにも飽かず聞くにもあまることを、後の世にも言ひ伝へさせまほしきふしぶしを、心に籠めがたくて言ひおきはじめたるなり。」(三、二一二) 有名ないわゆる物語の感動発生論(神野藤氏)で、物語論の中心部とみられる。物語では事実を「ありのまま」に描写するのではなく、作者の意識を通して語っているのである。作者は現実の世界とフィクションの世界の間に立って、ある意味での連続性を保証する。帰するところ「何ごとも空しからずなりぬ」、つまりすべて真であると言う。もちろんフィクション、遊びである物語は歴史書や仏書と同じ種類とみることはできない。しかし物語も「真」を現して、史書や仏書に準じて、それらにない事柄を取り上げる。

この、物語を仏書と比較する部分は、「菩提と煩悩との隔たりなむ、この、人の善き悪しきばかりのことは変はりける」など、難解で今でも解釈が分かれている箇所を含んでいる。それについて佐藤勢紀子氏は次のように論じている。

誇張に満ちた物語叙述と現実の人間界の真実相との関係が説明されているのである。ここに至って、物語叙述は、真実相と一如であることにおいて、〈虚〉でありながら同時に〈実〉であるという立場を獲得する。[6]

つまり「空言」、「妄語」である物語は人のありさま、俗世の真相を知るための手がかりとなる。佐藤勢紀子氏はまたこう書いている。

「方便」、「煩悩即菩提」といった広く知られた仏教の論法を用いて文芸肯定論を展開している点では、蛍巻の物語論は他の文芸肯定論と共通していると思われる。と言うより、十一世紀初頭という早い段階で、他に先駆けてこのような仏教思想による文芸の意義づけを行っているのであるから、むしろその後の文藝の作者たちがこの物語論の影響を受けている可能性がある。[7]

しかし終わりに「ここでは仏教思想は、あくまで比喩として用いられているにすぎない。（…）そこが、この物語論が、他の文芸肯定論と決定的に異なるところである」[8]と述べられている。

佐藤氏の御労作には、私自身教えられるところが多く、熱心に読ませて頂いたが、この最後の指摘については、これからさらに研究される必要があると思う。『源氏物語』の時代にすべてに浸透していた仏教思想は単なる比喩として用いられただろうか。そして『源氏物語』の物語論だけが他の文芸論とは決定的に異なる理由は何であろうか。筆者は「物語はそのまま仏教上の真理の顕現である」とは言うつもりはもちろんない。笑いと遊びが根源にあって、煩悩の世界を描く物語は、世俗的なものに違いない。しかし世俗なものでも「煩悩即菩提」という仏教の世界観から完全に離して考えることはできないのではないだろうか。

四　物語が尽きるところ

最後に佐藤勢紀子氏の研究を手がかりに『源氏物語』の末尾に置かれた浮舟の物語をこの物語論の場面に関係づけて論じたいと思う。蛍巻の物語論は「ありのままに言ひ出づる」のではなく、誇張にみちた物語が『世に経る人のありさま』を正確に捉えることができるということを仏書の「方便」と比較して、比喩的に説明する。この「方便」という仏語の例が『源氏物語』に三つある。一つ目はこの物語論で、もう二つは宿木巻と蜻蛉巻とにあり、宇治十帖の主人公薫と関係している。佐藤氏の前掲の著書ではそれについて綿密に研究され、密教と『大日経』との関係について指摘される。宿木巻では、宇治の阿闍梨は大君の一周忌を控えて宇治の寝殿を解体し寺の堂を建てるという薫の計画を褒めて、死んだ妻の骨を多年頸にかけていた人を仏は方便をもって執着から救ったという話を語る。

昔、別れを悲しびて、屍（かばね）をつつみてあまたの年首にかけてはべりける人も、仏の御方便にてなむ、かの屍の袋を捨てて、つひに聖（ひじり）の道にも入りはべりにける。（五、四五六）

その話は『大日経義釈』を典拠として、密教に基づく方便の理解を示していると佐藤氏は指摘している。蜻蛉巻では、浮舟を失った薫は自分の生き方を反省し、浮舟の死を自分を警（いまし）めるために「仏のしたまふ方便」とみて、「行ひをのみしたまふ」（六、二一六）と、宇治の阿闍梨と同じ理解を示す。ここで興味深いのは薫の勘違いである。彼が死んだと思っている浮舟は実は生き残り、横川の僧都と妹尼に助けられ、長い病気から回復した後尼になったのである。後でそれを知った薫は手紙を送り対面を求めたが、返事が来ないので、「人の隠し据ゑたるにやあらん」（六、三九五）、すなわち自分が前にしたと同じようにだれか別の男が浮舟を山に住ませているだろうと思ってしまう。それもまた事実ではなく、勘違いである。つまり薫は浮舟について勘違いを繰り返し、自分を警めるために仏が遣わしてくれた「方便」と考え、現実が見えていない。その結果彼が生きている世界と浮舟が生きている世界が互いに遠ざかって通じなくなる。浮舟という存在は、薫の世界を相対化し、「竹取物語」のかぐや姫のようにその迷妄の世界から脱出する。浮舟は薫と匂宮という、二人の当時上なき権力者で美男の貴人との恋を経験して、世の中のむなしさを知って俗世を背き、横川の僧都に促されても還俗を拒否する。仏教に深い関心を持ちながらさまざまな恋に悩まされ続ける薫とは別のレベルに位置する存在となり、『源氏物語』という恋愛の物語の世界の極限に至ったのである。薫や僧都とは比較にならないほどに知識が浅い浮舟は世間知らずの玉鬘の光源氏に対しての危うい立場を思い出させる。しかし玉鬘は物語を耽読しているのに対して、浮舟は「経習ひて読みたまふ」「法華経はさらなり、こと法文(ほふもん)なども、いと多く読みたまふ」（六、三五五）というように仏典に耽り、そして手習いの歌を詠んで自分の「身」についての意識を深め、

心こそうき世の岸をはなるれど行方も知らぬあまのうき木を
（六、三四二）

という歌で表現するような新しい生活を送る。世俗と縁を切ったとしても、煩悩の世界から脱出したのではない。過去の生活が夢のように思い出され、母を懐かしく思う。高橋亨氏が指摘した通り「浮舟は悟ったりしていない」。物語の最後まで「思い乱れて、いとど晴れ晴れしからぬ心は、言ひやるべき方もなし。さすがにうち泣きて、ひれ臥したまふ」[9]といったように悩み続ける。浮舟の物語はここで切られる。救われるかどうかなど彼女のさらなる運命は物語の枠外に残されるしかない。薫を救いの道に促す「方便」になりえたかどうかもわからない。

この世俗を離れた浮舟を取り巻く世界とその住人たちは相対化され、辛辣に戯画化されている。蜻蛉・手習・夢の浮橋の最後の三巻は浮舟の悲劇的な物語を展開しながら、その背景にこのような笑いと諧謔の要素を多く取り込んでいる。浮舟の最後の拠り所となった小野の山荘は、浄土というよりも苦悩の世界で、恐ろしくも滑稽な様相を呈している。「矮小化された薫」[10]と言われる中将の求愛のエピソードはその一例である。中将の求愛を逃げて僧都の年老いた母の部屋に避難した浮舟が恐ろしくてわびしい一夜を過ごすというグロテスクな要素を含む場面が代表的である。

姫君は、いとむつかしとのみ聞く老人(おいびと)のあたりにうつぶし臥して、寝(い)も寝られず。宵まどひは、えもいはずおどろおどろしきいびきしつつ、前にも、うちすがひたる尼ども二人臥して、劣らじといびき合はせたり。いと恐ろしう、今宵、この人々にや食はれなむと思ふも、惜しからぬ身なれど、例の心弱さは、一つ橋危(あやふ)がりて帰り来

たりけむ者のやうに、わびしくおぼゆ。（六、三二九）

この相対化される人物の中に、浮舟を自殺未遂の夜に救出し小野の山荘に迎え入れた高僧の横川僧都もいる。この横川僧都は、浮舟の懇願に屈して出家させたが、権力者の薫と因縁がある人物と知ってから怖気付き、還俗を促す手紙を送ったという軽率で滑稽な面を持っている。その人間像について高橋氏は次の通り述べている。

> 浮舟の存在が薫に知られるきっかけとなったのは、女一宮の病に対する加持祈祷のあいまの宵居（よひゐ）のとき、僧都が明石中宮に「御もののけの執念きこと」など語るついでに、「いとあやしう、稀有」のこととして浮舟を発見したいきさつを語ったのを、薫の召人である小宰相が耳にしたことにある。（…）そこに「ものよう言ふ僧都にて」とあるのは、たんに巧妙な話術だったというのではなく、余計なおしゃべりに対する語り手の批評を読むことができる。[11]

雨夜の品定めと物語論の両方の場面に出現している「ものよく言ふ」という表現がここでもう一度出て響きあっているのは興味深いことである。僧都の軽率な問わず語りは浮舟に大きな影響を及ぼして、浮舟の孤独をさらに深刻化させる一因となっている。高橋氏が指摘しているように、この「もの言ひ」は単につれづれを凌ぐ話術ではなく、重大な結果を招く可能性がある不用意なおしゃべりである。僧都の世俗性と世間から孤絶して沈黙に閉じこもる浮舟との距離が強調され、物語の空間が分裂していく。この終末に至る多層的な物語の構想を雨夜の品定めや蛍巻の物語論などの場面と対照して、物語全体の広い文脈の中で『源氏物語』の物語観について考える必要があると思う。

まとめ

以上蛍巻の物語論について、先行研究を参考に考えてみた。この物語論の場面はユーモアと機知に富んでいて、優れた物語の場面であると同時に『源氏物語』の作者の深い文芸観と文芸意識を窺わせる。物語を「ものよく言ふ」「物言ひ」の芸と結びつけ、笑い・遊びの文化に根差したものだということを見せる、物語を考えるための一つの重要な指摘だと思う。それと同時に物語は気晴らしの効果にとどまらず人間界の正確な認識のための手段となり、史書や仏書と並んで「真」をあらわすものだと主張している。

それを具体的に証明するのは物語を熱心に読んで人のありさまを見知った玉鬘である。玉鬘と並んで浮舟も「源氏物語」の文芸観を知るためには重要な人物の一人とみられる。こうして蛍巻の物語論は『源氏物語』全体という文脈の中で位置づけて解釈することができる。小野の山荘に迎えられ、物語ではなく仏典に熱心になった浮舟は物語の極限に達している。薫との恋物語が尽きたところで「源氏物語」が終わる。玉鬘や浮舟という女性の人物は『源氏物語』とその物語論をいかに読むことができるかを考えるためには重要な鍵であると思う。

〔注〕

1　『源氏物語』の引用は『新編日本古典文学全集』（小学館）による。

2　阿部秋生『源氏物語の物語論―作り話と史実』岩波書店、一九八五年、一八・六五頁。

3　神野藤昭夫「螢巻物語論場面の論理構造」『国文学研究』六七号、一九七〇年、五八頁。
4　藤井貞和『源氏物語論』岩波書店、二〇〇〇年、四七二頁。
5　高橋亨『源氏物語の詩学』名古屋大学出版会、二〇〇七年、第Ⅲ部第1章、四七一・四七二頁。
6　佐藤勢紀子『源氏物語の思想史的研究』新典社、二〇一七年、一四二頁。
7　同二二〇頁。
8　同二二一頁。
9　高橋亨『源氏物語の対位法』東京大学出版会、一九八二年、第8章「存在感覚の思想―〈浮舟〉について」、二一五頁。
10　原岡文子「「あはれ」の世界の相対化と浮舟の物語」『源氏物語の人物と表現　その両義的展開』（翰林書房、二〇〇三年）所収。鈴木宏子「低徊する薫／流転する浮舟―物語を推し進める力」（『国語と国文学』二〇〇三年十二月号）より引用。
11　高橋亨『源氏物語の詩学』第Ⅱ部第9章、四五七頁。

女房が語る「家」の物語と歴史

――『源氏物語』竹河巻――

田渕　句美子

『源氏物語』竹河巻については、古くから作者別人説があり、文章が稚拙、あるいは冗長であるとも言われ、また官位昇進の矛盾があるなどもあり、低い評価をされることも多かったが、一方でその特徴や面白さを論ずる論考も少なくない。『源氏物語』の作者については、紫式部一人というよりも、当時の宮廷女房たちの語りを多面的に吸収したものと考えられるので、ここでは作者別人説には触れない。たしかに竹河巻は『源氏物語』の中でやや異質な雰囲気を漂わせるが、その叙述はリアリティに満ち、魅力に富む。竹河巻の叙述には、すべてを栄光と風雅の中に溶かし込むような賛頌的な姿勢はみられない。

また、『源氏物語』は女房の語りによる形を取るが、草子地の言辞が断片的に記されていても、その女房の姿や閲歴などが本文で具体的に描写されることはない。しかし竹河巻では例外的に、「後の大殿わたりにありける悪御達（わるごたち）の、落ちとまり残れるが、問はず語りしおきたるは、……」と冒頭で述べられていて、語り手の姿を具体的に映し出している。物語の語り手である黒衣（くろこ）のような存在の女房がその姿をあらわす稀少な場面である。またこれは、宮仕え経験のある高齢の老翁・老女によって語られる『大鏡』『今鏡』『増鏡』などの歴史物語の骨格に似ている。竹河巻は、髭黒太政大臣家を定点として、他の巻と時間的に並行しながら、髭黒亡き後の一族の十年にわたる「家」の歴史を描く物語である。

竹河巻が、どのような視点で何を描き、どのような特質を持つのかについて考える。

一　竹河巻が語る家の歴史

髭黒太政大臣の没後、玉鬘は家の中心として三男二女を養育し、この巻では四十代後半から五十代半ばである。大君・中君に求婚する男性は多くいたが、髭黒は大君を臣下の男性と結婚させないように、と遺言していた。冷泉院と今上帝の両方から大君を後宮に入れるよう要請され、玉鬘は苦慮の末、今上帝後宮で権勢並びなき明石中宮を憚り、位を離れた院の後宮なら気楽であろうと考えて、大君を冷泉院後宮に入れたが、今上帝からは不快をかうことになった。大君は冷泉院に愛され、姫宮を生んだ。一方中君は、玉鬘が長年もっていた尚侍(ないしのかみ)の職を譲り受け、今上帝の尚侍として出仕した。やがて大君は冷泉院の第一皇子を出産し、冷泉院の寵愛はさらに増すが、弘徽殿女御や秋好中宮に憎まれ、玉鬘邸にいることが多い状態となった。息子達は自分達の栄達のためには大君を今上帝に入内させるべきだったのにと母玉鬘を非難し、玉鬘は悩みを深め、そのまま竹河巻は終わる。

匂宮三帖は、諸氏によって指摘されているように、匂兵部卿巻が源氏没後の天皇家と源氏一族、紅梅巻が致仕太政大臣（もと頭中将）没後の藤原氏紅梅家一族、竹河巻が髭黒太政大臣没後の藤原氏髭黒家一族を中心に描いており、意図的な三巻構成とみられる。

このうち竹河巻は、髭黒亡き後の一族の十年にわたる「家」の歴史を描く一種の「別伝」であることは、諸氏の指摘がある。『源氏物語』の巻々は普通は数ヶ月、長くても数年である。物語の始発として光源氏元服までを描く桐壺巻を除けば、一つの巻が十年にわたるというのは、『源氏物語』の中で例外的に長い。しかもテキスト自体が長大であり、匂兵部卿巻や紅梅巻の約三倍の分量をもつ。竹河巻が担う役割は重く、冗長等の位置づけで見過ごすことはできない。

玉鬘は『源氏物語』でさまざまな立場に立ち、広い世界をも見てきた女性である。母の死により都から地方に流離し、はるかな筑紫国で育った少女、上京して貴公子達の憧れとなる姫君、二人の大臣（光源氏と致仕太政大臣）の娘（養女）、別の大臣家（髭黒）の正室、帝（院）に長年にわたって想われる尚侍、大臣家の三男二女の母、そして夫没後に「家」を支える後家。その玉鬘に竹河巻が託されている。竹河巻の主人公が蔵人少将、あるいは薫であるとする説があるが、それは疑問である。作者の眼は玉鬘に注がれている。

二　竹河巻冒頭をめぐって

竹河巻はこのように始まる。

これは、源氏の御族（ぞう）にも離れ給へりし、後の大殿（おほとの）わたりにありける悪御達（わるごたち）の、落ちとまり残れるが、問はず語りしおきたるは、紫のゆかりにも似ざめれど、かの女どもの言ひけるは、「源氏の御末々に、ひが事どものまじりて聞こゆるは、我よりも年の数積り、ほけたりける人のひがごとにや。」などあやしがりける、いずれかまことならむ。（⑦八八頁）[1]

この冒頭部分については、神野藤昭夫の論[2]をはじめ、少なからぬ研究がある。まず「ひが事ども」については、『花鳥余情』を受けて冷泉院と薫の出生の秘密をさすという説が根強くある。しかし竹河巻はこの秘密について論じておらず、しかも「ひが事どものまじりて」という言い方はぞんざいで軽く、冷泉院と薫に関する言とは考え難いと思う。「紫のゆかり」については、神野藤論文によれば、古注の解釈は様々あったが、宣長以降は紫上方の女房とするのが通説となった。例えば三田村雅子[3]は、「「紫のゆかり」とは、縁者のいない紫上にとって、血よりもはるかに濃い縁でつながれた女房達を指す言葉であったろう。」と述べている。「紫のゆかり」が女房たち自体と解釈できるかどうかは、類例がなく若干の疑問も残るが、基本的には、六条院世界の中心にいる紫上周辺の人々（光源氏、明石中宮等も含む）から見た女房語りの物語を指すものと見てよいであろう。

この冒頭は、「悪御達」の語りには、紫上周辺からの視線、いわば輝く栄華の中心点から見た語りとは落差があるようだが、視座が違えば見ているものも異なるのだという意味の、やや韜晦した言い方の表現ではないか。ここで語り手には亀裂が入れられ、二つの見方に分断されている。竹河巻には、源氏と紫上を中心とする源氏一門とは距離をおいたところで、周縁から裏がえしにできごとや人を眺めた時のさまざまな現実が描き出されており、それこそが竹河巻の特質であり、それをあえて言挙げする序文なのではないだろうか。

永井和子[4]は、「物語の語り手は「老女」「古女房」が大方のたてまえである。……竹河巻にはさまざまな問題が存在するものの、冒頭の部分はこの老人の語りという視点をあらわにしている」と述べている。しかもこの「悪御達」[5]が「紫のゆかり」の女房たちについて「われよりも年の数積り、ほけたりける人」と言うように、彼女達はみな高齢の老女達である。

また歴史物語『大鏡』『今鏡』『増鏡』でも、宮仕えなどの経験をもつ高齢の老翁か老女が語り、その場には若い男か女がいることが多く、特に、聴き手（筆録者）はすべて女性であることが共通している[6]。また『宝物集』『歌仙落書』『治承三十六人歌合』『和歌色葉』『続歌仙落書』などいずれも、かつて宮廷に仕えた人、歌人として活躍した人や老翁などが、語ったり書いたりする形を序文で仮構しており、竹河巻の巻頭もそれと通底する。『木幡の時雨』の末尾にも「その頃の口さがなき古御達どもの、かかる忍びごとを、末の世のためしにとて聞こえいでぬるぞ、軽々しきや。」とある。

「落ちとまり残れる」が示すことにも注意しておきたい。ほかの人が亡くなった後も生き残るという意味であるが、『源氏物語』の「落ちとまる」の例、たとえば「こよなく衰へたる宮仕人などの、いはほの中たづぬるが、落ちとまれるなどこそあれ、」（澪標巻）、「はかばかしき後見なくて、落ちとまる身どもの悲しきを、」（総角巻）、「ものはかなきありさまどもにて、世に落ちとまりさすらへむとすらむこととのみ、後ろめたげに思したりしことどもを、」（宿木巻）など、零落して生き残るという意がある。しかもずっと後に語ったのであり、この点は注目すべきと思われる。物語の中ではしばしば「口さがなき」女房の語りをあえて批判してみせる所があるが、宮廷女房日記の研究で、主君や関連の人々が生きている間に、女房は主君周辺の内幕を語るようなことはしてはならないという自己規制が女房自身に強くあることが指摘されている[7]。このことからしてもこの序文は、既に玉鬘が亡くなり、髭黒家の多くの人々もいなくなった後に語られた物語、というメッセージを強く発しているのではないだろうか。

匂宮三帖には亡き光源氏への言及が多く、繰り返し追慕され礼讃されている。しかし竹河巻は、匂兵部卿巻、紅梅巻とかなり異なり、栄華を相対化するような視点が多い。正篇で達成された輝かしい栄華の裏側で、人々がどのように感じ、苦しんでいたか、また移り変わる世の中でどのように身を処すかについてどれほど思い迷い、どれほど心痛していたかを、十年にわたって詳細に内側から描いている。以下、これについて述べていく。

三　玉鬘の行動――後家の役割として

これまでの研究で、竹河巻における玉鬘の行動や判断は否定的に評されることが少なくない。しかしこれについては、歴史学の研究成果を参照すべきだろう。

夫没後の、正妻であった後家（未亡人）の権利と義務について、以下のようなことが明らかになっている。後家による亡夫の遺言執行や亡夫の財産管理の例は、貴族層ではないが平安前期からみられ、十一世紀中ごろには貴族層においても、嫡男が成人し政治的地位についていても、後家が遺産を管理し、遺言執行などの権限をもっていた。[8] 十一世紀に確立した「家」において、家父長の死によって解体の危機に直面する「家」を、後家が中心となって維持し、後家は次の家長となる子を補佐し、時には自分が家長を代行し、「家」の継承を担う。[9] それは後家の強い権限であるが、十三世紀半ば以降は後退する。[10] 例えば鎌倉時代の『十六夜日記』の阿仏尼は、亡夫の遺言を実行する義務を負い、後家の権限を行使したのである。玉鬘の行動はまさしくこの後家の権利と義務に該当するであろう。

さらに、物語における玉鬘の位置は低いものではない。玉鬘は秋好中宮よりは年下であるが、夕霧、雲居雁、明石中宮、女三宮、また紅梅大納言、弘徽殿女御らすべてよりも年長である。また光源氏の遺産配分には「御処分の文どもにも、中宮の御次に加へたてまつりたまへれば、」とあり、光源氏の娘として、明石中宮に次ぐ位置にある。夕霧すらも玉鬘の判断には表だって反対し得ない。玉鬘の行動は、源氏一門の女性中での高い地位にもよりつつ、髭黒家の後家としての権限を行使したものである。

「家」の将来を左右する娘たちの結婚・出仕は、玉鬘の判断に委ねられた。玉鬘は、臣下に嫁がせてはならないという髭黒が残した言葉に従い、苦慮の末、今上帝後宮で絶大な権勢をもつ明石中宮をはばかって、大君を冷泉院の後宮に入れたが、一方で髭黒は今上帝に大君を宮仕えさせると奏上していたので、今上帝の不快をかうことになった。

　内にも、かならず宮仕への本意深きよしを、おとどの奏しおき給ひければ、おとなび給ひぬらむ年月をおしはからせ給ひて、仰せ言絶えずあれど、中宮のいよいよ並びなくのみなりまさり給ふ御けはひにおされて、みな人、無徳にものし給ふめる末に参りて、はるかに目を側められたてまつらむもわづらはしく、又人に劣り、数ならぬさまにて見む、はた、心尽くしなるべきを思ほしたゆたふ。（⑦九〇頁）

この玉鬘の判断について、玉鬘の無知をさらけ出した等の説もあり、また玉鬘がかつて冷泉帝に深く望まれたことへの個人的な代償的行為と見る説もあるが、本質的にはそうではないと思う。上流貴族の家々が、権勢ある明石中宮をはばかるゆえに今上帝に娘を入内させられないという言は、竹河巻だけではなく匂兵部卿巻、紅梅巻などにもある。[11]けれども髭黒がいない状況下で、玉鬘はほかにどうすべきだったのか。もしも美貌の誉れ高く年若い大君が今上帝（三十六歳）に入内し、寵されて生んだ皇子女が深く愛されれば、冷泉院後宮どころではない政治的な軋轢が生じ、明石中宮と大君は、桐壺巻の弘徽殿女御と桐壺更衣のようになりかねない。またもしも大君が東宮に入内したら、娘を東宮妃としている夕霧家（後には紅梅家も）との緊張関係は避けられず、もし東宮（東宮は二十歳を過ぎているがまだ御子がいない）との間に皇子が生まれれば、政界をゆさぶることになるだろう。だが後見が弱い妃と皇嗣候補は、困難な状況となることが多い。その意味で玉鬘の判断は、この時点で他の選択肢よりも穏当なものであった。それが良い結果に繋がらなかったのは、これまでにも『源氏物語』正篇に抱え込まれていた矛盾や亀裂が、ここであからさまにされたのだと思われる。それは権力を保つ方法の限界性と非人間性である。

鈴木裕子[12]は、最上流の貴族女性に課された政治的役割、結婚・出産という視点から、匂宮三帖を詳細に読み解いており、示唆に富む。

スケールの大きな予言と夢告に導かれた光源氏の栄華の物語が終った後に、現実の社会とは、そんな甘いものではないと言わんばかりに、夕霧や紅梅大納言、髭黒たち、光源氏と協同し、光源氏の栄華を支えた男たちの子孫の苦戦する様子が描かれる。なぜ、このようなことが描かれるのか、と言えば、やはり、女性の結婚と出産を、権力維持・補強システムとして機能させてしまうような貴族社会の仕組みへのアイロニーだと言うよりほかない。

傍線の指摘は核心を衝くものである。それが竹河巻のもつ視線の基底にあることは間違いないであろう。竹河巻には、宮廷政治の過去と現在とを批判をもって位置づけ、今起きていることの脆さ、危うさを鋭く問題化する歴史家のような眼が感じられる。

四　正篇と異なる人物描写の方法

さて、竹河巻には、他の巻にはないような、主要人物への冷徹な視線に基づく批判的ないし辛辣な表現、別の立場・見方による評価の言などがあちこちにある。たとえば女三宮について、薫を賞讃する玉鬘の発言の中に、玉鬘のこんな言葉があって驚かされる。

「……をさなくて院にもおくれたてまつり、母宮のしどけなう生ほし立てたまへれど、猶人にはまさるべきにこそはあめれ。」（⑦一一六頁）

正篇でも女三宮の緩さは間接的に叙述されているが、これほど直叙されていない。

では、竹河巻で大君が冷泉院後宮に入った時の、冷泉院の描写を見てみよう。

夜ふけてなん、上に参う上り給ひける。后、女御など、みな年ごろ経てねび給へるに、いとうつくしげにて、盛りに見どころあるさまを見たてまつりたまふは、などてかはおろかならむ。はなやかに時めき給ふ。

（⑦一五〇頁）

この時、冷泉院は四十四歳、后妃の秋好中宮は五十三歳、弘徽殿女御は四十五歳。秋好中宮の入内から三十一年が経っている。「后、女御など、みな年ごろ経てねびたまへるに、」とわざわざ記した後に、冷泉院が若い大君（十九歳）を寵愛したという描写は、驚くほどリアリティを前面に出した叙述である。たとえば正篇の桐壺巻で桐壺帝に藤壺が入内した時は、幼い源氏の眼から見た藤壺が「いと若ううつくしげにて」と叙述されているが、桐壺帝から見た弘徽殿女御が「年ごろ経てねび給へる」などとは書かれていない。

なお竹河巻では、冷泉院が幾度も「はえなき」と形容されており、「冷泉院の失墜というイメージを与えるであろう」、そしてそれは「光源氏の王権のなれのはて、その完全な失墜」と陣野英則[13]が指摘している。明石中宮については前述したが、その人物像の変貌、と言うよりも、視座の違いによる人物像の描出の違いこそが興味深い。もちろん年齢的な成熟や立場によるふるまいの変化はあって当然だが、明石中宮は宮廷と後宮の人々の行動を厳しく統率・支配しており、それは宇治十帖にも諸処に描かれている。

以上のような竹河巻の姿勢は、正篇がこれら高貴の人々の前においていた御簾を、まるで次々に引き剥がしてしまうような印象を与えるように思う。「紫のゆかり」ではない視点で物事や人をリアルに見るならば、冷泉院は好色な面が目立ち、明石中宮は支配的であり、そして次に述べるように、秋好中宮と弘徽殿女御は、二人の御子を生んだ大君を内心では激しく憎み、その女房たちは攻撃的な行動に出る、などの描写が続くのである。

では、その秋好中宮と弘徽殿女御について、竹河巻の描写を辿ってみる。『源氏物語』正篇では、後宮の后妃達の言動について、桐壺巻冒頭で「はじめより我は、と思ひ上がりたまへる御方々、めざましきものにおとしめそねみ給ふ。同じ程、それより下臈の更衣たちはましてやすからず。」と端的に述べているが、悪役の弘徽殿女御の言動は別として、后妃たちの苦悩が、細かに心理描写されたりはしない。物語のその後でも、たとえば、冷泉帝後宮に入内した梅壺女御（後の秋好中宮）と、弘徽殿女御（もと頭中将の娘）との対立や内的葛藤は、心内に立ち入っては書かれず、「二所の御おぼえども、とりどりに挑みたまへり。」（絵合巻）、「御方々、いづれとなく挑み交はしたまひて、内裏わたり、心にくくをかしきころほひなり。」（真木柱巻）のように、外側からの曖昧な視線であり、女性たちが雅びを競い合う後宮の理想的あり方に当てはめたような言い方で書かれている。[14]

しかしこの竹河巻では、当初は大君入内を勧めていた弘徽殿女御・秋好中宮の内なる心情が、誰かの言葉によって具体的に語られる。特に大君による姫宮出産（A）、皇子出産（B）の時には、それがあらわに叙述されている。

（A）卯月に女宮生まれ給ひぬ。ことにけざやかなるもののはえもなきやうなれど、院の御気色にしたがひて、右の大殿よりはじめて、御産養し給ふ所々多かり。……女一宮一所おはしますに、いとめづらしくうつくしうておはすれば、いといみじうおぼしたり。いとどただこなたにのみおはします。女御方の人々、いとかからでありぬべき世かなと、ただならず言ひ思へり。正身の御心どもは、ことに軽々しく背き給ふにはあらねど、さぶらふ人々の中にくせぐせしきことも出で来などしつつ、……　（⑦一六六頁）

（B）年ごろありて、また男御子生み給ひつ。そこらさぶらひ給ふ御方々に、かかる事なくて年ごろになりにけるを、おろかならざりける御宿世など、世人おどろく。みかどは、まして限りなくめづらしと、この今宮をば思ひきこえ給へり。おりゐ給はぬ世ならましかば、いかにかひあらまし、今は何事もはえなき世を、いと口惜し、となんおぼしける。女一宮を限りなき物に思ひきこえ給ひしを、かくさまざまにうつくしくて数添ひ給へれば、めづらかなる方にて、いとことにおぼいたるをなん、女御も、あまりかうては物しからむと、御心動きける。ことに触れてやすからず、くねくねしきこと出で来などして、おのづから御中も隔たるべかめり。（⑦一七二頁）

弘徽殿女御は、冷泉院の唯一の御子である女一宮の母として重んじられてきたが、大君の女二宮出産により、その位置が失われた落胆が大きいことが示唆される。女二宮に対して、右大臣夕霧以下が盛大に産養を行っていることも衝撃であっただろう。そしてさらに皇子が誕生するのだ。弘徽殿女御の女房達の行動として「くせぐせしきこと」「くねくねしきこと」と書かれるが、女房は女主人の真意を知っており、心情的には一体とも言える。

このような後宮の中で、大君（御息所）は、「やすげなき世のむつかしさに、里がちになりたまひにけり。」となる。玉鬘は思い悩み、訪れた薫に相談する。

「……院にさぶらはるるが、いといたう世の中を思ひ乱れ、中空なるやうにただよふを。女御を頼みきこえ、又后の宮の御方にも、さりともおぼしゆるされなん、と思ひ給へ過ぐすに、いづ方にも、なめげに心ゆかぬ物におぼされたなれば、いとかたはらいたくて。宮たちはさてさぶらひ給ふ。……とさまかうざまに頼もしく思ひ給へて、出だし立て侍りしほどは、いづ方をも心やすくうちとけ頼みきこえしかど、今はかかることあやまりに、をさなうおほけなかりける身づからの心を、もどかしくなん。」とうち泣い給ふけしきなり。

これに対して薫は以下のように返答する。

「さらにかうまでおぼすまじきことになん。かかる御まじらひのやすからぬことは、昔よりさることとなり侍りにけるを。位を去りて静かにおはしまし、何事もけざやかならぬ御ありさまとなりにたるに、たれもうちとけ給へるやうなれど、おのおのうちうちは、いかがいどましくもおぼすこともなからむ。人は何の咎と見ぬことも、わが御身にとりては恨めしくなん、あいなきことに心動かい給ふこと、女御、后の常の御癖なるべし。さばかりの紛れもあらじ物とてやはおぼし立ちけん。ただなだらかにもてなして、ご御覧じ過ぐすべきことにはべる也。をのこの方にて奏すべき事にも侍らぬ事になん。」（⑦一八〇頁）

薫は冷泉院に極めて近い近臣であり、冷泉院の心中を知り尽くし、後宮の軋み合いも薫にははっきり見えている。かつて正篇では、秋好中宮入内の折、既に入内していた弘徽殿女御の心中は全く描かれず、前掲のように後宮の理想めかして描かれるのみであったが、同じ人々について、時を経て竹河巻ではくっきりと、後宮にある対立と緊張、后妃達の心中が、玉鬘と薫の言葉を通して活写されている。入内に際して玉鬘が頼みとしていた秋好中宮も弘徽殿女御も、今は大君に悪感情を持っていることが、玉鬘の言葉で明らかにされる。

しかし秋好中宮や弘徽殿女御の心中がここまでリアリティをもって細やかに描かれるからこそ、これまで殆どその内面が描かれなかった彼女たちの長い時間の重さが、あざやかに浮かび上がる。秋好中宮は光源氏の栄光の日々の中で、その人柄や風雅が賞讃され、常に尊ばれる存在ではあるものの、母御息所の影と共に、あるいは紫上の対として、物語で語られることが多かった。源氏の権力で立后したが、冷泉帝との絆は薄く、御子は生まれず、そうした中で後宮の三十年を生きるのは、とても苦しいことであったのではないかと、読者に思わせる部分であると思う。また弘徽殿女御は早くに冷泉帝に入内して寵愛を受けていながら、光源氏の権勢ゆえに立后できず、ただ女一宮の母であることを誇りにしてきた様子が初めて描出される。正篇では負の部分が描かれていなかった脇役的存在の女性たちについての竹河巻のこうした叙述は、断片的ではあるが、読者の心を打つ。

五　場面描写と詠歌のリアリティ

さて『源氏物語』には、貴公子たちの愛人である召人（めしうど）の女房たちが物語の陰に多くいる。時折その存在がちらりと示されるだけであり、生身の人として存在していないかのような叙述が殆どである。この竹河巻でも、薫は母の女三宮のところに愛人の女房たちがいて、彼女たちは時折の逢瀬をただ待っている、とだけ記されている。

それと対照的な筆致であるが、蔵人少将が大君に恋焦がれ、大君の冷泉院への入内が決まった後、大君の女房である中将のおもとに、自分の悲しみや願望などを長々と述べたてる箇所がある。物語で姫君に言い寄る貴公子が、姫君の女房を愛人にすることはよくあり、現実にも多かったとみられるが、最後に「泣きみ笑ひみ、語らひ明かす。」とあるので、おそらくこれは寝物語である。[15] 貴公子と愛人の女房の寝物語が長々と、会話やそこで交わされたざれ歌まで具体的に描出されているのは、『源氏物語』内での特異性が際立っている。なお竹河巻には女房たちの歌が多いが、殆どは表現的達成度の低い歌、会話に近い歌である。

こうした歌は竹河巻にはかにもある。その一つをあげておく。

……人々はかなき事を言ふに、言少なに心にくきほどなるをねたがりて、宰相の君と聞こゆる上臈の詠みかけたまふ。

　折りて見ばいとど匂ひもまさるやとすこし色めけ梅の初花

口はやしと聞きて、

「よそにてはもぎ木なりとや定むらん下に匂へる梅の初花

さらば袖触れて見給へ。」など言ひすさぶに、「まことは色よりも。」と、口々、引きも動かしつべくさまよふ。かむの君、奥の方よりゐざり出で給ひて、「うたての御達や。はづかしげなるまめ人をさへ、よくこそ面なけれ。」と忍びてのたまふなり。（⑦一〇六頁）

宰相君が薫に詠みかけた「折りて見ば」の歌については、『紫式部集』三六の「折りて見ば近まさりせよ桃の花思ひぐまなさき桜惜しまじ」との類似が言われてきたが、「折りて見ば」はさほど特異な表現ではなく、それよりも注目すべきはここでの歌意であろう。「梅の花」は近藤みゆき[16]が『古今集』で男性に偏ることばの一つとして掲げている。事実、梅の花を手折ることは、女性を我が物にする意として、勅撰集・私家集・物語でしばしば使われている。ここでは折る主体は薫、折られるのは自分（女房）である。自然と人事の二重の文脈ではあるが、女から男への露骨な誘いの言葉である。さらに驚くのは「すこし色めけ」という言い方である。「梅の初花」に対して言う語だが、実際には薫に向けて言っていることは明白であり、「色めく」を命令形で使う歌はこのほかには見出されない。しかも薫の返歌はこの誘いに積極的に応じて見せる。それにしても贈歌は挑発的な歌であり、玉鬘が「うたての御達や」と叱責するのは当然であろう。現実の宮廷生活では、私家集や説話などを見ると、女房がこうしたあからさまな誘いの歌を男性に詠みかけることは屢々あったとみられるが、『源氏物語』ではかなり異色の和歌であり場面である。

以上のように、天皇、院、中宮たちの現実のありよう、貴族・女房たちの個人的場面・詠歌などを、理想のあり方ではなく容赦ないリアリズムで描く姿勢は、竹河巻の特質であると思われる。

六　相対化する視点

竹河巻の末尾部分を掲げる。

> 左の大殿の宰相中将、大饗の又の日、夕つけてここに参りたまへり。御息所、里におはすと思ふに、いとど心げさう添ひて、「おほやけの数まへたまふよろこびなどは、何ともおぼえ侍らず、私の思ふ事かなはぬ嘆きのみ、年月に添へて思ひ給へ晴るけん方なき事。」と、涙おしのごふも、ことさらめいたり。廿七八のほどの、いと盛りににほひ、はなやかなるかたちし給へり。「見苦しの君たちの、世中を心のままにおごりて、官位をば何とも思はず過ぐしいますがらふや。故殿のおはせましかば、ここなる人々も、かかるすさび事にぞ、心は乱らまし。」とうち泣き給ふ。右兵衛督、右大弁にて、みな非参議なるをうれはしと思へり。侍従と聞こゆめりしぞ、このころ頭中将と聞こゆめる。年齢のほどはかたはならねど、人におくると嘆き給へり。宰相は、とかくつきづきしく。（⑦一八八頁）

依然として大君のことが忘れられない宰相中将（もと蔵人少将）が訪れてくる。宰相中将は昇進にあずかったことなど何とも思わないかのように表面では言い、しかもそこで泣く。それに物語作者（語り手）は、「ことさらめいたり」という嘲罵を浴びせている。そして玉鬘は「見苦しの君たちの……」以下で、「困ったお坊ちゃまは、世の中が思いのままだと傲り高ぶって、官位を何とも思わずにお過ごしのようね。」という痛烈な言葉で批評している。この直截な批判は鮮烈な印象を最後に残す。薫もこの少し前で、中納言になった時に「喜びなどは、心にはいとしも思うたまへねども」と語り、さらに竹河巻と時間的に並行している椎本巻で、薫は「いはけなかりしほどに、故院に後れたてまつりて、いみじう悲しきものは世なりけりと思ひ知りにしかば、人となりゆく齢に添へて、官位、世の中の匂ひも、何ともおぼえずなむ。」とも言っている。しかし薫は、道心を標榜しつつも実は政治的な人物であることは、物語のあちこちから窺い知ることができる。

このような皮肉めいた語りは、正篇における男たちへの視線とは異なる。宰相中将だけではなく、遡って光源氏やもと頭中将（致仕太政大臣）らの生をも空洞化するようだ。『源氏物語』正篇の草子地では、ある人物の言動や和歌などについて、茶化すような言葉や批判的なコメントはあるが、その人物のアイデンティティの根幹そのものをゆるがすような厳しい眼差しではない。しかしここで宰相中将は、柏木の如くにかなわぬ恋に悩む男として描かれつつ、最後でも冷ややかに戯画化されて、「とかくつきづきしく」、宰相中将が相変わらずあれこれもっともらしいことを言ってくる、という言葉で締めくくられる。彼らの傲慢な言動がこれからも続くことへの嘆息、諦念、抑えた怒りまでが漂うような終末部である。

七　おわりに

竹河巻では、女房の現実認識、批判意識を基底に据え、理想的に見える人物の内実、栄華の制度的限界性、その周辺にいる人々の苛烈な苦闘と葛藤、そこに内在するジェンダーや「家」の格差などが踏み込んで描かれる。そうした視座こそが冒頭の「紫のゆかりにも似ざめれど」という表明に結びつくのではないだろうか。それは『源氏物語』を別の視点から語り直すものであり、全体をくるみこむかのように機能している。

先行研究で指摘されているように、竹河巻にはここまでの『源氏物語』の様々な筋立て・設定との類似がみられる。17

恋する男としては柏木と蔵人少将、彼らを冷静に見る友人として夕霧と薫、婿選定のプロセスでは女三宮と大君、後宮での境遇は桐壺更衣と大君などである。竹河巻はそうしたプロットを吸収しながら、裏返すようにして語り直す。光源氏の栄華を支えてきた脇役の女性たち、秋好中宮、明石中宮も、別の眼で描写されている。さらに物語の新しい方法として、玉鬘に「後家」として重い責任を担わせた。

外側から見れば、玉鬘は貴族女性として理想的な境涯にあるとも言える。夫が没した不幸はあるが、当代の権力者である夕霧大臣家と紅梅大納言家の、両方の家の当主の姉であり、玉鬘の娘二人は、それぞれ冷泉院御息所、今上帝尚侍の地位にある。子息三人について、玉鬘は夕霧家に比べると遅れをとっていると嘆くが、竹河巻末の時点で、長男は左近中将から右兵衛督、二男は右中弁から右大弁、三男は藤侍従から頭中将になっており、父が逝去した家は斜陽ではあるものの、際だって不遇なわけではない。もともと髭黒大納言家は政界で藤原氏としては二番手であるが、髭黒は今上帝の叔父にあたる外戚であり、まだ没落・凋落という状態ではない。没落と述べる論考もあるが、この時点では違うだろう。その玉鬘一門を内側の人々の眼から語り直しているのである。

しかし冒頭に述べたように、「悪御達」はこの時からはるか後になってから語っているのであり、その時にはどうであったのかは、物語の中で明かされていない。歴史物語の如く十年にわたる「家」の歴史が一巻に描かれていながら、その歴史の結末が書かれず、続く紅梅巻や宇治十帖の中でも、以後の玉鬘とその娘たち、息子たちがどうなったのか、全く記述がない。竹河巻は結末のない歴史物語のようである。この空白こそが髭黒大納言家のその後の凋落を暗示するようだ。しかしそれは、未だ外戚たり得る皇嗣候補を得ていない夕霧家、紅梅家にも起こる可能性があるのではないか、と示唆しているようにも見える。

それは背筋が凍るような問いかけである。けれども当時の宮廷社会ではすべてが可変的であり、新たな皇子の誕生や何かの急死などが、勢力地図を一変させることが常に起こり得る。それを物語作者である宮廷女房たちは熟知しており、『源氏物語』の時代には、盤石と見えた中関白家の急激な没落を目にしているのだ。光源氏は更衣腹でありながら、いわば超越的な力と運命に導かれ、摂関家・大臣家をも凌駕して一代でこの世の栄華を極めたが、これからもそのような逸脱的な展開や思いがけぬ反転が起こるかもしれない。光源氏という絶対的な、ある意味で抽象的な中心軸をはずした時に何が起こり得るのか、その一端を竹河巻は冷徹な視点で示しているように思う。

そして、『源氏物語』作者はあずかり知らぬことだが、この時期に現実の歴史も、摂関政治の下降と院政期の始まりを前にしている。藤原頼通・教通の娘に皇子が生まれず、五十年を経て後三条天皇が即位することとなる。未来への得体の知れぬ不安感を、竹河巻は映しだしているようであり、そこには歴史家の眼のようなものを感じさせる。

竹河巻は、薫に「「宇治の姫君の心とまりておぼゆるも、かうざまなるけはひのをかしきぞかし」と思ひゐたまへり。」と一言だけ言わせており、この竹河巻の物語と同時進行で、宇治の物語が進行していることをあえて示している。この後、場所を宇治へ移して、周縁世界が中心軸となっていく。竹河巻は空間的には都にあっても、中心ではなくやや傍系の家の帰趨を、周縁の人々の視座で描いている。物語の空間自体も都の周縁となる宇治十帖の、その前奏曲として竹河巻は重い意味を担う巻である。

玉鬘は、前述のように、光源氏の娘として明石中宮に次ぐ地位にあり、本来は光源氏一門の栄光の内側にいる女性である。そのほかならぬ玉鬘の視線と言葉などによりながら、栄華の裏側の細部が、十年にわたって次々にあからさまにされ、しかもその結末は示されない。竹河巻という長大な巻では、栄華の中心部分の空洞化が見通されるようにして、人や事象が多角的に相対化されていく。玉鬘はその重い役目を終えて、物語から姿を消す。

玉鬘が主役の巻であっても、勿論玉鬘自身は物語の語り手とはならず、玉鬘に仕える老女房の眼と耳によって描かれる。これもまた異例であり、たとえば葵上、紫上、藤壺、女三宮などが内に秘す苦悶が、老女房等によってここまでつぶさに語られることはない。この老女房は、時には主人玉鬘の視線や意識と一体ともなりながら、この「家」と宮廷の帰趨を見守り、内側と外側から十年の歳月を描き、これ以後に来たりくるものまで見ているようだ。

以前拙著で、女房という存在についておおまかにこのように書いたことがある。[18]

……女房たちはむしろ中心たる王権に表側からはみえない形で一体化し、黒子のように自己の存在は消して中心に寄り添う。時には中心の権力の分肢ともなり得るが、中心そのものではなく、周縁から王権を眺めて俯瞰し、相対化する力を持ち得る。それゆえに、歴史家の眼をもち、社会批評家でもある。主君に従う者でもあり、主君を導く者でもある。光があたる存在ともなり、光に寄り添う影でもある。このように女房は色々な二元性を含みこんだ存在である。

また女房は、誰よりも王権の深奥部を見、主君とその思考、動き、文化・環境などを知悉しており、時には動かし、時には歴史として書き残す。時にはそれを心中に秘め、時には女房メディアとして発信する。

これを書いた時には竹河巻の特質に気づいていなかったが、このような女房の位置や意識、存在形態を、竹河巻は鮮明に映し出しているように思う。

以上述べてきたように、竹河巻には、源氏一門らの栄華の陰にいる人々の厳しい現実や、その「家」を背負う後家（未亡人）の苦衷をすぐ側で見つめる女房の眼差しがあり、同時にこれまでのプロットを種々吸収しながら、それをまるで裏返すようにして語り直す。また次第に下降していく「家」の過去と未来を見通すようなある種の歴史認識と世界観、貴人や理想的に見える人物に対する現実的で冷徹な人物描写、挑発や戯れの場面・和歌をもリアルに映す表現姿勢、そして栄華の世界とその中心にいる人々を周縁から空洞化し相対化していくような視座、外戚政治の限界性と衰亡の予感などが、交錯し交響している秀逸な物語である。

〔注〕

1　『源氏物語』の本文は岩波文庫『源氏物語』一〜九（二〇一七〜二一年）により、巻とページ数を（　）内に示し、必要に応じて『源氏物語大成』などにより異文を確認した。漢字・仮名、清濁、仮名遣い、句読点、改行などの表記はすべて私意によって記した。

2　神野藤昭夫「竹河冒頭の解釈史・逍遙—語りの迷宮への誘い—」（『源氏物語とその周辺』勉誠社、一九九一年）は古注の解釈史を含めて詳細に論じている。

3　三田村雅子『源氏物語　感覚の論理』Ⅱ-四（有精堂、一九九六年）。

4　永井和子『源氏物語と老い』（笠間書院、一九九五年）。

5　「わるごたち」は異同が多い。「ふるこたち」（国冬本・麦生本・阿里莫本・穂久邇文庫本）、「わひこたち」（横山本）、「わろきこたち」（陽明本）等があり、古注の本文にも異同がある。永井和子（前掲）の指摘の通り、「悪御達」は『源氏物語』でここだけであり、類似表現は「老いたる御達」（空蝉巻）、「ふる御達」（帚木巻）、「老い御達」（少女巻）、「ねび御達」（野分巻）などがある。「悪」は相対的に劣る意、とされることもあるが、「ふる御達」とは一文字の異同であり、「悪御達」と決定して深く読み込むのは躊躇される。

6　加藤静子「四鏡の仮構された〈筆録者〉」（『相模国文』二一、一九九四年三月）。

7　岩佐美代子『枕草子・源氏物語・日記研究』（岩佐美代子セレクション1、笠間書院、二〇一五年）、ほか。

8　服藤早苗『家成立史の研究』（校倉書房、一九九一年）、ほか。

9　飯沼賢司「後家の力」（『家族と女性』吉川弘文館、一九九二年）、ほか。

10　後藤みち子『中世公家の家と女性』（吉川弘文館、二〇〇二年）、ほか。

11　明石中宮は自身の女房集団を管理し、「宮廷の支配者」「抑圧者」であり、「恐ろしさを内在させている」と論じられている。岡部明日香「竹河巻の「嫉妬する中宮」像の形成」（『源氏物語の鑑賞と基礎知識38』（至文堂、二〇〇四年）参照。
12　鈴木裕子「〈家〉の経営と女性―匂宮・紅梅・竹河―」（『新時代への源氏学3　関係性の政治学Ⅱ』竹林舎、二〇一五年）。
13　陣野英則『源氏物語の話声と表現世界』第十二章（勉誠出版、二〇〇四年）。
14　竹河巻の秋好中宮については、平林優子「竹河巻から見た秋好中宮」（東京女子大学『日本文學』一一八、二〇二二年三月）がある。
15　玉上琢彌『源氏物語評釈』第九巻（角川書店、一九六七年）にもこの指摘がある。
16　近藤みゆき『王朝和歌研究の方法』（笠間書院、二〇一五年）。
17　星山健『王朝物語史論―引用の『源氏物語』―』第四編第一章（笠間書院、二〇〇八年）、ほかの諸論。
18　田渕句美子『女房文学史論―王朝から中世へ―』序章「女房文学史論の射程」（岩波書店、二〇一九年）。この序章は、馬如慧による中国語訳が『日韓女性文学論叢』（張龍妹主編、光明日報出版社、北京市、二〇二二年）に所収されている。

【その他の参考文献】
神田龍身『源氏物語＝性の迷宮へ』（講談社選書メチエ、二〇〇一年）第四章
高木和子『源氏物語再考』（岩波書店、二〇一七年）Ⅱ・第八章
高橋麻織「通過儀礼と皇位継承から竹河巻を読み直す」（『源氏物語を読むための25章』（武蔵野書院、二〇二三年）
田坂憲二『源氏物語の政治と人間』（慶應義塾大学出版会、二〇一七年）九
田中隆昭『源氏物語　歴史と虚構』（勉誠社、一九九三年）
藤井貞和『源氏物語論』（岩波書店、二〇〇〇年）第十一章
三谷邦明『物語文学の方法Ⅱ』（有精堂、一九八九年）第三部第十六章
森一郎『源氏物語の主題と表現世界』（勉誠社、一九九四年）Ⅰ－六

浮舟のいる場所

寺田　澄江

フィクションと歴史というテーマは、作品が書かれた過去に向き合うことを要求し、同時に過去と向き合う私たちの現在について問いかけてくる。しかし流動してやまない現在という時間の中で生きている私たちには、現在を相対化する確かな指標はない。このような意識で文学の営みを考えていると、時代を見据える目を感じる作品に出会うことがある。『源氏物語』が今私たちに語りかけてくるのは、そうした作品の一つだからだろうか。こうしたことを考えさせる「フィクションと歴史」をテーマとする三年間の共同研究では、これまで以上に啓発されることが多かったが、中でも高木和子氏が提起した、皇統の血脈という視点からの物語の見直しという問題提起に興味を持った。

一　皇統の血脈という問題

皇位継承側が敗れた側の女を娶り、断絶した血脈を回収して皇位の安定的継承を図るという福長進氏の説を[1]、高木氏は宇治十帖の二姉妹と薫・匂の物語に投影して、宇治の姉妹の物語は男女の恋の葛藤に止まらない基盤があると指摘した。[2]

『源氏物語』におけるその最初の例は、皇統の血を引く高貴な女性として登場する、源氏にとっては禁忌の人、父桐壺帝の后で先帝の娘の藤壺だったと考えることができる。また福長氏の説を、時の事実上の帝王源氏への女三の宮の降嫁に重ねることも可能だろう。女三の宮は桐壺帝の長男、源氏と対立する弘徽殿の息子朱雀帝の娘だった。その皇女の不義の息子薫が、宇治に隠棲する八宮の長女、大君に執着するという筋立ても同じ論理に乗ったものと言えよう。源氏の弟八宮は、源氏の須磨流滴時代に、当時皇太子であった源氏と藤壺の不義の息子冷泉帝を、弘徽殿側が廃太子にしようとした企みに利用され、破れた後、都を去った人物だったのである。このように見てくると、権力闘争に敗れた側の血脈回収の問題は、この物語の枠組みをなしていると考えることも可能である。

しかし、皇統の血脈か否かということが登場人物たちの布陣を大きく左右する物語だとすると、皇統の血を受けながら、正統の皇族とは思われていない浮舟が、なぜ物語の最後を担って登場するのだろうか。このテーマの展開を追っていくと、源氏（更衣腹の皇子）、冷泉（源氏と皇女藤壺の不義の子）、薫（臣下の柏木と女三の宮の不義の子）と、正統な皇統としての資格は次々に後退していくが、浮舟が正統性衰微の最終段階と見るには、これら上流社会の人々と浮舟の間の懸隔は大き過ぎる。最初の構想では浮舟ではなく中の君にスポットが当てられるはずだったという説が出るのも無理はない。浮舟を最後のヒロインとして登場させることで、作者はこの物語に何を託したのだろうか。[3]

第一帖の藤壺に次いで、第二帖「帚木（ははきぎ）」で、源氏の父桐壺帝の弟、桃園式部卿宮の娘朝顔の斎院が、源氏から朝顔の花を贈られた人として噂の中で登場する。そして、朝顔の花は斎院の表象として、見え隠れに物語に姿を見せ、宇治十帖に入ると、大君の面影に引き継がれたのち物語から姿を消す。最後に朝顔の花に触れる「宿木（やどりぎ）」巻は、薫が浮舟の存在を知り、浮舟をめぐる宇治の物語が始発する巻でもあった。以下、浮舟に焦点を当ててこの問題を考えていく。

二　移動する浮舟――小野という時空

生まれてから思春期に至る期間の京・常陸間の移動を背景として、京から宇治、宇治から比叡の西坂本に位置する小野への移動という行為が浮舟という人物を形作っている。宇治への移動は、亡き大君の「人形（ひとかた）」[4]として浮舟を宇治に住まわせるという、中の君と薫の思いつきに発し、浮舟の水死を先取りするその機能も分析され、また、浮舟のエピソードと「夕顔」巻との共通性も指摘されている。[5]源氏が五条の宿から夕顔を連れ出す場面から始まり、夕顔の死に至る「なにがしの院」のエピソードの出だしは、薫が小家から浮舟を連れ出す場面に酷似するが、さらに注目されるのは、次の印象的な宇治への道行の場面である。

空のけしきにつけても、（薫は）来し方の恋しさまさりて、山深く入るままにも、霧立ちわたる心地したまふ。うち眺めて寄りゐたまへる袖の、重なりながら長やかに出でたりけるが、川霧に濡れて、御衣（おんぞ）の紅なるに、御直衣（おほんなほし）の花（薄い藍色）のおどろおどろしう移りたるを、落とし（急な坂道）がけの高き所に（薫は）見つけて、引き入れたまふ。

（⑥「東屋」九五頁）

『源氏物語』において死と深く結びついている霧は、「夕顔」の場面にも流れている。[6]しかし、物語の組立てにとってより重要なのは、この宇治行の場面に紅の御衣が描出されていることだ。「夕顔」の巻で上蓆（うえむしろ）に包まれて車で運ばれた夕顔の遺体も紅の御衣をまとっていたのである。

道いと露けきに、いとどしき朝霧に、（源氏は）いづこともなく惑ふ心地したまふ。（夕顔が）ありしながらうち臥したりつるさま、（袖を）うち交はしたまへりしが、我が御紅の御衣の着られたりつるなど、いかなりけん契りにかと道すがら思さる。
（①「夕顔」一八〇頁）

宇治への道行の幻想的な衣の場面は、山寺で夕顔を見納め、茫然自失の態で都へ帰る源氏の回想の中の、彼自身の紅の御衣に包まれた夕顔の遺骸と重なり、宇治に留まる限り浮舟は死ぬという帰趨を、物語は刻み込むのである。不吉な「人形」についての会話よりも、感覚に直接訴え、現前性がはるかに強い、赤い御衣というイメージは、「人形」というテーマとは異なる回路、すなわち直近のコンテクストを超えた射程距離の長い、モチーフ間の照応という位相で、死への道行を造形している。[7] 夕顔と浮舟を象徴する色として「白」が挙げられているが、「紅の御衣」は作品の構成を根底から支え動かしていく装置として機能しているという点で、「白」が果たす役割とは違うという点も押さえておきたい。

浮舟が小野で住む所は、「夕霧」の舞台だった落葉の宮の母の山荘に近いと、さりげなく位置付けられているが、この言及も重要である。「夕霧」巻で落葉の宮は母一条御息所の死によって俗界への帰還に追い込まれるが、この死は、大君の死と並んで『源氏物語』の中では最も悲惨なものだった。大事な娘・妹が男に弄ばれ、皇統の誇りが踏みにじられたという思い込みの中で死ぬという悲劇が呼び込まれ、浮舟の死からの逃走に影を投げることは否めない。落葉の宮が「浦島の子が心地なん」との思いで、経箱（宮は「玉の箱」と呼ぶ）と御佩刀（みはかし）を抱え、一条宮への帰還の車に乗ったことも注意を引く。経箱は浮舟の出家願望と呼応し、御佩刀は落葉の宮が皇統の血脈の正統な継承者であることを証する刀であるため、[8] この二つの品は物語最終部分の核心に連なるのである。

浮舟の移動に話を戻すと、彼女は心神喪失状態のまま小野へ車で運ばれたので、亀の背に乗せられて龍宮へ行った浦島の移動形態と似たところがある。それはさほど重要なことではないが、浮舟が小野で意識を取り戻したときの記述は、帰還した浦島さながらである。

一人見し人の顔はなくて、みな老法師、ゆがみおとろへたる者どものみ多かれば、知らぬ国に来にける心地して、いと悲し。

（⑥「手習」二九五頁）

浦島の主要テーマ、老衰は、浮舟の外部に投射され、以後老尼の姿に代表されて浮舟を取り巻く環境を特徴付けることになる。死からの生還の到達点としての小野は、したがって浦島の身の破滅となった故郷への帰還と重なり、小野の地は救済の土地とは言い難い、曖昧な両義性を帯びて現れる。聖性（比叡山）と俗性（世俗の世界に連なる地域）を併せ持つ小野の地の両義性は既に指摘されていて[9]、横河僧都の持つ両義性[10]（高僧としての聖性と、世俗権力に親近し甚など に興じる俗性）もこの小野の地の特徴と共通している。

小野という「山里」の地理的な両義性に加えて、今西祐一郎氏はこの地を歴史的視点から位置付け、浮舟が住む場所を特徴付ける過渡期性を指摘している。「山里」は今では平凡な言葉だが、都市生活者に変質し、山荘を求めるようになった平安貴族が発見した空間こそが「山里」だったと規定した上で、浮舟がたどり着いた場所はそれとはまた異なると、氏は述べる[11]。

「かの夕霧の御息所のおはせし山里よりはいま少し入りて（……）」と記された小野は、院政期以降、遁世者の「別所」として名を馳せた大原と隣あう山里であった。『源氏物語』の「山里」は、浮舟の登場によって、平安京貴族の「山荘」から遁世者の「別所」へと、大きく変貌しようとしていたといえるかもしれない。（……）この変貌は古代から中世へという時代の転換の、「山里」というささやかな空間における一つの予徴なのであった。

浮舟が辿り着いた小野は、地理的に平安の貴族社会から外れた境界の地だったばかりでなく、貴族文化の絶対的な規範性がゆるぎつつある時の流れを表象する地でもあったということであり、『源氏物語』の作者がこの地に最後の舞台を設定したことの意味は、語る「今」を超えていく歴史の動きの中で、作者が物語を擱筆したということだったと思われる。

二　浮舟の言葉

前項では、地理的広がりを中心に浮舟が辿った軌跡を追ったが、ここでは人間社会の中での浮舟の問題を考えてみたい。皇族の娘としての誇りを拠り所に生きていた大君は、父の遺言を守れなかったという自責と絶望の中で、自分の生きる道を見いだせず死ぬ。一方宮廷社会においては、皇子八宮から認知されなかった浮舟は高貴な血筋の者とは認識されていない。浮舟を熱愛する匂宮は、彼女を上臈の女房・召人程度に考えていたし[12]（⑥「浮舟」一五五頁）、薫にしても、大君に対する真摯な恋心と浮舟に対する感情とでは、側近の者の目から見ても格段の差があり（⑥「手習」三五八頁）、薫自身も横川の僧都に、

なまわかむどほりなどいふべき筋にやありけん。ここにも、もとよりわざと思ひしことにもはべらず。ものはかなくて見つけそめてははべりしかど（⑥「夢浮橋」三七八頁）

と、あまり大したことのない皇族系だったようで、配偶者として真面目に考えたわけではないと説明している。

一方、上流の貴族社会に属さない層の人々からは、浮舟は「姫君」とも呼ばれ、同類とは見なされていない。つまり浮舟は、上流貴族社会にも隠者社会にも中・下層社会にも属さない人間、この世に居場所がない人間として描かれている。母が常陸介と結婚したため東国で育ち、受領の実の娘ではないと知られて結婚が破談となり、進退に窮して中の君宅に身を寄せたという、中流社会からも締め出された過去を持っている。[13]血の論理から言えば、大君と中の君

が同質の存在であることは言うまでもないが、対照的に描かれた姉妹を血脈の絆に収斂させるくだりが用意されているることは興味深い。大君を慕う薫に、中の君に心を向けさせようとする大君は、「（妹を私と）同じことに思ひなしたまへかし。身を分けたる心のうちは皆（妹に）譲りて、見たてまつらむ心地なむすべき」⑤「総角」二四八頁）と説得する。それを受けて薫が送ってきた紅葉の枝は、姉妹の同質性を鮮やかに示す表象となっている。

青き枝の、片枝いと濃く紅葉（もみ）ぢたるを、

おなじ枝を分きて染めける山姫にいづれか深き色と問はばや」

（同二五七頁）

薫の歌には「二人は同じだとおっしゃるが、葉の色が違うこの二つの小枝のように二人は違うではありませんか」という抗議が込められている。しかし同時に、一つの幹（父母または母）から生えている二つの枝という表象を通して、より根源的に、一つの生命体として完結している八宮家の血脈の閉鎖的関係性が描き出され、その中に浮舟が入り込む余地はない。木の傍にかろうじて生えたひこばえのように、浮舟は八宮家から疎外されている。しかし、宇治の姫君たちは、姉の大君が父親に似、妹の中の君は大納言の娘だった母親似で、父親似の大君に浮舟は似ているという。つまり外見的には皇統の血脈を中の君よりも濃く受け継いでいる。気高く美しい姫君だが、楽器も嗜まずぱっとしないという、横川の僧都の母尼の言葉は、肉体性と社会性との矛盾を抱え込んだ浮舟の、どこにも属さないあり方を端的に語っている[14]。

「（……）ここに月ごろものしたまふめる姫君、容貌（かたち）はいときよらにものしたまふめれど、もはら、かかるあだわざなどしたまはず、埋もれてなんものしたまふめる」と、われ賢（かしこ）にうちあざ笑ひて語る（……）

（⑥「手習」三二一頁）

浮舟自身も、尼たちが琴などを弾いて、つれづれを慰めるのを聞いて、

昔も、あやしかりける身にて、心のどかにさやうのことすべきほどもなかりしかば、いささかをかしきさまならずも生ひ出でにけるかな（……）
（⑥同三〇二頁）

と、中身は高貴な姫君とは似ても似つかない、琴も弾けない情けない育ちなのだという自覚を持っている。天女やかぐや姫に比べられる気高い美しさを持ちながら、内実が伴わない、このように自分自身が乖離・分裂した存在だと、浮舟は考えている。

落葉の宮が山荘から去る場面に御佩刀が登場することは既に触れた。落葉の宮の母、一条御息所の名が小野の位置付けの中で明示されていることにも注目したい。皇女は結婚するものではないということを、この物語ではっきり語った人物だからである。皇族の誇りを何よりも重視し、世間からは忘れられているとは言え、れっきとした皇族であった父八宮が精神的拠り所とした、しかしついに果たせなかった仏道専心への道を、浮舟は一人で歩もうとしている。男との関係のもつれで追い詰められ、「いかでこの世にあらじ」（⑥同二九九頁）と思い続け、自殺を決意した彼女が、意識を回復して最初に言ったのは、「尼になしたまひてよ。さてのみなん生くやうもあるべき」（⑥同二九八頁）という言葉だった。宇治から小野へという、生への帰還の道が出家という形でしかあり得ないということを、浮舟は自覚的に語り、仏行に励む。横川の僧都は音楽を楽しむ母を、「聞きにくし。念仏より他のあだわざなせそ」、念仏に集中して、くだらない遊びごとはやめなさいとたしなめるが、琴の素養もない浮舟は「あだわざ」に気を紛らわすこともなく、ひたすら経文を読み、徒然を慰めるものといっては、手習以外にはない。彼女の欠陥だった教養のなさは、仏道に打ち込むためには、かえって好都合なものへと変化している。そして、和歌という定型言語の助けを借り、手習を書くという行為を通じて、自己省察を深めていった。

思ひ寄らずあさましきこともありし身なれば、いと疎ましし、すべて朽木などのやうにて、人に見棄てられて止みなむともてなしたまふ。されば、月ごろたゆみなく結ぼほれ、ものをのみ思したりしも、この本意のことしたまひて後より、すこし晴れ晴れしうなりて、尼君とはかなく戯れもし交はし、碁打ちなどしてぞ明かし暮らしたまふ。行ひもいとよくして、法華経はさらなり、異法文なども、いと多く読みたまふ。（⑥同三五四頁）

男女関係を疎み果て、男との関わりはすべてなくそうと思いつめていたが、念願の出家を果たしたのちは、尼たちともくつろぎ、過去の記憶を受け止めるという余裕も出てくる。ここで浮舟が碁を楽しんでいると語られるのは興味深く、作者は、「絵合」において、源氏の弟の風流人、帥宮に「筆取る道と碁打つこととぞ、あやしう魂のほど見ゆる」（②三八九頁）と語らせている。浮舟の碁の相手をした尼は、横川の僧都よりも浮舟の方が強いと驚いている（⑥三二六頁）。楽器は弾けないが碁は強い、言うべき言葉がなければ、後ろを向いたり寝そべったりして沈黙を守る娘を、石田譲二氏は「無垢の野性」と形容し、「この人は、いつも孤立した状況に身を置かねばならぬ。（……）この人には、孤独な状況に身を置いた時、自ら孤独な決断を下す、下し得る強力なバネが、生来身に備はっていた」と述べる。[15] 確かに、懐かしい人は母しかないという浮舟は、少女時代から孤独で、黙って外を眺めていたことが多かったろうと思わせる人物である。外の世界に向けられる彼女の言葉には、無駄がない。薫からの詰問の手紙への「所違へのやうに見えはべればなむ」という返事は、『無名草子』の女房が「心まさりす」と評する頭の良さを見せている。[16]

浮舟の出家願望は、仏への信仰と言うよりは、愛欲のもつれによる苦しみを二度と繰り返したくない、この世から逃げたい、というものであり続けることは確かである。過去を回想する手習の歌について様々に議論されているが、一定の精神的な余裕を得て、過去と向き合うことを恐れなくなった徴だと、稿者は考える。より一般的に言えば、過去とその記憶を簡単に消し去ることはできないという、作者の人間理解の証左ではないかということである。死んだと思われている自分の一周忌の法要のために用意される、布施用の衣を渡されて、浮舟が最後に詠む手習の歌、

尼衣[17]変はれる身にやありし世のかたみに袖をかけて偲ばん　（⑥同三六一頁）

は難解で、「や」が反語（過去を断ち切る）か、疑問（過去を偲ぶ）か、意見が分かれて決着を見ない。小林正明氏は、どちらかを選ぶという問題ではなく、決定不能的両義性が語られている、反語も疑問もすでに輪郭が溶解し、事物の存在自明性は見失われている世界だと言う。[18]両義的であることには賛成だが、果たして浮舟の内的世界は混沌に向かっているのだろうか。手習に意識下のものを掘り起こす機能があると、後藤祥子氏が述べて以来、浮舟の手習も、無意識の領域へ沈潜する心の動きを語るもの、という理解が有力になっているが、後藤氏がそれに続けて、「人は歌によって新たな自己を築いている」と結論していることにも注目したい。氏は、手習が「女の歌日記の現実的な形態をなぞっている」とも述べている。[19]浮舟の優れた歌は、縁語・掛詞仕立ての王朝和歌の常道とは違う、古代和歌以来のもう一つの流れ、『万葉集』に言う正述陳思（ただにおもいをのぶる）歌の系列に属し、自覚的に言葉を選んで、思いを組み立てていく歌である。土方洋一氏は以下のように、その独自性に注目する。

総じて類型的な詠歌の発想、表現から逸脱した個性的なものが感じられる。（……）浮舟の手習歌は、個別的な体験に立脚した、特異な境涯における心境の吐露であり、その手習歌としての特殊性をこそ、物語は描こうとしている。[20]

近藤みゆき氏は、「飽く」という、用例が限られた語を精査し、浮舟に関わる「手習」巻の散文部分にも極めて特異な性格が認められることを明らかにしている。[21]

男女間、それも恋愛関係にある男女関係において、女性から男性にこの〈ことば〉が発せられることは（……）先行の散文作品においても、『源氏物語』内においても全くない。まして、女性と言うだけでなく、圧倒的な身分差――零落した宮の劣り腹で地方育ちの浮舟が、匂宮や薫のような最上級の貴人にこの語を用いるのは、当時の言語規範をこれ以上ないほど逸脱していると言って良い。

さらにこの語について氏は、対応する源氏の用例と比較し、出世間へ向かう浮舟の歩みを跡づけている。「夢浮橋」の巻に入ると、俗世間からの介入が深刻化し、薫からの手紙を弟の小君が持ってくる。しかし、家族への未練・好ましく想い出すこともある過去の愛人からの呼びかけという試練にも、覚悟はゆるがず、尼たちの説得や「世に知らず心強くおはします」、「さすがにむくつけき（気味が悪くなるような）御心にこそ」といった非難、法の道に導いてくれた横川の僧都すら還俗を勧めるという、孤立無援の状況の中で、浮舟は泣き伏しながらも、出家という決断を翻さない。様々の感情を抱えつつ、どのように現在を生きるべきかという潜在的な問いかけに対して、蘇生後に発した「尼になしたまひてよ。さてのみなむ生くやうもあるべき」という姿勢は崩れないのである。[22] その後どうなるかは全くわからない選択ではある。小野の地の両義性については既に触れた。

先程の疑問に戻ろう。なぜ、作者はこの規範から外れた人物を物語の最後の担い手にしたのだろうか。栗本賀世子氏は規範から外れた源氏の内裏住みを検討し、『源氏物語』は「虚構の設定を（……）史実を足掛かりにしつつそこからずらし、巧みに創出する」[23] と述べている。浮舟の場合は、史実ではなく、当時の権力機構に基づく正統性についての理念の問題だが、正統な皇統に「準ずる」存在ではあるが正統性を認められていない者、規範から外れた者を、最後の締め括りに選んだということであり、その選択自体が、重要なのだと思われる。また浮舟が、皇統の人々が果たせなかった理念（出世間）を実行しようとする人物として定位されていることは、その成否以上に重要だと思われる。そして、浮舟の激しい現世否定の姿勢を全く理解できない薫という男へ向ける、語り手の皮肉な視線で物語は終わる。田渕句美子氏が「竹河」について述べている、中心を相対化する周縁からの視点[24] と共通するものが、浮舟物語を支える視座にもある所以であろう。

『源氏物語』の引用は『新編日本古典文学全集』（小学館）により、一部表記を私に改めた。

〔注〕

1　福長進「「源氏」立后の物語」（日向一雅編『源氏物語　重層する歴史の諸相』竹林舎、二〇〇六年、七四～九二頁）
2　高木和子「平安文学における歴史と虚構」（本書所収）、『源氏物語を読む』（岩波新書、二〇二一年）
3　小論で言う作者とは、必ずしも紫式部という歴史上のある特定の人物とは限らない。作者が複数いたという可能性も含めて、五四帖からなる作品を一つの統一体と捉えた上で、それを統括して書いた人物である。従って、宇治十帖の作者がそれまでの作者と違う場合も、後発の作者はそれまでの部分のテクストが作り上げた世界を全て引き受けて書いているという意味において一つの作品の作者として捉えるということである。
4　大朝雄二「浮舟の登場」（『文学』五五号、一九八七年十月、六八～八一頁）。原岡文子「浮舟物語と人笑へ」（『国文学』三八－十一号、一九九三年十月、一一八～一二三頁）
5　吉井美弥子「浮舟物語の一方法―装置としての夕顔―」（『日本文学』三八号、一九八六年十一月、五八～六五頁）
6　寺田澄江「世界とその分身―源氏物語の霧」（寺田澄江・高田祐彦・藤原克巳編『源氏物語の透明さと不透明さ』青簡舎、二〇〇九年）
7　この種の語りのモチーフは、屏風歌と歌物語という、絵と和歌を中心とした土壌の中で発達した和文の可能性を最大限に引き出している、『源氏物語』の散文の特質を典型的に示しているものとして注目される。
8　本橋裕美「「浦島の子」落葉の宮の造型をめぐって―御佩刀と経箱の象徴性―」（『源氏物語〈読み〉の交響』新典社、二〇〇八年、一二三～一四二頁）フランソワ・マセ氏は今回のシンポジウムの基調講演において、『日本書紀』には浦島の帰還が書かれていないと指摘し（本書所収「日本最初のテクストに書かれた「浦島の子の話」をどこに分類すべきか」）、空間移動の問題を斬新な切り口で提起した。イフォ・スミッツ氏の空間移動についての考察（同じく本書所収の「『源氏物語』における歴史的空間と虚構的移動」）がそれに呼応し、『源氏物語』においては玉鬘と並んで移動する女君を代表する浮舟が、存在感を強めてこの空間の中に浮かび上がってきた。空間移動というファクターが、物語言説の大きな機動力となることを改めて理解させてくれたお二人の発表が小論の出発点であったことを申し添え、お二人に感謝したい。

9 小林正明「手習」（『別冊国文学―新・源氏物語必携』、五〇号、一九九七年、一二二～一二四頁）

10 横川の僧都の人物像の統一のなさは、物語の進行役的役割にとどまっているためとも考えられている（秋山虔他）。その場合、横川僧都自身には、あまり重きが置かれていないということになる。

11 今西祐一郎「山里」（『国文学―源氏物語をどう読むか』、二八-十六号、一九八三年、一一四～一一七頁）

12 褶（女房のお仕着せ）のエピソードを参照。原岡文子「境界の女君―浮舟―」（鈴木日出男編『国文学解釈と鑑賞別冊人物造型からみた『源氏物語』』一九九八年五月、一七二～一八六頁）

13 浮舟の複雑な生い立ちについては、浮舟の母に関する高田祐彦氏の「中将の君の身分意識をめぐって―浮舟物語論の序章」が参考になる（森一郎編『源氏物語作中人物論集』勉誠社、一九九三年、五六五～五七六頁）。

14 その具体相は、拡散する浮舟の呼称についての三田村雅子氏の論に示されている（「浮舟を呼ぶ―「名づけ」のなかの浮舟物語」『源氏研究』6、二〇〇一年、一一三～一六三頁）。

15 石田譲二「浮舟の性格について―無垢の野性―」（『文学論藻』一九九二年、六六号、一〇～二〇頁）

16 久保木哲夫校注・訳『無名草子』（新編日本古典文学全集『松浦物語・無名草子』一九九九年、一九七頁）

17 「尼衣」が「天衣」を射程内に納めているとして、かぐや姫昇天の面影をここに重ねる読みがある。「ふと天の羽衣うち着せ奉りつれば、翁を、いとほし、かなしと思しつることも失せぬ。この衣着つる人は、物思ひなくなりにければ」という、異界との断絶の物語の投影と見るわけだが、このコンテクストでは過去との断絶ということになるだろう。引用は新編日本古典文学全集『竹取物語（片桐洋一訳・注）・伊勢物語・大和物語・平中物語』一九九四年、七五頁）

18 小林正明「浮舟の出家―手習巻―」（『源氏物語講座』四、勉誠社、一九九二年、一八〇～一九〇頁）

19 後藤祥子「手習いの歌」（『講座源氏物語の世界』第九集、有斐閣、一九八四年、二二四～二三八頁）

20 土方洋一「「古言」としての自己表現―紫の上の手習歌」（小嶋菜温子・渡部泰明編『源氏物語と和歌』青簡舎、二〇〇八

年、一五〇～一七四頁）

21　近藤みゆき「「手習」巻の浮舟―「飽きにたる心地」と「飽かざりし匂ひ」をめぐって」（同、二六六～三〇六頁）。作品の全体構成に関わる光源氏の用例との比較についての氏の議論は重要だが、紙幅の関係で省略する。

22　この問題については、定説を見ない「夢浮橋」という巻名について、「浮橋」を『源氏物語』成立の時代までの和歌の用例で、「夢」をこの巻の用例で検討した贄裕子氏の「『源氏物語』の巻名「夢浮橋」の再検討」が参考になる。氏によれば、薫にとって「夢」は浮舟との現在の夢のように不安定な関係を指し、浮舟にとっての「夢」は、過ぎ去った過去、すなわち現実とは断絶したものを表している。また、「浮橋」は「踏み」・「文」という修辞の使用がコンスタントで、天上との関係はないとのことである。用例の絞り込みによって明確な言語相関図をつかみ出したことは非常に興味深いが、「手習」巻の浮舟歌にはっきりと現れている天上界への言及などがある作品内の先行歌群、当時の詠歌参考書『古今和歌六帖』の総花的テーマ分類を切り捨てて考えることは、当時の歌作行為や過去・現在を通じた読者の受容状況に対応するものかどうかという疑問が残る（『国語と国文学』二〇二二年二月、一七～三二頁）。「踏み」・「文」については、清水婦久子氏の指摘もある（『源氏物語の巻名と和歌　物語生成論へ』和泉書院、二〇一四年、一七九～一八〇頁）。

23　栗本賀世子「光源氏青年期の桐壺住み―皇位継承の代償としての内裏居住―」（本書所収）

24　田渕句美子「女房が語る「家」の物語と歴史―竹河巻―」（本書所収）

Ⅲ　読む現在と書く現在

『栄花物語』──物語文学の癒し──

タケシ・ワタナベ

一　歴史から消された霊

「宮は御鋏して御手づから尼にならせたまひぬ」という短いが哀れ深い一文が『栄花物語』[1]にある。九九六年の定子中宮（九七七〜一〇〇一）の出家を語るこの一節以外にはこの時の様子は歴史記録にはほとんどない。[2]病気や老いによる出家はよくあるが、なぜ当時妊娠していた中宮はこの大胆な行為に至ったのだろう。高貴な人間がこれほど重大な行為にこれほど突発的に、一人で赴くことは異例で、それだけ窮地に立っていたことはわかる。一条天皇（九八〇〜一〇一一）に入内し、そのサロンの華やぎは清少納言（九六六頃〜一〇二〇頃）の『枕草子』に謳われた定子だったが、清少納言があえて語らなかった一族の凋落は、氏の長者、父藤原道隆（九五三〜九九五）の死に始まった。九九五年の道隆の死後、叔父、藤原道長（九六六〜一〇二八）による一族への攻撃は激しさを増し、娘の彰子（九八八〜一〇七四）を一条天皇の後宮に送り込み、ついには平安朝の政治を支配するに至る。しかし九九六年にはそれはまだ先のことだった。その始まりの兄弟たちの追放に直面した定子はこの処置に対する抗議として髪を切ったのだった。

定子は儀式の荘厳もなく、剃髪する高位の僧もなく、一人で髪を切ったように語られている、と私は『栄花物語』についての小著の中で述べた。[3] パリの発表でこれを再度取り上げたとき、彼女は実は一人ではなく、仏がそこにいたのだというジェフリー・ノット氏よりの鋭い指摘を受けた。これは私にとっては、刺激的だった。小著では、『栄花物語』を広い視点から読み、非宗教的世俗的観点・近現代的観点からの思考を超克しようと私自身努めてきたつもりだったからだ。なのに、信者にとって絶えず仏がいたはずであることに盲目であり、相変わらず近現代的観点に囚われていたと我ながら云わざるを得なかった。この近現代的歴史観点について、サンジェイ・セス氏の鋭い批判がある。近現代の歴史学は研究対象を取り巻くコンテクストや信念を把握しようとはするが、その信念（神々や自然などの力）が当時影響力を及ぼしていた世界観、感性、出来事の展開を「迷信」や古めかしい考えとして片づけてしまい、正しい「歴史」分析からは排除しがちである。近現代の歴史叙述は唯一の真実を客観的に提示すると一部では信じられているが、実はそうではなく、ある観点を他より重視し、複数の可能性を除外している。[4]『栄花物語』の近現代の受容は作品が平安時代の読者に及ぼす潜在的効果を意識していない場合が多い。近現代の歴史的叙述基準からすれば欠陥だらけという評価を受けるほかないが、この問題は当時の人々にとっては、問題どころか、必須な役割を反映し、それなりの意義があったのではないか。この作品が捉える過去は未だ永眠できず暴れ回る不安定で危険な記憶としてあり、それに積極的に関わることにより、この記憶を固定させ、歴史へと変換しようとしている。そのために、そこに取り憑いて、記憶を激震させている怨念や罪悪や恐怖などを祓い、現在に平安をもたらすことを目指しているのではないか。[5] ちなみに、当時の信仰システムでは、定子のような恨みの深い人物――自ら剃髪するほど激しい苦難を生きた人物――は死後怨霊として復活しかねない起爆的潜勢力（potential）を持ち得た。実際、彼女の父や兄弟は自分たちを敗北させたライバル、道長とその子たちに取り憑き害をなしたと記録されている。[6] しかし定子にはこの痕跡はない。『栄花物語』が予防薬として機能したのだ。そのためには、真実を追求するより、不安定で威嚇する記憶を変換し、過去を慰藉する物語に再生することが目指された。このため、三つの文学的戦略、すり替え、記念化（memorialization）、死者の声の復活（invocation）が使われている。以下順を追って検討して行く。

二　すり替えられた怨霊

まずすり替えだが、道長の後継ぎ、頼通（九九二～一〇七四）が一〇一五年に重病に陥ったとき、『栄花物語』はその病因とされていた中関白家の一族の悪霊をすり替えて、具平（ともひら）親王（九六四～一〇〇九）を浮上させる。具平の最愛の娘は頼通の妻だが、頼通にはまだ後継がいないため、他の女と結婚させようという話が持ち上がっていたやさき、娘を気遣う具平が怨霊として現れ、頼通の病気をおこしてしまったと告白する。息子の平癒を願う道長の熱心な祈祷の後、具平の霊は女の口を通して「子のかなしさはおのづから大臣（おとど）も知りたまへればなん。（……）命絶えてかくはべるばかりにこそあれど、天翔（あまが）けりてもこのわたりを片時（かたとき）去りはべらず」云々と語り、正体を現す。[7]

語り手は具平に代行させることによって、愛情を巡って連動する二つの話、すなわち一夫多妻制に耐えている女たちにとっては夢のような、頼通の愛情を一身に集めている具平の娘と頼通とのロマンチックな物語と、子供への愛のために我を忘れてしまう父親たちの物語を組み合わせている。兄弟まで相争い家同士が対立する醜い政争を二つの愛の物語に置き換えている。

語りのテクニックはすり替え操作に止まらず、共同体の記憶を形造っていく。記憶の形象化の問題については、物としての記念物――寺院、住居、その他様々な人々にまつわる建物など――だけではなく、[8] 記憶を支え、形作り、記念するプロセスにも注目したい。特定の歴史像として、戦争や英雄を始め、様々なトラウマを及ぼす出来事の記憶を、記念物が美しい造形・語り・儀式を組み合わせ、一定の固定された記念すべき歴史として世に広めているように、『栄花物語』も文学の約束事を利用して一つの歴史の姿を作り上げている。共鳴・暗示作用を通じて党派性を乗り越えられるよう、記憶を支配・修正する物語の典型的プロットや人物像を活性化し、人々がどう記憶すべきかを改めて方向付けている。道長と具平の重ね合わせはまさにこの例で、敗北し復讐心に燃えた怨霊、政敵道隆一族を、子を思うゆえに怨霊になった（と演出される）具平にすり替え、子を思う親という具平のイメージに道長を重ね合わせてその形象化をはかるこの一節は、まさにその例で、語り手は『源氏物語』、『栄花物語』が繰り返し扱うテーマに頼っている。繰り返しはパターン化し、読者の期待に応じるので、置き換えは真実性を高め、説得力も増せば、出来事の展開は不可避だったとより強く感じられる。また、人物たちは個々の問題や憎しみを超え歴史（もしくは仏教の輪廻）の一部として、神話的とも言える重々しさを帯びる。具平、道長、そして娘を頼通に嫁がせようとする三条天皇（九七六～一〇一七）は父性愛というテーマを通じて、読者の記憶の中では、比喩的な系図で繋がれ、社会の摩擦が弱めていた絆を強化する。このように数多くの人物と物語を展開する『栄花物語』は、従来考えられていたよりも遥かに文学的で精巧な構造を持っている。

三　物語――死者の声の復活

三つ目の語りの戦略、死者の声の復活とは、すでに具平親王の霊の祓いでみたように、死者の声を蘇らせ、彼らの恨みや辛さなどを生存者が伺い、共鳴し、祈祷をささげることによって、安寧を築くことを指す。この物（霊）の語りを伺うこと、あるいは「物語」は、霊の憑依に対する通常の処理方法であった[9]。病が物の怪のせいだったのか否かは、本質的には社会が定めていた。すべての病気が憑依のせいだとされていた訳ではなく、被害者自身の個人史と身分が基準となっていて、身分の低い者が被害者になることはなかった。敵が見当たらない場合は、軽い疾患または他の超自然的存在が原因だとされ、逆に恨みが強く感じられれば感じられるほど、復讐心の強い霊とされた。かくして、悪霊は被害者において根絶さるべきではなく、憑依を感受・同定した共同体において根絶する必要があったのであり、そのためには公開のパフォーマンスが必要だった。この厄払いを通して、聴衆の心を動かし、社会の記憶の中からこそ怨霊の怒りを鎮めることができたのだが、そのためには医学的知識も精神力すらも重要ではなかった。必要なのは、噂を聞く耳と語りのコツであった。すなわち祓いは「物語」の演出であり、この物語は「もの」(霊、あるいは言葉では表せない物)による、ものについての「語り」であり、占いや神秘的・宗教的感覚を呼び起こすものとして、文節化される世界に根を下ろしている[10]。多くの厄払いや死の場面において『栄花物語』はこれらのパフォーマンスを繰り広げ、読者の記憶からこれら霊が持つ暴力的な潜勢力を慰藉し厄払いするのである。

『栄花物語』の厄払いは、登場人物たちを代弁し、彼らの苦しみへの同情を育むシャーマンとしての媒介役の女性の語り手に依存している。その例として、定子に立ち戻ろう。定子の苦難はすでに述べたように、彼女の父が死んだ九九五年に一挙に深刻化する。この時点で彼女は最も重要な庇護者を失ったが、まだ兄の伊周(九七四〜一〇一〇)に頼ることができた。しかし、彼らの前に立ちはだかっていた叔父の道長は政治力を固めていき、翌年世間を大いに騒がせた花山院事件によって伊周の政治生命は断たれる。『栄花物語』によれば、伊周は自分が通っていた女と花山院が関係したと信じ、月夜の晩に院の一行を襲い、一本の矢が院の袖を貫いた。事件は内裏中に知れ渡り、伊周とその弟は罪科を言い渡され、配流となった。

物語言説によって語り直された『栄花物語』の記録は事件の醜悪さを和らげている。他の資料によれば伊周に付き従っていた七、八人の武士たちは、花山院の供二名の首を切り捨てているが、[11]『栄花物語』はそれを語らない。残忍な場面の代わりに、語り手は父の墓を伊周が夜間に訪れた逸話を述べる。このエピソードは他の歴史記録にはなく、『源氏物語』の同様の一場面と響きあっている。[12]つまり伊周は源氏というフィクションの人物を通して想起されるわけだ。この文学的光芒が伊周に浪漫的ヒーローの趣きを与え、党派的対立に明け暮れる濁った現実を超越させる。語り手はこの対応関係を明示して、「御かたちとととのほり、太りきよげに、色合まことに白くめでたし。かの光源氏もかくやありけむとみたてまつる」[13]と記している。この連合（連想）は読者の想像力の中に伊周を解き放ち、一族の紐帯から、そして読者が無意識であれ持っていたかもしれない彼について蓄積したことから読者を開放させ、伊周のおかれた状況、その心中に読者を導く。

「流罪」はもう一人の人物、菅原道真（八四五～九〇三）を活性化し、道真が祀られている北野天神に伊周が参詣するとき共鳴作用は増幅され、源氏の場合と同様、不当な行為の犠牲者として同情に価する伊周像が作られる。政敵により無実の罪で流罪にされた大臣、道真の怒りは、死後災害を引き起こしたと考えられていて、その怒りを鎮めるために神に祀り上げられた。伊周も定子も汚名をすすぐべき慰めも受けず立派な神社も生前には与えられなかったが、『栄花物語』は比喩的な形で彼らを祀り上げ、彼らにとっての物語を語っている。

四　憑坐（よりまし）としての語り手

伊周が捕らえられ追放されたので、定子は一族への処置に抗議して仏に祈願する。先ほど述べたように、この場面は、定子が自ら鋏を取ることによって、彼女の孤独さを強調しているが、仏のほかに、実はもう一人の霊的な存在、すなわち、欠くことのできない証人として定子を死後代弁する語り手の存在を見逃せない。この語り手は、定子が生前は持つことができなかった弁論の場を与え、『栄花物語』は彼女が受けた不当な行為を死後ではあっても貴族達に認識させ、追悼する空間を捧げる。

　このような全知全能の語り手のあり方は小説に慣れている現代の読者には自然でごくありふれたものかもしれないが、加藤静子氏が述べているように、この声は『源氏物語』が日本文学に残した最も意義ある財産と言えるものだ[14]。王朝物語の語り手は通常、目撃する出来事を語る女房とされている。『栄花物語』の場合は、その基盤となる元資料などには別の書き手たちがいたはずだが（この点については、後に説明を加える）、物語作者・編集者の作業によって特定できない無名の声となり、しばしばあらゆる登場人物の心に侵入し、腹話術師のように彼らの心内語を語る声となる。西欧文学の間接話法に対応するこの小説技法の助けを得て、読者は人物たちの心に入り、声に出せず、また声に出すべきでもなかった考えを知ることができる。これらの訴えは、人物たちが何を考え、なぜその行動を取ったのかを理解するためには不可欠で、人物たちに対する読者の共感を育み、終局的には彼らの霊を安らげる結果となる。この役割に語り手と憑坐（よりまし）が重なり、物語の癒す力が潜んでいる。

　定子が自らの手で出家したと一条天皇が知ったとき、『栄花物語』の語り手は、彼の心に入り、「あはれ、宮はただにもおはしまさざらむに、ものをかく思はせたてまつることと、思しつづけて、涙こぼれさせたまへば、忍びさせたまふ。昔の長恨歌の物語もかやうなることにやと、悲しう思しめさるることかぎりなし[15]」と記す。この短い言及が胸を打つのは、もう一人の一条天皇の后となった娘を持つ道長を憚って声には出さない彼の内面の考えに光を当てるからである。沈黙のうちに込められた彼の想いを表明することで、『栄花物語』は定子のみならず一条天皇をも慰藉する。定子に対する彼の想いを強調することによって、二人の一体感をテクスト空間に残し得た。もう道長への遠慮は不必要だったからだ。『栄花物語』が書かれた時点では、彰子はすでに揺るぎない二人の天皇の母だったので、語り手は彼女の地位を脅かすことなく一条天皇の本心を明かすことができた。『栄花物語』の歴史は勝者が自分のために書いたもので、いったん勝利すれば滅びた者たちへの同情を示すことはたやすかった。いや、この同情は必須であった。死者の恨みなどは、社会の記憶に散り残され、和解を促す歴史がなければ、怨霊としての災を招き続ける恐れがあったからだ。

定子が自ら剃髪した後、母方の祖父、高階成忠（九二三～九九八）が、手紙では秘密を保てない恐れがあるとして、自ら定子に会いにくる。この場面も『源氏物語』を想起させる。祖父は定子が今後どうするつもりか尋ね、常軌を逸したところのあるもう一人の老人、『源氏物語』の明石入道を思い起こさせる夢語りをする。娘が高貴な位につくことを熱望し、それが彼女たちの苦しみの元になっていることも気にかけない成忠と明石入道は、我欲と異常な信仰心を持つという共通点があり、成忠は盛んに念仏を唱え信心深い挙動を見せているが、孫の定子に信仰心を捨て皇子を産んで世俗の栄達を求めるよう強く促す。成忠の夢よりも遥かに空想的な『源氏物語』の明石入道の夢が実現し孫が中宮になったのだから、明石入道と重ね合わせることで、実現するかもしれない成忠の夢の真実性を先取りする構図となる。その結果、成忠の考えはそれほど常軌を逸したものには見えず、親の望みとしては、当然にも見え、さほどおぞましい人物には見えなくなる。

このような共鳴現象は出来事とそれに関わった人物たちに悲劇的な深みを、反復は不可避な成り行きという印象を与え、人間の逃れられない運命（輪廻）の形を描き上げるため、成忠は権勢欲にかられた父親の典型ともなる。人目を憚る彼の行為を暴露する『栄花物語』の語りは、全知的視点でいたるところを徘徊する物語の語り手、通常は聞き取れない声を魔術師のように呼び出す力をみせている。一見私的な会話であるだけ、読者の好奇心をそそり、誘い込もうとする。すなわち、物語は噂話への人間の好奇心を利用し、成忠の噂話に対する恐れ――「御文にては落ち散るやうもやと思ひたまへてなん」[16]――をひっくり返している。普通、世間は成忠の信仰の偽善を批判したり、定子の屈辱を声高にしゃべったりするだろうが、物語の空間では、外の者である読者を内の者に変え、内輪の会話に呼び込んで、あざけりではなく共感を呼ぼうとするのだ。

　同時代の人々の中には定子の言語同断な行為を批判する者もあったが、『栄花物語』の読者は、彼女が自分の意思に反して振る舞うように強いられたと見なす。ついには子を伴って内裏に帰参することにはなるが、定子は尼にふさわしい距離を保とうと努める。しかし、一条帝は「古になほたちかへる御心の出で」きて、「いといとけしからぬことなり」という彼女の必死の抗議を無視する。抵抗は何の役にも立たない。帝は彼女を自分の傍に置くように結局は計らってしまい、父や夫などの近親の男たちの承認がなければ、出家には意味がないことを、定子は失意のうちに悟る。そして、一年も経たないうちに仏への誓いを破ってしまった恥ずべき身であると苦しむ。語り手はそれを「宮の御前は、世のかたはらいたさをさへ、もの嘆きに添へて思しめす」[17]と伝える。実際、六月十四日に内裏が焼亡したとき、赤染衛門の夫、大江匡衡（まさひら）（九五二～一〇一二）が、これは出家した后が宮中に戻ったせいではないかと言ったと記録されている[18]。このように、『栄花物語』は定子の自力の行為を語る一方、その限界の厳しさをも示している。ラジャスリー・パンディ氏が注意を促したように、進歩的理想主義の視線からは行動性は疎外された人々に力と尊厳を与えるように見えても[19]、定子のような場合、特に出家が関わっている場合の行動性は、自由や自我確立とは全く逆に彼女自身を断罪してしまいかねない。鋏を手に取ったことにより、彼女自身の行為を強調する『栄花物語』は、彼女が強要された状況への同情を呼び起こす一方、無謀で適切さを欠く行動だったという批判も招く。

定子は九九八年の三月に男子を出産し、すぐにまた妊娠する。彼女は出産のために一〇〇〇年の三月に内裏を去る。この状況は彼女の祖父が望む通りだったが、公に妊娠を嘆くわけにもいかない彼女自身には不本意な状況だった。『栄花物語』だけが内心の想いを追想として明かしている。

さもありぬべかりしをりにかやうの御有様もあらましかば、いかにかひがひしからまし、なぞや、今はただ念仏を隙なく聞かばやと思しながら、またこの僧たちのもてなし有様いそがしげさなども、罪をのみこそは作るべかめれなど思されて、たださるべき宮司（みやづかさ）などの掟にまかせられて過ぐさせたまふ。（『栄花物語』①三二二頁）

語り手は間接話法を使って定子を代弁し、高貴な身分の后には口に出せない考えをはっきりと述べる。この内的な意識の流れを通して彼女の心に読者は入ることができるが、彼女自身は沈黙し周囲と隔てられるまま、間接話法の分析では「半陰影（penumbral）」と形容されるシャーマン的記憶の陰に覆われている存在にとどめられる。[20] この影の向こうからの声は語り手の声だけでもなければ、定子のものでもなく、こうした間接話法の使用は一つのテクストに複数の声を導入することを可能にする。その上、物語の浮遊的視点は多数の声、多数の視線を束ね、一つの共同の歴史にまとめられることによって、表面的であれ和解へと導かれる。読者は、一人の人間として見聞きしたことにのみ基づく限定された視点と党派心とを乗り越えるのである。

五　諸声の集合（assemblage）

同時に、『栄花物語』の集合的性格は、対立する視点があることも暗示する。作品としては全般的で全知的視点の語り手の提示に努めているとしても、その語りは数多くの実在の無名の人物たちの記録の寄せ集め、編集である。残念ながら原典として特定可能なのは『紫式部日記』(一〇一〇頃)だけで、敦成親王(後の後一条天皇、一〇〇八~一〇三六)の出産を語る「はつはな」の章は日記の文が引き写されている。ただ、後にも触れるが、この記録との関係でも注意しておくべき点は、『栄花物語』では、元の日記者の視点、声はなるべく薄めて編集されていて、物語の総合語り手に変化していることだ[21]。実際にはこうした記録は数多くあったはずで、一〇二二年に行われた法成寺金堂供養を語る部分に出てくる感想がそれを示す。

すべてあさましく目も心もおよばれずめづらかにいみじくありける日の有様を、世の中の例に書きつづくる人多かるべし。そがなかにもけ近く見聞きたる人は、よくおぼえて書くらん。これはものもおぼえぬ尼君たちの、思ひ思ひに語りつつ書かすれば、いかなる僻事かあらんとかたはらいたし。(『栄花物語』②二八五頁)

このような重要な式典の際、主人に命じられ、記録を取っておく役割を授かった女房は最も見事な記録を提出しようと競い合ったのではないか。

『栄花物語』には様々な証言を潜めた広がりがあると思われるもう一つの手がかりは「見えたり・見えたる」(「見ゆ」の活用形+過去の助動詞たり)の頻度である[22]。対応する英語(it seemed または it appeared)と同様に、「見ゆ」は視覚表現にとどまらず、何かに対する反応としての感覚や考えを含むより抽象的な表現でもあり得る。このごく普通の表現の「見えたり・見えたる」が『源氏物語』よりもはるかに多く『栄花物語』に現れることが注目され、前者は四三例、後者は一二八例となっている[23]。勿論、この数は表記、「見ること」に関わる種々の言い換え、作者の文体も関係してくるので、変動の幅を考慮する必要はあるが、少なくとも『栄花物語』の方がはるかに多く受動的な過去表現を使って、観察的描写を重んじていると言え、この結論はこれらの語が頻出する儀式場面を調べても確認される。敦成親王の御湯殿の儀式についての『紫式部日記』と『栄花物語』の描写は、時制と視点が異なっていて、紫式部(九七三頃〜一〇一四年以降）の方は「よろづのもののくもりなく白き御前に、人のやうだい、色あひなどさへ、けちえんにあらはれたるを見わたすに、よき墨絵に、髪どもをおほしたるやうに見ゆ[24]」とあり、『栄花物語』では「白装束どものさまざまなるは、ただ墨絵の心地していとなまめかし」と記したすぐ後で、語り手は年長の女房たちの衣装について「さる方に見えたり」（年にふさわしく見えた）という挟み込みを入れているが、これは原典の日記には見当たらないコメントである。[25]一例にすぎないが、場面を能動的に現在のものとして観察する紫式部の原文の視線をぼかし距離をおき、語り手を非実体化し、出来事を過去のものとして提示する『栄花物語』の編集のあり方を示している。作品におけるその他の「見えたり」は、この傾向を裏付け、無知な尼たちの噂話に取材した法成寺の金堂供養のような儀式の描写に集中している。この出来事が語られる「おむがく」の章には「見えたり」が七例ある。紫式部の日記を翻案した敦成の誕生が語られる「はつはな」には十九例あり、内四例は日記にはない道長の法華三十講に表れる。『紫式部日記』には「見えたる」は三例、「見えたり」は皆無、「見ゆ」は二四例もある。つまり紫式部とは対照的に、『栄花物語』の編集者は語られる過去の出来事の視覚的インパクトを示す書き方を選んでいる。すなわち「見えたり・見えたる」が『栄花物語』に集中して出てくる部分は重要な儀式に関する場面で、外部の出典から取ったものらしい。

六　代作——匿名執筆の意義

他のテクストや作者の痕跡を『栄花物語』はほぼ完ぺきに消してしまっているが、それについて二つの両立しうる解釈が考えられる。現在散見される以上に女性の記録があり、多くは無名のものであったことと、『栄花物語』の作者は、記録に名前や記録者にかかわる記述があったとしてもそれらを削除したことだ。これらを通して朝廷における女房の文学的役割が明確になってくる。平安女流文学の著名な傑作とその作者は、考えられている以上に例外的なものであったかもしれず、それが現在どのように読まれているかは近代日本文学の軌跡と緊密に関わっている。日本文学史を西欧の文学史に合わせようとした明治期の動きは、当時主流であった私小説の伝統を補強する一環として叙情的な平安の女流文学を強い自我の表現として読む受容形態を生んだ[26]。こうした読みも妥当だが、他の読みもある。『蜻蛉日記』(九七四年頃)の作者は宮廷に仕えたことはなかったが、作者とその夫の和歌は公的資料として、また一族称揚の作品として理解することもできる[27]。『紫式部日記』の方は、道長の権力掌握にとっては最も意義深い時期に対応する敦成の誕生を語る冒頭部分が目立ち、この画期的な出来事を記念するために道長が式部に命じたものだったようである。紫式部の名がこの記録に結びつけられ、独立したテクストとして世に残ったのは、彼女が『源氏物語』の執筆によって高い評価を受けていたことの証しでもある。『紫式部日記』が作者の名声のおかげで残されなかったら、式部自身の視点からの発言や個人的な事柄が削除されているため、『栄花物語』が式部の日記を抜粋したという事実も判明しなかっただろう。

しかしこれほど完全に作者の名を削除するのはそれなりの注意が必要で、何らかの目的のためだとしか考えられない。つまり作者たちとそれぞれの主人との関係に基づくこれら記録の派閥性を曖昧にする必要、または欲求があったと提案したい。こうした女性文学のステータスを理解するには、この時代には盛んだった代作歌という慣習と比較することも有効だと思われる。『蜻蛉日記』の作者や赤染衛門ほかの多くの著名な歌人は、家族や知り合いや主人のために歌の代作を頼まれていた。これらの依頼は私的なものから公的なものまであった。能力不足のため頼む場合も多いが、身分の高い者は秀れた歌人に代作させることによって権力を示した。代作の研究(または『栄花物語』の編集作業）が難しいのは匿名の行為のため全行程が把握しにくいからだが、現在代作と判明しているものは「人に代わりて」と詞書にあるもので、これを元に探すと、例えば『赤染衛門集』などに多数見出され、代作が広く行われていたことがわかる。ただ、匿名のまま散らばってしまった他の歌も多くあっただろう。[28] こうした広範な活動に加えて女房には物語、記録などの文筆活動があることも考えると、女性の著作は単に個人的で叙情的なものばかりでなく、社会関係に組み込まれ、朝廷では主人のために書くという役割も果たしていたことがわかる。したがって作者たちには家系的、政治的な所属先があり、調和を求める『栄花物語』の目論見の阻害要因ともなり得た。元の作者の声・個性・視線をぼかす、社会のために語る『栄花物語』の編集は、名前を付けられない、ある特定の人物とは認定できない、シャーマン的語り手の登場を可能にし、この神秘的人物には、重要な使命が託された。

七　代作者、仲介人としての赤染衛門

このような融和的姿勢は、ともに赤染衛門の主人であった彰子と母の源倫子（九六四〜一〇五三）のよく知られた態度と重なり合う。[29] この二人の他にも、定子の一族とも結びつきがあったことは、『栄花物語』の正編（最初の三十章）の作者を赤染衛門とする従来からの説を裏付ける。なお赤染作者説の根拠として研究者は未完で終わった新しい国史編纂に関わっていた学者の家系の大江匡衡（まさひら）との結婚を挙げている。[30] 匡衡の助けで、赤染は資料や知識を得て、『源氏物語』の刺激もあり、前例のない史書執筆を計画し実行したというのである。しかし赤染が持っていたその他の人脈がなければ内裏・女たちの生活に通じることはできなかったはずで、彼女は道長の勢力圏で働いていたばかりでなく、定子の血筋の人々との交流を維持し、残された定子の一族への気遣いを忘れていなかったことが赤染衛門の私家集

（『赤染衛門集』）に見られる。[31] この配慮は定子の母の家、高階家との結びつきがあったことにも裏打ちされている。また清少納言には定子の死後、清原の父の家が荒廃してしまったことを傷む和歌を贈っている（『赤染衛門集』一五八番）。この繋がりのために、道隆の一族と通じていると考えられていたようで、伊周が流罪になったとき、赤染は一時朝廷を去っている。彰子の母で道長の正妻の倫子は、赤染に直ちに花見に戻ってくるようにと勧め、道長の庇護を取り戻させた（『赤染衛門集』一三〇番）。このように赤染は残された定子の一族への同情の輪を広げることができる立場にいた。主人たちはこれを応援し、彼女の和解的文学活動（『栄花物語』や詠作も含め）の保護や、定子の息子を東宮に、また定子の孫娘を道長の息子の養女にしようと援助もしたことが文書に記され、『栄花物語』も忘れずにそれを記録している。[32]

パリのシンポジウムで荒木浩氏より『栄花物語』と教訓文学や説話群の区別について質問を受けたが、『栄花物語』の場合、この慰藉的な性格、そのための描写の親密さが目立つ。人々や話が数多く共通する『大鏡』とは異なり、『栄花物語』は情緒的な傾向が顕著で、既に述べたように、作品の内容は、登場人物達に仕えていた目撃者たちからもたらされた記録のように見え（仕える者でなければ目撃できない場面や主人の心中を察知している者による叙述がある）、語られる人物たちへの心遣いが感じられる。『栄花物語』の総合語り手の声そのものには、編集によってこれら複数の声が認定できなくなっていて、「声」としての個性はないが、様々な家系の人物に仕えている語り手たちの存在は漠然としたものでありながら、薄らとは意識できる。ただ身体的には、あらゆる場面に自由に立ち入っていることから、どこにでも侵入できる、神秘的シャーマンの語り手として受け止められる。この総合的でもあり、親密でもある語り手は、主役たちが死に及ぶときは、本人と周りの親近の人々の声を復活し、その嘆きや別れの贈答歌をテクスト中に再生することによって、死者達の鎮魂を永続し、死者と生存者たちへも安らぎを与える。実際、『栄花物語』は病気、憑依、厄払い、そして死の場面に満ちていて、死の場面はこの物語の約三分の一を占めていると述べた研究者もいる。[33]哀悼は『栄花物語』を特徴付ける。

八　定子の葬儀——鎮魂の空間

十二月十五日に、定子は内親王を出産して死ぬ。『栄花物語』では、火葬ではなく土葬にしてほしいという願いを込めた定子の和歌を兄が死の床の傍に見出す。

煙とも雲ともならぬ身なりとも草葉の露をそれとながめよ[34]

いかにも物語らしい一瞬であり、去ってしまった愛する者の遺体とともに遺言を発見する悲哀が迸（ほとばし）る場面である。しかし、ここには親しみと同時に特異性もある。それは、「煙とも雲ともならぬ」という冒頭を伊周は定子が火葬（当時の貴族達には一般的になっていた葬儀）を拒否していると解釈する。その読みが妥当か否かはともかく、伊周自身の目的にかなう読みだった。一片の雲に身を変じるのを拒否することによって、定子（伊周）は、哀傷歌における嘆きの伝統的表現を支える修辞的形象化を拒否する。換言すれば、彼女は予定調和的な凡庸な哀悼の演出を退け彼女独自の対処を求めることになる。ただ『栄花物語』らしく、妥協も示唆し、修辞としての雲を拒否してはいるが、和歌は煙と雲を呼び起こすことによって、和歌の伝統を踏まえながら、一族は定子の特別な存在に相応しい扱いを回りからも読者からも要求することができるのだ。

肉体を維持し留めおくことで、生前の定子に否認された朝廷空間をせめて死後占拠し、この物理的空間がテクストの記念空間と重なる。この空間、ピエール・ノラが理論化した「記憶の場所」は、ここでは「霊屋（たまや）」と呼ばれる当時比較的珍しい臨時建物、最終的な墓に土葬または火葬される前に遺体が葬られた古代の殯（もがり）に対応する空間である。[35]貴族が仏教の火葬に移行してからは通常は見られなくなり、注意を惹かれた『栄花物語』の作者がその特異性を認識しつつ和らげ、定子の物語全体と同様の筆法で取り上げている。

伊周の言葉にある「例の作法にてはあらで」という、この葬儀の特異な性質は、「今宵のこと絵にかかせて人にも見せまほしうあはれなり」[36]と語り手の草子地にも反映されている。定子の兄弟が建立した見慣れぬ墓は葬儀の当日に降った大雪に埋れてしまい、その後どうなったかは記されていない。ただ『栄花物語』の描写は明らかに消滅に抗する記録として今だに残っている。テクストが描く白く輝く雪は定子が好んだ紅梅と白の襲（かさね）と響き合い白はまた誕生（定子の生前の生殖力）、天皇（中宮としての定子）とその聖なる儀式にも繋がる。定子サロンの全盛時代を記す『枕草子』にも印象的な雪の場面が数多く見られる。同時に、白は死とも響き合い（死装束や喪服）、遺体の保存によって犯された清浄性をも表している。雪はこれら全ての連合と記憶とを活性化し、定子を浄化し、しかしまた複雑なイメージを持つ素晴らしい后としての定子像を作り上げる。

霊屋には、傍系のもう一人の后、次代の三条天皇の后、娍子（せいし）（九七二～一〇二五）も葬られる。さらにその娘当子（一〇〇一～一〇二三）も逆境にあって、絶望のうちに自らの手で髪を切り出家に追い込まれている。世代を超えて響き合う特徴が悲劇によって繋がる女たちの比喩的系図を描き出し、不可避とも言えるパターンを構成し、逃れることができない運命の網となって、苦しみの中にある人物たちにパトスと荘厳さを与える。想像の足場を掛けて周縁に追いやられた人々を平安朝の社会に再び組み入れる『栄花物語』の歴史は、このように作り上げられている。

戦争とその余波の中で女たちは、悲嘆に暮れ、子供や生き残った人々の世話をし、この世に未練を残した霊を慰める。『栄花物語』は戦争ではなく政治的戦いを扱い、この女性の伝統的役割を受け継ぎ、身体の傷ではなく心の傷を根治しようとしている。生存者達を悩ます醜い成り行き（haunt）を物語の決まりに依拠してすり替え、傷ついた者たちの訴えを聞き、全ての人が安らぎを得るために敗者の恨み、勝者の罪悪感などを鎮めようと努めている。『栄花物語』の史観に対する批判は、この作品が書かれたときには過去がまだ死んではいなかった（人々が社会的負の記憶にまだ取り憑かれていた）ことを忘れている。個人であれ、共同体であれ、どう苦しい記憶を乗り越え、どのように生き残った者たちが死者に対しての任務を背負うか、悲劇があるかぎり、我々にも通じる課題である。実は、『栄花物語』は過去だけではなく将来へ眼差しを向けている。こう読むと、平安時代の他の女性文学の作品にも通じる癒しの特徴を検討できる。小著の書評の中でソニア・アルンツェン氏は『栄花物語』から『蜻蛉日記』を振り返り、源高明（九一四～九八二）の流罪に対する『蜻蛉日記』の作者の反応を挙げ、自分の夫が高明一族の苦境の張本人であることを熟知していたにもかかわらずその家族に同情の手紙を送った理由を長年疑問に感じていたが、やっと理解できたと述べている[37]。歌人として、夫の家族の一員としての主要な役割は夫の政の後始末にまで及び、傷つけた者たちへ同情を表し、社会の絆を修復し、事態を収拾する優れた歌人でしか果たせない重要な仕事だった。平安時代の女性の作品におけるこうした社会的歴史的意図を析出することによって、私は彼女たちの個的な意図や意味を無視しているわけではない。結局は、作者たち自身も生き残りであり、最も慰めを必要とする人々だったのだから。しかし、これらのテクストが持っている可能性を幅広く把握することによって、現在においてもなお歴史を語る諸々の書物が持つ力を再評価し、広く検討することが可能になることを期待している。

〔注〕

1 『栄花物語』、山中裕・秋山虔・池田尚隆・福長進校注、新編日本古典文学全集（以下新編）第三一～三三巻（以下①～③）、小学館、一九九五年、①二五〇頁。最初の三十章（正編）の作者は赤染衛門（九五六～一〇四一）とされる。ただ、作者と言っても、後に説明するように、編集者の役割も含む。

2 長徳二年五月一日（九九六）、「皇后定子落餝（飾）為尼。」（『日本紀略』、『国史大系』第五巻、経済雑誌社、一八九七年、一二一九頁）。『小右記』は、定子落飾について源扶義（すけのり）の報告を記している。報告は「事頗似實者」（本当らしい）と付け加えていて、定子の行為が公に認められたものではなく、疑いをもって見られていたことを示している（藤原実資、『小右記』、長徳二年五月二日（九九六）（『大日本古記録』所収、岩波書店、一九五九～一九八六年、第二巻一〇頁））。

3 *Flowering Tales: Women Exorcising History in Heian Japan*（以下 *FT*, Cambridge, MA: Harvard Asia Center, 2020）, p. 97.

4 Sanjay Seth, *Beyond Reason: Postcolonial Theory and the Social Sciences*（Oxford: Oxford University Press, 2021）, p. 87, pp. 119-121, p. 219.

5 この論文は、前掲の小著 *FT* を一部取り上げ発展させ一部引用したが、より詳しい展開については小著を参照して頂きたい。

6 *FT*, p. 178.

7 『栄花物語』②六二～六三頁。

8 ここではピエール・ノラ（Pierre Nora）の「記憶の場 *lieux de mémoire*（sites of memory）理論に拠っている。この理論は *Rethinking the French Past: Realms of Memory*（New York Columbia University Press, 1996）にまとめられている。日本語訳は『記憶の場―フランス国民意識の文化＝社会史』全三巻、谷川稔監訳、岩波書店、二〇〇二年～二〇〇三年。

9 平安時代の霊の憑依現象とそれに関連する研究については *FT*（pp. 14-15, pp. 158-161）を参照されたい。

10 藤井貞和、『物語文学成立史』、東京大学出版会、一九八七年、六九八～六九九頁。

11 『小右記』、長徳二年（九九六）二月、五日。

12 『源氏物語』、新編②一七八～一八二頁。

13 『栄花物語』①二四七～四八頁。

14 加藤静子、『王朝歴史物語の成立と方法』（風間書房、二〇〇三）一～二頁。

15 『栄花物語』①二五〇～五一頁。

16 成忠の訪問、『栄花物語』①二七五～二七六頁。

17 この段、『栄花物語』①二七八頁。

18 藤原行成、『権記』長元元年（九九九）八月十八日。定子の出家に触れているため有名な一節だが、行成はここで一条天皇の第二の后としての彰子の入内についての新説を出している（『権記』長元二年（一〇〇〇）一月二八日）（『摂関期古記録データベース』国際日本文化研究センター、https://rakusai.nichibun.ac.jp/kokiroku/）。

19 Rayjashree Pandey, *Perfumed Sleeves and Tangled Hair: Body, Woman, and Desire in Medieval Japanese Narratives* (Honolulu: University of Hawai'i Press, 2016), pp. 26-29.

20 Dorrit Cohn, *Transparent Minds: Narrative Modes for Presenting Consciousness in Fiction* (Princeton: Princeton University Press, 1978), pp. 46, 103.

21 『紫式部日記』からの引用は、ちなみに「新編」では、ほぼ三二頁に亘る（①三九七～四二八）。そのままと言えるほどの引用部分もあれば、『栄花物語』の作者（編集者）の手も見える部分もある。その比較研究の一つとして、山中裕「『栄花物語』と『紫式部日記』」、伊藤博、宮崎荘平編、『王朝女流文学の新展望』（竹林舎、二〇〇三年）七～二六頁を参考。

22 パリの発表の際に、違いについて指摘してくださった寺田澄江氏に感謝する。

23 検索は二〇二三年時のジャパン・ナレッジの新編による。

24 『紫式部日記』、新編 第二六巻、一四〇頁。

25 『栄花物語』①四〇五頁。

26 鈴木登美 Tomi Suzuki, "Gender and Genre: Modern Literary Histories and Women's Diary Literature", in *Inventing the Classics: Modernity, National Identity, and Japanese Literature*, ed. Haruo Shirane and Tomi Suzuki (Stanford: Stanford University Press, 2000), pp. 71-95.

27 例えば、『大鏡』（一二世紀）では、作者は息子に関する章段の中に出てきて、和歌の才が強調され、夫との和歌の贈答が引用されている（新編 第三四巻、二五〇頁）。Joshua Mostow, *At the House of Gathered Leaves* (Honolulu: University of Hawaiʻi Press, 2004, p.36) を参照のこと。

28 代作についてのその他の研究、特に『赤染衛門集』については、タケシ・ワタナベ "Versifying for Others: Akazome Emon's Proxy Poems", (*Monumenta Nipponica* 77.1 (2022), p. 1-26) を参照されたい。

29 服藤早苗、『藤原彰子』（吉川弘文館、二〇一九）。この二人に加えて、強い発言力を持つ道長の姉、藤原詮子（九六二～一〇〇二）も、家同士の反目を解消しようと、産褥での定子の死後、定子の次女の面倒を見た（『栄花物語』①三一七～三一八頁）。

30 *FT*, pp. 58-59.

31 『赤染衛門集全釈』二四八番と二五九番（私家集全釈叢書、第一巻、風間書房、一九八六）。ワタナベ・タケシ、"Tasteful Messages from Heian Japan: Akazome Emon's Food Poems", *Gastronomica* 23:4 (2023), pp. 7-17.

32 例えば、長男を東宮にしたいという口には出さない一条天皇の心を見抜いて、それを実現させようとする彰子の試みを『栄花物語』は語っている（①四六〇～四六一頁）。実際、敦明東宮が退位を決意した際に彰子は再び道長に敦康親王を東宮にするよう提案する（『栄花物語』②一〇八～一〇九頁）。

33 加納重文、『歴史物語の思想』、京都女子大学、一九九二年、三一二頁。

34 『栄花物語』①三一九頁。

35 ノラの理論と『栄花物語』への適用については *FT* (pp. 11-14)、霊屋については同 pp. 86-93を参照。

36 『栄花物語』①三一九、三三一頁。

37 ソニア・アルンツェン Sonja Arntzen, 'Review of *FT*, by Takeshi Watanabe', *Monumenta Nipponica* 75:2 (2020): p. 330.

テクスチュアル・ハラスメントを受ける紫式部と『源氏物語』

新美　哲彦

一　はじめに

作り物語の「作者」[1]は不明であるのが常であるが、その中で『源氏物語』のみが、紫式部が「作者」であることを自明とする[2]。

その『源氏物語』およびその作者としての紫式部は、成立の時点から一条天皇・中宮彰子・最高権力者である藤原道長および貴族たちに知られており、その清書・作成作業は中宮のもとで、道長の援助を受けており、『源氏物語』は、それ以前の作り物語とはまったく異なる、公的な待遇を成立時から受けていたと知られる[3]。

このように公的な作品として作成されたように見える『源氏物語』だが、その作者である紫式部の伝承は、史実に基づいた叙述と、フィクションである叙述とが入り交じり、伝承が史実のように語られ、扱われるといった形で語られる。

近代以前、紫式部に関する伝承は、大斎院の依頼、石山寺参籠、という二つの起筆伝承に、紫式部・観音化身説、堕獄説、あわせて四つの伝承が絡まりつつ、平安末から鎌倉時代にかけて広まっていく。[4] 紫式部堕獄説は、観音化身説とまったく逆のようであるが、紫式部堕獄説を述べる「源氏一品経」に「古来の物語の中、之を以て秀逸となす」[5]と述べられ、謡曲「源氏供養」に観音化身説が付加されるごとく、『源氏物語』およびそれを作り出した紫式部が特別視されていたことの表裏でもある。その謡曲「源氏供養」や「源氏供養草子」には女性が「虚構」を作り、書写した罪が描かれる。

男性である柿本人麻呂や在原業平、紀貫之、藤原定家などが、美化・神格化されるのみであるのに比して、女性である紫式部は、観音化身説もあるものの、堕獄説、他作者説とネガティブな評価がなされる。同じく女性である小野小町、清少納言も、小野小町が、『玉造小町子壮衰書』[6]や『無名抄』『宝物集』『十訓抄』『古今著聞集』などの説話類に見られるように老醜（ろうしゅう）説話が広く語られ、[7]清少納言が『古事談』や『無名草子』に見られるような零落説話を有することを考えれば、[8]それらの説話が個人の資質に拠るものでないことは明らかで、性差によるテクスチュアル・ハラスメントが浮かび上がる。

そのようなテクスチュアル・ハラスメントの延長線上にあるかと思われる他作者説も『河海抄』や『花鳥余情』に記載される。『河海抄』には

法成寺入道関白奥書を加られていはく、此物語世みな式部が作とのみ思へり。老比丘（らうびく）筆をくはふるところ也云々。[9]

と、道長が加筆したとの説が述べられ、『花鳥余情』には

『宇治大納言物語』云、いまはむかし、越前の守・為時とて才あり、世にめでたくやさしかりける人は紫式部が親なり。この為時、源氏はつくりたるなり。こまかなる事どもを娘にて書かせたりけるとぞ。[10]

と父親の為時が『源氏物語』を作成したという説が語られる。[11] 三角洋一が「為時説も道長説も、その淵源は、女性の作った物語にしては漢籍の知識がありすぎるということであったと思われるのである」[12] と端的に述べるように、ここでも性差によるテクスチュアル・ハラスメントが行われている。

二 テクスチュアル・ハラスメントとは

テクスチュアル・ハラスメントという言葉は、通常英語で使用される場合は、「テキストメッセージを用いたハラスメント」という意味で用いられることが多いが、『新フェミニズム批評[13]』では、テクスチュアル・ハラスメントを

文学における天使または怪物としての女性のステレオタイプ的イメージ、古典的・大衆的男性文学における女性への文学上の虐待

と述べる。[14]

また、website 版の Macmillan English Dictionary は、「textual harassment」の Background として

It has been applied in various contexts, including the suppression of written expression of political views.（政治的な言説にたいする圧力などを含めた様々な文脈で用いられている。）[15]

と述べる。

この背景に従って、もう少し広く、〈セクシャル〉を外して考えるならば、文字通り「文章上のハラスメント」、もう少し詳しく定義するならば、

ある属性を持つ（「女性」その他）文章に対する偏見や嫌がらせ、および、**ある属性（「女性」その他）に対する、**

文章による偏見の表明や嫌がらせ
という意味で用いることができるのではないだろうか。
例えば、「ある属性を持つ（「女性」その他）文章」に対しては、現在よく使用される性差（「女流文学」のような）だけではなく、人種（「黒人文学」のような）、民族（「琉球文学」のような）、言語（英訳のない小説はノーベル賞の対象となりにくい、と言ったような）、政治（政治的言説への圧力）などさまざまなケースにおけるテクスチュアル・ハラスメントが考えられようし、「ある属性（「女性」その他）」に対しても、同様に、ステレオタイプな描かれ方を含むさまざまな文章が、テクスチュアル・ハラスメントとなろう。
本稿では、女性作者である紫式部の著作『源氏物語』が、近代においてどのようにテクスチュアル・ハラスメントにさらされてきたかを見ていきたい[16]。

三　近代における『源氏物語』他作者説

中世以降、多くの古注釈書に引用されつつ、しかし『河海抄』や『花鳥余情』に記載される以上の情報は載せられなかった他作者説だが、近代に入って成立論と絡みつつ再燃する。

明治・大正期の歴史学者であり、帝国大学や東京専門学校（後の早稲田大学）で教鞭を執った久米邦武は、明治四二（一九〇九）年、「源氏物語のみは紫式部の作と認められてゐれど、是も信ぜられぬ[17]」と述べ、『紫式部日記』を証拠として、「源氏物語は一条帝の文学者に作らせ給ひ」と、一条天皇が行成・公任・斉信（ただのぶ）・為時などの文学者グループに作らせたと述べた上で、「推量る（おしはかる）に紫式部の父為時も亦其一人にて、数帖を書た中に、娘の書いた若紫を取繕（とりつくろ）ひ已が文として入れたる」と、『花鳥余情』に『宇治大納言物語』の説として引用される説（鎌倉時代の説話集『世継物語』に同文が載る）をおそらく念頭に置きながら、若紫のみ紫式部作とする。[18]

また、和辻哲郎も昭和元（一九二六）年、『源氏物語』の成立に絡めて、『河海抄』に引用される「いにしへ源氏といふ物語数多ある中に光源氏物語は紫式部が作といふ」を援用しつつ、

光源氏についての（或は少くとも「源氏」についての）物語が、既に盛んに行はれてゐて、紫式部はたゞこの有名な題材を使つたに過ぎぬと見るのである。[19]

と述べ、『花鳥余情』に載る『宇治大納言物語』の説を引用した上で、

紫式部を作者とする傳説は存在してゐたが、しかし作者に就ての確説は存してゐなかつたことが解る。（中略）この物語が純然たる彼女の獨創であるか、或は以前の物語によつたか、或は後人が加筆したか、といふやうなことも詳しくは注意せられなかつたのであらう。かく見れば紫式部はいかなる意味の作者であるかは疑はしくなる。

と述べる。

さらに折口信夫は、昭和二（一九二七）年に「好悪の論」で

私は、晩年の源氏と、其邊の物語の文がすきである。従つて、此の書けた人が若し女性だつたら、恐しい人だと思ふ。すきといふより、畏敬すべき人だと考へる。だが、私はかう言ふ上ずりの記述者は、隠者階級の男だと信じてゐる。[20]

と作者についての考えを表明する。

次年度（昭和三年（一九二八））の講義録である「後期王朝の文学」では、おそらく和辻の成立論の影響を受け、

一体、古く、「紫の物語」といふやうなものがあつたのを、紫式部が書き直して、源氏物語が出来たのではなからうか。源氏物語の主人公は、最初は紫ノ上であつたのが、光源氏になつて了うたのは、書き加へ書き換へしたからで、さうすれば、若紫の巻が最初のものといふことになる。女房の時代から隠者の時代にまで、どん〳〵書き継がれたもので、宇治十帖などは寧、鎌倉時代に近い隠者文学と言うてよい。[21]

と成立についての考えを述べる。

折口信夫の男性作者についての考えは戦後むしろ強化されているようで、昭和二三年（一九四八）に書かれた「伝統・小説・愛情」では、若菜巻の描写に触れ、

この物語の作者は、昔から女性だとの推定が、動かぬものとなつてゐるが、これが脆弱な神経では書ける訣のものではない。[22]

などと述べる。同年（一九四八）に慶應義塾大学の通信教育講座の教材として刊行された『国文学　第一部』では

必ずしも紫式部が、全部を書いたものとは、言ふことが出来ない程、相当に異性の手によつて、なつた痕迹が、充分に見える。又さうした個所が、殊に優れてゐる様だ。[23]

と、後半を男性作者とした上で、その文を評価する。

これらは、古注釈が引用する説をもとに、成立論と絡めて他作者説を述べるという点で同工異曲であるが、客観的な装いの基に他作者説が復活している点、注意が必要であろう。作者が女性であるか否かで評価が変化している点、性差によるテクスチュアル・ハラスメントと見てよいが、次章で述べる『源氏物語』悪文説とは異なり、女性蔑視、ミソジニーの強さが印象的であり、近代に入ってからのこのような言説の復活は興味深い。

四　『源氏物語』悪文説の発生

近代に入り、他作者説より先に現れる『源氏物語』に対するテクスチュアル・ハラスメントが『源氏物語』悪文説である。それを細かく検討していきたい。

今回探した範囲で最初に見られる『源氏物語』悪文説[24]は、明治一七年（一八八四）のもので、少々間接的ではあるが、漢字廃止論者の大槻文彦と、それに反対する藪荷真鍬[25]の問答からなる『かなのくわい大戦争』第二冊[26]である。藪荷真鍬は、

源氏物語は書き方の悪きにもあらず固より筆の鈍きにあらず又此物語を翫ぶ程の人は先づ文人學士の仲間にて無下に讀み方の拙きにも非ざるべし然るに全体の上にも又一語一句の上にも様々の論ありて今に此れを定め難しと云ふ此れ書き方も善く筆も利く讀み方も巧みなれども惣假名文にて混雜する證據なり（中略）
故に若し不幸にして氏等が望の如く平一面物假名の世とならは日本國中上下を合せて完全の文章を書き得る者一人も無く悉く支離滅裂（ならざるも）藏疵包瑕の悪文となるに至るべし

と、総仮名文の『源氏物語』は教養があっても理解しにくい、すべて平仮名にしたら悪文だらけになると述べる。

同時に藪荷真鍬は、作者が女性であることについても、

其争論の本源たる源語はと問へば紫式部と云ふ女が一時の戯作に外ならず（中略）
高が一人の女子にして其記す所は男女淫奔の痴情なり此の淫奔の痴情を寫せし一時の戯作を解するに苦みて堂々たる男子の學士文人縉紳貴族が數十部の書を著はし猶夫にても疑義解ずして和學者間の争論今に至て絶ずと云ふ

　は抑も是れ何たる事ぞや

と、性差によるテクスチュアル・ハラスメントを見せる。

五　『源氏物語』悪文説・内村鑑三と高山樗牛

悪文説を簡潔に整理した秋山虔氏が「同時代の論壇における悪文説も無視できなかろう。たとえば、内村鑑三「後世への最大遺物」（明治二十七年講演）[27]」と最初に挙げる内村鑑三の説は、

　併し源氏物語が日本の士氣を皷舞することの爲めに何をしたか。何もしないばかりでなく我々を女らしく意氣地なしにさせた。[28]

などと性差によるテクスチュアル・ハラスメントを含んではいるが、

　成程源氏物語といふ本は美しい言葉を日本に傳へたかも知れませぬ。源氏物語を見て、迚もこう云ふ流暢な文は出來ないと思ひ。

などという言からは悪文とは考えていないようである。

むしろ『源氏物語』の文学思想を文学とは考えていないようで、

　文學者は特別の天職を持つた人で迚も我々平凡の人間に出來ることではないと思ふ人があります。其失望は何處から起つたかといふと、前にお話した柔弱的の考でございます。乃ち源氏物語的の文學思想であります。文學といふものはソンナものでは無い。文學といふものは我々の心の有の儘を云ふのです。（中略）心の實撿を眞面目に顯はしたものが第一等の文學であります、

と、フィクションを排する思想のように見える。

はっきりと明言している『源氏物語』悪文説の嚆矢は明治三五年（一九〇二）の記載のある高山樗牛や斎藤緑雨あたりであろうか。斎藤緑雨は

源氏物語は悪文の標本也。一回の誦することなくして、誦するに足らざるを言得べきは、唯此大部の一書あるのみ。（自明治三十五年二月至八月）[29]

と短文で書かれるのみで意図の詳細は不明である。

高山樗牛は

我邦にて名文と云へば、先づ指を源氏物語に屈するが常也。されど吾は源氏を好まず、却てそを古今の大悪文の一つに数へたく思ふ也。[30]

と述べる。その上で、

所詮は世を隔てたる其の文體のいかにも解し難ぬるのみならず、たま〳〵訓釋義疏の助けによりて覺束なくたどり行くも、苦しみのみありて面白味とては更に無し。

と文のわかりにくさを述べ、

源氏の文はまことに優しき、麗はしき、みやびたる文なるべし。されど其の響はわが胸に應へざる也。五十四帖みな戯れの文には非ざるべきに、そを讀みて吾が眼に涙ありしことなし。書き錄るせることの中には誠に人生の悲惨を極めたるものもあれど、隆能が繪物を見たらむ様に、たゞ恍として夢中の觀にふけりたらむに似たり。

と述べる。さらに、

言奇語麗を以て取らば知らず、吾が見て名文とする所は、吾が精靈に響きあるものゝ謂也。吾が人格に活ける衝

動を與へ得る者の謂也。

と述べ、日蓮聖人の文を激賞するに至る。

榮華物語、三鏡の如きも吾が好む所に非ず。國文として見ればその悪文たることに於て源氏と伯仲の間にあり。（中略）総じて鎌倉時代の文学には吾等の趣味に適へる文字いと多し。王朝の如く古からずして而かも朴古なる所あり、江戸時代の如く新からずして而かも清新なる所あり。

と述べ、平家物語、太平記などを評価することから、和文脈ではなく漢文脈を好むということだろう[31]。また、評価する作品はすべて史実に基づく（ように見える）作品であることからも、この文において、樗牛は、内村鑑三同様、フィクションに重きを置いていないようである。

六　『源氏物語』悪文説・森鷗外

次に有名な『源氏物語』悪文説は大正二（一九一三）年の森鷗外で、与謝野晶子『新訳源氏物語』の「序」であろう。鷗外自身は、

わたくしは源氏物語を読むたびに、いつも或る抗抵に打ち勝った上でなくては、詞から意に達することが出来ないやうに感じます[32]。

と述べた上で、

或る時故人松波資之さんに此事を話しました。さうすると松波さんが、源氏物語は悪文だと云はれました。

と、伝聞の形で『源氏物語』悪文説を述べ、

源氏物語の文章は、詞の新古は別としても、兎に角読みやすい文章ではないらしう思はれます。

と締めくくるのみであるが、この後、さまざまな文学者が森鷗外を引用することで『源氏物語』悪文説を広めていく。

例えば和辻哲郎は鷗外を引用した上で「確かに源氏の文章の晦澁は、作者の責任[33]」と述べるし、折口信夫は「森鷗外のやうな偉い人でも、源氏は悪文だと言ひますが、私はさうは思はない[34]」と述べた上で「森鷗外さんは、漢学と洋学とを学ばれた方で、国文を読む素養はない」と言う。

さらに折口信夫は森鷗外を含めた上記の文学者たちに対して

明治になつてから、源氏物語悪文説をふりまいて、自身読まず、又、人をも近づかせぬやうにした人が相応にあつた。其が相当な文壇の功労者であつた為に、此論は可なり信用せられて、源氏物語の為の禍となつたことが甚しいのである。谷崎源氏が出たことは、此意味で、この作者に感謝してよい、と私などは信じてゐる。[35]

と批判的に述べる。

戦後になっても、谷崎潤一郎[36]は

昔鷗外先生は「源氏」を一種の悪文であるかのように言われたが、思うに「源氏」の文章は最も鷗外先生の性に合わない性質のものだったのであろう。一語一語明確で、無駄がなく、ピシリピシリと象眼をはめ込むように書いて行く鷗外先生のあの書き方は、全く「源氏」の書き方と反対であったと言える。[37]

と鷗外の説を『源氏物語』悪文説として引用する。

その谷崎潤一郎に触れた小林秀雄は鷗外の『源氏物語』悪文説について

谷崎氏が触れた鷗外の「源氏」悪文説にしても、与謝野晶子の「新訳源氏物語」の序に由来するものと思われるが、これは、鷗外の名声が、話を大げさに仕立て上げたというだけの事らしく、鷗外自身には、特に「源氏」悪文説を打出す興味さえなかったであろう。本文を読めば、一向に気のない、遠慮勝ちなその書きざまに、鷗外の「源氏」への全くの無関心を読み取るのは易しいのである。[38]

と述べる。

七　『源氏物語』悪文説・正宗白鳥

鷗外以降の有名な『源氏物語』悪文説は正宗白鳥であろう。ただし、ウェイリー訳『源氏物語』を読む前と後で、『源氏物語』の評価が変わっているようである。

大正一五年（一九二六）に正宗白鳥は

源氏物語を讀んで、だら〳〵した締りのない文章にウンザリした（中略）自國の文學では國寶視されてゐる源氏は、讀みながらいく度叩きつけたい思ひをつゞけたか知れなかつた。內容は兎に角、無類の惡文である。[39]

と述べた上で、

源氏から脈を引いた文章こそ、純日本の文章となつてゐる（中略）支那の古文學の方がまだしも私の心を動かす力をもつてゐる

と和文脈ではなく漢文脈を好むことを記す。さらに

いくら紫式部が才女であつても、女は女である。人間を見る目が淺い。

と作者や内容についても文句をつける。

一方、ウェイリー訳[40]を読んだ後、昭和八（一九三三）年の感想である「英譯「源氏物語[41]」」では、

> いつも、氣力のない、ぬらぬらとした、ビンと胸に響くところのない、退屈な書物だと思つてゐた。ところが、今度英譯で讀むに及んで、はじめて物語の筋道がよく分り、作中の男女の行動や心理も理解され、敍事も描寫も鮮明になつた。（中略）ウェレー氏の「源氏」は、末永く世界の代表的古典文學のうちに伍して、鑑賞されさうに思はれる。

と『源氏物語』自体に対する評価が逆転しており、作者についても

> 紫式部も千年を隔てて異國に知己を得て、はじめて、古今東西有数の大天才である所以が、明晰に論斷されるらしく、私には期待されてゐる。

と述べられる。

ただし、単に評価が逆転しているだけではなく、

> 我ながら不思議に堪へないのは、ウェレー氏の *"The tale of Genji"* が面白くつて、紫式部の「源氏物語」が相變らず、左程面白く思はれないことである。

と述べ、同八（一九三三）年の「再び英譯「源氏物語」につきて」[42]では

> 飜譯は自から創作となつたのである。「源氏」は、西鶴やウェレーに新しい文學を生みださせたやうなものだ。（中略）私などは、紫式部の「物語」には隨いて行けない氣がして、この舶來の「物語」によつて、新に發見された世界の古文學に接した思ひをしてゐる。（中略）原本と譯本とを比較して讀むと、譯本が「源氏」離れがしてゐて、別種の「源氏物語」を創出してゐることが感ぜられるが、傑れた飜譯はそれでい丶のではあるまいか。

と、文学を他言語に翻訳することの妙について述べているところも正宗白鳥が一筋縄ではいかないところである。

ただし、和文脈より漢文脈という好みは変わらないようで、

私なども、少年時代から漢文に親しんで、日本化された漢文調には快感を覚えてゐたが、純粋の和文は、もどかしくて讀むに堪へなかつた、（中略）概して、漢文は男性的であり和文は女性的であると、私など子供のときから教へられてゐた

と白鳥自身が述べる。

八　『源氏物語』他作者説・悪文説の背景

歴史的存在である紫式部だが、紫式部像は、中世から近世にかけて、史実に基づいた叙述と、フィクションである叙述とが入り交じり、伝承が史実のように語られ、扱われるといった形で、歴史とフィクションの間（あわい）で受取り手のフィルターを通して変容していく。その伝承の一つであり、中世以降、先行注釈書の引用という形でしか見られなかった『源氏物語』他作者説は、近代に入って成立論と絡めて再浮上する。

近代に入って再浮上した『源氏物語』他作者説と、近代に入って発生した『源氏物語』悪文説は、どちらも『源氏物語』を貶（おとし）める説に見えるが、『源氏物語』を褒め、女性作者であるはずがないとする折口信夫に典型的に見られるように、論者は一致しない。

単純化してしまえば、一見、

・『源氏物語』他作者説は、『源氏物語』はすばらしい、だから女性に書けるはずはない。
・『源氏物語』悪文説は、『源氏物語』は女性の書いた文学（和文）だ、だから悪文である。

というシンメトリーなテクスチュアル・ハラスメントに見えるのだが、さらに複雑な様相がその裏には見えてくる。

『源氏物語』他作者説は、近代以前には見られなかった露骨な形で、女性に書けるわけがない、という男性からの意見表明を行っており、なぜそのようなジェンダーバイアスがこの時期かかっているのか、そのような意見表明が可能であったのか、興味深い。

『源氏物語』悪文説も、言葉の端々から、近代以前の紫式部像と同様、性差によるテクスチュアル・ハラスメントが感じられるが、さらに性差を除いたさまざまなタイプのテクスチュアル・ハラスメント、あるいは対比が顔を覗かせているようである。

藪荷真鍬の述べる「中世の正史とも云ふべき盛衰記太平記[43]」という言葉や、内村鑑三、高山樗牛の言などからは「正史（歴史・ノンフィクション）」対「フィクション」という対比が浮かび上がろう。

また、高山樗牛の言や、森鷗外に対する折口信夫の「森鷗外さんは、漢学と洋学とを学ばれた方[44]」という言葉、同じく森鷗外に触れた後の谷崎潤一郎の「文章道に於いても、和文脈を好む人と、漢文脈を好む人とに大別される、則ちそこが源氏物語の評価の分かれる所であると[45]」という言葉、正宗白鳥の「源氏から脈を引いた文章こそ、純日本の文章となつてゐる[46]」「漢文は男性的であり和文は女性的である[47]」などという言葉からは、「漢文脈／男性」対「和文脈／女性」が浮かび上がる。

これらの対比要素は、「男性・正史・漢文脈」「女性・フィクション・和文脈」とそれぞれ緩やかに重なり合いつつ、「男性・正史・漢文脈」側から「女性・フィクション・和文脈」へのテクスチュアル・ハラスメントが行われていると見ることもできよう。

また、森鷗外に対する「漢学と洋学とを学ばれた方」という物言いや英訳を評価する正宗白鳥の言葉からは、西洋対東洋（日本）との対比も見えてこよう。

九　おわりに

先述した漢文脈対和文脈のさらに奥には、秋山虔が「いかにも近代的な文章の成熟のためには「大和書の上なき物なり」とされた『源氏』の文章は排擠（はいせい）されねばならなかったといえよう。正岡子規の『古今集』批判が連想されもする」[48]と述べるような、近代と前近代との相克もうかがわれる。

明治に入り、現在見るような言語芸術としての「文学」概念の定着に一役買ったのは、明治二三（一八九〇）年以降相次いだ「国文学史」関連書籍の刊行である[49]。また、同じく明治二三年には、『日本文学全書』、『日本歌学全書』、『校正補註　国文全書』など「国文学」関連の叢書の刊行も開始される。そのように創られた「国文学史」の中で高い評価を受ける『源氏物語』の本文も、やはり明治二三年に先の叢書のうちの一書として、落合直文・小中村義象・萩野由之校『日本文学全書　源氏物語』、小田清雄校正補注『国文全書　源氏物語湖月抄』、さらには猪熊夏樹訂正増註『源氏物語湖月抄』と、着々と活字での『源氏物語』の本文提供がなされていく[50]。この前年の明治二二（一八八九）年には大日本帝国憲法が発布され、明治二三年には第一回となる衆議院総選挙が行われ、第一回帝国議会が召集され、近代国家としての体裁が急速に整えられていく。

実は、『源氏物語』が一様に称賛される明治二三年刊行の「国文学史」関連の書籍の中でさえ、『源氏物語』の批判として

但し、平調に流れ易きと、氣力の薄き事とは、此種の文体一般の弱点なるが上に、特に婦人の手になりしものなれば、到底之を掩ふこと能はざるべし[51]。

と述べられる。近代における最初の日本文学史と目される明治十一（一八七八）年刊行の田口卯吉『日本開化小史』巻之四では、そのような和文に対するアンビバレンツな感情は、より生な形で出ているようで、平安時代の和文について

千七百年代[52]の和文は真に我か日本人心の曙光にして恰も曚昧の雲霧を開き晴明の影を表すが如し寔に目覚しく見えにけり

と称賛し、漢文よりも和文が「数等の上にあり」としながらも、

不幸にして和文の起源は多く婦女子の手にのみ成り男子にして之を記すを賤しみ嫌ふの有様なりしかば文章に最も必要なる精神を欠き且つ其語句冗長にして各異の事情に乏しく徒に一様なる有様を記すのみなりき

と、先述した、内村鑑三を含めた諸氏の『源氏物語』悪文説が包含されるような批判を述べる。

此時代に出た文學の性質は問はぬでも分つて居る通り、艶麗繊弱誠に女らしい者であります。此時代が女の様な時代でありますから、其反映が文學に現はれて居ります[53]。

というような和文と女性の親和性を述べる文はその後も書かれるが、和文もしくは紫式部への露骨な批判は、明治三八（一九〇五）年に刊行された藤岡作太郎『国文学全史　平安朝篇[54]』には見られなくなる[55]。

そのような中、明治の中盤から大正、昭和の初期にかけて『源氏物語』悪文説を複数の著名文学者が述べていくわけである。

明治時代は、江戸時代に引き続き、漢文脈の時代でもあり、武士の教養が国民の教養となっていく。一方で国民の文学として和文、その代表としての『源氏物語』が立ち上げられていく。そのようなねじれた背景のもと、『源氏物語』悪文説は広まりを見せるのであろう。

『源氏物語』や紫式部が受けるテクスチュアル・ハラスメントからは、さまざまなレベルにおける歴史とフィクションにまつわる問題が浮かび上がってくるようである。

〔付記〕本稿はJSPS科研費（課題番号21K00274）による成果の一部である。

〔注〕

1　近代的な「作者」の概念は、複雑な成立過程をたどることが多い古典作品にはあてはまらない。その意味でも近代的な「作者」（＝紫式部）の概念が適用されてしまうことの多い『源氏物語』は特殊な作品である。

2　『狭衣物語』、『夜の寝覚』、『浜松中納言物語』など「作者」が推測されている作品もあるが、成立時から近代にいたるまで「作者」が自明であると認識されている作り物語はない。天喜三年の六条斎院禖子内親王家での物語歌合は興味深い例外であろう。

3　拙稿「公的事業としての文学作品とそれに関わる女性作者―『源氏物語』『栄花物語』『枕草子』を中心に―」（『日本文学研究ジャーナル』30号　二〇二四・六）参照のこと。

4　拙稿「紫式部像の変遷―文の人のイメージ―」（『日本「文」学史』第二冊　勉誠出版　二〇一七・五）参照。この項、記述が重なる部分があることを明記しておく。なお、別の視点から、安藤徹「〈紫式部〉と石山寺起筆伝説」（『新時代への源氏学10　メディア・文化の階級闘争』竹林舎　二〇一七・四）が石山寺起筆伝説を整理・考察しており、興味深い。

5　「源氏一品経」（『無名草子』輪読会編『無名草子　注釈と資料』和泉書院　二〇〇四・二）

6　杤尾武校注（岩波文庫　一九九四・七）

7　小町説話については、片桐洋一著『新装版　小野小町追跡』（笠間書院　二〇一五・七）、片桐洋一著『日本の作家5　在原業平　小野小町』（新典社　一九九一・五）、細川涼一著『女の中世』（日本エディタースクール出版部　一九八九・八）など参照。

8　宮崎莊平著『清少納言〝受難〟の近代』（新典社新書　二〇〇九・五）

9　石田穣二校訂玉上琢弥編『紫明抄・河海抄』（角川書店　一九六八・六）。次に引用される『花鳥余情』も含め、読みやすさを考慮し、適宜、表記を直し、句読点濁点を付した。

10　伊井春樹校訂『松永本　花鳥餘情』（桜楓社　一九七八・四）

11　『花鳥余情』宇治十帖冒頭に「或抄云、此物語、はじめきりつぼより、おはり夢のうきはしまで、五十四帖なべては式部かきたるよしをおもへり。或人の申侍るは宇治十帖は娘の大弐三位かけり。その証拠あきらかなり。」などとも記載されるが、性差による他作者説とは異なるので触れない。

12　三角洋一「作者説をめぐって」（『源氏物語と天台浄土教』若草書房　一九九六・一〇）

13　『新フェミニズム批評』（エレイン・ショウォールター編　岩波書店　一九九〇・一）

14　なお、原題は*How to Suppress Women's Writing*ではあるものの、『テクスチュアル・ハラスメント』（ジョアナ・ラス著　小谷真理編・訳　インスクリプト　二〇〇一・二）の原著表紙に書かれる八箇条「1　彼女は（自分自身で）書いてなかった。（中略）3　彼女は書いたけれど、何を書いたか見てみろ。（中略）6　彼女は書いたが、手伝ってもらった。7　彼女は書いたが、彼女だけは（他の女性とは違う）例外的人物だ。（後略）」は示唆的である。

15　https://web.archive.org/web/20071017180743/http://www.macmillandictionary.com/New-Words/030217-textual-harrassment.htm

16　なお、先日、田村隆編『源氏愛憎　源氏物語論アンソロジー』（角川文庫　二〇二三・一一）という面白い本が刊行された。本稿で触れる言説も複数入っているので参照されたい。

17　久米邦武「源氏物語の作者及び其節（物語の源流続稿）」（『能楽』七ノ五　一九〇九・五）→『増補　国語国文学研究史大成4　源氏物語　下』（一九七七・八　三省堂）より引用。なお、引用本文であっても読みやすさを考え、フリガナを付した部分がある。以下同様。

18　久米邦武は『平安初期裏面より見たる日本歴史』（讀賣新聞社　古今堂書店　一九一一・一）においても同様の意見を述べ

ており、さらに伊藤銀月『裏面観的異説日本史』（白雲堂書店他　一九〇九・一〇）が、久米邦武の同様の論を引用する。その引用文は上記の二冊からではないので、久米邦武は同種の意見を他の著作でも述べているようである。

19　和辻哲郎「源氏物語について」（『日本精神史研究』岩波書店　一九二六・一〇）

20　折口信夫「好悪の論」（『折口信夫全集』三二巻　中央公論社　一九九八・一、初出「日本文学講座　第十一巻」「雑録」一九二七・一〇）

21　折口信夫「後期王朝の文学」（『折口信夫全集』第二三巻　中央公論社　一九九七・一、初出『日本文学啓蒙』朝日新聞社一九五〇・二）。全集解題に「昭和三（一九二八）年度の国学院大学における講義の筆記。筆記者は錦耕三」とあり。

22　折口信夫「伝統・小説・愛情」（『折口信夫全集』第一五巻　中央公論社　一九九六・六　初出「群像」第三巻第一号　一九四八・一）

23　折口信夫「国文学　第一部　日本文学の系図　第二章　平安時代」（『折口信夫全集』第一六巻　中央公論社　一九九六・七、初出一九四八・三）

24　藪荷真鍬を除き、今回は後世への影響力の強い著名な作者の悪文説を挙げた。「かなのくわい」の活動は、近代文体成立に影響を与えていることから、ここで取り上げた。近代文体の成立については山本正秀『近代文体発生の史的研究』（岩波書店一九六五・七）参照のこと。

25　藪荷真鍬（やぶにまぐわ）は「無理なことをあえて行う」という意で筆名。当該書中に「匿名氏（深川藪荷真鍬ト記ス東京日々新聞十一月九日十日十二日十四日投書）」とあり。

26　「藪荷真鍬ト大槻文彦氏トノ問答（初篇ノ続キ）」（清水連郎編『かなのくわい大戦争』第二冊　一八八四・一）

27　秋山虔「古典への招待　源氏物語は悪文であるか」（新編日本古典文学全集『源氏物語』三　一九九六・一）

28　内村鑑三口演『後世への最大遺物』（便利堂　一八九七・七（一八九四年七月基督教徒第六夏期学校講話））

29　斎藤緑雨「半文銭」（『みだれ箱』博文館　一九〇三・五）

30　高山樗牛「吾が好む文章」（『樗牛全集』第四巻「時勢及思索」博文館　一九〇六・八（目次に「卅五年二月「中學世界」所載」とあり））

31　ただし、高山樗牛はその三年前の「日本主義と大文学」(『樗牛全集』第4巻「時勢及思索」博文館　一九〇六・八（目次に「三十二年四月」とあり））では「平安朝の文学は、竹取物語以下源氏、狭衣、多武峰の諸物語に到るまで、典麗の文字獨今古に俯仰せるに反し、源平以下の數百年は、何が故に爾かく國民文學の蕭索を致し、乎」と、『源氏物語』に関して「吾が好む文章」とはほぼ真逆の評価をしている。

32　森鷗外「序」（与謝野晶子『新訳源氏物語』金尾文淵堂　一九一三・二）

33　和辻哲郎『日本精神史研究』（岩波書店　一九二六・一〇）

34　折口信夫「三矢先生の学風」（『折口信夫全集』第二〇巻　中央公論社　一九九六・一〇　昭和十一（一九三六）年七月五日、三矢重松記念会講演速記。同年九月「国語教室」第二巻第七号）

35　折口信夫「小説戯曲文学における物語要素」（『折口信夫全集』第四巻　中央公論社　一九九五・五、「日本評論」第十八巻一号（昭和十八（一九四三）年一月））

36　昭和九年（一九三四）に刊行された『文章読本』（中央公論社　一九三四・一一）ですでに「たとへば森鷗外は、あのやうな大文豪で、而も學者でありましたけれども、どう云ふものか源氏物語の文章にはあまり感服してゐませんでした。その證據に」として鷗外の「序」を引用する。

37　谷崎潤一郎「にくまれ口」（『雪後庵夜話』中央公論社　一九六七・一二）

38　小林秀雄『本居宣長』（新潮社　一九七七・一〇）

39　正宗白鳥「古典を読んで」（『文芸評論』改造社　一九二七・一）

40　*The Tale of Genji*（一九二六（昭和元）年〜一九三三（昭和八）年）

41　正宗白鳥「英譯「源氏物語」」（『我最近の文学評論』改造社　一九三四・六）

42　「再び英譯「源氏物語」につきて」（『我最近の文学評論』改造社　一九三四・六）

43　前掲「藪荷真鍬ト大槻文彦氏トノ問答（初篇ノ続キ）」

44　前掲折口信夫「三矢先生の学風」

45　谷崎潤一郎『文章読本』（中央公論社　一九三四・一一）

46　前掲正宗白鳥「古典を読んで」

47　前掲正宗白鳥「再び英訳「源氏物語」につきて」

48　前掲秋山虔「古典への招待　源氏物語は悪文であるか」

49　明治時代において近代「国文学」が創られていく過程については、笹沼俊暁『「国文学」の思想―その繁栄と終焉』（学術出版会　二〇〇六・二）、藤井貞和『国文学の誕生』（三元社　二〇〇〇・五）、陣野英則「明治期の「文学」研究とアカデミズム―国文学を中心に」（『近代人文学はいかに形成されたか―学知・翻訳・蔵書』勉誠出版　二〇一九・二）、神野藤昭夫「近代国文学の成立」（『森鷗外論集　歴史に聞く』新典社二〇〇〇・五）などを参照のこと。明治二三年そのものに焦点を当てた論に前田雅之「「国文学」の明治二十三年　国学・国文学・井上毅」（『幕末明治　移行期の思想と文化』勉誠出版　二〇一六・五）がある。また、文学史の誕生を中心に描くエマニュエル・ロズラン『文学と国柄　一九世紀日本における文学史の誕生』（岩波書店　二〇二二・一二）も注目される。

50　陣野英則「明治期から昭和前期の『源氏物語』：注釈書・現代語訳・梗概書」（文学・語学二三六　二〇二二・一二）に簡潔に整理される。

51　三上参次，高津鍬三郎著、落合直文補助『日本文学史』上巻（金港堂　一八九〇・一〇）

52　皇紀に拠る。

53　芳賀矢一『国文学史十講』（富山房　一八九九・一二）

54　藤岡作太郎『国文学全史　平安朝篇』（東京開成館　一九〇五・一〇）

55　このあたりが、「晶子が近代の国文学者の仕事全般に否定的であったのに、藤岡の『国文学全史　平安朝篇』だけには例外的に心酔し」（河添房江「藤岡作太郎・国文学全史の構想」『東京学芸大学紀要　人文社会科学系　Ⅰ』六八　二〇一七・一）た要因の一つでもあろうか。ただし、他の女性作者である清少納言については少々厳しいコメントを残してもいる。

記憶・歴史・感情
——トラウマの回復装置としての『佳人之奇遇』——

木戸　雄一

はじめに

丸山真男は、自由民権運動の社会的な担い手が二つの階層であったことを指摘している。急激な時代の転換は、新たに地位や資産を得た新興勢力の〝new rich〟と、それまで保っていた資産や地位を失った〝new poor〟を生み出し、互いに「上昇と下降の幾重もの交錯線をえがきながら、ともにダイナミックな中間層を形成していた」。〝new rich〟は西南戦争後の通貨膨張と米価・地価の騰貴によって商品生産者的側面を強めつつあった地方の豪農および中農層を中心とし、〝new poor〟は在野の「不平士族」や流通網および地方行政拠点の変化によって既得権益を失った人々である。この二つの中間層はともに現状変更への強い欲求を持ち、「国民的基盤における知性と気力の代表者であった」[1]。

この二つの階層は、自由と民権という政治目標に対して異なる態度で臨むことになる。政治小説を代表する矢野龍渓『経国美談』と東海散士『佳人之奇遇』は、この二つの態度をそれぞれ体現している。

『経国美談』は、若者たちが強権的なスパルタや旧弊なアテネを退けて新興都市国家テーベの興隆を実現する成功物語であり、“new rich”の上昇機運を反映している。いっぽう、『佳人之奇遇』は戊辰戦争で会津滅亡の憂き目に遭った東海散士をはじめ、主要人物がすべて「亡国ノ遺臣」であるとともに、国や権利の回復を目指して活動しており、“new poor”の喪失体験と回復の願望と重なっている。

両者は歴史を素材にした小説だがその方法は大きく異なる。『経国美談』は、テーベ一国の興隆を物語ることで、民権国家の建設を啓蒙しようとする。対して『佳人之奇遇』は、現在の喪失状況を招いた原因として各地の亡国の歴史を列挙する。これは、『経国美談』のような古代や、『雪中梅』のような未来を舞台とした成功物語ではなく、現代を物語の時空とする警世の物語である。

『佳人之奇遇』の自序は「散士幼ニシテ戊辰ノ変乱ニ遭逢シ　全家陸沈迍邅流離」[2]と書き出される。作者柴四朗の一家は会津戦争の敗北によってどん底の生活に陥り、離散せざるを得なかった。そのトラウマが、この物語で繰り返し語られる喪失と回復のモチーフの起源である。それが直接語られるのは、巻二で著者にして主人公の東海散士が幽蘭、紅蓮、范卿と語り合う一夜である。散士は「散士モ亦亡国ノ遺臣　弾雨砲煙ノ間ニ起臥シ生ヲ孤城重囲ノ中ニ偸ミ国破レ家壊レ窮厄万状辛酸ヲ嘗メ尽ス」[3]と前置きして会津の悲運と自らの家族の惨状を語り出す。その内容は亡国の体験談であると同時に、敗者の立場からの歴史の語り直しでもある。

柴四朗の実体験は自らの筆名であり作中人物でもある「東海散士」を介して語られている。齋藤希史が述べるように「作者と主人公の一致は、自己表白を第一義とする伝統的漢詩文からすれば、至極当然のこと」であり、「『佳人之奇遇』で語られる自己は、他者と接続するために表白される自己」である。[4]本論は、柴四朗が会津戦争という歴史的な出来事の当事者として背負うことになったトラウマを語らせる装置として「東海散士」をとらえる。したがって、一人の人間としての「柴四朗」（「四朗」）と著者・作中人物としてテクスト上で機能的な役割を果たしている「東海散士」（「散士」）とを区別して表記する。さらに『佳人之奇遇』自体も敗北のトラウマからの回復装置としてとらえることで、歴史とフィクションの関係について考察したい。

一　記憶から歴史へ

戊辰戦争時、柴四朗（幼名・茂四郎、一八五三・一・一二～一九二二・九・二五）はまだ一五歳の少年だった。一八六八年一月の鳥羽伏見の戦いに会津藩士として参加し、その後白虎隊に編入されたが一五歳の者は後に省かれたという。[5]会津戦争が始まり八月に新政府軍が会津城下に侵入すると、病弱な彼は自宅療養中だったが籠城することになった。このとき見送った祖母、母、兄嫁、姉妹の五名は会津城下に新政府軍が侵入した際に自害した。九月二二日に会津藩は降伏し、四朗は猪苗代の収容所に移された。二九日には主君の処遇を危惧して山川健次郎らと脱走し土佐藩の本営に現れるが、説諭されて翌日返されている。[6]

落城後に長兄太一郎、末弟五郎と再会した際は兄弟語り合ったが「祖母、母、姉妹の自刃を悔み、いつしか悲憤の激情おさえがたく、言葉も跡途絶えがち」[7]になったという。続いて五郎は「茂四郎兄と余は母にうながされて邸より立ち去り、生命を完うせること同じ境涯なれど、男子のみ生きながらえ、ここに会するは痛恨の極みなり」[8]と述べるが、これはこの時語り合った四朗の感慨でもあるだろう。

ジュディス・L・ハーマンはトラウマからの回復の段階として、安全―想起と服喪追悼―再結合―共世界という流れを示している。[9]ひとまず「安全」を確保し、家族と再会して戦時の記憶を「想起」し「服喪」するという段階が敗北から間もない時期にあったことを五郎の回想は伝えている。その後四朗は東京へ護送され、さらに各地を転々としながら学問を続け、西南戦争に出征した後、戊辰戦争の敵だった谷干城の知遇を得て三菱との縁故関係を作り、一八七九年一月に米国に留学することになる。この際に書かれた「漫録」一〇冊あまりが『佳人之奇遇』の元となった。この間に想起された亡国の記憶は彼の中で「再結合」されていく。

　四朗の会津戦争体験は、敗北から一八年後に東海散士によって語られる会津亡国の物語としてその姿を現す。それは頭評が「闔藩（かふはん）殉難之状」「白虎隊殉難之状」「自家父母兄弟殉難之事」[10]と整理しているように三つに分けられる。すなわち、会津藩が攘夷派を取り締まり孝明天皇の信頼を得ていたにもかかわらず新帝を擁した薩長によって「賊軍」とされたこと、白虎隊自決の悲劇、一家の殉難中特に女性五名の集団自決の悲劇である。

　「賊軍」の復権運動が表面化してきたのは明治二〇年（一八八七）前後である。井伊直弼を弁護した島田三郎『開国始末』（一八八八）を皮切りに、明治一〇年代までには全く見られなかった「佐幕派維新観」の立場での著作の刊行が始まった[11]。会津の場合はさらに遅れ、北原雅長『守護職小史』（一八九九）、同『七年史』（一九〇四）、そして四朗の幼なじみで戦時に行動を共にした山川健次郎が実質的に書いたと言われる『京都守護職始末』（一九一一）まで下る。『守護職小史』は北原が虜囚として飯田町の旧陸軍所に謹慎中の一八七〇年にいったん書き上げられ秘匿されたものだが、後に刊行された同書には執筆当時の序が掲げられている。そこには、主君の忠義と勤王の事実が不当に否定され、勝者によって歴史が上書きされることへの無念が執筆の動機としてつづられている。

　いくさはてゝのゝち旧幕府の陸軍所なりし東京飯田町の謹慎所にありてつら〳〵往時を顧み我君満身の忠誠いかてかゝる罪名を受け給ひおのれら死に勝るの恥辱を蒙り世にあるましき身と成にたるをおもへはさなから夢の如く打歎かるゝに付ても君か先帝無限の寵遇を蒙り今上非常の栄官を授かり給へる昨日の事共啻に忘れはてゝ煙滅

せんか悲しければ沈思熟考して事実を思ひ出るまに〳〵筆を採り人にも尋ねなとして此一巻は成ぬ[12]

結局、北原は「言論の自由」を得てからさらに時が過ぎた一八九七年にようやく修訂を始めたという。この「言論の自由」を得た時期がおそらくそれに先立つ一八九〇年前後、つまり『佳人之奇遇』が巻を追って刊行されていた時期ということになろう。しかし凡例に一八九七年の日付があり、その頃稿が成ったと考えられる『京都守護職始末』の方は、一九〇四年の段階でも「故ありて未だ之を世に公にせず[13]」とされており、会津藩の立場からの歴史叙述は依然としてはばかられるところがあったと考えられる。『七年史』に序を寄せた山川は、幕末に国事に奔走した者はみな勤王派であり、「佐幕勤王」と「排幕勤王」との違いにすぎないとして、「官軍」「賊軍」という区別を否定し、「排幕勤王家」の維新史の偏りを批判していた。田中彰はこのような敗者の立場による正当性の主張を「雪冤勤王型」と呼んでおり、会津の維新史書はいずれもこれに分類されている[14]。

『佳人之奇遇』は会津の維新史書よりも早く、会津の立場から維新史を叙述している。

而シテ当時世人却テ我ヲ責ムルニ覇府ヲ保庇シ維新ノ帝業ヲ妨グルモノトナシ　朝廷我ヲ罪スルニ禍心ヲ包蔵シテ帝命ニ抗スルモノトナシ　哀願途絶へ愁訴計究リ錦旗東征大軍我境ヲ圧ス　時ニ一二兇奸ノ輩アリ　我家財ヲ掠メ我婦女ヲ残シ降人ヲ屠戮シテ　殆王師民ヲ弔スルノ意ヲ失フガ如シ　是ニ於テ我君臣皆以為ラク此一二雄藩ノ陽ニ幼主ヲ擁シテ陰ニ私怨ヲ報ズルノミト[15]

作中で散士は、幕末の尊皇攘夷運動の激化に対処するために会津藩が京都守護職となり、幕府と天皇に忠義を尽くしたにもかかわらず、薩長の私怨によって「賊軍」になったという歴史を語る。さらに「一二兇奸ノ輩」の仕業としてはいるが、略奪・性暴力・捕虜虐殺の事実を暴き、「王師」つまり「官軍」が民を憐れむ心を持っていなかったと告発する。このように四朗は自らの筆名でもあり作中人物でもある「東海散士」という「亡国ノ遺臣」に会津の立場から歴史を語り直させた。最も汚名を蒙り懲罰的な待遇を受けた会津の立場で歴史を語ることが可能だったのは、「賊軍」を擁護する歴史書が編まれ始める機運もさることながら、それがフィクション中の語りだったからかもしれない。しかしその場面には、黒い塗抹状態のまま刷られている部分が二箇所ある。[16] このうち最初の箇所は慶應義塾大学所蔵の稿本では、朝廷を批判し勅語の正当性を疑う記述がなされていた。[17] 校正者による欄外朱筆には「此ノ一綴ハ御改正ノ後チニ妄評スベシ請フ大ニ删除アランコトヲ」とあり、併せて次のような意見が書き加えられた。

此ノ少シ前ノ御守護職以来ノコトハヨク太一郎様ト御相談ナサレ今少シ簡略ニシ激烈ニ過ギザルヤウ意味ヲ含蓄シテ御記載ノ方ナランカ　当時ハ忌諱ニ触ル、ヤウノコトナキ筈ナレドモ其実ハ然ラズ最モ他藩人ノ記スルナレバ可ナレドモ御同前ヨリ云フトキハ少シク斟酌（しんしゃく）スベキニ似タリ何如[18]

「当時ハ忌諱ニ触ル、ヤウノコトナキ筈ナレドモ其実ハ然ラズ」という見解は、会津藩の立場からの維新史記述が政府に容認されるかどうかは未知数だったことを示している。後に四朗が書いた「佳人之奇遇著述の筋書」には、塗抹部分に内務省の関与があったことが記されている。[19]『佳人之奇遇』は当時の維新史解釈の臨界に踏み込んでいた。四朗は会津藩を「賊軍」という評価から解放するという強い意志を持ち、散士に「勤王であるにもかかわらず裏切られた」という物語を繰り返し語らせるのである。

二　「場面」化する記憶

論理的強度を持つ一貫した「物語」として構築された「雪冤勤王」に対して、白虎隊と女性は悲劇的な「場面」として語られ、「物語」のレトリックとしての機能を果たす。

会津戦争についての維新史叙述の中で「白虎隊のエピソードは歴史叙述の文脈から半ば独立した物語として扱われている」[20]という。この少年たちの「弱さ」「幼さ」が「健気」で「純粋」な忠誠心の証しとみなされ、やがてそれは狡猾な薩長に対して「純粋さと健気さとにおいて会津藩を代表するという「特異な象徴性」[21]」を持つようになる。

しかし、『佳人之奇遇』の白虎隊についての記述は、エピソードとしての質量をそれほど持っておらず、まだ「純粋」さや「健気」によって会津藩を代行表象するという域には達していない。[22]むしろ興味深いのは、年少であることと併せて「良家ノ子弟」とされている点である。これは散士が「僕モ亦日本良族ノ子ナリ」[23]と述べていることと通じているだろう。[24]この「良族」「良家」は武士階級のことを指している。先述のように四朗は白虎隊に編入されていたこともあった。この小説の白虎隊は武士の子弟の集団ということが強調されている。それゆえに彼らの自決を「然レド大丈夫尸(し)ヲ馬革ニ裹(つつ)ムハ伏波ノ壮語亦壮士ノ常ノミ　何ゾ之ヲ嗟(なげ)カンヤ」[25]と『後漢書』馬援伝の故事を引き、武士にふさわしい壮挙として納得するのである。『佳人之奇遇』では白虎隊の悲劇は、会津藩武士階級の男性として勤王の立場で戦ったという「雪冤勤王」の歴史語りに組み込まれている。これは彼らと同輩だった四朗の自己規定とも関わるであろう。先に述べたように、四朗は旧会津藩士として旧怨を雪ぐという使命を自己に課していたと思われるからである。

むしろ悲劇的な場面として強調されたのは、「唯〻酸鼻心ヲ刺シ目見ルニ忍ビズ耳聞クニ堪ヘザルモノハ　婦女ノ操烈国家ト共ニ亡ブル者挙ゲテ数フ可カラザルナリ　今ニシテ其惨状ヲ懐(おも)ヘバ茫トシテ夢ノ如ク恍トシテ幻ノ若ク覚ヘズ涙下ルナリ」[26]と語り出される女性の惨状であった。散士の女性家族との別れと彼女たちの自決、家族を殺してから辞世の歌を残して火を放ち自殺した女性、降伏を知り城中の壁に漢詩を血書して縊死した姫君、白壁に無常の和歌を刻んで髪を切った女性という四つのエピソードは、白虎隊の記述に比べ質量ともに亡国の惨状を伝える「場面」と

図1　会津城中烈婦和歌ヲ遺ス（著者架蔵本）

して機能している。石版印刷の挿画も城中の白壁に和歌を遺す女性を図像化している。田中悟は「小さくて、弱く、あるいはフラジャイルなものが、強大な敵を防ごうとする精神の物語」[27]という白虎隊称揚の物語と、女性の集団自決や娘子(じょうし)隊を称揚する物語に同じ構造を見ている。実際に会津の立場からの歴史語りが復権する過程で、西郷頼母(たのも)一家の集団自決の逸話のように、女性の悲劇も「雪冤勤王」の歴史語りから相対的に独立した「場面」としての象徴性を持つようになる。

「今ニシテ其惨状ヲ懐ヘバ茫トシテ夢ノ如ク恍トシテ幻ノ若ク」という言葉は、たとえ烈女の説話や教訓を参照したとしても、彼女たちの死がたやすくは受け止められない出来事だったことを示す。特に女性家族の集団自決は先述の五郎の回想にもあるように、残された柴家の男性達によって繰り返し想起されることになる。それはトラウマを共有する者たちが「想起と服喪追悼」を行いつつ「再結合」を進める過程であるとともに、「共世界」を構築しようとすることでもある。

散士時ニ尚幼ナリ　猶一矢ヲ敵ニ放テ死セント欲シ　跪テ家人ニ訣別シ覚ヘズ顔色悽愴タリ　慈母叱シテ曰ク　汝幼ナリト雖モ武門ノ子ナリ　能ク一敵将ヲ斬リテ潔ク尸ヲ戦場ニ暴シ家声ヲ損スコト勿レト　散士奮テ蹶起ス　家人送テ門ニ至ル　祖母呼テ曰ク　汝ヲ泉下ニ待タント　姉妹呼テ曰ク　努力セヨト　涙ヲ掩フ　嗚呼痛哉百年ノ恩情永訣言茲ニ尽矣[28]

女性家族との別離の場面は、五郎の回想でもほぼ同様である。[29]五郎が『佳人之奇遇』を参照した可能性も含めて、永訣の場面は柴家の男性たちの集団的記憶になっていたということだろう。ただし、当事者間の記憶の齟齬もある。例えば「奮テ蹶起ス」という決意は、五郎から見ると「茂四郎呆然としてなすところを知らず」「家族に一礼して去るも、おぼつかなき足取りなり」であった。だがこれは当事者の個人的記憶や自己劇化が集団的記憶の枠内で共存することで、自己の記憶の生々しさを保持しているとみることができる。少なくとも会津武士たる「東海散士」は、この時「奮テ蹶起」していなくてはならなかった。

兄弟は集団自決の場を見ておらず、介錯を頼まれた叔父の証言が唯一の情報源だった。だが『佳人之奇遇』で五歳の妹に母がかけたという「聞ク地下途暗シト　今我一族皆亡ブ　人ノ又香火ヲ供スルナシ　汝相抱持シテ其途ニ迷離スル勿レ」[30]という言葉は、西郷頼母の二人の娘が合作した辞世の歌として後世知られるようになった「手をとりてともに行なばまよはじよいざたどらまし死出の山みち」を彷彿とさせる。柴家の女性の集団自決は、『佳人之奇遇』が成立する過程で会津藩士の集団的記憶の一部を取り込んだ可能性もある。

城中の女性のエピソードの出所と真偽は不明である。しかし、先述の兄弟の語り合いの中で、四朗はこの時に城中で奮闘した女性たちについても次のように語っていた。

城中にて婦女子の活躍ぶり、まことに目覚ましきことにて、鉄砲丸城中に落下すれば、水浸したる蓆、俵の類を拡げて走り、この上に覆いて消し、その被害戦士におよぶを防ぐ。また傷者の手当、炊出しなどやすむ暇なく、衣服よごれ破れるもかえりみず、血まみれになりて奮闘せる由なり。最後の時いたれば白無垢のいでたちに身を清め、薙刀小脇に抱きていっせいに敵陣へ斬りこみて果てる覚悟なりしという。[31]

当時城中にいた四朗は女性たちの戦いを見ていた。『佳人之奇遇』における「女丈夫」たちとの共闘は、その経験に由来するのであろうか。そして『佳人之奇遇』では女性自身の語りによって、その悲劇も「雪冤勤王」の物語にしっかりと結び付けられる。集団自決に際して散士の母は「只(ただ)恨ムラクハ我公多年ノ孤忠空(むなし)ク水泡ニ属シ反賊ノ臭名ヲ負フヲ　是終天ノ憾(うら)ミ海枯レ山羆ルモ消シ難シ」[32]と、裏切られて「賊軍」になった怨みを述べるのである。これは、第二次大戦中に彼女たちが戦時における「日本婦人」の鑑として称揚され、裏切られた勤王藩という歴史的文脈から切り離された烈女の表象になることとは対照的である。母の怨言が実際に発せられたかどうかは問題ではない。生者と死者が亡国の物語を共有していることは、生者の慰めになるのである。それは死者の歴史認識を自己の歴史認識と想像的に同一化させることで、女性たちの非業の死という不条理な出来事を馴致し、自らの生を遂行しようとしている。そのような死者の領有は敗者の復権という政治目標に向かう自己を有力化(エンパワメント)する。しかしこの生き残った会津藩士の「共世界」で集団的記憶となった物語は、世界的な亡国の歴史とつながろうとするときには異なる様相を見せる。

三　感情共同体の生成

『佳人之奇遇』は、アメリカ合衆国の独立閣(インディペンデント・タワー)から独立戦争の古戦場を眺めるところから始まる。この記念碑は独立戦争を象徴し、その集合的記憶を引き受けまた喚起する装置であり、弱者が強者に打ち勝った成功のモデルとして、次々に語られる亡国の歴史に先立って冒頭に掲げられている。下河辺美知子はコンパッションという感情に着目し、フランス革命のコンパッションは、苦しむ側の感情が苦しみを免れている側に転移することであり、異なる階級間に革命の感情が広がったのに対し、アメリカ独立宣言のコンパッションは苦しむ者同士の間でのみ共有する感情であるとしている。

> 独立宣言文は（中略）テクスト全体から見るとその半分以上が、英国王が植民地にたいして行なった「非道な行為」の数々を挙げつらうことに費やされている。アメリカ側は自分たちを苦しむ者の立場に置いたのである。（中略）利害も立場も異なる十三州を代表して大陸会議に出席した独立革命の指導者たちは、こうして共通の感情を育成し、苦しむ者としての共感で結ばれたのである。
>
> 彼らは他者の苦しみにたいする感受性を、人間の気高さの規準と見做していた。そして、その理論にそって、苦しむ同胞に目を向けぬことを、「正義の声に耳を貸さぬ」（独立宣言文）として、英国を敵に仕立て上げたのである。[33]

巨大な悪としての敵を自らの外部として設定することで、内部の差異を共感で覆うという感情の戦略は合衆国政治の伝統でもある。独立戦争が外部に悪を設定することで怒りを喚起し、内なる我々をおしなべて善と自認することで遂行されたものならば、それは薩長という悪に対して、「勤王」の会津藩という正義の弱者を主張する感情共同体に属していた四朗にもたやすく理解できたであろう。

> 当時英王ノ昌披（しやうひ）ナル　漫（みだり）ニ国憲ヲ蔑如シ　擅（ほしいまま）ニ賦斂ヲ重クシ米人ノ自由ハ全ク地ニ委（ゐ）シ　哀願途絶ヘ愁訴術尽キ人心激昂干戈（かんくわ）ノ禍殆ド将ニ潰裂（くわいれつ）セントス　十三州ノ名士大ニ之ヲ憂ヒ此小亭ニ相会シ其窮厄ヲ救済シ内乱

ノ禍機ヲ撲滅セントス　時ニ巴土列義顕理（パトリックヘンリー）乃チ激烈悲壮ノ言ヲ発シテ曰ク　英王戮（りく）スベシ民政興スベシト[34]

強者は理不尽に自分たちの生存をおびやかす悪であり、弱者は生存のために「戮スベシ」といった強い攻撃性を持った言葉で自らを鼓舞し団結抵抗する。合衆国の独立戦争において生成した感情の共同体を、『佳人之奇遇』の亡国者たちは反復しようとしている。

西欧列強の干渉は、『佳人之奇遇』の会津亡国の語りの中でも繰り返し語られ、「外患」は会津降伏の決断の主因とされた。

主将諭シテ曰ク　空シク死シテ名ヲ滅センヨリハ恥ヲ忍ビ生ヲ全フシテ一旦外患アルノ日誓テ神州ノ為メニ生命ヲ鋒鏑（ほうてき）ニ委シ而シテ是非正邪ヲ死後ニ定メンニハ若カズト　是ニ於テ一藩恨ヲ忍ビ涙ヲ呑ミ轅門（えんもん）ニ降ル[35]

散士によれば会津藩士は、「神州」のために「外患」に備えることを生存の理由として受け入れた。この後の苦難も「他日我帝国ノ為メニ鞠躬（きくきゅう）命ヲ致シ往年ノ志ヲ天下後世ニ伸べ死者ニ泉下ニ謝セン」[36]ために耐え忍ぶ。作中では会津藩も「国家」と記述されていたが、外部の敵を設定することによって、会津藩の生者そして死者までもが、日本（「神州」「帝国」）というより大きな「国家」の内なるものになるのである。散士の国権主義や保護貿易主義といった経綸策も、「外患」から「国家」を守るためのものだった。新政府と共に日本という「国家」に帰属することは、その内部批判者になることでもあるが、また谷干城のようなかつての敵と共鳴する可能性もある。外在する大きな悪の設定は内なる敵味方の境界を後景に押しやり、敗者の「共世界」を拡大することができる。

すでに多くの指摘があるように、作中で語り合う四人の政治的立場は大きく異なる。幽蘭はスペインのカルリスタであり王権主義者である。紅蓮はアイルランド独立党であり大英帝国に抵抗している。范卿は明の遺臣であり異民族に滅ぼされた中華帝国の再興を目指している。立場は異なるが彼らは西欧列強や異民族の干渉や支配を受けているという点が共通する。「外患」への怒りの感情によってそれぞれの政治的立場の違いを超えた連帯が可能になる。
一方で政治的立場が異なるにもかかわらず、散士以外の三人が語る亡国史は、会津亡国の経緯や日本の現状に見立てられる点が多い。幽蘭の父兄は位を奪った暴君をしりぞけて賢君を立て悪政を廃止しようとする忠義の士であり、勅命を私した薩長の横暴に対抗する勤王の会津という図式に見立てることができる。また、共和派による王政打倒の扇動が国政を混乱させるのに対し、立憲政体による国の安定を目指すという王党派の政治目的は、自由主義を日本人の実態に合わないものとして退け、天皇をいただく立憲君主制を是とした四朗の国権思想とも共通する。アイルランドの惨状は西欧列強に支配される日本の姿を予見するものとなっており、紅蓮の父は大英帝国の支配による亡国と国民の惨状に抵抗する保護貿易主義者である。范卿の明再興も清と西欧という「夷狄(いてき)」を除く「勤王」の企てとされている。要するに四人が語るそれぞれの歴史は、四朗の国権主義・保護貿易主義・勤王の会津藩士という立場を重ねることができる。橋川文三は会津と他国を同一視する散士について次のように述べている。
亡国の遺臣たちの談話を聞いたとき、散士の胸中にあふれたものは、何よりも会津藩滅亡の回想であった。これはいうまでもなく士族的実感の立場であり、その実感がそのままアイルランド、スペイン等々の独立問題に対する散士の論理的思考の基礎となっている。封建的思考の次元で養われたナショナリズム（封建的忠誠）が、そのまま国際的規模に拡大されているのである。散士は自己の身分と結びついた体験の含む普遍性について、何ら疑わないばかりか、己のイメージを幽蘭や紅蓮、范卿の境涯と同一化して涙を流すのである。ここではまさに大名分国制の中で養われた国家の対峙の感覚が、そのまま国際社会の事態にあてはめられている。[37]
彼らが四朗の政治的主張の表象であることは明らかだが、それは政治的なプロパガンダのための傀儡というだけの存在ではない。四朗の政治的主張は会津の亡国というトラウマから生じる感情を伴っており、彼ら志士たちも四朗の感情を引き受けた分身である。

これは、四朗が当時の万国史のような一国史の集成や、文明史観や進歩史観による一貫した世界史の把握とは異なる態度で歴史を読んでいたということでもある。四朗は見立てによって「勤王」や「外患」を他国の歴史に見出し、会津や日本の似姿を世界史から摘出していた。そのような歴史の読み方は、白虎隊や女性の悲劇を会津の「裏切られた勤王」という歴史的文脈から切り離さなかったこととはうらはらに、彼らの亡国史を固有の歴史的文脈から切り離し自らの歴史の枠組みでとらえることになる。

むしろ西田谷洋が「一旦、共に悲憤慷慨したならば、同類意識・連帯意識が互いに成立する」[38]と述べているように、会津や日本の似姿としての亡国史が喚起する悲しみと怒りと憂国の感情、すなわち「悲憤慷慨」がこの小説の作中人物を連帯させる。歴史とは「悲憤慷慨」を喚起する契機であり、感情の共有がこれらの亡国史群を連結する。志士たちが互いの歴史を語り合うのは教化の場でも議論の場でもなく、同質的な感情の共同体が生成される場なのである。

四　情動を喚起する装置

そのような場として特に用意されたのが巻二の四人の語り合いの場である。齋藤希史は「駢文調の文体、書き手と主人公の一致」という二点が『佳人之奇遇』の特徴であるとともに、『遊仙窟』の特徴でもあることを指摘し、次のように述べている。

注目すべきは佳人像の転換である。（中略）『佳人之奇遇』は逆に佳人の単なる美女から麗しき志士への転換のほうがきわだち、散士が結局才子的印象を拭いきれない存在であることが着目される。（中略）「散士初メ幽蘭カ風采関雅ニシテ容色秀麗ナルヲ慕ヒ高才節義ノ以テ人ヲ感動スルヿ(こと)此ノ如ク其レ卓然タルヲ思ハサリシ今幽蘭カ言ヲ聞クニ及テ敬慕ノ念愈(いよ)〳〵切ナリ」と明記される転換は、いわば佳人の士大夫化なのである。[39]

ここで指摘される「佳人の士大夫化」は、これまで見て来たように会津の女性たちに対する集合的記憶が導いたものではないか。『遊仙窟』は故郷を遠く離れ、任務に疲れた才子が仙境に迷いこんで美女と情を交わし慰められる伝奇小説である。散士そして四朗の慰めは、自己の記憶であると共に会津の集合的記憶となった会津の女丈夫たちと再び相まみえて怒りと悲しみを共有することである。翌朝姿を消す幽蘭たちは仙境の住人になぞらえることができると共に、四朗にとっては「かくり世」の住人ではなかっただろうか。

彼女たちに会津の女丈夫たちの面影が託されているのならば、巻二のこの場面は「悲憤慷慨」という士大夫的な見かけとはうらはらに、非業の死を遂げた女性への思慕という抒情に支えられていると言える。齋藤が指摘するようにこの小説を特徴付けるものは「文体」である。「復古的かつ情動的な文体は連綿と絶えることなく、挿入される漢詩とともに熱狂的な歓迎を受けた」[40]のであるが、『遊仙窟』的仙境にふさわしい文体は、「悲憤慷慨」が同時に慰藉になるためにも必要なものだった。そのような文体で構築された世界では、『経国美談』のような若い男性同士の義兄弟的な連帯とは異なり、激越な言葉のやりとりの中に才子佳人の交情の気配が漂っている。だが言うまでもなく、その女性たちは生き残った四朗が望んだような自らの境遇と感情に同調してくれる女丈夫であり、つまるところは自己の分身である。彼らとの悲痛な対話は歴史を「よりしろ」にした四朗の自己語りといってもよい。

さらにこの感情共同体を外枠から支えるもう一つの装置が頭評である。『経国美談』の頭評は作中の歴史的事実の注釈が大半で知識の啓蒙という意図が強いのに対し、『佳人之奇遇』の頭評は散士や作中の志士たちの語りに同調するものが多い。例えば会津降伏の場面に「一段生苦(しょうく)の光景を叙し去る。悲痛甚だしくは死苦を説くの一段に遜(ゆず)らず。

／吾も亦奥人。読みて此に至る。悲歌既に極まれり。而して眦裂け髪竪たんと欲す。[41]」という頭評を付した高橋太華（旧二本松藩士）は、散士と同じ奥州出身者として感情移入している。また、幽蘭の境遇の告白に付けられた「散士は会人。戊辰の変に逢ひ。全家陸沈す。幽蘭の境遇と略ぼ似たる者。想ふべし其の感慨吾輩に比し更に幾百倍を加ふるを。[42]」という評は、幽蘭の境遇を聞いて散士は戊辰戦争の体験と重ね合わせて同情しているだろうと想像し、その散士の気持ちに評者がさらに同情の念を深くしているというものである。散士の会津亡国の物語はこの場面よりもさらに後になってようやく語られるのであり、この頭評は散士が身の上話を語るに至る感情を、先取り的に想像して読者に提示している。このような頭評は、評者が物語によって描かれていない心情を補填し、一読者として作中人物への同情心をつのらせてゆく。評者は先導的な読者として、この小説によって構築される感情共同体へ参入するにふさわしい態度を続く読者に教育するのである。

散士ら四人はそれぞれの亡国の顛末と恨みを述べて互いに悲しみと怒りを共有し、漢詩を唱和して慰め合い、志を確かめ合う。それは歴史的なトラウマからの回復を目指すセラピーのようだ。そして『佳人之奇遇』全体を通じて、喪失の傷を持つ者たちの歴史が当事者の経験として次々に語られ、さらに鼇頭に記された複数の頭評が物語の外枠から、物語内容に共鳴する観衆の声としての役割を果たす。

歴史的な出来事によって生じたトラウマに対するセラピーという見立ては、この小説に描かれた個人の体験と現代のそれとの違いを際立たせる。歴史的な体験をめぐる現代のセラピーの場が、個人の内的な様相に焦点化して歴史的な体験を語り合う場であるのに対し、『佳人之奇遇』の作中人物が語る物語は個人の体験が前景化せず、亡国の歴史叙述の中に個人の体験が包摂される。当時の日本語小説には、内面を自己の本体として追求するような自己語りの表現がいまだ確立していなかった。『佳人之奇遇』の歴史語りが、トラウマを抱えた人間による自己語りに相当する役割を果たしているのである。

しかし繰り返しになるが、著者にして作中人物でもある「東海散士」を含めた主要作中人物四人はすべて創作された人物である。彼らはトラウマを分有する他者ではなく、作者柴四朗の分身である。大きなトラウマを経験した四朗は過去の怨念とこれからの自己の生との折り合いをつける過程で、会津亡国の怨念、日本への愛国心、武士としての選良意識、民衆と同一化しようとする民権思想等に四分五裂した自己像を抱えていた。『佳人之奇遇』という「政治小説」はこの分裂した自己を作中人物に割り当てた上で、それぞれの事情と感情を共有し慰藉する場を仮構することで、四朗の歴史的なトラウマからの回復を図る装置として機能している。そしてそれは同時に、読者に亡国の物語群に没入しつつ亡国者のトラウマと同一化することをうながすことで、西欧列強による植民地支配を防ぐという個人のトラウマの回復を超えた政治目標を共有させようとしている。

感情共同体を生成する装置としての『佳人之奇遇』は、この小説を熱狂的に迎えた一八九〇年代の青年層における自己語りと青年の感情共同体に大きな影響を与えた。「最も高評を得たる第一第二[43]」と同時代評にあるように、独立閣での佳人との邂逅から四人が共に「悲憤慷慨」し漢詩を唱和する巻一、二は、特に青少年男子の『佳人之奇遇』評価を決定づけた。文章を書く青少年が簇生し始めた一八九〇年代以降、回覧誌や雑誌はそこに投稿された「悲憤慷慨」の文章に寄せられる共感の書き込みや投書であふれかえるようになった。この感情には怒りを基調とした集団的な熱狂と、悲哀への個人的な同情の連鎖という二つの局面があった。徳冨蘆花『黒い目と茶色の目』には、夜中に朗唱される『佳人之奇遇』の漢詩に寮生が聞き惚れるという場面がある。中丸宣明はこの場面に「夜のしじまのなかで一人書を読む個々の学生の胸にしみこむような感慨」が記されており、『思出の記』にある『経国美談』の朗読の際の集団的その基調をなしていると述べている。[44] 一九〇〇年代の「美文」の隆盛の中でも高山樗牛などの文章は悲哀と怒りが熱狂と対照をなしていると述べている。

「悲憤慷慨」は文章を書くような若年男性知識層が負わされるようになった「立志」という行動規範と関わるだろう。家の再興を託された士族の子弟が典型的であるように、一家の興廃は新しく学校教育を受けた彼らの責任となった。"new rich"になるべき自己と"new poor"になるかもしれない自己を彼らは一身に抱えていたのである。家の興隆を目指す熱情とそれが果たされない悲哀は彼らの中に同居していた。そのような内面を最も早く最も過酷に抱えることになったのが、「賊軍」という汚名の下に生き残った四朗たち会津藩士だった。『佳人之奇遇』が明治期の青少年の感情共同体のモデルになったのは当然のことだったのである。

〔注〕

1　丸山真男『忠誠と反逆　転形期日本の精神史的位相』、筑摩書房、一九九二年、ちくま学芸文庫版、一九九八、六〇〜六一頁。
2　『佳人之奇遇』（大沼敏男・中丸宣明校注『新日本古典文学大系　明治編　政治小説集二』岩波書店、二〇〇六）五頁。本文の引用は同書により適宜ルビ等を省略した。
3　『佳人之奇遇』六五頁。
4　齋藤希史『漢文脈の近代　清末＝明治の文学圏』（名古屋大学出版会、二〇〇五）一五七頁。
5　山川健次郎「経歴」『男爵山川先生遺稿』（一九三七）一九頁。
6　「白河口戦記第十一」『復古記』第十三冊（一九二九）二九四頁。

7　石光真人『改版　ある明治人の記録　会津人柴五郎の遺書』（中央公論新社、二〇一七）四九頁。

8　『ある明治人の記録』四九～五〇頁。

9　ジュディス・L・ハーマン（中井久夫・阿部大樹訳）『増補新版　心的外傷と回復』（みすず書房、二〇二三）

10　『佳人之奇遇』七〇～七一頁。

11　田中彰『明治維新観の研究』（北海道大学出版会、一九八七）一四九頁。

12　『守護職小史』前編上（一八九八）

13　『七年史』上に掲載された山川健次郎による序文。

14　『明治維新観の研究』一六三～一六九頁。

15　『佳人之奇遇』六九頁。

16　『佳人之奇遇』六七～六八頁、七七～七八頁。

17　「朝庭却テ我ヲ責ムルニ違勅ノ罪ヲ以テシ世人挙テ我ヲ目スルニ国ヲ売ルノ姦臣トナシ内ハ庸臣命ニ托シテ攘夷ノ詔ヲ下ス星火ヨリ急ナリ　蓋(けだし)先帝ノ深意ニ非サルナリ」（『佳人之奇遇』補注五四、五二二頁）。

18　『佳人之奇遇』補注五四、五二三頁。

19　『佳人之奇遇』補注七、五一三頁。

20　後藤康二「白虎隊テクストについての覚書1」『会津大学文化研究センター研究年報』八号（二〇〇二・三）五八頁。

21　田中悟『会津という神話―〈二つの戦後〉をめぐる〈死者の政治学〉―』（ミネルヴァ書房、二〇一〇）一四一頁。

22　「当時年少ノ一隊アリ白虎隊ト云フ　年約十六七皆良家ノ子弟ナリ　此日初テ陣ニ臨ミ驕勝ノ兵ト戦ヒ衆寡敵セズ死傷略(ほぼ)尽キ余ス所僅(わずか)ニ十六人　奔(はしり)テ一丘ニ上リ瘡ヲ裹ミ血ヲ歠テ憩フ　少焉(しばらく)アリテ城市火四ニ起リ砲丸櫓楼ヲ焚ク　皆以為(おもへ)ラク城陥リ大事去矣(されり)ト　乃(すなはち)西向再拝シテ曰ク　今ヤ刀折レ弦絶(ぜつ)シ臣等ガ事終ル　苟(いやしく)モ生ヲ偸(ぬすみ)テ以テ君ニ背カズト　相訣別シ刃(やいば)ヲ引テ自殺ス　真ニ憐レム可キナリ」（『佳人之奇遇』七〇頁）

23　『佳人之奇遇』六六頁。

24　百姓姿で遊ぶ五郎を見た四朗は養育していた叔父に対し「失礼ながらこの様は何事なりや。弟五郎、姿は百姓なれど柴家の息子なり。大小を棄て髪を斬りても、武家の子たること変らず。いかなるご所存なりや、御意見承りたし」と詰め寄ったという（『ある明治人の記録』五二頁）。

25 『佳人之奇遇』七〇頁。
26 『佳人之奇遇』七〇頁。
27 後藤「白虎隊テクストについての覚書2」『会津大学文化研究センター研究年報』九号（二〇〇三・三）七〇頁。
28 『佳人之奇遇』七一頁。
29 母はまず病床の茂四郎を無理に起床せしめ激励し、衣服を整え大小を腰にたばさみて城中に行けと命ぜらる。茂四郎蒼白の面持にて歩行もおぼつかなき病状なり。母その手を引きて門前にいたり、家族居並びて送れども、茂四郎呆然としてなすところを知らず。母大声にて叱責す。「柴家の男子なるぞ、父はすでに城中にあり、急ぎ父のもとに参じて、家の名を辱むるなかれ」と。／祖母また「われはひと足先に逝きて黄泉にて待つべし」と激励さる。茂四郎、家族に一礼して去るも、おぼつかなき足取りなり。母目頭を袖におさえて家内に入るも、余は門前に立ちたるまま呆然たり。（『ある明治人の記録』二八頁）
30 『佳人之奇遇』七二頁。
31 『ある明治人の記録』五〇頁。
32 『佳人之奇遇』七二頁。
33 下河辺美知子『歴史とトラウマ　記憶と忘却のメカニズム』（作品社、二〇〇〇）五七〜五八頁。
34 『佳人之奇遇』九頁。
35 『佳人之奇遇』七四頁。
36 『佳人之奇遇』七四頁。
37 橋川文三『増補版　歴史と体験　近代日本精神史覚書』（春秋社、一九六八）一七八頁。
38 西田谷洋『政治小説の形成　始まりの近代とその表現思想』（世織書房、二〇一〇）一七六頁。
39 『漢文脈の近代』一五四頁。

40　『漢文脈の近代』一五五頁。
41　『佳人之奇遇』七四頁、もと漢文。読み下しは六二四頁。
42　『佳人之奇遇』四二頁、もと漢文。読み下しは六二二頁。
43　「柴四朗君」『社会灯』五号（一八八八・七）
44　中丸宣明「政治小説としての『佳人之奇遇』―「亡国ノ遺臣」たちのユートピア―」『新日本古典文学大系　明治編　政治小説集二』六八三〜六八七頁。

その他の参考文献

アストリッド・エアル（山名淳訳）『集合的記憶と想起文化　メモリー・スタディーズ入門』（水声社、二〇二二）
アライダ・アスマン（安川晴基訳）『想起の空間　文化的記憶の形態と変遷』（水声社、二〇〇七）
エリック・ホッファー（中山元訳）『大衆運動』（紀伊國屋書店、二〇二二）
小沢栄一『近代日本史学史の研究　明治編』（吉川弘文館、一九六八）
鹿島徹『可能性としての歴史』（岩波書店、二〇〇六）
亀井秀雄『増補版　感性の変革』（ひつじ書房、二〇一五）
キャロル・グラック（梅崎透訳）『歴史で考える』（岩波書店、二〇〇七）
高井多佳子「東海散士著『佳人之奇遇』の成立について」『京都女子大学大学院文学研究科研究紀要　史学編』三号（二〇〇四・三）
田中彰、宮地正人編『日本近代思想大系一三　歴史認識』（岩波書店、一九九一）
成瀬哲生『中国古典小説選4　古鏡記・補江総白猿伝・遊仙窟【唐代Ⅰ】』（明治書院、二〇〇五）
バーバラ・H・ローゼンワイン、リッカルド・クリスティアーニ（伊東剛史、森田直子、小田原琳、舘葉月訳）『感情史とは何か』（岩波書店、二〇二一）
ハンナ・アレント（志水速雄訳）『革命について』（筑摩書房、一九九五）

前田愛『前田愛著作集第四巻　幻景の明治』（筑摩書房、一九八九）
槇林滉二「「雪中梅」「花間鶯」頭注考―そのストーリー補填状況について―」『佐賀大国文』二七号（一九九八・三）
南塚信吾『世界史の誕生　ヨーロッパ中心史観の淵源』（ミネルヴァ書房、二〇二三）
ヤン・プランパー（森田直子監訳）『感情史の始まり』（みすず書房、二〇二〇）
吉岡亮『文明論と伝記の近代　明治前半期の歴史と文学』（文学通信、二〇二四）

正史の欠漏を補述する
――『経国美談』における歴史とフィクション――

ニコラ・モラール

中国従来の文学観では、歴史と小説の関係が、真実と虚構との対立関係というよりは、従属ないしは補完関係として位置付けられていた。それは江戸後期に受け継がれて、十九世紀を通して、歴史小説（稗史小説）作家たちは正史が語らない部分を補うことに小説の存在意義を見出していた。正史は「勝者」の観点を表し、二次的な細部を捨象し、表現的にも無味乾燥だということがその限界だった。想像力によってこれら暗部を補うのが小説家の役割で、その過程で歴史的事実を捏造したり異なった価値観による解釈をしたりしてはならないと考えたのであった。十九世紀を通じてこの立場はほとんど変わらないが、歴史の空白をどう埋めるかということについては小説家により違っていた。

『経国美談』（一八八三～八四）において、矢野文雄（龍渓）は、厳密な歴史考証に基づき、スパルタ寄りの専制的支配グループの手に落ちたテーベ市に民主主義を復興するために立ち上がった若い主人公たちの戦いを、白話小説『三国志演義』風のスタイルで描いている。自序において、この作品は、「正史」を逸脱せず、出典を注記し、古代ギリシャ史についてのイギリスの文献をまとめ、翻訳することから成り、それに若干の潤色を加えたのみだと述べている。

ここでは、龍渓が、テーベにおける民主主義の誕生を語る過程でどのように「正史の欠漏を補述」したか、という点に問題を絞って考えたい。

一　序文における理論的姿勢

自序にまとめられている龍渓の歴史小説執筆に関する立場の骨子はよく知られている。[1]

史家ガ齋武（セーベ）ノ事ヲ記スルヤ、多クハ其ノ大體ニ止テ、當時ノ顚末ヲ詳記スル者少ク、人ヲシテ模糊雲烟（モコウンエン）ヲ隔ツルノ想ヒアラシム。是ニ於テカ始メテ其ノ缺漏（ケツロウ）ヲ補述シ、戯（タワム）レニ小説體ヲ学バント欲スルノ念ヲ生ジタリ。然レドモ予ノ意、本（モ）ト正史ヲ記スルニ在ルガ故ニ、尋常小説ノ如ク擅（ホシイママ）ニ實事ヲ變更シ、正邪善悪ヲ顚末スルガ如キコトヲ為サズ。唯（タダ）實事中ニ於テ少シク潤色ヲ施スノミ。[2]

凡例を読むと彼の言う典拠としての正史とは何か、「補述シ」、「潤色ヲ施ス」とはどういうことがより明らかになる。

一、此書ハ希臘（ギリシヤ）ノ正史ニ著明ナル實事ヲ、諸書ヨリ纂譯（サンヤク）シテ組立テタルモノニテ、其ノ大體骨子ハ全ク正史ナリ。故ニ本篇ノ正史大要ヲ巻尾ニ揚ゲ、読者ヲシテ此書の架空ナラザルヲ知ラシム。

一、著者ガ此書を編ムヤ、本ト正史中ノ實事ノミヲ纂譯スルノ心組ナリシニ、書中ノ事柄ハ遠キ古代ノ事ニシテ、諸書ヲ捜索スルモ斷續シテ、詳（ツマビラカ）ナラザル所アリ。因テ之ヲ補述シ、人情滑稽ヲ加テ小説體ト為スニ至レリ。然レドモ本ト正史實事ヲ専ラ記載スルノ本意ナルガ故ニ、毫モ正史ノ實事ニ悖（モト）ラザルヲ勉メタリ。唯殘忍ニ過グルガ如キ箇條ハ、一、二ノ實事ヲ沒シタルコトナキニアラズ。

一、讀者ヲシテ小説ヲ讀ムノ愉快ヲ得ルト同時ニ、正史ヲ讀ムノ功能ヲ得セシメ、且ツ是書ノ全ク正史ニ據ルヲシラシメンガ為ニ、正史中ノ實事ニハ、一々符號ヲ付シテ之ヲ表示セリ。

一、此書ヲ纂訳セル原書中ニテ、其ノ重モナルモノヲ知ラシメンガ為ニ、巻首ニ引用書目ヲ列記シタリ。[3]

最も注目されるのは次の点である。矢野龍渓は、出典を明確に示しながらギリシャの歴史を忠実に伝え、例外的にのみ読むに耐えない残虐な事件を和らげ、人情に訴え、滑稽味を加えて歴史の空白を埋め、この話に小説がもたらす楽しみを与えるのだと主張する。しかし表明された意図とその実現の間の差異を見極めなければならないから、それにはまず歴史的背景から始める必要がある。

二　物語の歴史的背景

この小説の骨組みは十九世紀のイギリスの歴史家によるギリシャ史に基づいている。古代ギリシャは都市国家間の抗争により分裂していた。アテネに勝利してペロポネソス戦争（紀元前四三一～四〇四）[4]を終らせた後、スパルタはギリシャ世界の覇権を握っていたが、絶対的なものではなかった。コリント戦争（三九五～三八六）ではアテネ、テーベ、アルゴス、コリントが同盟してスパルタと戦い、スパルタの勝利に終わったが、ペルシャ王の介入によって平和を取り戻すことができた（大王の和約）。それに際して、調印国はギリシャ都市国家の自治を認めたが、スパルタはスパルタ派をいくつかの都市で支持し、民主勢力を弱めることによって、覇権を回復しようとし、それによって三八二年に「大王の和約」を侵害し、テーベのアクロポリス、カドメイアを奪取し、兵団を配置して、スパルタ派の急進的専制的権力者層による支配を強制した。

小説は四世紀前半の危うい政治的均衡の中にあるギリシャ世界におけるテーベの台頭、三八二年のスパルタのクーデターから三七一年のレウクトラの戦いにおけるテーベの勝利までの期間に焦点を当てている。前編は三年間のスパルタによる占領期間（三八二～三七九）の歴史的推移を細部まで以下のように相当忠実に追っている。

民権擁護派と寡頭政治派へのテーベ市の分裂、テスモフォリア祭の日にスパルタの将軍ポイビダスの援助を受けた最高指導者レオンティアデスが組織した三八二年のクーデター、ペロピダス、メロン、アンドロクレイダス他二、三百人のアテネへの逃亡と、執政官イスメニアス、エパミノンダスなどの民権派の中心的指導者たちの逮捕、公開裁判とイスメニアスの死刑判決、亡命者の引き渡しを要求するスパルタのアテネへの圧力、テーベの専制勢力によるアンドロクレイダスの暗殺、テーベにおける親スパルタ派権力に対するペロピダス、メロンなどの亡命者の小グループによる襲撃計画、フィリダスが開いた晩餐とそこに女装で紛れ込んだ襲撃者たちが親スパルタ派の主要な専制者を暗殺すること、民権派の囚人の解放、親スパルタ派権力排除後の民主制宣言、アテネの義勇軍に支援された亡命軍の到着、そして最後にカドメイアを防衛していたスパルタ駐屯軍の降伏。

民権派による城砦の奪回はテーベの新しい時代の開始を告げ、ヴィオティア連合の再興、覇権の拡大の末三七一年にレウクトラの戦いでのスパルタに対する勝利に至る（この部分は後編で語られるが、ここではあまり扱わない）。この続き、三六二年のマンティネイアの戦場におけるエパミノンダスの死によりペロポネソス半島における覇権をテーベは失うという結末は語られない。

三　政治的課題の二項対立化

明快な小説展開になることを狙って倫理面ははっきりと二項対立化されている。目的は明確で、寡頭的圧政に抗する民主主義を讃えることである。アテネとテーベの民主派は「正党」のために戦い、スパルタの寡頭専制勢力及び二都市内のその支持者たちは「奸党」側である。ここで、イギリスをモデルとした立憲君主制を日本に樹立し、民主的権利を拡大することを目的とする改進党の活動に龍渓が当時加わっていたことを想起したい。読者にとって寓意は明瞭で、自由民権運動参加者たちが打倒しようとしていた薩長武士層出身の寡頭専制勢力である藩閥政府をスパルタは表していた。比較をさらに進めて、アテネとテーベの民主主義者たちをこの運動によって生まれた二つの政治潮流、自由党と改進党に準えることもできるだろう。[5]

龍渓は強調・単純化しているが、歴史の軌跡の外には出ない。出来事の連鎖、地理、主要人物などは古代ギリシャ史の参考文献で確認されたものである。しかし自序で表明された厳格な姿勢の裏で史書が語らないことについては様々な工夫をこらしている。

四　軍記的要素

クーデターの際のペロピダスとその仲間の逃走がその例である。ペロピダスはアテネに亡命したテーベ人のうちの一人で、それは歴史的事実である。しかしこの逃走の詳細について歴史的文献は沈黙している。ここで小説的想像力

図1　月夜ノ漁舟名士ヲ救フ（三図、第5回）
矢野文雄　纂譯補述『齊武名士經國美談』前篇3版，報知新聞社，1884．国立国会図書館デジタルコレクション https://dl.ndl.go.jp/pid/1083626/1/62（参照2024-02-14）

が筆を取り、第三回と第五回の一部を占めるかなり長いシークエンスが繰り広げられる。友人たちと話をしているペロピダスの家に武装した男たちがいきなり押し入り、ペロピダスは友人のメロンと従者のレオンとともに慌てて夜の闇の中を逃げ、パルネス川に至る。川にかかった唯一の橋の向こうには道を遮る兵士たちがいる。それらを蹴散らそうと馬を疾駆して進んでいったペロピダスは矢に射られて馬から落ち、暗い川に姿を消す。仲間たちは夜の闇の中を逃げていく。死んだと思われたペロピダスは月明かりの中で年老いた漁夫に救われる（図1）。老人は彼を介抱し、家に連れ帰り、息子の道案内でペロピダスはアテネに無事たどり着く。

　これはすべて龍渓の作り事だが頭評[6]が指摘するように、このモティーフは漢文脈の文学伝統ではよく見られるものである。

　月下江上漁父無端救得溺没的人。是小説戯曲常套脚色不必称。[7]

つまり、川で溺れている男を月明かりの中で偶然救うというのは、小説・戯曲の常套の脚色であると。前田愛はより具体的に、これは『八犬伝』（第四部、巻二）のエピソードを取り込んだものだと述べている。[8] 二人の犬士、犬塚信乃と犬飼現八は屋根の上の死闘の末舟に落ち、気絶した二人を乗せた船は下流に流れていき、年老いた宿屋が流れ着いた舟から二人を救う。いずれにせよ龍渓は明治初期の読者に馴染み深いと思われるシークエンスをここに入れたわけである。

五　恋愛小説風

人情は小説を特徴づけるものだという考えは昔からあり、坪内逍遥も『小説神髄』で、再度主張している。歴史書はこの方面に乏しく、ジョージ・グロートが『ギリシャ史』において指摘しているように、「テーベでは、他のギリシャの都市と同様に、女性は政治論議に加わらないばかりでなく、公的な場に姿を表すことも稀であった」[9]。しかし、公的・政治的空間が龍渓の関心事であるにせよ、小説が何らかの感情の高まりなしでは済まないということも龍渓は意識していた。ペロピダスについて、史書は良縁を得たと語るのみだ。そこで、ロマンスの味わいを読者に提供するために、女性の登場人物、ペロピダスをかくまってくれたアテネの名士の娘、レオナを作りださざるを得なくなった。こうして蜜のように甘い場面がいくつか入っている。しかしこの恋愛の芽生えは騒乱状態とテーベにおける民主制復興を目指すペロピダスの望みの前にあっという間に消されてしまう。[10]

六　滑稽味

龍渓の小説論は、超越的な理想が話の筋を統括できるという考えを必ずしも捨てたわけではなかった。かくて、寓意が三人の登場人物に覆いかぶさり、漢文脈の稗史小説に習ってペロピダスは「知」、エパミノンダスは「仁」そしてメロンは「勇」を体現することになる。ペロピダスとエパミノンダスの相互補完性は原資料では広く取り上げられていて、ペロピダスの富、エパミノンダスの質素な暮らしはよく対比される。それでメロンはどうかというと、テーベの民主制復興における中心的な人物であるにもかかわらず、史書はあまり語らない。その隙間をうまく利用して、小説家龍渓はこの人物を好きなように造形し、くだけた人柄の、勇猛だが思慮の足りない男に仕立て上げ、滑稽な場面の主人公を演じさせる。

龍渓はメロンのために、一回全体（第十二回）を全くの創作に費やしている。この脇道の筋の中で、メロンはペロピダスが密かにテーベに潜入する意図で単身出発したと知る。すると、メロンは、裏切り者たちが現れ次第撃ち殺そうとテーベをまっしぐらに目指して行く。しかし途中で、悪徳村長に引き渡されようとしている娘を救おうとし、手下たちに攻撃され、酔っ払った彼は迎え撃つよりも逃げることになり、山で道に迷い、小川のほとりで眠り込み、やかましくいびきをかいている間にこっそりやってきた先ほどの手下たちに捕まり、亡命者の一団が天の助けで現れて彼を救出することになる。

ここでも、評者の一人、栗本鋤雲（くりもとじょうん）はこの滑稽なエピソードと『水滸伝』でのあれこれ問題が絶えない黒旋風李逵（りき）との相関性を指摘している。具体的には、李逵がずる賢い村人たちに酔わされて捕まるという第四三回がそれにあたる。[11]

前田愛はメロンの親類ともいえるこの中国の人物との類同性をあちこちで指摘している。龍渓が歴史の空白を埋める逸話を組み込むために白話小説の伝統を自由に使っているということに特に注目するべきだろう。

七　そして何よりも、演説

作者の新しい工夫は、自序で示す姿勢が想像させるよりもはるかに数多く、歴史家たちの叙述にピリッとした物語的な刺激を加えている。しかし作者が求めたのはギリシャ史を物語化することのみでなく、ギリシャの三都市の制度・政治的行為の紹介を通して明治の日本における状況を反映させることであった（特に第二回）。イギリスの文献に忠実に、龍渓は明治時代の政治用語を使っている。「国憲」「民政」「王政」「寡人専制」「共和政治」「専制政治」「行政部」「立法部」「司法部」「公会」（アテネの五百人評議会の訳）、または「人民公会」（諸ポリスの市民総会の訳）などである。こうして明治の読者の耳にもなじむものとなった古代ギリシャにおいて、龍渓はこの小説で繰り返して語られる真のモチーフを展開していくのである。友人同士が交わす長談義、議会で戦わされた弁論、公共の場における演説などを数多く重ね、民主主義の根幹の一つを成す精神、すなわち必ず議論を経て共同の決定を行うという精神を読者に吹き込もうとしている。

語り手は第十回で、スパルタの最後通牒に対してアテネがどのような態度を取るべきかということについて次のように述べる。

当國〔アテネ〕ノ人民ハ、舊来ヨリ政治ノ思想、甚ダ盛ニシテ、何事ニ由（ヨ）ラズ、政治上ノ事ニハ、甚シク注意スルノ、風俗ナルガ故ニ、隨ツテ又、些（イササカ）ナル事柄ニモ、議論騒々シキ國柄ナリ。[12]

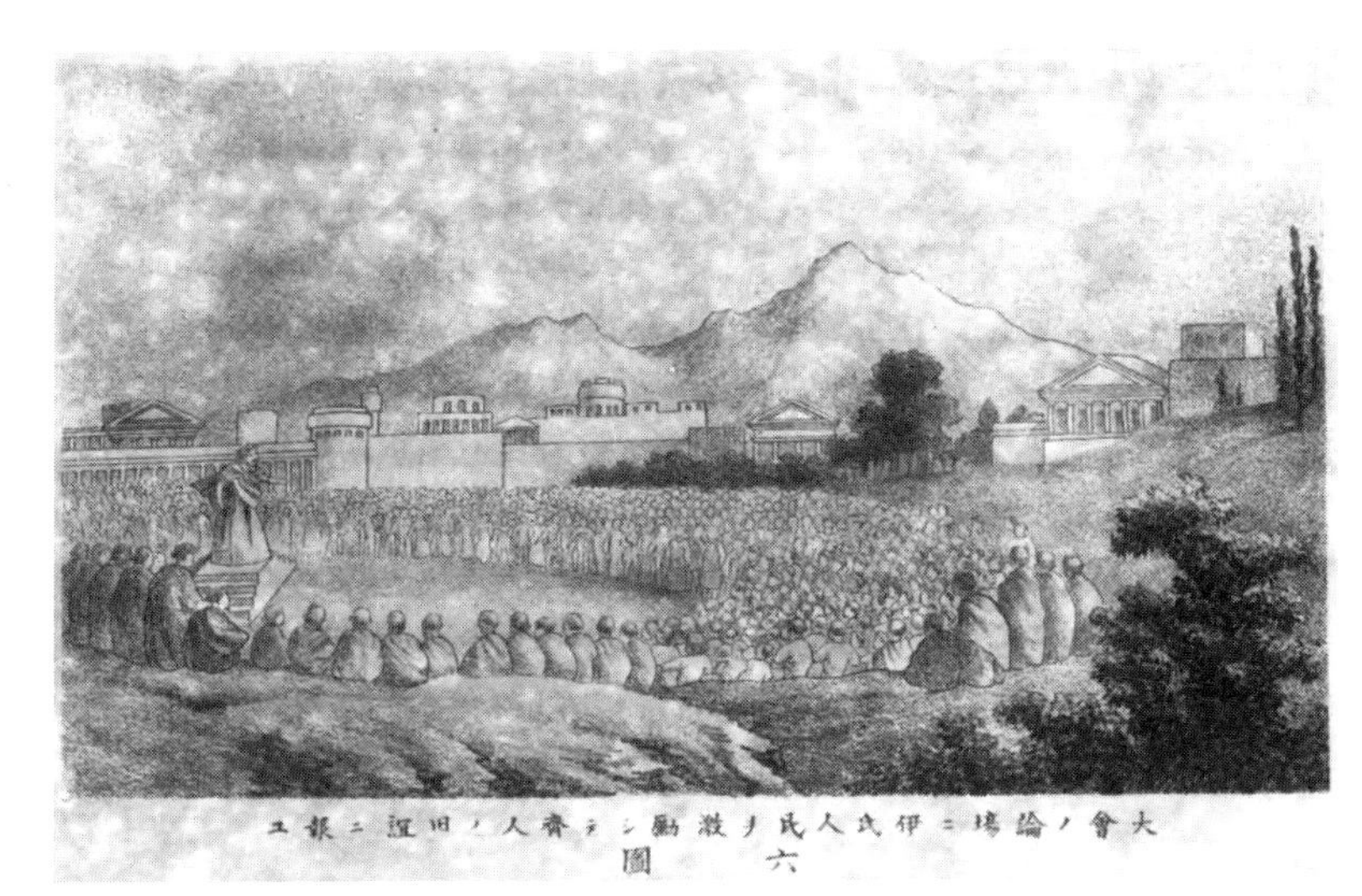

図2　大会ノ論場ニ伊氏人民ヲ激励シテ齋人ノ旧誼ニ報ユ（六図、第10回）
矢野文雄　纂譯補述『齊武名士經國美談』前篇3版，報知新聞社，1884．国立国会図書館デジタルコレクション https://dl.ndl.go.jp/pid/1083626/1/110（参照2024-02-14）

ジョージ・グロートが言及しているアテネ市民に対するイソクラテスの演説（第十回）を別として（図2）[13]、クーデターの日にテーベの議会でエパミノンダスが行った演説（第三回）、アテネ市民を前に、その支持を求めてペロピダスが行った演説（第六回）、イスメニアスに対するスパルタの裁判官の求刑（第八回）など、小説に点在する演説は龍渓が作り上げたものだと思われる。私的空間で議論が繰り広げられるときも同様である。

ペロピダスはスパルタの将軍ポイビダスの軍団が近くにいることについての危険性をエパミノンダスと議論する（第三回）、彼は年老いた隠者と哲学的議論を交わす（第十一回）、彼は他の亡命者たちと様々な行動計画の可否を検討する（第十五回）、かくまってくれている家の主人が警察に呼び出されたときに、このまま家の主人を信じてとどまるべきか否かを潜入した仲間たちと思案する（第十八回）など。

これらの例に弁論術（修辞法）と民主主義との関係を強調しようとする作者の意図が明瞭にうかがわれる。この意図は賛同者の運動参加を目指して公共の場で発言を重ねている自由民権運動擁護を図る政治行動と共振するものだった。ここで忘れてはならないのは、当時「報知新聞」の記者であった龍渓が、新聞における文体改革の議論に積極的に参加し、『演説文章組立法』（一八八四）という論文を残しているということである。つまり、小説の目的は古代ギリシャの歴史についての知識をもたらすというよりは、ギリシャ民主主義を一八八〇年代の政治状況に適応させることであった。

八　民主制への想像力を吹き込む

矢野龍渓の深い動機は小栗又一の書いた『龍渓矢野文雄君伝』を読むとさらに明らかになる。少し長い引用だが理解を助けてくれる。

先生は、かねてから先づ人心を作興せしめなければ、憲政の確立は望めないと考えていた。「凡そ人が生死も顧みないで水火の中へも赴くのは、その人の胸中に、これが真理であり、正確であるとの鞏固たる信念があるからである。この信念に殉じて、生死を眼中におかなかった往昔の烈士名人の事蹟や、言動を聞くときは、誰しも感奮興起せずにはをられない。あの鴻業（こうぎょう）が見事成就するに至った原因は、もとより種々あるに相違ないが、水戸光圀の『大日本史』や、頼山陽の『日本外史』や、または『太平記』等に、南朝幾多の烈士が勤王の大義に殉じた事蹟を叙して、人目に躍如たらしめたことが、人々を奮ひ起たしめ、王政復古の機運を醞醸（うんじょう）せしめるに大効果あったことは、何人も認めて疑はぬところである。然るに、今民権伸張、憲政樹立の大業は日本始めての事柄であるから、一般の人心を振ひ起たしむべき歴史も、伝記も、小説もない。これが一大欠点である。由来、東洋には過去数千年、これ等の運動が曾て(かつ)なかった為に、日本国民は、未だ立憲運動なるものを知らぬ。故にこの際、どうしてもかの王政維新における『日本外史』、『太平記』等にも比ぶべき一書を国人に与へて、一般の奮起を促さなくてはならぬ。それには、生硬な論文めいたものよりも、寧ろ(むし)『太平記』流に小説体に事を叙して、まづ読者を興味の内に引入れることが上策である」と考えていた。そして機会ある毎にその腹案を練っていた[14]。

立憲君主制についてまず書こうかと思ったが、すべて作り出さなければならないことも閉口だし、検閲の恐れもあるので歴史的事象を取り上げ、潤色を施すことを龍渓は考えたのだと、小栗は付け加えている。フランスやイギリスの革命は時代が近すぎて問題があった[15]。そこでギリシャ史に基づけば時間的に距離があるので好きなように細部を付け足すことができるというわけであった。

九　発話行為場面の入れ子構造

読者に影響を与え、民主主義に賛同させたいという作者の意図は小説の冒頭（第一回）にはっきりと読み取れるが、先行研究では、この冒頭のシーンは発話行為場面が入れ子構造になっているという指摘がしばしばなされている[16]。三九四年、つまりカドメイア占拠から十二年前のテーベの学校が舞台である。年老いた先生が生徒たちに二人の過去の英雄、コドロス王とトラシュブロス将軍について授業をしているが、前者を通して国のために自己を犠牲にすることの意義、後者を通して民主主義のために戦うという精神を語っている。それを聞いている若者たちはペロピダス、エパミノンダス、メロンなど数年後には民主主義を復興するために武器を取る者たちである。この若者たちを、自由民権運動の理想のために行動する意欲に火がつくことを期待されている読者たちに類比することも可能だろう。そういう意味で、他の政治小説と同様、『経国美談』はプロパガンダ小説だということを忘れてはならない。

一〇　妖魔が消えた世界

ここまでくると、矢野龍渓と江戸後期の稗史小説の代表者である曲亭馬琴を比較するのも有効だと思われる。馬琴は『椿説弓張月』（一八〇七〜一八一一）によって、厳密な資料考証による「史伝もの」と呼ばれる新しいタイプの歴史小説を生み出した。[17]『保元物語』は主人公源為朝の生涯を語る枠を提供しているが、『保元物語』の経緯が保元の乱が起こった京都に集中しているのに対して、馬琴は資料が乏しい辺境（九州、八丈島、琉球）にも舞台を移し、この空白を想像力で補った。まず「史の闕文を補ふ」[18]という馬琴の主張には、こういう地理的な意味が含まれている。また、馬琴は科学性のアウラを大きく放たせるために龍渓と同じ手法を使っている。前編の冒頭で二十以上の出典を列挙し、現実の地理の中に話を入れ込むために地図を挿入し、話の筋から度々脱線して考証学的、百科事典的な知識を繰り広げるのである。しかし、小説の細部を見ると違いは明白である。つまり、馬琴は歴史の空白を地方の地誌ばかりでなく説話、伝説などにも取材しながら、怪物にあふれ超自然現象が脈打っている「魔力に満ちた」世界を繰り広げる。こうして馬琴にとっての歴史は人間の運命を組織し、倫理的意味を与える超越的力に支配されるものとなる。

龍渓が同様に史書に全体の筋立てを借り、ときには漢文脈の文学作品にヒントを得たエピソードを作り出していても、彼の世界は馬琴とは違って魔力に満ちてはいない。歴史は人間の行動の総和であり、超越的なものは影も形もない。[19]自序においてギリシャ史に向かったのは、和漢の小説（具体的な題名を挙げない）には飽きたからで、これらの小説は筋立てが決まりきっていて言葉が俗だ（「脚色陳套語氣卑下」）と非難している。それとは逆にイギリス史家の著作は「奇異」などない話で、「扮装」の場面もないと述べる。確かに『経国美談』では、神話のエピソードといえばテーセウスとミノタウルスの伝説に言及があるのみで（第七回）、しかも過去の世界の話として距離を置いて語られている。観光的雰囲気のアテネの文化的名所訪問の際にテーセウスの霊廟の前でペロピダスは、メロンなどにサミュエル・G・グッドリッチの『ギリシャの歴史』[20]から引いた話をしている。この長い脇道のエピソードは自分の時代にはミノタウルスのように倒すべき「妖魔」がいなくなってしまったと悔しがるメロンの言葉で終わっている。漢文脈の近世歴史小説の世界と龍渓とを隔てるものは、歴史的資料に対する姿勢というよりも、まさにこの妖魔が消えた世界への転倒だったのではないだろうか。

一一　ペロピダスの夢とスケダソスの予言

『経国美談』には、「奇異の事」を語るもう一つのエピソードがある。ペロピダスの夢という名場面である（後編十六回）。レウクトラの戦いの前々日、ペロピダスは地形を調べようと、テーベ軍の陣営を離れ、戦場に向かった。夜が更けると、二人の少女と一人の老翁、スケダソスが三つの墓を囲んで泣いているのを目撃する。老翁は娘たちがスパルタ兵に強姦されたことを語り、スパルタ兵が罪を犯した現場でテーベの仇を討つよう、復讐を呼びかける。また、栗毛の処女を犠牲として捧げれば、テーベ軍は必ず勝利を収めると予言する。ペロピダスは帳中で目を覚まし、夢の中で「冤鬼（えんき）」（ここでは悪逆の犠牲になった霊の意）を見たことに気づいた。テーベ軍の将軍たちは証人として老兵を呼び出し、その語りがスケダソスの話と一致することを確認する。そして今度は人間を生贄に捧げることが道理に適うかどうか、という議論が始まる。いうまでもなく、ペロピダスとエパミノンダスは野蛮極まりないこの習慣に断固反対する。幸いにも、栗毛の牝馬が現れて処女の代わりに犠牲となることで問題は解決した。すると、その犠牲の知らせを聞いたテーベ軍兵は奮起して勝利を収めた。このエピソードは次の語り手の言葉で締めくくられる。

此事ハ果シテ真ノ夢ナリシカ、或ハ兵士ヲ励マスノ策ナリシカ、兎ニ角、奇異ノ事ナリケル。[21]

注にあるように、このエピソードは新史料として後編に頻繁に利用されるクセノフォンとプルタークに基づいている。実際、クセノフォンは『ヘレニカ』（第六巻第四章）でスケダソスの予言に数行しか費やしていないから、龍渓はプルタークの『対比列伝』（第五巻第二一・二二章）に大幅に頼っているが、寃鬼がペロピダスの夢に現れたこと（プルタークの説）と、その話自体がテーベ軍の将軍たちの苦心の策略ではないかということ（クセノフォン説）という両方の説を踏まえつつ、幽霊の出現という非合理的な現象と距離を置いて語る。また、クセノフォンと違って出来事から四百年以上も経って執筆するプルタークは、人身供犠を強く非難するモラリストの姿勢を取りながら、ギリシャ悲劇の常套手段である予言のエピソードを物語に導入したのである。

依田学海（よだがっかい）は末尾の漢文短評で、ペロピダスの夢という「鬼話」はあくまでもテンポを変えることによって読者を飽きさせないための優れた叙述技法であり、その合理性を問う必要はない（「不必問其言有理與否」）と指摘している。また、人間の代わりに馬を犠牲にするということは正義を謳う小説の主人公にふさわしい立派な行動である（「巴（ペロピダス）威（イパミノンダス）二氏。不殺人為牲。實是正論。不然小説陳套。何以為経国美談。[22]」）と付け加える。学海にも龍渓にも、予言と寃鬼の話を史実として受け止めるには抵抗があるようだ。その話に理屈が通らない何かがあるかのようだ。しかし、そこに『経国美談』という政治小説の趣向に合う道徳的意味合いは認められる。ペロピダスとエパミノンダスという英雄の人格を高潔にするからである。民主主義という啓蒙時代の先駆者として、二人は人身供犠という野蛮な慣習を拒絶せざるを得なかった。

一二　伝説と史実との区別

この一節で、感動的な悲劇の一コマを何とか取り入れたいという小説家の気持ちと、それを信憑性の疑わしいエピソードとして拒否せざるを得ないという歴史家の立場の間で龍渓は葛藤しているように見える。馬琴ならば、古典文学にはあふれているこのような伝説と一切距離を置かずに、逆にそれを最大限に活用していただろう。龍渓のためいはジョージ・グローテと共通しているようにも思える。グローテはこの一節を次のように取り上げている。[23] スパルタ人がレウクトラの少女を犯した罪の報いに、テーベ人の血が流された場であるまさにそのレウクトラで災難に見舞われるという「tale」（伝説）は、実際は兵士を励ます策略としてテーベ軍諸将が巧妙に利用したという。こうしてグローテはクセノホンの解釈に倣いつつ、ペロピダスの夢と栗毛の処女を犠牲に捧げるという予言を脚注に回した。ジョージ・グローテの『ギリシア史』（一八四六～一八五六）は西洋における古代史学の金字塔である。なぜかというと、それまで支配的であった、デマゴギー（衆愚政治）を非難するウィリアム・ミットフォード（『ギリシア史』一七八四～一八一〇）の意見を覆して、「アテネの民主主義」という肯定的な概念の出現に大きく貢献したからである。それだけでなく、方法論という観点からも注目すべき名著でもあった。例えば、伝説と史実を区別しようとすることによって、グローテはアウグスト・ベックやバルトホルト・ゲオルク・ニーブールの新ドイツ文献学の流れを汲んでいる。当時、考古学はまだそれほど大きな影響力を持っておらず、彼自身もギリシャに行ったことがなかった。ゆえに、グローテの方法はテキスト批評にのみ基づいていた。

一三　歴史という概念の変容

明治十〜二十年代というのは、政治小説が新しい文学ジャンルとしてその地位を確立しつつあった時代である一方、歴史概念そのものが変容しつつあった時代でもあった。[24] 江戸時代には『本朝通鑑』や『大日本史』は正史の典範であった。両方とも朱子学史観の概念的枠組みを共有しており、支配階級の正当化を目指すと同時に、歴史的事象に道徳的解釈を加えることも中心的であった。明治時代になっても、王政復古を正当化する皇国史観という形で正史が書き続けられたと言えるが、西洋で刊行されたギゾーやバックルなどの文明史が翻訳され、新しい歴史叙述のモデルが啓蒙思想家に広く流布した。福沢諭吉の『文明論之概略』（一八七五年）や田口卯吉の『日本開化小史』（一八七七〜一八八二年）などがその延長線上にあることは言うまでもない。その新しい歴史観というのは、人類の歴史が未開からさまざまな段階を踏んで高度な文明に到達するという考え方に示されるように、比較論・進化論的なものであった。その方法としては、自然科学を手本にして、普遍的な法則を特定し、歴史上の出来事の原因と結果を考察するという特徴がある。もちろん、近世日本に因果的な歴史観が見られないことはないが、それは仏教的な因果応報論によるものか、人間の行動には道徳的な意味合いが含まれるという儒教思想によるものかであり、『太平記』などの場合はその両方に基づいているのである。

明治後半に入ると、新たな転換期を迎える。大学では「歴史学」が「文学」から切り離されて成立すると同時に、その歴史学を支える実証主義の台頭により、中世の軍記物語の一部は信頼できる文献としては失格とされ、「国文学」という範疇に含まれるようになった。軍記物語を典拠とする『日本外史』も同じ運命をたどった。その一方では、歴史家はその事実の頼りなさを批判し、他方では、読者の心に訴えながら史実に隠された真実を表現できるという小説論を主張する者もいた。結局、龍渓がモデルとした『日本外史』は「文学」の領域に押しやられたのだ。

こうして、史実とフィクションを明確に区別することが、この十九世紀末の強迫観念となった。馬琴以上に、龍渓は注で参考文献を一々挙げることにこだわった。凡例で以下のように読者に警告するほどである。

是書ノ全ク正史ニ據ルヲ知ラシメンガ為ニ、正史中ノ實事ニハ、一々符号ヲ付シテ之ヲ表示セリ。則チ註ニ（イハニホ等ノ仮字ヲ以テ挿ムモノモ、亦タ同ジ。又（以上一節ハ某氏ノ某史）トアルハ、其全節ノ正史ナルヲ示ス。或ハロノ一節ハ某氏ノ希臘史）トアルハ、イ或ハロノ仮字ヲ以テ前後ヲ挿ム間ノ事柄ハ、正史ナルヲ示スモノナリ。又（何々ノ事ハ某氏ノ某史）トアルハ、其ノ一事ノ正史ナルヲ示スモノナリ。[25]

こうすることで、龍渓は何が史実であり、何が創作であるかを明確に示そうとしていた。なお、出典が矛盾していることを指摘することもある。たとえば、第四回の終わりに、テーベ市におけるクーデターにスパルタの関与があったかどうかについての議論である。

奸党、政府ヲ覆セシ全節ハ、具〔Grote〕氏慈〔Gillies〕氏ノ希臘史。又歴史家諸氏ノ説ニ據レバ、スパルタノ兵ガ本城ヲ奪ヒシハ、スパルタノ政府及ビ、其王アゼンシラウスガ、兼テヨリセーベノ奸党ト、通ゼシ者ト為セリ。又セノホン氏ハ、単ニスパルタ将ホービダスノ意ニ出タルモノニテ、其政府ハ与リ知ラズトセリ。然レドモ前説ヲ眞トスルノ、歴史家多ケレバ、著者モ亦、此ノ意ヲ採レリ。[26]

馬琴の史伝ものにはこのような文献学的な考察がまったく含まれていないわけではないが、そのような考察は本文からは一般に除外されている。結局、馬琴は「為朝外伝」とも副題する『弓張月』では逸話や伝説を掘り出すことによって正史に見られない別の歴史を語ろうとしたのに対し、龍渓は「外史」を正史の文学的な書き換えとして把握したと言えるかもしれない。

結論

「外史」、「稗史」あるいは「野史」というのは、歴史上の出来事や人物を再評価するもの、例えば忘れ去られた人物に主役を与えるものから、真偽の疑わしい逸話や無謀な捏造などを史実に織り交ぜて、歴史の暗部に光を当てるものまで、「正史」に対するさまざまな位置付け方を含んでいる。同じ「外史」を題名に取り入れた著書のなかでも、『日本外史』のように文学味の強い歴史書もあるし、『儒林外史』のように架空の人物を題材にした小説もあるのだ。ならば、『経国美談』はどのような位置づけにあるのだろうか。

本稿で拾ってきたヒントを踏まえながら、冒頭の問題提起に戻りたい。そもそも龍渓にとって「正史の欠漏を補述する」というのが、一種の文学論的な主張だと言うことができる。要するに、江戸時代を通じて文学ジャンルのヒエラルキーで地位の高い「歴史」に対して自分の執筆活動を正当化しようとする小説家の姿勢である。小説家として歴史を語るという行為は二通りある。一方では、文体に関わるもので、つまり物語を装飾し、生き生きとした文体、またわかりやすい言葉で語ることだ。他方では、加筆の問題でもある。つまり、想像力で史実を補って読者を感動させるということだ。龍渓の場合、日本の読者に親しみやすい話を作りたいという願望からか、こうした加筆は、和漢文学からヒントを得たエピソードを物語化したり、自由民権運動に呼応する演説を挿入したりするものである。

また、『経国美談』が日本歴史小説史に特筆すべき作品と位置付けられる三つのポイントとして、第一に、物語が寓意的な全体構成によって支配されていることがある。登場人物の言動は、明治十年代後半の状況に呼応するよう意図されている。前編では、支配者の寡頭政治に対して民主主義が主張され、後編では、外国勢力（スパルタ）に対して復活した民主国家（テーベ）の権力拡大が語られる。杉原志啓によると、それは『八犬伝』に見られる二重構造を反映するものである。[27] しかし馬琴読本の手本となる、『西遊記』や『水滸伝』のような中国の白話小説を構成する道教的・仏教的な宇宙観とは質が違うように思われる。また、道徳や権力の正統性にとらわれる儒者の歴史叙述に由来するものでもない。その一方で、例えば明治末期に刊行された山路愛山の伝記に見られるような、近代歴史学の規範を龍渓は採用しなかった。というのは、愛山は『徳川家康』や『源為朝』などでは社会経済的条件によって左右される人生における個人の自由を描いているのに対して、龍渓は寓意的な手法を用いて、紀元前四世紀のギリシャの政治状況を一八八〇年代の日本の状況に重ね合わせようとしている。その意味では、彼の歴史解釈は、史料のテキスト批判からのみ生じたものではないと言えよう。

通俗的なものであれ学術的なものであれ、西洋の歴史書を政治小説に利用すること自体は例外的ではない。アメリカ独立戦争も、フランス革命も、ロシア・ニヒリスト運動も、政治小説家の想像力を大きく刺激した。しかし、管見では、龍渓ほど注にまで出典を引用して歴史とフィクションを明確に区別しようとした作家はいなかった。これが第二のポイントである。言うまでもなく、江戸時代の儒学者もその問題に真剣に取り組んではいたが、明治時代になると西洋の近代歴史学の影響もあって、その意識は以前にもまして顕著になった。それは当時の議論における「正史／外史・稗史」から「歴史／文学」への意味上の転換にも反映されている。言い換えれば、複雑な相互補完関係に基づくものから、虚構性に焦点を当てるものへと歴史小説論が変化していくのである。たとえば明治十年代後半に、逍遥はhistoryの翻訳語として「歴史」あるいは「正史」を無差別に使っているし、龍渓は「正史」としか言わないが、この用語は逍遥と同様に近代歴史書を、すなわち前編の最後に「正史摘節」という形で現れているようにグローテなどの『ギリシャ史』を指している。

最後のポイントとして、『経国美談』は権力への批判という点で「外史」という概念に共通するところがある。外史には、支配者が押しつける歴史観を相対化したり転覆させたりする側面もある。正史の目的は政権者による権力の奪取を正当化することにあるため、それに反する、批判的な「歴史」を書こうとするものは出版禁止処分、場合によっては処刑を受けることもある。例えば、戴名世の著した『南山集』の中に、明の亡命政権の清朝に対する抵抗を正当化した部分があったことを理由にその一族は死刑になった。『日本外史』は徳川家の縁者である松平定信から認められたものの、朱子学の大義名分論にもとづき、政治の実務を担う武家の世がいずれ終わることが暗示されるという点で、江戸幕府を批判したとも言える。少なくとも、幕末の志士たちの間ではこのように読まれたのである。この意味で、薩長藩閥という寡頭制を非難し、民主主義を称賛する『経国美談』は、多くの政治小説と同様に反政府的な歴史叙述の伝統の流れを汲んでいる。

歴史小説の研究にはフィクション論から問題を提起する傾向があるように思えるが、小説だけでなく歴史という概念も流動的なもので、両方を視野に入れる必要がある。そうすれば、史実／フィクションというパラダイムが、必ずしも両者の関係を考える唯一の方法ではないことが見えてくるはずだ。実際、歴史小説家たちの言うことに耳を傾けると、フィクションか歴史かという問題にあまりこだわらないほうが主流であろう。が、それが龍渓のように執拗になる場合には、注意を払う価値がある。そこに歴史的現実の全体的な把握を模索する明治初期という時代の一つのあり方が鮮明に現れているからである。

〔注〕

1　亀井秀雄「纂訳と文体：『小説神髄』研究（六）」（『北海道大学文学部紀要』、四〇・二）など。

2　小林智賀平校訂『経国美談　上』（岩波文庫、一九六九、三五頁）。以下、『経国美談』の引用では、原文の旧字・旧仮名遣い表記を厳密には守っていない。また適宜振り仮名を追加した。

3　注2と同じ（三九～四〇頁）。

4　以下、古代ギリシャの歴史に関する年度は全て紀元前である。

5　寓意的な解釈については柳田泉『政治小説研究　上』（春秋社、一九三五）を参照。

6　この小説には漢文頭評があり、各回の最後に栗本鋤雲、成島柳北、依田学海など評者の総合的な評価もある。

7　岩波文庫ではこの頭評が省略されているため、山田有策、前田愛注釈『明治政治小説集』（角川書店、一九七四）を参考にした。

8　注7と同じ（一九九頁）。

9　"In Thebes, as in other Grecian cities, the women not only took no part in political disputes, but rarely even showed themselves in public."（George Grote, *A History of Greece*, vol. 7, Harper&Brothers Publishers, 1854, p. 79）。

10　恋愛小説としての『経国美談』、『佳人之奇遇』の行き詰まりについては、齋藤希史『漢文脈と近代日本』（角川ソフィア文庫、二〇一四）を参照。

11　注7と同じ（二五九頁）。

12　注2と同じ（一三五頁）。

13　George Grote, *op. cit.*, vol. 9, p. 292-293。

14　小栗又一『龍渓矢野文雄君伝』（小栗又一、一九三〇、二一五～二一六頁）。原文は旧字旧仮名遣。

15　しかし、自由党系の政治小説家には人気があるテーマだった。

16　齋藤希史『漢文脈の近代』（名古屋大学出版会、二〇〇五）。

17 大高洋司「『椿説弓張月』論―構想と考証」(『讀本研究』六上、一九九二年九月)などを参照。

18 後編巻之六「批為朝外傳弓張月」。馬琴自身が魁蕾子(かいらいし)の名を借りてこの批評を書いたと思われる(後藤丹治校注『椿説弓張月 上』(岩波書店、一九五八、四一一頁))。

19 馬琴の宇宙論と明治初期の歴史意識については、前田愛、亀井秀雄等「日本文学の「近代」とは何か」(『解釈と鑑賞』一九八〇、四五(三)号)を参照。

20 Samuel G. Goodrich, *A Pictorial History of Greece*, Sorin & Ball and Samuel Agnew, 1847.

21 後編(第十六回)。小林智賀平校訂『経国美談 下』(岩波書店、一九六九、二二三頁)。

22 注21と同じ(二三一頁)。

23 George Grote, *op. cit.*, vol. 9, p. 396.

24 山崎一穎「歴史叙述と文学」(『岩波講座 日本文学史』第12巻、岩波書店、一九九六)、兵藤裕己「まえがき―歴史叙述の近代とフィクション」(『岩波講座 文学』第九巻、岩波書店、二〇〇二)などを参照。

25 注2と同じ(三九~四〇頁)。

26 注2と同じ(八一頁)。

27 杉原志啓『波瀾万丈の明治小説』(論創社、二〇一八、一四九頁)。柳田泉も「古典的建築美」としてその構想を評価する(注5と同じ)。

フィクションとの再会
――「第一次戦後派」に見る語りの戦略――

ギヨーム・ミュレール

はじめに

大戦直後の時期は、一つの「時代への危機感」からもう一つの「時代への危機感」への過渡期を成している。フランソワ・ハルトグにとって[1]、こうした「時代への危機感」は、それ自体が歴史的現象である「歴史の機制」（過去、現在、未来というカテゴリーが相互に結びついている構造）が変化する歴史の瞬間である。日本が一九四五年に抜け出したのは、至る所に戦争があり、それが実際には歴史生産の方式となっていて、いわばアプリオリに未来の重要性が当時の人々には自明な時代だった。それだけではなく、総動員体制は、国民全員を戦争に可能な限り参加させる体制であり、その歴史生産の中に誰もが役を割当てられるという方式だった。そこでは、戦時の国民の苦しみと犠牲は、未来に向いているこの壮大な国家的な物語の一部とされて意味を与えられた。

一方敗戦は新しい「歴史の機制」を開始し、戦闘は過去のものとなり、戦時の犠牲が無意味にされて、戦後の犠牲にはどんな価値があるかということも不明のままになった。各人が個々に廃墟の現在と不確かな未来に直面する。つまり、敗戦が歴史的瞬間であることは誰の目にも明らかであったにもかかわらず、その歴史認識は、戦時中とは異なり、現在だけに向いていたと言えよう。

日本文学において、「第一次戦後派」は一九四五〜一九四八年の歴史的性格を表現する語りの方法を見出したように見える。フィクションのみが唯一の手段ではなかったにしても、フィクションかノンフィクションかという執筆方法についての二者択一的問いが当時どのような言葉で語られたかを検討するのは、自分が属する時代の中で共同体を構築し、時の中に自らを見出していくことを可能にする力を文学が持っているか否か、換言すれば文学が歴史的認識を生み出すことができるか否かを考えるためには有効である。この「世代」の最初のテクスト、野間宏の短編小説『暗い絵』は、それを物語っている。

一　歴史を現在形で書く――共有する時間の可能性

戦時下は文学、特にフィクションに対するある種の疑惑・不信感が一般化した時代だった。谷崎潤一郎の『細雪』が一九四三年、当時の情勢から離れすぎていると軍部に判断され、検閲を受けたことはよく知られている。一般的に言えば、マス・ジャーナリズムが一九二〇年代に出現し、ニュース写真やルポルタージュは、現実をできるだけ直接に伝えるメディアを求める社会の欲求に応えた。文学の場合、「報告文学」または「記録文学」が戦争努力に参入し、最終的に人々の様々な個人的経験を記録し、知らせたのである。

しかるに、大東亜戦争文学をみると、記録的形式は一層増している、絶対に優勢である事実に気付くのである。

戦争を写す技巧としての必然性がそこにはあるのである。（……）火野葦平その他の大東亜戦争文学をみても、普通の記録体から、さらに日記に移ったり、それを挿入したりしていることが屡々（しばしば）である。生々しい情景や感情を生かすために、簡単な形式に復帰したがる強い心理から、その様な選択をしていると解せられるのである。（……）作者の経験を記録的にのべる形式をとっているのである。それらすべての以上にあげた事実から押し計ってみても、記録的形式と時代性、記録的形式と戦争文学との深い関係が一層はっきり理解されるわけである。[2]

（板垣直子、「現代日本の戦争文学」）

これらノンフィクションの語りは戦時の日本を記録しつつ、統一した国民的物語よりも個人的な体験の語りの連続を読ませる。結局はそれらの記録に読み取られる世界との関係は共通する現実の破壊や回避に加わっているとも思われる。戦場を見に行かされた従軍作家尾崎士郎や林芙美子、兵隊作家とされる火野葦平を読む文民（一般人）は、素人文学の流行も含めて考えれば、常に証人の立場に置かれ、自らを見出すというよりも他人の体験している事実を知ることのために読まされるのである。つまり戦時下の文学は互いに還元し合えないバラバラの経験を読ませ、それぞれの作品が一つ一つ破片化される国民的物語に加わっていたように思われる。

戦時の文学にも、フィクションではなく事実記録であることを示す兆候は多くあったが、そういう兆候だけではテクストの虚構性は判断できない。フィクションの認定は暗黙の前提としての読書契約によるものであり、歴史の読書状況によって異なりがちである。従って、敗戦とともに戦時の記録文学の読書契約は完全に変化してしまった。

敗戦前の時期においては真実の記録であるとされていたこれら戦中の記述は、戦後は偽りを記した、検閲によって権力が作り上げたフィクションだという評価に変った。従って、戦後になって今まで隠されていた日本人の事実を事実としてこれから表現できる時代がいよいよ来たとされた。その結果歴史状況が変わったにもかかわらず戦前も戦後も記録ジャンルの作品が制作され続けることになった。戦後の宮本百合子が戦時の板垣直子とよく似ている言葉で、ノンフィクションの文学を称揚したことに、それははっきりと表れている。

記録文学（ルポルタージュ）、ノン・フィクションの作品が生れはじめ、またうけ入れられたのには、理由があった。戦争の永い年月、わたしたちの全生活がそのために支配され、欺瞞され、遂に破壊へつきおとされながら、直接の犠牲者である人民は、戦争の現実について、また社会の事実についてほとんど一つも知る自由をもっていなかった。降伏につづく激動の時期がすぎて、人々の心には、一体ことの真実はどういうものだったのだろうか、とあらためて知ろうとする意志がめざめた。[3]

（宮本百合子、「ことの真実」）

こういう意見は宮本百合子だけに限らなかった。

実はこの時期の多くの批評家の間では日本文学は世界を語るためのフィクションの形式を持つことはできないという議論が支配的だった。

人間精神の積極的な参与によつて、現実が直接的にでなく媒介された現実として現われてこそそれは「作品」（フィクション）といえるわけだ。だからやはり決定的なのは精神の統合力にある。ところが日本のように精神が感性的自然——自然というのはむろん人間の身体も含めていうのだが——から分化独立していないところではそれだけ精神の媒介力が弱いからフィクションそれ自体の内面的統一性を持たず、個々バラバラな感触的経験に引き摺りまわされる結果になる。読者はまた読者でフィクションをフィクションとして楽しむことが出来ないから背後のモデル詮議が度々やかましい問題になつたりする。[4]

（丸山眞男、「肉体文学から肉体政治まで」）

私は日本のマルキシズム文学が、実質において、生活実践者の報告であることで、私小説と同じ系統にあることを発見した。「いかに生活した」といふ報告の連続である。そして私はそこにも文壇を見た。そこから私は、日本では、高い人間的感動は、原則として、作為されたもの、抽出され観念化されたものからは来ない。実践された思想、常に事実として確かめられるものから来るのではないか、と考へるやうになつた。（……）その実態は表現上の「芸」でない。確立したエゴを持つ生活を実践することらしい。[5]

（伊藤整、「逃亡奴隷と仮面紳士」）

この数例を見れば、戦後の伊藤整や丸山眞男も現実を媒介する手段として、また距離を置いて個人的経験を把握する方法としてのフィクションの可能性は日本文学にはないと考えていることは明らかだろう。彼らの態度には幾らかの違いがあり、さまざまな理由もあるのだが、それらを推察することよりも、世界を語るためにフィクションに拠るということに対するためらい・嫌悪が一般的であるということ自体が本論文の観点からは興味深い。戦後の現実を描く可能性は個人的な記録にも、フィクションにもないとすれば、日本文学は日本の共有している「時代への危機感」が表現できるのだろうか。

「第一次戦後派」の作家たちはそういう批評の言説に対して、文学にオリジナルな役割を与えようとしたのである。少なくとも、そのような意図が当時の彼らの作品に読み取りうると言えよう。個人的経験の叙述に断片化されていく傾向が日本文学にあると思われていた時代に、新たに参入する新人たち、つまりその時代の日本を表現する役割を負う（負わせられる）作家たちは、身近な現実から距離を置く彼らの力によって読者を印象付けることになる。そういう第一次戦後派作家の初めての作品が野間宏の「暗い絵」で、当時平野謙は以下のように解釈した。

野間宏の「暗い絵」を読み、梅崎春生の「桜島」を読むと、作の出来ばえよりも、新作家の出現という印象が強い。すでにここには紛うかたない独自の文学的思考が定著され、文学的習練がたたきこまれてある。これは実生活だけを養分として育てられたものではない。

野間の作品は粘着力のある筆力で学生の反戦運動を扱った、新世代の文学として注目すべき性格を持つ（……）。[6]

（平野謙、『戦後文芸評論』）

平野謙によると、「暗い絵」の価値は「反戦運動を扱った」ことよりも、「新作家の出現」の兆候であり、「実生活」を超える「新世代の文学」であることにある。「暗い絵」がフィクションであるにもかかわらず、と言うよりも敢えてフィクションであるからこそ、戦後の現実の何かを示すと評価したようだ。つまり伊藤整などの支持している問題に新しくてオリジナルな答えを出したということであろう。

そのしばらく後に、宮本百合子は同じように野間宏の作品に、執筆を動機づけた状況を超越して、ある種の期待に応えていく力が野間にはあることを認めている。

野間宏の人間と文学との過程が人々の関心をよびさましているのは、そのように、国内での脱出、国内亡命を生きて来た現代の一つの精神が、彼の選んだ政治の路線をどのような角度でとおって、日本土着の人民の運命に密着し、帰属してゆくか、という点である。（……）

そのように人間性が部分品視されるに堪えがたい思いがあるからこそ、読者は、「ほんとの文学」にひかれる。そこに求めているのは、意識しているいないにかかわらず、人間らしさであり、人間らしさは、おのずから全人間的な存在の欲求である。部分品としてある環境に据えつけられたものでなく、自分で生き、自分で行動し、自分で判断して生きてゆく人間男女をあこがれている。（……）一個の部分品であるかのように扱われているわれわれの人間的存在に関する、社会の前後左右の繋（つな）がり、上下の繋りを、歴史の流れにおいて把握し、描き出してゆく能力の発見の課題なのである。[7]

（宮本百合子、「「下じき」の問題―こんにちの文学への疑い」）

換言すれば「第一次戦後派」は、自分たちが直面している時代を新しい言葉で語ることを要求される一方、その現在を超え、個人という枠を超える道を示すことを求められるというパラドックスを生きていた。それは、フィクションの欠点（現実世界を語れないこと）とノンフィクションの欠点（個人経験を超えられないこと）を同時に解決するという課題だった。

二　野間宏の『暗い絵』におけるフィクションの使用

第一次戦後派の先頭を切ったと言われる『暗い絵』（一九四六）は、高度に洗練された手法でフィクションを利用してこの両立させることが難しい期待に取り組んでいる。この小説は特にその文体（横光利一のモダニズムを思わせる）とテーマ（国家権力によって許可されていた転向文学を通してのみ語られていた第二次大戦中のマルクス主義の学生たちの運命）が当時注目され、今までもそう読書される。

この作品では時間が再構築されていて（三部に分かれる：ブリューゲルの絵の描写、一九四五年の空襲が引き起こした火災によるこれら絵画の焼失、学生たちが絵の人物たちを演じた一九三七年のある日）、この時間の手法は「時代への危機感」を告げるものなので、分析に値する。確かに、戦前の日本と戦中の日本という二つの世界の終わりを読ませ、その二つの終わりを組み合わせるテクストはもう未来のない世界の表現を意図しているようだ。

しかしこの作品はまた、自己認識の手段としてのフィクションの価値が作品の登場人物たちの口を通して語られるというメタ言説の構造を持っているとも思われる。つまり、学生たちはブリューゲルの絵画に自分たちがなぜ惹きつけられるのか理解しようとして議論することによって、フィクションの役割・使い方を提案していると言える。

プロローグにおいて早くも描写されるこれらの絵は、作品全体にその重苦しい影響を及ぼし、主人公深見の世界観に浸透するのである。そしてこういう影響は作品の中の人物に限らず、読者の読書行為にまで浸透する。読者にとってこの手法は題名にも明瞭に表れていて、「暗い絵」はブリューゲルの作品群であると同時に、当然のことながらテクストが描き出す戦争中の暗鬱な日本、そして野間が執筆活動を行なっている戦後の日本でもある。

絵画からテクストへ、そして現実へとずれていくこの動きは、三つの要素、つまり絵画、書かれた文字の線としての物質性、そして絵を燃やしてしまう一九四五年の火を密かに結びつけるアナロジーのネットワークによって喚起され続けるようである。

（……）しばらく燃えて行く紙の火の中に明らかな形で姿を現し、焦げる紙の上にあぶり出しの字のように黒々と線をつけ、そしてやがてそれらの体も火となって消えて行った（……）。[8]

白い部厚い大きな本の背に黒い活字がブリューゲルと浮き出ている。そしてその本の白い形がどうしてか、彼の心を衝きあげてくる様である。[9]

例えばブリューゲルの絵に登場した奇形の人物など、深見が絵画に見たものによって、世界は自らを再発見し、絵画のように見える。

小泉清の自我に触れて彼の自我が呻いている彼の自我が眼に見えるように思えた。厭な奴、厭な奴と彼は自分自身と小泉清を同時に嘲（あざけ）り始めた。厭な奴、厭な奴と言った。するとその胸の中に食堂の鼻親父の大きな鼻の形が現われて来た。彼はそれをじっと見ていた。するとそれが静かに後退した。[10]

そこから受け継がれたイメージ（例えば次の「暗い眼かくし」）が押し出してきて言葉にとって代わることもある。

そして彼はむしろ、それは彼自身の政治認識能力の不足から来るものであり、彼が政治的に解決点を導き出し得ない故に暗い眼かくしのようなものを施された彼の心が心の暗闇の中で悶える悶えであると考えながら、しかもなお、ちがうのだ、ちがうのだ、と彼の全身が彼に叫んでいるのを聞くように思うのである。しかし彼にはその違いを言葉に出して言うことは出来ないし、また文章にして示すことも出来ないのである[11]。

けれども絵が引き起こす深見個人の視線の変質と世界体験に並行して、絵はこの小説の登場人物たち共同の視線で見つめられ、分析される。これらの場面は、学生グループの周辺的存在であるらしい深見にとって、深い共同性とも言える感覚が呼び起こされる唯一の時なのである。

「この盲人に道案内してもらってる絵は何だね。」羽山純一が言った。

「こいつか…。フランドル地方に盲人が他の盲人の道しるべをすれば二人とも溝に落ちるという諺があるんだな。その諺を書いたもんだよ。みな盲人だよ。」永杉英作が言った。（……）

「盲人に道案内さ。ちょうど俺達と同じさ。」永杉英作が少し嘲りを含んだ調子で言った。

「ふん? 俺達だというわけだね。」木山省吾が永杉英作のその嘲りの調子を引き取るかのように同じ調子で言った。

「日本だね。」深見進介が同じ調子で言った。

「日本だね。」羽山純一も同じ調子で言った[12]。

日本を透視させることができるこの絵の力は、学生たちにとっては、「デスポチズムの下」というブリューゲルが描いていた時期の歴史的コンテクストによって説明できるものであった。歴史状況の頻出は、ある時期からもう一つの時期へ、一つの作品から別作品へと響き合っていくのである。だが、『暗い絵』の提案しているフィクションの役割はそういう仕組みに限らないと言えよう。

学生グループの主要な活動は共同的あり方についての思索、その実現についての考え、つまり政治的考察である。

だが彼らの考察は、常に意見の対立を生み、最終的にはグループの解体に行きついてしまい、結局テクストは深見が自分自身の道を進む決意をするところで終わる。換言すれば、登場人物たちは政治考察を通して、分かち合っている世界を描こうとするのだが、世界の向こうの果てで四世紀前に作り出されたフィクションが感じさせることが出来る集団性を、この思考形態は作り出せないということなのだ。

なぜなら、フィクションは集団性を生み出す時でさえ、各人個別に語りかけるからである。

彼は、美術愛好者のように絵画に関する深い知識や造詣のある人間ではない。絵の流派やその伝統や歴史に通じているのでもない。彼はただ自分の心の中に塊として在る苦しみが、ブリューゲルの絵のもつ、暗い痛みや呻きや嘆きに衝き上げられるのを感じたのである。そして、そのブリューゲルの絵の痛みや呻きや嘆きがまさに自分の痛みと呻きと嘆きであると思い（……）。そしてその時各人は、その絵に共通に打たれ、また、別々の仕方で感動したのである。絵は彼らの前に存在の傷口を露（あらわ）に示したのである。[13]

テクストがここで見せているのは、意味の拡大適用を容易にさせるフィクションの傾向であり、解釈可能性とアナロジーへと向かい、各人が自分自身を見出すイメージを作り出していくというプロセスである。丸山の論を再度とりあげれば、媒介するものとしてのフィクションは共同的意味の生成と、個人としての読者と作品の関係の文節化を可能にするのである。最終的に、文学の意義作用は無限である。ブリューゲルの絵画に描かれたあらゆるモチーフの中で、「暗い穴」が学生たちを最も魅了するのはこのためだろう。

結論

『暗い絵』は歴史を貫通する複雑な共鳴システムを操作している。戦時下の日本の学生たちの苦しみはブリューゲルの絵にその表現を見出し、戦後の読者は、この学生たち（フィクションの）の中ばかりでなく絵（フィクションの中のフィクション）の中に自らを見出すのである。個人と集団との関係というテーマは、記録的で断片的な方向に向かう個人的世界のエクリチュールを超え、集団的な時間を実現するための歴史の書記を保証するものとして現れる。第一次戦後派の作品群を貫くことになるこのテーマは例えば野間宏の、互いに理解できない二人の恋人が登場する「顔の中の赤い月」（一九四七）にも、梅崎春生の、ある人物がナレーターである主人公に自分の人生を語るという枠物語の「蜆」（一九四七）にも明らかに現れる。この二つの作品も、ある程度フィクションの役割・意味作用を指示すると言えよう。日本文学史には、こういうフィクションを通して現在の歴史を語る傾向はただの余談といったものかもしれない。一九五〇年代に入って、戦争を記述する作品は大岡昇平や井伏鱒二などの、把握し難い事実の確認・調査を基にするフィクションになったようだ。逆に、「第一次戦後派作家」は当時の読者と過去・現在を共通にするからこそ、明らかな「時代への危機感」のフィクションを語り得たのだろう。

〔注〕

1　HARTOG François. *Régimes d'historicité : présentisme et expériences du temps*. Paris. Seuil. 2003.

2　板垣直子、「現代日本の戦争文学」（六興商会出版部、一九四三年）三六二〜三六三頁
3　宮本百合子、「ことの真実」（『宮本百合子全集第十三巻―文芸評論四』、新日本出版社、一九七九年）五二七頁。初出一九五一年。
4　丸山眞男、「肉体文学から肉体政治まで」（『日本の文学理論：アンソロジー』、大浦康介編、水声社、二〇一七年）一八六〜一八七頁。初出一九四九年。
5　伊藤整、「逃亡奴隷と仮面紳士」『日本の文学理論：アンソロジー』一八一〜一八二頁
6　平野謙、『戦後文芸評論』（真善美社、一九四八年）一八八〜一八九頁
7　宮本百合子、「「下じき」の問題―こんにちの文学への疑い」（『宮本百合子全集第十三巻―文芸評論四』、新日本出版社、一九七九年）五〇七頁。初出一九五一年。
8　野間宏、「暗い絵」（『暗い絵・顔の中の赤い月』、講談社文芸文庫、二〇一〇年）一二頁
9　野間宏、同、六九頁
10　野間宏、同、五四頁
11　野間宏、同、七八頁
12　野間宏、同、八一頁
13　野間宏、同、五五〜五六頁

小松左京『日本沈没』と戦後日本の終末論的文学の可能性

ヤニック・モフロワ

一　日本文学における終末論の問題――三島由紀夫「終末観と文学」をめぐって

「アポカリプス」は、ニュースでも馴染みの言葉で、第二次世界大戦以降、グローバル化、核拡散、マスメディア発達の相乗効果により乱発化の傾向にある。今日では、マス・テロ、自然災害、パンデミック、軍事侵攻などの大惨事がメディアや文化的言説によって「終末」のように捉えられ、元来の「黙示録」に対すると同じような聖書的信仰にも等しく認識されている文化圏も多いようである。

ソ連と西欧諸国の核戦争の脅威が迫り、国際的不安が同じように高まっていた六〇年代初頭に、三島由紀夫は「終末観と文学」を書いた（一九六二年一月）。三島は文学と終末論的言説の共通点について考え、文学も終末観も「終わりのほうから世界を見通す」ので、「文学はいつの日も終末観の味方であ」り、「世界がやがて終はるといふ考へほど、文学的創造にとっても、文学の記録的機能にとっても、心を鼓舞してくれる考へはなかった」[1]と述べている。美が存在するためには、文学によって創られた架空の世界は「終わる」必要があると三島は言う。「すべてに終わりがないならば、あらゆる文学の一回性はナンセンスにほかならない」。従って、三島にとって、どの時代にも文学には「終末観」が付き物で、文学は宗教や哲学の終末観を活かして、そこに「具体的で個人的」な形態を与えるのだと述べる。

この視点の背後には三島のロマン主義的な世界観があるのは確かだが、日本の近代文学におけるひとつの思想の系譜に位置付けられるという点に注目したい。その一つに川端康成の有名な論文「末期の眼」（一九三三）がある。芥川龍之介の遺書に触発されたこの論文で、川端は「あらゆる芸術の極意は、この「末期の眼」であろう」[2]と述べていて、この見方は彼の文学の本質的要素の一つであると考えられる。「いわば生と死の接点によみがえる刹那の認識」であり、その視点から「虚無を超える」美しさを発見することを目指している。[3]川端文学における重要度や方法化については議論はあろうが、これが明らかに終末観にかかわる美的観念であることは否定できない。「末期の眼」で世界を見ることは、三島の「終わりのほうから世界を見通す」に近いと言え、この二人の作家の「終末」観は、フィクション理論家フランク・カーモードの「一時代の終わりにはつねに想像力が存在する」[4]という言葉にも呼応する。

三島の「終末観と文学」に戻れば、三島文学が「末期の眼」の系列に属しながら、その範囲を相当に拡大しているのは確かである。饗庭孝男が指摘するように、自分の死の見通しから世界を凝視する作家の視点ではなく、自己の終わりと世界の終わりを結びつけた視点なのである。[5]

三島文学の終末論的な性質は破滅の時代に生きる意識から生み出されたことには間違いなく、終末論にかかわる文学が「滅亡」の認識だけでなく、「歴史」と「時間」についての強い認識も反映していることを彼の発言は浮き彫りにしている。デービッド・シードが指摘するように、この種の文学には歴史の意味を「啓示」する目的があり、「我々の時間の解釈に密接に結びつけられている」[6]。

「終末観と文学」において、三島はこのような歴史認識から、現代における文学と終末観の関係も問題にしている。

二〇世紀後半、水爆戦争の脅威などを通し、科学は終末観の主要な形となり、世界に「一般的で抽象的」な表象を与え、文学の終末観に対抗すると述べ、文学は「絵空事の証人」になってしまい、その存在理由を失いかねないとしている。現代の小説家のジレンマは、終末観を放棄できないまま、その一方で現代の終末観にもはや対応できなくなっているということではないかと三島は言う。

つまり、三島は二つの対立した終末論的なパラダイムを示している。ひとつは宗教や哲学から発想され、「具体的で個別的」であり、「文学の味方」として美的な目標を持つもの。もうひとつは、「抽象的で一般的」な、科学の終末観で、文学と特別な関係を持たないものだ。

もちろん、三島の論文から六十年を経た現在、終末のテーマが我々の想像力を喚起し続けている限り、文学は「終末観の味方」であるとは言え、「終末観と文学」で描かれたパラダイムシフトが、特にSF文学を通して起きたことも明らかである。そして、その過程において、現代の終末論的表現は、人類の全滅の可能性を描きながら、それにどのように立ち向かうかという観点で、倫理的な「プラクシス（実践）」という目的性を重視してきた。例えば、ジャン・ポール・アンジェリバーは「黙示録のフィクションは世界の終わりを想像することで、現在を表象するという比類のない利点がある」[7]と述べ、次のように考察している。

「世紀の大惨事を、その結果を普遍化して劇的に提示し歴史の終わりに立ったときに全体の意味が分かるという終末の視点から歴史を語る。〔中略〕当初から、黙示録は全く政治的であった。困難が乗り越えられず、敵があまりに強大なときの反逆声明としての物語である」。

さらに、現代の終末論的フィクションはSFのジャンルに属するが、「キリスト教の目標と基本的に異ならない」とも述べている。政治的側面の強調は三島の「終末観と文学」で提起されるパラダイムシフトを相対化するものであろう。

しかし、アンジェリバーの考察が戦後日本文学にどこまで適用できるかという疑問はある。既に見た通り、日本近代文学における終末論は「末期の眼」のような美的観念につながっているので、「終末」をめぐる表現の問題の現れ方は違ってくる。その点を考慮しつつ、戦後日本の「終末論的文学」の代表作とされる、小松左京の『日本沈没』(一九七三)について論じたい。当時の終末論ブームの中で、この小説は出版以来終末論的な作品として理解されているが、この分野の本格的文学研究は管見の限り九〇～二〇〇〇年代から始まった(特に英米中心のカルチュラル・スターディズの一分野として始まった「アポカリプス・スターディズ」)。このため先行研究ではこの作品は全般的視点からあまり研究されていない。小論はささやかながらこの空白を埋める試みである。

二　七〇年代「日本人論」「未来学」「終末観」の交差地点としての『日本沈没』

『日本沈没』は、日本近海のマントル対流に急激な変化が生じ、壊滅的な地震や火山の噴火といった災害が相次ぎ、日本列島が段階的に滅亡していく物語である。地質学的現実に基づいた科学的仮説によるSF小説でありながら、日本列島の滅亡をドラマチックに描いた話題作で、売上四百万部という前代未聞の成功を収めた。同年に映画化され、以後はアニメ、漫画、ドラマなどの翻案を生み、日本のメディアミックスにおいて最も多作な作品のひとつとなっている。

『日本沈没』は「社会現象」となり、政治・文化的側面も帯びた作品の多面性から、プロットは単純でありながら国内外の文学批評家の関心も集め、とりわけ「日本」についての表象が注目された。災害小説というだけではなく、日本と日本人に関する言説も展開したので、七〇年代の「日本人論」流行を背景に関心をひいたのである。

　小松は六〇年代からこの作品を構想し、連作のエッセイで、日本の運命が国際化し、日本人が将来の「国連」統治社会に必然的に「解散」するであろうと述べているが[8]、その考えは『日本沈没』の先行作品に既に現れていて、日本の現在と未来についての彼の考察の最終段階にあたると考えられる。

　例えば、日本領域からの亡命を語る『日本アパッチ族』（一九六四）、日本が売られて消えた『日本を売ります』（同年）、日本列島が南下し漂流した『日本漂流』（一九六六）がある。これら一連の作品では、決定論的・楽観的観点から未来に向かって「外」へ移動する日本と日本人のテーマが描かれている。小松は日本の「未来学」の推進者であり、他のSF作家とともに一九七〇年の大阪万博の開催にも参加している。

『日本沈没』はその延長線上にあるが、日本は否応もなく破滅していくものとして描かれる点でそれ以前の著作とは異なる。そして、「日本」という世界の滅亡の視座から、科学的・文化的言説を展開する。小松のアプローチには、未来学から終末論へという視点の移動がうかがえる。

　七十年代初頭の日本社会に「終末ブーム」が起こった。作家の野坂昭如と井上ひさしが中心となって創刊された雑誌「終末から」（一九七三・七四）に小松は創刊号から寄稿している。雑誌の目的は、アンジェリバーが唱える終末論の「プラクシス」に非常に近く、日本と地球を脅かす多くの破滅的危機について世論を喚起し、「終末」の認識に基づいた考え方と生き方を推進することであった。

「終末ブーム」は当時の第一次オイルショックと公害問題を背景に、高度成長の余波として捉えられたが、敗戦後に広まった「歴史の終わり」という認識に対する反逆とも解釈された。例えば、神学者の大木英夫は「最近の終末論の流行は、歴史の途絶感から出た。」と述べ、次のように説明する。

「歴史は永遠回帰的などうどうめぐりにはいっているという事実である。この真理に面するところから終末論が出てくる。〔中略〕終末論とは、歴史の無能にたいする（ママ）絶望をいかに克服するかという格闘にほかならないのである。」[9]

『日本沈没』の言説はこの「終末ブーム」の解釈と無関係ではない。本作では、戦後日本は絶望的な状況に対応しつつ、それをきっかけに重要な歴史的役割を果たしているように描かれている。「終末」は人間が変えようのない機械仕掛けのような過程として、段階的に語られていく。「沈没」は最初はただの仮説であり、次第にその可能性が高くなり、最後には不可避なものとなる。この段階ごとの状況に対応しようとする人間の努力が描かれるが、例えば、沈没が確実になるかなり前に、日本の首相が、国民に「世界雄飛」を勧める。「新時代に「世界のおとな」としてきたえ上げねばならない」[10]という目的の長期的な政策として示され、小松のエッセイが想起される。つまり、日本沈没の可能性は日本の政治には「想像力」の触媒（カタライザー）として働き、終末論の視点からは内在的（イマナント）な終末としても扱われる。[11]

『日本沈没』の終末論では、原爆のような、どこの国でも起こりうる普遍的な脅威ではなく、[12]日本列島とその地質学上の特徴が原因とされるのは、地理的に特定される戦後日本を歴史の中に「再導入」しようとする筆者の意図があったからであろう。しかし、そのように「日本」に焦点に当てることであらたな終末論的な解釈が生じてくる。

三　『日本沈没』における「末期の眼」

『日本沈没』における「終末」は外側から見た現象であり、対象を日本国家という空間に限定することで、日本人読者に大事なものの消滅を感じさせるという効果がある。例えば、劇作家の山崎正和は次のような読みをしている。

「ふたたび『日本沈没』に即して言えば、日本が絶対に沈没しないという日常常識を少しばかりはずして見ると、この国のさまざまな現実が、現実のままでじつに美しく見える、という意外な事実に驚かされる。薄暗い地下の酒場で働く貧血性の女たちも、贅沢のなかでどこか虚無的に見える金満家の娘も、麻薬に酔い痴れる青年たちも、怪しげな国士風の老人も、すべて現代の風俗図絵が、壊滅地獄のなかでいじらしく、愛すべきものに見えるのが、不思議である。[13]」

そして「この作者は、同じ現実をいわば「末期の眼」で見ることを奨め、まず、自分自身の彩管をふるってそれを実行して見せた。」と続け、『日本沈没』の世界の「美しさ」を強調する。

『日本沈没』には「末期の眼」に連なる要素が確かに多い。例えば、主人公の小野寺の恋人であり、富士山の噴火で行方不明になる玲子のように、「日本を代表する」美しくも悲劇的な女性像が何人か登場する。また、最後まで日本に留まることで「心中」を選ぶ科学者の田所の「日本という島に惚れることは、私にとっては、最も日本らしい日本女性に惚れることと同じだったんです……[14]」という言葉もそうである。

また、列島沈没の時に仁徳天皇の墓が浮上するという、古代日本の復活と解釈できる場面も印象的だ。『日本沈没』の語りは、現在の出来事が日本人を「世界雄飛」へと促し、国家の運命を克服する方向に押し進める終末論と、その反対に、原点回帰を望む終末論の相克によって進められる。沈没を早くから予想し日本人の脱出を助ける一方で、「日本と……もっとたくさんの人に、この島といっしょに死んでもらいたかったのです[15]」と最後に告白する田所は、その対立を統合する人物と考えられる。

『日本沈没』が「現実を末期の眼で見ることを奨める（山崎）」というのは一面的で不完全な読みで、この小説はポリフォニックで複眼的な作品であり、沈没の直前に海外へ逃げる少女、花枝のように、「日本の美しさ」は実際には波に消えることなく、結局海外のどこかで生き残る。また、小松は続編として、世界各地での日本人のサバイバルを描いた作品を書く予定だったが、躊躇していたために、執筆は二〇〇六年まで延期された[16]。ずいぶん遅れた第二部では、玲子は生存し、花枝は世界中で子供を産むことになる。巨大人口島で日本国を再建しようとする計画が最後は人類救済のために使用される。要するに、歴史が回帰することなく、進んでいくという話になる。

四　終わりに

三島由紀夫は「終末観と文学」で、二〇世紀後半は終末観が美的視点から科学的視点へ移動したと述べた。戦後のＳＦ小説、小松左京の『日本沈没』はこの二つの終末観にまたがっていると言える。地質学的仮説に基づいた「沈没」を、仮説の果てまでメカニカルに進める一方で、「日本」という領域を個人的で具体的なものとして終末論的対象とし、「末期の眼」という美的な読みをも可能にする。本作の歴史観は日本からの脱出という「前進」と、原点への回帰との間で躊躇する視点、その両義性を描き出している。

三〇年以上を経て書かれた続編『日本沈没・第二部』はその両義性を解消し未来に向かおうとする目的があったかもしれない。それにしても、これ程長い間、第一部は「末期の眼」の終末観に密接に関連した独自の意味を保持していた。それと同時に、作品の受容や様々なアダプテーションは現代日本社会その後の歴史的展開からも影響を受けている[17]。例えば、一九九五年の阪神・淡路大震災や二〇一一年の東日本大震災などの大惨事が『日本沈没』への関心を更新したが、日本や世界を破滅に導きかねない他の危険を強調する新しい終末論も生み出した。

終末論的語りは現在を表象し、歴史に意味を与えようとして、破滅的な未来を想像し、繰り返し自ら再設定する。

しかし、『日本沈没』の例が示すように、終末の物語はどんな科学的根拠または政治的目的があっても、「フィクション」である限り、娯楽やカタルシスを生む美的体験としての魅力も備えている[18]。恐らく、終末論の認識において、「終末」に対処する実用的な意思と、その終末を想像する愉悦は簡単に区別できないであろう。

〔注〕

1 三島由紀夫「終末観と文学」(初出一九六二)(『三島由紀夫全集』第三六巻、新潮社、二〇〇三、一九～二二頁)

2 川端康成『末期の眼』(初出一九三三)(『川端康成全集』第二七巻、新潮社、一九八二、一三～二六頁)

3 三好行雄「虚無の美学『禽獣』川端康成」(『作品論の試み』、筑摩書房、一九九三、二五三頁)

4 フランク・カーモード『終りの意識 虚構理論の研究』(国文社、一九九一、岡本靖正訳、四五頁)

5 饗庭孝男「末期の眼—近代日本文学における終末論的思考」(山本和編『終末論—その起源・構造・展開—』、創文社、一九七五)

6 Seed, David, *Imagining Apocalypse Studies in Cultural Crisis*, London, MacMillan Press, 2000 (p.5)

7 Engélibert, Jean-Paul, *Fabuler la fin du monde*, Paris, La Découverte, 2019 (pp. 86–87)

8 『日本タイムトラベル』(読売新聞社、一九六九)と『ニッポン国解散論』(読売新聞社、一九七〇)

9 大木英夫「戦争思想としての終末論」(前掲『終末論—その起源・構造・展開—』)(一七～一八頁)

10 小松左京『日本沈没(上)』、光文社、一九七三、一四七～一四八頁

11 アンジェリバーは黙示録を待つだけの「急迫的(イミナント)」な終末論の立場と、終末の視点から現在を考えて行為する「内在的(イマナント)」な終末論の立場を区別している。(*Fabuler la fin du monde*, pp. 87–88)

12 大江健三郎はそうした理由から『日本沈没』を批判した(「終末論の流行と原爆経験」、朝日新聞、一九七三・八・六)。それに対して、徐翌は本作が日常を超える「核時代の想像力」の産物であると論じている(「小松左京『日本沈没』論」—核時

代の想像力―」、『國文論叢』、五四号、二〇一九・三、七九〜九一頁）

13　山崎正和「解説」（『小松左京全集完全版』、第五巻、城西国際大学出版会、二〇一一、四二四〜四二六頁）。引用部の傍線は全て稿者による。

14　『日本沈没（下）』（二三八頁）

15　同書（二三六頁）

16　小松左京・谷甲州『日本沈没　第二部』（小学館、二〇〇六）

17　この点について、鳥羽耕史「小松左京『日本沈没』とその波紋―高度成長の終焉から「J回帰」まで」（『日本文学』、二〇一〇・一一）を参照。

18　例えば Rumpala, Yannick, « *Que faire face à l'apocalypse?* », *Questions de communication*, 30, 2016, (pp. 309-334) を参照。

Ⅳ　歴史と虚構の中の詩歌

「あるかなきか」――歴史とフィクションの領域を跨ぐ『源氏物語』の和歌――

エドワード・ケーメンズ

はじめに

『源氏物語』がまぎれもない虚構の世界に様々な方法で史実と認められるものを取り込んだこと、例えば九世紀末の宇多朝を思い起こさせる細部の記述、歌人紀貫之や伊勢の活動、源信（恵信僧都）や皇族・大臣級の歴史上の人物の「おもかげ」が横川の僧都や源氏などの作中人物に見出されることは既に知られていて、中世以降の注釈においても現代の研究においても詳細に分析されている。しかし、この論文ではテクストの中に織り込まれている、ヤヌス神のように二面的な和歌の役割・機能について、換言すれば、和歌を取り巻き、または和歌を起点として物語のテクストが構築される、そのような和歌のあり方を取り上げたい。テクストのために作られた和歌だけではなく、引用され、口ずさまれ、想起される既存の和歌（引歌（ひきうた）を含め）も対象とする。物語は全体として二重構造を持ち、虚構とわかる（巧みに仕組まれていることが明らかな）ものと、いかにも歴史らしいもの（本当らしくみえるが偽りの近過去に起った出来事についての記録）という二つの領域にまたがっていて、物語中の和歌も同様に挙動し、それぞれの領域が固有のコンテクストに従い、協働して全体としてのテクストが達成しようとしている精巧な混乱効果に向かい、互いに写し出し合い、効果を強めている。そして、事実の時間枠と虚構の時間枠の間を何回も行き来しつつ、読者・聞き手（以下読者）を惑わしおおせるのである。

この論文では、和歌固有の二面性をテクストにおいて発揮する一つの例、「蜻蛉」巻の最後にある薫の独詠を取り上げる。和歌は散文テクストの中で焦点化され（線条的に進む散文が和歌の周りに集まり）、語り手が細部にわたって読者と分かちあおうとする記憶の中の過去のひとときの韻文的記録であるかのように現れ、結局（想像された）過去に作られた物であるかのように見えてくる。同時に、読者は語られる世界全部が全くの虚構の作り物だと、はじめから自覚している。そうではないと思わせようとする語り手に騙されることもあるが（よく知られた過去の出来事をほのめかしたり、虚構の登場人物と歴史上の人物を共存させるなど）。この揺れは、作者の世界の人々（オーディエンスとなり得た人たち）が実際に韻文でも会話し、考えを述べていたという歴史的事実に一部根拠を置いている。従って、ありうる人物の「影」としての物語の虚構の人物たちが、彼らが生きる世界で自らを見出し、ありふれたことから、奇妙なこと、およそ空想的なことに及ぶ、ありうるまたあり得ない出来事や状況に出会う物語世界を描きだす和歌は、高度な本当らしさを発揮する。それが可能でなかったら、物語は読者を幻惑し虜にする他の方法を見つけ出さざるを得なかっただろう。

『源氏物語』の和歌の研究は長い歴史があるが、作品全体にとっての基本的かつ決定的な要素として、また読書経験を形成し方向付ける潜在的インパクトを持つものとして、数多くの作中和歌が読者を魅了・幻惑する役割については、十分に分析も認識もされていないと思われる。物語の中で和歌が前面に出てくる数百の場面から一つの例を取り上げ、再読、再考することを通じて歴史性（のよそおい）と（明白な）虚構性という巧みに構築された二項からなるダイナミズムの本質を見極め、解析し、読者の意識の中で前面に出てくる部分が持つ特有の性質を確定したい。

一　薫と蜻蛉のエピソード

『源氏物語』の他の多くの場合と同様に、「蜻蛉」という巻名は最終場面のエピソードから取られている。この場面は「オリジナル」の作中歌と引歌の断片を含んでいるが、直前のプロットの展開から導き出される和歌と物語の先例とパターン、そして、主人公の感情のたかぶり、詩的効果を狙って構成され、感情を高揚させ、エピソード自体を強調するために「つかまえられ」てきた、エピソードの場面描写に使われる風景要素からほぼ必然的にこれらの歌は呼び出され、独特の仕方でエピソードを忘れがたいものにしている。薫は、数帖前の「総角」で亡くなった宇治の姫君、大君が忘れられず、母違いの妹、浮舟の最近の死に思い乱れている。浮舟とは大君（またはその同母の妹の中君）の身代わりとして交渉を持ったが、浮舟に対する感情はさして本気ではなかった。薫の姉の明石の中宮に保護されて六条院に住んでいる皇統末流の宮の君を訪れたとき、薫の挨拶に対して、宮の君はためらった後、取り次ぎも通さず、引歌「松も昔の」（誰を昔なじみの友と思えばいいのか。長寿で知られる高砂の松ですら昔からの友ではないのだから）[1]に続けて「とのみながめらるるにも」と仲介者を経ず直接薫に答え、孤独感と薫の適切な振舞を信じる気持ちを伝える。薫は、自分でも予想外な関心を宮の君に持つが、それぞれに対する愛し方は違っていた宇治の姫君たち（大君と中君）と腹違いの妹浮舟のことを考え続ける。

何ごとにつけても、ただかの一つゆかりをぞ思ひ出でたまひける。あやしうつらかりける契りどもを、つくづくと思ひつづけながめたまふ夕暮、蜻蛉のものはかなげに飛びちがふを、

「ありと見て手にはとられず見ればまたゆく方もしらず消えしかげろふ
あるかなきかの」と、例の、独りごちたまふとかや。

(『源氏物語』⑥「蜻蛉」二七五～二七六)[2]

薫が暗い出生の秘密を負って、よそよそしい母に育てられ、父とされる人(源氏)が栄光を極めた後衰退するのを見た場所、六条院は今夕闇に包まれている。彼は数帖前の「橋姫」の最後で、自分が源氏の子ではないという父系についての偽りを知らされ、アイデンティティが空洞化されたが、その秘密を人に明かしてはいない。しかしこの(フィクションとしての)真実を読者と共に知った結果、世の絆というものの偽満、空虚さ、はかなさについて考える傾向も出てきて、他の若者たちよりも「この世」から隠遁したいという思いが強くなった。しかし、源氏やその他の物語世界の多くの人物たちと同様、その方向にはまだ向かわず、欲望に突き動かされて自虐的な愛の追求へと彼の心は引き戻されている。そして今、深まる闇の中であたりを眺め暗い気持ちで瞑想にふける(ながめたまふ)、つまり物語の人物にとって歌が生まれる条件を設定したということである。そして多くの場合と同じく、風景の中で空をさまよう、光の明滅に等しい一瞬の寿命を生きる小さな蜻蛉を見つめることを通して歌が形造られる。「ありと見て……見ればまた」と、動詞「見る」を和歌に繰り返し、薫は「あるかなきかの」と自問する。「形もなく、手にはとれず、消えてしまった、どこへともなく」と、彼はつぶやくのである(図1参照)。

比喩のさらに比喩、行方不明になった(と思われ)、誤って死んだものとされている、二重の身代わりとしての浮舟はここでは蜻蛉となり彼の手から逃げ去ってしまった。「空の」棺で、遺体のない火葬は既に行われている。失われた(しかもすぐに見出される)女はこの虫に重なり夕闇の中に「ものはかなげに飛びちが」い、視界から失われ、束の間の、幻覚のような、捉えどころのないすべてのものの代理となる(浮舟も含めて)。

和歌自体はどうだろうか。どこにあるのだろうか。何なのだろうか。薫の独詠歌だが、彼の物語中の和歌五七首のうち、このような独詠歌は十八首ほどもある。[3] これを発話行為とすれば、和歌を詠ずるだけでは完結していない。このようなエピソードの中での物語と和歌との関係で検討すべきことは多いが、ここにあるようなコーダ（終結部）は、しばしば部分的引喩（引歌）で、これに先立つ短い会話（非和歌の）の中に出てくる宮の君の断片的引用と似ている。喩を含まない「あるかなきかの」は、一つの典拠ある表現、一つの類義語または対義語に集約せず、複数化し、蜻蛉の喩または比喩を伴って、文字通り「あるのか、ないのか」、実際に存在するのか、またはあると装っているのかと

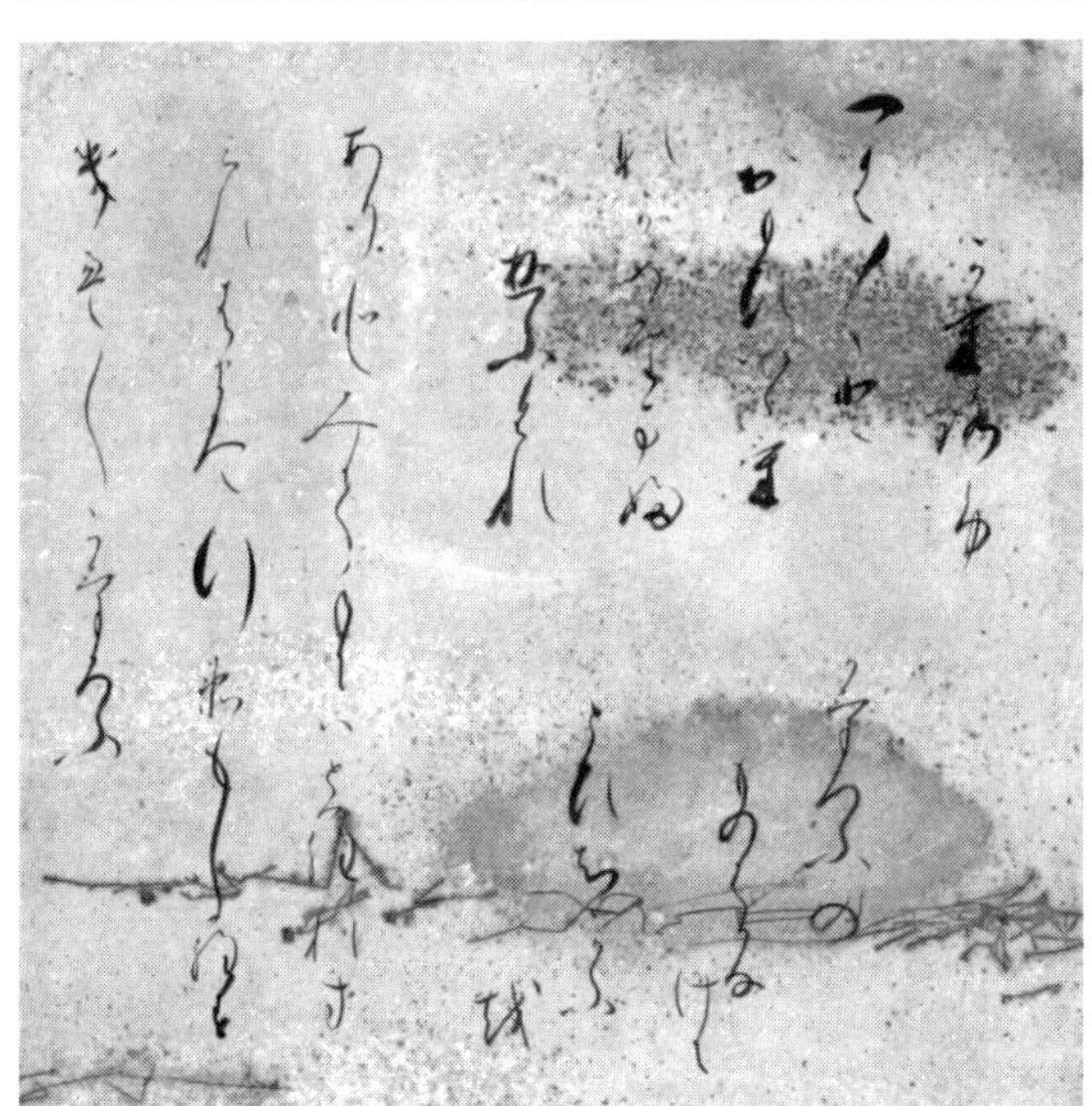

図１　『源氏物語画帖』「かげろふ」の場面

薫、飛びあう蜻蛉をみて、「ありと見て手にはとられず見ればまたゆく方もしらず消えしかげろふ」と歌を詠む。

狩野氏信、狩野秀信（画）、江戸初期、早稲田大学図書館。

いう問いを呼び起こし、現前しても、あるいは実体があったとしても、あっという間に姿を消してしまうものについてのはかなさというテーマと密接に関係づけられている。

次の章では、このエピソードとの繋がりでこれら比喩が現れる道筋を辿るつもりだが、ここでは語りの話声がこのエピソードについての読者の知覚の仕方に影響を与えるという点を指摘しておきたい。薫は「例の」通り「独りごちたまふ」と語られている。しかし、語り手はとどめに、「とかや」と言葉を濁して終わらせ、このエピソードの薫の言葉と行為が他の情報源からもたらされていることを明かしている。情報源は誰または何だろうか。我々には知ることはできないが、我々が知っておくべきことは、この薫個人の来歴（history）についての記述は計算され、組織化されたフィクションとして語られている話だということだ。和歌はこの意味で「薫の」和歌ではなく、語られている虚構の話の展開に不可欠の物語をする人の和歌なのである。私たちは薫の「伝記」のようなものを読んでいると考えるように仕向けられているが、勿論そうではないということを知っている。彼の和歌と断片としての引歌を呟いたコーダは、語りの有機的構成要素として浮上し、比喩として表面化し、決まり文句に接近するという危険を伴っている。私たちは意識して誤解させられるままになり、「懐疑を保留」するというよりは、まがい物だと知っていることを信頼性のあることとして甘んじて受け入れる。そして、「蛍」において物語の偽り、誘惑、そして（究極的には）その価値について、玉鬘を相手にした自分の議論の中で源氏自身が認めるように、エピソードの最後まで読んで「げにさもあらむ」と言うのである（③二一一頁）。最も優れた『源氏物語』の注釈者、本居宣長は、『源氏物語玉の小櫛』の「大むね」と「なほおほむね」において、何度もこの言葉「げにさもあらむ」を繰り返し、薫の内部矛盾を暴く「あるかなきかの」というつぶやきに響き合う簡潔な撞着的表現、（物語は）「そらごとながらそらごとならず」（たしかに虚構ではあるが、偽りではない）と並んで繰り返し述べている。[4] つまり物語は、究極的には狭義の歴史でもフィクションでもなく、作る者の抑えがたい想像力の働きが形を取り、我々を惹きつけ、我々自身の想像力を刺激し、その経験の中で史実やフィクションを超えた何かが開花する、この抑えがたい想像力の働きの展開なのである。

二　蜻蛉と「あるかなきか」──儚さのメタ主題

以上述べてきたように、「蜻蛉」のエピソード、和歌とその核心をなすもの、その装飾的伴奏としての引歌の断片は決まり文句に近いものとなって、それらが収束してこの場面に現れるため、あらかじめわかり切っていたように見える。読者の期待に応えるために用意されたこの時点(モーメント)は「げにさもあらむ」という反応を引き起こす契機となる。この身喩の働きによって、エピソードは馴染み深い雰囲気を強めると同時に読者を惹きつける新しい展開にもなる。この身近さと異化の印象は、物語も含め様々な媒体が繰り広げる作用に対する反応だが、蜻蛉が、はかなさ、実体のなさ、消えやすさのメタファーであるため、単語また詩的喩として不安定だという意味で特異なケースである。別の言い方をすれば、その変動するアイデンティティーは物語テクストの展開によって影響される世界の現実性・非現実性についての読者の感覚に伴って変っていくのである。

新間一美氏は平安宮廷文学における「かげろふ（かげろう）」の単語としてまた喩としての意味変化、及び仏教的背景についての全体的分析の中で、この語を四つの主要なグループに分類している。

陽炎、野馬(やば)／遊糸、糸ゆふ、蜘蛛の糸／蜻蛉（学名 *ephemeroptera*）／とんぼ（古語あきづ、学名 *anisoptera*）

ジャンルは全く異なるが、物語と同様「歴史」と「フィクション」に跨り、『源氏物語』に先立つ重要な作品、『かげろふ日記』の題名の中のこの語の意味は不定で、虫のどれかとも陽炎のグループとも言える。『源氏物語』の「かげろふ」のエピソードでは「飛びちがふ」虫なので曖昧さはない。しかし新間氏は、『かげろふ日記』という題名が由来する日記の段と『源氏物語』のエピソードに共通・類似する「ものはかなき・ものはかなげに」および「あるかなきかの」という表現を取り上げ、「「かげろふ」の実体は異なるとしても、言い表そうとする内容は必ずしも異なっているわけではない」とする。また水面を照らす月光など同様の表現と共に命の儚さを表す代表的な喩として、『涅槃経』や『華厳経』などの経典にまで辿ることができると、十四世紀の『源氏物語』の注釈書、四辻善成（よつつじよしなり）の『河海抄』に書かれていることも、氏は指摘する。5

しかし、平安文学というコンテクストの中でこれらの喩を読むときにより重要なのは、これらとそれに関連した比喩を集め和歌を類別・列記した『古今和歌六帖』（十世紀）の「天」の項「かげろふ（景呂布）」から新間氏が選出した歌群であろう。次に、これら喩の力とその高い可塑性、その活発な反応と、それにより作り上げられる高度な持続力を持つ間テクストの範囲、同じ喩が何度も和歌のコーパスの中で使われる領域を示す試金石として新間氏が引用する一連の和歌を挙げておこう。

①世の中と思ひしものをかげろふのあるかなきかのよにこそ有りけれ（八二〇）
②かげろふのそれかあらぬか春雨のふる人みれば袖ぞぬれぬる（八二一）
③かげろふのさやにこそ見ねむま玉のよるのひとめは恋しかりけり（八二二）
④かげろふのひとめからにやあやしくもおもわすれせぬいもにも有るかな（八二三）
⑤かげろふのひとめばかりはほのめきてこぬよあまたになりにけるかな（八二四）
⑥ありと見てたのむぞかたきかげろふのいつともしらぬ身とはしるしる（八二五）
⑦かげろふのほのめくかげに見てしよりたれともしらぬ恋もするかな（八二六）

⑧つれづれのはるひにまよふかげろふのかげ見しよりぞ人は恋しき（八二七）
⑨てにとれどたえてとられぬかげろふのうつろひやすき君が心よ（八二八）
新間氏は同じ歌集の別のカテゴリーから追加して、次の歌も挙げている。
⑩夏の月光をましててる時は流るる水にかげろふぞたつ（八二七、歳時、天、夏の月）
⑪いなづまはかげろふばかりありし時秋のたのみは人しりにけり（八一六、いなづま）
⑫かげろふのかげをばゆきてとりつとも（人のこころをいかがたのまん）（二二一五、恋、ざふの思ひ、女をはなれてよめる、きのつらゆき）
⑬おぼつかなゆめかうつつかかげろふのほのめくよりもはかなかりしか（二五九一、雑思、あした）
そして、『源氏物語』の最も初期の読者たちが知り得たと思われる、新間氏が引く四首をこの「マトリックス」に追加しておこう。
⑭あはれともうしともいはじかげろふのあるかなきかに消ぬる世なれば（『後撰和歌集』一一九一、巻十六、雑四、題しらず、読み人知らず［日大本］）
⑮世の中といひつるものはかげろふのあるかなきかのほどにぞありける（同、一二六四、巻十六、雑四、題しらず、読み人知らず）
⑯夏の日のてらしも果てぬかげろふのあるかなきかの身とは知らずや（『公任集』、二九一、維摩会の十のたとへ、此身かげろふの如し）
法華経随喜功徳品、世皆不牢固、如水沫泡焰、汝等咸応当、疾生厭離心
⑰かげろふのあるかなきかの世の中にわれあるものとたれたのみけん（『発心和歌集』選子内親王、四二）

筆者は、これらの和歌が『源氏物語』の蜻蛉のエピソードの和歌要素に関係していて、見たこと・聞いたこと・読んだことがあるという印象を注意深い読者に与えるに足るものとして新間氏のデータから選んだ。これは、テクストの「芝居がかって」型にはまった表現部分となり、先ほど決まり文句に近いと言ったことの例証にもなると思う。実際、これらは強い感情を表す場面の最後に響く役者の独白や、オペラの幕が（ゆっくりと）降りるときに歌われる短いアリアに似ていて、期待すべき曲想・調性・調・テンポを熟知しているオペラ好きが、期待通りとなった時の満足感に近いものを与える（げにさもあらむ）。

この限られてはいるが多くを語る歌群は、蜘蛛の巣の各部が糸で繋がり合っているように頻出する喩や文でつながれ合っていて、「あるかなきか」というような歌詞（うたことば）が繰り返し現れる（①、⑭、⑮、⑯、⑰）、見られるもの（物・者）のはかなさや偽りについて考えさせる起点としての行為、「見る」と「一目」（②、③、④、⑤、⑥、⑦、⑧は明示、その他は暗黙）、ほのめいていて見ることが難しい状態（⑤、⑦、⑬）、気に掛かるがはかなく消えてしまう物を甲斐なく手に取る（⑨、⑫）、観察された状況の経験から帰納する新たな知、または新たな混乱（知る・知らぬ）（⑦、⑪、⑯）、信頼できる（できない）原則・現象についての認識（たのむ）は、掛け言葉（田の実）を通す場合（⑪）と技巧はない場合（⑥、⑫、⑰）とがある。

また、これら歌群の和歌が単独で、これら要素を代表的な平安和歌のレパートリー中のこのテーマの喩と組み合わせることもある。例えば和歌⑬は夢の漠然とした捉え難さを形容する「おぼつかな」と組み合わせ、「夢」と常に組んで使われる対義語「うつつ」（『古今和歌集』六四五－六四六、『伊勢物語』六九段、その他多数）を呼び込み、「ほのめく」と「はかな［し］」を加えて修辞的調合を完成させる。そしてこのサンプリングを通して、特に公任の「夏の日の」⑯と選子内親王の「かげろふの」⑰に代表的だが、恋が歌われる場合も含め（④、⑤、⑦、⑧、⑨、⑫）、儚さについての共同的和歌言説が（ここではその一面に過ぎないが）、多くの場合仏典の修辞に基づき、形作られていると多かれ少なかれ読者は感得する。

仏典との関係は公任和歌⑰において最も明瞭で、詞書によれば、『維摩経』を典拠として（維摩会の十のたとへ）和歌に詠んだもので、公任自身がおそらく儀式に参加したか経典をよく知っていたかであろう。[6] 維摩経十喩は、儚さや知覚される現象の非現実性、悟りに必要な世界内経験・存在のあり方についての求道者の理解を妨げる無明の闇についての和歌の修辞（直喩、隠喩、換喩）の宝庫の一つだ。

原典のコンテクストでは、直喩はすべて「あるかなきか」という、人間の身の束の間の実存と不可避の死を表している。『維摩経』の原文の引用部分では、経と同名の富裕だが病持ちの在家、維摩詰は、彼の健康にやきもきする人々の問いに次のように長々と述べ立てる。

(1)是身如聚泡（この身は泡のあつまりの如し）
(2)是身如泡（……泡の如し）
(3)是身如炎（……炎の如し）[7]
(4)是身如芭蕉葉（……芭蕉の葉の如し）
(5)是身如幻（……幻の如し）
(6)是身如夢（……夢の如し）
(7)是身如影（……影の如し）
(8)是身如響（……響きの如し）
(9)是身如浮雲（……浮き雲の如し）
(10)是身如電（……稲妻の如し）[8]

ここには蜻蛉（という昆虫）が取り上げられていないということに注意したい。前掲の『公任集』の和歌「夏の日……」は、彼の「ゆいまゑ十のたとへ」の他の歌と同様、経典に忠実なので、「炎」を暑い夏の日の「陽炎」と詠んでいる。現存の彼の連作は九首で、(1)（是身如聚泡）に対応する歌はなく、この喩のバリエーションとして「此身水の月のごとし」（水に映る月）が実体のない幻影の喩として挙げられている。[9] この喩は和歌の修辞の中でも特に目立つ系譜を生み出し、いわゆる「釈教歌」だけでなく、世俗のより個人的な雰囲気の作品にも使われている。例えば、紀貫之の、次の忘れ難い和歌（『拾遺和歌集』一三二二）がその例である。

世中心細くおぼえて、常ならぬ心地し侍ければ、公忠朝臣のもとに詠みて遣はしける、この間病重くなりにけり

紀貫之

手に結ぶ水に宿れる月影のあるかなきかの世にこそありけれ

この歌詠み侍て、ほどなく亡くなりにける、となん、家の集に書き侍[10]

『貫之集』（九〇二）と『拾遺和歌集』の両編者によれば、これは貫之の辞世の歌で、公任の編になる『和漢朗詠集』では、「無常」の項の際立つ位置に置かれている。[11]テーマ・喩別に編集されたこの集に占めるこの歌の位置は、編者の読みを示しているとともに、非実体性・無常についての詩的瞑想の喩的形態の遍在とその特権的な位置を語っていて、文学的対話・テクスト言説が、様々のジャンル・形態・記録、時代を横断して進行したことを示す一例でもある。『和漢朗詠集』では、唐代の漢詩三連（羅維〔厳維〕、宋之問、白居易）、平安時代の漢詩三首（二首は大江朝綱、一首は藤原義孝）、そしてさらに和歌二首、八世紀の満誓の和歌と九世紀の遍照の歌である。

世の中を何に譬へむあさぼらけ漕ぎ行く舟の跡のしらなみ[12]

すゑの露もとの雫やよの中のおくれ先立つためしなるらむ

「世の中を何に譬へたらよいか」という見かけの問いに確信を持って答えているように見える満誓の和歌は、自己の責任において答えているようにも、『維摩経』の一節の内容の喩的表現とも読める。経典は十の等価関係を並列させて修辞的に強調するのに対して、満誓はAとBの等価関係を一つだけ示し、法会のための維摩経に基づく(1)と(2)の

句（直ちに集まるがすぐ消えてしまう泡）に近い喩えを一つだけ定位している。遍照の水に関する喩（露と雫）は、『維摩経』十の喩えにはないが、「次々に生起する世界の現象の適切な喩」となっている。それに関して『和漢朗詠集』の「無常」の例として公任が選んだ大江朝綱の二首の漢詩の二つ目は、注釈者たちによれば維摩詰が一連の喩を使って、非実在性についてすべてのダルマ（諸法、すなわち、存在していると思われるが実は幻でしかないすべての現象）が語っている経文群に近く、その部分の詩への翻訳だと述べている。

一切法生滅不住。如幻如電諸法不相待。乃至一念不住。諸法皆妄見。如夢如炎如水中月如鏡中像以妄想生。（維摩経）[13]

一切の法、生滅して住せず。幻の如く、電の如く、諸法相待せず。乃至一念も住せず、諸法は皆妄見なり、夢の如く、炎の如く、水中の月の如く鏡中の像の如し、妄想を以て生ず[14]

雖観秋月波中影　未遁春花夢裏名　江

秋の月の波の中の影を観ずといえども　いまだ春の花の夢の裏の名を遁れず　江[15]

貫之の和歌「手に結ぶ……」では、和歌の作者の手のくぼみに束の間すくわれていた水という空間がつかまえた月光は、ここでは秋の夜の明るい反射光（影）が、海か大きな湖かラグーンの遥かに大きな波の広がりの中で光り輝いている。しかし、「この束の間に姿を現す私を取り巻く自然界の現象についての瞑想は、私の夢の中に現れる春の花と同じように幻に過ぎない世の名誉への欲望から私を解放してくれない」と、朝綱の漢詩句の悲しげな声が語る。[16]

先に述べた「文学的対話・テクスト言説が、様々のジャンル・形態・記録、時代を横断して進行し」、認識可能な特徴を分け合いつつ（使われる喩、瞑想的な語り口、存在について繰り返し学び返されなければならない教え）、枝を様々な方向に広げ、変形し多様化し、薫の瞑想的眺め・独詠が析出される「かげろう」（昆虫）に到達する道筋が見えてくると思う。私たちはこうしてこのエピソードに戻ってきた。この時点（モーメント）、この和歌、断片的な引歌のコーダ、『源氏物語』全体に占めるその位置をどのように捉えるべきだろうか。私たちの『源氏物語』の読みは「歴史」と「フィクション」の意味について何を語るのだろうか。

三　歴史と「現実」、「フィクション」と「夢」

平安時代の物語一般、特に『源氏物語』がどのようにして形や内容を獲得し、影響を及ぼしたかということについての通行の学説は、これら諸点についてこの作品が他のテクストやジャンルの混合体だとみなしている。例えば、『源氏物語』の多くのエピソード、いくつかの巻全体を、十世紀の偉大な先駆者『伊勢物語』を読むときのように、はるかに多くの複雑さ、緻密さを伴うにせよ、「どのように、またなぜこれらの和歌が作られたか」という問いに答える報告として読むことも可能だ。研究者の中にはこの翻案的、変形的プロセスを企画し、消化し、錬金術師のように振舞う作者の作業の結果として扱う者もいるし、読者を分析の中心に置き、これらテクスト作業を感知し、その影響を吸収する行為者（エージェント）であると断定する者もいるが、いずれもこのプロセスにおける和歌の決定的な役割を認めている。『源氏物語』における引歌も含めた和歌の研究の中で、清水婦久子氏は、主に『古今和歌集』と『後撰和歌集』を基にする素材（テーマ、文、喩、及び「設定」）を選び出し、誰または何が構築過程を担うのかという問題についての説明はないが、生成過程を記述し、「外部」素材を構築中のテクストに引き寄せ、内部に取り込みそれを変化させるということを明瞭に示している。[17] 同様に高田祐彦氏は、このプロセスをばらばらな素材から新しい織物を『織りなす』プロセスにたとえ、中でも和歌素材が先頭に来るとしている。氏の説明でも誰が、何がという点は不明瞭だが、キーワードの他動詞「織りなす」は、物語テクストそれ自体を注意の対象として、素材を混ぜ合わせ、新しいパターンと感覚を生み出した結果として捉えている。[18]

最近公開した論文で、私は、和歌の役割について特に注目しつつ、外部空間と内部空間の動的交流関係と『源氏物語』の読みの企て・経験の秀れた側面についての事象をいくつか分析した。とりわけ、次の点に注目した。

> ……このテクストの和歌は（物語ジャンルの中で、これほど強力で決定的なケースは、私の考えではどこにもないが）歌そのもののコンテクスト、つまり数々の和歌テクストのコーパスとその記憶というコンテクスト（時にはぼやけた、故意に歪められた、しかし常に強力なその他のテクストも含め）に依存して意味を獲得し、それと交換にテクストがまさに意味するものを創造し、変質し、定義するのである。同時に、これら和歌は読者を「内部の」テクスト世界に引き込むとともに、テクストが接している外部のテクスト世界・物質的・形而上学的世界を指し示し、それを変質させ、そこに自らを投影し、無限の読みと再読の可能性を開くのである。[19]

また、より最近の論文において、アラン・タンズマン氏はテクストへの外部性の吸収を物語の集合的・共生的特質の本質として分析し、明確に紫式部をその行為者（エージェント）として位置付けている。

『源氏物語』は、自らが文学に過ぎないということを意識している。しかし紫式部は読者を書記技術に巻き込むことによって、透明な現実の描写だという幻想を与えることができることも知っている。言葉が幻の標識であり現実の幻影だという仏教の言語観を通して言葉に対する不信を物語（tales/narratives）自身が自覚していて、現実が現前するという感覚を呼び起こすとしても、主人公源氏の混乱した心の思いや錯乱した意識など、登場人物たちが自分自身に呟く激しい嫉妬や欲望の声が聞こえてくるとしても、言葉は芸術行為であり、他の言葉についての言葉であるということを物語は自覚している。[20]

タンズマン氏が鋭く捉えた透明な現実の描写という読者の幻想と、想像され・想像可能な歴史、むしろ俗に言う、物語が「でっち上げる（out of whole cloth）」歴史とを等価に置くことができると思う。これらの物語は『源氏物語』冒頭にあるように「いづれの御時にか」の日本の王朝世界の「歴史」であり、そしてまた「文学の」、特に文学現象それ自体としての物語の歴史でもある。このような歴史についての読者の意識は繰り返して呼び起こされ、そして、書き・語るテクストの透明な技術によって幻像として繰り返し放逐される。同様に、我々は薫が自分に呟く「ありと見て……」「あるかなきかの……」を彼自身の個人的「歴史」、語り手が共有する記録とし、次の段階では登場人物薫の「歴史」と「現実についての幻想」となり、読者の経験の中に蓄積され、まさに残存するテクストの最後の行まで続いて行き、再び浮舟についての彼の「混乱した心の思いや錯乱した意識」を語るもう一つの場面のただなかで中断される。[21]

近年、多くの研究者が『源氏物語』における和歌（引歌及びその断片も含め）の働きについても洞察力に富んだ論文を公開している。多くの場合、益田勝美氏による晴れの言語世界としての和歌の性格規定に対する回答となっている。晴れの言説とは、和歌に認められ儀式化された機能を発揮する公的・社会的集団における言語であり、これとは反対の物語のホームグラウンドである私的、個人的、主情的世界、褻の世界との間に断層を作る唯一特権的ステータスを持つ言語なのである。この再帰的反復によって、物語の人物たち、物語自身が「日常会話」や語りによっては言うことができないことを表現する方法を獲得する。[22] 場面から場面へ高まっていく、喜びよりも悲しみの方が多い思いが物語（tale）の内に繰り広げられる。この和歌への依存は最も効果的な表現方法として必要かつ不可避だと思われてくる。

土方洋一氏も語りの構築の中での和歌の構造的役割について益田氏の言説分析をもとに考察している。

『源氏物語』の場合は物語世界の時間の流れを構成する散文的なことばの間に、和歌という異質なことばを挟み込むことで、物語の言説に独特の奥行きや複層性をもたらそうとする、意識的な〈書く方法〉となりえていると考えるべきであろう。『源氏物語』の作中歌は、単に作中人物の発話の変種というだけのものではなく、散文部分と拮抗し散文部分の叙述を集約し、緊張させ、そこにあることばの世界に化学反応をもたらして一瞬にして結晶化させる大事な触媒のような機能を持つものと考えておきたい。[23]

結晶化の化学プロセスについての土方氏のこの鮮やかな記述に対して、私が付け加えることは、小論が対象とする「かげろふ」巻の最後のエピソードにあるような「凝集」・「激化」の時点（モーメント）において、陽炎、蜃気楼、短命の虫等々からなる儚さと非実体性についての詩的喩の大きなネットワークが錬金術的に変化するのを目撃するということだけだ。この時点（モーメント）が薫の心的状態を結晶化し、彼の「歴史」における分水点となるが、同時にこのテーマについての喩化作用そのものの凝縮となり、この例を、この時点（モーメント）から無限に伸びていく今後の文学の歴史に付け加えることになる。

私たちは、このエピソードの詩学を『源氏物語』の、またフィクションそのもののメタファーとして読むことができると思う。「あるかなきかの……」、このテーマのこれ以上良い情動表現はありうるだろうか。読者としてこの一節を読んでいるひとときの間は、私たちは「不信を中断して」、そうではないことを十分に知っているにせよ、それが歴史だと思わせる仕掛けに身を委ねる。陽炎、蜃気楼、空中に漂う短命の虫が「そこにいるけれども、いない」ばかりでなく、物語そのものが、リアルタイムで私たちが経験する持続的に存在する人工の物であるばかりでなく、最後には虚無の空間に消える壊れやすい製造品なのである。三十年以上も大学で日本古典文学を教えていたあいだ、しばしば、喩のレパートリーの中で実体のないものについて最適な喩を使って、一定の持続する時間内に『源氏物語』を読むという経験は、あたかも長期間の夢を見ているような経験ではないか、と問いかけた記憶がある。物語自身が、それ自身の方法によって、確かに夢のようで、「現実にある・あるかも知れない生」に似て、そして再び全くそうではないことになる。それで、典拠の『維摩経』にある「身」を「物語」に変えて、極めて真面目に「是物語如夢」（この物語は夢のごとし）と主張したい。

薫と浮舟の「歴史」は、蜻蛉のエピソードが同名の巻の中で一つの段階を刻み、予期しなかった展開を伴って次の「手習」に続き、「夢浮橋」に至る。そこでまさしく「中断し」、破れやすい布のようにほどけ、あるいは夢のように中断してしまう。読者は話（story）の糸、目撃した夢のパズルが放置され、解決されないまま意識から逃げていき、希薄な大気の中に「ゆくへもしらず」消えてしまったことに目覚めて気づくのである。知っているのはわずかにそれらが最初にどこから来たかということだけである。藤原定家のかの有名な歌は、読者に記憶された経験が織り出した紗を通して『源氏物語』を追憶し、それを完璧に捉えている。

春の夜の夢の浮き橋とだえして嶺にわかるるよこぐものそら24

夢見る心が信じ、束の間「現実」であるかのように見た、「漂っていく」実体のない夢は、文字通り粉々に砕けたのである（わかるる……）。目覚めた夢見る人がかなたの空の高みにある雲を見るように（あるいは想像するように）、この途切れた夢が漂い、見る者を惑わし「空中に」霧散してしまうのを見せるために、はっきりした直喩とする「如し」という近似的等価表現を定家の和歌は必要としない。峰は確固たる物で、横に流れていく雲は、勿論実体があるかに見えてそうではないものの象徴である。このように定家はこの喩の歴史、源氏物語の記憶の歴史に書き込むのである。薄暗い六条院の庭で長い沈思のときを過ごしていた薫の注意が蜻蛉に注がれていたと同じ時間、定家の和歌も空中を漂い、注意深い読者の注意を引き付ける。しかし、『源氏物語』のテクストがそのような豊かな、共鳴するひと時を我々の読者としての記憶の中にとどめ置くように、定家の和歌もそれに伴って文学固有の歴史の中に、私たちの記憶の中に響く。それは、フィクションの混乱させられる複雑さ及びその絶え間なく読者の意識を変容させる不思議な力との出会いの並並ならぬ例なのである。

翻訳　寺田澄江

〔注〕

1　藤原興風、題しらず「たれをかも知る人にせむ高砂の松も昔の友ならなくに」（『古今和歌集』巻第十七　雑歌上、九五）。小島憲之・新井栄蔵校注『古今和歌集』（新日本古典文学大系5）岩波書店、一九八九、二七四）。現代語訳は訳者による。

2　阿部秋生・秋山虔・今井源衛・鈴木日出男校注・訳『源氏物語』⑥（新編日本古典文学全集、小学館、一九九八、二七五～二七六）。以下、『源氏物語』の引用は同全集本による。

3　久保朝季「薫と和歌—宇治の中の君との贈答から—」（池田節子・久富木原玲・小嶋菜温子編『源氏物語の歌と人物』翰林書房、二〇〇九）二一六。久保の分類によると、薫の贈歌は二五首、答歌十二首、唱和歌二首である。

4　大野晋編『本居宣長全集』第四巻、一八七、一九一、二一六など。この読者の反応としての「げにさもあらむ」は宣長の「もののあはれ論」形成のために決定的に重要だったアプローチで、この教えを浸透させることが『源氏物語』を書いた紫式部の究極の目的だったと、次のようにその重要性を強調している。「よの中の物のあはれのかぎりは、此物語にのこることなし、さてこれをよむ人の心に、げにさもあらむと、深く感ぜしめんために、何事も、ことさらに深くいみしく書キなしたり、かゝれば此物語をよむは、紫式部にあひて、まのあたりにかの人の思へる心ばへを語るを、くはしく聞クにひとしく……」（二一四）

5　新間一美「平安朝文学における「かげろふ」について—その仏教的背景」（紫式部学会編『源氏物語と日記文学　研究と資料—古代文学論叢第十二輯—』所収、武蔵野書院、一九九二、七三～七四）サイデンスティッカー氏によるこの日記の最初の英訳の題は *The Gossamer Years*（1964）、その後ヘレンC・マッカラ氏も同様の *The Gossamer Journal* を題とした

(1990)。ソニア・アルンツェン氏のより最近の訳は、喩の曖昧性を避けた *Kagerō Diary*（1997）である。ジャクリーヌ・ピジョー氏のフランス語訳は *Les Mémoires d'une Éphémère*（2006）で、フランス語の蜻蛉は常に男性形「un *éphémère*」だが、「はかない」という意味の形容詞「*éphémère*」を名詞化した女性形「une *éphémère*」を使って曖昧さを出している。

6　杉田まゆ子「公任の釈教歌―維摩経十喩歌　その発生の機縁―」（『和歌文学研究』六九、一九九四、一～一三）

7　紫の上などの物語の人物たちが息を引き取るとき、語りの部分で火（炎）が消えるようにというイメージの「消ゆ」という動詞が使われていることに注目したい（④五〇六）。

8　「維摩詰所説經」（鳩摩羅什譯）『大正新脩大藏経』no.475巻十四、五三九（b一五～二一行）

9　公任及び同時代以降の歌人によるこの喩の用法についての詳細な研究は、国枝利久「維摩経十喩と和歌―釈教歌研究の基礎的作業（六）―」（『佛教大学研究紀要』通巻十四、六〇～八六）を参照。杉田前掲論文及び新間一美「仏教と和歌―無常の比喩について―」（和歌文学会編、『和歌文学の世界』九、笠間書院、一九八四、二〇一～二二六）も参照。

10　小町谷照彦校注『拾遺和歌集』（新日本古典文学大系七、岩波書店、一九九六、三八七）

11　大曽根章介・堀内秀晃校注『和漢朗詠集』（新潮日本古典集成、新潮社、一九八三、二九七）

12　『万葉集』とは小異があるが、『古今和歌六帖』と『拾遺和歌集』とは同一。

13　『大正新脩大蔵経』no.475巻十四、五四一（b二五～二八行）

14　前掲（注11）の大曽根・堀内校註（二五六）の読みによる。校註の「燄の如く」を『大正新脩大蔵経』の「如炎」を参照にして訂正。

15　出典は前注12を参照。

16　この漢詩「送僧帰山」（僧の山に帰るを送る）は醍醐天皇の命によるに屏風のための一連の漢詩として作られた。詩は、自分が追い求めている悟りとは無縁の世界に戻っていく「我」を残して、隠遁する山に帰って行く仏法の師に捧げられている。名高い能書家、小野道風による屏風の漢詩全文の下書き「屏風土代（どだい）」は、国宝に指定され三の丸尚蔵館に保存されている。本間洋一「『屏風土代』を読む―大江朝綱の漢詩を巡って―」（『同志社女子大学日本語日本文学』二一～六、二〇〇九、八一～一〇四）参照。

17 清水婦久子「源氏物語の和歌と引歌―和歌から物語へ」（森一郎・岩佐美代子・坂本共展編『源氏物語の展望第七輯』三弥井書店、二〇一〇、四七）。他の場所でこの考えを「源氏物語の世界が古今集的伝統に依拠して作られている……」という若干違う表現で語っている（『源氏物語の巻名と和歌』―物語の生成論へ』和泉書院、二〇一四、七三）。

18 高田祐彦「和歌が織りなす物語―賢木巻序盤の構造」（『むらさき』第五六号、二〇一九年一二月、九五～一〇六）

19 Kamens, "Flares in the Garden, Darkness in the Heart: Exteriority, Interiority, and the Role of Poems in *The Tale of Genji*." In James McMullen, ed. *Murasaki Shikibu's* The Tale of Genji: *Philosophical Perspectives*. Oxford University Press: 2019, p. 160. 原文：... poems in this text (and in many another in the *monogatari* genre, though in my view nowhere else so powerfully and definitively) take on meaning through their own recourse to a "context" that is a vast corpus of poem-texts and text-based memories of them (and of other texts, sometimes blurred, sometimes willfully distorted, always potent), and they in turn create, alter, and define the very nature of the text. They simultaneously draw the reader into its "internal" textual world while gesturing to its "exterior(s)," to world(s) textual, physical, and metaphysical to which it links itself and which it, in turn, alters and into which it projects itself, open to the possibility of infinite readings and re-readings.

20 Tansman, "The Rise and Fall and Rise of Narrative" in Washburn, trans. and ed., *The Tale of Genji*. (Norton Critical Editions. W.W. Norton & Co.,2021), 1319. 原文：*Genji* purports to be no more than literature. But Murasaki Shikibu knows that, by letting the reader in on the technology of writing, she can also produce the illusion of a transparent view onto reality. Aware of the talés/narrative's own distrust in the value of words-informed by and expressed through the Buddhist notion that words are illusory markers of a phantom reality—it (the tale) assumes that words perform only artistically, to be words about other words, while allowing a feeling of reality to emerge: of intense jealousy or longing that we hear in the whispers of a character to him- or herself, in the confused musings of a troubled mind, in the fractured, troubled conscience of its main character, Genji.

21 『源氏物語』⑥一九九八、二九五

22　益田勝実「和歌と生活―『源氏物語』の内部から―」（『解釈と鑑賞』一九九五年四月）。最近の論文としては廣田収氏が益田氏の分析を出発点として、「日常言語」が忌避されている物語のエピソードにおける和歌の役割を分析している。「『源氏物語』における詠歌の場と表現―「言忌み」をめぐって」（廣田収・辻和良編『物語における和歌とは何か』武蔵野書院、二〇二〇、七～三八）を参照。

23　土方洋一「『源氏物語の作中歌重力圏―須磨巻の一場面から―』（『アナホリッシュ国文学』第四号、二〇一三、九〇～九一）

24　『拾遺愚草』（一六三八）。久保田淳、『訳註藤原定家全歌集』（河出書房新社、上巻、一九八五、二五四）

語られる歴史、語り直される歴史
――紫式部詠「めづらしき光さしそふ」を中心に――

河添　房江

一　『紫式部日記』の五日の産養歌

一人の人物の記録が史料となり、様々な書物に引用されながら、異なる文脈で語り変えられていくことがある。その様相を〈語られる歴史〉／〈語り直される歴史〉という視点からたどり見ていきたい。

『紫式部日記』では、寛弘五年（一〇〇八）九月十一日に中宮彰子が敦成(あつひら)親王を出産した後、十五日に道長が主催した五日の産養が描かれている。さらに、その後の祝宴で紫式部が他の女房たちと共に賀歌を用意したものの、結局は指名されることは叶わなかったと記す条がある。

歌どもあり。「女房、さかづき」などあるをり、いかがはいふべきなど、くちぐち思ひこころみる。

めづらしき光さしそふさかづきはもちながらこそ千代もめぐらめ

「四条の大納言にさしいでむほど、歌をばさるものにて、声づかひ、用意いるべし」など、ささめきあらそふほ

どに、こと多くて、夜いたうふけぬればにや、とりわきても指さでまかでたまふ。（一四五〜一四六）[1]

そもそも紫式部の「めづらしき」の歌にこめた自負は並々ならぬものであったに違いない。第三句の「さかづき」は「盃」と「月」、「もちながら」には十五夜に相応しく「望（満月）ながら」と「持ちながら」とが掛けられ、「めぐらめ」には盃が一座を巡ると、月が大空を巡るの意味が掛けられるという、掛詞を駆使した歌なのである。

この賀歌については、『後拾遺集』に入集した紫式部の伯父、藤原為頼の「もちながら千代をめぐらんさか月の清きひかりはさしもかけなん」（雑五・一一五三）の影響が諸注釈で指摘されている。そうであるならば、為頼詠にはない「めづらしき光」にこそ、紫式部の創意工夫をみるべきではないか。「めづらしき光」には皇子誕生を「光」とする皇統賛美の和歌史が汲み上げられているのである。特に『古今集』に顕著であるが、天皇の恩恵・威徳・存在そのものを「光」「日の光」に喩える表現の伝統があり、その流れは『源氏物語』の「光」表現や「光る君」の呼称にも及んでいる。[2]

しかし、紫式部がせっかく満月の折に合わせて、技巧を凝らした歌を用意し、四条大納言の藤原公任を意識して詠出する時の声づかいまで練習していたのに、ついに披露する機会もなかったという失望感が『紫式部日記』からはひしひしと伝わってくる。当代一の才人であり祝宴をリードしていた公任と中宮付きの大勢の女房の一人にすぎない紫式部の距離を感じさせる場面でもある。

ところが、この条は『栄花物語』の資料となり、はつはな巻では次のように語り変えられている。

歌などあり。されどもの騒がしさに紛れたる、尋ぬれど、しどけなう事しげければ、え書きつづけはべらぬ。「女房、盃」などあるほどに、いかがはなど思ひやすらはる。

めづらしき光さしそふ盃はもちながらこそ千代をめぐらめ

とぞ、紫ささめき思ふに、四条大納言簾のもとにゐたまへれば、歌よりも言ひ出でんほどの声づかひ、恥づかしさをぞ思ふべかめる。（はつはな巻　四〇八）

『栄花物語』では五日の産養で詠まれた歌の資料は『紫式部日記』以外に入手できなかったのか、はたまた入手できたにしても書き記すに値しなかったと判断したのか、紫式部の詠歌だけが残されている。さらに紫式部が心に思うことは、公任が御簾のそばにいるので歌の出来ばえより詠み出す時の声を聞かれる恥ずかしさであろうと、語り手が紫式部の心中を忖度する形で終わっている。

そもそも『紫式部日記』では公任を前に他の女房たちも同じ思いであった筈なのに、『栄花物語』では紫式部一人の思いとされ、その歌が公にされなかったことについても曖昧になっている。しかも『栄花物語』で紫式部が登場するのは、「紫ささめき思ふに」というこの場面が初めてなのである。

つまり『紫式部日記』の五日の産養では慶賀の記録の書き手であり、女房集団の一人にすぎなかったはずの紫式部が、この条では描かれる対象となり、五日の産養で唯一、歌を記されるような名誉ある女房と語り直されているわけである。『紫式部日記』では指名されなかった女房の立場の弱さが強調され、『栄花物語』では一人だけ歌が記録され、その心中も忖度されるという紫式部の栄誉が語られたという次第である。

ここで大隅和雄氏の「歴史と文学精神」の次の一節を想起したい[3]。

歴史の物語が捉えようとした世の中は、書き手と読者の面から考えて、貴族たちが形づくっている世の中であった。（中略）世の中というのは譬えていえば、貴族社会の中心にあって、脚光を浴びているいわば檜舞台のような部分のことをいい、歴史物語の作者は、その舞台に上がっている貴族たちが世の中を動かしているように思い、舞台の上で時めいている人々の動きを語り伝えようとしたのであった。

もとより紫式部が道長や彰子のように貴族社会の中心にいたわけではないが、『栄花物語』では女房集団の一人ではなく、歴史の檜舞台の端に連なる人物として紫式部という存在も据え直されたという次第ではなかったか。『紫式部日記』では彰子出産とその後の慶賀を記す黒子的な存在の語り手が、『栄花物語』の叙述の中でまさに歴史上の一人物として据え直されたといっても過言ではない。『紫式部日記』で紫式部が語った主家の歴史を、『栄花物語』は紫式部をめぐる歴史叙述としても語り直したのである。

二 「めづらしき光さしそふ」歌の異伝

以上、「めづらしき光さしそふ」の賀歌の場面について、『紫式部日記』と『栄花物語』の語り方の差異を見てきたが、この歌については他にも様々な異伝があることも注目される。まず家集である『紫式部集』の詞書では、

宮の御産屋、五日の夜、月の光さへことに澄みたる水の上の橋に、上達部、殿よりはじめたてまつりて、酔ひ乱れののしりたまふ。盃のをりにさしいづ。（七七）

とあり、この賀歌はお蔵入りしたのではなく、五日夜に献歌されたことになっている。『紫式部日記』とは違って、盃の指名があった中宮女房の光栄が記されているともいえようか。

さらに後代の『後拾遺集』では、

後一条院生まれさせ給ひて、七夜に人々まいりあひて、さか月いだせと侍りければ

という詞書で入集しており（賀・四三三）、五日の産養ではなく、七日の産養で詠出された歌になっている。七日夜は五日夜の道長主催より一段格の高い朝廷主催の産養で、『紫式部日記』でも紫式部自身が「くわしくは見はべらず」

（一四九）と遠慮して近づくこともできなかった晴儀であった。しかし『後拾遺集』では七日夜の産養に参列して、そこで詠まれた賀歌の代表詠にまで格上げされたのである。『紫式部日記』での日の目の当たらなかった歌という扱いからは隔世の感があるといえよう。しかも『後拾遺集』を踏まえてか、俊成の『古来風躰抄』や紫式部に仕えた女房を語り手とする『今鏡』でも七日夜の賀歌として採られているのである。[4]

なぜこのような異伝が起きるかについては、南波浩氏の『紫式部集全評釈』[5]が詳しく考察している。いまその要点を示すと、『後拾遺集』の紫式部歌はこれに限らず『紫式部集』から採られたものではなく、『紫式部日記』に近いので、五日夜には「めづらしき光」の歌は詠み出さなかったが、『後拾遺集』の撰者は後の機会に披露したものと考えて、七日夜の歌の詞書とした。その『後拾遺集』の詞書に拠って、『古来風躰抄』や『今鏡』は七日の産養の歌としたという。一方、家集である『紫式部集』で五日の歌が献じられたとするのは、道長が公任が退出した後で女房たちが用意した歌を集めたためとする。

また河内山清彦氏の「後拾遺集の紫式部歌をめぐって」[6]では、『後拾遺集』が他の歌も含めて『栄花物語』から採取し、『紫式部日記』『紫式部集』とは没交渉としている。さらに五日夜、詠出されなかった歌が提出を求められ、七日夜にそれらをまとめて清書した記録が献上され、『後拾遺集』はその記録を第一資料にし、『栄花物語』も参考にしつつ七日夜の歌として採録したとする。しかし、南波氏が指摘したように道長が詠出されなかった賀歌を集め、河内山氏が考究したようにそれが七日夜の献歌の記録となったとすれば、道長・彰子一家の歴史の記録者である紫式部はそれを日記には書かないという選択をしたことになり、謎が残る。

異伝がなぜ起こったのか、細かく検証した両説もいわば仮説であり、確証があるわけではない。なぜ『紫式部集』では献歌となるのか、『後拾遺集』がなぜ七日夜の賀歌としたのか、真相は藪の中という他ない。異伝の原因の究明もさりながら、異伝が伝わることで、いかなる意味を生成して読者に受け止められていくかも重要であり、ここではそれを問題にしたい。

『後拾遺集』の賀歌の配列に注目すると、四三三番の「めづらしき光」の歌が産養歌群の最初を飾り、四三九番の赤染衛門の「千代を祈る心のうちのすずしきは絶えせぬ家の風にぞありける」まで七首続いている。しかも紫式部の次に配されたのが、

後朱雀院生まれさせ給ひて七日の夜、よみ侍ける　　前大納言公任

いとけなき衣の袖はせばくとも劫の上をば撫でつくしてん　（四三四）

と、翌年の敦良親王（後朱雀）誕生の折の公任の産養歌なのである。一条朝歌壇の第一人者である公任が、紫式部をはじめ中宮彰子付きの女房にとっていかに憧れの存在であったかは、最初に取り上げた『紫式部日記』の場面にも明らかであろう。指名されなかった失望を噛みしめたはずの『紫式部日記』の賀歌から、『後拾遺集』では七日の賀歌の代表として光彩を放ち、公任詠と並ぶという格上げは、紫式部像の格上げでもあったのではないか。

歴史を語る人物から語られる人物へ、日の目を見なかった賀歌から勅撰集の産養歌群の代表詠として顕彰される歌へ。文学の一部を歴史叙述の範疇に入れて、こうした転位に注目すれば、語り直されることで歴史叙述がいかに新たな意味を獲得していくか、その動態がうかがわれるのではないか。本稿では『紫式部日記』『栄花物語』『紫式部集』『後拾遺集』と、「めづらしき光さしそふ」の詠歌状況の変遷に注目することで、その粗描を試みた次第である。

〔注〕

1　以下、『紫式部日記』『栄花物語』の引用は『新編日本古典文学全集』に拠り、頁数を示した。『後拾遺集』の引用は『新日本古典文学大系』、『紫式部集』は『新潮日本古典集成』に拠った。

2　『古今集』には東宮（保明親王）の誕生を「峰高き春日の山にいづる日はくもる時なく照らすべらなり」（賀・三六四）と日の光に喩える例がある。その他の用例や『源氏物語』との連関については拙稿「古今集の光の讃頌」（『源氏物語表現史喩と王権の位相』翰林書房、一九九八）を参照されたい。

3　大隅和雄「歴史と文学精神」（日本文学協会編『日本文学講座1　方法と視点』大修館、一九八七）。

4　『古来風躰抄』の賀歌では最初に配され、詞書は「後一条院生まれさせ給ひて、七夜に人々参りあひて、女房杯出だせと侍りけるに」（新編日本古典文学全集『歌論集』四〇六頁）と『後拾遺集』とほぼ一致している。『今鏡』「望月」でも「土御門殿にて、後一条院生み奉らせ給へりし七日の御み遊びに、御簾の内より出されける杯に、添へられ侍りし歌は、昔の御局の詠み給へりし、」（河北騰『今鏡全注釈』五〇頁、笠間書院、二〇一三）とあり、いずれも七日夜の詠出である。

5　南波浩『紫式部集全評釈』（笠間書院、一九八三）。

6　河内山清彦「後拾遺集の紫式部歌をめぐって」『紫式部集・紫式部日記の研究』（桜楓社、一九八〇）。

和歌で起源を詠むとき
――歴史と自然――

幾浦　裕之

はじめに

和歌の起源について、既に『古今和歌集』仮名序には「このうた、あめつちのひらけはじまりける時よりいできにけり。」と述べられる。その後の記述について仮名序古注は、男女二神の婚姻のとき、下照姫の歌謡、素戔嗚尊の和歌のことである、と説明する。しかし神話的起源とは別に、現実には民俗的、宗教的な、和歌の前身に相当する形式が存在したのであろう。[1]仮名序は現実の人々の営みや経緯を越えて、和歌の起源を神代に措定する。和歌の起源を仮構する言説は勅撰和歌集の序、歌論、歌学書、古今集注にも多く見られる。様々な物事の起源への関心が高まり、由来を尋ねようとするのが中世のひとつの特徴といえる。平田英夫は、勅撰和歌集の序だけでなく、中世神話の序に日本の起源に遡り、あたかもその場に立ち会っているがごとく風景や状況をイメージして語るものがあり、特に中世期に日本国の始まりを天地開闢のイメージで詠んだような歌が多く作られることを指摘して、次の和歌を例示する。[2]

文保百首歌たてまつりける時　法印定為
天地のひらけし時の蘆かびや神の七代のはじめなりけむ（新千載集・神祇・九四四）
（題知らず）　源知行
天地の開けしよりやちはやぶる神の御国といひはじめけむ（新拾遺集・神祇・一三九三）
他にも中世には様々な起源を詠む、起源を問う身ぶりをすることで、起源を仮構する和歌がある。本論ではそのいくつかを取り上げ、和歌を詠むこと自体が歴史を想像／創造するさまを見ていきたい。

一　吉野が春の山となるとき

『新勅撰和歌集』に次の一首がある。
家に花五十首歌よませ侍りける時　後京極摂政前太政大臣
むかし誰かかる桜の花を植ゑてよしのを春の山となしけむ（新勅撰集・春上・五八）
これは建久元年（一一九〇）九月十三夜に藤原良経邸で披講された『花月百首』の一首で、同二十二日の『花月撰歌合』でも撰ばれており、俊成が撰歌を始めた早い段階で一番左に置く構想が固まっていたとみられるものである。[3]半年前の二月十六日に没した西行を追慕するこの催しにふさわしく、西行の和歌「岩戸あけし天つみことのそのかみに桜をたれか植ゑはじめけむ」（御裳濯河歌合・一番左・一）との関りが指摘されている。[4]桜を植えた神代を思い描く西行歌をふまえ、良経の歌は、「昔誰がこのように見事な桜を植えて、吉野山を春の山としたのだろうか。」[5]と解釈できる。先行注釈が指摘する遍照の歌「いその神ふるの山べの桜花植ゑけむ時を知る人ぞなき」（後撰集・春中・四九）を想起すれば、良経歌も過去に桜を植えた存在を知りたいのではなく、吉野が桜を植え始められた遠い昔の営みによって、現在まで桜が咲いていることを詠んでいるのであろう。

この良経歌の趣向は、下の句の広大な吉野の自然の景とは対照的に、上の句では桜の山が植樹によって始まっているという小さな作為を詠んでいることである。また事実、自然の桜（ここではヤマザクラ）は広く山野に自生するが、純林はつくらない。[6]それが和歌によく詠まれるように雲と見紛うような密度で並び開花するということは、植林がなければ起こりえないことである。つまり現実に吉野の桜は、時代ごとに桜を植えた人、植え続けた人々によってできた風景なのである。

このような植林の歴史とは別に、歌枕吉野の和歌表現史をたどると、吉野が桜の名所となったのは、西行が詠むような神代ではないことがわかる。平安時代中期までは吉野山は雪を第一の代表的な景物とし、隠遁の地、山岳修験の山であった。吉野山と桜の関係が決定的になるのは、吉野山を愛して多くの歌を詠んだ西行の時代なのである。[7]つまり和歌の世界で吉野が桜の山となったのは、それほど遠い昔のことではない。「そのかみに桜をたれか」と問う歌人、和歌を詠むこと自体が、和歌の世界で吉野を桜の山にしているのである。その行為遂行的な機能を見えなくさせ、現在の景を過去に投射する力がこの西行歌、良経歌には備わっている。

二　理智的発想歌としての起源を詠む和歌

起源を詠む、問う和歌を、和歌史の中でどのように位置づけることができるだろうか。ひとつは、それが理智的発想の表現だという視点である。『古今集』の歌風として「理智的な事」（窪田空穂）[8]、「理智を通して見た世界を歌はうとした歌」（風巻景次郎）[9]であるという評価が早くからある。『古今集』以来の理智的な発想の伝統との相剋を経て、『新古今集』の余情妖艶の歌風が創造されたという和歌史が一般的に理解されている。それに対し、稲田利徳は「『新古今集』時代の本歌取歌には、本歌を一つの通念とし、それに対する疑問、矛盾、逆行、転換などで意表を突く、理智的、機智的なものが、相当数に採歌されている」として、「理智的発想歌の系脈」[10]を辿っている。同論では『古今集』の理智的発想歌は、一般的観念を前提としてそれに矛盾する特殊な相への疑問、原因推量を論理的に展開していたが、理智的な発想が八代集を通じ中古和歌に底流していると指摘する。稲田は次のような和歌を例示する。

　　正月一日よみはべりける　　　　小大君（こおおきみ）

いかに寝て起くる明日にいふことぞ昨日をこぞと今日を今年と　（後拾遺集・春上・一）

　　ほととぎすのうた十首、人々によませ侍るついでに　摂政左大臣

郭公すがたは水にやどれども声はうつらぬ物にぞありける　（金葉集・夏・一〇六）

そして『新古今集』では、歌人間で共有された本歌の世界の通念に相反する実景や観念を見出して疑問や変換を迫る本歌取りが詠まれるようになったと整理する。例えば次の家隆歌のように、本歌を通して見た世界（『古今集』夏・一三九番歌に基づき、花橘は昔の人の袖の香りがする）は現実の感覚と異なるはずだという理智的な歌がある。

　　（題知らず）　　　藤原家隆朝臣

今年より花さきそむる橘のいかで昔の香ににほふらむ　（新古今集・夏・二四六）

同論では対象を四季歌に限定し、注で「四季歌に限定したのは、恋歌などの心情の機微よりも、叙景歌の方が「理智」の相が説明しやすいと考えたまでで、勿論、恋歌なども分析対象にしなければならない」と断っている。

本論では四季歌に限らない理智的発想歌の表現として、起源を詠む、起源を問う和歌をとらえる。具体的なことば

としては、「そめけむ」「はじめけむ」という表現を対象とする。眼前の景物を一般的観念や本歌の世界の通念からのズレとして詠むとき、「らむ」が用いられやすい。しかし次の例からは、「けむ」も「らむ」と同様に実態と名称のズレを問うことがわかる。

又とふ　伊衡（これひら）

夜昼の数はみそぢにあまらぬをなど長月といひはじめけむ　（拾遺集・雑下・五二二）

こたふ　みつね

秋ふかみ恋する人のあかしかね夜を長月といふにやあるらむ　（五二三）

『古今集』的表現を特徴づける助動詞「らむ」には多くの先行研究があるが、「けむ」の研究は少ない。「けむ」を知る上で、「らむ」を和歌の理智的な表現史からとらえる小池博明の論考は参考になる。[11] 和歌を「題目（主題）+解説（説述）」から成る一文とすると、「らむ」は結句に置かれて「題目+助詞（は／や）…なるらむ」という表現で題述関係の構文をなす。『古今集』歌は題目をいかに主観的な理智により解釈、説明するかを焦点としていた。ところが『後撰集』『拾遺集』では「なるらむ」で聞き手の説明を要する疑問表現を行い題目の解釈が一首中に明示されず、聞き手の回答がなければ説明が完結しない歌の割合が増加した。題目の説明を読み手に委ねる点で一首内の論理性が後退する一方で情意性が強まり、それに付随して余情が生まれる。『拾遺集』の歌風の余情や平淡さは「題目を平淡に説明するものではなく、説明が完結しないために生ずるといえる」という指摘は示唆的である。回答がない「問う」和歌表現の登場が表現主体の世界に読み手を引き込む対自性を強めたとすれば、起源を問う和歌表現は和歌史の上でも重要である。なぜ理智的な『古今集』の歌風が理想とされながらも、そこから余情を庶幾する『新古今集』の歌風が生ずるに至るのかを知る手がかりにもなる。

もともと『古今集』の「らむ」は自問自答であり、推量される対象は「自然の摂理であれ、恋の情趣であれ、それは、あくまで現時点での自分自身への回帰」[12]であるという。では自分自身へ回帰するのとは別の、過去推量の「けむ」は、和歌史の上でどのような表現を生み出したのだろうか。

三　起源を詠む和歌の類型

「そめけむ」「はじめけむ」によって起源が詠まれるとき、それらはいくつかの類型を持っている。その中でも用例数が多いものを分類し、表現の諸相を見ていきたい。

Ⅰ　自然や人事の起源を詠むもの

ひとつは自然の景物やひとの建てたものがそのようにしてあることの起源、由来を詠むものである。

（帰る雁をよめる）　弁のめのと
折しもあれいかにちぎりて雁がねの花のさかりに帰りそめけむ
（後拾遺集・春上・七二）

橋　肥後
ささがにの蜘蛛手にみゆる八橋をいかなる人かわたしそめけむ
（堀河百首・雑・一四三八）

賀の歌や植樹することを詠む際には、過去に遡行するのではなく、その瞬間がものごとの始まりなのだ、と記念する意味がある。次の橘為仲の歌は今回対象とする「けむ」ではなく先掲の小池論が対象とする「なるらむ」表現であるが、この歌は植樹するだけでなく歌を詠むことが重要であることがよくわかる例である。

たけくまにて、国の人出で来たりていはく、「いにしへは松生へりけり。うせてひさしうなりたれども、国の司入らせ給ふとき、必ず松の枝をもとめて、かく立て侍るなり。先々、ものの心知らせ給へる人は、ここにて歌をなん詠ませ給ふ」といへば

たけくまの跡をたづねてひきうふる松や千とせのはじめなるらむ　（橘為仲集・三五）

Ⅱ　名前の起源を詠むもの

次に物の名の由来を詠む類型がある。これらは実態と名前のそぐわなさの不審を詠むものと、実態に即した名づけであると理解したことを詠むものとがあるが、上の句でその景物や事物の実態が示され、下の句でものの名前が詠まれ、結句で「名づけそめけん」「いひはじめけむ」と詠まれるところが共通している。

あをむま

恒徳公家の障子に　かねもり

ふる雪に色もかはらでひくものを誰かあを馬と名付けそめけむ　（兼盛集・一一八）

しほみてるほどにゆきかふ旅人やはまなの橋となづけそめけむ　（拾遺集・別・三四二）

Ⅲ　神祇歌や七夕の歌で起源を詠むもの

神事や信仰の対象とする神社が草創された場面をイメージしてその起源を詠む際に「そめけん」「はじめけん」はよく詠まれ、七夕歌で天上の神々の逢瀬がいつ始まったのかと問う和歌も多くある。

題不知　加賀左衛門

いかなれば途絶えそめけむあまのがは逢瀬に渡すかささぎの橋　（詞花集・秋・八七）

（題不知）　後京極摂政前太政大臣

いかばかり和歌の浦かぜ身にしみて宮はじめけむ玉津島姫　（続古今集・神祇・七二五）

四　和歌で本意の起源を詠むとき

ここまで様々な起源を詠む和歌を見てきたが、第四の類型として、和歌の本意、見立てや抒情の形式そのものの起源を詠む、問う和歌というものがある。和歌は本来、「和歌として抒べられる心こそがあるべき心である」という前提を共有し、抒情することが求められる。[13] しかし中世の歌論では歌枕と実景との乖離が問題とされたり、和歌は伝統的な表現を保守すべきなのか、真情を詠むべきなのかという葛藤も生じた。[14] 先掲の稲田論も指摘するごとく本歌の世界への疑問や変換をせまる本歌取りも詠まれる。その中で、和歌の本意のように世界を見ること、その感性がどのように始まったのか、と問う和歌がいくつかある。これらは桜を雲に見紛えることも、春の月、秋の夕べ、秋風をあはれだと思うことにもはじまりがあり、感性の歴史[15]をもつことを詠む。

（題しらず）　恵慶（えぎょう）法師

たが世よりいかなる色のゆふべとて秋しも物を思ひそめけむ　（玉葉集・秋上・四八三）

正治百首歌たてまつりけるに　皇太后宮大夫俊成

名にたかき吉野の山の花よりや雲にさくらをまがへそめけむ　（続後撰集・春中・九一）

千五百番歌合に　後鳥羽院御歌

あはれ昔いかなる野べの草葉よりかかる秋風ふきはじめけむ　（風雅集・秋上・五〇二）

春夜月をよめる　権大納言顕朝（あきとも）

月影のかすむはうきをいかにして春はあはれと思ひそめけむ　（続古今集・春上・七八）

これらの歌は本意を通して風景を見たり描こうとしたりするのではなく、本意が成立した瞬間を問う身ぶりをすることで、本意以前の現実、本意の枠組みに拠らないその場の清新な景色に立ち会っているような印象を与える。その意味で平安時代の恵慶や、後鳥羽院の右のような和歌が京極派の勅撰集に見出されていることも注目される。自らの感性が個人のものではなく歴史性を持つことの不思議さと、感性とは別に「この私」が観た世界そのもの（自然）が目の前に存在していることを初めて見出したような身ぶりである。

自然詠ではなく、実詠の恋歌のなかで、招婿婚そのものを問うかのような和歌がある。

実範（さねのり）朝臣のむすめのもとにかよひそめてのあしたにつかはしける　源頼綱朝臣

いにしへの人さへ今朝はつらきかなあくればなどか帰りそめけむ　（後拾遺集・恋二・六六五）

（関白左大臣家百首）後朝恋（きぬぎぬのこい）

いまのまの我身にかぎる鳥のねをたれうき物と帰りそめけむ　（拾遺愚草・一四六一）

関白左大臣家百首、後朝恋　源家長朝臣

後朝のつらきためしに誰なりて袖の別れをゆるしそめけむ　（新勅撰集・恋三・八一一）

頼綱歌は『定家八代抄』にも撰入し、右の定家歌、後鳥羽院（後鳥羽院御集・四二〇）に本歌取りした歌がある。源頼綱（一〇二四～一〇九七）は和歌六人党の歌人たちが親族におり、多くの歌合に出詠した人物で、当該歌は詞書によれば一一世紀半ばの実際の後朝の後に詠まれたものである。男が夕べに女の家に通い、女がそれを待ち、男が翌朝帰るというのが王朝の物語や和歌、院政期以降の題詠の恋歌でもゆるぎない枠組みである。だがこの歌は、平安時代の実詠の場面で既に、昔の人さえ今朝は薄情に思われる、どうして朝に帰ることを「始めた」のか、と制度の起源を問う。事実、その後に嫁取婚が招婿婚にとって代わったとき、この制度は自然ではなくなり、後朝の贈答が現実に必要とされた条件も多く失われたはずである。

また近年、中世の貴族階級の男女の恋が、私たちが和歌や物語から想像しているようなものではなく、文学に描かれた恋愛形態は当時の実態とは必ずしも一致しないかもしれないことが示唆されている[16]。女が男のもとに通う関係も実際にはあったかもしれず、男が女のもとに通う恋愛形態だけが詠まれているのかもしれない。もしそうであるならば、中世の人々にとっても恋歌の枠組みはある様式美であり、自然なものでなかったはずである。恋愛形態の起源を問う和歌は、普通和歌や歌論が言及対象としない制度そのものに自己言及的であることで、和歌の恋が招婿婚だけを扱っていること、恋にまつわる景物や感情の多くがこの制度から生じていることに気づかせてくれる。

おわりに

本論では起源を詠む和歌を理智的な和歌表現のひとつととらえ、特に「そめけむ」「はじめけむ」という表現に着目して、その類型を見ていくことで、和歌でどのような起源が詠まれるのかを概観した。名づけの起源を詠む和歌は名前と実態の一致やズレからもたらされる機知があり、神祇歌や七夕歌では起源を詠むことがその信仰の長大さを強めるように詠まれている。数は少ないが和歌に詠まれる本意そのもののはじまりを問うような詠み方もある。起源を問う和歌は本意や本歌を介在せず世界をとらえようとした営みともいえる。今回対象としたことば以外にもこのような起源を問う表現が多くあるであろう。その追究が今後の課題である。

歌番号は『新編国歌大観』『新編私家集大成』により、清濁、漢字、送り仮名等は私意によって表記した。

〔注〕

1 花部英雄ほか編『和歌とウタの出会い』(シリーズ和歌をひらく 岩波書店、二〇〇六)
2 平田英夫「和歌の起源をめぐる序文の言説をめぐって」(『日本文学』六一巻七号、二〇一二、七)
3 渡邉裕美子「「花月撰歌合」の基礎的考察—俊成合点の検討—」(『明月記研究』一四号、二〇一六、一)。なお歌合の一番左には、その歌合の主催者、あるいは最高位の貴顕の和歌が置かれることが多く、歌合内で最も格の高い位置である。
4 中川博夫『新勅撰和歌集』(明治書院、二〇〇五)
5 谷知子・平野多恵『秋篠月清集 明恵上人歌集』(明治書院、二〇一三)
6 森本幸裕「吉野山の桜」(永田洋ほか編『さくら百科』丸善出版、二〇一〇)
7 片桐洋一「歌枕・吉野」(片桐洋一ほか編『桜トラスト運動記念講演録 古典文学に見る吉野』和泉書院 一九九六)
渡邉裕美子「地名から歌枕へ—「佐野の渡り」をめぐって—」(『立正大学大学院文学研究科紀要』三九号、二〇二三、三)
8 窪田空穂『中世和歌研究』(砂子屋書房、一九四三)
9 風巻景次郎『新古今時代』(人文書院、一九三六)
10 稲田利徳「理智的発想歌の系脈—中古和歌から中世和歌へ—」(『国語と国文学』八一巻五号、二〇〇四、五)
11 小池博明「拾遺和歌集の一文構成「なるらむ」歌—古今集的表現の展開—」(信州平安文学研究会編『平安文学 場と表現』新典社 二〇〇七)

12　佐藤雅代「古今集のレトリック―結句の末尾表現にみられる「らむ」をめぐって」（『国文学』四九巻一二号、二〇〇四、一一）

13　浅田徹「和歌と制度―抒情ということ」（河添房江編『言説の制度』（叢書想像する平安文学、勉誠出版　二〇〇一）

14　村瀬空「藤原為家の歌論と「まこと」―『為家古今序抄』を起点として―」（『国語国文』九三巻一号、二〇二四、一）

15　ヤン・プランパー、森田直子監訳『感情史の始まり』（みすず書房、二〇二〇）

16　田渕句美子「『信生法師集』を基点に―東国の恋、都の恋―」（『日本文学』七一巻五号、二〇二二、五）

『源氏物語』と権門
――源通親の『正治初度百首』伊勢公卿勅使詠から――

米田　有里

はじめに

『源氏物語』は、平安時代中期に成立した物語作品である。平安時代当時の価値観が、作品内には息づいている。それら『伊勢物語』『源氏物語』をはじめとした平安時代の作品の中にある、風流を重んじる王朝的精神が、中世に入って人々に注目され、王朝的なふるまいを模倣する例がみられるようになる。その時期と、社会状況の変化とを早くに結びつけて論じたのが、久保田淳氏であった[1]。

久保田氏の指摘するように、院政期末頃の和歌や文学作品では、自らを平安王朝の貴公子に重ねる表現がしばしば見られる。また源平の争乱により、平氏一門は元暦二年（一一八五）三月二四日に壇ノ浦で滅亡したが、その後に成立した作品の中では、平氏の貴公子達を『源氏物語』の光源氏や頭中将に重ねて描写する[2]。もとより『源氏物語』は過去の宮廷に多くを取材する作品だが、まさしくこの頃、物語内部の世界が歴史上の出来事と深い関わりを持ち始めたと考えられる。

平氏一門が滅亡した後、正治二年（一二〇〇）頃から後鳥羽院のもとで和歌活動が活発化する。『源氏物語』などの物語の中に描かれるフィクション世界は、和歌の中で洗練された妖艶美の歌境を切り開いた[3]。その後鳥羽院歌壇は、承久三年（一二二一）の承久の乱で後鳥羽院・順徳院らが鎌倉幕府に敗北したことによって完全に消滅するが、物語は、次の代においても重要な位置を占めることになる。

承久の乱後、仲恭天皇に代わって新たに即位したのが後堀河院である。後堀河院の文化活動については、近年田渕句美子氏によって[4]、王朝時代の文学作品の絵巻・障子制作が天皇主導で積極的に行われたこと、その背後に王朝復古志向があることが明らかにされた[5]。さらに田渕氏は物語享受が官人層にまで広がっていることを指摘し、「承久の乱の衝撃の後、貴族社会が次の時代を模索していたこの後堀河院時代に、こうした志向がすでに胚胎され、多くの種が蒔かれていた」と述べる。

田渕氏の指摘する通り、後嵯峨院周辺[6]での歌合や負態では、『源氏物語』『伊勢物語』を踏まえた様々な文物が用意された（『増鏡』文永五年九月十三夜、文永八年正月記事）。また『とはずがたり』巻二では後深草院宮廷において、後深草院を光源氏に、院の妃・妻妾を紫上や女三宮といった女性達になぞらえ、六条院の女楽を再現しようとしたことが記される。そこには明らかにフィクションの中にある王朝世界を現実の宮廷社会と重ね、自らの文化的権威を高める目論見があったと考えられるのである。

以上、平安時代末期から鎌倉時代中期までを見渡すと、宮廷社会が政治的困難に直面した際に、平安王朝時代の営為が積極的に模倣され、享受された跡を見つけることができる。武士の台頭・戦乱はもちろん、後堀河院・後嵯峨院は思わぬ形で即位した天皇であるし、後深草院は弟亀山院との間に葛藤を抱え、皇統を二分する。中世において『源氏物語』は、王朝盛時を示すものとして、動揺した宮廷を文化の面から支える役割を担ったと言えようか。
言うまでもなく、『源氏物語』は物語であり、フィクションである。しかし、現実の宮廷社会が揺らぐ中で、人々はフィクションの中にこそ理想の「王朝」を見出したのであろう。中世社会における『源氏物語』は、その政治利用を含めて広く見ていく必要があると考える。本稿ではその問題意識にもとづき、ささやかながら、源通親（みちちか）の歌について論じてみたい。

通親は村上源氏顕房流、父は雅通、母は美福門院女房行兼（ゆきかね）（長信）女。後鳥羽院乳母高倉範子を妻とし、養女在子（承明門院）を後鳥羽院の妃にして権力を握った。同時に『源氏物語』を深く愛し、『源氏物語』を踏まえた歌を多く残す。通親は若い頃、現実の恋の場面において自らを『源氏物語』の光源氏になぞらえたのであるが、[7] それを正治二年（一二〇〇）においては、公的な場面を詠む際にも用いるようになった。有力な権門であり歌人でもあった通親は、『源氏物語』の持つ「王朝」にどのように向き合ったのか。その問題を考える糸口として、『正治初度百首』で通親が詠んだ一首を起点に据えて考えていく。

一　通親にとっての伊勢公卿勅使の旅

鈴鹿川ふりにし旅ぞわすられぬ八十瀬（やそせ）の波の数もつもりて

（『正治初度百首』羇旅・五八八）

右の歌は、正治二年（一二〇〇）後鳥羽院歌壇初度の応制百首『正治初度百首』において、内大臣源通親が詠んだものである。過去、伊勢公卿勅使として伊勢神宮に向かった折のことをしみじみと思い返し、伊勢神宮の長久と、その旅から長い年月の経ったことを詠む。興味深いのは、当該歌が『源氏物語』を本歌として詠まれていることだ。羇旅歌五首の内、現実の出来事を踏まえたのは当該歌のみであり、『源氏物語』を踏まえた表現も他四首には見られない。加えて、通親は後鳥羽院近臣で、当時有力な権力者でもあった。その通親が、後鳥羽院歌壇の極めて重要なイベントで、『源氏物語』を踏まえた意義は大きいように思う。最初に、通親にとって伊勢公卿勅使の旅がいかなる意味を持つものであったのかを明らかにするところから始めよう。

伊勢公卿勅使とは、宮廷から伊勢神宮へと臨時に発遣される使者のことである。この役目は、三位以上の公卿あるいは参議が担った。通親は、寿永二年（一一八三）・建久三年（一一九二）の二度にわたって伊勢公卿勅使を務めた。「ふりにし旅」は、自身の伊勢発遣から長い年月の経ったことを示す。二度の旅のうちどちらを意識して詠み上げたか、和歌表現だけから読み取ることは難しいが、以下に確認する詠歌状況からすると、おそらく寿永二年の折であろう。

寿永二年は源平の争乱ただなかで、世情不安定であった。『伊勢公卿勅使部類記』によれば、通親は「関東北陸兵革」のために派遣されたという。さらにこの頃は、伊勢斎宮が承安二年（一一七二）から文治三年（一一八七）の長期に渡り不在であった[8]。当時の伊勢神宮は、西行をはじめとする歌人達によって、荒廃が嘆かれた。西行の『聞書集』には、通親が公卿勅使を務めた際の歌が残されている。

　　公卿勅使に通親の宰相の立たれけるを、いすずのほとりにてみてよみける

いかばかりすずしかるらんつかへきて御裳濯河をわたる心は（二五七）

とくゆきて神風めぐむみとひらけあめのみかげに世を照らしつつ（二五八）

西行は、通親の、伊勢神宮へ向かう引き締まった心持を、「いかばかりすずしかるらん」と称え、公卿勅使の役割に「神風めぐむ身と開け」と期待を込める[9]。通親自身、争乱を鎮める役割の重さを十分に承知していたことだろう[10]。

通親歌の成立背景を見たところで、和歌表現についてもう少し掘り下げてみたい。「八十瀬の浪の数もつもりて」に類似する表現は見当たらず、また「波」が「積もる」と詠む例もほとんど見られない。あるいは次の西行歌に近いところがあろう。

数かくる波に下枝(しづえ)の色染めて神さびまさる住吉の松　（『山家集』雑・一一八〇）

「数かくる」歌は、数限りなく寄せた波によって長い年月を示し、住吉社への崇敬を歌い上げる。当該歌もまた、鈴鹿川に立つ浪の数限りないことを詠み、伊勢神宮の長久を寿いだのであろう。公卿勅使が伊勢神宮をたたえることは一般的で、たとえば雅定（通親父雅通の養父）は、都へ戻る一志(いちし)の駅で「たち返り又もみまくのほしきかな御裳濯河の瀬々の白波」（『新古今集』神祇・一八八二）と詠んだ。伊勢神宮を離れたそのすぐ後に「また見たいものだ」と御裳濯河を振り返る様には、伊勢神宮のすばらしさを示す意図が込められている。

このほか、「八十瀬の浪の数も積もりて」という表現には、通親の一族が公卿勅使を度々務めたことも意識されていると思われる。『二所太神宮例文』[11]によれば、白河天皇代以来、村上源氏顕房流の者達が公卿勅使を歴任したと明らかである。[12]建久六年に藤原兼実男良経が公卿勅使に撰ばれた際、兼実は良経に「於家雖無其例」（家に於いてはその例無しといえども）と語った（『建久六年後京極良経公卿勅使記』[13]）が、この発言の背後にも、公卿勅使が基本的には特定の一族から選ばれるという事情があったと見られる。[14]以上のように通親は、二つの歴史への想いを自歌に込めた。一つは伊勢神宮が長く続くこと、そしてもう一つは通親自身が公卿勅使として平安以来の一族の列に並んだことである。[15]

繰り返すが、『正治初度百首』は、後鳥羽院歌壇初度の応制百首であった。そのスタートに、通親は公卿勅使を務めた体験を詠んだ。かつて目の当たりにした伊勢神宮の荒廃・世の混乱を経て、今正治二年、後鳥羽院のもとで宮廷歌壇が始動し、歌道興隆の時代に至った。通親は、重い任務を果たした感慨を歌い、後鳥羽院歌壇の形成を祝したのであろう。

二　『源氏物語』というフィクションを踏まえる意味

前節を踏まえ、当該歌における『源氏物語』摂取について考えてみたい。当該歌は、賢木（さかき）巻の光源氏歌を本歌とする。六条御息所が、伊勢に下向する際に詠まれた（傍線は筆者）。

出で給ふを待ちたてまつるとて、八省に立てつづけたる出車どもの袖口、色あひも、目馴れぬさまに心にくきけしきなれば、殿上人どもも、私の別れをしむ多かり。暗う出で給ひて、二条より洞院の大路を折れ給ふほど、二条院の前なれば、大将の君いとあはれにおぼされて、榊にさして、

ふりすてて今日は行くとも鈴鹿川八十瀬の波に袖はぬれじや

と聞こえ給へれど、いと暗うものさわがしき程なれば、又の日、関のあなたよりぞ御返りある。

鈴鹿川八十瀬の波にぬれぬれず伊勢まで誰か思ひおこせむ

ことそぎて書き給へるしも、御手いとよしよししくなまめきたるに、あはれなるけを少し添へ給へらましかば、とおぼす。

六条御息所は伊勢斎宮に卜定（ぼくじょう）された娘とともに都を離れることを決めた。それに対して光源氏は、己を置いて六条御息所が去っていく嘆きを、その旅路に重ねて詠んだ。鈴鹿川の瀬々に波が立つように、きっとあなたも私を捨てたことを後悔し、涙で袖を濡らすことでしょうという。

当該歌は、右の光源氏歌を本歌とし、「ふりすてて今日は行く」旅を「忘られぬ」「ふりにし旅」へ、「袖」をぬら

す「波」を伊勢神宮に積み重なった「波」へと転じる。一方、賢木巻の場面にある恋の悲傷を取らず、公卿勅使という極めて公的な職務を詠じている。通親は先に述べた通り、若い頃から『源氏物語』に親しんだ歌人であるが、当該歌と同様の詠みぶりは、私に見た限りはこれ以前には指摘がない。どうして通親は、公卿勅使を務めた過去を詠む上で『源氏物語』を踏まえなくてはならなかったのであろうか。

ここで注目したいのは、当時の宮廷が置かれた状況である。後鳥羽院は寿永二年（一一八三）、安徳天皇が平氏一門に伴われて西下したために即位した天皇であった。この時平氏によって天皇の正統性を示す三種の神器（鏡・剣・玉）が持ち出され、平氏滅亡後も剣は戻らなかった。戦乱が一応の終わりを迎えてもなお、（後堀河院や後嵯峨院の御代がそうであったように）後鳥羽院の治世は当初不安定な状況にあったと言える。王権の正統性が揺らぐ中で、当時の貴族達が自らの存在基盤を強く意識することは自然なことであろう。そのことは、次の九条良経歌からも知られる。

九条良経は、建久六年（一一九五）に、東大寺供養の祈願のために伊勢へ発遣され、この旅に関わる歌を四首残す。そのうちの一首からは、摂関家の出である良経が、摂関政治への危機意識を抱えていたことが読み取れる。

大将に侍りける時、勅使にて太神宮にまうでてよみ侍りける　摂政太政大臣

神風や御裳濯河のそのかみよちぎりし事の末をたがふな　（『新古今集』神祇・一八七一）

良経の伊勢公卿勅使発遣は、谷知子氏の論に詳しい。[16]谷氏は「神風や」歌について、「武家政権が台頭」する状況下で、「摂関政治の存続に対する危機感が高まる中、良経は古代的秩序のシンボルたる東大寺再建供養の成功を祈願するとともに、伊勢に自家の繁栄をも祈願せずにはいられなかった」と論じる。平氏一門が滅亡して治承・寿永の乱が終焉を迎え、社会が一応の落ち着きを取り戻しても、もはや武士の存在無くして政治は成り立たなくなった。当時の貴族達は、平安時代から続いてきた体制の動揺を意識せざるをえなかったのであろう。

通親もまた、宮廷社会が困難に直面していることを自覚していたと考えられる。それゆえに、自らの職務を回想し、後鳥羽院歌壇の形成を寿ぐ上で、『源氏物語』を用いた。自らの一族の積み重ねた歴史、そして後鳥羽院歌壇――今、歌道をもって危機から立ち直ろうとする現実の王朝――を、フィクションの「王朝」によって支えようとしたのではないか。

おわりに

源平の争乱を経て、鎌倉に武家政権が樹立し、貴族たちの間にも宮廷社会への危機感が広がる状況下で、後鳥羽院歌壇は成立した。通親の眼前に差し迫った現実こそが、フィクションの「王朝」を必要としたのだろう。また、中世において繰り返し見られた『源氏物語』の政治利用が、早く鎌倉時代初期に権門勢家の歌人によって試みられたことは、注目してよい。歌道の興隆を志す後鳥羽院には、もとより王政復古への強い意欲があったことが、多くの研究で明らかにされている。後鳥羽院に密着した極めて政治的な存在だからこそ、通親は後鳥羽院の意向に呼応し、フィクションによって現実の王朝の栄華を補強しようとしたのではなかろうか。そして『源氏物語』というフィクションは、承久の乱によって宮廷社会が決定的な敗北を突き付けられた後、現実の歴史の中で一層存在感を放つようになったと考えられる。

・和歌は原則として『新編国歌大観』に、『源氏物語』は新編日本古典文学全集に拠り、私意により漢字に改めた。

〔注〕

1　久保田淳氏『藤原定家とその時代』（岩波書店、一九九四）。

2　『建礼門院右京大夫集』や『平家公達草紙』（一三世紀成立、一部は藤原隆房の手によるとされる）では、平維盛が後白河法皇五十賀で青海波を舞った姿を、『源氏物語』の紅葉賀巻で光源氏が青海波を舞った姿に重ねる。

3　たとえば俊成孫娘である俊成卿女は、後鳥羽院歌壇で活躍した歌人の一人であるが、物語世界の女君を想起させる哀婉な和歌を得意とした。その他、多くの『源氏物語』摂取歌が詠まれている。

4　仲恭天皇は順徳院皇子。承久三年四月に践祚したばかりであったが、鎌倉幕府によって天皇位を廃された。

5　田渕句美子氏「後堀河院時代の王朝文化―天福元年物語絵を中心に―」（『平安文学の古注釈と受容』二、二〇〇九・九）、「後堀河院の文事と芸能―和歌・蹴鞠・絵画―」（『明月記研究』一二、二〇一〇・一）。

6　後堀河院は天福二年（一二三四）に崩御。四条天皇（後堀河院皇子）が跡継ぎなく急逝するまで、後嵯峨院はほとんど忘れられた存在であった。九条道家によって順徳院皇子忠成王が次期天皇として擁立されたが、鎌倉幕府の意向によって、仁治三年（一二四二）後嵯峨院が天皇に定められた。

7　前掲注1、1‐4「源通親の文学（二）」。

8　承安二年（一一七二）五月三日惇子内親王薨去、文治三年（一一八七）九月一八日潔子内親王群行までの約十六年間。この頃に伊勢神宮が荒廃したことは、『山家集』（一二二六番歌詞書）や、神宮文庫蔵『鴨長明伊勢記抜書』の詠から読み取ることができる。中川靖梵氏『斎宮と文学』（光書房、一九八五）参照。

9　西行は伊勢神宮の荒廃を目の当たりにしていたからこそ、ことさら意識して勅使として伊勢へ発遣される通親の姿を詠んだのかもしれない。

10　建久三年の伊勢神宮派遣は、後白河院の体調不良に関わって院の命で差し向けられたものであった（『百錬抄』建久三年正月一二日条）。

11　伊勢神宮の職員補任事例をまとめたもの。編纂時期は不明だが、南北朝期頃かとされる。

12 平泉隆房氏は「勅使のかなりの部分が限られた一門から選ばれている」ことを指摘する。『中世伊勢神宮史の研究』（吉川弘文館、二〇〇六）前編第一章「鎌倉前期」。平泉氏は、「親昵之人」（『玉葉』承安四年一〇月六日条）が「卜定」によって公卿勅使に選ばれることを認めた上で、その大半が特定の一門出身であることを指摘し、村上源氏のほか、滋野井家・徳大寺・西園寺家の名を挙げる。

13 神宮大系『伊勢勅使部類記　公卿勅使記』（神道大系編纂会、一九八一）所収。

14 前掲注12参照。

15 類似する意識は、前掲の雅定歌（『新古今集』神祇・一八八一）にも表れていよう。上の句の表現は、伊勢神宮のすばらしさを称え、また同時に代々公卿勅使を務めてきた自覚にもとづくと考えたい。伊勢は公卿の個人的な奉幣の許されない場所で、再訪が許されるのは、公卿勅使を任されうる家柄故である。

16 谷知子氏「建久六年伊勢公卿勅使について―九条家と東大寺供養―」（『国語と国文学』七六‐八、一九九九・八↓『中世和歌とその時代』笠間書院、二〇〇四）。良経は伊勢発遣に際して「神風や」歌の他、三首詠じた（『秋篠月清集』神祇・四九〇、旅・一四七六、一四七七）。なおこの時には定家も供奉した（『拾遺愚草』雑・旅・二六七三、神祇・二八九一）。

『懐風藻』にみる漢文伝の成立試論

アルチュール・ドフランス

はじめに

奈良朝最古の漢詩集、『懐風藻』（七五一年編纂）は、約一二〇首の漢詩の他に、集全体の序文、詩の作詩状況を解説する詩序、僧侶道慈による長屋王宛の手紙など、漢詩以外の文章も複数散見する。その他に詩人の生涯を語る九つの詩人伝が各詩人の項に付されている（皇子伝四、僧侶伝四、官吏伝一）。その伝の分布は極めて特殊である。後の漢詩集（勅撰集）とは違って、『懐風藻』中の詩の配列順序は、官位に基づかず、作者の人生を基準にしている。そのことは、懐風藻目録の中で明記されている。[1]

略以時代相次、不以尊卑等級

詩はおおよそ時代ごとに並べられ、作者の身分や官位は基準になっていない。

以上の原則に則って、四つの皇子伝はすべて集の冒頭に偏っており、時系列順にならんでいる。大友皇子伝（六四八～六七二、詩第一～二）／河島皇子伝（六五七～六九一、詩第三）／大津皇子伝（六六二～六八六、

詩第四～七）／葛野王伝（六六九～七〇六、詩第一〇～一一）

したがって、皇子伝の配列法は、いわば、一括式になっているといえよう。僧侶伝は、完全に異なった様相を呈し、集の冒頭に近い伝（智蔵伝、弁正伝）もあれば、後半部分に偏っている伝も二つある。

智蔵伝（生没年未詳、詩第八～九）／弁正伝（生没年未詳、詩第二六～二七）

道慈伝（？～七四四、詩第一〇二～一〇四）／道融伝（生没年未詳、詩第一一〇）

その配列法は、一括式の皇子伝配列法と対照をなしており、「分散式」と呼ぶことができよう。集中唯一の官吏伝、石上乙麻呂の伝は、集のほとんど末尾に置かれている。

石上乙麻呂の伝（？～七五〇、詩第一一五～一一八）

中臣大島（第一二～一三の作者）の見出しには、「自茲以降諸人未得傳記（これよりは、作者の伝記はない）」という記載があるが、[2] 以上に述べたとおり、葛野王の伝は、『懐風藻』の中の最後の伝ではなく、それ以降も数箇所に、弁正（第二六～二七）、道慈（第一〇三～一〇四）、石上乙麻呂（第一一五～一一八）などの伝がちりばめられている。したがって、伝記に関する記載は、皇子伝の配列状況と符合しているが、その他の伝の事情をまったく反映していない。

ちなみに『懐風藻』の中の「伝」の位置は、撰者の特定に関する論述の主要な要素と見なされ、江戸時代には、林家の学者たちは大友皇子伝と葛野王伝を手がかりに、淡海三船による編纂を提唱した。[3] 同様に、昭和初期に『懐風藻』の編纂者問題を論じた川原寿一は、石上乙麻呂伝記の収載をよりどころに、『懐風藻』の編纂が乙麻呂の長男、石上宅嗣によるという仮説を立てた。[4]『懐風藻』研究の中では、伝記の有無とその位置づけは、かなりの重みを持っている問題点だといえよう。

同時代の中国詩集と比べると、作者の「伝」が載っていることは、類例を見ない『懐風藻』の重要な特異性の一つだと、しばしば指摘されてきた[5]。日本における「伝」は、七世紀末に発達し始めたと考えられており[6]、ジャンルとしての成立期は八世紀半ばにあたると、蔵中しのぶ氏は説いている[7]。それによれば、『懐風藻』の「伝」は、現存最古の「伝」の一例と言えよう。

小論では、比較的盛んに論じられてきた『懐風藻』の僧侶伝ではなく、四つの皇子伝、大友皇子伝、河島皇子伝、大津皇子伝、葛野王伝に着眼し、「伝」という形態の歴史記述がどのように成立したかという点に絞って、考察を進めていきたい。『日本書紀』には、皇子の生涯を語る、伝記的な箇所が一つ（持統紀即位前紀の大津皇子伝）あるが、八世紀末までは、『懐風藻』以外の類例は見当たらない。従ってこれら皇子伝は、ジャンルの発達を検討する手がかりになるであろう。近年学界の注目を集めている皇子伝は、出典論的観点からの研究の対象となっており、皇子伝が中国正史の伝や唐代の公文書からの影響を濃厚に受けて記述されたことが明らかになっているが[8]、小論では出典論的観点から一歩離れ、皇子伝の形式と構造に着眼して論を進めたい。結論から言えば、次の二点を証明したいと思う。

・皇子伝には共通の枠組みを成している構造があり、その枠組みは所謂「大安寺文化圏」を中心に発達したものであろう。

・共通の枠組みがあるにも関わらず、その枠組みの中の相違点がいくつか指摘でき、それらの相違点は、伝の作成過程を理解するためのてがかりになるだろう。

一　皇子伝の共通の枠組みと大安寺文化圏

まず、『懐風藻』の各皇子伝の共通点について検討しよう。蔵中氏による、『続日本紀』「伝」の構成要素を表す分類法を用いて、[9]皇子伝の「要素分解」を行いたい。『続日本紀』「伝」の分類は、①遣使弔賻（ちょうふ）・宣詔贈位・監護喪事、②係累出自、③官歴、④性格、⑤功績・逸事、⑥薨卒時年齢の六項目からなっている。

今、その分類法を皇子伝に適用して各伝の記述を順に分類してみると、皇子伝の内容は次のように整理できる。それぞれの伝には、①〜⑥の要素の有無をその番号で表し、また、一つの要素が複数回現れる場合、それを複数回表すことを原則としている。

皇子伝の構成

大友皇子	河島皇子	大津皇子	葛野王
②係累出自	②係累出自	②係累出自	②係累出自
④性格	④性格	④性格	④性格
⑤功績・逸事	⑤功績・逸事	⑤功績・逸事	③官歴
⑤功績・逸事		⑤功績・逸事	⑤功績・逸事
③官歴			③官歴
③官歴			
⑤功績・逸事	同時代人の評価		
	「余」の評価	「余」の評価	
⑥薨卒時年齢	⑥薨卒時年齢	⑥薨卒時年齢	⑥薨卒時年齢

表から、次のような基本形に到達できる。

②係累出自

④性格
⑤功績・逸事
⑥薨卒時年齢

河島皇子の伝は、この基本形を典型的に表している。[10]

②係累出自　皇子者。淡海帝之第二子也。
④性格　志懐温裕。局量弘雅。（心の持ち方は温和で寛大であり性格は鷹揚で公正であった）
⑤功績・逸事　始與大津皇子爲莫逆之契。及津謀逆。島則告變。（中略）（初めは大津皇子と極めて親しい友情の契りを結んでいたが、大津が謀叛を企てるに及んで、河島はその計画を密告した）
⑥薨卒時年齢　時年三十五。

同集の僧侶伝と官吏伝との比較を行うと、二つの事柄が明らかになる。

・まず、僧侶伝には皇子伝には見当たらない構造上の多様性があり、各伝に共通の構成要素がごく少数に限られている。

⑥薨卒時年齢
②俗姓、出自、
⑤功績

皇子伝と比べた場合、もっとも類似度の高い伝は、「道慈伝」である。[11]

・唯一の官吏伝（石上乙麻呂伝）の構造は、皇子伝との類似性が大きいと認められる。[12]

②係累出自
④性格

⑤逸事
③官歴
⑥薨卒時年齢

僧侶伝・官吏伝の構成

智蔵	辯正	道慈	道融	石上乙麻呂
②俗姓、出自	②俗姓、出自	②俗姓、出自	②俗姓、出自	②係累出自
⑤功績	④性格	④性格	④性格	④性格
⑤逸事	⑤功績	⑤功績	⑤逸事	⑤逸事
⑤功績	⑤逸事	⑤功績	⑤功績	③官歴
③官歴	③官歴	⑤逸事	⑤逸事	③官歴
	③官歴	③官歴		③官歴
	⑤逸事	④性格		
		⑤功績		
⑥薨卒時年齢		⑥薨卒時年齢		⑥薨卒時年齢

つづいて、『続日本紀』の中の、『懐風藻』と同時代の編纂と考えられる部分（巻一～巻二〇）の「伝」と比較してみると、『懐風藻』所載の「伝」との類似度がもっとも高いのは、道慈と行基の伝である。[13]

『懐風藻』と同編纂期と想定される『続日本紀』の伝の構成

道昭（文武4・3・10）	道慈（天平16・10・2）	玄昉（天平18・6・13）	行基（天平21・2・2）	道君首名（養老2・4・11）
①遣使弔賻・宣詔贈位・監護喪事				⑤功績
②俗姓、出自	②俗姓、出自	②俗姓、出自	②俗姓、出自	③官歴
⑤逸事	④性格	⑤功績	④性格	⑤功績
⑤功績	⑤功績	⑤功績	⑤功績	⑤逸事
⑤逸事	⑤功績（愚志）	⑤逸事	⑤功績	
⑤功績			③官歴	
⑤逸事	⑤功績		⑤逸事	
⑥薨卒時年齢	⑥薨卒時年齢		⑥薨卒時年齢	
没後の事情				

道慈が僧侶伝の日本伝来に一役買ったことは、よく知られている。特に、長安の西明寺から『高僧伝』、『続高僧伝』、『広弘明集』などの伝記的な性格を帯びた文献を日本に持ち帰ったことは、特筆に値する。[14] 道慈が建立したとされる大安寺（『懐風藻』伝）の僧侶たちは、中国の伝記文学の享受層となり、その伝記文学の受容は、蔵中氏の言う「大安寺文化圏[15]」の特徴の一つになったと見ていいかもしれない。

以上の事を前提とすると、『懐風藻』の皇子伝の作成過程について、次のような仮説が立てられる。

・『懐風藻』の僧侶伝の構造上の不統一性は、その出典となる既存の僧侶伝の多様性による。

・それに対して、『懐風藻』の皇子伝の背景には、構造上のモデルとなる伝がなく、『懐風藻』の道慈伝こそ、それらの皇子伝のモデルになっている。
・『懐風藻』において、僧侶伝が散在しているのに対し、皇子伝が一括して配置されているのは、伝の作成過程における、そのような背景事情によるかもしれない。つまり、皇子伝は、まとまって作られたのに対し、僧侶伝は、複数の、それぞれ異なった出典に基づいて、統一性のないまま、作られたということではないだろうか。

二　「皇子伝」の相違点とその作成過程

以上、構造の面では、皇子伝に一種の共通の枠組みが存在することを述べた。とはいえ、四つの皇子伝の間では、見落としてはならない構造上の食い違いも見える。まず、目に留まるのは、河島皇子伝と大津皇子伝にしか見当たらない「余」及び主情表現による人物評価の箇所である。

河島皇子伝

然余以爲。忘私好而奉公者。忠臣之雅事。背君親而厚交者。悖徳之流耳。但未盡爭友之益。而陷其塗炭者。余亦疑之。

しかし私は思うに、私的好みを忘れて国家に奉仕するのは、忠誠な官吏ならではの優れた行為である。君主や親戚に背を向けて、身内を優遇するのは、道徳に反する行為に違いない。ただ、河島は友に計画を必死に思い止まらせようとせず、彼を塗炭の苦しみに陥れたことについては、私は疑問を覚えざるを得ない。

大津皇子伝

嗚呼惜哉。蘊彼良才。不以忠孝保身。近此奸豎。卒以戮辱自終。古人愼交遊之意。因以深哉。

ああ、なんと遺憾なことか。かくもすぐれた才能の持ち主だった皇子が忠孝の道をもって人生を全うできず、また、あの邪悪な僧に近づき、遂に死罪という辱めを受けて、自決したとは。昔の人が、慎んで人と交際していたことが如何に意味深いか、これによって明らかなのだ。

近年、「余」の使用と「嗚呼惜哉」という表現には「誄」というジャンルからの影響があるとの指摘があった[16]。紙幅の都合上その出典関係には深入りしないが、『広弘明集』（僧行伝）にある「誄」と「行状」からも、構造上の影響が考えられることを指摘したい[17]。またこれら二つの伝は、出典の共通性のみならず、大津皇子を中心にした物語が展開されるという内容上の共通性も指摘できる。大津皇子と河島皇子の友情と河島皇子の裏切りに触れた河島皇子伝の部分は既に引用した。それに加えて、両伝は、内容上の依存関係に偏りがある。河島皇子伝が大津皇子の悲壮な生涯に触れているのに対して、大津皇子伝には河島皇子への言及が何一つ見られない。大津皇子伝と河島皇子伝の関係のようには目立たないが、残りの二つの皇子伝にも、これと同様の、主要物語と副次的物語という関係性が窺える。葛野王伝には、大友皇子に触れる箇所があるほか、親子間の皇位継承についての葛野王の発言のくだりも、大友皇子および壬申の乱と響き合うところが多いと言えよう[18]。

葛野王伝

王子者，淡海帝之孫，大友太子之長子也。（…）王子進奏曰（…）然以人事推之，従來子孫相承，以襲天位。

王は、天智天皇の孫であり、大友太子の長男であった。（…）王子は進み出て申し上げた。「（…）［神代から守られてきた親子継承という原則を］人間の世界について考えてみますと、継承は従来、親から子供や孫へと行われ、皇位は、その原則どおりに伝わってきました。（…）」

以上のことから考えると、皇子伝においては、主要物語とそれに付随した副次的な物語（A＋b）というパターンが存在するのではないか。実際、以上のような非対称性は、内容の面にとどまらず、他の側面においても確認できる。『日本書紀』の記述との関係と『懐風藻』の詩との関係は、特に、同じような「A＋b」構造を示している。

大友皇子伝（A）

・『懐風藻』は、『日本書紀』の数箇所から影響を受けて、それを適宜書き改めている様相を呈する（土佐二〇二一a、高松二〇二一に詳しい）。

・伝の内容と詩は、一致するところが大きい。

。伝中に現れる、大友皇子を中心にした文化サロンという作詩の場は、詩宴で作られた「侍宴」という詩の行間から垣間見られる。

。伝では、「大友皇子は、皇位にまつわる夢の内容を何一つ漏らさずに藤原鎌足に語った」とあり、詩「述懐」は皇子の政治観を語っている。

葛野王伝（b）

・『日本書紀』には記述がなく、二つの詩題と伝の関係は、把握しにくい。

大津皇子伝（A）

・伝は、『日本書紀』から影響を受けて、それと対照をなして書き改めた様相を呈している（土佐二〇二〇、土佐二〇二一bに詳しい）。

・紙面の関係で具体的な比較は省略するが、『懐風藻』所収の四詩は、いずれも「伝」の内容と高い一致度を見せている。

河島皇子伝（b）

・河島皇子（川嶋皇子）の功績を語っている『日本書紀』の記述（天武十年三月庚午朔癸酉の『日本書紀』の進上など）は、伝に一切現れていない。逆に、伝にいう大津皇子の密告については、『書紀』は語っていない。

・詩と伝は、「友情」論を展開している点で共通している。[19] ただし、伝は、友情に背を向けた河島皇子像を描き、既に引用したように「私は疑問を覚えざるを得ない」と述べているのに対して、詩は君臣和楽的な友誼を謳歌している（「山齋」に読み取れる穏やかな交友の世界など）。

以上を踏まえて、「A＋b」のパターンにおいては、複数の点で比重がAに置かれることが明瞭に現れている。それによって、それぞれの「A＋b」パターンの中のbは独立して存在するのではなく、Aの影響下に生まれたということが考えられるのではないか。もしそうだとすれば、それぞれのグループに二段階にわたった執筆過程が考えられるかもしれない。つまり、

・Aが『日本書紀』の記載内容と『懐風藻』の詩を何らかの形で反映して、作られた。

・bがAの内容を踏まえて、そこに展開される物語を支えるために作られた。

という成立過程である。その成立過程を経て成ったbは、Aに比べて、詩との距離が大きい。それに基づくと、四つの皇子伝の成立過程は次のように表すことができる。

大友皇子伝 → 葛野王伝

大津皇子伝 → 河島皇子伝

二つの作品群の前後関係を特定することは、非常に難しい。二つ目の作品群の伝にみられる「余」の使用は、それを考える糸口になるかもしれないが、今後の課題としたい[20]

二つの作成過程は、道慈伝に見るような「僧侶伝」の構造を継承して、それを生かしていることは、すでに述べた。したがって、『懐風藻』において「伝」が付け加えられるプロセスは、次のように二段階にわたって行われたということになる。

・まず、僧侶伝が既存の伝に基づいて、「分散式」に付け加えられた。
・つづいて、道慈伝を模範に、皇子伝が二つずつ「一括式」で付け加えられた。

以上の仮説によって、『懐風藻』における伝の分散式配列と一括式配列の違いがある程度説明されるのではないかと、筆者は考えている。つまり、皇子伝が集の冒頭からわずかずつ付け加えられたのは、僧侶伝の背景にあるような既存の伝が存在しなかったからである。

まとめ

『懐風藻』所載の「皇子伝」について論述を展開してきた。これらの伝に通底している共通の基本形が存在することを見て、その基本形と同集の「僧侶伝」(道慈伝)との構造上の類似性を指摘した。「道慈伝」に見られる伝の構造は、同時代の『続日本紀』の道慈伝にも見出すことができ、それは、伝がそれ以前の僧侶伝の構造に基づいているためであると考えた。それを受けて、『懐風藻』の皇子伝が、所謂「大安寺文化圏」の中で撰ばれた伝に基づいて作られたという仮説を立てた。つづいて、皇子伝の中の違いに目を転じて、非対称的な関係に立つ二つの伝のグループがある点に注目し、それに基づいて、伝が二つずつ、作品群をなすように書かれたのではないかという推論を立て、その仮説のうえに、皇子伝と僧侶伝の配列パターンの違いが説明できるのではないかとした。皇子伝の作成過程を解明するためには、「誄」的な性格を持っている伝の存在をより正確に把握する必要があるように思える。また、石上乙麻呂伝の位相についても、改めて検討する必要性が感じられるが、これらの問題点は今後の課題としたい。

〔注〕

1　原文は小島憲之『懐風藻・文華秀麗集・本朝文粋』による（『日本古典文学大系』六九、一九六四、六二頁）。目録の成立が『懐風藻』の編纂時期とどれ位のへだたりがあるかについては、疑問が残っている。詩の番号は大系による。

2　小島（前掲注1、八四頁）

3　林羅山による「懐風藻跋」を参照されたい。羅山の息子である林鵝峰は、『本朝一人一首』でその論点を詳しく敷衍している（小島憲之編『新日本古典文学大系』六三、一九九四、四二～四三頁）。

4　川原壽一「懐風藻の編纂者について」（『国語と国文学』四巻、十一号、一九二七）

5　波戸岡旭『上代漢詩文と中国文学』（笠間書院一九九一）、「懐風藻と中国詩学」（『懐風藻―漢字文化圏の中の日本古代漢詩』笠間書院、二〇〇〇）。黄少光は、唐人撰詩集に「伝」の例証がないことを認める一方、李善注『文選』に正史などから得られた伝記的記述が詩の冒頭に付けられていることが、『懐風藻』の伝の前例の一つであると指摘している（「『懐風藻』序と唐人撰詩集」『上代文学』八六号、二〇〇一、六〇頁）。

6　佐藤宗諄は、持統天皇が「十八氏」に所謂「墓記」の進上を求めた詔を引用して（持統紀、五年八月）、その要請の背景に（個人の伝と異なる）家の伝の存在があると指摘している（「八月己亥朔辛亥、詔十八氏（中略）上進其祖等墓記」）（「古代官人伝の形成―公卿伝研究序説」岸俊男教授退官記念会編『日本政治社会史研究、中』塙書房、一九八四）

7　藏中しのぶ『奈良朝漢詩文の比較文学的研究』（翰林書房、二〇〇三、四一頁）

8　胡志昂「大津皇子の詩と歌―詩賦の興り、大津より始れり」（『埼玉大学紀要（人間学部篇）』十三号、二〇一三）、「大友皇子の傳と詩」（同、十四号、二〇一四）加藤有子「大友皇子伝考」（『懐風藻研究』十号、二〇〇三）、土佐朋子「性頗る放蕩にして法度に拘らず―『懐風藻』大津皇子伝前半部における人物造形―」（『京都語文』二八号、二〇二〇）、「『懐風藻』大友皇子伝の思想―漢詩を創る「皇太子」」（同、二九号、二〇二一a）、「太子の骨法これ人臣の相にあらず―『懐風藻』大津皇子伝後半部における行心の「註誤」（『文学部論集』一〇五号、二〇二一b）、「『懐風藻』葛野王伝の論理と意図―「皇太后」に奪われた皇位」（『早稲田大学日本古典籍研究所年報』十五号、二〇二二）高松寿夫「『懐風藻』「大友皇子伝」の作文手法」（『国文学研究』、一九三号、二〇二一）

9 蔵中（前掲注7、二〇〇三、四五頁）

10 原文は、小島（前掲注1、七二～七三頁）による。

11 小島（前掲注1、六四～一六五頁）

12 小島（前掲注1、一七六～一七七頁）

13 『日本後紀』（延暦十六年二月己巳）にある菅野真道の上表によると、『続日本紀』最初の二巻は、文武朝から天平寶字一年（七五七）にかけて著わされた「曹案卅巻」が二十巻に書き直されてなったものであると伝えられている（笹川晴生「続日本紀と古代の史書」（青木和夫、笹川晴生、稲岡耕二編『続日本紀』『新日本古典文学大系』十二、一九八九、四九〇頁）。林陸郎は、最初の二十巻の「伝」が延暦期の宮廷人の関心事項を反映している内容であるため、その時代に付け加えられたものだと主張している（「『続日本紀』掲載の伝記について」［岩橋小弥太博士頌寿記念会編『日本史籍論集上巻』吉川弘文館、一九六九、一三六～一四四頁］）。それに対して、蔵中は、写経所文書から窺える、天平期における僧侶伝の活気づいた書写活動に注目して、『続日本紀』伝の作成時期を八世紀前半に位置づけてもいいと説いている（前掲注7、二〇〇三、五二～五三頁）。

14 『日本書紀』の仏教伝来記述と『高僧伝』（特に佛図澄伝、康僧会伝）との出典関係については、井上薫を参照（「日本書紀仏教伝来記載考」「道慈」［『日本古代の政治と宗教』、吉川弘文館、一九六一、一九〇頁］）。『続高僧伝』の『懐風藻』伝と道慈の長屋王宛の「啓」に対する影響については、小島憲之の「『懐風藻』仏家伝を考える」に詳しい（『漢語逍遥』、岩波書店、一九九八、二〇一～六頁）。『広弘明集』の受容については、蔵中しのぶ「大安寺文学圏―奈良朝漢詩文における『広弘明集』の受容について」に詳しい（『仏教文学とその周辺』、和泉書院、一九九八）。

15 蔵中（前掲注7、二二三〜二五五頁）

16 川上萌美「『懐風藻』の人物伝と誄」（『和漢語文研究』十五号、二〇一七、一五〇〜一五一頁）。潘安仁の「楊仲武誄」には、「嗚呼哀哉」、余甚奇之」などの類型的表現が挙げられる（『文選』巻五六）。

17 蔵中（前掲14、一九九八、七三〜七四頁）

18 土佐（前掲注8、二〇二二、三頁）

19 山野清二郎「莫逆の友—河島皇子」（『鎌倉女子大学紀要』十五号、二〇〇八、一三九頁）

20 その問題は、おそらく、序文に登場する無名の「余」との関係のもとで捉えなおす必要がある。そのように見れば、大津皇子伝と河島皇子伝は、序文の執筆時期ともっとも近い関係に立つ作品になろう。ただし、「余」の使用に出典論的な要因があることも、十分考えられる。要するに、大津皇子の悲惨な死去にまつわる物語（萬葉集の第一六五の題詞はその現れであろう）の影響によって、大津皇子の「誄」が作られ、それがなんらかの形で流通していたことが考えられる。そうした出典こそが、両伝の「誄」的表現の背景にある可能性は、否定できない。

V 歴史と虚構の中の人物

尊子と定子
――仏伝と「火の宮」をめぐる出家譚の表象――

荒木　浩

はじめに

天竺・震旦・本朝という三国世界の仏教史を描く『今昔物語集』は、釈迦菩薩の下天と母摩耶への託胎から、その創成を説き始める。釈迦はいかに生まれ、悩み、出家を決意して悟りを得たか。その問いと追跡は、あの巨大な仏教説話集が始発する主題であり、日本語による初めての本格的仏伝誕生の原動力となった。

当時の平安貴族にとって釈尊は、至上の信仰と憧憬の対象だ。彼のように生まれ、出家することを願う。しかし、多様な伝承の中で、たとえば日本で知られるブッダは、あまりにもレアな存在であった。当時の日本人がついに往来叶わなかったインドで、王の子として生まれ、十七で結婚する。しかし『今昔物語集』仏伝の原典でもある『過去現在因果経』に依れば、釈迦は「夫婦道」無く、「不能男」かと疑われたという。事態を憂え、跡継ぎの誕生を望む父王のために、釈迦は左手で妻の腹を指し、懐妊を果たす。そして十九歳の夜に、皆が眠りこける中、釈迦は一人の従者と馬を連れ、王城を出た。そして最後は一人になり、自分で髪を剃って苦行の旅に向かう。[1]本稿でも触れることになるが、『源氏物語』の欠落を埋めようとした『雲隠六帖』「雲隠巻」や『海人の苅藻』などの中世物語は、こぞって主人公にその出家譚を重ねようとした。だが、物語というフィクションにおいても、その完全なる再現は、根幹のところで不可能なことであった。

一方、仏伝叙述を完遂した『今昔物語集』の成立には、『三宝絵』という小さな説話集が、依るべき枠組みと形態を示してインスパイアし、欠くべからざる先蹤としてある。仏法僧を説くその書は、尊子内親王に捧げられた。彼女は、十七歳の四月八日夜半に宮城を出て、一人、自分で髪を切って尼となる。

ただし、斎宮を経験した内親王で、円融天皇の女御であった彼女の行為は、不穏で奇矯な「邪気」のしわざ、とも噂され、天皇の無念や、男性貴族の皮肉な冷笑を含んだ伝承として残った。一世紀ほどのちの歴史物語『大鏡』は、火事にまみれた彼女の不幸を揶揄するかのように、「妃の宮」=「火の宮」と称された不吉なあだ名の由来を述べ、この人に読ませるために『三宝絵』は作られたと、フィクショナルな老翁の語りを伝えている（『大鏡』）。これが当時の常識的評価であった。

しかし男女を入れ替えれば、尊子は、レアなブッダにきわめて接近する。王の子として生まれ、ブッダと同じ日付の夜に出家して、ひとり自ら髪を剃る。本稿では、この尊子の出家行を再読して、釈迦と重なるところに始発し、「年来本意」に信じる釈迦の真実に向けて、全身で投影・投企（projet/projection）を果たして仏と成ろうとした、尊子の営為を読み解く。そしてかくなる尊子を先蹤とする、いわば女釈迦出家譚の系譜と伝統を追い、平安時代の歴史とフィクションの問題を考えたい。

一　尊子内親王の出家譚の所在と釈迦への憧れ

『三宝絵』は、冷泉天皇の第二皇女で円融天皇に入内した、尊子内親王（九六六〜九八五）に捧げられた仏教書である。作者源為憲は「序」の末尾に「永観二夕年セ中ノ冬」（九八四年十一月）と誌している。[2] 昭和の初期に安西覚承は、「概観するに、霊異記に出発し、絵詞（＝『三宝絵』）に依って形態を具備され、今昔によってその成熟を遂げ、漸次脈絡的発達を成したのが仏教説話集の系統であった」とこの書を位置づける説話集史を描いていた。[3]『日本霊異記』から『今昔物語集』へと展開する古代説話集の文学史の中に、『三宝絵』という作品の意義を明記した先蹤として重要な言説である。[4]

しかし遡って平安後期成立の『大鏡』では、『三宝絵』成立をめぐる尊子の状況について、いささかネガティブな情報が語られていた。

女二の宮（＝尊子）は、冷泉院の御時の斎宮にたたせたまひて、円融院の御時の女御にまゐりたまへりしほどもなく、内のやけにしかば、火の宮と世の人つけたてまつりき。さて二三度まゐりたまひて後、ほどもなくうせたまひにき。この宮に御覧ぜさせむとて、三宝絵はつくれるなり。（『大鏡』太政大臣伊尹、新編日本古典文学全集）

同様の状況は、『三宝絵』には触れないが『栄花物語』にも、「参らせ給ひてほどもなく、内ちなど焼けにしかば、「火の宮」と世人申し思ひたりしほどに、いとはかなううせたまひにしになん」（巻二「花山たづぬる中納言」、新編日本古典文学全集）と記されている。

安西迪夫の伝記研究[5]を参照しながら確認すれば、「尊子内親王の円融院入内は、天元三年（九八〇）十月二十日」で、

「斎院を退いてから五年、尊子十五歳の時である」。「内裏が焼失したのは、尊子入内からわずか一ヶ月後」、同年十一月二十二日のことであった。

賀茂臨時祭。宣命を奏する間、主殿寮の人等候ふ所より、火焔忽ちに起こる。天皇は中院（＝中和院）に御す。女御遵子は左近府少将の曹司に移り、一品資子内親王は縫殿寮に移り、前斎院尊子は本家に移る。この間、諸殿舎、皆悉く焼亡す。残る所は、采女町・御書所・桂芳坊等なり。

（『日本紀略』天元三年十一月二十二日条、新訂増補国史大系、原漢文）[6]

再び安西によれば「入内早々の火災、たまたま賀茂臨時祭の日であったことなど、尊子が「火の宮」とうわさされる条件は整っていた」[7]。「新造内裏への天皇遷御は一年後の天元四年（九八一）十月二十七日で」、「尊子が内裏へ参上したのは、翌天元五年の正月十九日である」（以上、安西前掲論文）。

しかし『大鏡』には肝心なことが書かれていない。『三宝絵』成立の大前提となる、尊子の突然の宮中退去と落飾である。右の再入内の数ヶ月後、『三宝絵』成立の二年半ほど前、天元五年（九八二）四月二日に叔父の藤原光昭が亡くなると、尊子は宮中を退出し、同八日、彼女は突然、自ら髪を切った。

三日（中略）伝へ聞く、二品女親王、今夜退出せり。これ光照（昭）の卒去に依る。俄かに以て出でらる、と云々。帰忌日なるに依り、半夜に出づ、と云々、

九日（中略）昨夜二品女親王〈承香殿女御〉人をして知らしめず、蜜かに親ら髪を切る（蜜親切レ髪）と云々。或る説に云はく、邪気の致す所、てへり。又云はく、年来の本意、てへり。宮人は秘隠し、実誠を云はず。早朝、義懐朝臣参入し、この由を奏せしむ、と云々。又云はく、これ多く切るにあらず、唯だ額の髪ばかり、と云々。頗る秘蔵の詞に似たり。主上（＝円融）頻りに仰せ事有り。

（『小右記』天元五年四月条、大日本古記録、原漢文）

これこそ『三宝絵』成立の直接的前提である。この事態をめぐって考察した旧稿「『三宝絵』の捨身と孝――尊子内親王をめぐる」[8]を引きながら、問題を整理しておきたい。

父冷泉は、太上天皇として健在であったが、この時期の尊子は、多くの身内を失う不幸にまみれていた。祖父の太政大臣伊尹を天禄三年（九七二）に失い、叔父の挙賢・義孝を天延二年（九七四）の疱瘡（もがさ）流行で亡くし、「母はその翌年にと、あいついで失った。内親王の入内（＝天元三年、十五歳の時）には「はかばかしき後見」はほとんどなかったのである。しかも時は兼通・兼家の熾烈な権力争いのさなかである。そんな世相の天元五年（九八二）、力と頼む叔父光昭が死んだ。十七歳の若い女性にとっては絶えがたい悲報であった。直ちに内親王は宮中を飛び出し、光昭の初七日にあたる夜には、ひそかにみずから髪を切ったという」（新日本古典文学大系冒頭解説）。通説では、この折り重なる不幸が、彼女の突然の行動の因由だと、関連付けて理解されてきた。

ただし右の解説では全く触れられていないが、留意すべきことがある。尊子の出家の日付が「四月八日」であることだ。この日は叔父の「初七日」（＝四月二日に没している）に当たる、ということにも注意が必要だが、それだけでは不十分である。初七日はひとつの契機にすぎない。重要なのは、「四月八日」が釈迦の生誕日と周知され、灌仏会の期日であったことである。（引用の傍線等は荒木による。以下同じ）

『三宝絵』は、灌仏会を次のごとく記述する。

承和七年四月八日ニ、清涼殿ニシテハジメテ御灌仏ノ事ヲ行ハシメ玉フ。……灌仏像経云、「十方諸ノ仏ハ、ミナ四月八日ヲモテ生玉フ。春夏ノ間ニシテ、ヨロヅノ物アマネク生フ。サムカラズアツカラズシテ、時ノホドヨクト、ノホレバ也。」トイヘリ。（下巻僧宝・十八「灌仏」）

出典として名前の見える「灌仏像経」は『灌洗仏形像経』のことだが、右の引用は『法苑珠林』や『諸経要集』に

「灌仏形像経」として引く一節を元にしている。

又、摩訶刹頭経、亦の名は灌仏形像経に云はく、仏、天下の人民に告げたまはく、十方の諸仏、皆な四月八日の夜半の時をもちて生まれ、皆な四月八日の夜半の時をもちて家を去り、道を学ぶ。皆な四月八日の夜半の時をもちて仏道を得、皆な四月八日の夜半の時をもちて般泥洹せり。仏の言はく、四月八日をもちてする所以の者は、春夏の際として、殃罪悉く畢り、万物普く生まる。毒気未だ行はれず、寒からず熱からず、時気和適す。今これ仏の生日なるが故に、諸天下の人民、共に仏の功徳を念じ、仏の形像に浴すること、仏の在る時の如し。以て天下の人に示す。

（『諸経要集』巻第八洗僧縁第五、原漢文）[9]

『三宝絵』に「十方諸ノ仏ハ、ミナ四月八日ヲモテ生玉フ」と記す部分について、右に掲げた出典の『諸経要集』所引『灌洗仏形像経』ではより詳細に説かれているが、とりわけ「皆な四月八日の夜半の時をもって家を去り、道を学ぶ。皆な四月八日の夜半の時をもって仏道を得る」とある部分が重要だ。『小右記』によれば、尊子が宮中を出たのは「半夜」、自分で髪を切ったのも「夜」であった。実資がシニカルに記す尊子の非常識な行為は、むしろ釈迦にならう、彼女なりの誠実を表していた可能性が高いのではないか、と思う。

二　釈迦と尊子——王の子の成道とジェンダー

釈迦と尊子と。少し丁寧に比べてみよう。尊子が宮中を出てみずから落飾した年齢は十七で、その二年前に円融に入内している。釈迦の十七歳は、出家の直前の大事、耶輸陀羅との結婚の年齢だった。その二年後釈迦は出家する。『過去現在因果経』によれば、釈迦（太子）は「時に太子年十九に至り、心に自ら思惟すらく、「我今正にこれ出家の時」」と出家の時期を悟った。そして当日[10]「後夜に至り」、「皆な悉く惛臥す。今は正にこれ出家の時」と決行する。そして車匿に「汝、我がために揵陟を被ぎて来たれ」と命じ、宮城を出た。やがて「かの跋伽仙人の苦行林の中に行き至る。太子この園林を見て」馬を下り、車匿に「汝は便ち揵陟と倶に宮に還るべきなり」と語り、父王や妻などの居る宮城への帰還を命じた。すがり引き留める車匿を説き伏せ、身にまとう宝などを託して、釈迦は「自カラ剣ヲ以テ髪ヲ剃給ヒツ」（『今昔物語集』巻一第四）[11]。そして釈提桓因（帝釈天）はその髪を取って去り、虚空の諸天は釈迦の行為を賛嘆した。

時に太子、便ち利剣をもって自ら鬚髪を剃り（以二利剣一、自剃二鬚髪一）、即ち願ひを発して言はく、「今鬚髪を落とし、願はくは一切の与に、煩悩及以習障を断除せん」と。釈提桓因、髪を接りて去る。虚空諸天、香を焼き花を散らし、異口同音に讃へて言はく「善哉。善哉」と。

（『過去現在因果経』巻二）

この釈迦の落飾をなぞるかのように、尊子もまた、ひそかにみずから髪を切った（「蜜親切髪」『小右記』）。その衝動について、『小右記』では「或る説に云はく、邪気の致すところ、てへり。又た云はく、年来の本意、てへり」と両論併記であり、尊子が、しかるべき年月思い詰めた熟慮の末、という風評もあった。彼女は、叔父の逝去が「仏になる」運命的な日付をもたらす、いわば善知識と感得し、「尊子は釈迦のように宮を出て、釈迦のように出家して、「仏ニ成」ろうとしたのではないか」。旧稿ではそう続け、次のようにまとめてみた。

男女を入れ替えれば、尊子と釈迦は、まさしく合わせ鏡の境遇であった。『三宝絵』上巻「趣」に前置される「序」は、「家ヲ出デ、仏国ヲ可求。吉形モ不惜、形ヲ捨テ、仏身ヲ可願」と総論を説き、「穴貴ト、吾冷泉院太上天皇ノ二人ニ当リ給フ女ナ御子、春の花皃チヲ恥、寒キ松音ヲ譲リ、九重ヘノ宮ニ撰レ入リ給ヘリシカド、五ノ濁ノ世ヲ厭ヒ離給ヘリ」と尊子の出家に言及する。入内の二年後、尊子もまた「家ヲ出デ、」、「宮中を飛び出し」（新日本古典文学大系冒頭解説）、「仏国ヲ」求めて、釈迦のように自ら剃髪し、「仏ニ成」ろうとしたのである。冷笑する貴族たちには思いもよらないあの突飛な行動こそ、尊子の信仰の純粋であった。（以上、荒木前掲拙稿）

尊子は王の子（冷泉皇女）で、結婚していた（円融女御）。尊子のこうした境遇も、ジェンダーを外せば、釈迦（浄飯王の王子で、国を継ぐべく耶輸陀羅と結婚）とぴったり重なる。『小右記』の書きぶりから見て、どうやら貴紳の理解は得られなかったようだが、あの事件は「仏になる」べく、王女の尊子が人生をかけて決行した、ブッダに倣う出家行だった。旧稿では、そう考えたのである。

釈迦の出家譚は、平安貴族の憧れであった。だが、太子が夜中に宮中を出て、一人になって、自分で髪を剃り、修行の旅に出る。それは当時の日本社会において、願って叶わぬプロセスを含んでいただろう。[12] 別稿「〈裏返しの仏伝〉という文学伝統――『源氏物語』再読と尊子出家譚から」で論じたが、[13] 釈迦出家譚を露骨に模倣する『源氏物語』補作の『雲隠六帖』「雲隠巻」が描く光源氏出家行、また『源氏物語』の影響を受ける中世王朝物語の『海人の苅藻』における新中納言の出家行の描写が、結果的には肝心の〈一人になって、自分で髪を剃り、修行の旅に出る〉というプロットは回避して合理的に叙述をまとめていたことを思うと、尊子は、その先駆的実現者――ただし女性の「王の子」として――、という意味合いにおいても重要である。

工藤美和子は、『三宝絵』が「序」の後半に「喩ヘバ猶浄飯王ノ御子ノ仏ニ成リ給ヘリシ時キ、古ルクヨリ仕マツレル憍陳如ガ先ヅ人トヨリ先キニ被度シガ如ナラム」と記すことに着目し、「つまり、「浄飯王の御子」（釈尊）が尊子と、その最初の弟子「憍陳如」が」『三宝絵』作者源為憲と、それぞれ「類比されることで、尊子が釈尊の化身として現実世界に現れたこと」が示され、「まず為憲を最初に浄土に導いてくれるよう願」う構造の一文がそこに存することを指摘している[14]。釈迦への真摯な擬えとしてのあの尊子の出家行は、為憲にとっても、いわば自明の信仰的前提であったようだ。

三　「二段階出家」先蹤としての尊子と中宮定子、そして脩子へ

尊子の落飾をこのように定位しようとするとき、参照すべき重要な視点がある。勝浦令子の「二段階出家」説である。平安時代の女性たちが出家するに際して、一挙に剃髪まで行わず、まず尼削ぎなどを行い、状況を整えた後に、最後に本格的な剃髪の出家をする、ということを論じた卓論だ[15]。重要な指摘だが、再読すべき部分がある。詳細は前掲拙稿「〈裏返しの仏伝〉という文学伝統」で分析したので繰り返さないが、要点は、勝浦「二段階出家」説では、挙例・分析の年代がアトランダムになっているが、その最古の事例が尊子の落飾であり、いわばその嚆矢である、ということだ。

そのことを確認しつつ得られる興味深い連鎖がある。勝浦は「自らの手で髪を切る女性の例は多かった」と記す論文本文の注に「中宮定子の場合、長徳二年（九九六）五月一日に「今日皇后定子落飾為尼」（『日本紀略』）と尼になったが、『栄花物語』によれば、「宮は御鋏して御手づから尼にならせ給ひぬ」と、自分から髪をはさみで切り、尼になっている。おそらく尼削ぎにとどまり、完全な剃髪にはいたらなかった。またこの時懐妊中であり、皇子を出産した。その後「還俗」して、中宮として生活していた（『権記』長保二・一二・一六条）」と記す。

一方「自らの手で髪を切る女性の例は多かった」という論文本文に続けて、勝浦が「たとえば」と例に挙げるのが、『小右記』に記される尊子の「髪切り」であった。そして勝浦は、村上皇女資子内親王（九五五〜一〇一五）について

「寛和二年正月十五日の「資子内親王落飾為尼」（『日本紀略』）」という記事を掲げ、「『小右記』の「小記目録」によれば、「一品宮手自令遁世給事」とあり、自らの髪切りであったと考えられる。そしてこの場合はこれを「遁世」とも表現されていることがわかる」と記していた。「自らの髪切り」がイコール「遁世」ならば、釈迦の出家そのままである。資子は尊子より十以上年上だが、この「落飾」「遁世」は、尊子が没した翌年（九八六）の出来事なのである。

　そして勝浦が最後に挙げるのが、万寿元年（一〇二四）三月三日の脩子(しゅうし)内親王の例であった。一条天皇第一皇女の脩子は、まさしく中宮定子が尼削ぎをしたその時、宿していた御子である。こうして尊子・資子・定子・脩子という〈女釈迦出家譚〉の系譜がめぐり、そこにはいくつか大事な連鎖があった。とりわけ、間に挟まれた中宮定子の場合は、勝浦も記すように、懐妊・出産（脩子）、その後の還俗、そして皇子・敦康出産へ、以下、いくつかの複雑な事情が絡まる。

　脩子を懐胎していた定子の兄弟を襲った、長徳の変という大きな政治的事件の中で、定子は、尼となる決断をした。長徳の変の詳細については省略するが、『古事談』[16]は『小右記』などに基づきながら、「儀同三司（伊周）の配流は、長徳二年四月二十四日の事也。宣命の趣、罪科三ヶ条〈法皇を射奉る、女院を呪咀し奉る、大元法を祕かに行ふ等の科、と云々〉」以下、事変を一話の言談にまとめている（巻二－五一）。以下、適宜、参照しつつ、事態を観ておこう。

「その四月二十四日、一条の御前で除目があり、伊周を大宰権帥、隆家を出雲権守に降すという決定が下された」[17]。そして「左衛門権佐（惟宗）允亮(ただすけ)、府生 茜 忠宗(あかねのただむね)等」は、伊周を「追ひ下さんが為に」、「中宮御在所、所謂二条北宮」に向かう（『古事談』）。この日、定子は宮中を出て二条北宮に所在しており、伊周も同邸を住まいとしていた。よって伊周は「西の対〈帥（＝伊周）の住所なり〉に就きて勅語を仰せ含む。而して、重病なるに依りて忽ちに配所に赴き難き由を申す」。しかし「許容無し。車に載せて追ひ下すべき由、重ねて勅命有り」（『古事談』）。

「そして五月一日、ついに宣旨が下り、検非違使は定子御在所である寝殿の夜大殿の戸を撤ち破り、組入天井や板敷きを剥し、定子を車に載せたうえで大索（大規模捜索）を行った」[18]。その一連を『古事談』は次のように描いている。

権帥、中宮に候ふ間、使の催しに従はざる由、允亮再三奏聞すと雖も、猶ほ慥かに追ひ下すべき由を仰せらる。二条大路の見物の車は堵の如し。中宮、帥と相ひ双びて離れ給はず。仍りて追下すること能はざる由、之を奏す。京中上下首を挙げて后宮の中に乱れ入る。見物の濫吸殊に甚だし。宮中の人々の悲泣連声、聞く者涙を拭はざるは無し。隆家同じく此の宮に候ふ。両人中宮に候ひて出づべからず、と云々。仍りて宣旨を下して夜大殿の戸を破らんと擬る間、其の責に堪へずして、隆家出で来たる所なり。病の由を称するに依りて網代車に乗せしめて配所に遣はす。但し随身は騎馬すべし、と云々。権帥においては已に逃げ隠れ【木幡の墓所に参る由、世継に見ゆ】、宮司をして御在所を捜さしむること所々に及ぶに、已に其の身無し、と云々。（以下「帥は一昨日中宮より出でて、道順朝臣相ひ共なひて愛太子山に向ふ」という伊周捜索の模様が続く）

『小右記』は、「中宮権帥と相携へて離れ給はず（中宮与二権帥一相携不二離給一）」と描写し（長徳二年四月二十八日条[19]）、この『古事談』のまとめでも、ことさらに、混乱の中で伊周と隆家は中宮に寄り添い、相離れぬ様子が強調されている。それが、五月一日の大索に踏み込まれ、悲惨な状況が繰り返される中、隆家は観念して出頭。かたや兄の権帥伊周は、すでに逃げ隠れていた（「世継」＝『栄花物語』に見える）。そして独り中宮定子は落飾する。

中宮は権大夫扶義【一条左大臣男】の車に乗りて出で給ふ。其の後、使の官人等御所に参上し、夜の大殿及び疑はしき所々を捜検す。組入・板敷等を放ち、皆な実検す、と云々。后宮の奉為に限り無き恥也、中宮は已に落餝して出家し給ふ、と云々。

（『古事談』）

右は『小右記』が出典で、定子を車に乗せた源扶義自身の「談云」として実資に伝えられた。「奉二為后一無限之大恥」という評言も扶義の言葉の引用だ。定子の出家についても、「又云、后昨日出家給云々、事頗似レ実者」との伝聞を、扶義は語っていた（以上、五月二日条）。

注目すべきは、あたかも釈迦の出家のごとく、あるいは尊子のように、定子が一人で髪を切った様子を明確に描く『栄花物語』である。

……長徳二年四月二十四日なりけり。帥殿（＝伊周）は筑紫の方なれば、未申の方におはします。中納言（＝隆家）は出雲の方なれば、丹波の方の道よりとて、戌亥ざまにおはする。御車ども引き出づるままに、宮は御鋏(はさみ)して御手づから尼にならせたまひぬ。内には、「この人々まかりぬ。宮は尼にならせたまひぬ」と奏すれば、（一条天皇は）「あはれ、宮はただにもおはしまさざらむに、物をかく思はせたてまつること」と思(おぼ)しつづけて、涙こぼれさせ給へば、忍びさせたまふ。

（『栄花物語』巻五「浦々の別」）

既述したように、定子の落飾は五月一日のことだ。『栄花物語』の記述は少し短絡を含むが、定子は傍線部のごとく、一心同体の兄弟が、それぞれ車に乗せられ配所へ赴き、引き裂かれるように独りになって即座に、みずから髪を剃って尼になったという。見方を変えれば、あたかも釈迦が、親昵する車匿と擬人化された馬・揵陟と別れて、一人出家行を歩む姿になぞらえられよう。無理解な他者の立場から見れば「無限之大恥」と見える状況を、定子は、あたかも尊子のごとくに善知識と転じ、至上の善行として〈仏に成る〉営みを試みたのだ。出家時の懐妊は、男女立場を異にするが、釈迦の妻・耶輸陀羅も同様であった。

同年十二月十六日に「中宮（定子）皇女（脩子）を誕生す。〈出家の後、と云々。懐孕(はらむこと)十二箇月、と云々〉」（『日本紀略』）と、定子は少し遅い出産を迎えた。これも私には、釈迦の出家から出産まで、六年かかった耶輸陀羅への批判を連想させる。[20]それは、尊子とは別次元の非常識を内包する突飛な出家であったが、発想を変えれば、より究極の、強引な仏伝へのなぞらえであったとも言える。定子は二十歳で剃髪した。釈迦と一歳しか違わない。この機を逃さず、彼女は「尼にな」ったのである。

四　定子の子・脩子内親王の出家と道長

母の行為をなぞるかのように、脩子も、治安四年（一〇二四）三月三日に突然の出家を行う。『小右記』は「一品宮〈脩子〉、二十日余りに悩まるること有り。しかして去ぬる夕べ、俄かに出家〈尼〉せらる。もしはこれ本意か。何事か有る」（同年三月四日条）と記す。ただし、みずから髪を剃った、との記述はない。『栄花物語』も同様だ。

かかるほどに、一条院の一品宮（脩子）、年ごろいみじう道心深くおはしまして、御才などはいみじかりし御筋にておはしませばにや、一切経読ませ給ひ、法文ども御覧じて、いささか女ともおぼえさせたまはぬ御有様なるに、尼にておはしまさんもかばかりの御おこなひにこそはあらめなど思しながら、なほ、あいなきことなり。何ごとに障るべきぞなど思しめしけるにや、三月にはかにならせたまひぬ。（中略、大宮（彰子）・内（後一条）・東宮（敦良）などの嘆き）

殿（道長）の御前急ぎ参らせたまひて、よろづあはれなることを、かへすがへす聞えさせたまふ。「故院（＝一条帝）もかやうにてぞおはしまさんものとぞ思しめしたりしかし。（中略）今はただ仏にならせたまふべきなり。現世後生めでたくおはしますことなり。波斯王の女、心を起せる、人も教へず。髪を削ぎしに、誰かは教へ勧めし。ありがたく、昔のことおぼえたる御心掟なり。世にはべる人はよろづにつけて罪をなんつくりはべる。まして子などはべらば、いとこそもの思ひわざにはべりけれ。（中略）」など、あはれにこまやかに聞えさせたまひて出でさせたまひぬ。（下略）

（『栄花物語』巻二十一「後くゐの大将」[21]）

注目すべきは、右の藤原道長のせりふである。脩子の母・定子は、道長にとって亡き兄（＝道隆）の娘であり、後述するように、彼の娘の彰子が中宮として立后したことにより、一帝二后の皇后となった人だ。その子・脩子の発心について道長は、遠くインドの「波斯王の女」が人にも教えられず発心し、ただ一人成し遂げた髪削ぎの偉業になぞらえて、脩子は「仏にな」るべき人だと、応援したという。

新編日本古典文学全集『栄花物語』の頭注は、道長の言葉について、「「波斯王」は舎衛国の国王。その女は勝鬘夫人。勝鬘夫人が自発的に発心したというのは、『勝鬘経』に「勝鬘夫人ハ是レ我ガ女聡慧ニシテ利根、通敏ニシテ悟リ易シ。若シ仏ヲ見マツランニハ、必ズ速ニ法ヲ解シテ、心疑無キコトヲ得ン、宜シク時ニ、信ヲ遣シテ其ノ道意ヲ発スベシト」とあるのに拠るか」と記し、一部不明を残しつつも、『勝鬘経』依拠を指摘している。こうした解釈は、和田英松『栄花物語詳解』に遡るようだ[22]。しかし、前掲別稿「〈裏返しの仏伝〉という文学伝統」で分析したことだが、原典の『勝鬘経』では「波斯匿、末利の二人、父母として女の勝鬘に大乗の道に入らしめんが為め書を遣はす、勝鬘、書によつて仏の音声を聞き得、父母の言によつて仏を見奉らんと願ひ、仏こゝに空中に無比身を現じ給ふといふのである」[23]。勝鬘は、『栄花』道長の「心を起せる、人も教へず。髪を削ぎしに、誰かは教へ勧めし」というせりふとは異なり、父母から、大乗仏教への入信を勧める手紙をもらい、仏教を志していた。

勝鬘の発心をめぐるこのズレについては、速水侑の論文の一節が示唆的である。

> 尊子と近似した突発的髪切りの例として、一品脩子内親王の場合があげられる。万寿元年三月三日、二九歳の脩子は、「波斯王女（勝鬘夫人）心を起せる、人も教へず、髪を削ぎしに、誰かは教へ勧めし。ありがたく、昔の事

覚えたる御心掟なり」とされたように自ら髪を切る俄か出家をして叔父隆家らを悲歎させたが、その後、天台座主院源を召して受戒することになり、調度の用意などが行われた（＝注で『日本紀略』同日条、『小右記』同月四日条、『栄花物語』巻二十一「後くゐの大将」を指示）。勝浦氏は、院源による受戒を経て正式の尼削ぎになったと見ており……（下略）[24]

右は、速水が先の勝浦論を「摂関期貴族社会の既婚女性たちの出家は、尼削ぎを出発点として最終的に完全剃髪をめざすのが一般的」と受け止めて、『三宝絵』の尊子を考察した論述だ。叔父藤原隆家らの悲歎へと言及が続いていくので紛れがちだが、私に傍線を引いた部分は、『栄花物語』の藤原道長の発言の引用に他ならない。

この文脈を参照することが示唆的だ、と述べたのは、次のような比較の視点を教えてくれるからである。

穴貴ト、吾冷泉院太上天皇ノ二人ニ当リ給フ女ナ御子（中略）九重ノ宮ニ選レ入リ給ヘリシカド、五ノ濁ノ世ヲ厭ヒ離給ヘリ。彼勝鬘ハ波斯匿王ノ女スメ也、心ヲ発セル事人モ不教。有相ハ宇陀羨王ノ后也、髪ヲ剃シ事誰又進メシ。（中略）今ヲ見テ古ヲオモヘバ、時ハ異ニテ事ハ同ジ。（『三宝絵』序）

波斯王の女、心を起せる、人も教へず。髪を削ぎしに、誰かは教へ勧めし。ありがたく、昔のことおぼえたる御心掟なり。（前掲『栄花物語』）

このように並べてみると、『栄花物語』で道長が述べたせりふは、『三宝絵』からの孫引き・要約そのままであったことが明白だ。あたかも脩子が「自ら髪を切る出家をし」たかのように読める勝鬘出家譚の引証をめぐるバイアスも、『三宝絵』に遡及することがわかる。[25] しかしより重要なことは、対応部分に傍線を付して示したように、典拠の『三宝絵』は、波斯匿王の娘・勝鬘夫人と宇陀羨王の后・有相という、二人の所業を対句的に並べて叙述していた、ということだ。王の娘・勝鬘――冷泉の娘・尊子、王の后・有相――円融女御・尊子という二重のなぞらえだが、『栄花物語』の道長のせりふは、その例示を「波斯王の女」勝鬘一人の所行に短絡・集約したものとなっている[26]。王の后・有相の名前を省いたのは、終生未婚であった脩子故の必然だが、逆に言えば、『栄花物語』の道長が「波斯王の女」を脩子の出家になぞらえることができたのは、それらを尊子の所行に重ね合わせる『三宝絵』の記述への参照があってこそ、ということになる。

換言すれば『栄花物語』の道長は、脩子の発心を励まして、あたかも尊子が「九重ヘノ宮ニ選レ入リ給ヘリシカド、五ノ濁ノ世ヲ厭ヒ離給」うたように、この落飾を無駄にせず、「今はただ仏にならせたまふべきなり。現世後生めでたくおはしますことなり」と談じていたことになる。〈仏に成り給ふ〉とは、『三宝絵』が、序の末尾や、上巻趣の冒頭で繰り返す、釈迦成道の形容句であった。『三宝絵』という書は、当時の女性の出家の教科書・規範となる重要な仏教書として、かくも深い影響力を持ち、存在したことを示すだろう。

五　「火の宮」の尊子と定子

その一方で『栄花物語』の道長は、脩子の出家について、尊子の名前を出すこともなく、母の定子に触れることもなかった。あるいはそこには、唐突な独行・落飾の行為をなした二人をめぐり、しかるべき批判もあったのではないか。たとえば『大鏡』が、尊子の落飾を語らず、「円融院の御時の女御にまゐりたまへりしほどもなく、内のやけにしかば、火の宮と世の人つけたてまつりき」との悪口めいた風説を語っていたように。

『栄花物語』の道長は、前章先引の波線部のごとく、脩子の出家への応援演説に付言して「まして子などはべらば、いとこそもの思ひわざにはべりけれ」と談じていた。それは、定子出家時に懐胎されていた脩子にとって、なかなかシビアな含意を持つ。そしてこの「火の宮」というあだ名と、落飾時の懐胎という定子・脩子の二人に響く隠微な批判との輻輳は、実は密接な因果として、「二段階出家」の輪廻の主役たちを彩る。

尊子が「火の宮」と呼ばれたのは、文脈上も、また「妃の宮」との掛詞であることからも、あの突然の髪切り前のことだろう。しかし、それからわずか七ヶ月余りの後、天元五年の「十一月十七日、また内裏が焼失した。『日本紀略』には、この火災により尊子が「本家」に「出御」したと伝えている。この記録により、光昭の死によって退出した尊子がその後内裏に入ったことがわかるのである」という（安西迪夫前掲論文）。

夜寅の刻、内裏焼亡す。火は宣耀殿の北廂より起こる。天皇（＝円融）、先づ中院を出御し、次に八省院小安殿に御す。中宮（＝藤原遵子）は職曹司に御す。東宮（＝師貞）は縫殿寮に御し、次に内教坊に御す。一品内親王（＝資子）は同じくこれ（＝内教坊）に御し、前斎院尊子内親王は本家に出御す。この間、天皇は職曹司に遷御す。大臣以下、布袴してこれに扈従す。　（下略、『日本紀略』天元五年十一月十七日条、原漢文）

たしかにこれを読む限り、落飾後の尊子は、宮中に滞在していたらしい。そして傍線を引いた当該部の原文「一品内親王同御之。前斎院尊子内親王出御本家」は、本稿第一章で言及した、二年前の天元三年十一月、「火の宮」の由来となった内裏焼亡の「一品資子内親王移縫殿寮、前斎院尊子移本家」（『日本紀略』原文）という経緯とそっくりだ。

この尊子をなぞるかのごとく定子にも、落飾と密接に関連して、内裏焼亡をめぐる悪評が寄せられることになった。しかもそれは、落飾後に定子が宮中に滞在したことへの批判を前提とするものだったのである。事情は以下のごとくだ。

長徳二年五月一日、定子が突然の落飾を遂げたあと、同年「六月八日に御在所の二条北宮が焼亡してしまった」。「懐妊中の定子は侍男に抱えられて難を逃れ、高階明順邸に移御した[27]」。定子の不如意は続き、十月に「母高階貴子がなくなってしまう。悲痛のなか、十二月になって、定子は予定日を大幅にすぎて女子を出産した。一条天皇の第一皇女脩子内親王である。一条の定子に対する愛情は変わらなかった。一条からのたびたびの勧めがあり、また伊周・隆家が恩赦を受けたこともあって、翌年六月に定子は参内するが、内裏の殿舎ではなく、職曹司に入った[28]という。

予想されたことだが、この参内は厳しい批判を招いた。『小右記』は、長徳三年六月二十二日の夜に中宮定子が職曹司（職の御曹司。中宮職の曹司）に参じたことを記して「天下甘心せず。かの宮の人々、出家し給はずと称す。太だ希有の事なり」と批判する（同日条）。ここには、鋏で切った尼削ぎと、本格的「出家」とを分離することを正当化するような、まさしく「二段階出家」論理の言説が、中宮側の人々から用い出されていることにも注意したい。そして中宮はこれ以降、『枕草子』も描くように「職の御曹司におはしま」し[29]、長保元年（九九九）まで滞在した。

それが、内裏の火災で途絶する。『本朝世紀』によれば、長保元年六月十四日の亥刻ころ、修理職より出た火災で内裏が「悉以焼亡」した。子刻を過ぎ、一条天皇も腰輿に駕して、左兵衛陣を目指し出御する。一条帝が「職御曹司」に到着して待機するところへ、騎馬でやってきた左大臣藤原道長が参入。道長は、職御曹司は「火末」で危険なので「八省大極殿」へ行幸を、と奏上し、天皇は小安殿での待機・逗留を経て、太政官庁に移った。その間も道長のサポートがあった。東宮居貞（＝三条天皇）も太政官庁に合流する[30]。ここでひとたび一条帝が待避し、道長がそこからの移動を指示した職の御曹司こそ、中宮定子の在所であった。そしてこの火災は「以後の一条朝を通じて幾度も見舞われた内裏焼亡の」「最初の例であった[31]」というエポック・メイキングとなることも縁起が悪い。

それから二ヶ月近くが経って、『権記』の記主・藤原行成は、同僚と内裏の焼け跡を視察している。

八月六日、丙辰、源中将〈経〉（＝経房）、藤中将〈実〉（＝実成）、来臨す。同車にて紫野の馬場に向ふ。権中将〈成〉（＝源成信）、同じく来たる。次に桃園に向かふ。次に宮中に入り、焼くる処を見て、帰宅す。又参内し、宿

侍す。　（『権記』長保元年、史料纂集、原漢文）

三日後の八月九日、出産のため、中宮定子は宮中を去った。これも『枕草子』が描く、逸話多き出来事だ（「大進生昌が家に」）。そしてその後『権記』は、皇后定子の再「入内」と内裏の火事とを直結する、刮目すべき大江匡衡の発言を誌していた。その詳細を、後藤昭雄の分析によって示しておく。

八月十八日、匡衡は行成の許を訪れ、中宮の定子のことについて、中国の故事を持ち出して話をしている。行成が記録しているが、なかなか興味深い。

　江学士来る。語る次に云はく、「白馬寺の尼、宮に入りて唐杣（祚）亡びし由あり。皇后の入内を思ふに、内の火のことは旧事を引けるか」と。　（『権記』）

「杣」の後の（　）のなかの「祚」は『権記』史料纂集本の傍注である。同じく「白馬寺尼」に「則天武后」の傍注がある。この「尼」は武后に違いないが、武后が尼になった寺は白馬寺ではない。武后は太宗の後宮に入り、太宗の没後には感業寺で尼となったが、この感業寺はほとんど無名の寺である（氣賀澤保規『則天武后』）。一方、白馬寺は中国に仏教が伝えられて初めて建立されたとされる名刹である。そこで白馬寺に結びつけられたのであろう。こうした伝承が中国にあるのか、日本での変容であるのか不明であるが、匡衡はそう理解していた。尼となっていた武后は高宗に見いだされてその後宮に入り、着々と権力を手にして、ついには帝位に即き、国号をも改めて周とした。つまり「唐祚亡ぶ」わけである。

定子は兄伊周の失脚に伴って出家したものの、依然として一条天皇の寵愛を受けて内裏に参入し、子を身ごもるまでになっていた。のちの敦康親王である。出産の近づいた定子は八月九日には平生昌邸に移り、十七日には安産を祈るための御修法も始められた。こうしたなかでの匡衡の話である。「内の火の事」とは六月十四日に起こった内裏の焼亡をいう。こうした不祥事が起きるのは、尼となった后が帝王の寵愛を受けていることに依るものだと、唐朝の衰亡の故事と重ね合わせて非難しているのである。[32]

そして同年十一月七日、定子は一条帝の第一皇子・敦康を産み、「世云横川皮仙」との風評も記される（『小右記』）。そもそも定子の再入内の時、「彼宮人々」は宮が「不出家」だと強弁したが、「天下」はみな「甘心」しなかった。『日本紀略』に「今日皇后定子落飾為尼」とあり、『栄花物語』に「宮は御鋏して御手づから尼にならせ給ひぬ」と明記される。『権記』の匡房の批判も「尼」を前提とし、キーワードとしていた。確かにこの長保元年の内裏焼亡と、その後の皇子出産は、かつて「尼とな」った直後に起きた長徳二年の二条北宮焼亡と、その後の脩子出産の連なりを、否が応でも想起させる禍福の連鎖だ。

尊子と定子と。あらためて並べてみると、いずれもみずから髪を切った落飾後の宮中への復帰、という共通点も重要だが、二人が共有する状況は、尊子二度目の天元五年と、定子の長保元年と、それぞれの内裏焼亡における、天皇の脱出行の重なりにもあった。長保の一条天皇は、職の御曹司に逃れて道長と合流するが、道長は「八省大極殿」へ行幸を、と奏上して、天皇はまず小安殿に行く。そして一条天皇が最初に逃れた職曹司は、先述したように落飾後の定子が一条に求められて呼び戻され、滞在していた場所であった。一方、尊子の天元五年の火災でも、円融天皇は中和院を出て「八省院小安殿」に向かう。そしてその時中宮遵子は、「職曹司」にいたのである。

併せて、尊子が遭遇した天元三年と五年の二度の内裏焼亡には、いずれも同じように、一品内親王資子が隣り合わせていたことも看過できない。先述したように資子は、「火の宮」尊子の死を見届けた翌年に、自ら髪を切り、「遁世」していた同類であったからである。

ちなみに、内裏焼亡の翌年、長保二年二月二十五日に、遵子が皇太后、彰子が中宮に冊立されて、定子は皇后となり、「一帝二后」が実現する。やがて定子は、同年十二月十五日、平生昌邸で皇女媄子を産み、その翌日亡くなった（『日本紀略』『権記』他）。

六　「かかやくひのみや」藤壺へ――おわりにかえて

この尊子の「火の宮」が『源氏物語』の藤壺の「かかやくひの宮」に結びつけられて解釈される研究史がある。[33] そしてまた藤壺は、雪と月との情景の中で、中宮定子になぞらえられる表象を有した。そして「かかやく」には反射の意があるとされ、問題は、対偶で先に示される、光源氏という「光る君」、さらに、その背景にある仏伝形象の投影へと続き、改めて尊子の「火の宮」という名付けを再照射すべき問題が浮かび上がる。そもそも尊子が、このように呼ばれた前提には、彼女が「いみじううつくしげに光るやうにておはしましけり」（『栄花物語』巻一「月の宴」）と表されれる、光るような美の形象があるのではないか。問題は、『源氏物語』を巻き込んで、さらなる拡がりを見せるのだが、紙数も尽きた。続きは別稿を用意したい。[34]

〔注〕

1　こうした伝承を含む多様な仏伝の形成については、荒木浩『古典の中の地球儀―海外から見た日本文学』第6章、NTT出版、二〇二二年など参照。

2　引用は、新日本古典文学大系により、表記など本文を一部改めたところがある。以下同。

3　安西覚承「三宝絵詞の研究」『国文学踏査』第一輯、一九三二年。

4 荒木浩『説話集の構想と意匠』勉誠出版、二〇一二年参照。
5 以上、安西迪夫『歴史物語の史実と虚構—円融院の周辺』桜楓社、一九八七年の第一篇「一 歴史物語と尊子内親王」による。
6 以下に引く記録書類のうち、漢文表記の文献は「原漢文」と付し、私に訓読して示す。
7 安西論文も触れることだが、「尊子は火災にあうこと、斎院の時一度、内裏で二度、もどった実家先でと、計四度にもなる」（新編全集『大鏡』頭注）という、火事と格別の因縁があった。なお後述する。
8 荒木『『今昔物語集』の成立と対外観』思文閣人文叢書、二〇二一年、第二章。
9 以下に引く仏典類は、特に断らない限り大正新脩大蔵経により、CBETA や SAT のデータベースを参照し、私に訓読して示した。
10 ただし『過去現在因果経』は、釈迦の出家を二月八日とする。
11 引用は新日本古典文学大系により、本田義憲『今昔物語集仏伝の研究』勉誠出版、二〇一六年を参照した。
12 釈迦と同じ十九歳で、「夜」（『大鏡』）に宮中を出て遁世を敢行しながら、随行する臣下・道兼に裏切られて逃げられる花山天皇の出家譚は、興味深いパターンを提示する。花山は尊子の同母弟である。
13 この論文は、二〇二三年度・説話文学会大会にて、同題で行なった講演（二〇二三年七月一日、於早稲田大学小野記念講堂）の内容を成稿したもので、説話文学会編『説話文学会60周年記念論集 説話文学研究の海図』文学通信、二〇二四年に掲載された。同稿の継承が本稿に当たる。記述も密接に関係することを断っておきたい。
14 工藤美和子「平安中期における在家者の仏教思想—慶滋保胤を中心として」『仏教大学仏教学会紀要』第一一号、二〇〇三年。
15 勝浦令子『女の信心—妻が出家した時代』第一章「尼削ぎ攷—髪型から見た尼の存在形態」平凡社選書、一九九五年、初出一九八九年。
16 以下の引用は新日本古典文学大系の訓読による。
17 倉本一宏『人物叢書 一条天皇』吉川弘文館、二〇〇三年。記述は『小右記』による。

18　倉本前掲書。『小右記』による。
19　引用は大日本古記録。『日本紀略』長徳二年五月一日条にも「皇后定子落飾為レ尼」とある。
20　耶輸陀羅の懐妊と『源氏物語』の関係をめぐっては、拙稿「出産の遅延と二人の父―『原中最秘抄』から観る『源氏物語』の仏伝依拠―」『国語と国文学』九五巻二号、二〇一八年一月で考察した。
21　引用は新編日本古典文学全集。なお引用本文に引く強調・確認の傍線は荒木による。以下も同じ。
22　同書巻九。松村博司『栄花物語全注釈』参照。和田詳解巻九の初出は明治三十五年（一九〇二）。
23　境野黄洋『勝鬘経講義』「解題」（同『維摩経・勝鬘経経典解説』名著出版、二〇一八年に所収）による。
24　速水侑『平安仏教と末法思想』Ⅲ-二「摂関期文人貴族の時代観―『三宝絵』を中心に」、吉川弘文館、二〇〇六年。この論文の意義と批判点についても、勝浦論とともに荒木前掲「〈裏返しの仏伝〉という文学伝統」に論じており、ここでは繰り返さない。
25　『三宝絵』の勝鬘夫人の発心については、東洋文庫版（出雲路修校注）が『三国伝記』巻十・一と共通の伝承と注し、『勝鬘経』の正式名称を付記する。ただし当該部は出典未詳である（中世の文学）。なお前掲別稿で論じたが、『三宝絵』の有相出家をめぐる出典は『諸経要集』所引の『雑宝蔵経』であるが、こちらも夫とのやりとりが発心の契機となっており、「髪ヲ剃シ事誰カ又進メシ」とことさらに独行で髪を剃ったかのように描く『三宝絵』の記述も牽強付会気味である。
26　現行の『栄花物語』の注釈書で、ここの出典に『三宝絵』を指摘しているものは、管見の範囲ではない。
27　倉本前掲書。『小右記』による。
28　丸山裕美子『清少納言と枕草子』山川出版社、日本史リブレット20、二〇一五年。
29　『枕草子』の引用は新日本古典文学大系による。
30　新訂増補国史大系。大日本史料同日条参照。
31　倉本前掲書。
32　後藤昭雄『人物叢書　大江匡衡』吉川弘文館、二〇〇六年による。
33　一連の研究史については、ひとまず園明美「「かかやくひの宮」という呼称」『日本文学誌要』八二、二〇一〇年七月、法政大学国文学会、同『源氏物語の理路―呼称と史的背景を糸口として』第二編、風間書房、二〇一二年に再収、参照。

34　アウトラインの一部は、前掲荒木説話文学会講演における配付資料の後半にも示したが、その後さらなる考察と分析を進めており、遠からぬ折の公刊を期している。

平安朝物語史における尚侍
——『うつほ物語』俊蔭女を中心に——

青島　麻子

一　尚侍の史的変遷

物語は虚構の産物ではあるが、それが生み出された時代背景と切り離すことはできない。その一方で、当然のことながら物語には独自の論理があり、史実とは異なる虚構性が見て取れるものでもあろう。中でも平安朝物語文学における「尚侍」の造型については、ことに史実との相違が指摘されてきたところであった。そこで本稿でも、平安朝物語における尚侍の描かれ方を改めて辿り、史実と虚構との関係を考察する一助としてみたい。

物語作品の検討に先立ち、まずは歴史的実態としての尚侍像について、先学の成果[1]を踏まえながら簡単にまとめてみようと思う。

尚侍は、後宮十二司の一つである内侍司の長官である。[2]九世紀初頭、尚侍は令の規定を超えて従三位相当へと引き上げられ、[3]その地位上昇を背景に、内侍司は天皇直轄の「内侍所」へと変容する。[4]以来、尚侍は従来以上に天皇との結びつきを強める。一〇世紀に入ると、掌侍・典侍を経て尚侍に昇進した藤原灌子（系譜不明）を例外として、藤原淑子（基経妹、宇多天皇養母）・藤原満子（高藤女、醍醐天皇生母妹）・藤原貴子（忠平女、もと東宮保明親王妃）・藤原登子（師輔女、村上天皇中宮妹）・藤原忯子（師輔女、もと冷泉天皇女御）と、天皇家の外戚女性が相次いで尚侍に就任する。それに伴い、やがて尚侍は勤務の実態が確認できない名誉職へと変化していったのであった。[5]

さらに一〇世紀後半になると、就任時三〇代以上であったとされるそれ以前とは異なり、藤原婉子（兼通女）[6]・藤原綏子（兼家女）のように、若年未婚の尚侍が現れる。中でも綏子は、東宮居貞親王（のちの三条天皇）妃ともなっており、ここに至って尚侍は「女官」の立場から「后妃」の立場へと転換したとされる。[7]続いて一一世紀前半には、藤原妍子（のちの三条天皇中宮）・威子（のちの後一条天皇中宮）・嬉子（東宮敦良親王妃のまま没）と、道長の娘たちがいずれも一〇代前半の若さで相次いで尚侍に就任し、女御を経てやがて立后との途を辿るようになる。

貴子・登子・忯子のごとく、かつて天皇（東宮）の寵愛を受けた人物が、天皇（東宮）の退位ないしは崩御後に尚侍に就任した例はこれ以前にも存在するのだが、やがての入内や立后を期して尚侍に就任する事例は一条朝に始まったのである。ただしその際も、尚侍任官は女御宣下さらには立后の前段階としてのものであり、先学の指摘する通り、尚侍の身分のままで天皇に配侍した例は史上に類例がないのであった。なお、尚侍の従三位相当とは、ともすれば女御を凌ぐほどの高位であり、[8]道長はその位階の高さをもって、娘たちを他の后妃に突出する存在となすことを企図したと考えられる。それゆえか、妍子・威子などは女御宣下の後もしばしば「尚侍」と呼称されていたのであった。[9]

最後に、一一世紀後半以降の状況を見ておきたい。道長四女嬉子が早逝の後、一七年の空白をおいて、藤原真子（教通女）が尚侍に就任する。[10]けれども真子は道長女たちとは異なり、后妃に転じることはなかった。加えて、従来尚侍は三位相当であったにもかかわらず、真子は従五位上にて卒去し、[11]これを最後に鎌倉時代中後期まで尚侍は途絶するのであった[12]。

以上のような、史実における尚侍の質的変容を踏まえた上で、第二節では平安朝物語文学における尚侍の描かれ方を辿り、それを踏まえて第三節では、物語における尚侍の嚆矢である『うつほ物語』俊蔭女（としかげのむすめ）について、その独自性を探っていきたいと思う。

二　平安朝物語における尚侍像の変遷

平安朝物語における尚侍像を辿る上で、まず取り上げるべきは『うつほ物語』の俊蔭女であるが、その具体的な考察は次節に譲ることとする。ここでは、人妻ゆえに正式な后妃となし得ない俊蔭女に対して、「私の后に思はむかし」（『うつほ物語』内侍のかみ・四三六）と、帝からの私的な厚情を示す手段として尚侍任官がなされたこと、俊蔭女には「女官組織の統率的立場も形式として存している[13]」かのように描き出されていることの二点を、後続の物語との関連から押さえておきたい。

俊蔭女の「私の后」の側面をさらに推し進め、実際に「尚侍の身分で帝寵を受ける」という、史実には類例を見ない造型を創り出したのが『源氏物語』であった。当時東宮であった朱雀帝への入内が予定されていた朧月夜（『源氏物語』花宴①三六二）は、光源氏との関係が生じたことで朱雀帝即位後も女御として入内することなく、御匣殿（みくしげどの）からやがて尚侍に転じた（『源氏物語』賢木②一〇一）。そして尚侍として朱雀帝の寵愛を受ける一方で、光源氏との密会を重ねていったのであった。

このような朧月夜のあり方については、「私の后」を描き出した『うつほ物語』との連関[14]に加え、物語成立当時の史的背景も逸することはできないだろう。これに関して、山中和也氏[15]は以下のように論じている。

　歴史には先にも後にも「今上妃的尚侍」は現われなかった。しかし、作者は史実を無視して後宮制度を作り変えたのではなく、尚侍が皇妃の称号になりつつある足音、時代のダイナミズムとでもいうべきものを敏感に察知し、きわめて巧妙に取り入れたのであった。当時の読者とて、この創作にさほどの違和感を覚えはしなかったであろう。

氏の述べるように、『源氏物語』の成立前後は、東宮妃となった綏子や、尚侍からやがて女御を経て立后した妍子・威子などのごとく、尚侍が后妃への足がかりとなっていった時代であった。このような時代の変化を敏感に感じ取った『源氏物語』では、実際に「帝の寵妃」となった尚侍[16]を創り出したのだとも言えよう。

『源氏物語』では朧月夜の他に、玉鬘とその娘の中の君も尚侍に就任するのだが、彼女たちはいずれも当時、帝寵を得る可能性を有する若年かつ未婚の女君であった。これについても、婉子・綏子のような一〇代での任官例が現れてきた一〇世紀後半以降の様相の反映と解釈できるだろう[17]。

けれどもその一方で、玉鬘の尚侍出仕をめぐり、光源氏が左記のように述べていることには留意しておきたい。

「尚侍宮仕(みやづかへ)する人なくては、かの所（＝内侍所）の政(まつりごと)しどけなく、女官なども、公事(おほやけごと)を仕うまつるにたづきなく、事乱るるやうになむありけるを、……」　（『源氏物語』行幸③三〇〇）

尚侍の不在は政務の滞りに通じるとするこの発言からは、尚侍が決して名ばかりの職ではなく、実務を担うべき存在とされていることが窺える。また同時に光源氏は、尚侍には「年月の臈(らふ)に成りのぼるたぐひあれど」（同③三〇一）と、掌侍・典侍としての長年の勤務経験を経て尚侍に昇進した事例[18]をも引き合いに出す。これらについては、尚侍が勤務の実態を確認できない名誉職へと変容した一〇世紀半ば以降のあり方とは合致せず、時代を遡る、やや古風な尚侍観であると言えよう。当然のことながら、物語が援引する史的背景は、一つの時代のみに限定されるわけではないのであった。

　ところで、尚侍の身分で帝寵を得る、先述の山中氏の言葉を借りれば「今上妃的尚侍」である朧月夜の造型は、『源氏物語』内では受け継がれなかった。結局玉鬘は冷泉帝の思慕を受けつつも鬚黒の妻におさまり、玉鬘の中の君についても、「公（おほやけ）ざまにてまじらはせたてまつらむことを思して、尚侍を譲りたまふ」（『源氏物語』竹河⑤一〇一）との母玉鬘の思惑通り、今上帝の寵愛を受ける姿は描き出されない。帝寵を得る可能性に言及されつつも回避された玉鬘らと比較することで、「今上妃的尚侍」の造型を打ち出した朧月夜の画期性が逆照射されるところであろう。

　朧月夜が拓いた「今上妃的尚侍」の造型は、むしろ後続の物語に受け継がれていく。その際に、作り物語の系譜からは外れるが、『栄花物語』に語られる藤原登子についても触れておきたい。重明親王の未亡人であった登子は、同母姉の中宮安子の崩御後、村上天皇の寵愛を受けたようである。史実では、登子の尚侍就任は、村上天皇崩御後、円融天皇の御代になってからのことであったが、[19]『栄花物語』（ならびに『大鏡』）は、その任官時期をずらし、以下のように村上天皇在位中のこととして描き出すのであった。

> さて（登子ハ）参りたまへり。登花殿（とうくわでん）にぞ御局（つぼね）したる。それよりとして御宿直（とのゐ）しきりて、こと御方々あへて立ち出でたまはず。……（村上天皇ガ登子ヲ）いみじう思ひきこえさせたまひてのあまりには、「人の子など生みたまはざらましかば、后（きさき）にも据（す）ゑてまし」と思しめしのたまはせて、尚侍になさせたまひつ。
>
> （『栄花物語』月の宴①五一～五二）

「人妻であったがゆえに正式な后妃となし得ぬ女性を尚侍に任じる」との点は『うつほ物語』俊蔭女に通じるところだが、それに加えて実際に「尚侍の身分で帝寵を受ける」との側面は『源氏物語』朧月夜を経ての造型と言えるだろう。高橋照美氏[20]は、「『栄花』に描かれた登子は、物語史のなかで形成されていった尚侍像を踏襲している。言わば〈物語化〉された尚侍である」と論じるが、これに従いたい。

このように描き出された「『栄花物語』の登子」を経て、『夜の寝覚』が登場する。[21]「未亡人が帝の執心によって内裏に召され、尚侍として寵愛を受ける」との構図は、寝覚の上に引き継がれたのである。

（帝）「大臣（＝老関白）亡くなりて、『今だに、さるかたにつけて、浅くもてなさじ』と思ひ寄り、『内侍督に』と心ざししに、（寝覚ノ上ハ）あながちにかけ離れ、人に譲りのがれたまひにしを、いみじう恨めしとは思ひながら、……」

（『夜の寝覚』巻三・二七八〜二七九）

かねてから寝覚の上に関心を抱いていた帝は、その夫である老関白の死後、寝覚の上に尚侍就任を要請したらしいことが、右記の帝自身の発言から理解できる。[22]ただし寝覚の上はこれを辞退し、代わりに継娘にあたる老関白の長女（以下、督の君）に尚侍の職を譲った。母から娘への譲りは、『源氏物語』の玉鬘とその娘中の君の例と共通するところだが、督の君について着目したいのは、彼女が当初から后妃と同様の婚儀を経て入内していることである。

督の君は内裏入り後、「まづしきりて三夜は、参上りたまふ」（同・二四三）と、三日間連続で帝の寝所である夜の御殿に召され、後朝使のことが語られる（同・二四二）。そして、「二月ついたちにぞ、御所顕ありける。……（帝ガ）昼渡らせたまひて御覧ずるに」（同・二四八）とのように、吉日を選んで結婚披露の祝宴である露顕が行われ、その後、督の君の殿舎への帝による初渡御があるとの手順が踏まれる。これは当時の后妃の入内儀礼そのものであり、[23]督の君は尚侍でありながらもその待遇はもはや女官ではないことが、一連の内裏入りの描写にも明確に示されているのだった。加えて、大皇の宮は督の君に対して「いましばしありて、我が位をも譲らむ」（同・二六四）とも述べており、立后の可能性があるようにも語られるのである。

　このほかにも、督の君は一貫して后妃と同列の立場として描かれているのだが、これについては一一世紀前半以降の、妍子・威子・嬉子によって尚侍と后妃がより強く結びつけられた時代状況との関連がまずは指摘できよう。ただし妍子らにおいては、いずれも東宮妃として参入する（ないしは天皇の元服を待って入内する）前段階としての尚侍就任だったのであり、督の君の事例とは異なる。なおかつ妍子らの場合は、尚侍就任が他の后妃に優る高位を得る手段となっていたのだが、これも督の君には当てはまらない。物語開始時点で、既に帝には、関白の娘で東宮の生母である歴とした中宮が定まっていたからであり（巻一・一二）、

　めづらしき人（＝督ノ君）のにくからずおぼしめさるるにつけても、（帝ハ）「宮（＝中宮）の御心につゆばかりも違（たが）ひきこえさせじ」とのみおぼしめす　（巻三・二四四）

とのように、督の君が決して中宮を凌ぐことのない存在であることは物語にも明言されるところなのであった。

　このように、史実の尚侍のような他の后妃に抜きん出た地位を得るわけでもない督の君の造型については、やはり先行物語との関連から考察すべきであろう。先行物語における尚侍はいずれも、何かしらの事情があり正式な后妃になり得ない存在であった。中でも、人妻である俊蔭女や玉鬘、光源氏との仲が切れていなかった朧月夜においては、「后妃的存在でありながらあくまで女官である」との両義性により、尚侍をめぐる帝と夫（恋人）との三角関係の構図が描き出されていた。そして、尚侍は帝にとって（完全には）手に入らない存在であるがゆえに、他の后妃とは一線を画した特別な存在だったのであった。けれども、当初から中宮をはじめとする他の后妃たちと同じ俎上に載せられた督の君の場合、そのような両義性は持ち得ず、帝にとって別格の存在にはなり得なかったのだ。

　督の君においては、先行物語の尚侍たちが有していた「女官」と「后妃」との両義性は捨象され、それゆえに生じていた「尚侍・帝・夫（恋人）」との三角関係は、尚侍ならぬ継母の寝覚の上にずらされるのであった。帝自身の思

念としても「草のゆかり」（巻三・二七九／三〇九）などと、督の君は寝覚の上の身代わりに過ぎないことが明示されていたのであるが、[24]物語における尚侍像との比較によっても、その位置づけを明らかにできるのではないだろうか。
なお、帝は寝覚の上の宮中退出にあたり、正三位の位を賜うのであったが（巻四・三三八）、例えば俊蔭女（『うつほ物語』蔵開下・六〇四）や玉鬘（『源氏物語』真木柱③三八五～三八六）に対しては尚侍として三位に叙せられたことが語られる一方で、督の君の叙位は記されず、代わりに叙三位が寝覚の上に対してのものとして置き換えられていることも象徴的であろう。

最後に、『夜の寝覚』の督の君は、「帝の皇子を生む尚侍」の先鞭である点にも言及しておきたい。既述の通り、史実における尚侍は、妍子・威子・嬉子以降、后妃とならずに終わった真子の卒去をもって鎌倉時代中期まで途絶するのであったが、物語史における尚侍は別の系譜を創り出す。『夜の寝覚』が切り拓いた「帝の皇子を生む尚侍」像は、中世王朝物語に引き継がれていくのであった。[25]

三　俊蔭女の任尚侍から見る物語の方法

前節では、平安朝物語における尚侍の系譜を辿ってみたが、それらの造型が少なからず各時代背景を反映していたこと、それと同時に、虚構の物語の流れとも切り離せないものであったことが確認できたと思う。その一方で我々が考えるべきは、各物語における尚侍の造型が物語展開においてどのような役割を果たしているかとの問題であろう。そこで本節では、『うつほ物語』の俊蔭女の尚侍任官について取り上げ、物語の方法との観点から考察を加えてみたい。

相撲節会の後、時の帝・朱雀帝の要請を受けて参内し弾琴した俊蔭女は、その見事な演奏の禄として尚侍の地位が与えられる。長年、俊蔭女に想いをかけてきた朱雀帝は、

「よし、行く末までも、私の后に思はむかし。時々、なほ参り給へ。御息所は、願ひに従ひて、清涼殿をも譲り聞こえむ。」　（『うつほ物語』内侍のかみ・四三六）

と発言し、清涼殿をも譲るという、他の后妃たちにも優る格別の待遇を誓う。帝からの「私」の想いが尚侍任官に通じるという「私の后」の型が後続の物語の尚侍像に引き継がれていくことは、前節で確認した通りである。

ただし、既に兼雅の妻となっている俊蔭女が后妃となる道は閉ざされており、朱雀帝としても「私の后に思」うことしかできない。俊蔭女は宴が果てれば兼雅妻としてその邸に戻っていくのであり、それゆえ朱雀帝の「時々、なほ参り給へ」との言葉にも示されている通り、俊蔭女の内裏居住は当初から想定されていないのであった。このような内裏での勤務を前提としない尚侍のあり方の背景としては、一〇世紀半ば以降の、尚侍が実務を担う女官から名誉職へと転換していった時代状況が指摘できるだろう。[26]

その一方で、実際に俊蔭女が尚侍として実務を担うことはないものの、その任官をめぐっては「後宮女官の最高位」との側面にも言及されていた。まず俊蔭女の任官は、朱雀帝が「御前なる日給の簡に、尚侍になすよし書かせ給ひて」、それを「上達部たちの御中に、「人々、これに名して下されよ」とて賜びつ」（内侍のかみ・四三〇）とあるように、形式的には公卿たちの総意を得たとの手順が踏まれた。

続いて、俊蔭女の演奏が終わり食膳が供される。

かくて、（俊蔭女ガ）めでたくて御琴仕うまつり果てて、暁方になるほどになむ、内侍ら四十人、皆装束し連ねて、四十の折敷取りて参りける。かく尚侍になり給ひぬるすなはち、女官、皆驚きて、にはかに、内教坊よりも、い

づくよりもいづくよりも、髪上げ、装束してふさに出で来て、この御折敷取りて参る。典侍、賄ひし給ふ。
（内侍のかみ・四三四）

供膳に際しては、内侍所の三等官である内侍（掌侍）が折敷を捧げ、次官の典侍が賄いに奉仕する。のみならず、傍線部のように俊蔭女の任官を知った内侍所以外の女官たちも次々と正装して参上するのであった。加えて朱雀帝は、「この頃、上の掌侍仕うまつるべき人の、一人なむなき。少し物など知りて、さてもありぬべからむ人、賜ばりにさせ給へ」（同・四三六）と、俊蔭女の権限で掌侍一人を任じることを許し、続けて、「すべて、女官のことは、何ごとにも、御心のままにを」（同・四三六）と、女官全般の任命権までをも仄めかすのである。

さらに、尚侍に任じられたのが自身の妻であったことを知った兼雅は、

「この里（＝俊蔭女）の、にはかに女官の饗し給ふべかめるを、かの三条（＝兼雅邸・三条殿）に、ただ今まうでて、さる心設けせられよ。」
（同・四三五）

と、女官たちへの饗応の準備を家司に指示する。須田春子氏[27]は、新任尚侍による女官饗応は大臣大饗に准じたものであったと論じるのだが、それを踏まえると、尚侍が大臣と並ぶ地位であり、後宮女官たちを従える存在であることを示唆する儀式であると言えるだろう。

では、上記のように俊蔭女が女官の頂点に位置する存在であるように描き出されることに関しては、物語の文脈上どのように位置づけられるのだろうか。そもそもこの内侍のかみ巻が、物語の長編化にあたっての転換点となっていることはつとに論じられてきたところであり、例えば大井田晴彦氏[28]は、「求婚譚の中で相対化されざるを得なかった仲忠を、物語後半の主人公として据え直すために要請された巻」と指摘する。また猪川優子氏[29]は、俊蔭女が兼雅妻・仲忠母との立場を守った上で尚侍という身分を得たことや、俊蔭女の弾琴が仲忠の「〈うつほ住み〉の負の属性を反

転」させる意味を持つことを指摘し、
〈尚侍物語〉は、単に朱雀帝と俊蔭女との恋の成就を目的としたものではない。むしろ仲忠への女一宮降嫁を実現させるために要請されたと考えられよう。

と論じている。このように、俊蔭女の任尚侍をその後の物語展開に関わるものとして捉えると、ここでその就任にあたって、後宮女官たちの参集やその任命権・饗応などに敢えて言及されている理由も理解できよう。母である俊蔭女が女官の頂点という重々しい位置づけを得たことは、この先女一の宮を得て栄達していくことになる仲忠の据え直しに寄与しているのである。

俊蔭女の任尚侍と仲忠への女一の宮降嫁との関連にまつわり、尚侍となった俊蔭女への贈物についても注目しておきたい。

新任之後、詣二縫殿陣一、令レ奏二慶賀由一。〔…〕内侍一人出来傳奏、〔…〕給レ禄。〔…〕中宮御レ内者、付二内侍一令レ啓二慶賀一。〔有二贈物一。〕尚侍又以レ禄授二内侍一。〔…〕中宮職・縫殿寮立レ幄設二前駈酒肴一。後日、尚侍参レ内、於二禁中便所一、設二掌侍以上饗禄於縫殿高殿一、給二女官饗禄一。〔…〕

（『西宮記』巻八・臨時四「尚侍饗女官事」）[30]

右に引用した『西宮記』によれば、新任の尚侍はまず縫殿陣（ぬいどののじん）にて天皇ならびに（内裏にいる場合は）中宮に慶賀の由を奏して禄を賜い、後日、内裏にて女官たちへの饗応を行うこととなっていたようである。これに関して山田彩起子氏[31]は、任尚侍慶賀時に「后」（中宮）から贈物を賜るのは、尚侍と「后」との「君臣関係を演出」する意義を有するものであったと指摘している。

翻って『うつほ物語』においては、俊蔭女の再度の参内はなされないからか、後日内裏で行われるはずの女官への饗応が、前述のように兼雅邸である三条殿での開催へと変容している。そして天皇・中宮への慶賀と賜禄は、以下のように、俊蔭女の内裏退出時の贈物へとずらされるのである。

かかるほどに、内裏（＝朱雀帝）、はた、「いかで、この（俊蔭女ヘノ）贈り物、いとめでたくしてしかな」と思ほして、……后の宮・仁寿殿なども、「いかでか、いささかなりとももののせむ」など思ほす。

（内侍のかみ・四三六）

その結果、前掲『西宮記』の傍線部の記載に照らせば、本来は尚侍からの慶賀奏啓上を受けて贈物を賜るのは、天皇の他には「中宮」たる后の宮のみであるはずが、

（俊蔭女ヘノ贈物ハ）女御たちそこらの御中に、仁寿殿のみなむし給ひける。さる切なる物、はた、え、異君達は取う出給はず。

（同・四四〇〜四四一）

と、そこに女一の宮の生母・仁寿殿女御が加わることを可能としているのであった。その仁寿殿女御からの贈物は、四季の装束を入れた透箱四つと御櫛の調度を入れた透箱二つの合計「六高坏」（同・四四一）であり、后の宮による「蒔絵の御衣箱五具」（同・四四〇）を凌ぐものとして、その豪奢な内訳も后の宮のもの以上に物語に詳述されるのであった。[32]

当内侍のかみ巻は、朱雀帝が仁寿殿女御と仲忠への女一の宮降嫁の件を相談するところから開始され、俊蔭女への仁寿殿女御からのひときわ見事な贈物の数々を列挙することで幕引きとなる。そして、以後俊蔭女は、后の宮との「君臣関係」を築くのではなく、仁寿殿女御との交誼を結んでいくこととなるのであった。

後に、仲忠に降嫁した女一の宮がいぬ宮を出産するに際しては、仁寿殿女御と俊蔭女はともに力を合わせ産気づく女一の宮の世話をする。

尚侍（ないしのかん）のおとど（＝俊蔭女）、御車五つばかりして参り給へり。…女御の君（＝仁寿殿女御）は、「何か。相撲（すまひ）の節（せち）の夜（よ）、いとむつましくなりにしかば」とて、同じ御帳の内におはしまして、ただ二所に懸かりもて仕うまつり給ふ。

（蔵開上・四七二）

ここで傍線部のように、仁寿殿女御自らが、俊蔭女が尚侍に就任した相撲節会の折が互いに親しむ契機となったと述べていることに注目したい。相撲節会で描き出された両者の交流場面とは、上記の俊蔭女への贈物の場面をおいて他になく、当該場面における仁寿殿女御への焦点化がこの先の展開において重要なものであったことが改めて理解できるだろう。なお、いぬ宮の産 養（うぶやしない）の記述、「宮の御前には、白瑠璃の衝重（ついがさね）六つ、……女御の君・尚侍のおとどには、沈（ぢん）の折敷（をしき）六つづつ、男宮たちには、浅香（せかう）の折敷四つずつ、……上達部には二つ、ただ人には一つ参れり」（蔵開上・四九六）からは、俊蔭女が仁寿殿女御と同格に遇されるようになったことも窺えるのであった。

このように俊蔭女の尚侍就任については、物語成立当時の時代状況と同様にあくまでも名誉職としてのものであったのだが、一方で、「後宮女官の最高位」という重い位置づけにも言及されることで、その息子である主人公仲忠の栄達に寄与している。さらに物語には、史実とは異なり、新任尚侍の慶賀が内裏退出時の贈物へとずらされるとの独自性が見て取れたのだが、これは俊蔭女が女一の宮の生母仁寿殿女御との交誼を結ぶ端緒となっていたのである。

四　結び

以上、平安朝物語における尚侍の造型について検討を加えてきた。既に様々に論じられてきた通り、史実における尚侍の変容は、各物語の尚侍の造型に多少なりとも反映されていたことが改めて確認できたと思う。まさに文学作品は史実に支えられているのであるが、それとは別に、「私の后」から「今上妃的尚侍」へといった、虚構の物語が創り出してきた尚侍像の系譜も看過できまい。各物語の尚侍の造型の独自性は、むしろ先行作品との繋がりを押さえることでより明確化するのであった。

このように、史実さらには物語文学史の中で、各尚侍の造型がいかに位置づけられるかを明らめることは重要な作業であると考えるが、それを踏まえた上で、最終的には各物語がどのような論理で尚侍を物語っていたのかを考究することこそ肝要であろう。本稿ではこのような考えをもとに、史実と虚構の二方面からの考察を加えたつもりである。

※『源氏物語』以下諸作品の引用は『新編日本古典文学全集』（小学館）によったが、『うつほ物語』の引用のみ室城秀之校注『うつほ物語　全　改訂版』（おうふう、二〇〇一年）により、いずれも巻数及び頁数を示した。

〔注〕

1　尚侍の史的変遷について論じた主な論考としては、以下の通り。後藤祥子「尚侍攷―朧月夜と玉鬘―」（『源氏物語の史的空間』東京大学出版会、一九八六年。初出は一九六七年）、須田春子「十二女司」（『平安時代後宮及び女司の研究』千代田書房、一九八二年）、山中和也「朧月夜の尚侍就任による今上妃との兼帯について―賢木巻段章の新視座として―」（『詞林』三号、一九八八年五月）、久下裕利「尚侍について」（『王朝物語文学の研究』武蔵野書院、二〇一二年、初出は二〇〇五年）、加納重文「尚侍」（『平安文学の環境―後宮・俗信・地理―』和泉書院、二〇〇八年）、山田彩起子「平安中期以降の尚侍をめぐる考察」（『古代文化』六四―二号、二〇一二年九月）。

2　「後宮職員令　第三」（『日本思想大系　律令』岩波書店、一九七六年）。

3　大同二年一二月「太政官謹奏」（『類聚三代格』巻五「擬定位階事」）。

4　所京子「平安時代の内侍所」（『平安朝「所・後院・俗別当」の研究』勉誠出版、二〇〇四年）。

5　山田彩起子氏前掲論文によると、尚侍は貴子以降、「女官としての勤務を伴う職から勤務を伴わない名誉職へ変化した」とのことである。

6　婉子の尚侍任官当時、後に彼女の最初の夫となる藤原誠信（『大鏡』裏書）は一三歳であったことから、彼女も同年程度であったと考えられている。

7　加納重文氏前掲論文。

8　山中和也氏前掲論文によれば、「全体として女御は最初四位、若しくは五位から出発する者が多」い、とのことである。

9　妍子に関しては『御堂関白記』『権記』、威子に関しては『御堂関白記』『小右記』において、それぞれ女御宣下以降も立后までは「尚侍」と称される例が散見する。

10　長久三年（一〇四二）一〇月廿日補任（『一代要記』）。

11　『一代要記』、『中右記』寛治元年（一〇八七）一二月一五日条。

12　真子の卒去後、一五〇年以上を経た仁治元年（一二四〇）に藤原（九条）佺子が尚侍に就任する（『平戸記』仁治元年二月廿一日条）。その後、乾元二年（一三〇三）に就任した藤原（一条）頊子（『女院記』『女院小伝』）を最後に、尚侍は歴史から姿を消す。

13　加納重文氏前掲論文。

14　俊蔭女と朧月夜との連関については、山口一樹「『うつほ物語』俊蔭女の尚侍就任と王昭君説話・長恨歌・竹取物語」（『東京大学国文学論集』一四号、二〇一九年三月）、「朧月夜の出仕と尚侍就任」（藤原克己監修・高木和子編『新たなる平安文学研究』青簡舎、二〇一九年）。

15　山中和也氏前掲論文。

16　ただし、朱雀帝も「限りある女御、御息所（みやすどころ）にもおはせず、公（おほやけ）ざまの宮仕（みやづかへ）と思し直り」（須磨②一九六〜一九七）と思考していたように、朧月夜は「后妃」的存在でありながらあくまで「女官」でもあるとの両義性を併せ持つ存在であった。このことの意義については、拙稿「『源氏物語』の尚侍―朧月夜・玉鬘の両義性をめぐって―」（『国語と国文学』一〇一－七号、二〇二四年七月）にて検討した。

17　高橋照美「藤原登子〈物語化〉された尚侍」（高橋亨・辻和良編『栄花物語　歴史からの奪還』森話社、二〇一八年）も指摘するように、尚侍としての出仕が決定していたにもかかわらず鬚黒と結ばれた玉鬘に関しては、在任中に結婚したと思しい婉子の例との重なりが見て取れる。

18　史上の例としては、菅野人数・当麻浦虫・広井女王・藤原灌子など。一〇世紀後半に在任した藤原灌子を除けば、全て九世紀の例である。

19　『日本紀略』安和二年（九六九）一〇月一〇日条。村上天皇崩御後の尚侍任官は、『蜻蛉日記』の記載（中巻・一九九）とも一致するところである。

20　高橋照美氏前掲論文。

21　『夜の寝覚』と『栄花物語』の登子との連関については、稲賀敬二「平安後期物語の新しさはどこにあるか―『寝覚』執筆時に意図された「新しさ」―」（『稲賀敬二コレクション4　後期物語への多彩な視点』笠間書院、二〇〇七年。初出は一九八四年）。

22　原作本ではその間の事情は中間欠巻部にあたるのだが、改作本での帝の言、「尚侍は、さきざきより里人などのなる例あるを、そのところの空きたるを、さやうにて、内わたりなどに参られんにつけて、限りなき心の底の淵をも見えん」（『中世王朝物語全集一九　夜寝覚物語』巻四・三〇一）からは、尚侍は人妻が就任するものとの思考がより明確に見て取れる。

23　服藤早苗「平安時代の天皇・貴族の婚姻儀礼」（『日本歴史』七三三号、二〇〇九年六月）。

24　督の君が寝覚の上の身代わりであることについては、宮下雅恵「反〈ゆかり〉・反〈形代〉の論理―真砂君と督の君をめぐって」（『夜の寝覚論　〈奉仕〉する源氏物語』青簡舎、二〇一一年。初出は一九九九年）、伊勢光「『夜の寝覚』の構造―新しい継子譚として」（『『夜の寝覚』から読む物語文学史』新典社、二〇二〇年）。

25　一例を挙げると、『とりかへばや』の女君（皇子を出産後、その立坊に伴い、女御・中宮となる）、『いはでしのぶ』の伏見大君（尚侍となり皇女を出産し、後に皇后となる）、『雫ににごる』の内侍督（皇子出産後に死去するが、贈皇后宮とされる）など。なお尚侍の身分での出産ではないが、『我が身にたどる姫君』の関白の女君（のちの嵯峨女院）も、帝の皇女（のちの女帝）を生んだ尚侍経験者である（ただしこの場合、入内の前段階として尚侍に就任し、入内後は程なくして立后するという、物語における尚侍の系譜というよりもむしろ、史上の妍子らと同様の途を辿ったようである）。

26　ただし、例えば貴子が内裏に居住していた（山田彩起子氏前掲論文）ように、名誉職となって以降の尚侍が全て内裏居住しなかったわけではない。

27　須田春子氏前掲論文。

28　大井田晴彦「『うつほ物語』の転換点―「内侍督」の親和力―」（『うつほ物語の世界』風間書房、二〇〇二年、初出は一九九九年）。

29　猪川優子「『うつほ物語』俊蔭女の〈尚侍物語〉―仲忠への女一宮降嫁からいぬ宮入内へ―」（『国語と国文学』八〇－七号、二〇〇三年七月）。

30　『神道大系　朝儀祭祀編二』（神道大系編纂会、一九九三年）、割注は適宜省略した。

31　山田彩起子氏前掲論文。

32　勝亦志織「『うつほ物語』「内侍のかみ」巻における朱雀帝・仁寿殿の女御の〈対話〉」（『平安朝文学における語りと書記―歌物語・うつほ物語・枕草子から―』武蔵野書院、二〇二三年。初出は二〇一七年）も、内侍のかみ巻の仁寿殿女御が節会の主役として描き出されていることに着目する。

源氏物語における歴史上の人物
――実在の人物と虚構の人物としての平中――

マリア・エレナ・ラッフィ

はじめに

現代的な意味で小説とみなされる歴史上最初の作品だとされる『源氏物語』は、作者の想像力が産んだ虚構の時代の物語だが、まれにではあるにせよ、宇多朝（八八七～八九七）、醍醐朝（八九七～九三〇）を生きた実在の歴史上の人物たちを点描し、この物語がこれら時代を背景としていることを示している。小論は、それにとどまらないフィクションにおける彼らの作品内存在の意味を、紫式部より一世紀前に生きた、歴史上歌人として知られる実在の人物平貞文（?～九二三）の文学的分身、平中に焦点をあてて考えていくが、平中はこの物語中に名前が二度引かれる非常に限られた人物の一人であった。[1]

この議論に先立ってフィクションに歴史上の人物が現れる例を世界文学の中で見渡すと、古代文学で最も古い例としては、ペトロニウス（?～六六）作とされるラテン文学『サテュリコン』（紀元一世紀）があり、この作品には、二人の皇帝、カリギュラ（十二〜四一）とネロ（三七〜六八）の時代に生きていた実在の有名な人物たちが出てくる（歌手二人と剣闘士一人）[2]。この場合、歴史的事実への言及は、現実性を求める革新的創造の試みであったが[3]、作者自身の時代に対する間接的な批判行為でもあった。もう一つの例は、『源氏物語』から三百年後に書かれた、詩人ダンテ・アリギエーリ（一二六五〜一三二一）による韻文作品『神曲』（一三〇七？）で、地獄から天国に至る彼自身の寓意的な旅の中に、彼と同時代の人々及び過去の人々を取り込んでいる。彼の旅を導くのは『アエネーイス』の作者で、古代ラテン文学の大詩人ウエルギリウス（紀元前一世紀）という筋だが、歴史上の人物という視点のみでは十分ではなく、ダンテのウエルギリウスは、この古代詩人に関わる文学上のまた民間の伝説も取り込んでいるようで、『神曲』のダンテはこの人物を優しい教育者と呼び（煉獄篇）、哲学者、道徳家（モラリスト）、占星術師、魔術師ともしている。

一　平中という人物

紫式部がその創作の中で歴史上の人物に言及するのは、文献学者のエーリヒ・アウエルバッハがペトロニウスの『サテュリコン』に見出したと同じ、現実感を与えるためという理解が一般的である。しかしまた、『源氏物語』における平中はダンテのウエルギリウスが「歴史上のウエルギリウスであると同時に伝説とフィクションによる変形」[4]なのと同様の性格を帯びているということを、平貞文の和歌が書き込まれたテクストは醸し出し、歴史的であると同時に虚構でもある彼の混合的イメージを伝えている。歌人として高く評価される一方、平中というあだ名で『源氏物語』に出てくる平貞文は、優れた歌詠みとしてではなく、滑稽な色好みのアンチヒーローとして作り上げられていったイメージを受け継いでいる。二箇所ではっきりと名指しで言及されているが、いずれも墨塗（すみぬり）（墨の涙）というよく知られた滑稽な逸話が話題になっている[5]。懐に隠しておいた水をこっそり顔に振りまき、繊細な男の振りをして偽の涙で女の心を惹こうという作戦だが、それを見破って水に墨を入れた女があったため、墨黒の顔をさらしてしまうという話だ。この愉快な話が語る女好きですぐバレることしかできない男という平中の姿は、繊細な趣味人だったらしい歴史上の平貞文像とはかけ離れていて、『源氏物語』の時代には滑稽で不器用な男だとされていたらしいことがわかる。

『源氏物語』の最初の例は「末摘花」のユーモラスな最終場面に出てくる。源氏はまだ子供の紫をからかって、自分の鼻を赤く塗り、色が落ちない振りをする。紫が側に寄って朱を拭き取ろうとすると、源氏は言う。

　平中がやうに色どり添へ給な。赤からむはあえなむ（まだ我慢できましょうが）[6]。

二つ目は「若菜上」で、二〇年の歳月を経て源氏が朧月夜と再会したときの場面で、朱雀帝が寵愛する朧月夜との情事のために源氏は須磨で流謫の三年間を送る羽目になったという過去が背景にある。源氏の感慨は、ここでも平中の偽の涙にちなんで「平中がまねならねどまことに涙もろになむ」と語られる（新大系③二五三頁）。

この引用が哀れ深い場面の語りに出てくる点に注目したい。追って述べるが、地下水脈のように使われている例も含めて『源氏物語』の中のこの人物には滑稽なばかりでなく、憂愁を帯びた人物も共存していることがわかる。その意味で、次の時代から平中伝説が一方的に滑稽の方面に進んでいき、『今昔物語集』（十二世紀初頭）になると、グロテスクと言ってもいい人物になってしまうのとは違うのである。

彼の和歌と平中という人物についての散文テクストを最も多く含む『平中物語』（十世紀後半）が描く人物像はかなり複雑で、親に尽し、友情に篤く、植物についての知識が深く、繊細で魅力を秘めた色好みだが、不運な人物で、しかも失敗・挫折は本人のせいではなく、女の無情さやライバルの中傷など外的理由によると語られる。『平中物語』

の最初のエピソードでは、藤原氏の権力の頂点にいる時平（八七一〜九〇九）が恋敵で、その中傷が貞文の恋や出世の挫折の原因となっている。二人の確執は他の文学作品からも窺え（『伊勢集』と『今昔物語集』）、貞文の宮廷社会における沈淪は藤原氏の隆盛によって貞文が属する皇統系が衰えるという社会情勢に起因すると考えられる。桓武天皇の息子、仲野皇子（七九二〜八六七）の子孫で宇多天皇の母、班子（八三三〜九〇〇）の甥という生まれの良さから言えば貞文の政治力はないに等しく、昇進も遅く満足のいくものではなかった。

貞文の宮廷社会における敗北が、彼の歴史的イメージの変質プロセスの出発点となって平中伝説を育てていったのだろうか。このアンチヒーロー誕生の出発段階を分析することを通して、『源氏物語』におけるフィクションと歴史の動的・発展的関係を明らかにするために、この人物の両義性について考えていきたい。

二　コミカルな人物としての平中の登場――エピソード「見つ」を起点として

平貞文の生存中に編纂された『古今集』に入集した彼の九首の和歌を調べると、主に憂愁を帯びた作品だということがわかる。[7] 恋の部に入っているのは三首のみで、[8] 当初貞文は色好みのテーマと強く結びついていたわけではなく、むしろ嘆きが主調である。[9] 貞文と親しく、歌合を共催していた歌人たちが編纂した最初の勅撰和歌集中の彼の歌は、滑稽な要素はなく、将来ピエロのような人物に変化（というよりは退化）してしまう兆候は全くない。

コミックな要素の芽生えと貞文・平中にまつわる暗い影が共存する最初のテクストの一つとして挙げられるのは歌人伊勢（九七二？〜九三八？）の『伊勢集』（十世紀中頃）で、この集には名前は挙げられていないが、引用される和歌を通して伊勢と歌を詠み交わしている男が平貞文だとわかる逸話が二つある。最初はよく知られた「見つ」のエピソードで、『平中物語』にも出てくる。この男は伊勢だとわかる女に数年にわたってはっきりとは告白せずに手紙を送っていた。後に何世代にもわたって逸話の種として使われ非常に人気があったこの話のポイントは、「せめて見たというお返事だけでも」という男の嘆願に、「見た」と鸚鵡返しに素っ気なくあたかも電文の如く答えた女の返事だった。小論がここで原文として使っている西本願寺本の『伊勢集』にはこの「見つ」という返事はなく、『平中物語』に比べると天皇の妾（しょう）となり皇子を産み母となるという将来に照準を当てて、自分に値しないためらいがちな崇拝者には目もくれない女の無関心さが浮かび上がる。しかも女は男が嘆願に使った言葉、「見つ」を皮肉を込めてあだ名に使うのである。

• 『伊勢集』（西本願寺本一八～二一）

同じ女、年ごろ、いふともなくいはずともなきをとこありけり。かへりごともせざりければ、「年経にけるを、などかみつとだにのたまはぬ」とはべりければ、**このをんな、みつとなむ、名をばつけたりける**[10]。

• 『平中物語』（第二段）

またこの男の、**懲りずまに**言ひみ言はずみある人ぞありける。それぞ、かれを憎しとは思ひはてぬものから、返りごともせざりければ、この奉る文を見たまふものならば、たまはずとも、ただ見つとばかりはのたまへ、とぞいひやりける。**されば、見つとぞいひやりける**[11]。

『平中物語』ではこの逸話を起点として語りが繰り広げられていく。恋の挫折は男に優雅さが欠けていたからではなく、崇拝者を馬鹿にして楽しむ女の無慈悲な残酷さのせいであった。忍耐強さが報われ、女がやっと会ってくれると勇んでいけば、女は他の女房たちに囲まれていて、二人だけの親密なひと時を過ごすことなどできない。このような平中の気の弱さ・ためらいがちな態度が微笑を誘うとしても、後代のようなはっきりとコミカルな人物にはなっていない。

貞文死後約三〇年後に編纂された『後撰集』には彼の歌は六首あるが全て恋の歌で、恋の嘆きを詠む唱和歌が取り上げられ、憂愁に比重がかかっている。「平中」という呼称が初めて現れる『大和物語』の中の彼を主人公とする四つの逸話（四六段、六四段、一〇三段、一二四段）では、『平中物語』が語る様々な人物像とは違って、恋人・歌人というイメージに統一され、うち二つは滑稽な状況で（六四と一〇三）、周囲に流されることしかできない消極的で優柔不断な男に描かれているが、基調はやはり「あわれ」である。

『伊勢集』の「見つ」は、既に恋の道には不器用な男というイメージを打ち出していたが[12]、この集には平中という人物の両義性を集約する「涙」をこの人物に関係付けるエピソードが見られる。宇多帝との間に生まれた皇子を亡くし悲嘆に暮れていた伊勢に、平貞文が悔やみの歌を送る一節である[13]。ここに現れる思いやり深く洗練された「見つ」と呼ばれる男の態度は勅撰集から浮かび出てくる歴史上の人物としての平貞文像に一致している。このエピソードは『平中物語』にはないが、平貞文の歌として『拾遺集』に出ている（一三〇七～一三〇八）ということにも注目したい。『源氏物語』と同時代に編纂された『拾遺集』に入集した貞文の五首の和歌の基調も憂愁である。伊勢を弔問する哀傷の歌の他に、貞文が解官されていた時の歌一首、実現できない恋二首、そして屏風歌一首が詠われている。さらにこの勅撰集では貞文が一流の歌人であったことが窺える選択がなされている。屏風歌の一首が入集されているだけではなく、古今集の編者などの六首の歌の詞書「平定文が家の歌合に（詠み侍りける）」は、貞文が歌合を主宰していたことを伝えている（表記「定文」は原文通り）。

三 「懲りずまに」

『源氏物語』の時代には滑稽なイメージの傍にデリケートで深みのある平中像がまだ維持されていたらしく、紫式部にもその認識があったと思わせる間接的な引用がある。先に述べた平中という名の二度の言及以外にも、関連する場面がある。特に「見つ」のエピソードは場面・人物構成のモデルとなっていたようで、平中を特徴付ける忍耐力と挫折を思わせる「こりずまに」（前記『平中物語』第二段）という表現が使われている。

いかで、こと〳〵しきおぼえはなく、いとらうたげならむ人の、つゝましき事なからむ、見つけてしがな、と源氏はこりずまにおぼしわたれば（新大系①「末摘花」二〇四頁）

夕顔の死後、こりずまに（性懲りなく）源氏があちこちの女を口説き歩くという語り手の証言である。しかし、懲りない源氏はやめるどころではなく、時には「末摘花」のような、喜劇的な経験も味わう。滑稽味のある使い方であっても、『源氏物語』でこの語が現れるコンテクストは、既に見た「若菜上」の朧月夜と再会する場面の例にもあるように、喪と別れ（流謫）に繋がるもので、涙と結びついている。

沈みしも忘れぬものをこりずまに身も投げつべき宿の藤波（③「若菜上」、二五五頁）

この表現は、『源氏物語』が最も多く引用している『古今集』の歌の中では唯一の恋歌の初句でもある（恋三、六三一[14]）。「こりずま」という表現を使って作者は平中と『源氏物語』の人物を結びつけていると考えられないだろうか。「末摘花」の例は、「こりずまに」という表現の引用によって源氏とコミカルな平中との間にアナロジーの関係を作り上げているが、この語は薫関係にも使われ、しかも響きはより深刻化していることが認められる。

われも、世にながらへば、かうやうなること見つべきにこそはあめれ、中納言（薫）の、とざまかうざまに言ひありき給も、人の心を見むとなりけり、心ひとつにもて離れて思ふとも、こしらへやるかぎりこそあれ、ある人のこりずまに、かゝる筋のことをのみ、いかでと思ひためれば、心より外に、つゐにもてなされぬべかめり、これこそは、かへす〴〵、さる心して世を過ぐせと父上がの給ひをきしは、かゝることもやあらむの諌めなりけり。

（④「総角」四三八～四三九）

この大君の独白はかなり複雑で、直接的には「こりずまに」は自分と薫を結び付けようと性懲りなく画策している女房に対するものだが、本質的には説得力がない平中の色好みぶりのイメージに重ねられる薫の心を疑う大君の心を語る部分である。実際、『平中物語』の主人公と同様に、薫も優柔不断のため失敗を重ね、にもかかわらず女を求めることをやめない。源氏と薫の両方が「懲りずまに」という表現を通して平中のイメージで結ばれることによって二人の共通性と同時に、平中の二つの面に対応する二人の違いも浮き彫りにされる。源氏の場合、「懲りずまに」は彼が女たちに手を出すという行為が招いた嘆かわしい結果を語るものだが、薫の場合は、行為に出られないということの結果である。大君を尊重する気持ちが、ためらいと大胆さの欠如を生み、大君はそれを信頼できない態度と考え、頼りにならない関係と思い込み、病気になって死んでしまうという悲劇的最期を迎える。

萩谷氏によれば、平中というあだ名はまず平貞文の父の女好きの好風（八四五？～九一三？）に与えられたもので、平中の両義性はこの人物と歌人として知られ内向的で繊細な歴史上の人物平貞文とが重ね合わされたものだという（『全講』九五～九六頁）。紀長谷雄（八四五～九一二）が執筆した昌泰元年（八九八）十月の宇多上皇の狩猟随行記『競狩記』が彼の漢詩文集『紀家集』に収録されているが、確かにそこにはあらゆる機会を捉えて性懲りなく女に言い寄り、書くに耐えない戯言を乱発する浅ましい好風の姿が活写されている。[15] さらに萩谷氏は、「平中将」の省略である「平中」というあだ名は、この役職に就いたことがなかった貞文の別称ではなく、実際に中将の地位にあった父親を指しているると主張する。「平中」という呼称の起源についての別の仮説によれば[16]、「仲・中」は仲野親王(七九二〜八六七)を先祖とする貞文と好風の両方に関わるもので、『平中物語』は父と息子についての逸話を集めているという。その後の世代になるとこの二人についての記憶が混ざってしまい、このため平中伝説は二つの並行する系列、歌人で、好もしく繊細な恋の相手だが不運で憂愁・喪・涙と結びついている男、もう一つは滑稽で、失敗が嘲笑の的になる男という二系列があることになる。それによれば(『全講』二五四)、平中に関する最初の資料では、まだこのような混同がなく平中という人物が記述されていたという解釈も可能となる。

四　薫・貞文像の形成

紫式部は平中のより真面目な面を生かして薫という人物を作ったように思われる。『伊勢集』の哀悼のエピソードと同様に、「総角」の冒頭で薫は姉妹に八宮の死が自分にも打撃だったことを語り、伊勢の涙にちなむ和歌を引用する。薫と涙との繋がりがここでも語られる[17]。喪のテーマが支配するこの巻は、執拗に拒否する女とそれに対する男のためらいと忍耐強さという「見つ」のテーマを思わせる構成となっている。かくて薫は宇治訪問を繰り返し、たゆまずではあるが押し付けがましくなく大君に対する想いを告げる。大君は拒否を続け、薫から逃げ続ける。薫が大君の寝所に入り込む夜のエピソードでは妹を残して大君は逃げる。これについては「箒木」のエピソードとの共通性が考察されているが、『平中物語』で平中が密かに夜を共に過ごせると思っていた女が他の女たちに囲まれているのを知ってがっかりする場面をも想起させる。歌物語の方はコミックなトーンで語られるが、薫の方はずっと暗い話になっている。

「総角」の冒頭が『伊勢集』の喪のエピソードを連想させ、場面の傷ましさを強める効果があるとすれば、「見つ」というコミカルなエピソードは、人物たちの複雑な心理に厚みを与えている。筆者は歌人伊勢関係のテクストが『源氏物語』の執筆に少なからず貢献していると考えているが、「総角」と薫・大君の人物構成についての着想は、大和物語の一四二段によるのではないかと考えている。

> 故御息所の御姉（…）さて詠みたまひける。「**ありはてぬ命待つの間のほどばかり憂きこと繁げく歎かずもがな**」。**いとよしづきておかしくいますがりければ、よばふ人もいと多かりけれど**、返りごともせざりけり。「女といふもの、つゐにかくてはて給（ふ）べきにもあらず、時々は返りごとし給へ」と親も継母も言ひければ、責められてかく言ひやりける。（…）とばかり言ひやりて、物も言はざりけり。かく言ひける心ばへは、親など「男あはせむ」といひけれど「一生に男せでやみなむ」といふことを、世とともに言ひける、さ言ひけるも著く、男もせで、二十九にてなむ亡せたまひにける。[18]

この段で注意を引くのは冒頭に女主人公の歌として出てくる「ありはてぬ…」が、『伊勢集』の雑纂部分にある「人」（貞文）と伊勢との一連の贈答（一六〇～一六八）の最後の歌で、[19] しかもこのやり取りの最初の歌の詞書は次のように女の側から『見つ』のエピソードを提示しているということだ。

> 人の見つとだにいへとありしかば（『伊勢集』、一六〇）[20]

『伊勢集』においては、「ありはてぬ」歌は色好みの歌と解釈されるが、『古今集』では（雑下、九六五）解官されていた時の平貞文の歌である。[21]『大和物語』の一四二段に、平貞文の古歌として引用されるのではなく、「故御息所の御姉」という「架空の」登場人物が詠んだ歌として出ている。この『大和物語』のエピソードの「御姉」と『伊勢集』

の『見つ』の挿話の女性登場人物は、二人とも『源氏物語』の「総角」の大君と同じく「拒否する女」のプロトタイプを反映していて、紫式部がこの『大和物語』と『伊勢集』の出典を組み合わせて「総角」の登場人物を着想したと考えてもいいのではないかと思われる。

平中が薫の人物モデルとなっていると思われる「総角」で、『大和物語』の一四二段にある貞文の歌の引用が平中のイメージとの連接の媒体となっていると考えられるが、彼のこのイメージには滑稽な意味合いはなく、むしろ暗くて悲劇的な響きが込められている。平中のこの両義性は、薫のように内向的で感受性の強い歴史上の人物、歌人平貞文と、源氏のように女に積極的な父好風が重ね合わされていることを改めて裏付けると思われる。

この二重性は二つの人格が共存する薫の性格にも当てはまる可能性がある。感受性が強く深みのある人格は大君との関係を中心とした宇治での彼の特徴である。それとは対照的に、彼が都に戻ったときの女性関係は軽薄で父親に似ている。「総角」の次の巻で亡くなった大君の記憶にまだ囚われている薫は、中君を誘惑しようとし、新しい妻、女二宮との夫婦としての義務、そして浮舟の存在の発見と、愛情問題で迷走していく。

結論

ここでは、平中の例を通して、『源氏物語』で言及されている歴史上の人物に関わる言説を見てきたが、ウェルギリウスなどのダンテが『神曲』に登場させた有名な人物たちとは違って、彼らは架空の作品の中の「実際の生活」を生きているわけではない。しかしながら、これらの歴史上の人物の名前や歌の引用によって、彼らは、年代背景を提供したり、物語に真実味を持たせたりするだけでなく、登場人物の心理的な深みを形作り、リアルな印象を与えるためにも呼び込まれていると思われる。さらに重要なのは、物語展開の上でも重要な役割を果たしているということである。

　ここでは『見つ』のエピソードを起点として、不器用で滑稽な男というイメージが定着していく平中伝説の傍でよりデリケートで心深い平中の側面が、密かではあるが共存していることを見た。作者はこの人物の二重性を二重の取り組み方で活用している。つまり、後代の作品に見出されるコミカルなエピソードを名前を挙げて引用する一方、平中のより真面目な側面を利用して作中人物を作り上げているのだ。薫の人物像に垣間見られる、父よりも内向的でためらいがちな人間、しかし感受性が強く優雅な人物像は、歴史上の人物としての歌人貞文を反映している同時代の文学資料に描かれている平中のイメージに似ているが、次第に好風の片鱗も見せて行くと見ることもできる。それについては稿を改めて考えたい。

〔注〕

1　平中より名前が多く出てくるのは、紀貫之（八七二?〜九四五?）の四回、延喜の帝（醍醐帝）と歌人伊勢の三回のみである。平中同様に二回出てくるのは嵯峨帝（在位八〇九〜八二三）、著名な歌人「在五中将」すなわち在原業平（八二五〜八八〇）と「行平の中納言」すなわちその兄の在原行平（八一八〜八九三）、そして十世紀前半に活躍した宮廷絵師飛鳥部常則（?〜?）である。

2　Rowell, Henry T. "The Gladiator Petraites and the Date of the Satyricon." *Transactions and Proceedings of the American Philological Association*, vol. 89, 1958, pp. 14–24. https://doi.org/10.2307/283660; Rose, K.F.C. "The Date of the Satyricon." *The Classical Quarterly*, vol. 12, no. 1, 1962, pp. 166–68. JSTOR, http://www.jstor.org/stable/638039.

3　Auerbach, Eric. Mimesis, vol. 1, Torino, Einaudi, 1989. 日本語訳は『ミメーシス─ヨーロッパ文学における現実描写』〈上・下〉（『ちくま学芸文庫』一九九四）がある。

4　Palgen, R. "La légende virgilienne dans la *Divine Comédie*" *Romania*, vol. 73, no. 291(3), 1952, pp. 332-90. JSTOR, http://www.jstor.org/stable/45045734, p. 378.

5　この逸話は『赤染衛門集』（十一世紀）にも出てくる。逸話全体は『古本説話集』（十二世紀）にあり、涙の話は『大和物語』六四段の別のエピソードに繋げられている。『河海抄』（十四世紀中頃）は、墨塗のエピソードは既に『大和物語』に出ていると述べているが、現存のどの写本にもこの逸話はない。

6　柳井滋他編『源氏物語』（『新日本古典文学大系』（以下新大系）岩波書店、①二三四ページ）

7　支配的な表現は自然の衰えを表象し、同音語「飽き（飽く）」と響き合う「秋」、「憂し」「恨む」「涙」「泣く」である。

8　恋の他は秋三首、述懐と雑各一、そして雑体一である。

9　実現できない恋三首、栄達と縁のない沈淪二首、あるいは哀傷一首などが詠われている。小島憲之他編『古今和歌集』（新大系、一九八九年）による。他の勅撰和歌集も新大系本による。

10　関根慶子・山下道代『伊勢集全釈』（風間書房、一九九六年、九八頁）

11　片桐洋一他編『竹取物語・伊勢物語・平中物語』（『新編日本古典文学全集』小学館、一九九四年、四五六〜四五七頁）

12　萩谷朴『平中全講』（同朋舎、一九七八［一九五九］、一四一〜一四二頁）

13　二六番の詞書と歌を参照。

14　鷺山郁子「源氏物語と古今和歌集─俳諧歌を中心に─」（『源氏物語とポエジー』青簡舎、二〇一五年、一〇八頁）。歌は「こりずまにまたもなき名は立ちぬべし人にくからぬ世にしすまへば」。

15　好風の好色振りは次の通り。
（京を出る一行を見物している車中の女たちは）争ひて天顔を瞻んとし　或は半身を出し　或は面を露はせるを忘る　衣色簾外に照り輝き／　粉光軾（車の前部にある横木）の間ニ妖艶タリ　好風（欠　字）艶詞　時々相挑むこと狼の如し（女たちは）等しく之を視ること土の如ク　曽て一答だに無し（……）好風朝臣　快飲し先づ酔ひ　長歌長舞す／　一座眼を覚し

遂に遥夜を徹す　又遊女数人　入り来たりて座に在り　好風朝臣　数旧少将（色好みの交野少将）を称し　其の懐を探り／　其の口ヲ吮ふ　戯言多端にして　［具ニ記ス（欠文を補う）］べからず（『紀家集』巻十四断簡）。原文漢文及び読み下しは三木雅博編『紀長谷雄詩文集並びに漢字索引』（和泉書院、一九九二年、八四、八七頁）により説明を若干補った。

16　日加田さくを『平中物語論』（武蔵野書院、一九七五年、二四〜二五頁）

17　薫の引歌は「わが涙をば玉にぬかなん」（『伊勢集』四八三）。

18　今井源衛『大和物語評釈』（笠間書院、一九九九年、一五六頁）

19　秋山虔、小町谷照彦、倉田実編『伊勢集全注釈』（角川書店、二〇一六年、三〇五頁）

20　『伊勢集全釈』（二四八頁）

21　詞書は次の通り。

官とけて侍りける時、よめる　平定文（『古今和歌集』、一八九頁）

藤原道長の記録政策

――治安三年「金剛峯寺参詣記」を手掛かりに――

アントナン・フェレ

一　はじめに

『源氏物語』が書かれた時代の最高権力者であり、紫式部もその妾（しょう）のひとりと噂された藤原道長は、自らが歴史に残してゆく痕跡を強く意識した人物と言えよう。道長のその意味でいう〈歴史意識〉に関しては、自筆本が部分的に残り、ユネスコ「世界の記憶」にも登録される彼の日記『御堂関白記』をまず想起するのが自然であろう。長徳元年（九九五）から治安元年（一〇二一）までの記事が伝えられるこの日記の中に、道長は何らかの形で関与した政務・行事儀式の類を大小の区別なく記してゆくが、言い換えると全日記の内容を通観すれば彼の政治生活の総合体らしきものがおのずと浮かび上がってくるのである。従って、道長の業績を最も具体的かつ包括的に後代へ語り伝えたのは、道長自身に他ならないことになる。しかしながら、平安貴族の私日記のほとんどがそうであったように、『御堂関白記』は記主の事績を宮廷に幅広く公表するために書かれたものではない。むしろ、道長と同じ官職に就くことを期待された彼の子孫のために、そういった職と関連度の高い先例を集めて参考に供することが『御堂関白記』の目的なのであった。道長の死後、『御堂関白記』が摂関家の宝物として代々伝承され、道長の後裔でもこれを容易に閲覧できない場合もあったことが示すように、[2]『御堂関白記』は長らく文字通りの秘匿書として存在していたのである。そこから考えると、道長と上述の理解に基づく〈歴史意識〉との関係を追究するのであれば、『御堂関白記』以外の記録に考察の対象を取り換える必要があるだろう。

ところで、道長は自らの言動を自分自身でしたためる傍ら、それを他人に記録させることも時折あった。例えば、法成寺を建立してそこに生活の基盤を移した出家後の道長が、自らの頻繁に主宰した華やかな仏事を近侍する尼たちに仮名文で記録させたことは有名である。その結果として生まれた仮名日記は残念ながら現存しないが、その関係では、治安二年（一〇二二）の法成寺金堂供養を叙述する『栄花物語』（巻十七「音楽」）の次の箇所が注目される。

> すべてあさましく目も心もおよばれずめづらかにいみじくありける日の有様を、世の中の例に書きつづくる人多かるべし。そがなかにもけ近く見聞きたる人は、よくおぼえて書くらん。これはものもおぼえぬ尼君たちの、思ひ思ひに語りつつ書かすれば、いかなる僻事かあらんとかたはらいたし。

当該箇所の直前に位置する金堂供養の描写が、尼君たちのおぼろげな記憶に託して書かれたものだと弁明するこの草子地的言辞を素直に受け入れるのは慎むべきかもしれないが、巻十八「玉の台」においても尼の視点を匂わせる表現が多見すること、また、巻八「初花」の記述が現に、道長の要請に源泉を持つと考えられる『紫式部日記』に依拠していることなどから、法成寺諸堂の建立をはじめ道長の輝かしい宗教生活を描いたいわゆる「法成寺グループ」の諸巻も、一部の資料としては道長近習の尼たちの記録に依存したものと従来推測されてきた。[3]なお、道長の隆盛ぶりを中心に描く『栄花物語』正篇の作者が道長家と関係も深く、妻倫子、次いで娘上東門院の許に仕えた赤染衛門に古くから擬せられたことを考慮に入れておくなら、道長が生前から自らの偉業を貴族社会の記憶に焼き付けるべく『栄花物語』のごとき仮名文の歴史書を企図しており、その準備資料としては前述の仮名日記を「け近く見聞きたる人」に発注したものと想像することも可能となってくる。

しかしながら、かように想像をたくましゅうせずとも、道長の依頼を明言し、しかも原形態の面影を比較的忠実に残した記録が他に存在することを忘れてはならない。それは、道長が治安三年（一〇二三）十月十七日から同三十一日にかけて金剛峯寺こと高野山に参詣したいきさつを、同行する源長経（ながつね）が書き記したという記録である。また、同記の跋文に「修理権大夫（すりごんのだいぶ）源長経、教命に依りこれを記す」（原漢文、以下同）とあることから、長経が道長自身の要請を直接受けてこの記録を作ったことは明らかである。原文伝来せず『扶桑略記』に掲載される省略文のみ残り、そこには名称の明記すらないが、本稿では通称に従い「金剛峯寺参詣記」と呼ぶこととする。[4]

「金剛峯寺参詣記」は、律令制の官職に就いている男性が漢文で綴っただけに、尼君が書いたと思われる前述の仮名日記と位相が異なってしまうのは自然の成り行きであり、また、漢文と仮名文とでは狙いとする読者層や流布形態も同一でなかったことも言を俟たない。とはいえ、「金剛峯寺参詣記」も『栄花物語』に足跡を残した仮名日記と同様な〈歴史意識〉を存分に表現するものと稿者は解したい。本稿では、同記を手掛かりに道長が目指した〈記録政策〉の内容を明らかにしてゆきたいが、作品の紹介を兼ねてその表現の独創性から考察を始めることにする。

二　「金剛峯寺参詣記」の文体

「金剛峯寺参詣記」を一通り読み通せば、作者の長経は、道長と息教通（のりみち）・能信（よしのぶ）をはじめ、道長の親戚や家司（けいし）などを主な構成員とする行列が都を出かけてから帰京するまでの十五日間を、主要事項をかいつまみながら日次（ひなみ）的に記録してゆくという、普遍的な記録の体裁を用いることがわかる。一方、この記録はそれと同時にまた、われわれが「漢文記録」という範疇に収めることを慣例とする書き物と異なる色彩を放つということも、読み進むにつれて感じ取ることは容易にできる。

ことさらに言うまでもないが、個人が書き記し、他見を原則として禁じていた「私日記」であれ、太政官の外記（げき）という官吏が職務の一環として記録し、公卿の依頼さえあれば誰にでも提出する「外記日記」のような「公日記」であれ、平安時代のいわゆる漢文記録の大半は、政務や行事執行の上で有用たりうる先例を蓄えて将来の参考に提供することを主な目的としていた。無論、藤原実資（さねすけ）の『小右記』のように、記録者の感想めいたものを随所に散りばめるという例外はあるが、その種の表現はいわば付随的なものに過ぎず、『小右記』の場合も記述の要（かなめ）は依然として先例の蓄積にあったのである。[5]

「金剛峯寺参詣記」自体も、後世の平安貴族によって上記の意味でいう先例を含むものとして扱われたことは確かである。道長の目的地であった高野山は、空海の入定処として当時も非常に名高く、また、真言宗と関係の深い宇多法皇がその大塔の完成に経済的な支援を行なったなど、[6]中央権力もその存在を強く意識していたのである。しかしながら、都から遠く旅程も危ないためか、現存史料に見られる限り平安貴族による訪問は十一世紀まで皆無に等しかったようである。僧侶や身分の割合低い官吏たちの参詣はあったかもしれないが、道長ほどの貴人が高野山を訪れたのはやはりその時が初めてであった。[7]三橋正氏が鋭く指摘するように、高野山が参詣の行先に選ばれたのは、金峯山（きんぶせん）・岩清水・祇園・北野など、上流貴族たちの参詣を従来あまり受けてこなかった社寺を発掘する道長の傾向を反映する[8]が、高野山の場合も、道長の開いた新例が慣例となったことは周知の通りである。すなわち、治安三年の道長参詣を起点に、「高野詣で」なるものは頼通・師実以降の摂関家のみならず、鳥羽・白河院など平安末期の上皇・法皇たちにおいても一種の習慣となり、金剛峯寺という存在もその結果、霊場としての地位を一段と引き上げることになった。慶長九年（一六〇四）成立の『金剛峯寺縁起』に「当山、後々の上皇・殿下の御参詣、皆な治安御仏事の例を追ふ、と云々」（原漢文）とある通り、摂関家はもちろんのこと、上皇たちの金剛峯寺参詣もすべて道長の「例」に倣ったことは明白である。例えば、寛治二年（一〇八八）、白河院が初めて高野山に参詣した際に、道長とその息頼通の先例を用いたことがわかる。要するに、同参詣の有様を伝える藤原通俊の『寛治二年白河上皇高野御幸記』によれば、白河院側が同寺の住僧たちとのやりとりの中で「入道前の太政大臣（道長）並びに宇治大相国（頼通）、参詣するの時、田畠を寄せらる。今度、彼の議の素意を追はるるは如何」（寛治二年二月十六日条、原漢文）と、道長と頼通の例に倣って田畠を寄付することを提案したのである。ちなみに、同記には特定されない「先例」が他にも数多く引かれているが、それらもまた道長以来のものを指していると考えられる。

平安の貴族たちが実践に移すべき先例を抽出する「金剛峯寺参詣記」であるが、そういった種類の先例を後代に伝えて「高野詣で」の儀式面を整えることが果たして記主の課題だっただろうか。もちろん、路次にどこの寺院を訪れたか、そこで何を誰に寄せたかなど、後代の先例引勘に役立ちうる内容は充実しているが、通常の日記類に散見するところの、儀式次第を飽きるほど徹底的に詳記するという態度はそもそも見受けられない。他方、旅そのものの雰囲気や行列構成員の人間味あふれる言動の類――要するに一般の記録には副次的な形にしか付属しない内容を、その場その場の風景描写や各地にまつわる逸話の引用を交えながら印象深く語り伝えることに筆力を費やしていることが明らかである。一例をあげてみよう。

次漸向晩頭、次龍門寺。于時、仙洞雲深、峡天日暮、青苔巌尖、曝布泉飛。見其勝絶、殆欲忘帰。礼仏之後、留宿上房。霜鐘之声屢驚、露枕之夢難結。昔宇多法皇、詠卅一字於仙室、今禅定相国、挑五千燈於仙台。以今思古、随喜猶同前。

（次いで漸く晩頭に向はんとするに、龍門寺に次る。時に、仙洞の雲、深く、峡天の日、暮る。青苔の巌、尖り、曝布の泉、飛ぶ。其の勝絶を見て、殆ど帰るを忘れんとす。礼仏の後、上房に留宿す。霜鐘の声、屢ば驚かし、露枕の夢、結び難し。昔は宇多法皇、卅一字を仙室に詠み、今は禅定相国、五千燈を仙台に挑ぐ。今を以て古へを思ふに、随喜は猶ほ前と同じならん。）9

（十月十九日条）

右の箇所は、一行が龍門寺という、現在は遺跡としてしか残らない吉野地方の寺院に立ち寄る場面である。通常の記録であれば、道長たちがそこで面会した僧侶たちの名前や職分、あるいは礼仏時の寄付品など、儀式の運営にかかわる事項を中心に記述が進んでいくはずだが、作者の長経はそれよりも龍門寺を囲む風景の素晴らしさや、大伴と安曇という両仙人が住んでいたと伝えられる「仙室」を目の当たりにした従者たちの感慨深さなど、読者の感情に訴えかけるような事柄を生き生きと再現させるべく努力しているのである。また、情報伝達を主目的とする記録にありがちな率直で飾り気のない文体よりも、むしろ「序」「賦」などの散文類に特有の、叙述対象をリズミカルに配置する格調高い駢儷体を採用するところに、書いてゆく文章を一種の文学として提供せんとする作者の意図をあらわにする。

以上と同様なことは次の箇所についても言えるだろう。

僧正被申云、「大師入定之後、漸欲二百年、廟堂之戸、殊不開闔。而先年有石山僧淳祐者、安住一念、斯以百日。午時、廟堂之戸、無人少開」。禅下深信此語、観念之中、廟戸梓立、自以仆之。満座之眼、忽以驚之。瑞相之感、於此現之。

（僧正、申されて云はく「大師入定の後、漸く二百年たらんとす。廟堂の戸、殊に開闔せず。而るに先年、石山の僧、淳祐なる者有り、一念に安住し、斯くして百日を以てす。午の時に、廟堂の戸、人無くして少し開く」と。禅下、深く此の語を信じ、観念の中、廟戸の枠立、自ら以て仆る。満座の眼、忽ちに以て驚く。瑞相の感、此において現る。）

（十月二十三日条）

当該箇所は参詣の最終目的地――空海が入定したと宣伝される金剛峯寺奥之院に行列がようやく到着することを描く、「金剛峯寺参詣記」の頂点とも言うべき一齣となる。修辞は前の箇所ほど凝らさないものの、ここもやはり（読み下すにも）歯切れの良い四字句や対句表現を重ねながら、道長の信仰心の深さや、廟戸の「枠立」すなわち方立てがおのずと倒れたという「瑞相」に対する満座の驚きなど、通例としては漢文の行事記録に拾わない感動的な事柄に筆録の主眼が据えられるのである。ちなみに、帰京したばかりの道長が藤原資平との面談の中でその枠立転倒事件に触れた[10]ことからも窺われるように、彼にとっては非常に印象深い出来事だったことに疑いはない。

ところで、「金剛峯寺参詣記」の特徴的な文体は、作者長経の自発的な文学への意向より生まれたものではおそらくなかった。前述の通り、同記の跋文に道長の依頼を明記するだけに、長経が以上のような文体を採用したというのも道長の要請に応えてのことと見るのが妥当であろう。ちなみに、長経の経歴には不明点が少なくなく、生没年さえ不詳のままだが、寛弘元年（一〇〇四）頃に「明理」から改名した者と思われる。[11]言い換えれば、寛弘年代以降の記録類に名前が頻出する「源長経」とは、一条朝の「天下の一物」（『続本朝往生伝』）のひとりとして数え上げられ、また、藤原行成と何らかの姻戚関係を持ちながら彼と並んで「殿上の一隻」（『江家次第』第十九巻、臨時競馬事）とも称された「源明理」と同一人物だったということになる。藤原伊周の義兄弟にも当たる明理は、長徳の変の際に連座する形で殿上の簡を削られて[12]しばらく不遇になったが、三ヶ月後に本府に従うべき由の宣旨を下された[13]上、翌長徳三年

（九九七）に再び昇殿を聴され[14]、さらに長保年間に入るや中央官制の重職たる左京大夫に就くなど政界に返り咲いた。その中で、『二中歴』（巻十二）に「成業」とも記された彼は、長保元年（九九九）の敦道親王家作文会[15]、同五年の内裏作文会[16]、寛弘三年（一〇〇六）の東三条院花宴[17]など、詩宴の類にしばしば召されて文人としての活躍をも見せた。作品は、東三条院花宴での献詩の他に『類聚句題抄』（第七十「遥」・419）所載の一首しか伝来しないが、大江匡衡が当花宴の際に書いた序文の中に「墨客を鳳筆に択び、皆な夜月の明文を瑩く」とあるごとく、序者の匡衡をはじめ、藤原為時・藤原広業などの専門文人と肩を並べて作品を献じた長経は、「鳳筆」すなわち優れた詩文を作る人物として評価されたらしい。なお、『御堂関白記』を見る限り、長経と道長の関係はさほど深いようには見えないが、前述した一条帝主宰の花宴が道長の自邸東三条院に催されたこと、また、同宴に道長も参加者の一人として一首を献じたことなどから考えると、道長本人も長経の文人としての器量を直接目睹する機会を得たはずである。さすれば、道長の家司とも思われない長経が道長の親族や近臣たちを主な構成員とする金剛峯寺参詣に召し出された理由も納得できるだろう。要するに、道長が主に文人として接してきた長経を参加させて記録係に預けたのは、とりもなおさず彼の文才を生かした記録——言い換えれば、一般の記録類にはない一種の文学性を帯びた記録をこそ望んでいたからであろう。

以上のように考えて大過なければ、文人でなければ作れない性質の参詣記を求めた道長の意図は奈辺にあったのか、という疑問が生じてくる。遠回りのようだが、「金剛峯寺参詣記」が模範にしたとおぼしい記録を検討することによって解明の糸口を探ってゆきたい。

三　宇多天皇の前例

前節では「金剛峯寺参詣記」が他の記録類に見出し得ない特徴を有することを縷々と述べてきたが、かと言ってこうした文体を持つ記録は必ずしも前例なきものでもなかった。時代的に限られた現象とはいえ、道長より百年前に活躍した宇多天皇の周辺においても、意図的に読者に感銘を与えようとする記録が散見する。それらは、宇多帝が菅原道真（みちざね）や紀長谷雄（はせお）など有能の文人たちに直接依頼して、天皇の業績を通常の行事記録には見られない人間味あふれる文体に託しつつ書き記させる、という性質の記録であった[18]。その中で『本朝文粋』（巻十二、記・373）にも収載するところの、宇多主宰の延喜十一年（九一一）の酒宴とそれに招かれた近臣たちの酩酊ぶりをユーモラスに描く長谷雄の「亭子院賜飲記」が著名であるが、「金剛峯寺参詣記」との関係で特筆すべきは、宇多が譲位してから一年後の昌泰元年（八九八）十月二十日、大和国の宮滝を目指しておこなった御幸を筆録した道真の「宮滝御幸記」である。

「宮滝御幸記」は、ひとりの貴人が幾人もの近習を従えて、京外はるかに遊覧して路次の寺院を次々と訪れてゆくという内容面では「金剛峯寺参詣記」と酷似するが、文体の上にもいちじるしい一致の傾向を示している。すなわち、詩語や対句表現をふんだんに踏まえた美文調の風景描写、読者の共感を誘うべく従者たちの言動を感慨深く描き出す筆致、その場その場で作られた詩歌の前面化、等々——「金剛峯寺参詣記」の特徴として目立つ要素のすべてがすでに「宮滝御幸記」に存していた[19]。紙幅の関係で例文の枚挙は控えるが、両作品で趣旨の特に近似する箇所だけを以下に対照することにしよう。

①　岫下有方丈之室、謂之仙房〈大伴・安曇両仙之処、各有其碑〉。菅丞相・都良香之真跡、書于両扉、如白玉之盈

匣、似紅錦之在機。各詠妙句、徘徊難去。前総州刺史孝標者、菅家末葉也。雖為折桂之身、敢非搶花之才、誤以仮手之文、忝書神筆之上。悪其無心、消以壁粉。其外儒胤・成業之者、又並拙草、衆人嘲之。[20]

（岫の下に方丈の室有り、これを仙房と謂ふ。〈大伴・安曇の両仙の処なり、各、其の碑有り〉。菅丞相・都良香の真跡、両扉に書す。白玉の匣に盈つるが如く、紅錦の機に在るに似る。各、妙句を詠じ、徘徊して去り難し。前総州刺史、孝標なる者は、菅家の末葉なり。桂を折るの身〔文章生及第者〕たりと雖も、敢へて花を搶むるの才〔漢詩を作る才能か〕に非ず、誤りて仮手の文を以て、忝く神筆の上に書す。其の無心を悪み、壁粉を以て消す。其の外の儒胤・成業の者、又た拙草を並び、衆人これを嘲る。）

（「金剛峯寺参詣記」十月十九日条）

② 日暮留宿於大和国高市郡右大将山荘也。勅曰、良禅師者、和歌之名士也、宜為首唱以慰旅懐。即各進和歌。右衛門権佐如道、献歌之後、独向隅、屈指計之。良久曰、臣作已乖格律、願減三字。有勅不許、諸人以為口実。

（日暮れて大和国高市郡の右大将の山荘に留宿す。勅して曰く、「良禅師〔素性法師〕は、和歌の名士なり、宜しく首唱と為り以て旅懐を慰むべし」と。即ち各、和歌を進る。右衛門権佐如道、歌を献ずるの後、独り隅に向かひ、指を屈してこれを計ふ。良久しくして曰く、「臣の作、已に格律に乖く、願はくは三字を減ぜん」と。勅有りて許さず。諸人、以て口実と為す。）

（「宮滝御幸記」十月二十三日条）

ひとつ目の箇所は、道長たちが前述の龍門寺に参拝しているなか、大友・安曇が暮らしたと言われる「仙房」に入っている場面である。『更級日記』の作者の父菅原孝標が出てくるということで有名な箇所であるが、房室の扉に道真と都良香の「真跡」があるのを見て行列の中で文章道を修した者が漢詩を献じたところ、道真の子孫でありかつ文人でもある孝標が、漢詩ではなく和歌を「神筆」の側に書いたことが嘲笑の種となる――というのがこの一齣の趣意である。[21]それに対して「宮滝御幸記」では、一行が「和歌の名士」である素性法師を迎えるべく和歌を作る際に、藤原如道が三文字もの字余りの詠作を提出したことを揶揄的に描く場面となる。長経が「宮滝御幸記」に直接発想を得たとまでは断じかねるかもしれないが、従者の低い作文能力をわざと描写することで読者を笑わせるとともに、主宰者の詩歌を重んじる態度を示唆するという技法は、両作品に共通して見える。

ちなみに、「金剛峯寺参詣記」が道真の作品をより積極的に踏まえたと判断できる箇所は他にある。それは、前節の冒頭近くに引用した、道長に付き従う行列が例の龍門寺に辿り着く時の場面である。そこでは、長経が龍門寺を囲む荘厳な光景の描写に続き「昔は宇多法皇、卅一字を仙室に詠み、今は禅定相国、五千燈を仏台に挑ぐ。今を以て古へを思ふに、随喜は猶ほ前と同じならん」と、（当時は「法皇」ではなくまだ上皇だった）宇多が同寺に光臨した時のことに言及するのである。「宮滝御幸記」に徴してみれば、宇多たちが宮滝に到着した当日、そこから直線距離で五・六㎞しか離れていない龍門寺に実際に立ち寄ったことが判明する。左に該当する箇所をあげてみる。

路次向龍門寺、礼仏捨綿。松蘿水石如出塵外。昇朝臣、友于朝臣、両人執手、向古仙旧庵、不覚落涙、殆不言帰。
上皇安坐仏門、痛感飛泉、勅令献歌、云々。（十月二十五日条）

（路次に龍門寺に向かひ、仏を礼し綿を捨す。松蘿の水石、塵外を出づるが如し。昇朝臣、友于朝臣、両人手を執り、古仙の旧庵に向かふ。不覚にして落涙し、殆ど帰るを言はず。上皇、仏門に安坐し、痛く飛泉に感ず、勅して歌を献ぜしむ、と云々。）

宇多上皇が仙室で作ったと言われる「卅一字」すなわち和歌のことが出てこないことはさすがに気になるが、そこで念頭に置くべきことは一点ある。すなわち、「宮滝御幸記」の原文は残っておらず、「金剛峯寺参詣記」と全く同様に『扶桑略記』に収めた引用文が主な逸文となっている、という状況である。また、引用文の末尾に「右大将菅原朝臣これを記す、多きに依りこれを略す」（昌泰元年閏十月一日条）とあるごとく、それも『扶桑略記』の編者皇円がはなはだ省略したことが察知される。ちなみに、右の箇所に「上皇、仏門に安坐し、痛く飛泉に感ず、勅して歌を献ぜしむ、と云々」とあるように、『扶桑略記』所載の引用文では和歌の本文が完全に省かれているが、応永二十九年（一四二二）、自らの所持する「宮滝御幸記」の写本を足利義持へ余儀なく献上させられた後崇光院が、その日の『看聞日記』に「仍りて、和歌等は少々筆を馳せてこれを写す。大巻の間、悉く写し留めざるは無念なり」（応永二十九年七月十一日条、原漢文）と綴るように、原型の「宮滝御幸記」は大量の和歌を収載していたものと見られる。なお、太田晶二郎氏が和歌・書道を善くした守覚法親王の蔵書目録に擬する『古蹟歌書目録』第十六の「雑」に「宮滝記一帖 端紀長谷雄 奥菅丞相」というのが『伊勢物語』『大和物語』『高光少将日記』などの仮名作品の書名と並んで出てくることも、中世に入って「宮滝御幸記」が歌書として高い評価を獲得したことを示唆する。[22]

以上のことからすると、原型の「宮滝御幸記」においては、宇多帝の仙室訪問を実際に記載してその時の御詠をも掲載する箇所があったという可能性は十分にありうると稿者は考えたい。換言すれば、長経が宇多の龍門寺訪問のことを取り上げて宇多の三十一文字にも言及したのは、「宮滝御幸記」の当該箇所を実際に見たからだと言えるだろう。「金剛峯寺参詣記」の表現自体もこの説を裏付けてくれるかと思う。両作品は、仙人が住んでいた房室の存在を手掛かりに龍門寺を塵界から外れた〈聖場〉として描き出す点では一致が看取されるばかりでなく、「金剛峯寺参詣記」に「其の勝絶を見て、殆ど帰るを忘れんとす」とあるのも「昇朝臣・友于朝臣、両人手を執り、古仙の旧庵に向かふ、不覚にして落涙し、殆ど帰るを言はず」という「宮滝御幸記」の表現を直接踏まえたことになる。そもそも紀伝道を修した経歴のある明理こと長経が、文人の典型として仰がれて当時もすでに神格化を全うしていた道真の文章に倣ったとしてもおかしくないのだが、右の箇所が示すように、長経が「宮滝御幸記」を実見しつつその特徴的な文体を意図的に踏襲したと結論づけることもできるだろう。

ところで、「宮滝御幸記」を含め、宇多帝が道真などの文人たちに通常の記録類には見られない文体を用いて自らの言動を記録させたことの背景に、重大な政治的課題が潜んでいたことを念頭におくべきであろう。詳細は前稿に譲るが、藤氏の擡頭により存在感が希薄化の一途をたどってきた「天皇」というものの偉大さを再建すべく、有用性を先立たせる記録の系統とは一線を画した、君主の人間像やその側近たちとのくつろいだ関係を描く――言い換えれば〈君臣和楽〉の具体相を再現させることに重点を置くところの新しい記録体を模索するのが、宇多の記録促進策の核心となっていたと考える。[23] 従って、前節でみたように、長経が「宮滝御幸記」を髣髴とさせる文体を採用したということも道長の要請に応じてのことと見るのに差し支えがなければ、そういう政治的な要素の強い文体を自らの業績記録に適用させる道長の企図が問題となってくる。長経は、前にも再三引用してきた「金剛峯寺参詣記」十月十九日条で「昔は宇多法皇、卅一字を仙室に詠み、今は禅定相国、五千燈を仏台に挑ぐ。今を以て古へを思ふに、随喜は猶ほ前と同じならん」と、厳格な対句を構えつつ宇多と道長の行動を対比させて見せたが、そうした対偶的表現は単なる文飾ではなかったと考える。「卅一字」と「五千燈」という、あまりにも比較にならない数値が示すように、道長は宇多上皇の行動を引き継ぎながらも、彼以上の偉大さを誇示したようである。

道長のこの姿勢の意味するところは、「金剛峯寺参詣記」が書かれた歴史的背景に目を向けつつ次節で明らかにしてゆこう。

四　「帝王」のごとく振る舞う道長

道長の長い政治生活の上でひとつの画期となったのは、長和五年（一〇一六）正月二十九日、関係が穏やかでもなかった三条天皇を退位させることにようやく成功し、その代わりに待望の孫敦成親王（後一条天皇）を践祚させたことである。左大臣・一上として太政官を掌握してきた道長としては、外孫を皇位に即けることで政府への統制権をますます安定不動なものにさせることができた。ただし、道長のその直後の行動には多少驚くところがある。天皇が幼年のため、道長は直ちに摂政になったが、その職をわずか一年余りで辞してしまった。また、二十年間も就任していた左大臣もその間に辞め、さらに寛仁元年（一〇一七）に任じられたばかりの太政大臣も翌二月に辞退するという具合で、あらゆる官職を退こうとする姿勢を貫いていたのである。

こうした度重なる辞職は、道長が栄華の裡に政界から脱離しようとしたかのように映るが、上島享氏が詳論したように、実はそういうわけではまったくなかった。むしろ、律令制に基づく官職秩序の外側に身を置き直すことにより、その秩序に必然的に備わる限界から自由になって権力をほしいままにするのが、道長の企てだったらしい。上島氏の論をまとめてみれば、道長は摂政であれ太政大臣であれ、ある種の官職に就いている限り、他の公卿たちと同様に天皇の一臣下に過ぎなかったけれども、官僚制から逸脱することでもっぱら在位天皇の祖父としての立場を強調することができるようになり、こうしてまた、道長が他の公卿たちへ何の遠慮もなく国家に君臨するという体制も成り立ったのである[24]。ところで、道長自身がその新しい地位を敏感に自覚していた形跡もある。時代はやや下るが、治安二年（一〇二二）七月十四日、道長の創建による法成寺の金堂供養が催された時に、藤原広業が道長に代わって作った願文がここに注目される。その願文に「方今、帝王・儲皇の祖、貴しと雖も、若し勤めずんば其れ菩提をいかんせん。三后・二府の父、厳めしと雖も、若し懺いずんば其れ罪業をいかんせん」（『扶桑略記』同日条所収[25]）とあるが、それは出家後の道長がひとえに天皇（後一条）・皇太子（敦良親王）の祖父、三人の皇后（太皇太后彰子・皇太后妍子・中宮威子）・二人の大臣（関白兼左大臣頼通・内大臣教通）の父としての立場を見せびらかしたものである。

道長の建てた体制と院政へのつながりに焦点を当てて論を展開させる上島氏は、道長が必ずしも天皇と同質の権力形態を目指さなかったとしているが、後一条が即位してから増大しつつある道長の大胆さは、彼が「帝王」のごとく振る舞うという批判を対抗者である藤原実資からしばしば招いてしまったことを等閑視してはならない。例えば、後一条が帝位に登ってから一年半後に行われた「一代一度仁王会」の時に、すでに摂政の職を息頼通に譲っておいた道長は「行香」の雑用を頼通に務めさせながら、自らはただ天皇に伺候していたが、実資はそれを受けて「今日、摂政、内・宮々の行香に列せらる。摂政の雑役、未だ見ざる事なり。前の摂政、簾中に候ぜらる。帝王の如くして人臣にあらず」(『小右記』寛仁元年十月八日条、原漢文、以下同)と、痛烈に批判する。また、それより一ヶ月後、道長が二条殿へ移居した際に「家子」「近習」でもない実資も参入しなければならない雰囲気を道長が作ったことについては、「当時の尊、帝王に異ならず。誰か誇り、誰か難ずる」(同寛仁元年十一月十日条)と、皮肉を放ちながら記している。さらに、年が改まって、焼失してしまった自邸土御門殿の再建にあたり、道長がその莫大な費用を受領たちに分担させるという、長和四年(一〇一五)の内裏再建の際にも用いられた処理を引き継いだことに関しても、実資は「当時の大閤の徳、帝王の如し。世の興亡、只だ我が心に在り。呉王と其の志、相同じ」(寛仁二年六月二十日条)と、華奢を極めて呉国を滅ぼさせた春秋末期の夫差に譬えて論難した。

道長を「帝王」に擬える右のような言説は、実資が道長への不満を過剰に表現した、事実に根拠を持たない暴言として片付けることはできるかもしれない。しかしながら、皇室との一体化を生涯目指してきた道長が、後一条の即位後、「帝王」のあり方をますます積極的に踏まえた形跡は見えてくる。その傾向は、道長の出家後にとりわけ顕著になる。寛仁三年(一〇一九)に年が改まって持病の「胸病」の重症化に悩んでいた道長が、今にも臨終に及ぶだろうとの懸念により、同三月二十一日に剃髪を遂げてしまった。けれども、わずか四日後に健康を完全に回復させ、その後八年間も生き延びる結果となった。三橋正氏が指摘する通り、「権力の頂点に立つ者が出家して生き続けた例は、既に象徴的になりつつあった天皇（上皇）にはあっても、実質的に政治を領導する摂政・関白としては初めて」[26]だったわけである。そのためか、出家後の道長は、自らの身分に最も隣接するものとして「法皇」に行動の模範を求めていくのであった。

例えば、道長が出家してから半年後に東大寺、翌四年（一〇二〇）十二月に延暦寺のそれぞれで受戒することに決意したが、両寺で戒を授かるということは円融院の寛和二年（九八六）と永延二年（九八八）の先例があり、道長がそれに倣ったと見られる。[27]また、東大寺受戒の儀式次第を決めるなか、道長は「此の間の事、太だ不審なり」（『小右記』寛仁三年九月六日条）との理由で円融院具足戒の日記の提出を実資に求めたところ、所持する記録類の外見をたやすく許さない実資はさすがに「御受戒の日記、奉らず。彼の日以前の事を書き出だす」（同七日条）ことに留まったが、道長はそこに含まれる先例に準じて儀式を執り行ったらしい。さらに、東大寺受戒の本番に入り、道長は幾人かの公卿・僧侶・小童を従えながら、南都の七大寺や倉（正倉院）を開かせてその宝物を拝観し、また東大寺と興福寺の住僧たちに立派な禄物を与えたが、その一連の出来事を描く『栄花物語』（巻十五「うたがひ」）の作者が「ただ今はただ法皇の御幸にも、かくこそと見ゆ」と批評を加えることも注目される。受戒記事の直前の箇所では、道長を空海と聖徳太子の生まれ変わりとする説が紹介されることから考えると、道長の東大寺受戒を「法皇の御幸」に匹敵させるという論理もまた、『栄花物語』の基調とも言える道長への誇張的な称美の所産と考えることは可能だが、「ただ今は……」との評言はそれでもなお、道長があたかも「法皇」のように振る舞っていたことが貴族社会の間に常識となりつつあった状況を間接的に窺わせるものであろう。それはさておき、当該箇所が円融院の前例にも言及せず、かえって「奈良の都は、その上だにかかることはあらめやと見えたり」と、道長の大掛かりな参詣を唯一無二のものごとく描写するところに、『栄花物語』の作者の特殊な意図を読み取るべきかもしれない。

ちなみに、道長が「法皇の御幸」という行動を実質的に踏まえた事例は他にふたつある。ひとつ目は、治安二年(一〇二二)、関白頼通が自邸の高陽院(かやのいん)において競馬を催した時のことである。道長が息子たちの頼宗(よりむね)と能信などを従えてそこへ御出した際に、船に乗った楽人が、行幸・御幸時に限定して奏されることを慣例とする駒形(こまがた)と蘇芳菲(そほうひ)の曲を演奏して迎えたが、例の実資はそれを見て「駒形・蘇芳菲、門に相迎(あひむか)ふること、行幸の如し。天に二日(にじつ)有るに似る、と云々」(『小右記』治安二年五月二十六日条)と、孔子の言葉と伝えられる「天に二日無し、土(と)に二王なし」(『礼記』曽子問第七)という文言を引用しながら批判した通りである。競馬の主催者が道長の長男頼通であったため、歓迎儀礼の次第も道長と相談した上で取り決めたものと見るべきであろう。ところで、道長が「法皇の御幸」に行動の模範を求めたもうひとつの例は、他ならぬ金剛峯寺参詣であった。前節では、長経が「宮滝御幸記」を実見した上でその特徴的な文体を踏襲したのみならず、龍門寺参拝の記事の中で道長と宇多上皇の行動を見事に並列させてみせたことを指摘してきたが、さて、金剛峯寺参詣そのもの自体もともとから宇多の宮滝御幸に範を仰いだことをここに加えておかねばならない。

そこでまず、最終目的地は異なるものの、道長ほどの貴人が吉野地方へ旅立つということは宇多の宮滝御幸以降の百年余りに一度もなかったことに注意を配るべきだろう。道長が左大臣就任中の寛弘四年(一〇〇七)八月二日から十四日にかけて、宮滝から三kmしか離れていない金峯山へ参詣したが、それも宇多の昌泰三年(九〇〇)・延喜五年(九〇五)両度の金峯山御幸以後初めてであり、それも宇多の前例を意識したものと捉えることはできるだろう。

これに加えて、金剛峯寺参詣に託された政治的な課題も宮滝御幸のそれに限りなく近いことは注意に値する。稿者が笹山晴生氏の論[28]を活かして別稿で述べたように、宮滝御幸は単なる遊戯中心の催しというよりも、親政への回帰を志した宇多帝の戦略の一環として君主の活動性を地理的に具現させようとするいかにも政治的な行為なのであった。[29]
宮滝御幸の場合にその活動性がどのような形で現れるのかと言えば、①雑役などに加えて数多い親族や近臣から編成する行列を従えること、②路次に参詣した寺院ごとに綿などの物品を寄進すること、③訪れる場所にちなんで詩歌（漢詩と和歌）の献上を従者たちに促すこと、の三つになる。要するに、①は律令制を超えた次元で朝廷を動員させうる宇多の権力、②は仏教の守護者としての彼の立場、③は文事（によった政治）を重んずる君主の姿勢、のそれぞれを示す役割を果たしていたかと考える。

上述の通り、①は官職制度を超越したところで権力を発揮しようとする道長の企図と全く同じで、さらに、親族や家司めいた者を主な参加者としたことも宮滝御幸の場合に変わりはないが、「金剛峯寺参詣記」に②と③に類似する部分も多い。

例えば、十月十八日、道長が東大寺に参拝する箇所を見よう。「寺内、東を去ること五、六許りの町」の山上に「銀堂」があり、その中に盧舎那仏の丈六銀像を安置していたようだが、それは「破損、殊に甚だしく、銀像の過半、賊のために穿ち取らる」という悲惨な状態だった。「衆人」すなわち道長一行はそれを見て「或いは以て弾指し、或いは以て流涕す」という具合だったが、道長はさらに「此の仏、此の堂、尤も哀愍すべし。且つ、材木等の支度を勘申せしめよ。料物に至りては、申請するに随ひて宛て給ふべし」と、修理に必要な材料の調達を約束した上、「陪従の人々」に銀一両ずつ差し上げさせ、自らは銀碗一器を預けることにした。天皇や皇后・東宮・斎王などのみゆきに付き従う者を指す場合にのみ用いられた「陪従」という語[30]が出てくるのはやはり注目すべきであろうが、金銭的に困窮する寺院へ援助を示すという道長の行動も、宇多上皇が法華寺に参拝した時に綿二百屯を捨し、「破壊の堂舎を見る毎に、弾指し、歎息す」（「宮滝御幸記」十月二十三日条）という態度に酷似することは多言を要さない。道長はここにおいても、宮滝御幸を介して仏教の守護者としての側面を訴えかける宇多の例に倣いつつ、それに負けぬ主体性を自負したわけである。

また、③に関しては、道長が龍門寺訪問の時に漢詩を従者に作らせたことは上記の通りだが、彼が聖徳太子にゆかりの深い法隆寺の夢殿に参拝する際に「おほきみのみ名をば聞けどまだもみぬ夢殿までにいかできつらむ」という和歌を詠むことも注意を喚起する。その歌を「金剛峯寺参詣記」へ記載する長経が「古今の秀歌有りと雖も、其の右に出づるべからず」(十月二十六条)と大々的に絶讃するのはさすがに褒め過ぎだし、また、道長の態度も、素性法師を「和歌の名士」としてわざわざ迎えて従者の全員に和歌をしばしば進らせた宇多ほどのものではなかった。とはいえ、和漢の別なく文学全般を重視する姿勢の可視化に努めた道長は、その点でもやはり宇多上皇に行動の模範を学び取ったことになるだろう。

五　おわりに

前節で述べたことを要約すれば、金剛峯寺参詣の道長は、細部においては差別化を図りつつも宇多帝の宮滝御幸の形式を大づかみに踏襲したことになるが、それは道長の出家後の活動全般に通底する野心――すなわち、律令制の拘束から解放されて活動を比較的自由に展開させ得た「法皇」という身分に自らの地位に相応しい権力形態を求めていこうとする道長の野心を忠実に反映したものと考える。そうした視点に立ってみると、当時文才をそれなりに評価された長経が道長の注文を受けて作った「金剛峯寺参詣記」が、宇多自身が文人の典型たる道真に依頼した「宮滝御幸記」の特徴的な文体を引き継いだということもさして驚くべきでないだろう。宇多は、実用性に重きを置く通常の記録体を捨てて、その代わりに読者の情緒に訴える文学性に富む文体を採用することで、君主の人間像を印象深く伝えるとともに王権の求心力を増やすことに努めたが、そうした政治性の非常に濃い文体を長経に踏襲させた道長も、「金剛峯寺参詣記」を通して自らの、律令制を超えたカリスマ的支配者としての資質を誇り、それを歴史に刻み込もうとしたのであろう。以上は、出家後の道長が志した〈記録政策〉の真髄だったかと考える。

〔注〕

1　『尊卑分脈』紫式部の項に「御堂関白道長妾、云々」と注記が付してある。

2　阿部秋生「藤原道長の日記の諸本について」（『日本學士院紀要』第八巻第二号、一九五〇年六月）

3　松村博司『歴史物語―栄花物語と四鏡―』（塙書房、一九六一年）第二章「栄花物語」、福長進「栄花物語の対象化の方法―原資料を想定して読むことについて―」（山中裕編『栄花物語研究』第一集、国書刊行会、一九八五年）参照。「法成寺グループ」とは松村氏の命名により、巻十五「うたがひ」から十八「玉の台」までの一連の巻々を根幹に、巻十九「御裳着」、二十二「とりのまひ」、二十九「玉のかざり」、三十「鶴の林」の中で法成寺に関係する記事を加えたものの総称である。

4　同記は『七大寺巡礼私記』に「入道殿大相国御修行記」、『南都七大寺巡礼記』に「治安三年十月大相国藤原道長公御修行記」の名称で出ているため、通称を「金剛峯寺修行記」に改める必要はあるかもしれない。

5　行事記録としての「漢文日記」における自己表現と、稿者がその「付随性」と呼ぶものについては、木村正中「日記文学の成立とその意義」（『中古文学論集』第一巻、おうふう、二〇〇二年、初出一九六三年）、秋山虔「古代における日記文学の展開」（日本文学研究資料叢書『平安朝日記Ⅰ』有精堂、一九七一年、初出一九六五年）などに先行論がある。

6　『寛治二年白河上皇高野御幸記』（『密教文化』第五十一号、一九六〇年）に拠った。『寛治二年白河上皇高野御幸記』寛治二年（一〇八八）二月二十七日条参照。引用の際には、和多昭夫「西南院蔵「寛治二年白河上皇高野御幸記」」

7 『東寺長者補任』『仁和寺御伝』などは、宇多上皇の昌泰三年（九〇〇）十月、延喜五年（九〇五）八（九の誤りか）月七日両度の金剛峯寺御幸を伝えるが、和多昭夫氏が「平安時代の参詣記に現われた高野山」（『和多秀乗論集』下巻〈高野山信仰の形成と展開〉、法蔵館、一九九七年、初出一九六六年）の中で説得的に論じたように、その伝承を決定的に裏付ける史料はない。一方、『日本紀略』昌泰三年十月某日条に「太上法皇、南山に参詣す」、同延喜五年是月条に「太上法皇、金峯山寺に参詣す」とあることから考えると、両寺とも「南山」と呼称されることもあった「金峯山寺」と「金剛峯寺」両寺が「南山」と呼称されることもあったため混同が生じ、宇多高野山御幸説へと発展したものと見るべきであろう。

8 三橋正「藤原道長と仏教」（『平安時代の信仰と宗教儀礼』続群書類従完成会、二〇〇〇年、初出一九九八年十月）参照。

9 「金剛峯寺参詣記」の読み下し文は私意に拠るが、本文解釈の上で滝川幸司氏が二〇〇八年三月二十二日、飛鳥資料館で行った発表の配布資料に多大な啓蒙を受けた。資料は、講演会を主催した両槻会のウェブサイト（http://asuka.huuryuu.com/kiroku/teireikai-7/teireikai7-repo2.html）に部分的に掲載されている。

10 『小右記』治安三年十一月十日条

11 迫徹朗「讃岐前司明理」『王朝文学の考証的研究』（風間書房、一九七三年）参照。現時点で最も詳しい長経伝記研究は、今浜通隆『本朝麗藻全注釈』巻三（新典社、二〇一〇年）にある。

12 『小右記』長徳二年四月二十四日条

13 同七月二十四日条

14 同三年九月九日条

15 『権記』長保元年十月七日条

16 同五年五月六日条

17 『御堂関白記』寛弘三年三月四日条。その際に献ぜられた漢詩と序文は『本朝麗藻』（上巻、11〜21）に掲載されている。匡衡の詩序は『本朝文粋』（巻十、序・284）にも出る。

18 宇多朝の記録類の概論は、拙稿「宇多天皇と記録—菅原道真・紀長谷雄の「記」を中心に—」（『國語と國文學』第九十五巻第八号、二〇一八年八月）で述べてみた。

19　「宮滝御幸記」とその姉妹編である長谷雄の「競狩記」の文体については、拙稿「「男もすなる日記」再考―『土佐日記』と「競狩記」「宮滝御幸記」の関係をめぐって―」（『むらさき』第五十四輯、二〇一七年十二月）で考察を試みた。
20　今浜通隆氏が「「仮手之文」とは仮名文の意なるか（上）―『扶桑略記』に見える菅原孝標像再考―」（『武蔵野日本文学』第十号、二〇〇一年三月）の中で指摘する通り、『扶桑略記』に「滄」とあるのは文意により「搶」に改めるべきであろう。
21　本箇所は、孝標が行列に参加したかどうか、「仮手の文」とあるのは和歌ではなく（やはり漢詩の）代作のことを指しているのではないかなど、数多くの議論を招いた。主な論としては、松本寧至「菅原孝標は同行しなかった―『扶桑略記』竜門寺参詣記事新釈―」（『古代文化』第三十一巻第四号、一九七九年四月）、注20掲今浜通隆氏論文、同「「仮手之文」とは仮名文の意なるか（下）―『扶桑略記』に見える菅原孝標像再考―」（松本治久編『歴史物語論集』新典社、二〇〇一年）がある。傾聴に値する説だが、本稿では一応、孝標が現に参詣に同行して和歌を書いたとする伝統的な解釈に従っておく。
22　太田晶二郎「『桑華書志』所載『古蹟歌書目録』―『今鏡』著者問題の一徴証など―」（『日本学士院紀要』第十二巻第三号、一九五四年十二月）
23　注18掲拙稿
24　上島享「藤原道長と院政」（『日本中世社会の形成と王権』名古屋大学出版会、二〇一〇年、初出二〇〇一年）
25　『諸寺供養類記』巻一、『本朝文集』巻四十五にも所収。
26　注8掲三橋正氏論文
27　同
28　笹山晴生「政治史上の宇多天皇」（『平安初期の王権と文化』吉川弘文館、二〇一六年、初出二〇〇四年）
29　注18掲拙稿
30　『国史大辞典』「陪従」項目（柳雄太郎執筆）

「女禍」史観の展開および軍記物語における受容

張　龍妹

はじめに

白居易（七七二～八四六）の一世を風靡した『長恨歌』は玄宗皇帝と楊貴妃を悲恋物語に作り上げているが、『古塚狐』「艶色を戒める」と題する諷諭詩も彼の名作の一つである。

假色の人を迷はす　猶是の若し、
真色の人を迷はす　應に之に過ぐ。
狐の女妖を假る　害猶浅く、
一朝一夕　人眼を迷はすのみ。
女の狐媚を為す　害即ち深く、
日に長じ月に増し、人心を溺れしむ。
何ぞ況んや褒妲の色　善く蠱惑し、

能く人の家を喪ぼし　人の国を覆すをや。[1]

諷諭詩の一首で、狐の変化「假色」でも、このように人を害するものであるから、まして「真色」の人間の美女が人を惑わすことは狐にすぎている。褒姒や妲己のように、よく人の家を滅ぼし人の国を覆す、と色欲を戒めている。「安史の乱」を経験した当時の人のみならず、現代の中国人も、楊貴妃を褒姒、妲己にたとえ、彼女によって唐王朝が崩壊の危機に瀕したことを風刺する詩作であると考えている。

唐王朝も末ごろの乾寧年間（八九四～八九八）に進士に及第した程晏の「設毛延寿自解語」（毛延寿自解の語を設く）という一文が『全唐文』に載っている。毛延寿というのは、王昭君故事に登場する画工で、彼女を醜く描いたため、王昭君が匈奴との和親に遣わされた。この一文では、王昭君を醜く描いたのは、「女禍」を胡国に遷したいからと、弁解させている。[2]

日本では熱田明神が楊貴妃に生まれ変わって、玄宗皇帝の後宮に入り唐王朝を乱したという説話もこれと軌を一にするものである。この「女禍」史観が中日にいかに浸透しているかが察せられよう。

一　「女禍」史観の誕生

中国王朝の統治権は「天命」と帝王の「徳」によると考えられてきた。天命あるのみならず、帝王にそれに相応しい「徳」が備わっていなければ、天命を保つこともできない。その「徳」を損なう最大の悪は「婦言」を用いることのようである。周武王が殷の首都を攻めようと、諸侯を動員した際に、以下のように革命の理由を述べている。

『牝鶏は晨すること無し。牝鶏もし晨せば、惟れ家を之れ索（＝盡）す』と。今商王受は惟れ婦言を是れ用ひ、

(a)厥の肆祀を昏棄し答へず、(b)厥の遺れる王父母弟を昏棄して迪ひず、乃ち惟れ四方の多罪逋逃を是れ崇び是れ長とし、是れ信じ是れ使ひ、是を以て大夫・卿士と為して、(c)百姓に暴虐し、以て商邑に奸宄せしむ。今予発は惟天の罰を恭行す。

（『書経』「周書・牧誓」明治書院、新釈漢文大系、一四四頁。文字表記を改めた箇所がある。以下同。）

ここで、武王が商紂王の罪状を(a)祭礼を蔑ろにする、(b)伯父や同腹の弟たちを用いず、かえって罪を多く犯した人を信用し、卿大夫とする、(c)百官を虐待し、国内に悪事を働かせる、の三点をあげているが、それらがともに傍線部の「商王受は惟れ婦言を是れ用ひ」ることに起因する論理になっている。要するに「婦言」を用いることが、紂王の諸悪の根源であり、冒頭の「牝鶏は晨すること無し。牝鶏もし晨せば、惟れ家を之れ索す」が一段の趣旨というより、真理を提示する意味をもつ。そして、そのような無徳の紂王は天命を失い、「今予発は惟天の罰を恭行す」（いま自分は天の紂王に下された罰を奉じて行う）と武王が天罰を代行することを宣言している。

残念ながら、武王が建てた周王朝も幽王の時に滅んでしまった。『詩経』「大雅・瞻卬」と「小雅・正月」は毛詩以降幽王を諷刺する作品として解釈されてきた。「乱は天自り降るに匪らず、婦人自り生ず（「瞻卬」）」。「赫赫たる宗周、褒姒之を滅ぼせり（「正月」）」などのように、幽王が褒姒を寵愛したことを、その滅亡の原因であると決めつけている。

このように『書経』『詩経』の段階で、すでに殷王朝と周王朝の崩壊を「女禍」によるものとする言説が成立していたのである。

二　歴史的記述に見る「女禍」史観の定着

（一）『史記』における三代の「女禍」

後世では末喜（妹喜）、妲己、褒姒の三人がそれぞれ夏、殷、周王朝を滅ぼした「女禍」として並称されるが、『史記』「夏本紀」では末喜について全く触れていない。「殷本紀」においても妲己についてはわずか「（帝紂）妲己を愛し、妲己の言に是従ふ」とあるのみで、妲己が具体的にどのような悪事を働いたについての記述はない。「周本紀」になると、記述が少し具体的になる。幽王三年、褒姒を嬖愛し、皇后と太子を廃し、褒姒を皇后に立て、その腹の皇子伯服を立太子した。続いて、よく知られた烽火（狼煙）の話になり、褒姒の笑いを誘うため幽王が何度も烽火を挙げ、とうとう諸侯の離反を招くことに至った、3 と周王朝の滅亡を語っている。

それから『史記』「外戚世家」においては、

古より、命を受けたる帝王、及び體を繼ぎ文を守れるの君は、獨り内徳の茂んなるのみに非らざるなり。蓋し亦外戚の助有り。夏の興るや、涂山を以てす。而して桀の放たるるや、末喜を以てす。殷の興るや、有娀を以てす。紂の殺さるるや、妲己を嬖したればなり。周の興るや、姜原及び大任を以てし、而して幽王の禽にせらるるや、褒姒に淫したればなり。（『史記』七「世家下」明治書院、新釈漢文大系、九一七頁）

天命を受けた草創の帝王も、また教えを守って継承した君主も、ただもって生まれた徳が優れているのみならず、また外戚の助けがあったからである。涂山、有娀、姜原及び大任はそれぞれ夏、殷、周の建国を幇助した女性であるが、それと並んで三代の女禍を併記し、婚姻の儀礼、陰陽のバランスがいかに大事かを語っている。紂王が殺されたのは妲己を嬖愛したためで、幽王が捕虜となったのも褒姒に淫したためだと、女禍の悪を論うよりは、帝王たる人間が陰陽のバランスを崩すようなことをしたら、このような結末を招くことになると説いているのである。

（二）劉向『列女伝』にみる三代の「女禍」

『列女伝』の作者劉向は漢高祖劉邦の異母弟である楚元王劉交の四代目の子孫に当たり、漢宣帝（BC七四～BC四九在位）、元帝（BC四九～BC三三在位）、成帝（BC三三～七在位）の三代に仕えた。成帝のころ、趙飛燕、趙合徳姉妹が成帝の寵愛をほしいままにし、内廷を乱した。その上、皇太后の王政君はその兄である王鳳、甥に当たる淳于長に朝政を任せ、国政が大いに乱れた。河平三年（BC二六）に、劉向は成帝の命令を受けて中秘書の蔵書の整理・校訂作業に当たり、前後二十年近くこれに従事した。『列女伝』はこの時期に編纂されたと推測される。[4]『漢書』「劉向伝」によると、劉向は社会風習がますます奢淫になるのをみて、後宮における成帝の趙飛燕姉妹に対する寵愛ぶりを憂慮し、『列女伝』を編纂するようになった。自分が一族の遺老として、発言しなければという意識は常にあり、度々上訴し天子を戒めていたという。[5]

『列女伝』巻七「孽嬖伝」の劈頭に「夏桀末喜」「殷紂妲己」「周幽褒姒」と三人を並べている。この三人の悪行について、劉向は基本的に先行文献から、桀王、紂王、幽王の悪行を引用し、それを三人の「女禍」と関連させる方法をとっている。一例を挙げると、『史記』「殷本紀」における紂王の特徴的な悪事は以下の三点である。

(1)酒を以って池と為し、肉を縣けて林と為す。男女を裸にし、其の間に相ひ逐はしめ、長夜の飲を為す。
(2)紂乃ち刑辟を重くし、炮烙の法を有える。
(3)（比干の諫言に対し）紂怒りて曰く「『吾、聖人の心に七竅有りと聞く』。比干を剖きて、其の心を観る」。

劉向の「殷紂妲己」では、⑴⑵の文言の後にそれぞれ「妲己之を好み」、「妲己乃ち笑ふ」と付け加え、紂王の悪行を妲己と関連させている。さらに、⑶については、「紂怒りて曰く」を直接「妲己曰く」に改め、紂王の悪を妲己に転嫁させている。このような方法で、紂王のやったことをすべて妲己のせいにし、妲己が殷王朝を滅ぼしたという結論に至る。もっとも、「殷本紀」では「妲己を愛し、妲己の言に是従ふ」と先に断っているので、そのような付言、改竄も理由なしではないのであろう。

三后に共通する悪徳無道は、①帝王を自分の言いなりにする、②度はずれの享楽、③忠諫の者を誅殺する、の三点にまとめることができる。②③はむしろ①のもたらした結果であり、女性の言いなりになることが亡国のはじめである。「牝鶏は晨すること無し。牝鶏もし晨せば、惟れ家を之れ索す」の謂れで、成帝に対し警鐘を鳴らす劉向の意図が一目瞭然である。

(三) 当時の朝廷における「女禍」認識

ただ、このように女性と亡国を結びつけるのは、劉向だけのことではないようである。成帝のころ、よく天変地異が起こった。そのような天変地異も「女禍」と結びつくのが一般的だったようである。

『漢書』によると永始二年（BC 一五）に彗星が落ち、日蝕が起こった。その前にすでに黒龍出現といった凶兆が現れていた。成帝は自分の過失によるものと悟り、減税の詔書を下した。また人を使わして、穀永（?～BC 一一）という当時の名臣に対策を求めていた。その下問に対し、穀永は以下のように答えている。

元年九月に黒龍見はれ、其の晦、日食之有り。今年の二月の己未の夜に星隕つ。乙酉、日食之有り。六月の間に、大異、四たび發リ、二つながらにして同月なり、三代の末、春秋の亂、未だ嘗て有ることなし。臣聞く、三代、社稷を隕ひ、宗廟を喪う所以は、皆、婦人と群悪、酒に沈湎するに由れり。書曰はく「乃ち婦人の言を用ひ，自ずから天に絶つ」（中略）『詩』云はく、「燎の方に揚がる、寧ぞ之を滅すこと或らんや。赫赫たる宗周、褒姒之を滅ぼせり。」

（『漢書』一一、中華書局、三四五九頁）

穀永は近年の天変地異を列挙し、夏商周三代の末、春秋戦乱の時期にも前例をみないものであるとし、三代が滅んだのは婦人及び群悪が酒に溺れていたためで、『書経』の「乃ち婦人の言を用ひ、自ずから天に絶つ」を引用し、「婦言」を用いることが自ら天命を絶つことであると結論する。成帝はさらに、臨時の「賢良方正」科を設け、直言できる人物を各地に挙げてもらった。推薦された杜欽という人も陰陽を説き、天変地異の原因は後宮にあると諫言した。[6]このようにみてくると、成帝のころ、陰陽五行説の盛行と相まって、現実の後宮秩序の乱れと関連し、「女禍」に関する言説は宮廷の常識となっていたようである。

三　通俗文学における「狐変妲己」

東晋の『捜神記』にすでに「狐者先古之淫婦也」（狐は先古の淫婦なり）とあり、[7]狐と女性を結びつけている。『源氏物語』にも影響を与えた唐代伝奇「任氏伝」はまさに女性に化けた狐の話である。冒頭で挙げた白居易の『古塚狐』も妲己・褒姒を狐の変化に準えている。宋元時代になると、「平話」と呼ばれる語りの台本である通俗小説が生まれ、歴史を題材とする長篇物語に作り上げられる。明代になると、それが演義小説に発展するが、「狐変妲己」という発想が固定化する。

『武王伐紂平話』（一三二一～一三二三）は後の『封神演義』（一六二四年前後）ないし高井蘭山の『絵本三国妖婦伝』

に影響を及ぼした作品である。そのあらすじであるが、紂王が正妃の姜元妃に求められて、共に玉女観へ詣でる。玉女像の美しさに魅せられ、そのような女性を全国で探し始め、妲己が献上されることになるが、都に上る途中の驛で、九尾金毛狐が眠っている彼女の「魂魄」及び「骨髄」を吸い取り、彼女に乗り移って、紂王の寵妃になる。その後『列女伝』にあるような非道のことを働いた挙句、姜元妃腹の王子に斬首され、姜太公に退治される。ただ、なぜそのような悪を働いたかの理由として、九尾金毛狐の古巣が紂王の叔父である比干に破壊され、親たちも比干に殺されたため、その復讐としてこのような悪行を行った。また比干の胸を割いたのもその復讐の一環であるという。

この話で注目されるのは残虐無道の妲己が人間ではなく、九尾金毛狐だったことである。九尾狐は『山海経』に登場して以来、瑞獣として扱われてきた。例えば曹植の『上九尾狐表』（九尾狐の表を上る）には、

> 黄初元年十一月二十三日鄄城県の北において、衆狐数十首、後ろに在るを見る。大狐は中央に在り、長七八尺、赤紫色で、頭を挙げ尾を樹て、尾甚だ長大にして、林列して枝甚だ多く有り。然る後に九尾狐と知る。斯れ誠に聖王の徳政和気の應ずるところなり。[8]

とある。魏文帝の黄初元年（二二〇）一一月に、後に曹植の領地となる山東鄄城県の北に多くの狐が現れた。数十匹の狐を従えさせた大きい狐がいて、身長七八尺、赤紫色で、頭を挙げ、尾を立て、尻尾が大きく、多くの枝に分かれていた。後でそれが九尾狐であることを知った。まさに聖王の徳政和気に応じたものであると、文帝を讃えている。黄初元年十月に曹丕は魏文帝として即位したばかりで、曹植は時を逸することなく兄の即位を天命に応じたものと賛美している。九尾狐の出現は明らかに瑞祥として認識されている。

唐代になると、すでに白楽天の『古塚狐』の詩があるように、狐は妖獣として認識されていた。平安時代末（一一〇二～七）の大江匡房の『狐媚記』に「狐媚変異。多載史籍。殷之妲己為九尾狐。」（狐媚の変異。多く史籍に載せり。殷

の妲己、九尾狐と為す。）とある記述は、現在みられる妲己と九尾狐を結びつける最古のものである。[9]「多載史籍」と、様々の史書に記載があったろうが、『武王伐紂平話』における妲己＝九尾狐という設定もそのような史籍に基づくものであろうが、「九尾狐」を古塚狐と同じような、より魔性のものとして捉えていることは、「九尾狐」の神格喪失を意味するばかりでなく、また傾城傾国の美女を魔物扱いして狩り殺すことの正当性を与え、漢字圏に「九尾狐」文化を形作っている。

『封神演義』の前半の三十回は『武王伐紂平話』を敷衍したものである。紂王が正妃に誘われて、女神である女媧宮へ詣でることになる。紂王はその美しさに魅せられ、娶って君主に事えるようにという「淫詩」を落書きした。[10]のちに、女媧が降臨し、その詩に怒りを覚え、軒轅墳を塒にしていた「千年狐狸精、九頭雉鶏精、玉石琵琶精」という三人の妖怪に、「身を宮院に托し、其の心を惑乱せしめ、武王の紂を伐つを俟ち、以て成功を助ける。衆生を残害すべからず。事成りて後、爾等をしてまた正果を成さしむ」と命令を下した。[11]一方、女媧の美貌が忘れられず、紂王は全国から美女の献上を諸侯に求めるが、冀州侯蘇護が娘妲己の献上を拒み、遂に反旗を翻すが、失敗する。周武王の父である姫昌の取りなしで、妲己を献上することになるが、途中の驛で千年狐狸精に命を奪われる、という始まりになる。女神である女媧が紂王の淫詩を見て、殷を滅亡させるために三人の妖精を派遣したことが『封神演義』の独創である。それに、この作品における紂王も本来悪王ではなく、女媧にあのような淫詩を書いたことの他に、文武兼備で、良臣賢妻に補佐され、八百の諸侯を従え、平和に国家を支配していた。それが妲己たちのために悪王に変身し、とうとう殷を滅亡に導いた。

ここで注目されるのは、女媧神の命令で紂王を蠱惑し、殷を滅亡させたことが天命によるものということである。紂王を非道の昏君たらしめることは妲己たちに課せられた使命で、それがまた紂王の天命だったのである。ならば、女媧神の使者として、天命を全うすることで「正果」が得られるはずの妲己たちは、由なき罪業を造ったため[12]、姜太公に殺されることになる。女媧という至高の女神が自身の恨みを晴らすために天命に言寄せて、卑賤な妲己たちを利用し犠牲にしたともとらえることができる。

四　日本の歴史における「女禍」史観の受容

『十訓抄』巻五ノ十八には、

> 奈良の先帝、世を乱り給ひしに、本意を遂げずして、かへりて出家に及び給ひけるは、尚侍薬子のすすめと聞こゆ。崇徳院の八重の潮路までさすらひ給ひしも、みなもとは女房兵衛佐ゆゑとかや。唐の殷紂、周の幽王の后、褒姒・妲己とて、二人ながら化物にてありけるを、帝さとり知り給はず、ことに寵愛して、かの言ふままにふるまひ給ふあひだ、その国亡びにけり。さるべき前世の契りといひながら、帝の御心、おのおの愚かなるためしに引かれ給へり。「牝鶏の朝するは、家の索るなり」といふは、これなり。
> （新編全集、二〇七頁）

とある。平城天皇が世の中を乱し、結局出家してしまったことは、薬子のせいだとし、崇徳院が讃岐に流されたのも皇子重仁の生母兵衛佐ゆえであるとしている。続いて殷紂王、周幽王をあげ、妲己と褒姒を寵愛し、彼女たちの言うままに行動したため、国が滅んだと中国の前例をあげる。最後に「牝鶏の朝（晨）するは、家の索るなり」と結論づけているように、女性が朝政に干渉するようなことは傾国の予兆である、という発想は早くも受容されていたのである。また「褒姒・妲己とて、二人ながら化物にてありけるを」と、妲己と褒姒を「化物」としていることを考えると、あるいは『十訓抄』では薬子と兵衛佐を九尾狐か狐狸の精と見なしているかもしれない。

保元の乱に兵衛佐が具体的にどのような行動を取ったか他の文献から検証できないが、平城天皇と薬子の関係については『日本後紀』では、彼女を「女禍」として描いていることは間違いない。

> 薬子、贈太政大臣種継の女、中納言藤原朝臣縄主の妻なり。三男と二女を有つ。長女、太上天皇［平城天皇］、太子たる時、選ばれて宮に入る。其後、薬子、東宮宣旨をもって臥内に出入す。天皇［平城天皇］、焉に私す。皇統彌照天皇（桓武天皇）、婬の義を傷つけることを慮り、即ち駈逐せしむ。天皇［平城天皇］位を嗣ぎ、徴して尚侍と為す。①愛媚を巧みに求め、恩寵隆渥なり。②言ふところの事、聴容せざるなし。③百司の衆務、自由に吐納す。④威福の盛んなさま、四方を熏灼す。⑤倉卒の際に屬ひ、天皇と同輦す。衆悪の己に帰することを知りて、遂に薬を仰いで死す。
>
> （『日本後記』上　朝日新聞社、昭和一五年、一三六頁）[13]

薬子が自殺した後の彼女の卒伝に似た記述である。傍線部は尚侍となった薬子の非行を描いている。①この上ない天皇の寵愛、②言うことに許されないものはない、③朝政を我が思うままに行い、④直視できないほどの権勢、⑤天皇と同じ輦に乗る、という五つの罪を挙げ、平城天皇に寵愛された薬子がいかに朝政をほしいままにしていたかを語っている。②から⑤は寵愛あるゆえの非行であり、②③④はいわゆる「牝鶏の朝する」行為にあたるが、とくに②は第二節で述べた劉向の『列女伝』における三后に共通する悪行である。ただ薬子が具体的にどのような非行を働いたかについては、⑤天皇と同じ輦に乗るのみがそれにあたる。班婕妤が漢成帝との同輦を辞したのに対し、楊貴妃が玄宗と同輦したため批判されたこと[14]から推測すると、薬子を楊貴妃のような傾国の尤物として扱っているであろう。

薬子を女禍として扱うことは平城天皇の崩伝にも見られる。『日本後紀』逸文に、

> 己未。楊梅陵に葬る。天皇識度沈敏にして、智謀潜通なり。萬機を躬親す。克己して励精し、煩費を省撤

す。珍奇を棄絶し、法令を厳整す。群下粛然として、古先哲王と雖も過ぎたるはなし。しかし、性、猜忌多くして、上に居て寛やかならず。嗣位の初、弟の親王子母を殺し、竝びに逮治の者衆し。時議以って淫刑とす。其後、内寵に傾心し、婦人に政を委ぬ。牝鶏の晨する戒め、惟家之喪るなり。嗚呼惜しきかな。春秋五十一、天推國高彦天皇と諡す。（『日本後記』下　朝日新聞社、昭和一五年、一八五頁）[15]

と、平城天皇の得失を述べてから、傍線部のように、内寵に心を傾け、婦人に政治を任せたことで、「牝鶏戒晨、惟家之喪」、と『書経』の文言を使ってその失政を総括している。

五　軍記物語における「女禍」史観の受容

軍記物語においても、「女禍」史観は早くからその受容が見られる。延慶本『平家物語』では建礼門院を楊貴妃にたとえたり（巻七）、『太平記』では阿野廉子のいる後醍醐後宮を「牝鶏の晨する家は尽くる相なり」と批判し（天正本　巻十二）、新田義貞の敗戦を、勾当内侍を寵愛することに帰因したりしている（天正本　巻二十）。「女禍」史観が明確に作品虚構の方法となっているのは、大関定祐（?～一七一三、上杉家旧臣）の『朝鮮征伐記』であるかと思われる。豊臣秀吉が起こした朝鮮侵略（文禄・慶長の役／壬辰倭乱／萬暦朝鮮之役）に関して、中日韓三国に膨大な文献が残されている。大関本『朝鮮征伐記』は主に堀杏庵の『朝鮮征伐記』、諸葛元声の『両朝平攘録』、小瀬甫庵の『太閤記』、林羅山の『豊臣秀吉譜』、下川兵太夫等の『清正記』及び和田利重の『続撰清正記』といった文献を利用して成立したものである。

まず、朝鮮出兵の理由について、歴史事実としては明侵略が目的であった[16]。『豊太閤征韓秘録』「緒言」にも「太閤征韓の役たるや、その実朝鮮を征伐せんとの意にあらずして、路を朝鮮に借り、支那四百余州を攻めとり、次て欧羅巴をも併呑して、大いに我が武威を宇内に輝かさんとの大希望より起こりしものなりき。」とあるように、[17]いわゆる朝鮮に道を借りる、あるいは朝鮮を明侵略の先駆けにするためである。しかし、すでに韓国の金時徳氏が指摘しているが、[18]大関本では朝鮮帝王の淫乱が強調されている。例えば、

朝鮮国は泰昌平日久うして、風俗昔に替り、帝王李えん、位に在る事、已に久しく、(1)政道廃れ、乱淫の楽日夜に盛にして、(2)万事の仕置き、皆女縁より出でしかば、綱紀大いに乱る。(3)此故に、賢臣勇士は退けられ、小人蒙輩、時を得しかば……

（『朝鮮征伐記』国史研究会、一九一七年、九二～三頁）

などと朝鮮における政道の頽廃ぶりとして傍線部(1)から(3)を挙げ、それらを侵略の理由としている。(1)から(3)は第二節の（二）で述べた『列女伝』における三后の悪徳無道①帝王を自分の言いなりにする、②度はずれの享楽、③忠諫の者を誅殺する、の三点に相当するものである。ただ、(1)と(2)の順序が異なり、『列女伝』がより女性に責任を持たせているが、大関定祐は女禍的発想から朝鮮侵略の理由を虚構したとも考えられる。

それから、加藤清正の美人殺しをめぐる描写であるが、オランカイ（兀良哈）合戦で加藤は朝鮮の二王子と第一美人孟良妃を捕虜した。大関本によると、明朝から勅使が派遣され、二王子と美女を手渡すように求めた。

伝へ聞く、清正、咸鏡道にありて、法度を下し、辜（つみ）なきを殺さず、慈悲第一なりと聞く。天朝、之を憐愍（れんびん）して、殺伐する事を欲せず。又、朝鮮両王子、並びに孟良妃といふ朝鮮第一の美女を、清正手へ擒（いけど）るの由、早々彼の俘人、天朝の勅使に相渡すべし。

（『朝鮮征伐記』国史研究会、一九一七年、二九〇～一頁）

このような要求に対し、清正は勅書に対する返信を勢いよく書いた後、

扨（さて）美人孟良妃をば、門外にて相渡すべしとて、大手の門前に、彼美人を磔に上置き、勅使を送りて、清正罷出で、

自身穂長の鑓(やり)を引抜きつゝ、彼孟良妃の乳の下を芋刺に通しける。血の流る、事瀧の如し。返す鑓にて、脇壺を突き抜きければ、痛はしや美人孟良妃廿一歳を一期(いちご)とし、清正が手に懸り、空しくなりにけるこそ哀れなれ。

（同上、二九三～四頁）

傍線部で示したように、なんと孟良妃を芋刺しに殺してしまった。

この美人殺しのエピソードは『高麗陣日記』『清正高麗陣覚書』に見られ、さらにそのまとめとしての『清正記』巻二にも見られるが、その他の文献に見られず、また清正に明朝の勅使が派遣されることは外交上も考えられないことであるため、明らかに虚構である。

『続撰清正記』巻二でも、「慈悲第一」の清正が咎もない美人を無残にも殺したことの矛盾に気づき、以下のように否定している。

これ虚説なり。第一この美人咎なし。（中略）女人を軽々しく自身槍にてつく事、思いもよらざる事なり。その上、朝鮮人なりとも、あるまじきことなるに、いわんや大明国の勅使が、この小勇を見て恐るべきこと、かつて以って之あるべからず。[19]

罪のない美人を殺すことは清正武勇の傷となっても誉(ほまれ)にはならないと批判している。ただ、『高麗陣日記』からの清正の伝記にその武勇を語る説話としてなぜ挿入されたのか、また『続撰清正記』の後にできた大関本『朝鮮征伐記』もなぜ依然として美人殺しを採用したのか、その訳を考えると、あるいはこの美人を殺すのも「女禍」を除くための行為として意味付けられているのではないかと思われる。

そのために思い合わされるのは『武王伐紂記』の妲己を殺す場面である。

二声の鼓響(こきょう)、小白旗(しょうはくき)の下に、劊子手(かいししゅ)妲己を斬らんとす。妲己首を回して劊子に戯れる。千嬌百媚(せんきょうひゃくび)妖眼(ようがん)を用ひて之に戯れる。劊子刀を地に堕して、之を殺すに忍ばず。太公大いに怒り、劊子を斬らせしむ。又一劊子をして（妲己を）斬らせる。劊子刀を持ち妲己を斬らんとす。妲己首を回らして劊子に戯れる。劊子千嬌百媚を見て、劊子又刀を地に墜し、之を斬るに忍ばず。太公怒りて、又劊子を斬らせしむ。殷交来りて武王に奏して、「臣陛下に啓す、小臣妲己を斬るを乞う」。武王、「卿の奏するところに依ふ」。殷交練を用ひて子の面目を扎りて、妖容を見ず。殷交手を用ひて斧を挙げ、妲己の頸上に一斧を中つ……。[20]

斬首の時刻になると、斬首を執行する劊子手は妲己の媚態に接し、殺すに忍ばず、刀を落としてしまった。姜太公が怒り、劊子手を斬らせた。もう一人の劊子手に命じて斬首させたが、同じように刀を落としてしまい、これも殺された。最後に紂王の長男で、早くから武王についた殷交が申し出て、絹で目を覆い隠し、妲己の容貌を見ないようにして初めて彼女の首を切ることができた。

このように、妖婦である美女を殺すことは武勇の誉であったに違いない。日本でも『絵本三国妖婦伝』で玉藻を狩り取ることが武士の誉であるように、清正の美人殺しは朝鮮第一の美人を妖婦扱いした虚構ではないかと推測される。朝鮮征伐の理由を朝鮮国王の淫乱に求めていたこととも呼応していると考えられる。

皇帝に淫楽から離れてほしいという素朴な願望から、また帝王に直言することを回避して、女性を九尾狐や狐狸精と結びつけ妖婦化し、女性に国家滅亡の汚名を着せている。「女禍」史観は、ある政治理念のために歴史が作り上げられ、またそれによって物語が虚構される典型であろう。

〔注〕

1 『白氏長慶集』四庫唐人文集叢刊、上海古籍出版社、一九九四年、四八頁。漢籍の訓読は新釈漢文大系本から引用したものの他、筆者によるものである。

2 原文は以下のとおりである。「帝見王嫱美，召毛延寿責之曰：『君欺我之甚也。』延寿曰：『臣以為宮中美者，可以乱人之国。臣欲宮中之美者，遷于胡庭。是臣使乱国之物，不逞于漢而移于胡也。昔閎夭献美女于紂而免西伯，斉遺女楽于魯而孔子行，秦遺女楽于戎而間由余。是豈曰選其悪者遺之，美者留之耶？陛下以為美者，是能乱陛下之徳也。臣欲去之，将静我而乱彼。陛下不以為美者，是不能乱我之徳，安能乱彼谋哉？臣聞太上無乱，其次去乱，其次遷乱。今国家不能無乱，陛下不能去乱，臣為陛下遷乱耳。悪可以為美为彼得乎？』帝不能省。君子曰『良画工也，孰誣其貨哉？』」『全唐文』巻八二一 https://webvpn.bfsu.edu.cn/ 二〇二三年十二月二九日検索

3 「当幽王三年、王之後宮、見而愛之。生子伯服。竟廃申后及太子、以三褒姒為后、伯服太子。太史伯陽曰、禍成矣、無可三奈何。褒姒不好笑、幽王欲其笑、萬方、故不笑。幽王為烽燧大鼓，有寇至則舉烽火。諸侯悉至，至而無寇，褒姒乃大笑。幽王説之，為數舉烽火。其後不信，諸侯益亦不至。」『史記』一、中華書局、一九八二年、一四七～八頁。

4 清・王照圓撰　虞思徵點校『列女傳補注』華東師範大学出版社、二〇一二年、一頁。

5 （劉）向睹俗彌奢淫，而趙（飛燕）、衛（婕妤）之屬起微賤，踰禮制。向以為王教由內及外，自近者始。故採取詩書所載賢妃貞婦，興國顯家可法則，及孽嬖亂亡者，序次為列女傳，凡八篇，以戒天子。『漢書』「劉向伝」。

6 臣聞日蝕地震，陽微陰盛也。臣者，君之陰也；子者，父之陰也；妻者，夫之陰也；夷狄者，中國之陰也。春秋日蝕三十六，地震五，或夷狄侵中國，或政權在臣下，或婦乘夫，或臣子背君父，事雖不同，其類一也。臣竊觀人事以考變異，則本朝大臣無不自安之人，外戚親屬無乖剌之心，關東諸侯無強大之國，三垂蠻夷無逆理之節；殆為後宮。『漢書』「杜周伝」

7 干宝『捜神記』中華書局、1985年、一二三頁。

8 曹植著　趙幼文校注『曹植集校注』、人民文学出版社、一九八四年、一二三五頁。

9 小峯和明「大江匡房の狐媚記―漢文学と巷説の間で―」『中世文学研究』第十一号　昭和六〇年八月刊

10　「梨花帯雨争嬌艶、芍薬籠煙騁媚粧。但得妖嬈能挙動、取回長楽侍君王。」第一回「紂王女媧宮進香」『新刻鍾伯敬先生批評封神演義』刊本、明、舒文淵。

11　『封神演義』第一回「紂王女媧宮進香」『新刻鍾伯敬先生批評封神演義』刊本、明、舒文淵。

12　「吾使你斷送殷受天下、原是合上天氣数。豈意你無端造業、残賊生霊、屠毒忠烈、惨悪異常、大拂上天好生之仁。今日你罪悪貫盈、理宜正法。」第九十七回「摘星楼紂王自焚」『新刻鍾伯敬先生批評封神演義』刊本、明、舒文淵。

13　薬子。贈太政大臣種繼之女。中納言藤原朝臣縄主之妻也。有三男二女。長女。太上天皇爲太子時。以選入宮。其後薬子以東宮宣旨出入臥内。天皇私焉。皇統彌照天皇慮婬之傷義。即令駈逐。天皇之嗣位。徴爲尚侍。①巧求愛媚。恩寵隆渥。②所言之事。无不聴容。③百司衆務。吐納自由。④威福之盛。熏灼四方。⑤屬倉卒之際。與天皇同輦。知衆悪之歸己。遂仰薬而死。(『日本後記』上　朝日新聞社、昭和一五年、一三六頁)

14　『漢書・外戚伝』によると、成帝の誘いに対し、班婕妤は「観古図画、聖賢之君、皆有名臣在側、三代末主、乃有嬖女。今欲同輦、得無近乎?」と答えた。また楊貴妃については、杜甫の「哀江頭」詩に「昭阳殿里第一人，同輦随君侍君側。」の一聯がある。

15　己未。葬於楊梅陵。天皇識度沈敏、智謀潜通、躬親萬機、克己励精、省撤煩費、棄絶珍奇、法令厳整、群下粛然、雖古先哲王不過也。然性多猜忌、居上不寛。嗣位之初、殺弟親王子母、竝逮治者衆。時議以爲淫刑。其後、傾心内寵、[0]委政婦人。牝鶏戒晨、惟家之喪。嗚呼惜哉。春秋五十一、謚天推國高彦天皇。(『日本後記』下　朝日新聞社、昭和一五年、一八五頁)

16　参謀本部編纂『日本戦史　朝鮮役　文補』第五号朝鮮への国書として、天正十八年九月日の条に「是以吾促大兵、将入大明、而使一劔霜満四百州之天。唯是之願耳。貴國先馳而入大明。是有遠慮無近憂者乎。遠邦小島在海中者、後進之輩一不可佐許容也。予赴大明之日、彌與貴國結隣盟也。予志無宅。唯欲顯佳名三国而已。」とある。また天正十八年仲冬日条に「本朝開闢以来……一超直入大明国、易吾朝之風俗於四百餘州、施帝都政化於億萬斯年者在方寸中、貴國先馳而入大明、依有遠慮、無近憂者乎、遠邦小島在海中者、後進者不可作許容也、予赴大明之日、将士卒臨軍営、則彌可修隣盟也、予願無他、只顯佳名於三国而已、方物如目録領納、珍重保嗇不宣」とある。

17 松本慶重纂輯『豊太閤征韓秘録』「緒言」、成歓社出版、一八九四年。
18 金時徳『異国征伐戦記の世界：韓半島・琉球列島・蝦夷地』笠間書院、2012年、三九九頁。
19 『続撰清正記』巻三「続朝鮮国の美女殺害相違の事」、長尾平兵衛開刊 五ウ～六オ頁。
20 国立公文書館所蔵『武王伐紂記』建安虞氏新刊、一三二一～三年、四四頁。

Ⅵ 総括

パリ源氏物語研究　二〇年の軌跡

寺田　澄江

パリの源氏物語研究は共同翻訳から始まった。二一世紀直前の一九九九年だったから、それから四半世紀経っている。現在「夕顔」を終了し、「箒木」・「空蝉」の最終チェックを終えた後、この秋から「若紫」に取り掛かる。イナルコとパリ・シテ大学の東アジア研究機関（ＩＦＲＡＥとＣＲＣＡＯ）のメンバーが協同し、バヤール坂井氏の提案で、長期学際研究プロジェクトとして始めたものの、これ程時間がかかるとは誰も思わなかった。ざっと計算すると、優に百年以上かかる。初めはどうなることかと思ったが、時間をかけることを厭わない取り組みがいかに贅沢で豊かなものかは徐々にわかってきた。個人の集中力には限界があり、いつの間にかテクストから目が離れ、上滑りしてしまう。しかし、源氏研究者は一人もいない、研究分野も違う寄り合いグループでは、わからないところは人によって違い、立ち止まって文章に向き合うことが多くなる。すると今までとは違う文の切れ方や隠れていた文同士の照応が見えてくる。共同翻訳の醍醐味を感じ、『源氏物語』の文の生命力と奥の深さを実感するのもそうした時で、作品とのこの関係は手放し難いので、共同翻訳は続行となった。

二〇〇四年に開始した共同研究は、二〇二四年の本書出版を最後に終了する。「フィクションと歴史」シリーズを開始した二〇二一年にはこれで終了する予定はなかったが、現在の言語主体と過去との関係が問われるこのテーマは、今となっては、二〇年続いた共同研究を締めくくるために用意したかのように思われる。結果的に見れば、最後の三年間が二〇年の活動の全てを引継ぎ、吸収していたので、「フィクションと歴史」の三年を中心に置き、二〇年間の総括は簡単にまとめるにとどめる。

I　パリ源氏研究　二〇年の軌跡

① テーマ

多くの人物たちや巻に話が及ぶと『源氏物語』を知らない聴衆はついてこられないだろうとの配慮から、二〇〇四年の最初の研究集会は「須磨」巻を中心に組んだが、この巻選択の動機として、連歌の源氏詞ではこの巻の使用頻度が高いということもあった。次いで、基礎的知識・関連分野についての研究を数年続けた後、発想的には詩的言語・テクスト論に傾いたこの最初の取り組みを基本的に踏襲する方向で進んだ。企画は主に西鶴研究者のストリューヴ氏と前近代の詩学を研究する寺田が相談して策定したので、和歌と物語が絡み合う取り組みとなった。ジャクリーヌ・ピジョー氏は、『源氏物語』のように散文作品の中に詩歌が取り込まれている作品はフランス文学にはなく、それがまず注意を惹くと述べている。文学の発生が詩歌から始まるというのは、普遍的な現象だが、和歌が散文にここまで食い込んでいるのは特筆すべきことで、日本文学の根本にあるこの歴史的構造を考えるには『源氏物語』は最もふさわしい作品だということもあり、和歌を中心に据えたテクスト論的取り組みは妥当であったと考える。

しかし、そのため当初の目標だった学際的研究にブレーキがかかり、テーマと学際研究とが直結した展開となったのは前回の「身と心」からだったが、『源氏物語』の取り組みのためには必要な径程だった。とは言え幸いなことに、源氏絵の第一人者の一人、エステル・ボエール氏が当初からプロジェクトに実質的に関わってくれたため、美術史との連携はそれなりに進んだ。パリで源氏絵関係のシンポジウムを持ちたいと考えていたが、それが実現できなかったのは心残りである。

最初の論集、『源氏物語の透明さと不透明さ』（二〇〇八）といういささか座りの悪い題は『ロラン・バルトによるロラン・バルト』執筆のためバルトが作成した準備ノート「論拠」[1]の第一項目をとったもので、暗に「言語の」という意味で論集の題に使ったが、バルトは社会的関係における不透明性、そしてユートピアとしての透明性というコンテクストで使っている。「論拠」の第三項目の「文学」では、なぜ社会的な不透明性が文学に特有なテーマとなるのかと問い、言語に関わるからとも述べているので、あながち不適当な使い方ではないが、重要な点を切り捨てたのも事実である。「フィクションと歴史」は、はからずも十数年前に切り捨てた分野に向かわせることになった。

② 実行形態　成果と問題点

開始当初から毎年研究集会を組織していきたいと考えた。

日本古典文学に携わるフランスの研究層は薄いので、水準を向上・維持するために海外の研究者のお力を借りることにした。具体的には三年を一サイクルとする研究テーマを設定し、最初の二年は外国からの研究者をお招きして半日の研究集会を開いた後、三年目に国際シンポジウムを開催するという方式を二〇〇九年から導入した。研究視点の活性化を目的として、最初の二年は考察の裾野を広げることを心がけた。この取り組み方は今でも有効だと考える。長期に亘ってこの方式を続けた結果、参加者全員を交えた準備会を持つことの重要性も明らかになった。

また、膨大に蓄積された研究のエッセンスを速やかに吸収し、研究の見通しを明確化するため、第一線の研究者たちの参加を優先的にお願いした。後記の表を見て頂ければわかるように、当初は若手の参加者は非常に少なかった。この問題を解決すべく、前回の「身と心」（二〇一八〜二〇二〇）から院生以上の研究者の紙面参加という方式を導入した。若手ならではの瑞々しい感性の論文が加わり満足できる結果となったので、今回は人数も増やし、準備会にも参加して頂いた。

シンポジウムは単なる発表の場ではなく、議論の場、出会いの場としたいと考えたが、議論の活性化が一番難しいポイントだった。討論時間を確保するため、持ち時間厳守をお願いし、コメンテーター方式の導入など試行錯誤を重ねたが、最終的にはディスカッサント方式に固まった。発表者がディスカッサントを兼任する方式から始めたが、自分の発表準備の傍らというのは無理があり、贅沢だがディスカッサントプロパーの方に論集参加もお願いするという方針に切り替えていった。最終的には表面的ではない意見交換が図られる場に辿り着いたと考える。それにはバヤール坂井氏の総合討論における名司会も大いに貢献した。

残された課題は真の国際化に関わる、海外からの参加者の広がりと使用言語の問題である。参加者については、欧米諸国は未だ多国化が限られているとは言え問題視するほどではないが、それ以外の地域は中国と韓国がそれぞれ一名という寂しさである。それ以外の国々の研究状況については勉強不足で知識がなく、まったく手付かずの状態である。

使用言語については、ユートピア的だが、それぞれが自分の言葉で発言し、聞き手は自国語で答えることが自動翻訳の発達によって実現できないだろうかと夢想していた。少なくともいつかはそうなっていくのではと。しかし、グローバリゼーションの動きの中で状況は逆方向に進み、使用言語は英語に一本化することが一般化され、若い研究者の英語力の向上によりそれ自体問題はないと考えられつつあるように見受けられる。しかし、言葉で成り立っている文学研究においては、言語の重要性は言うまでもなく、通時・共時ネットワークの中で各言葉は生息しているのだから、他言語ネットワークに移植することによる不透明化は避けられない。例えば英語が議論の単一言語となれば、問題が本質的であればあるほど、英語が背景に持つ文化的ネットワークで思考することになり、さらに問題なのはそれに対する批判的距離の維持が難しくなるということである。議論の場における多言語の使用は、相対化を助長するという意味で望ましい。しかし安定的に話されている言語が世界に三五〇〇以上あるという現実の前では、現地語、日本語、英語の三ヶ国語の使用が現実的だと言える。問題はその場合、通訳を要し、費用ばかりでなく時間がかかるということである。コロナ禍の中で開催したオンラインのシンポジウムでは、シンポジウムそのものを短縮せざるをえず、通訳時間によるロスを避けるために、通訳なしで日英語のみで行った。日本語で問い英語で答えるという方式は好評で、もっと聞きたかったという意見も寄せられた。日英語でいいのかもしれないと思わないではないが、フランスでの聴衆に向かって日英語で行い、質問も日英語を求めるというのは文化的暴力に思えてならない。聴衆の方々に語りかける言語、世界に開かれた言語のあり方を、恐ろしく時間はかかるだろうが、模索していくべきだと考える。

③　協力して下さった方々

二〇年間続けていると不慮の事態に出会うことがある。この間二回、プログラムを作り直す必要に迫られた。一回目は二〇一一年三月で、開催は東日本大震災の一週間後だった。三田村雅子氏がシンポジウムに御参加下さったが、当時を回想すると、不本意ながら参加できなかった方々、震災前にフランス入りし、悩みの末に帰国された小嶋菜温子氏と長島弘明氏、刻々と悪化する事態を前に渡仏を断念された土方洋一氏のことが鮮明に思い出される。危機的な状況が蘇ってくるからだろうか。二回目はコロナ禍で中止の止むなきに至った二〇二〇年のことで、三月の共催シンポジウムの準備を進めていた早稲田大学の方々のご協力により十二月に延期してオンライン開催となった。陣野英則氏のご尽力のお陰だった。

様々のことが思い出される二〇年だが、中でもありがたかったのは藤原克己氏のご協力だった。外国からの最初の参加者だった高田祐彦氏の仲介、二〇〇八年のシンポジウムの準備から最初の論集の出版まで、大変お世話になり、青簡舎をご紹介くださり、出版補助まで取り付けて下さったおかげで、順調な滑り出しとなった。出版のための編集作業を引き受けて下さった方々、藤原氏を先頭に、高田氏、土方氏、小嶋氏、田渕句美子氏、清水婦久子氏、加藤昌嘉氏、陣野氏、木村朗子氏に厚くお礼を申し上げたい。中でも今回を含め二度の編集作業をお引き受けくださった田渕氏は、今回のシンポジウムでは、編集も担当して下さる新美哲彦氏、ディスカッサントとして木戸雄一氏、ジェフリー・ノット氏と、まさに適任の方々をご推薦くださりありがたかった。また、緑川眞知子氏、畑中千晶氏にもお世話になった。度々の参加をお引き受け下さったフランソワ・マセ氏、ジャン＝ノエル・ロベール氏、イフォ・スミッツ氏にも感謝したい。渡部泰明氏、荒木浩氏はパリの活動に厚みと広がりを加えてくださった。神野藤昭夫氏、藤井貞和氏よりはそれに加えて貴重なアドヴァイスを度々頂いた。最初から最後まで美しい装丁の本を作って下さった青簡舎の大貫祥子氏にも心からお礼を申し上げる。

シンポジウムにご参加下さった方々には最後の出版にご参加頂きたかったが、慌ただしく活動の終了を決めたため、余裕を持ってご提案する時間もなく、機会があればお願いするという、成り行き任せの方策となってしまったのが心残りである。

④　研究集会・シンポジウムと出版

過去二〇年の催しを進行順に敬称略でご紹介する。発表テーマは紙面の都合で要約した。🄲はコメンテーター、🄳はディスカッサントとして参加された方々の論文も含めた。なお、紙面参加のない方々の専門分野のみ記載した。

二〇〇四・三月　**物語言語の誕生**　ダニエル・ストリューヴ（落窪）、ジャクリーヌ・ピジョー（かげろふ日記）、**須磨の変奏**　高田祐彦（巻全般）、カトリーヌ・ガルニエ（語りにおける「も」の機能）、エステル・ボエール（流謫の形象）、ミシェル・ヴィエイヤール＝バロン（物語二百番歌合）、寺田澄江（連歌―引用の技法）、アンヌ・バヤール坂井（現代語訳）

二〇〇五・三月　**源氏物語の時代**　シャーロッテ・フォン・ヴェルシュール（装束）、武田佐知子（衣装とジェンダー）、フランシーヌ・エライユ（受領）、マリー・モラン（内裏）、アルノー・ブロトンス（聖空間とその境界）、ジャン＝ノエル・ロベール（ある仏教的場面―若紫巻）、フランソワ・マセ（死―影の領域）

二〇〇六・三月　**響き合う空間**　パスカル・グリオレ（筆―書簡の世界）、セドリック・ローラン（中国の物語絵　桃源郷）、エステル・ボエール（琵琶湖に漂う源氏絵）、佐野みどり（絵画の語り）、フランソワ・ピカール（音楽🄳ヴェロニック・ブランドー［日本音楽史］）

二〇〇七・三月　**源氏物語の文化史―宗教、芸能、美術**（立教大学主催）　小嶋菜温子（趣旨説明）、小峯和明（法会文

芸）、安原真琴（扇の草子）、加藤敦子（近世演劇の素材）、稲本万里子（バーク・コレクション賢木巻）、エステル・ボエール（江戸時代の源氏絵―喪失の図像）、Ⓒ武笠朗（仏教美術）、伊藤信博（古代思想史）、加藤睦（中世文学）

二〇〇八・三月　**源氏物語の場面、語り、時間―不透明性を核として**　ダニエル・ストリューヴ（垣間見）、河添房江（謡曲野宮との比較）、佐野みどり（記憶のかたち、かたちの記憶）、寺田澄江（源氏物語の霧）、土方洋一（和歌共同体）、ジャクリーヌ・ピジョー（紅葉賀における和歌引用）、アンヌ・バヤール坂井（ミクロフィクション・読者との関係）、高田祐彦（長編構造と時間）、藤原克己（アイロニー　他者の不透明性）

シリーズ　物語　二〇〇九〜二〇一一

二〇〇九・三月　**物語と詩的言語―夕顔巻**　ハルオ・シラネ（夕顔巻における和歌と散文）、藤井貞和（夕顔巻の和歌を中心に）

二〇一〇・三月　**物語と女性の自伝的エクリチュール**　クリスティーナ・ラフィン（とはずがたり）、Ⓓアラン・ロシェ（宗教学、とはずがたりの仏訳）、高橋亨（紫式部日記・身と心の文芸、Ⓓピジョー）

二〇一一・三月　**語り―時代を超えて**　フランソワ・マセ（古事記神話から物語へ）、マリア・キアラ・ミリオーレ（日本霊異記）、ヴァンサン・デュラン・ダステス（旅をテーマとする白話小説）、ダニエル・ストリューヴ（箒木巻の物語観）、エステル・ボエール（十七世紀中頃の源氏絵―土佐光則）、三田村雅子（うつほ物語）

● 紙面参加　小嶋（竹取物語―今昔物語との語りの比較）、土方（源氏物語の語りの方法―蓬生巻）、長島弘明（春雨物語―反近世小説としての語り）、エステル・フィゴン（鍵―エロス契約としての読み）

シリーズ　ポエジー　二〇一二〜二〇一四

二〇一二・三月　**源氏物語と音楽**　スティーヴン・ネルソン、（基調講演と演奏　源氏物語の箏の琴）　研究集会　磯水絵（源氏物語における儀式音楽）、ネルソン（催馬楽の引用―エロスとユーモア）、Ⓓブランドー

二〇一三・三月　**和歌の視線**　イフォ・スミッツ（詩歌の声域と視線―絵画・庭園）、渡部泰明（和泉式部の和歌における人称性）、Ⓓストリューヴ、寺田、V.バロン

二〇一四・三月　**詩歌が語る源氏物語**　フランソワ・マセ（古事記の歌）、Ⓓ↑↓久富木原玲（笑いの歌―近江君）、長瀬由美（中唐白居易詩、Ⓓストリューヴ）、鷺山郁子（古今集の引歌と歌語、Ⓓ高橋亨）、寺田澄江（物語の回路としての和歌、Ⓓ鷺山）、清水婦久子（巻名と和歌、Ⓓ長瀬）、ミシェル・V.バロン（定家仮託の「源氏物語巻名和歌」、Ⓓ田渕）、田渕句

美子（中世の女房たちと源氏物語、D寺田）、ジョシュア・モストウ（女訓書と源氏物語巻名歌、D清水）

● 紙面参加 エスペランザ・ラミレス＝クリステンセン（心敬の源氏受容）

シリーズ 翻訳 二〇一五〜二〇一七

二〇一五・三月 **源氏物語の翻訳—散文をめぐって** ジャクリーヌ・ピジョー（どこまで翻訳するか—蜻蛉日記と発心集）、ロイヤル・タイラー（テクストと翻訳者—源氏物語、プルースト、平家物語）、Dストリューヴ、寺田、V.バロン

二〇一六・三月 **翻訳と解釈 源氏物語と釈教歌を通して** 加藤昌嘉（注釈もまた翻訳である）、ジャン＝ノエル・ロベール（釈教歌の翻訳と解釈）Dストリューヴ、寺田、V.バロン

二〇一七・三月 **源氏物語を書き変える—翻訳、註釈、翻案**

欧州に生きる日本古典文学（基調講演）アレクサンドル・メシェリャコフ（ロシアの場合）、エマニュエル・ロズラン（フランスの場合）、Dストリューヴ **シンポジウム** 立石和弘（加工文化としての翻訳、Dセシル坂井、日本近代文学）、アンヌ・バヤール坂井（今源氏を書くこと、読むこと、D北村結花）、陣野英則（町田康 末摘花、D北村）、緑川真知子（英語註釈の可能性、D V.バロン）、カレル・フィアラ（チェコの源氏物語翻訳、Dマイケル・ワトソン）、ダニエル・ストリューヴ（文、その構造と訳の在り方、D竹内ローネ、言語学）、レベッカ・クレメンツ（江戸及び明治初期の源氏物語の訳者たち、D畑中千晶）、神野藤昭夫（与謝野晶子の新訳源氏物語、Dゲイ・ローリー）、李美淑（『源氏物語』の韓国語訳、D寺田）、マイケル・エメリック（翻訳研究にとっての源氏物語、D小林正明）

● 紙面参加 ワトソン（単語選択・文の区切り）、畑中（江戸の「二次創作」—都の錦 風流源氏物語）、ローリー（ジェンダーと翻訳—与謝野晶子）、寺田（とぞ）、小林（修紫田舎源氏）、北村（少女小説・ライトノベル）

シリーズ 身と心 二〇一八〜二〇二〇

二〇一八・三月 **日本古典文学における女の身と心** ラジャシュリー・パンディ（源氏物語におけるジェンダーと行為体、Dクレール・ブリッセ、図像とテクスト）、木村朗子（逸脱する身体—夜半の寝覚めと源氏物語、Dポール・シャロウ）、Cフランソワーズ・ラヴォカ（比較文学 フィクション）

二〇一九・六月 **前近代日本における身と心—比較文化の視点をまじえて** 氣多雅子（仏教の修行における身と心）、津崎良典（デカルトによる省察—心身の分離から心身の合一へ）、ジャン＝ノエル・ロベール（歌と説話における身と心の論理）、C田母神顕二郎（フランス文学 近現代詩）

二〇二〇・十二月 **身と心の位相—源氏物語を起点として**

小松靖彦（日本古代の身と心🄳V.バロン）、ダニエル・ストリューヴ（浮舟巻、🄳兵藤裕己）、張龍妹（紫式部の身と心の連作歌、🄳スミッツ）、ポール・シャロウ（宇治十帖―代償行為、🄳木村）、キース・ヴィンセント（源氏・漱石と子規の友情、🄳木村）、寺田澄江（泉鏡花―春昼と魂の行方、🄳助川幸逸郎）、エドワード・ケーメンズ（源氏物語における心の闇、🄳佐藤勢紀子）、山中悠希（枕草子―女房としての「身」と示される「心」、🄳マティアス・ハイエク）、陣野英則（身の精神性と心―古今集から源氏物語へ、🄳助川）、渡部泰明（西行―対話性、🄳陣野）

●紙面参加　板野瑞江（中世和歌）、リズ・ベネゼ（和泉式部百首）、馬如慧（古代文学における「みさを」）、兵藤（浮舟の救済／非救済の物語）、助川（蒲団―身の来歴）、荒木浩（おほけなき心―浮舟というオープンエンディング）、佐藤（ジェンダー意識）

シリーズ　フィクションと歴史　二〇二一～二〇二三

二〇二一・十二月　**フィクションと歴史―平家物語が源氏物語と出会うとき**　荒木浩（平家物語と源氏物語―明石における龍宮の夢）、🄳エドアルド・ジェルリーニ（平安文学、和歌・漢詩）

●二つのテクスト―日本紀講筵における「承平講書」／ピエール・バヤール（『起こらなかったことをどのように語るか』）

二〇二二・十一月　**歴史のエクリチュールとフィクション―中国から日本へ**　佐藤勢紀子（仏教の文芸観―源氏物語の方便をめぐる言説）、張龍妹（女禍史観と軍記物語）、高木和子（平安文学における歴史と虚構）

二〇二三・三月　**源氏物語というフィクションと歴史―過去、現在の文学の営みを通して**　日本におけるフィクションと歴史（基調講演）澤田直（歴史其儘と歴史離れ―NHK大河ドラマ）、フランソワ・マセ（浦島の子の話とその分類）、**シンポジウム**　ニコラ・モラール（経国美談、🄳木戸雄一）、ギヨーム・ミュレール（第一次戦後派―暗い絵、🄳ジェームス・ドーシー、近現代文学・大衆文化）、マチアス・ハイエク（江戸時代の歴史叙述、🄳木戸）、アントナン・フェレ（藤原道長の記録政策―金剛峯寺参詣記、🄳ジェルリーニ）、新美哲彦（明治の源氏物語言説、🄳ジェフリー・ノット、中世日本の古典学）、タケシ・ワタナベ（癒しとしての栄花物語、🄳荒木）、栗本賀世子（光源氏青年期の桐壺住み、🄳ワタナベ）、イフォ・スミッツ（源氏物語の史的空間と虚構的移動、🄳ボエール）、ダニエル・ストリューヴ（蛍巻の物語論、🄳荒木）、田渕句美子（女房の語り―竹河巻、🄳パンディ）

●紙面参加　青島麻子（平安物語における尚侍）、荒木（尊子と定子）、幾浦裕之（和歌で起源を詠む）、河添

（紫式部詠「めづらしき光さしそふ」）、木戸（トラウマの回復装置としての佳人之奇遇）、木下新介（氏長者光源氏と二条院）、氣多（事実を語る）、ケーメンズ（「あるかなきか」―歴史とフィクションを跨ぐ和歌）、米田有里（源氏物語と権門）、寺田（浮舟のいる場所）、アルチュール・ドフランス（懐風藻の漢文伝）、土方（源氏物語と歴史叙述）、藤井（季節感とフィクション）、ヤニック・モフロワ（日本沈没と終末観的文学の可能性）、マリア・エレナ・ラッフィ（実在の人物と虚構の人物としての平中）、ロベール（風流仏典としての源氏物語）

二〇〇八年のシンポジウムおよび五つのシリーズの成果は青簡舎より刊行されている（「あとがき」参照）。また、フランス語による出版は以下の二つがある（いずれもＷｅｂページにアクセス可能）。

Autour du Genji monogatari, Terada Sumie (dir.), *Cipango*, Numéro Hors-série, 2008 ; https://jourals.openedition.org/cipango/577

Roman du Genji *et société aristocratique au Japon* (Struve Daniel et Terada Sumie (dir.), *Médiévales*, N° 72/2017, https://journals.openedition.org/medievales/8013.

Ⅱ　フィクションと歴史（二〇二一〜二〇二三年）

前回のテーマ「身と心の位相」を始めたときに、バヤール坂井氏より、初めてテクスト論的観点から離れたテーマを選んだと指摘され、言われて見ればと思ったが、今回のテーマも言葉が言葉を支える、いわば自閉的な志向の強い文学研究から、作品がどのようにそれぞれの現在・過去、社会・歴史と切り結んでいるかという問題意識を含み持つテーマとなった。具体的には、オンラインによる二〇二一・二二年の半日の研究集会の後、二〇二三年三月九日〜十一日の、パリ日本文化会館における澤田直氏とフランソワ・マセ氏の基調講演を皮切りに、対面・オンライン併用の二日間のシンポジウムをイナルコにおいて開催した。

一　第一回研究集会　「フィクションと歴史―平家物語が源氏物語と出会うとき」（二〇二一年十二月十八日）講演者、荒木浩（国際日本文化研究センター）「平家物語と源氏物語―明石における龍宮の夢」、Ⓓエドアルド・ジェルリーニ（カフォスカリ・ヴェネツィア大学）

集会の冒頭においてストリューヴ氏は過去に再会しようとする歴史は必然的に虚構を内包するというフランスの歴史学者・哲学者のミシェル・ド・セルトーの言葉を引用する一方、

「蛍」巻や『紫式部日記』の日本紀のエピソードに見られるように、『源氏物語』は歴史に対する深い関心を示していると指摘し、物語と歴史、フィクションと歴史の関係を考察していきたいと述べた。

セッションは二部に分かれ、第一部は荒木浩氏の講演・議論、第二部は冒頭にテクストの簡単な紹介が二つ、次いで総合討論という構成だったが、内容が広く豊かだったので全ての紹介はできない。また、議事進行通りではなく同一テーマはまとめてご紹介する。

① 荒木浩「平家物語における源氏物語という文学遺産―明石における龍宮の夢をめぐって―」

荒木氏の講演は、フィクションと史実が複雑に混じり合い、質の異なる言説が幾層にも重なっている語り、大原を訪れた後白河院に建礼門院が西国への敗走から始まる一門の滅亡を語るエピソードの中の、建礼門院が京都に連れ戻される途中、明石の地で龍宮にいる一門の夢を見るという「灌頂巻」の挿話を取り上げた。そして、明石の地が選ばれた背後には、万葉以来の歌ことばを淵源とする『源氏物語』の明石をめぐるエピソードの影響は否めず、ほぼ常識化している『源氏物語』の史実化は、慎重に検討し直す必要があるにせよ、既にこの段階で始まっていると述べた。今回のテーマの活性化に大きく貢献した氏の講演に続く議論に『平家物語』の主要な研究者、兵藤裕己氏が参加されたこともあって、重要な指摘が多く、本書の数多くの論文の序曲の様相を呈していることに改めて驚かされる。荒木氏自身は本書の寄稿には別の素材を取り上げているので、当日の講演内容の詳細は『アジア遊学』所収の氏の論文を御参照頂きたい[2]。

ディスカッサントのジェルリーニ氏は、文化遺産とは過去の作品などといった物的なものではなく、現在を構築する言説であり、文化的・社会的プロセスとして世界に意味を与える機能を果たすという観点から、『源氏物語』が現実の歴史にどのような影響を与えるのか、具体的にはなぜ『源氏物語』が『平家物語』に呼び込まれたのか、また作者という観点から見た場合、多様な現実から作品を作る過程で切り捨てられるものがあるという点をどう考えるかと質問した。荒木氏は、まずこのエピソードの言説構成の複雑さをまとめ直し（平家物語というフィクショナルな語りの中で実在の人物である建礼門院がメタフィクショナルな語りを展開し、この語りに対して『平家物語』は歴史として立ち現れるが、建礼門院の語る夢は全くの虚構であるという多層の語りによって成り立っている）、その上でこのエピソードは夢がなければ成り立たないと、夢の重要性を強調した。氏の同じテーマを扱った論文の題名に含まれる「『源氏物語』と『平家物語』をつなぐ夢」という表現は、ジェルリーニ氏の問いに対する答えともなっているが、氏はさらに歴史上の悲劇を癒す装置としての夢と夢の内容（竜王の支配する世界）の心的現実性の基盤として、『源氏物語』に語られる明石の地が選ばれているが、明石が境界の地であることも重要で、それによって鎮魂・芸能とも結びついていると、兵藤氏の持論を援用して明石という地の必然性を説明した。[3] さらに境界と異界との関係について荒木氏、兵藤氏両氏の考えを聞きたいというイフォ・スミッツ氏の質問を受けて荒木氏は、建礼門院が西へ西へと敗走していく過程で境界を超え、さらに敗者として都へ連れ戻される過程で西から東へと再び境界を越えるということが重要ではないか、つまり、彼女にとっては明石が過酷なイニシエーションの地になっているのではないかとふと思ったと述べた。それを受けて兵藤氏は、議論を以下のように物語空間の特質にかかわるものとして整理した。畿外の第一歩としての明石は、王朝貴族の生活圏の畿内と均質な空間としてではなく、そのひずみから悪いものたちが出てくる異空間として須磨と境を接している。非均質性は空間のみに止まらず、畿外は時間的にも異次元を構成するので、平面的に捉えたのでは物語の世界は理解できない、「いにしへ」が今で言う「過去」だとすれば、「むかし」は向こう側の世界なのだと述べた。空間を単なる位置関係の問題としてではなく、動き・移動の問題として捉える視点がここで既に提起されていることにも注目したい。この問題は、本書のマセ氏、スミッツ氏及び寺田の論文でも扱われている。また敗者の歴史は、本書のワタナベ・タケシ氏の『栄花物語』論や木戸雄一氏の『佳人の奇遇』論、木下新介氏の追記につながっていく。

素材の取捨選択の問題については、荒木氏は全体的な構成の問題として捉え直し、後発の『平家物語』がクローズド・エンディングであるのに対して、『源氏物語』がオープン・エンディングとなっている点に『源氏物語』の先駆性が認められると指摘した。ストリューヴ氏は浮舟のみならず、源氏の「幻」における最後の姿もオープンエンディングと思われると述べ、フィクションの方法としてのオープンエンディングについての説明を求めた。荒木氏は最後の人物を建礼門院とすることに『源氏物語』における浮舟の扱いが影響している[4]と考えられるなら、作者ばかりではなく読者層においても『源氏物語』のオープンエンディングは意図的なものとして認識されていたと言えるのではないかと述べ、この終わり方についてはさらに考えたいと答えた。

読本（よみほん）では龍宮のエピソードはなく、建礼門院は兄弟と関係して畜生道に落ちた女性として、歴史上の女性の中に名を連ねられているが、その長いリストの中には女三宮も出てくる。これも『源氏物語』の史実化の一例ではないかと思われるが、他にもこうした例はあるのかという佐藤勢紀子氏の問いに対して、荒木氏は、中世に入ると『源氏物語』を編年の歴史書のように捉え年代を当てはめていくという動きが起こるが、一条兼良（十五世紀）が年立[5]の観点から批判した『原注最秘抄』（十四世紀中頃）がその最たるものだと答えた。桜井宏徳氏は、『栄花物語』において藤原伊周の追放のエピソードでは、伊周が須磨・明石に行き、出所があやしい歌まで詠んだことになっているので、明石の源氏化は散文においては『源氏物語』の書かれたわずか数十年後に既に始まっているとの考えを示した。

田渕句美子氏は、荒木氏の展開したフィクションと歴史の対応関係が男から女へ、また身分差のある者へと一対一的対応ではなく、ずらし、反転されていくという点、また後述の寺田紹介による語りの衝動という観点は『とはず語り』の世界そのものだと述べた後、文化的記憶としての明石という地名が示すものは、言葉がモザイクの断片のように手渡され、次の物語で意味を放っていくという意味で、和歌の表現史そのものではないかと質問し、荒木氏はまったく同感でその結実が連歌の源氏寄合だったと答えた。別巻として建てられている建礼門院の語りは女性の享受層を対象とした女人往生を巡る語りという側面を持つとは考えられないかという田渕氏の質問に対して、荒木氏は、この部分はそれのみには還元できない問題を孕んでいて、仮名文としての灌頂の巻の読者層についての検討はいまだ萌芽状態だと答えた。

② 第二部冒頭の二つのテクストの紹介

(1) 十世紀日本における史書観についてマセ氏より送られたテクスト

これは六番目の日本紀講義についての「承平講書」（九三六〜九四三）の一節で、文章博士の矢田部公望は、『先代旧事本紀』は、**文章がよく年号が記述されているので真の史書と言える**が、『古事記』だと思われる別の一書は、その二点に欠けるので史書ではないとしている。

(2) 寺田によるピエール・バヤール氏の『起こらなかったことをどのように語るか[6]』の紹介

本書の構成について、バヤール氏は、この本は文学でもあり人文科学でもある複合的なものだという前提、すなわち、人文科学の場合、著者は自分の言葉に責任を負うが、文学の場合は、作者は語り手ではないので語り手の言葉には一切責任を負わない、また語り手は「でたらめ」を言う可能性もあるという前提で書かれていると述べ、虚構に関わる問題を四つのタイプの真実、すなわち、主観的な真実、文学的な真実、歴史的な真実、科学的な真実に分けて展開する。今回のテーマを考える上で参考になる二つの論点を挙げておく。

● 語りの衝動

我々が語りの衝動に突き動かされる存在であるのは、過去の私・出来事・世界と現在の私・出来事・世界との間には必然的に差異があり、語りによってまとまりをつけ、継続性を追求する必要があるからで、そうしなければ断片の集合体と化して空中分解してしまうのである。

● 「本当・うそ」を語る二つのあり方「or の関係」と「and」の関係

a　or の関係つまり本当かうそかという関係のもとに見た場合は二者択一の関係となり、これを時間的観点から見れば、片方が提示されれば他方は同時には存在し得ず、入れ替わるという関係しかありえない。

b　and の関係つまり本当でうそという関係においては、テクストは両者の間の移行を可能にし、豊かでダイナミックな移行空間となる。

③　総合討論

バヤール坂井氏は冒頭で、いずれも言説であるフィクションと歴史は、均質でない場所・空間を行き来する方法、いわば乗り物として考えていくことが有効ではないかと、これまでの議論をまとめ、次いで「フィクションと歴史」というテーマについて、古典文学とは異なる近現代文学の捉え方としては、三島由紀夫の『金閣寺』に代表されるモデル小説の分野がまず浮かび上がるほか、文学の社会的あり方に焦点が当たると述べた。さらに氏はフィクション・ノンフィクションという微妙な振り分けについては、地下鉄サリン事件の被害者インタヴューからなる、村上春樹の『アンダーグラウンド』が最適な叩き台となるのではないかとし、近現代文学で即問題になるのはフィクションと歴史というよりは、フィクションと現実または事象（ファクト）であり、フィクションと歴史の間に位置し、それ自体が言説である事象に焦点を当てて、現実からフィクションへの移行に際して何が起こるかを考えることもできると述べた。『アンダーグラウンド』について、補足しておくと、村上春樹は「私が目指したのはひとつの視座を作り出すことではなく、明確な多くの視座を—読者のために、そしてまた私自身のために—作り出すのに必要な「材料」を提供することにあった。それは基本的には、私が小説を書く場合に目指しているものと同じである。」[7]と言っている。

兵藤氏は、近代的実証主義に基づく歴史観がこの企画「フィクションと歴史」の背後にあるのではないかという疑問を呈し、フランスの歴史（イストワール）という概念についての説明を求めた。フランスの歴史学はもはやそれとは違って、フーコー以来複数の言説の混じり合った流動的なものだとバヤール坂井氏は答えた。そのことは冒頭のド・セルトーの引用、ピエール・バヤール氏の議論の手続きからも明らかなことで、歴史が言説であることは既に何度も繰り返されているが、事実の検証は外せないと寺田が述べ、ストリューヴ氏が「不明なことについて語る」というのが「イストワール」の語源的意味だと補足した。

現在の歴史物語研究の課題は何かという寺田の質問に、歴史物語を専門とする桜井氏は、自分自身の問題意識としては、歴史・虚構という二項対立的アプローチをどう乗り越えるかという点だと答えた。歴史資料に基づいてテクストを読むという方法を近年、「資料参照読み」と言って批判的に捉える立場が出てきていて、自分もそれに与するが、資料と突き合わせなければどこが虚構かわからないということもあって、なかなか抜け出すことができないと答えた。また『栄花物語』においては歴史と虚構が未分化で、書かれた当初には歴史を書いているという意識が『大鏡』とは違ってなかったのではないかと考えると述べた。稿者は、史実を検証することは、歴史と史実を混同し、二項対立的に歴史とフィクションを捉える態度には繋がらないと考える。

『源氏』から『平家』への広がりを見ると、『源氏物語』の外国語訳によってさらに広がっていく可能性はないだろうかという、『源氏物語A・ウェイリー版』を姉妹で出版した森山恵氏よりの質問に対し、英語圏での展開はともかく、源氏とハムレットとの比較を行ったことがあると荒木氏は答えた。

氣多雅子氏は、佐藤氏の発言（本書所収論文参照）との関連で、初期仏教の仏典に釈尊の言行録があるが、大乗教典は釈尊の死後数百年後に作成されはもので、「釈尊はこう言った」という書き方となっている。つまり仏典の根幹にある真実についての考え方は、我々の考えるものとは違っていたということを示していると述べた。

二　第二回研究集会　「歴史のエクリチュールとフィクション—中国から日本へ」（二〇二二年十一月十二日）講演者、佐藤勢紀子（東北大学）／張龍妹（北京外国語大学北京日本学研究センター）／高木和子（東京大学）

二年目は、仏教の基本概念「方便」と関連する物語論、中国の女禍史観、フィクションと歴史に関わる総合的検討と、アプローチの異なる三つの取り組みが続いた。それぞれの論については本書をご参照頂き、ここでは質疑をまとめるにとどめる（以下二〇二三年度についても同様）。

①　佐藤勢紀子「フィクションを罪悪視する仏教的文芸観とその超克—『源氏物語』の方便をめぐる言説を中心に—」

創作行為を「妄語」（空言）「綺語」として悪と見なす仏教

の文学観に対する文学の側からの正当化の試みを、佐藤氏は①故実系、②効能系、③理論系に分けた上で、「蛍」の物語論を大きな流れの中に位置付け、理論系の先駆的グループに属すると述べた。また、方便という仏教用語を使ってはいるものの、仏教的解脱を目的としたものではなく、史書以上にまことを表現しているという文芸観が述べられていると結論した。最初の神野藤氏との議論は、最後の部分しか録音されず、問題点が不明なため割愛する。「願はくは今生世俗文字の業を以て、狂言綺語の過ちを、転じて将来世世讃仏乗の因、転法輪の縁と為さむ」という文の「転じて」が、『和漢朗詠集』においては「翻(かへ)して」となっていることについて、「転」と「翻」の違いの説明を寺田が求めた。氏は「転」がものごとの異質なものへの変化を示すのに対し、「翻」は本質的に同じものの様相の変化であるとし、日本化ないしは神秘化のプロセスだと説明している（本書所収の氏の論文の注14参照）。換言すれば、前者が仏教と文学は別個のものだという前提に立つのに対し、後者は一体であるものの二つの側面としていることになる。これについては二〇一七年の翻訳についてのシンポジウムでレベッカ・クレメンツ氏が、十世紀の『宋高僧伝』では本文と訳文は翻すと裏と表が同じパターンとなっている錦に例えられている[9]と紹介している。つまりイメージとしては、一体のものの両面ということである。「転」か「翻」かにより仏教に対する文学の位置づけが違ってくるので、さらに掘り下げるべき論点だと思われる。

② 張龍妹「「女禍」史観の展開および軍記物語における受容」

同一の作品、人物の受容が国によって違うのを目の当たりにするのは、国際集会の貴重な経験の一つだが、『源氏物語』が拠っている主要作品、『長恨歌』と楊貴妃についての中国と日本との受容の違いが議論の過程で浮き彫りになった。帝国の滅亡を悪女に帰する女禍史観への批判は唐代末期から始まるという張氏の説明を受けて栗本賀世子氏が、そうであるなら愛する者に死なれ一人残された男の悲哀を語る『長恨歌』は、それが制作された唐代においては特殊な作品だったということか、また白居易にはここで歴史を書いているという意識はあったのかと質問した。白居易自身は、文人の公務として作成した諷喩詩は後代に残したいが、『長恨歌』は残らなくても構わないと友人に語っており、彼にとっては手すさびのようなものだったのかもしれず、何らかの史観に基づいて書かれたものではないと張氏は答えた。事件の五〇年後に書かれたこの作品は鎮魂を目的としていると考える専門家もいるとのことである。興味深い日本での経験として、観光バスのガイドさんを楊貴妃のように美しいと添乗員が紹介したところ中国人は全員、「国を滅した悪女に喩えるとは」と、大いに驚いたと語った。ベトナムでも楊貴妃は悪女の代表にされているので、日本の評価が特殊なのかもしれないということであった。なお、女媧史観の日本への影響は、逸話の書き手にかなり左右されたのではないかと思われ、村上帝の安子はかなりの悪女だと思えるが、『大鏡』ではそのようには描かれず、悪女としての薬子の描かれ方とは違っていると述べた。

日本では『十訓抄』や軍記物に女媧関連の話が出てくるようだが、読者層との関連で言えることはあるかという田渕氏の質問に、一般に女媧関係の話は日本にはあまり多くないが、荒淫・淫乱・遊興などにまで広げると、武士を主要な読者層とし、作り物語とは読者層が異なる軍記物にはかなりこの要素が多いことがわかったと述べた。

③　高木和子「平安文学における歴史と虚構」

高木氏は、「歴史と虚構」の諸課題について、①テクスト に歴史上の実在人物等が踏まえられる場合、②何らかの歴史上の理念がテクストに見出せる場合、③テクストが史実を改変したり、歴史が再構築される場合の三点について、源氏物語研究を中心に総合的な講演を行った。反応は二通りあった。まず兵藤氏から、歴史と史実を混同し、二項対立的に歴史を虚構に対するものと考えているように見受けるが、それは問題ではないか、そもそもこのシリーズの「フィクションと歴史」という問題の立て方そのものに問題はないのかという批判が出た。高木氏の講演について神野藤氏は、『源氏物語』の虚構がどのようなものかを史実に焦点を当てて考えているので、非常に面白かったと述べ、高木氏は確かに雑なところがあったのは事実だが、史実の見定め難さを問題にしたかったのだと述べた。

歴史と虚構の間の不断の運動という高木氏の結論を踏まえて、田渕氏は和歌の言説によって規範化された語りの枠組みが生き続けることによって、鎌倉期の王朝物語では物語言説と現実との解離が大きくなっているという現象（鎌倉時代でも通ってくるのは男とされているなど）、また作者も時代もわからない作品をどう扱うべきかという今後の課題を提出した。サバティカルでパリ・シテ大学に滞在中の近代文学を専門とする日本女子大学の渡部麻実氏より、虚構と史実の循環・往還という観点は興味深かったが、虚構を虚構が継承していくという継承の側面についての考えを聞きたいという質問があった。これについては本書所収の青島麻子氏の「平安朝物語史における尚侍—『うつほ物語』俊蔭女を中心に—」がこの現象を扱っているので、参照されたい。

高木氏と兵藤氏の論点に戻れば、高木氏が扱った事象の中には、②で取り上げた皇統の血脈という歴史の問題もあれば③で取り上げた実際に当日大雨が降ったか否かという歴史学の観点からすれば史実として取り上げるだけの共同性に欠ける事象もあったが、事象間を関係づけ共同性あるいは全体的ヴィジョンを再構築する歴史学の立場を、読者を必然的に必要とする書く行為によって共同性を模索し作り上げようとする文学に無媒介に適用することはできないのではないかと思われる。高木氏の講演は射程距離を広げたことにより、文学における歴史・史実の扱いの難しさをあきらかにしたという意味で貴重であった。

フィクションと虚構という二項をつなぐ「と」を and と取っても or と取っても構わない、自由に取り組んでほしいと寺田は主催者の意図を再度繰り返したが、or の関係、つまり二項対立の関係の呪縛は、思考プロセスを支配しがちで、進んで縛られていく傾向にあると、今回の議論で強く感じたことを申し添える。出版へ向けての議論の中で、「歴史とフィクション」にした方が良くないかという議論もあったが、結局そうしなかったのは、作業の起点に「フィクション」を据え、フィクションが歴史とどのような関係を結びうるかと問うことによって、様々な思考の道筋の広がりを確保できると漠然と考えていたからだ。小舟で大海に乗り出すような無謀な企画ではあったが、参加者の皆さんが知恵を絞って様々に展開してくださったおかげで収穫は大きかった。

歴史記述に関わる最後の議論として、氣多氏の質問に答えて、張氏は中国の歴史は常に支配者が自己の正当性を示すためにその前の時代の歴史を書き変えていくと述べた。支配的な言説としての歴史が多かれ少なかれそうした性質を持つものであるとすると、第一回集会で荒木氏が指摘した『源氏物語』のオープンエンディングという終わり方の特異性を再度考えさせられる。

以上の議論からは外れるが、神野藤氏より「作り物語」について興味深い発言があった。氏によればこの言葉が現れるのは平安末期、『今鏡』の頃（十二世紀後半）で、さらに物語を「作る」と記述する用例は『無名草子』（一二〇〇年?）では十数例にも及ぶということであった。フィクションそのものについて考える場合、フィクションに特化される作り物語という用語の初見がこの頃だということは、注目すべきだろう。『枕草子』の用例を見ても「書く」と「作る」は互換性が高いので、より詳しく調べる必要も価値もあるテーマだと思われる。第二回の研究集会は宿題の多い集会であった。

三　パリ国際シンポジウム　「源氏物語というフィクションと歴史―過去、現在の文学の営みを通して」（二〇一三年三月九日〜十一日）

① 基調講演　日本におけるフィクションと歴史（三月九日、パリ日本文化会館）

(1) 澤田直（立教大学）「歴史其儘（そのまま）と歴史離れ―NHK大河ドラマを出発点として」

(2) フランソワ・マセ（イナルコ）「日本最初のテクストにある「浦島の子の話」をどこに分類すべきか」

以上の表題の対面の講演会であったが、マセ氏が健康上の都合で欠席されたため、氏の原稿はパリ・シテ大学のセシル坂井氏が代読し、互いの質問は予め文書で交換するという形をとった。フランス思想史を専門とする澤田氏がテレビドラマの歴史物の脚色の変遷という現代における歴史語りへの取り組みを叩き台にしてフィクションと歴史に関してより包括的に考察し、古代を中心とする日本思想史専門のマセ氏は神話の時間と歴史の時間が重層する浦島の語りの諸相の分析を通してこの問題を考察した。二時間半弱の講演会だったが、双方複雑な内容に取り組んでいたため、会場との質疑応答の時間は持てなかった。両氏の質疑応答は以下の通り（要約は稿者）。

マセ氏の質問1　澤田氏の講演にある「真理（ヴェリテ）」、あるいは「絶対的真理」という概念を説明してほしい。自分自身の講演でも実はその問題が根底にあった。フィクションと歴史では問い方は違い、歴史の場合は真理を反映していなければならないと言えば済むかのように、答えは一見簡単に見えるが、何を真実と言い何を真実ではないと言うかは現在と過去では違う。フィクションでも歴史物語の場合は、超自然現象が現実世界に属していた時代を扱うと、特に複雑になるなどと私自身考えている。

澤田氏の答1　歴史は真理を反映していなければならないと言う場合、そこでの歴史とは歴史記述（historiographie）のことで、事実（ファクト）を反映していなければならないというのはその通りだが、真理とは少し位相を異にしていると思う。講演では真理の対応説ではなく、ハイデガーの真理論（ギリシャ語の「覆いを取り去った隠れなきこと」という意味のアレテイアに遡る考察）について考えていた。歴史においても、歴史小説においても、しばしば語り手は、いわば全知の神の位置に身を置いて語ってきたということを批判するサルトルの立場を念頭に置いたものだった（近現代作家についての議論は論文に譲る）。

マセ氏の質問2　大河ドラマの舞台にもなっている幕末に起こった堺事件に取材した森鷗外の短編に対して大岡昇平の批判があったが、資料を緻密に調べれば歴史的真実に到達できるものだろうか。

澤田氏の答2　まさに私の表題に引用した鷗外の「歴史そのままと歴史離れ」を巡る問題で、事件そのものは一八六八年に大阪の堺港を警護していた土佐藩士が仏水兵を殺傷し、関係した藩士が新日本政府より切腹を命じられたという出来事で、鷗外はこれを元に一九一四年に『堺事件』を発表した。大岡昇平は鷗外が史実をないがしろにしたと、様々な証拠を挙げて批判する記事を発表し、一九八九年に『堺港攘夷始末』を出版した。時代考証はどのような意味を持つかというご質問だが、大岡が批判するのは、歴史を単純化して一つの物語へと収斂・回収するような歴史小説のあり方で、大岡自身は、史実を博捜し、複数的かつ多様な事実を検証することに努め、絶対的な真理はわからないが、ゆるがせにできない事実を読者に提示するという歴史記述をするべきだと主張し、それを実践している。じっさい、鷗外の作品は土佐藩士の心意気に収斂していて、複雑な情勢を捨象している点でかなり問題含みだという読後感は免れないが、大岡の作品はと言えば、あまりに情報が多く小説ではなく論文を苦労して読んだという印象が残る。この大岡の立場は第一のご質問と関わっている。

澤田氏の質問1　『丹後国風土記』などに史実として浦島の話が出てくるということだが、この別世界訪問、そして、別世界は時間の流れが違うという話は、他の国の民間伝承にもあるように思われる。たとえば、柳田國男は『海上の道』で沖縄との比較をしている。単純に外国の民間伝承が日本に伝わり、それが日本風にアレンジされて史実であるかのように書き記された、ということではないにしても、レヴィ＝ストロースが考えていたような神話の祖型との関係はどうなのだろうか。ご専門の『古事記』の豊玉姫の話など日本の神話的世界との関係も出たが、他国も含めて神話一般という観点から浦島の話がどのような位置にあるかご教示願いたい。

マセ氏の答1　確かに浦島は孤立した話ではなく、中国伝来の要素、特に仙境など道教の影響は強い。しかし、自前の異郷という伝統がなかったとは言えず、沖縄の楽土、ニライカナイも中国の影響があると言えるかもしれないが、遥か彼方のフランスのボースに浦島と極似した話がある（騎士が不死の国に行くが、故郷が恋しくなる。帰郷に際して妖精に馬から降りてはいけないと言われるがそれを守らなかったために死んでしまう）ことを考えると祖型を借りたと言うのは難しい。日本に話を戻すと、澤田氏が彦火火出見（ひこほほでみ）ではなく、豊玉姫を取り上げ、男の主人公を前面に出す通常の読みを転換したことに注目したい。女の力「妹（いも）の力」が起動力として働き、それがなければ主人公は無力で、海神の王国には戻れないため、死んでしまうという挫折の結末となる。話はどれも息子の誕生で終わるが、日本に限らずどこにおいても、人間は選択を誤るものだという苦い教訓で終わっている。神話であれ、昔話であれ、また創世記の場合も、好奇心が禁忌を破らせ、神話では女の好奇心ということになっているが、そのよってきたるところについての説明はない。様々の解釈が可能なのも神話の豊かさで、私自身答の鍵を握っているわけではない。

澤田氏の質問2　謡曲、歌舞伎の題材ともなった浦島伝説は古くから親しまれ、太宰治も作品「浦島さん」を書いていて、『右大臣実朝』と同様、『御伽草子』だけでなく多くの文献を利用し、現代風にアレンジして、主人公の内面を描く大人の話に仕立てている。また鷗外と逍遙も浦島を取り上げているが、どちらも日本におけるオペラの発生と密接に関係している。とりわけ、鷗外の『玉篋両浦嶼(たまくしげふたりうらしま)』(明治三五年)は、鷗外最初の創作劇で、内容的には軍国主義とつながる問題含みのものだが、本邦初のせりふ中心の演劇ということで、舞台芸術においては重要な作品と見なされている。鷗外はここでも「歴史そのまま、歴史離れ」のバランスを絶妙に行っている。このように、時代を超えて、新たな創作、フィクションを生み出す力が浦島の話にあるとすれば、それは史実としての力なのか、それとも、この物語に何か固有の確かな魅力が備わっているからなのだろうか。

マセ氏の答2　作家たちの翻案については、鴎外の歴史小説を研究したエマニュエル・ロズラン氏に任せ、フィクションについて、と言うよりもフィクションと呼ばれる様々な物語(レシ)の定義にかかわる問題について考えたい。民話も神話も自然主義小説とは違う世界に属しているものの、両者を明確に区別することは難しいが、どれほど多くの神話が創作に使われたかと考えると、レヴィ=ストロースではなくデュメジルの考えに基づいて、小説は神話の延長だと言いたくなる。またエリート文士がしばしば民話に想を得ていることを考えると、民話は、「常世」と同じように永遠の、現在にも生きている「真理」を秘めていることがわかる。短すぎる答えだが、これでお許し願いたい。

②　パリシンポジウム「源氏物語というフィクションと歴史—過去、現在の文学の営みを通して」(二〇二三年三月十一日〜十二日、イナルコイベントホール)

シンポジウムはオンライン・対面併用で開催し、現代から次第に源氏物語に絞っていく三部構成とした。第一・第二セッションの総合討論の部分は各発表の議論に組み込んだ。

(1)　第一セッション「フィクションと歴史—現代から江戸へ」(司会トマ・ガルサン、パリ・シテ大学)

●　ニコラ・モラール(リヨン第三大学)「歴史の空白を埋める—『経国美談』(一八八三〜八四年)における小説観」

Ⓓ木戸雄一(大妻女子大学)

『経国美談』は正史の部分と小説の部分の二つからなる奇妙な構造の作品で、外国の歴史書に拠る正史部分は、必ず出典を書き込んでいることが注目されると木戸氏はまずコメントし、龍渓創作の「恋」と「滑稽」という部分は、前田愛が指摘するように江戸の人情本、滑稽本という戯作の流れを汲まず、抑制が効いた書き振りなのは、龍渓が中産階級を基盤とする改進党に属して自由民権運動に加わっていたからではないか、また教養主義的アプローチもあったのではないかと質問した。モラール氏は、文士の流れを汲む龍渓自身だけでなく、演説会に集まってくる読者層も読本（よみほん）に親しんでいた士族の教養の持ち主であったことがむしろその背景だと考えると答えた。政治小説は創作文学と翻訳文学の境界線が引きにくいと柳田泉が指摘しているが、この作品もむしろ翻訳文学とは言えないかというヨセフ・セロー氏（テルアビブ大学）の問いに、本格的な翻訳小説が現れるのは八〇年代末からだが、矢野自身がこの作品を「纂訳補述」、つまり編纂・翻訳・補足（創作部分）と定義していると答えた。ガルサン氏は、今となっては研究者以外は読まない本になってしまっていないかと質問した。漢文訓読体の文体が読みにくく難しかったため、生き残ることができなかったが、当時はベストセラーで『経国美談』という題名を流用した出版がでるほど、よく売れたとモラール氏は答えた。この作品は戦前まで読まれていたと木戸氏が補足した。

● ギヨーム・ミュレール（ボルドー・モンテーニュ大学）

「フィクションとの再会—「第一次戦後派」に見る語りの戦略」 D ジェームス・ドーシー（ダートマス大学）

ドーシー氏は、非常に興味深い分析だが、フィクション・ノンフィクションのあり方について、例外も含めた複雑な状況について、第一次戦後派のフィクションの特質、またノンフィクションに関しては私小説、ルポルタージュなどの諸分野についての考察も欲しいと述べた、また、拵（こしら）えられたものだということが明白な寓話（ファーブル）や騎士物語（ロマンス）などとは違い、小説（ノヴェル）も作り物だがフィクション性を隠蔽しようとし、受容する側の心的操作の複雑化を要求するため、それに対応した社会・経済状況の成長が必要となるというキャサリン・ガラガーの論を引いて、戦後のフィクションの勃興はそれに対応したものではなかったかと質問した。ミュレール氏は戦中にフィクションがなかったわけではないが、「報告文学」・「記録文学」が支配していた戦時下から、それらがプロパガンダだったことが判明した第一次戦後派の時代にかけては、ノンフィクションに意識が集中し、のちに昨日も話に出た、把握し難い事実の確認・調査を基にする大岡昇平などのフィクションになっていくが、第一次戦後派の時代はフィクションの方を向いていなかったこと、ブリューゲルの絵を媒介にして戦時下の過去と戦後の現在を交錯させ、新たな共同性をフィクションの中に模索した野間宏の『暗い絵』は、例外的な作品ではあったが、しかし特筆すべき例外だったと答えた。盲人が盲人を道案内するというアレゴリーを転向にからめてもっと追求すべきではないかというドーシー氏の質問に対して、転向、戦中の仲間の獄死、再転向という彷徨の軌跡であることは確かだと答えた。ストラスブール大学のエヴリン・ルシーニュ=オードリー氏は、戦中は外国文学、特にロマン・ロランの小説の売れ行きが高く、アテネ・フランセへの登録数も戦中が最も多かったと報告した。国内はノンフィクションで、フィクションの可能性は上海等の外地を含め国外に属していたというのは、その通りだとミュレール氏は答えた。ガルサン氏よりの第一次戦後派についての同時代、またその後の時代における批評・研究の言説はどのような内容かという問いに、ミュレール氏は、戦中文学がプロパガンダ文学だったとする言説は作家のみならず全般的に受け入れられていて、文学と真実の関係は、戦後発表された荷風の日記や坂口安吾の作品に認められていくと答えた。ドーシー氏は、戦時下の作品の中に隠されたメッセージを読もうとする読者、また書き込もうとする作者の戦略などの検証の必要性についても言及した。

●　マティアス・ハイエク（フランス高等実践研究院（EPHE-PSL）「江戸時代の歴史叙述における歴史の物語性と史実観について―安倍晴明と花山天皇の退位譚を例にして―」Ⓓ引き続き木戸氏

十一世紀初頭の花山院の退位事件の記述を追ったハイエク氏の発表によると、説話（俗説）を批判的に考証する動きが十八世紀前半に出てきて、中では井澤蟠竜と馬場信武が注目され、事実（実録）の検証を行うのみの蟠竜とは異なり、信武は世界観そのものを批判的に検討し、天と人間の関係を切り離そうとするということだが、人間を独立した存在として捉える立場は近代科学に近いものだと思われると木戸氏は述べ、信武の世界観を支えているものは何かと質問した。ハイエク氏は、「俗説」というのは正史の漢文テクストではない和文または和漢混淆文の資料にあるもので、根拠のない出鱈目なことという意味ではないとまず確認した上で、確かに蟠竜は実録（『大鏡』等）に何が書かれているかを突き止め、それを事実であるとし、肯定も否定もしないのに対して、信武が否定したのは、このエピソードにある晴明の占術のような天と人間の直接的な対応関係で、天の理と人（万物の一部）の理の間の大きな関係を否定しているわけではないと答え、信武自身は易経の影響下にあり、占術の研究者であったが、中国経由のアリストテレス的な天文観の影響を受けていると答えた。

また沖冠嶺が明治初頭に出版した歴史教科書『訓蒙皇国史略』では、花山院の退位における晴明の行動は俗説として

「注」に挙げているのみだが、天変を晴明が観察している挿絵が入っている。この媒体の違いは非常に不思議だが、この挿絵はよくあるものなのかと、木戸氏は質問した。十七世紀の中頃から年代記に挿絵が入るようになったが、調べたところこの図像は他には見当たらない。なぜ花山院の項に晴明の絵が入っているのか、非常に不思議な現象だとハイエク氏は答えた。

二〇二一年の総合討論において、「いずれも言説であるフィクションと歴史は、均質でない場所・空間を行き来する方法、いわば乗り物として考えていくことが有効ではないか」と、バヤール坂井氏は議論を纏めたが、ミュレール氏のブリューゲルの絵、ハイエク氏の晴明の挿絵は、前者の場合は自覚的に、後者の場合はおそらく無自覚的にではあるが、この役割を果たしているようである。

(2)　第二セッション「歴史という視点とフィクション」（司会アニック・堀内、パリ・シテ大学）

● アントナン・フェレ（プリンストン大学）「藤原道長の記録政策―「治安三年金剛峯寺参詣記」を手掛かりに―」 Ⓓエドアルド・ジェルリーニ（ヴェネチア大学）

フェレ氏は、道長の金剛峯寺参詣（一〇二三）と、百年以上前（八九八）の宇多法皇の宮滝御幸を比較検討し、両御幸の類似点を指摘し、道長が宇多に範を仰いだことの意義を考察した。ジェルリーニ氏は、宇多天皇と藤原北家や菅原道真等の文人の関係に比定される面が道長とその周囲の人間たちの間にあるかと質問し、フェレ氏は道長の最高権力者としての地位はゆるぎないものになっていたので、比較すべき点は全くなく、道長に命ぜられて「金剛峯寺参詣記」を書いた当時の優れた文人、源長経（ながつね）は受領の身分で道長の家人という立場だったため、「宮滝御幸記」筆者の道真とは比べるべくもないが、文事に至るまで全てを完全に掌握しようとした態度は共通のものだと答えた。

イフォ・スミッツ氏は、和漢の問題になるが、「百人一首」に採られている道真の和歌は、宮滝御幸時に詠まれたとも言われるが、その真偽はともかく、元々漢詩であったものを和歌に作り替えたという「歴史の書き変え」ということは言えないだろうかと質問した。フェレ氏は『扶桑略記』（平安末期）では「云々」と省略されているが、『看聞日記』（十五世紀）には御幸時に詠まれた多数の和歌が記録されており、道真の和歌もその折のものだったことが確認され、宇多が和漢のバランスを重要視していたことがわかると答えた。当日は触れられなかったが、宇多を規範として帝王の如く振る舞う道長にとっての『源氏物語』の意味が問い直される発表であった。

● 新美哲彦（早稲田大学）「テクスチュアル・ハラスメントを受ける紫式部」 [D]ジェフリー・ノット（国文学研究資料館）

新美氏は他作者説と悪文説に絞って明治以降の『源氏物語』批判を取り上げたが、この背景には戦国・江戸時代にかけての絶賛的傾向があり、それに対する攻撃だということ、また文学史上『源氏物語』よりも格が上だった『古今集』ですら西欧との接触によって罵倒の対象となるという価値観の激動期にあったということも考慮すべきだとノット氏は述べた。また、読みづらくて心に響かないとか、シェークスピアにもあるような他作者説を標榜するとかが一概にハラスメントと言えるのかと疑問を呈した。新美氏は、全てをハラスメントと言うわけではなく、零落説とか堕地獄説とかの言説を伴っている場合、学問的検証とは別の動機があると考えざるを得ないと述べ、テクスチュアル・ハラスメントという表現によって言語に関わるひずみの問題全般を扱えるのではないかと考えて提案したと答えた。ウエイリーの翻訳を読んで初めてこの物語を理解したと正宗白鳥が言うが、既に出版されていた晶子の現代語訳については一言もないのはなぜかと寺田が質問した。外国語訳のインパクトという声もあったが、ロマン主義（晶子）と自然主義（白鳥）の確執があったからかという寺田の質問に対し、白鳥の弟、敦夫は、晶子・鉄幹と共同で『日本古典全集』を編集し、交流も深かったので、確かに不思議な反応だと新美氏は答えた。その後立ち話で、新美氏は今の少女漫画に対するのと同じような感覚だったのではと語られた。確かにそんなところかと思われるが、取るに足りないと無視する態度をハラスメントと呼べるかどうか疑問が残る。イジメとは言えると思うが、フランス語の感覚では攻撃性がないとハラスメントとは言い難いのである。

● タケシ・ワタナベ（ウエスレヤン大学）「記憶を語ることば―癒しとしての『栄花物語』」 [D]荒木浩（国際日本文化研究センター）

荒木氏は三点に絞って質問を行った。内容に関わる点として、ワタナベ氏が『栄花物語』の三つの文学的戦略の一つとする「すり替え」の例、『源氏物語』の須磨流謫を取り込んだ、伊周が流罪前に父の墓を訪れるというエピソードについて、荒木氏は『源氏物語』におけるこの挿話は、桐壺帝の亡霊の出現という危険な側面を浮上させるが、『栄花物語』との関係ではどうなるかと質問し、ワタナベ氏は、『栄花物語』は事実関係の縛りがあるため、こうした流用は表面的なものにならざるをえず『栄花物語』には取り込まれていないと答えた。[10] 大鏡など鏡物について出版したエリン・ブライトウェル氏と意見の食い違いがあったそうだが、という問いに対して、ワタナベ氏は「歴史物語」というジャンルの有効性を疑っていて、ヒストリカル・ナラティヴではなく、「物語」に重点を置いたヒストリカル・テイルという呼び方を使っている、物語については折口や柳田の「物を語る」という言語学的意味で考えていると答えた。歴史物語を専門とする桜井氏によれば、『栄花物語』が日記を原材料として書かれているということだが、日記の場合は執筆者の視野に限定され、語り手はそれよりも自由な視点があるとは言えやはり限定されているが、説話はそれを超えて、伝え聞いたという前提で何についても語ることができると荒木氏は述べ、説話についてのワタナベ氏の考えを求めた。説話は一般に時間的に遠いことが語られるが、『栄花物語』は非常に近い時代について語っていて、それが説話との違いだろうとワタナベ氏は答えた。ルシーニュ・オードリー氏より、癒しの文学としての『枕草子』について発言があり、ワタナベ氏は誰を癒すかというところで違いがでてくるのだろうと答えた（この議論は録音が不明瞭でよく聞き取れなかった）。

(3)　第三セッション「源氏物語というフィクションと歴史」
（司会ミシェル・ヴィエイヤール＝バロン、イナルコ）

● 栗本賀世子（慶應義塾大学）「光源氏青年期の桐壺住み—皇位継承の代償としての内裏居住—」 D タケシ・ワタナベ（ウエスレヤン大学）

準拠という考え方を建物に適用したことが興味深いが、史実を起点としてずらしていくという栗本氏のアプローチとは対照的に、どのくらいファンタジーがあるかという観点から建物の問題を六条院を中心に取り上げた研究[11]が最近出たこともあり、さらに興味深かったとワタナベ氏は述べ、物語の流れの中で建物の扱いが変わって行く、歴史から離れて行くということがあるかと質問した。栗本氏は藤壺という建物の例を挙げ、この物語には藤壺と呼ばれる女性が三名出てくるが、光源氏があこがれた最初の藤壺は史実に根ざす『うつほ物語』の藤壺（村上帝の中宮は藤壺に住んだという史実を準拠とすると思われる）を起点としているとすれば、二人目は最初の藤壺の妹で、女三宮はその娘だったため、源氏が興味を持つという展開とするため、姉のイメージを彷彿とさせる藤壺に妹が住むという設定にしたと思われる。三人目は薫の妻の母が藤壺に住んでいたという設定で、源氏と女三宮の関係を重ね合わせている、つまり、史実を起点としつつ、先例を物語内に作っていく装置として使われていると答えた。

● イフォ・スミッツ（ライデン大学）「『源氏物語』における歴史的空間と虚構的移動」 D エステル・ボエール（イナルコ）

空間が非常に重要だということは絵画研究の立場からも全面的に賛成だとボエール氏は述べ、三つの空間移動の分析にも賛成した上で、二つの問題を提起した。第一は空間そのものについての問題で、ド・セルトーが提示するプレイス（場）とスペース（空間）という二つの概念だけでは十分でなく、第三の要素「敷居」を考えるべきだとボエール氏は主張した。「花の宴」の「口」は単なる建築要素ではなく、質が違う空間、誰でも入れる公共の空間と女だけの私的な空間を分け、「夕顔」では五条が貴族の区域と庶民の区域を分ける「敷居」となっていて、物語の展開は、敷居を次々に超えて行くことによって実現して行くのだと述べた。スミッツ氏もその通りだと同意し、「夕顔」ではテクストが明示しなくとも読者はそうした境界をよく知っていて、源氏が危険な地域に入って行くと読者は感じたはずだと述べた。第二の点は物語の空間と歴史上の空間という問題だが、ボエール氏はこの準備の過程で九六〇～一〇六八年の間に内裏は十三回焼けて、しかも十一世紀初頭に多かったと知って、再築の速度にもよるだろうが、当時の人々はどの内裏を知っていたのかと思ったと語り、『源氏物語』に描かれる内裏は理想化されたものであるかもしれず、江戸の考証家は『源氏物語』を参考にしたりしているが、堂々巡りということが言えないだろうかと述べた。スミッツ氏は図面による再構成、組立式工法ということもあるので、再生されて行くことも可能だったのではないかと述べた。

● ダニエル・ストリューヴ（パリ・シテ大学）「『源氏物語』蛍巻の物語論について」D荒木浩（国際日本文化研究センター）

「蛍」巻は宣長が取り上げて以来避けて通れないテーマとなっていて、ワタナベ・ブライトウエル両氏も著書で取り上げていると前置きして、物語のコンテクストから切り離して展開する論も多いが、ストリューヴ氏は神野藤氏同様にコンテクストを考慮して、物語論の起点を「胡蝶」における玉鬘の読書に遡って分析し、さらに浮舟の最後のあり方に繋いでいると荒木氏はまとめた。荒木氏自身の見解として、物語論については、『古今集』仮名序以来の内から外へという動きとは逆に、玉鬘は外（に見聞きするもの）から内へという散文宣言とも言えることを語り、紫式部が歌人ではなく散文作家として謳われた所以がここに認められるように思えると述べ、さらに、コンテクストとの絡みでは、通常議論の対象になっていない玉鬘・源氏の物語論議に後続する部分に注目した。養母の紫上が明石の姫君の教育に物語がいいと言うのに対して、実父の源氏は変なものを読ませてはいけないと、養女の玉鬘への語りとは打って変わった言説を弄し、玉鬘を相手にした物語に対する源氏の言説が熱ければ熱いほど二つの場面のギャップは大きくなり、笑いを生むという仕組みになっていると述べた。次いで、笑いや「物言ひ」（話が上手い人）というテーマは興味深いが、ここでの笑いは内容の面白さではなく、韜晦の笑いではないかと質問した。源氏の自己韜晦、玉鬘の皮肉な笑い、読者の笑いと、様々な笑いがあるが、「箒木」以降、宇治十帖に至るまで『源氏物語』には笑いは至る所にあり、フィクションは生真面目なものではなく、笑いがもたらす自由・逸脱はその生命だとストリューヴ氏は答えた。荒木氏は補足として、浮舟が古歌を通じて心に余ることを書き記していて、物語論とは逆の『古今集』の言説に一致する内から外へという言葉のあり方を表していると述べ、ストリューヴ氏は浮舟が仏典に専心して行くと述べているが、その物語最終部の問題を物語論との関連で考え直してみたいと述べた。物語論では読み手から書き手に議論が移行しているとの指摘があったが、それはなぜかという佐藤氏の質問に対して、読み手が書き手にとって重要なのは言うまでもないが、書き手は読み手にとっていわば保証人の役割を果たしているので、両者の接点は必ずある、それ以上のことは今は言えないとストリューヴ氏は答えた。

● 田渕句美子（早稲田大学）「女房が語る「家」の物語と歴史―竹河巻―」 Ｄラジャシュリー・パンディ（ロンドン大学）

パンディ氏はまず語り手の問題を取り上げ、髭黒家に仕えた女房の別伝と言われるが、語られていることを額面通りに受け取っていいのか疑問だとし、「いずれかまことならん」という言い方は、真偽の二項対立的評価が不毛だと言っているのではないかと述べた。複数の視点の存在を否定しているわけではなく宮廷生活は視点の多面性があることは前提なので、むしろ韜晦し茶化すような言い方ではないかと田渕氏は答えた。

「竹河」の解釈は、摂関政治に陰りが差し院政期に向かいつつある過渡期の時代の不安を権力の中心にない家の女房が歴史の証人として描いたものだという理解に基づくと理解したが、『源氏物語』全体を流れる無常観・悲哀は仏教的世界観によるもので、苦しみや悲しみは外的状況によらない人間の実存にかかわる普遍的問題であるため、歴史記述と仏教的記述は共通の尺度を持たず相入れないものと考える、とパンディ氏は述べた。仏教の重要性は否定できないが「竹河」は続く宇治十帖とは違い仏教色が非常に薄く、宮廷政治に関わることによる苦悩が描かれていると田渕氏は答えた。確かにこの巻は世俗面が強いが、『源氏物語』全体として、過去、現在、未来の関係は、因果応報、宿世、業という仏教的観念で語られていることは否定できず、同様の事象が繰り返されるのもその現れだと思うがというパンディ氏の問いに、田渕氏は歴史的事象でもそうしたことはあり、『源氏物語』は歴史書という側面もあるので、長いスパンでの繰り返しということも出てくる、また女房は職掌として記録するという権利・義務を負っていたということに焦点を当てて考えたと田渕氏は答えた。

「竹河」に限らず、広い視野で考えるための問題提起として、現在の歴史記述からははみ出してしまう魔術・怨霊・神々等が生きていた時代の歴史をどう書いたらいいのか、また歴史記述やフィクションの概念定義について考えるべきだとパンディ氏は述べた。仏教的世界観と歴史意識は相入れないというパンディ氏の発言に関して、両者の関係について、一言稿者の考えを述べておきたい。前回の「身と心」シリーズにおいて「身」という語を調べた際に、「身」は「社会的我」・「仏教的観念に支配された我」・「生命体としての我」という複層的存在として状況に応じてその相を変え、こうした我のあり方は少なくとも明治・大正まで続いていることを稿者は確認した。どちらかということではなく二つの観念がどのように共生しているかを検討するべきではないかと考える。長い期間を語る「竹河」に宗教性が薄いということがその必要性を示しているように思われる。一枚岩的ではないアプローチをすることによって、過去の現実に近づく生産的な方法が見つかるかもしれない。歴史学の分野で注目されているイヴァン・ジャブロンカは、現代の概念で過去を分析するというアナクロニズムの妥当性について、それがアナクロニズムであることをはっきりと認めて「方法としてのフィクション」として作業全体の論理に組み込んでいるのであれば問題はないと語っている。[12] そうした視点から見直してみることもあるいは有効かもしれない。過去との違いの明確化を目指す方法論としてということは大前提だが。

● 第三セッションの総合討論

歴史的事実というよりも物語の場合、事実あったか否かではなくリアリズムという角度から、つまりありうるか否かという観点から、またはその点での『源氏物語』の特質は何かということを考えたらどうかとスミッツ氏は提起した。

栗本氏は、「史実をずらして」と述べたので歴史に近いと考えているように聞こえたかもしれないが歴史はあくまで材料で、人間の心情、その普遍性を描こうとし、起こらなかったことを可能性として虚構していると考えるが、読者に与える真実性の印象は『源氏物語』は他の作品とは大きく違っているのではないかと述べた。

寺田は、「見えたり」という表現が『栄花物語』には『源氏物語』に比べて相対量として遥かに多いということに気づいたが、『万葉集』の重要な表現「見れば見ゆ」（意識して見るという行為の結果認識する）が端的に示すように、「見えたり」は証言の言葉で、『栄花物語』は証人としての語りだと考えた場合、『源氏物語』の語り手は証人というスタンスに立っていないのではないかとふと考えたと述べた。

　ワタナベ氏は、『栄花物語』は女房の多くの記録を編纂して『源氏物語』などの語りの方法を組み込んだものと考えるので、分類するよりは、女の書記行為として総体的に検討している、また読者の反応・作者の意図などに注目する、現在アメリカで盛んになっている「感情史」の観点から鎮魂など、生き残った者にとっての過去との関係を考えたと述べた。海外では四鏡と軍記物を区別しないのかという佐藤氏よりの質問に対しては、鏡物や説話は内面に立ち入らず外側から行為を語る点が女性の記録とは違うが、軍記や鏡物はいろいろ読んでいるわけではないので多くは語れないと答えた。ストリューヴ氏は欧州には叙事文学（エピック）の伝統があるので、『平家物語』などはそのように分類されるが、『太平記』は翻訳されていないので、あまり読んだ人もいないだろうと述べ、鏡物は叙事文学に入らないので、その点からの比較は可能かもしれないと答えた。荒木氏は『平家物語』の研究者のデイヴィッド・バイアロック（David Bialock）は、『将門記』が宮廷の外から「記」という記録の文体で事実を描き、軍記物への道を開いたという興味深い分析を行なっていると述べた。

　田渕氏は、『栄花物語』など歴史物語は女房が御簾の中から見たものを記録していて、同じ行事を複数の女房が記録しているという点も重要だと述べ、その点から荒木・寺田両指摘は重要だと述べた。寺田は補足として、見たことを書くというのは外の世界との関係としては普通の行為だが、それでは『源氏物語』は何なのかと考えたときにスミッツ氏が言っていたスペースとプレイスの違いを思い出し、『源氏物語』はスペースを扱っているのではないかと考えたと述べた。スミッツ氏は、それはまさにド・セルトーが言っていることで、「見える（ヴォワール）」という動詞に対応するプレイスが、そこにあるものを見たというスタティックな世界であれば、『源氏物語』はダイナミックな空間として「行く」という動詞に対応する動きの世界だと述べ、それを玉鬘の物語論に適用すれば、正史は動かない退屈な世界ということになると結論した。

(4)　第四セッション「シンポジウムの総合討論」司会　アンヌ・バヤール坂井

第四セッションはテーマ別にご紹介する。
議論は**フィクションと歴史の関係**の検討から始まった。バヤール坂井氏も澤田氏も連続的な関係として、度合いの違い、スペクトル上の位置の問題としてまず提示した。それに対してモラール氏は、前近代については時代毎の枠組みを考える必要があるようだが、少なくとも現代に関する限り、歴史研究の方法論（真実の機制（レジーム・ド・ヴェリテ））は成立していて、フィクションの機制とは区別されるべきで、連続体という考えには反対だと述べた。バヤール坂井氏は、言説性が同一と考えているわけではなく、言説世界の脆弱性、歴史とフィクションの区別の脆さということを重要視したための発言だったと答えた。澤田氏は、歴史修正主義に陥りかねない歴史書と文学書を一直線で結ぶような危険な考え方は勿論論外で、著者の主観的言辞が散在する『吾妻鏡』のような歴史資料では、主観的言説部分をふくらましていくとフィクションに近いものになっていくというケースを考えての発言だったと述べた。稿者としては第一回研究会で議論された共存の関係という立場から、流動性、相互浸透、移行を考えるという可能性を支持したい。この問題は、**歴史概念の定義**、実際にあったことか、学問分野か、過去を整理したものか、はっきりさせるべきだというスミッツ氏の発言で再燃した。それはパンドラの箱を開くようなもので、言葉の定義を始めたら日本語とフランス語の概念は重ならないので、このシンポジウムそのものが成り立たなくなる、むしろ定義を固定させないことで先に進んで行けると思うと澤田氏は答え、歴史が文学に近づいているということもあり、イヴァン・ジャブロンカの『歴史は現代文学である』[13]という本も出ていて、まさに現在問題になっていることをここで扱っているとも言えると答えた。歴史学と過去との関係について、パンディ氏は過去を死んだものとして扱う近代歴史学の問題性を指摘した。**フィクションの歴史性**ということについて、ノット氏は「ありそうなこと」（後述）という視点から受容の問題を見直し、紫式部の時代の読者と我々に至るそれ以後の読者は世界観・世界体験を共有しないから、初期の読者の読む『源氏物語』と我々の読む『源氏物語』は同じものではなく、その違いは本文の異同よりもはるかに重大なので、作品自体の歴史をその観点から研究すべきだと述べた。フィクションの側からの**歴史コンプレックス**がアメリカの大学教育界にあり、文学研究の意義を常に正当化しなければならない状況にあるとワタナベ氏は苦境を訴えた。初期の源氏研究は歴史コンプレックスから出発したが、その後『源氏物語』には何でもあり素晴らしいという逆の反応も出てきたとノット氏は述べ、いずれにせよ、この千年の注釈史は消えてしまったわけではなく現在も影響を及ぼし続けていることを認識すべきだと強調した。

フィクションの捉え方として、スミッツ氏、それを受けて栗本氏が使った「ありそうなこと」という表現は重要だとバヤール坂井氏は指摘し、「本当らしいこと（プレザンプランス）」とは違うと補足し、フェレ氏やワタナベ氏が取り上げた文学モデルの有無とも関係し、田渕氏が問題にした語られることの信憑性、読者の権限が何によって担保されるかということとも関係すると述べた。「本当らしさ」とは違うというバヤール坂井氏の指摘は、「真実か否か」という状態の認定ではなく、出来事が起こりそうな「可能性」を語る、つまり動態としての世界に焦点を当てた視点と理解したい。**フィクションの力・必要性**については、作者に自由を与えるという点をジェルリーニ氏などが述べた。文学一般に言えることかもしれないが、言葉で表すことができないものを表現するのだという点を稿者は付け加えたい[14]。最初からこれは作り事ですよという場合、何が賭けられているのかという澤田氏の問いに対する一つの具体的な答として、女房は関係者が生存中には語ることはできないという自己規制があったので、物語という形以外には書けなかったという事実があると田渕氏が述べた。ボエール氏が言及した**フィクションの史実化**については第一回の研究集会と氏の本書論文に譲る。女楽等『源氏物語』の場面の再現例が多いということについて、田渕氏はこの物語が鎌倉時代の宮廷の現実に近い写実的な作品であることを指摘し、**受容**の観点から見た場合、女たちにとって物語が世界を認識する唯一の方法だったので、女房の語りの権威・信用を保証するのは学ぶに足る正確性、現実性だったと述べた。栗本氏は虚構の絵合は歴史上の天徳歌合に準拠しているが、紫式部は肝心なところで歴史離れするという清水好子氏の説[15]に触れた。これは作品の力を生み出す**構成力の問題**に関わる重要な指摘で、それと関連して寺田は、栗本氏が扱った源氏の桐壺住みは、物語の起点を一・二巻共に内裏に置き、内裏を起点とした同心円的広がりの構造に物語全体を作り上げるという物語構成への配慮の例だと考えると述べた。栗本氏は、それを受けて源氏が青年期になっても内裏に住んでいたという設定は、藤壺と密通しやすい状況を作る方策となっていることに思い当たったと述べた。

おそらくは過渡期の現象と思われる、江戸末期から明治にかけての興味深いフィクション観を示す、江戸末期から明治にかけての「小説」という語の用法についての木戸氏の説明を以下にまとめる。明治二九年（一八九六）に作成された八戸の図書目録では『経国美談』は「史伝・記録・小説」の項に分類されている。十九世紀は実でないものには価値を見出さない時代で、小説も稗史（はいし）、つまり民間の歴史書の意味で使われていた。小説にフィクションの意味を与えた資料として知られている木村黙老の『国字小説通』（一八四九）では、小説は「架空無根の言」とされ、源氏、うつほ、伊勢、竹取、読本、草双紙類（軍記も入る）が挙げられている。虚構に積極的な価値を与えた黙老は、歴史に関しては、正史には曲筆があるが（事実を曲げるのではなく書かないものがある）、野乗小説（稗史）は本当のことをありのままに書くと述べ、小説に歴史と虚構の両方の意味を併存させている[16]。この状態は『経国美談』の時代まで続いているということである。

キリスト教にも**フィクションを罪とする考え**はあるかという「蛍」巻の発表に触発された質問が森山恵氏よりあり、プラトンの詩人追放論が示すように、文学を悪とする思想はキリスト教を含め西欧にもあり、ウイリアム・マルクスの著作が参考になる[17]とミュレール氏が答えた。形を整えるために言葉を足したり必要な言葉を削ったりして真実を歪めるという理由で、詩人は疑いの目をもって見られたという、第二回研究集会で取り上げられた「綺語の過ち」を思わせる言語観について、稿者も中世フランス文学の研究者より聞いたことがある。

『源氏物語』はつまらないという人がいたと聞いて驚き、同時にほっとしたという会場からの発言に対して、新美氏は**明治の受容状況**について、つまらないというより難しいということだったろうが、女の悪筆説などは、明治時代後半に本格的に始まった注釈、翻訳を背景とする再カノン化に対するバックラッシュ現象ではないかと述べた。また**作り物語**には荒唐無稽な作品が多く、原則的には実在の人物は出さないものだが、『源氏物語』は現実性があり、教育的価値も高く、正確性も歴史性も強いというこの作品の特徴を考えると、この作品を作り物語の代表とするのは妥当だろうかと疑問に思わざるを得ないと新美氏は述べた（作り物語については第一回の研究会で神野藤氏が有益な情報を提供している）。また氏は、定説化している『源氏物語』は道長が彰子のために書かせたという説、密通が物語の重大事として巧みに導入されているという可能性のそれぞれを独立して考えると、どちらも説得力があるが、二つを合わせると説明が難しくなると述べた。

スミッツ氏の疑問に答えた澤田氏の文学と歴史の接近という発言は、纏めの都合で第四セッションの初めの方に置かれているが、実際はほとんど終わり近くに語られた事実上の結論で、なかなか見事な終わり方と言えるものだった。

〔注〕

1　Roland Barthes, *Arguments* in Marianne Arphant & Nathalie Léger (dir.), *R/B Roland Barthes* (catalogue de l'exposition au Centre Pompidou, nov. 2002 - mars 2003). Seuil, 2002, p. 186-195.

2　荒木浩「明石における龍宮イメージの形成―テクスト遺産としての『源氏物語』と『平家物語』をつなぐ夢」（エドアルド・ジェルリーニ、河野貴美子編『アジア遊学　古典は遺産か？　日本文学におけるテクスト遺産の利用と再創造』二〇二一年十月）。

3　兵藤裕己『平家物語の読み方』（ちくま学芸文庫、二〇一一年）。

4　兵藤裕己『平家物語の歴史と芸能』（吉川弘文館、二〇〇〇年）。

5　物語の出来事を年代順に列記し、推移を明らかにした年表。

6　Pierre Bayard, *Comment parler des faits qui ne se sont pas produits ?* Les Éditions de Minuit, 2020.

7　村上春樹『約束された場所で　underground 2』（『村上春樹全作品 1990~2000』⑦、講談社、二〇〇三［一九九八］十五頁）。

8　荒木浩「源氏物語論へのいざない」（『かくして『源氏物語』が誕生する』笠間書院、二〇一四年［二〇〇四］、十~二九頁）。

9　レベッカ・クレメンツ「江戸及び明治初期の訳者たちにおける翻訳概念―その翻訳用語についての考察」（『源氏物語をかきかえる―翻訳・注釈・翻案』青簡舎、二〇一八年、一四五頁）。

10　Erin L. Brightwell. *Reflexting the Past: Place, Language and Principle in Japan's Medievale Miror Genre,* Harvard University Asia Center. 2020.

11　Edith Sarra, *Unreal houses: Caracter, Gender and Genealogy in the* Tale of Genji, Harvard University Asia Center. 2020.

12　Rencontre avec Ivan Jablonka à l'Escale du livre (video). site de Seuil：イヴァン・ジャブロンカ『歴史は現代文学である―社会科学のためのマニフェスト』名古屋大学出版会、二〇一八年（L'histoire est une littérature contemporaine. Seuil. 2014；chap. 8, « Les fictions de méthode », pp. 187-215. 第八章、「方法としてのフィクション」、特に一九七頁以降）。

13　注12前掲書。ジャブロンカは「文学のテクストは不在の只中に向かう旅であり、誰かが自ら発する問いに答えようとするエネルギーであり、世界についての真実を言おうと全力を尽くすことであり……」と述べ、第九章「ノンフィクションから真実としての文学へ」の結論として文学は探究（recherche）なのだと言っている（二五〇~二五一頁）。

14　ジャン＝リュック・ゴダールは、『軽蔑』の最後にある、ある決定的な場面、死の瞬間を見せなかったことについて、省略法かと問われ、「省略法の背後には意図があるが、自分は本能的にそれを避けた。我知らず何かに近づいていくのだ。映画の不可能とも言える使命は、見えないものを見る（ヴォワール）ことだ。映画には三つの映像（イマージュ、ここでは撮らなかった第三の場面と、その前後の事故で死ぬ女の別れの手紙の大写しの場面と衝突事故の後の死んでいる場面）があって、優れた映画は、見えない、もしかしたら撮るべきではない第三の心像（イマージュ）を見せる作品だ」と言っている（Collection UN FILM & SON ÉPOQUE, vol. 1, 2011）。文学においても事態は同じように思われる。ケーメンズ氏も本書の論文、「あるかなきか」の第一章の最後で、このようなフィクションの力について見事に語っている。創造という場からのゴダールの発言が、本書所収の氣多氏の論文にあまりにも近いことに驚かされる。

15　清水好子『源氏物語の文体と方法』（東京大学出版会、一九八〇年）。

16　谷川恵一「小説と伝記―『西国立志編』における言説の分割」（『人文学報』（京都大学）七五、一九九五）。

17　William Marx, *La Haine de la littérature*, Les Éditions de minuit, 2015.

二〇二三年シンポジウム　閉会の挨拶

寺田　澄江

ご来場の皆さま、インターネットを通じてご参加くださっている皆さま、本日をもちまして、「フィクション」と「歴史」をテーマとする三ヶ年計画を終了いたします。

パリ源氏グループは、二〇〇四年以来毎年研究集会を開いて参りました。今回に先立つ「翻訳」、「身と心」をめぐる過去二回のプロジェクトの場合と同様、不十分とは言え、今回もこのテーマが提起する問題、その深化の方向性を見定める端緒につくことができたと考えています。また今回は、シンポジウムのテーマに取り組むための理想的な入り口から入ることができました。澤田直氏は戦後日本の大衆文化という具体的な例を起点として、「フィクション」と「歴史」という二つの項が取り結びうる様々な関係のあり方についてお話しくださいました。フランソワ・マセ氏は、古代に焦点を当て、我々が生きている現実の世界とは異なる「もう一つの世界」、「別世界」が執拗に呼び起こされているというあり方について、『源氏物語』との関係も含めて、お話しくださいました。ニコラ・モラール氏とギヨーム・ミュレール氏は、作者たちの歴史的現在を起点とする「書く」という行為が、過去の「歴史」と必然的な関係で切り結んでいる例を取り上げました。そして、シンポジウムのテーマは、予め相談しあったわけではないのに皆さんの御発表を通して、異なった角度から交錯し、重なり合い、映発し合い、深化の方向性が指し示されて行きました。

このテーマを、「行為の現在」「歴史的過去」『源氏物語』という三つのタームに置き換えると、一人の女性の姿が浮き上がってきます。その女性は樋口一葉です。井上ひさしさんによれば和文最後の作家の一葉と、和文の可能性を最大限に追求した紫式部を結びつける一本の強い線が、一葉を終結点に置くと浮かび上がってくるのです。一葉は、死ぬ一年前の日記に次のように書いています。

ひかる源氏の物がたりはいみじき物なれど、おなじき女子(おなご)の筆すさび也。よしや佛の化身といふとも、人の身をうくれば、何かはことならん、それよりのちに又さる物の出こぬは、かかんとおもふ人の出こねばぞかし。かの御時にハかの人ありてかの書をや書とどめし。この世にはこの世をうつす筆を持ちて長き世にも伝えつべきを……

「しのふくさ」明治二八年（一八九五）二月一日（『樋口一葉全集』第三巻、一九九四［一九七八］筑摩書房、七六五～七六六頁）。

確かに、『源氏物語』は「いみじきもの」、つまり、このように強く、激しく、書く意欲を呼び起こすという意味において、そして何世紀にも亘って読みたいという気持ちをかき立てて来たという意味において、素晴らしい作品です。私たちは、この素晴らしい作品を核として、共同研究と共同翻訳を行ってきました。

共同研究は今回をもちまして終了いたします。共同翻訳作業は継続し、翻訳という実践的な行為を通じて、私たちなりのやり方でこの作品を受け継いでいこうと思います。

最後にあたり、初日の基調講演の開催に多大なご協力を頂いた日本文化会館、このプロジェクト実現のために資金援助してくださった東芝国際交流財団とフランス財団、三ヵ年を通じて資金援助くださったＣＲＣＡＯ・パリ・シテ大学とＩＦＲＡＥ・ＩＮＡＬＣＯにお礼を申し上げます。また特に、二〇〇四年以降、プロジェクトに参加し、貴重なお時間をさいてくださった、発表者、ディスカッサントの皆様、通訳を務めてくださったアンドロ・上田眞木子さん、マティアス・ハイエクさん、ジュリアン・フォリーさんに篤くお礼申し上げます。そして、この催しの準備・実行を通じて協力して下さった学生の皆さん、ありがとうございました。

あとがき

新美　哲彦

パリ国際シンポジウムの論集は、本書で六冊目であり、本書を以て終了となる。この二〇年の軌跡については、寺田澄江氏の総括、および以下に並べたこれまでの五冊の総括をごらんいただきたい。

『2008年パリ・シンポジウム　源氏物語の透明さと不透明さ　場面・和歌・語り・時間の分析を通して』二〇〇九年
『2011年パリ・シンポジウム　物語の言語　時代を超えて』二〇一三年
『2014年パリ・シンポジウム　源氏物語とポエジー』二〇一五年
『2017年パリ・シンポジウム　源氏物語を書きかえる　翻訳・注釈・翻案』二〇一八年
『2020年国際オンラインラウンドテーブル　身と心の位相　源氏物語を起点として』二〇二一年

青簡舎から刊行された五冊は書名や目次を見ているだけでも興味深く、田渕句美子氏の巻頭言の言葉を借りれば「英語・フランス語が必ずしも得意ではない日本の研究者」である私に、世界の研究の一端を見せてくれた本でもあった。

さて、本書は、研究集会・シンポジウム参加者一九名、紙面参加者一三名、計三二本の論文からなる。本書の構成だが、以下の五つのセクションに分け、「物語と歴史　『源氏物語』を中心に」はさらに三つに分けた。

「フィクションと歴史を考える」「物語と歴史　『源氏物語』を中心に」「読む現在と書く現在」「歴史と虚構の中の詩歌」「歴史と虚構の中の人物」

論文の配列は、研究集会やシンポジウムの順ではなく、出そろった論文を見て寺田氏が考えた原案を、田渕氏、青簡舎の大貫氏、私を加えた四人で話し合い、並べ替え、煮詰めた。小見出しもその際考えられたものである。初校に目を通しながら、それぞれの論文は面白いが、幅が広すぎていったいどうなるのだろう、と思っていたが、構成が定まると、それぞれの論文が配列の中で相互に連関し始め、有機的に機能し始める。緊密な構成の一書ができあがるマジックを見る思いであった。

本共同研究に関わったことにより、多くの知らなかった研究者の方々を知り、あまり考えたことのなかった視点を得ることができた。自分が井の中の蛙であることを感じ続けた共同研究でもあったが、視野を広げる上で、自分が井の中の蛙であることを忘れないことが大事なのだ、とつくづく思った。

なお、祖父の知り合いであったジャクリーヌ・ピジョー氏の関わった共同研究の最後に自分も関わることができたのも思いがけない幸せであった。

本共同研究が進行している二〇二二年後半、ヴェネツィアの大学で教えていた。先生も学生も世界から集まり、一学期だけ時をともにし、またばらばらに世界に散るという面白い大学であったが、イスラエルの大学からの同僚や学生もいた。彼らはソ連崩壊の頃にイスラエルに渡った人（とその子）たちとであった。詳しくは聞けなかったが、ウクライナの惨状を悲しんでおり、一九世紀にユダヤ教徒が居住を許されていた地域の多くがウクライナと重なることを考えれば、ウクライナ出身者だったのだろう。テル・アビブでの停戦を求める大きなデモを画面越しに見つつ、彼らがいまのパレスチナの惨状をどのように感じているか、胸が痛む。

この年齢になって、改めて世界はつながっていると感じることが多くなった。パレスチナ・ウクライナ、そして、移民排斥・アメリカの大統領選・日本の加害の忘却も地続きである。本書で扱った「フィクションと歴史」という問題は、さまざまな形で世界を貫く。日本の古典における「フィクションと歴史」を考えることは、現代の社会を見直す視座へとつながる。

本シリーズ一冊目のあとがきで寺田氏が「短期的視野での効率主義に対して、千年の射程距離で物を考えるという態度を持つということが、それ自体として意味を持つ」と述べるが、本共同研究は本当にその実践であったと実感している。

最後になりましたが、このような助成が縮小されつつあるなか、支援・援助を続けてくださったイナルコ–IFRAE、パリ・シテ大学–CRCAO、東芝国際交流財団、パリ日本文化会館（国際交流基金）、フランス財団に深く感謝の意を表します。世界が排他／独善の闇に覆われようとする、そのせめぎ合いの中、他／多文化を理解するためのこのような支援・援助は、世界を融和に導く、着実な一歩なのではないでしょうか。

また、出版不況の中、素晴らしい研究書を出し続けてくださる青簡舎の大貫祥子氏に深く感謝申し上げます。

編者・執筆者紹介

寺田澄江（てらだ　すみえ）
一九四八年生まれ。イナルコ名誉教授。
〔主要業績〕「源氏物語の言葉と文体—読むことと翻訳することの間で」（『受容と創造における通態的連鎖：日仏翻訳学研究』、新典社、二〇二一年）、共編著『身と心の位相—源氏物語を起点として』（青簡舎、二〇二一年）、「断片としての集—『和漢朗詠集』をめぐって—」（『集と断片　類聚と編纂の日本文化』、勉誠出版、二〇一四年）

田渕句美子（たぶち　くみこ）
一九五七年生まれ。早稲田大学教授。
〔主要業績〕『女房文学史論—王朝から中世へ—』（岩波書店、二〇一九年）、『百人一首—編纂がひらく小宇宙』（岩波新書、岩波書店、二〇二四年）、「『紫式部日記』首欠説をめぐって—中世からの視野—」（『平安朝の文学と文化—紫式部とその時代』武蔵野書院、二〇二四年）

新美哲彦（にいみ　あきひこ）
一九六九年生まれ。早稲田大学教授。
〔主要業績〕『源氏物語の受容と生成』（武蔵野書院、二〇〇八年）、『『源氏物語』の近世—俗語訳・翻案・絵入本でよむ古典—』（勉誠出版、二〇一九年）、「公的事業としての文学作品とそれに関わる女性作者—『源氏物語』『栄花物語』『枕草子』を中心に—」（特集「ジェンダーから見る〈作者〉—歌と散文—」日本文学研究ジャーナル第三〇号、二〇二四年六月）

氣多雅子（けた　まさこ）
一九五三年生まれ。京都大学名誉教授。
〔主要業績〕『ニヒリズムの思索』（創文社、一九九九年）、『仏教とは何か—宗教哲学からの問いかけ—』（共編著、昭和堂、二〇一〇年）、『西田幾多郎　生成する論理—生死をめぐる哲学』（慶應義塾大学出版会、二〇二〇年）

澤田直（さわだ　なお）
一九五九年生まれ。立教大学教授。
〔主要業績〕『フェルナンド・ペソア伝　異名者たちの迷路』（集英社、二〇二三年）、『サルトルのプリズム二十世紀フランス文学・思想論』（法政大学出版局、二〇一九年）、共編著『翻訳家たちの挑戦　日仏交流から世界文学へ』（水声社、二〇一九年）

フランソワ・マセ（François Macé）
一九四七年生まれ。イナルコ名誉教授、
〔主要業績〕*La mort et les funérailles dans le Japon ancien*, P.O.F. 1986 :『古事記神話の構造』（中央公論、一九八九年）、« Ancêtre, dieu et bodhisattva, Hachiman ou la pluralité religieuse personnifiée ». *Extrême-Orient Extrême-Occident n°45 Pluralité et tolérance religieuse en Asie de l'est*, mars 2022.

マティアス・ハイエク（Matthias HAYEK）
一九八〇年生まれ。フランス高等実践研究院（EPHE-PSL）教授。
〔主要業績〕「異形と怪類―『和漢三才図会』における「妖怪的」存在」（『文化を映す鏡を磨く―異人・妖怪・フィールドワーク』せりか書房、二〇一八年）、*Les Mutations du yin et du yang: divination, société et représentations au Japon du VIe au XIXe siècle*, Collège de France, Institut des Hautes Etudes Japonaises, 2021 :「近世前期の占いの「学術」の一側面―『簠簋』の解説書を中心に」（『アジア遊学』二七八、勉誠出版、二〇二二年）

藤井貞和（ふじい　さだかず）
一九四二年生まれ。東京大学名誉教授。
〔主要業績〕『源氏物語論』（岩波書店、二〇〇〇年）、『文法的詩学』（笠間書院、二〇一二年）、『〈うた〉起源考』（青土社、二〇二〇年）

土方洋一（ひじかた　よういち）
一九五四年生まれ。青山学院大学名誉教授。
〔主要業績〕『源氏物語のテクスト生成論』（笠間書院、二〇〇〇年）、『物語史の解析学』（風間書房、二〇〇四年）、『日記の声域』（右文書院、二〇〇七年）、『枕草子つづれ織り―清少納言、奮闘す』（花鳥社、二〇二三年）

高木和子（たかぎ　かずこ）
一九六四年生まれ。東京大学教授。
〔主要業績〕『源氏物語の思考』（風間書房、二〇〇二年）、『源氏物語再考　長編化の方法と物語の深化』（岩波書店、二〇一七年）、共著『和歌文学大系5　古今和歌集』（明治書院、二〇二一年）

イフォ・スミッツ（Ivo SMITS）
一九六五年生まれ。オランダ・ライデン大学教授。
〔主要業績〕「自然不在の王朝文化：平安文学における庭園の一考察」（小峯和明編『日本とアジアの〈環境文学〉』、勉誠出版、二〇二三年）、"Riverside Mansion Mythologies: Retextualizing the Past in Poetic Commentary（河原院の神話作用）". *Images from the Past: Intertextuality in Japanese Premodern Literature*. Edizioni Ca' Foscari, 2022; "Singing the Informal: Priest Renzen, *Mudaishi*, and a World outside the Classical Court（釈蓮禅の無題詩）". *Rethinking the Sinosphere: Ideology, Aesthetics and Identity Formation*. Cambria Press, 2020.

エステル・ボエール（Estelle BAUER）
一九六七年生まれ。イナルコ教授。
〔主要業績〕*Le dit du Genji illustré par la peinture traditionnelle japonaise*. Diane De Selliers, 2007; *Des Mérites comparés du saké et du riz illustré par un rouleau japonais du XVII siècle*, Diane De Selliers, 2014;「新しい読みの地平へ—土佐光則が描いた源氏絵—」（『物語の言語　時代を超えて』、青簡舎、二〇一三年）

栗本賀世子（くりもと　かよこ）
一九八一年生まれ。慶應義塾大学准教授。
〔主要業績〕『平安朝物語の後宮空間』（武蔵野書院、二〇一四年）、『はじめて読む源氏物語』（共著・花鳥社、二〇二〇年）、『源氏物語の舞台装置』（吉川弘文館、二〇二四年）

木下新介（きのした　しんすけ）
一九八〇年生まれ。東大寺学園中・高等学校教諭。
〔主要業績〕「光源氏の准拠一面—原像としての重明親王—」（『国文学研究ノート』第四五号、二〇〇九年九月）、「『源氏物語』大原野行幸の准拠と引用」（『むらさき』第五三輯、武蔵野書院、二〇一六年十二月）、「氏長者光源氏と二条東院」（『国文論叢』第五七号（福長進先生退職記念号）、二〇二一年一一月）

ジャン＝ノエル・ロベール（Jean-Noël ROBERT）
一九四九年生まれ。コレージュ・ド・フランス名誉教授。
〔主要業績〕法華三部経仏訳（*Sûtra du Lotus, suivi du Livre des sens innombrables et du Livre de la contemplation de Sage-Universel*, Paris, éd. Fayard, 2003）、*Hiéroglossie - Volume 2, Les textes fonda-*

teurs Japon, Chine, Europe. Collège de France, 2016 ;『仏教の歴史　―いかにして世界宗教となったか』（今枝由朗訳、講談社選書メチエ、二〇二三年）

佐藤勢紀子（さとう　せきこ）
一九五五年生まれ。東北大学高度教養教育・学生支援機構　特定教授。
〔主要業績〕『宿世の思想―源氏物語の女性たち―』（ぺりかん社、一九九五年）、『源氏物語の思想史的研究―妄語と方便―』（新典社、二〇一七年）、「「女の身」と「女の心」に見るジェンダー意識―『源氏物語』から『初期軍記物語』へ―」（『身と心の位相―源氏物語を起点として―』青簡舎、二〇二一年）

ダニエル・ストリューヴ（Daniel STRUVE）
一九五九年生まれ。パリ・シテ大学教授。
〔主要業績〕「源氏物語の物語言説における文について」（『源氏物語を書き換える。翻訳・注釈・翻案』、青簡舎、二〇一八年）、「西鶴の文体を翻訳する」（『翻訳者達の挑戦―日仏交流から世界文学へ』、水声社、二〇一九年）、"A Genealogy of Saikaku's ukiyo-zōshi", *Studies in Japanese Literature and Culture* 4, 国文学研究資料館、二〇二一年三月

タケシ・ワタナベ（Takeshi WATANABE）
一九七五年生まれ。ウエスレイヤン大学准教授。
〔主要業績〕*Flowering Tales: Women Exorcising History in Heian Japan*, Harvard University Asia Center, 2020 ;「歴史を物語として」（『理想』源氏物語―フェミニズム・翻訳・受容、3、二〇二四年）、"Versifying for Others: Akazome Emon's Proxy Poems". *Monumenta Nipponica*, 77-1, 2022.

木戸雄一（きど　ゆういち）
一九六九年生まれ。大妻女子大学文学部教授。
〔主要業績〕「ハナシとしての「自己語り」―回覧誌・投稿雑誌における「談話」の場―」（『日本文学』第七二巻第二号、二〇二三年九月）、「メロドラマを生きる―『寄生木』のモデルにおけるメロドラマの受容・生成・連鎖―」（『国語と国文学』第一〇〇巻第三号、二〇二三年二月）、「文章修行の中の「文学」―地方文章回覧誌と「訓詁」志向―」（『日本近代文学』一〇一号、二〇一九年一一月）

ニコラ・モラール（Nicolas MOLLARD）
一九七二年生まれ。リヨン第三大学准教授。
〔主要業績〕「フェリックス・レガメ―鉛筆を片手に世

界一周」（『アジア遊学』219号、勉誠出版、二〇一八年）、「近代前後の写実小説と自己言及性」（『東京大学国文学論集』11号、二〇一六年三月）、出口智之共著「新出　蝸牛露伴著『大詩人』草稿」（『文学』第六巻第一号、二〇〇五年一月）

ギヨーム・ミュレール（Guillaume MULLER）
一九八七年生まれ。ボルドー・モンテーニュ大学准教授。
〔主要業績〕「「家系物語」の視点からの『1★9★3★7』フィクションを基に歴史を語る」（『文藝研究』、150号、二〇二三年）、« La littérature de guerre japonaise durant la Seconde Guerre mondiale – L'impossible commande d'État ». *COnTEXTES. Revue de sociologie de la littérature*, 2020, 29 ; "Profiles of War by Hayashi Fusao: A Writer's Approach to War". *Representing Wars from 1860 to the Present*, Brill | Rodopi, 2018.

ヤニック・モフロワ（Yannick MAUFROID）
一九八〇年生まれ。フランス東アジア研究院（IFRAE）特別研究員。
〔主要業績〕*Shimao Toshio et la méthode du rêve*（島尾敏雄と夢の方法、博士論文、イナルコ、二〇一九年）、« La représentation du jeu vidéo dans le roman contemporain japonais. Les itérations vidéoludiques de la mort vues par la littérature. ». *Romanesques, Classiques Garnier*, 2021 ; « Shimao Toshio et la Japonésie : une utopie insulaire dans le Japon contemporain ». *Écrire et vivre les insularités – Représentations et paradoxes des géopolitiques insulaires*, Orléans, 2022.

エドワード・ケーメンズ（Edward KAMENS）
一九五二年生まれ。イエール大学住友名誉教授。
〔主要業績〕*Waka and Things, Waka as Things*. Yale University Press, 2017; *Utamakura, Allusion, and Intertextuality in Traditional Japanese Poetry*. Yale University Press, 1997;「源氏物語における心の闇」（『身と心の位相—源氏物語を起点として』青簡舎、二〇二一年）

河添房江（かわぞえ　ふさえ）
一九五三年生まれ。東京学芸大学名誉教授。
〔主要業績〕『源氏物語表現史』（翰林書房、一九九八年）、『源氏物語時空論』（東京大学出版会、二〇〇五

年）、『源氏物語越境論　唐物表象と物語享受の諸相』（岩波書店、二〇一八年）

幾浦裕之（いくうら　ひろゆき）
一九九〇年生まれ。文部科学省教科書調査官。
〔主要業績〕「百首歌・題詠・画中歌・絵入本のＴＥＩマークアップの試み—天和三年刊・菱川師宣画『絵入藤川百首』を例として—」（『近世文藝』一一九号、二〇二四年一月）、「『たまきはる』の成立と奥書—定家と女房の書写活動との関連性—」（『日本文学』第七二巻第二号、二〇二三年）、「歌人が年齢を詠むとき—表現と契機の性差—」（『日本文学』第六八巻第二号、二〇一九年）

米田有里（こめだ　ゆり）
一九八八年生まれ。岡山大学専任講師。
〔主要業績〕「源通具の和歌—漢詩摂取という側面から—」（『中世文学』第六二号、二〇一七年六月）、「『古今著聞集』和歌部が描く蔵人の風雅—百五十九段を中心に—」（『日本文学』第六八巻第八号、二〇一九年八月）、田渕句美子・米田有里・幾浦裕之・齊藤瑠花『阿仏の文〈乳母の文・庭の訓〉注釈』（青簡舎、二〇二三年）

アルチュール・ドフランス（Arthur DEFRANCE）
一九八九年生まれ。イナルコ（フランス国立東洋言語文化大学）准教授。
〔主要業績〕*La poésie au Japon à l’époque Nara : entre recréation de la Chine et création de la tradition nationale*（奈良時代の日本における詩歌—漢の再創造と国風の創造の間で、博士論文、EPHE, 二〇二一年）；翻訳：Qu’est-ce que le monde sinographique ?: Quatre conférences du Professeur Saitô Mareshi au Collège de France. Collège de France, 2021

荒木浩（あらき　ひろし）
一九五九年生まれ。国際日本文化研究センター教授。
〔主要業績〕『『今昔物語集』の成立と対外観』（思文閣人文叢書、二〇二一年）、『古典の中の地球儀』（ＮＴＴ出版、二〇二二年）、『方丈記を読む　孤の宇宙へ』（法蔵館文庫、二〇二四年）

青島麻子（あおしま　あさこ）
一九八二年生まれ。聖心女子大学准教授。
〔主要業績〕『源氏物語　虚構の婚姻』（武蔵野書院、二〇一五年）、「『落窪物語』における婚儀—道頼と落窪の君の結婚を中心に—」（『国語と国文学』第九四巻第九号、二〇一七年九月）、『学びを深めるヒントシリーズ　源氏物語』（明治書院、二〇一九年）

マリア・エレナ・ラッフィ（Maria Elena RAFFI）
一九八〇年生まれ。フランス東アジア研究院（IF-RAE）研究員。
〔主要業績〕*L'héritage d'Ise : de l'Ise shû au Genji monogatari*（伊勢の継承：「伊勢集」から『源氏物語』へ）、博士論文、イナルコ、二〇二〇年）、« La périphérie dans le *Roman du Genji* : l'exemple de la dame d'Akashi », *Japon Pluriel 14 : Centres et périphéries*, Éditions Piquier, 2024 ; « Love and Death Through the Prism of Seasons: The word *hanasusuki in the Collected Poems of Lady Ise* », *Mutual Images* 12（二〇二四年十二月出版予定）

アントナン・フェレ（Antonin FERRÉ）
一九八九年生まれ。プリンストン大学博士課程。
〔主要業績〕「「男もすなる日記」再考—『土佐日記』と「競狩記」「宮滝御幸記」の関係をめぐって—」（『むらさき』第五四輯、二〇一七年十二月）、「宇多天皇と記録—菅原道真・紀長谷雄の「記」を中心に—」（『國語と國文學』第九五巻第八号、二〇一八年八月）、「王朝記録文化の独自性と「日記」」（『新たなる平安文学研究』青簡舎、二〇一九年）

張龍妹（ZHANG Longmei）
一九六四年生まれ。北京外国語大学北京日本学研究センター教授
〔主要業績〕『源氏物語の救済』（風間書房、二〇〇〇年）、『平安朝宮廷才女的散文体文学書写』（公明日報出版社、二〇二一年）、編著『日韓女性文学論叢』（光明日報出版社、二〇二二年）

Published with the support of the CRCAO - Centre de Recherche
sur les Civilisations de l'Asie Orientale, IFRAE - Institut Français de Recherche
sur l'Asie de l'Est and the Fondation de France

二〇二三年パリ・シンポジウム
源氏物語　フィクションと歴史
文学の営みを通して

二〇二四年一一月三〇日　初版第一刷発行

編　者　寺田澄江
　　　　田渕句美子
　　　　新美哲彦
発行者　大貫祥子
発行所　株式会社青簡舎
〒一〇一-〇〇五一
東京都千代田区神田神保町二-一四
電　話　〇三-五二一三-四八八一
振　替　〇〇一七〇-九-四六五四五二
装　幀　水橋真奈美
印刷・製本　藤原印刷株式会社

Printed in Japan　ISBN978-4-909181-46-6　C3093